俄苏文学经典译著·长篇小说

陀思妥耶夫斯基（1821—1881）

俄国现实主义作家。军事工程学校毕业。当过制图员。1845年发表中篇小说《穷人》。后又写出《双重人格》《白夜》等中篇小说。1849年因参加反农奴制活动被判死刑，后改判为流放西伯利亚。流放归来发表长篇小说《被侮辱与损害的》和《死屋手记》。后出版长篇小说《罪与罚》《白痴》。

耿济之（1898—1947）

著名文学家、翻译家。原名耿匡，字孟邕，上海人。1917年就读于北京俄文专修馆。1919年参与创办《新社会》旬刊和《人道》月刊，宣传俄国革命和社会主义。俄专毕业后曾在中国驻苏联赤塔、伊尔库茨克、列宁格勒等地领事馆任职。抗日战争期间隐居上海，专事俄苏文学译介。一生译有《猎人日记》《父与子》《白痴》等二十余部俄苏文学作品，对译介俄苏文学做出了巨大贡献。

Подросток

Dostoevsky

俄苏文学经典译著·

长 篇 小 说

Russian

Literature

Classic.

NOVEL

少年

[俄]陀思妥耶夫斯基 著

耿济之 译

三联书店

图书在版编目（CIP）数据

少年／（俄罗斯）陀思妥耶夫斯基著；耿济之译. —北京：生活·
读书·新知三联书店，2019. 12
（俄苏文学经典译著·长篇小说）
ISBN 978 - 7 - 108 - 06530 - 8

Ⅰ. ①少…　Ⅱ. ①陀…②耿…　Ⅲ. ①长篇小说－俄罗斯－近代
Ⅳ. ①I512. 44

中国版本图书馆 CIP 数据核字（2019）第 041241 号

责任编辑　陈丽军
封面设计　樱　桃
责任印制　黄雪明
出版发行　**生活·讀書·新知 三联书店**
　　　　　（北京市东城区美术馆东街 22 号）
邮　　编　100010
印　　刷　常熟市人民印刷有限公司
排　　版　南京前锦排版服务有限公司
版　　次　2019 年 12 月第 1 版
　　　　　2019 年 12 月第 1 次印刷
开　　本　650 毫米×900 毫米　1/16　印张　41.5
字　　数　554 千字
定　　价　110. 00 元

俄苏文学经典译著

出版说明

　　本丛书是对中国左翼作家所译俄苏文学经典一次系统的整理和展现，所辑各书均为名家名译，这不仅是文献和版本意义上的出版，更是对当时红色文化移植的重新激活。

　　早在1948年生活书店、读书出版社、新知书店合并为生活·读书·新知三联书店前，三家出版社就以引介俄苏经典文学和社会理论图书等为己任。比如1937年生活书店出版托尔斯泰的《安娜·卡列尼娜》，1946年新知书店出版《钢铁是怎样炼成的》。1949年以后，虽然也有出版社对俄苏文学经典进行重译、重编，但难免失去了初始的本色，并且遗失了些许当时出版的有价值的译著；此外，左翼作家的译介因其"著译合一"的特点，在众多译本中，自有其价值；更重要的是，这些文学经典蕴含的对生活的热情、对信仰的坚守、对事业的激情在今天亦鼓动人心，能给每一位真诚活着的人以前行的动力。因此，系统地整理出版左翼作家翻译的俄苏文学经典是必要的。

　　我们在对书稿进行加工时，主要遵循了以下原则：

　　一、本丛书为重排本，由繁体字竖排版改为简体字横排版。

　　二、忠实原作，保持原译语言风格及表现方式；对书中人物及相关译名除必要的规范基本保留。

　　三、原书注释如旧，编者所出的注释，均以"编者注"标明，以示

2

与原书注释的区别。

四、对原书中各种错讹脱衍之处，直接订正。

五、数字只要统一、规范，基本沿用；对标点符号的用法，尽可能做到规范。

六、在不影响原译意的情况下，对个别表述可能有歧义的字句进行必要斟酌处理。

俄苏文学经典译著

总　序

生活·读书·新知三联书店推出"俄苏文学经典译著·长篇小说"丛书，意义重大，令人欣喜。

这套丛书撷取了 1919 至 1949 年介绍到中国的近 50 种著名的俄苏文学作品。1919 年是中国历史和文化上的一个重要的分水岭，它对于中国俄苏文学译介同样如此，俄苏文学译介自此进入盛期并日益深刻地影响中国。从某种意义上来说，这套丛书的出版既是对"五四"百年的一种独特纪念，也是对中国俄苏文学译介的一个极佳的世纪回眸。

丛书收入了普希金、果戈理、屠格涅夫、陀思妥耶夫斯基、托尔斯泰、高尔基、肖洛霍夫、法捷耶夫、奥斯特洛夫斯基、格罗斯曼等著名作家的代表作，深刻反映了俄国社会不同历史时期的面貌，内容精彩纷呈，艺术精湛独到。

这些名著的译者名家云集，他们的翻译活动与时代相呼应。20 世纪 20 年代以后，特别是"左联"成立后，中国的革命文学家和进步知识分子成了新文学运动中翻译的主将和领导者，如鲁迅、瞿秋白、耿济之、茅盾、郑振铎等。本丛书的主要译者多为"文学研究会"和"中国左翼作家联盟"的成员，如"左联"成员就有鲁迅、茅盾、沈端先（夏衍）、赵璜（柔石）、丽尼、周立波、周扬、蒋光慈、洪灵菲、姚蓬子、王季愚、杨骚、梅益等；其他译者也均为左翼作家或进步人士，如巴

金、曹靖华、罗稷南、高植、陆蠡、李霁野、金人等。这些进步的翻译
家不仅是优秀的译者、杰出的作家或学者，同时他们纠正以往译界的不
良风气，将翻译事业与中国反帝反封建的斗争结合起来，成为中国新文
学运动中的一支重要力量。

这些译者将目光更多地转向了俄苏文学。俄国文学的为社会为人生
的主旨得到了同样具有强烈的危机意识和救亡意识，同样将文学看作疗
救社会病痛和改造民族灵魂的药方的中国新文学先驱者的认同。茅盾对
此这样描述道："我也是和我这一代人同样地被'五四'运动所惊醒了
的。我，恐怕也有不少的人像我一样，从魏晋小品、齐梁词赋的梦游世
界中，睁圆了眼睛大吃一惊的，是读到了苦苦追求人生意义的 19 世纪
的俄罗斯古典文学。"[1]鲁迅写于 1932 年的《祝中俄文字之交》一文
则高度评价了俄国古典文学和现代苏联文学所取得的成就："15 年前，
被西欧的所谓文明国人看作未开化的俄国，那文学，在世界文坛上，是
胜利的；15 年以来，被帝国主义看作恶魔的苏联，那文学，在世界文坛
上，是胜利的。这里的所谓'胜利'，是说，以它的内容和技术的杰出，
而得到广大的读者，并且给予了读者许多有益的东西。它在中国，也没
有出于这例子之外。""那时就知道了俄国文学是我们的导师和朋友。因
为从那里面，看见了被压迫者的善良的灵魂，的酸辛，的挣扎，还和 40
年代的作品一同烧起希望，和 60 年代的作品一同感到悲哀。""俄国的
作品，渐渐地绍介进中国来了，同时也得到了一部分读者的共鸣，只是
传布开去。"鲁迅先生的这些见解可以在中国翻译俄苏文学的历程中得
到印证。

中国最初的俄国文学作品译介始于 1872 年，在《中西闻见录》的

---

[1] 茅盾：《契诃夫的时代意义》，载《世界文学》1960 年 1 月号。

创刊号上刊载有丁韪良（美国传教士）译的《俄人寓言》一则。[1] 但是从 1872 年至 1919 年将近半个世纪，俄国文学译介的数量甚少，在当时的外国文学译介总量中所占的比重很小。晚清至民国初年，中国的外国文学译介者的目光大都集中在英法等国文学上，直到"五四"时期才更多地移向了"自出新理"（茅盾语）的俄国文学上来。这一点从译介的数量和质量上可以见到。

首先译作数量大增。"五四"时期，俄国文学作品译介在中国"极一时之盛"的局面开始出现。据《中国新文学大系》（史料·索引卷）不完全统计，1919 年后的八年（1920 年至 1927 年），中国翻译外国文学作品，印成单行本的（不计综合性的集子和理论译著）有 190 种，其中俄国为 69 种（在此期间初版的俄国文学作品实为 83 种，另有许多重版书），大大超过任何一个国家，占总数近五分之二，译介之集中可见一斑。再纵向比较，1900 至 1916 年，俄国文学单行本初版数年均不到 0.9 部，1917 至 1919 年为年均 1.7 部，而此后八年则为年均约十部，虽还不能与其后的年代相比，但已显出大幅度跃升的态势。出版的小说单行本译著有：普希金的《甲必丹之女》（即《上尉的女儿》），陀思妥耶夫斯基的《穷人》《主妇》（即《女房东》），屠格涅夫的《前夜》《父与子》《新时代》（即《处女地》），托尔斯泰的《婀娜小史》（即《安娜·卡列尼娜》）、《现身说法》（即《童年·少年·青年》）、《复活》，柯罗连科的《玛加尔的梦》和《盲乐师》、路卜洵的《灰色马》、阿尔志跋绥夫的《工人绥惠略夫》等。[2] 在许多综合性的集子中，俄国文学的译作也占重要位置，还有更多的作品散布在各种期刊上。

其次翻译质量提高。辛亥革命前后至"五四"高潮前，中国的俄国

[1] 可参见笔者在《二十世纪中俄文学关系》（学林出版社，1998；高等教育出版社，2002）中的相关考证。
[2] 这套丛书中收入了这一时期鲁迅译的阿尔志跋绥夫的《工人绥惠略夫》（商务印书馆，1922）和张亚权、耿济之译的柯罗连科的《盲乐师》（商务印书馆，1926）。

文学译介均为转译本，且多为文言。即使一些"名家名译"，如戢翼翚译的普希罄《俄国情史》（即普希金《上尉的女儿》，1903）、马君武译的托尔斯泰的《心狱》（即《复活》，1914）、林纾和陈家麟合译的托尔斯泰的《罗刹因果录》（收八篇短篇，1915）等，也因受当时译风的影响，对原作进行改动或发挥之处颇多，有的译作几近于演述。1919年以后，译者队伍与译风发生了根本上的变化。一批才气横溢的通俄语的年轻人加入了俄国文学作品翻译的队伍，其中有瞿秋白、耿济之、沈颖、韦素园、曹靖华等。以本套丛书入选译本最多的译者耿济之为例。耿济之早年在俄文专修馆学习，1919年在《新中国》杂志上发表最初的译作，即托尔斯泰的《真幸福》（即《伊略斯》）和《旅客夜谭》（即《克莱采奏鸣曲》）等作品。20年代初期，耿济之又有果戈理的《马车》和《疯人日记》、赫尔岑的《鹊贼》、屠格涅夫的《村之月》、奥斯特洛夫斯基的《雷雨》、托尔斯泰的《家庭幸福》和《黑暗之势力》、契诃夫的《侯爵夫人》等重要译作。此后他一发不可收，数十年间译出了大量的俄国文学名著，是中国早期产量最多和态度最严肃的俄国文学译介者。当然，这时期仍有相当一部分翻译家依然利用其他语种的文字在转译俄国文学作品，如鲁迅、周作人、李霁野、郑振铎、赵景深、郭沫若等。这些译者大多学养深厚，译风严谨。鲁迅在20年代前期和中期译出了阿尔志跋绥夫的《工人绥惠略夫》《幸福》《医生》和《巴什唐之死》、安德列耶夫的《黯淡的烟霭里》和《书籍》、契诃夫的《连翘》、迦尔洵的《一篇很短的传奇》等不少俄国文学作品。尽管是转译，但翻译的水准受到学界好评。

　　20世纪二三十年代，中国文坛开始引进苏俄文学。1931年12月，瞿秋白在给鲁迅的信中谈到：有系统地译介苏联文学名著，"这是中国普罗文学者的重要任务之一"[1]。不少出版社在20年代末相继推出

---

[1] 瞿秋白：《论翻译》，见《瞿秋白文集》第2卷，人民文学出版社1954年版。

"新俄文学"作品专集。最早出现的是由曹靖华辑译、北平未名社 1927 年出版的《白茶（苏俄独幕剧集）》一书。而后，鲁迅、叶灵凤、曹靖华、蒋光慈、傅东华、冯雪峰和郭沫若等辑译的各种苏联文学作品集相继问世。这一时期，译出了不少活跃于十月革命前后的苏俄著名作家的作品。比较重要的有：拉夫列尼约夫的《第四十一》、革拉特珂夫的《士敏土》、绥拉菲莫维奇的《铁流》、法捷耶夫的《毁灭》、聂维罗夫的《不走正路的安得伦》、雅科夫列夫的《十月》、伊凡诺夫的《铁甲列车 Nr. 14-6》、富曼诺夫的《夏伯阳》、肖洛霍夫的《静静的顿河》（前两部）和《被开垦的处女地》、奥斯特洛夫斯基的长篇小说《钢铁是怎样炼成的》、诺维科夫-普里波伊的《对马》、马雅可夫斯基的诗集《呐喊》、爱伦堡等人的报告文学集《在特鲁厄尔前线》和阿·托尔斯泰的剧本《丹东之死》等。

这一时期，作品被译得最多的作家是高尔基。最早出现的是宋桂煌从英文转译的《高尔基小说集》（上海民智书局，1928）。这部小说集中载有《二十六个男和一女》和《拆尔卡士》（即《切尔卡什》）等五篇作品。最早出现的单行本是沈端先（即夏衍）从日文转译的高尔基的《母亲》。[1] 30 年代中国出版的有关高尔基的文集、选集和各种单行本更多，总数达 57 种，如鲁迅编的《戈里基文录》、瞿秋白译的《高尔基创作选集》、黄源编译的《高尔基代表作》、周天民等编选的《高尔基选集》（六卷）等。此外问世的还有：鲁迅等译的短篇集《恶魔》和《俄罗斯的童话》、史铁儿（即瞿秋白）译的《不平常的故事》、巴金译的短篇集《草原故事》、丽尼译的《天蓝的生活》、钱谦吾（即阿英）译的《劳动的音乐》、蓬子译的《我的童年》、王季愚译的《在人间》、杜畏之等译的《我的大学》、何素文译的《夏天》、何妨译的《忏悔》、罗稷南译的《四十年间》、赵璜（即柔石）译的《颓废》（即《阿尔达莫诺夫家

[1] 该书 1929 年由上海大江书铺出版第一部，次年出版第二部。

的事业》）、钟石韦译的《三人》、李谊译的《夜店》（即《底层》）和贺知远译的《太阳的孩子们》等。

进入 20 世纪 40 年代，由于苏德战争和太平洋战争的爆发，中国文坛把自己的目光转向了苏联卫国战争文学。1942 年在上海创刊（1949年终刊）的《苏联文艺》发表的各类作品的总字数达六百多万字，其中大部分是反映苏联卫国战争的文学作品。此外，仅就单行本而言，各出版社出版或重版的此类书籍的数量有百余种之多。这些作品极大地鼓舞了中国人民反抗外族入侵和黑暗统治的斗志。也许今天的人们已经淡忘了它们，有些作品从艺术上看似乎也有些逊色。但是，其中经受住了历史检验的优秀之作，仍值得我们珍视。这一时期，苏联其他一些文学作品也有译介。值得一提的有：肖洛霍夫的《静静的顿河》（全译本）、叶赛宁、勃洛克和马雅可夫斯基合集的《苏联三大诗人代表作》、阿·托尔斯泰的《苦难的历程》和《彼得大帝》、费定的《城与年》、奥斯特洛夫斯基的《暴风雨所诞生的》、潘诺娃的《旅伴》、克雷莫夫的《油船德宾特号》、波列伏依的《真正的人》、卡达耶夫的《时间呀！前进》、列昂诺夫的《索溪》、冈察尔的《旗手》（第一部）、包戈廷的剧本《带枪的人》《苏联名作家专集》（共五辑）等。其中不少名著在这一时期初次被译成中文。可以说，至 20 世纪 40 年代末，苏联重要的主流文学作品译介得已相当全面。

1919 年以后的 30 年间，译介到中国的俄苏文学作品产生了巨大的影响。钱谷融教授曾经生动地描述过抗战时期他随学校迁至四川偏远小城，在那里迷上俄国文学的一些情景。他还表示自己"是喝着俄国文学的乳汁而成长的"，"俄国文学对我的影响不仅仅是在文学方面，它深入到我的血液和骨髓里，我观照万事万物的眼光识力，乃至我的整个心灵，都与俄国文学对我的陶冶薰育之功不可分。我已不记得最先接触到的俄国文学名著是哪一本了，总之是一接到它就立即把我深深地吸引住了，使我如醉如痴，使我废寝忘食。尽管只要是真正的名著，不管它是英、美的，法国的，德国的，还是其他国家的，都能吸引我，都能使我迷醉。但是论其作品数量之多，吸引我的程度之深，则无论哪一国的文学，都比不上俄国文学"。这样的感受和评价在那一时代的知识分子中并不罕见。

由于社会的、历史的和文学的因素使然，中国知识分子（特别是左翼知识分子）强烈地认同俄苏文化中蕴含着的鲜明的民主意识、人道精神和历史使命感。红色中国对俄苏文化表现出空前的热情，俄罗斯优秀的音乐、绘画、舞蹈和文学作品曾风靡整个中国，深刻地影响了几代中国人精神上的成长。除了俄罗斯本土以外，中国读者和观众对俄苏文化的熟悉程度举世无双。在高举斗争旗帜的年代，这种外来文化不仅培育了人们的理想主义的情怀，而且也给予了我们当时的文化所缺乏的那种生活气息和人情味。因此，尽管中俄（苏）两国之间的国家关系几经曲折，但是俄苏文化的影响力却历久而不衰。

在中国译介俄苏文学的漫漫长途中，除了翻译家们所做出的杰出贡献外，还有无数的出版人为此付出了艰辛的努力，甚至冒了巨大的风险。在俄苏文学经典的译著中，我们常常可以看到商务印书馆、中华书局、开明书店、文化生活出版社等出版社的名字，也常常可以看到三联书店的前身生活书店、读书出版社、新知书店的名字。这套丛书中就有：生活书店1936年出版的、由周立波翻译的肖洛霍夫的小说《被开垦的处女地》，生活书店1936年出版的、由王季愚翻译的高尔基的小说《在人间》，生活书店1937年出版的、由周扬和罗稷南翻译的列夫·托尔斯泰的小说《安娜·卡列尼娜》，新知书店1937年出版的、由梅益翻译的普里波伊的小说《对马》，读书出版社1943年出版的、由王语今翻译的奥斯特洛夫斯基的小说《从暴风雨里所诞生的》，新知书店1946年出版的、由梅益翻译的奥斯特洛夫斯基的小说《钢铁是怎样炼成的》，生活书店1948年出版的、由罗稷南翻译的高尔基小说《克里·萨木金的一生：四十年间》。熠熠生辉的名家名译，这是现代出版界在中国文化发展史上写就的不可磨灭的一笔。这套丛书的出版也是三联书店文脉传承的写照。

　　尽管由于时代的发展，文字的变迁，丛书中某些译本的表述方式或者人物译名会与当下有所差异，但是这些出自名家之手的早期译本有着独特的价值。名译与名著的辉映，使经典具有了恒久的魅力。相信如今的读者也能从那些原汁原味的译著中品味名著与译家的风采，汲取有益的养料。

陈建华

2018 年 7 月于沪上西郊夏州花园

本书主要人物表

阿尔卡季·马卡罗维奇·多尔戈鲁基——本书的主人公，是韦尔西洛夫与索菲娅之私生子。

马卡尔·伊万诺维奇·多尔戈鲁基——韦尔西洛夫家的农奴，阿尔卡季法律上的父亲。

安德烈·彼得罗维奇·韦尔西洛夫——地主，阿尔卡季的生父。

索菲娅·安德烈耶芙娜——韦尔西洛夫家的农奴，阿尔卡季的生母，马卡尔的妻子，婚后不久就和韦尔西洛夫同居。

安娜·安德烈耶芙娜·韦尔西洛娃——韦尔西洛夫与前妻法纳里奥托娃所生的大女儿，阿尔卡季同父异母的姐姐。

莉扎韦塔·马卡罗芙娜——韦尔西洛夫的二女儿，阿尔卡季的亲妹妹。

尼古拉·伊万诺维奇·索科利斯基——富有的老公爵。

卡捷琳娜·尼古拉耶芙娜·阿赫马科娃——老公爵之女，韦尔西洛夫的女友。

莉季娅·阿赫马科娃——卡捷琳娜之女（前母生）。

谢尔盖·彼得罗维奇·索科利斯基——即谢廖扎。年轻的公爵，莉扎韦塔的情人。与韦尔西洛夫因遗产而涉讼。

塔季扬娜·帕夫洛芙娜·普鲁特科娃——小地主，韦尔西洛夫家的亲戚（姑姑），先前曾帮韦尔西洛夫打理田产和家务。

阿列克谢·尼卡诺罗维奇·安德罗尼科夫——律师，曾兼管过韦尔西洛夫的事务。

玛丽亚·伊万诺芙娜——安德罗尼科夫的侄女。

尼古拉·谢苗诺维奇——玛丽亚的丈夫。阿尔卡季的朋友。

克拉夫特——阿尔卡季之友。

瓦辛——阿尔卡季之友。

斯捷别利科夫——瓦辛的继父。

奥莉娅——为生活所逼而自杀的女学生。

纳斯塔西娅·叶戈罗芙娜——奥莉娅的母亲。

比奥林格——男爵。

彼得·伊波利托维奇——阿尔卡季的房东。

兰伯特——阿尔卡季之同学。

阿尔福西娜——兰伯特的情妇。

目 录

第一卷

第一章

一

　　我忍不住，坐下来写在我生命史上最初所走的几步路的历程，其实不写也没有什么不可以……但有一样我确乎知道：我现在不写，以后就再也不会坐下来写我的自传，甚至我能活到一百岁也不会写。除非成为卑鄙的偏爱自己的人，才能无羞耻地写自己的事情。可是现在我忽然想把从去年起我所经历的一切事情全都一字不遗地记载下来，那是由于内心的需要而想这样做：我被一切发生的事情震愕得太厉害了。我单只记载一些事件，努力避开一切枝节，主要的是避开文采修饰上的美。一个文学家写作了三十年，临到末了还完全不知道他写了这许多年究竟为了什么。我不是文学家，也不打算做文学家，把我的内心世界和情感的生动描写拖进他们的文学市场上去，我认为那是不雅观和卑鄙的事情。但是，我恼恨地预感到，如果完全不描写情感，不加进一些思想的叙述（也许甚至是极庸俗的思想），似乎也办不到。可见，一切文学写作，都会对人产生坏的影响，哪怕仅仅是为了表现自己而从事写作。我的思想也许是很庸俗的，因为凡是自己珍贵着的一切，在旁人看来，很可能认为并没有任何价值。不过，这些都是题外话，就把这几句话作为序言吧！以后，这一类的话是不会再有的了，现在讲到事情本身上去。最聪明不过的办法就是着手做什么事情，甚至是随便做什么事情。

二

　　我起初写作，那就是说，我想从去年九月十九日起，开始我的记载，那天我第一次遇见了……

　　但是，这么早就解释我遇见了什么人，尤其是在什么人还不知道的时候，未免显得过于庸俗。我甚至觉得这是一个庸俗的格调：既然决定躲避文采上的美，而自己却从第一行起就陷进这种文采里去了。此外，为了有条理地写点什么，似乎单靠一种愿望还嫌不够。我还要声明，欧洲的文字中似乎以俄文最为难写。我现在把我所写下来的一些话重读了一遍，感到我比所写的还聪明得多。一个聪明的人所表示出来的一切，怎么会弄得比他自身所做过的一切还愚蠢得多呢？在这最近的厄运当头的一年来，我在自己身上，且在我和人们言语的交流上，屡次看出这一点来。

　　我虽然从九月十九日起开始记载，但还要加上两句话叙明我是什么人，以前到过什么地方，在九月十九日早晨，我的大脑里发生什么样的想法，即使只是一部分的想法。这是为了使读者容易了解些，但也许还为了使我自己更清楚些。

三

　　我是个中学毕业生，今年二十一岁。我姓多尔戈鲁基，我的法律上的父亲是马卡尔·伊万诺维奇·多尔戈鲁基，是韦尔西洛夫家以前的农奴。这样，我就是婚生子了，实际上我是私生子。我的出身丝毫没有疑惑的地方。事情是这样发生的：二十二年以前，地主韦尔西洛夫（也就是我的父亲），在他二十五岁的时候来到图拉省他自己的庄园上来。我猜想，这时候他还是一个没有个性的人。从我的儿童时代起，对这个人就感到十分惊愕。这个人对于我的心灵和习性具有如此重大的影响，甚至也许会长久地影响到我的整个将来，甚至直到现在。对于我来说，这个人还有极多的地方完全是一个谜。关于这件事情，我以后再说。这是不能就这样的讲述出来的。即使我的这本书上不讲到这些，也会写出这个人的许多事情来的。

　　那年他正好二十五岁，他的妻子死了。她姓法纳里奥托娃，是一个上流社会的女子，并不很富有。她生下了一男一女。关于这个很早就离开他的夫人的情况，我知道得并不完全，因为缺乏材料。在韦尔西洛夫的私生活中有许多情节为我所不知悉，因为他永远对我十分傲慢、沉默、不注意，虽然有时在我面前露出似乎使人惊愕的柔顺。但是我要预先表白出来的是，他一生挥霍了三份产业，而且是很大的产业，总价值一共有四十万，也许还多些。现在他自然身无分文。

　　他当时到乡村里来，"天晓得是为了什么"——至少他自己以后这样对我表示。他的小孩子们照例不在他身边，而是在亲戚那里。他一辈子就这样的对待他的子女，婚生的和私生的都一样。在这庄园上有极多的农奴，其中有一个花匠名叫马卡尔·伊万诺维奇·多尔戈鲁基。为了一劳永逸起见，我在这里要补充一句话：世界上没有人像我这样一辈子会如此恨我的这个姓了。这自然很傻，但是实在是这样的。每当我第一次进入什么学校，或者遇到一些按照我的年龄报出自己姓名的时候，总而言之，每一位教师、家庭老师、学校监督、神甫——甚至随便什么人，只要问起我的姓，听到我是多尔戈鲁基，不知为什么，总认为必须补上一句话：

"多尔戈鲁基公爵吗？"

每次我必须对那些无聊的人们解释：

"不，平民多尔戈鲁基。"

这"平民"两字开始使我发疯。我在这里作为一个稀奇的事例似的说出，我并不记得有什么例外——大家都这么问的。有些人显然并不需要问，而且我也不知道，这对于他们究竟有什么需要？但是大家都问，无一例外。问的人听见我是平民的多尔戈鲁基，照例用迟钝的、呆傻而冷淡的眼神向我扫射了一下——这眼神证明他自己不知道为什么问——就走开了。同学们问起来时，比其他人更显得侮辱。老生们盘问起一个新生来真是非同小可！一个慌张的、羞惭的新生在第一天进校时（无论进什么学校），都会成为众人的牺牲品：大家命令他，戏弄他，像对待仆人一样对他。一个强健肥胖的男孩忽然站在自己的猎物前面，用长久的、严厉的、骄傲的眼神观察了他有几秒钟。新生默默地站在他面前，如果不算懦怯，便斜眼看了他一下，等着下面会出现些什么动静。

"你姓什么？"

"多尔戈鲁基。"

"多尔戈鲁基公爵吗？"

"不，平民的多尔戈鲁基。"

"啊，平民的！傻瓜。"

他的话很对——姓多尔戈鲁基而不成为公爵——那是最愚蠢不过的事。我把这愚蠢拉在自己身上，并没有一点错处。后来我很生气的时候，有人问：

"你是公爵吗？"

我永远回答:

"不,我是以前的农奴,农奴的儿子。"

后来,在我气到极点的时候,对于"你是公爵吗"这个问题,我有一次竟这样坚定地回答:

"不,平民的多尔戈鲁基,我的以前的主人韦尔西洛夫先生的私生子。"

我在读到中学六年级的时候想出了这句话,虽然不久就深信自己是愚蠢的,但终归不会立刻停止做出愚蠢的行为的。我记得有一位老师(不过也就是他一个)发现我"充满了报复和自尊的观念"。一般来说,大家总带着一种阴郁的态度来看待我的这种举动。后来有一个同学,一个很尖刻的家伙,我和他只谈过一次话,他带着严肃的神色,但目光稍稍避开我,对我说:

"这样的情绪,自然给您带来极大的声誉,无疑地,您有可以骄傲的地方。但是,如果我处在您的地位上,到底不会因为我是私生子而十分庆幸的……而您提到它简直就像过命名节似的!"

从那时候起,我停止了夸耀自己是私生子。

我再重复一句,用俄文写作是很难的。我已经写满了三大页,讲我如何一辈子为这个姓生气,但是读者一定已经猜想出,我的生气就是因为我不是公爵,而是平民的多尔戈鲁基的缘故。然而,对于我来说,再解释一次,再加以辩白,那就更加显得可耻了。

四

除了马卡尔·伊万诺维奇以外,在这一群人数还很众多的农奴中间,有一个姑娘,在她十八岁的时候,五十岁的马卡尔·多尔戈鲁基忽然表示想娶她。大家都知道,在农奴制度时代,农奴间的婚姻是必须经过主人准许的，有时甚至必须遵照主人的意思。当时住在庄园上的是一位姑姑，不过她并不是我的姑姑，她自己也是地主。我不知道为什么，大家一辈子都称呼她为姑姑，不仅仅是我，大家都这样，甚至连韦尔西洛夫的家里也是这样叫她，虽然她和这家实际上几乎没有亲戚关系。她就是塔季扬娜·帕夫洛芙娜·普鲁特科娃。她当时在同省同县内还有三十五个灵魂（即农奴）。并不是让她管理，而是为了住得邻近的关系，让她监督韦尔西洛夫的田产（田产内有五百农奴）。这监督我听说抵得上一个有学问的总管而有余。然而，关于她的知识如何，于我丝毫不相干。我抛开了一切的思想、谄媚和恭维，单想说，这个塔季扬娜·帕夫洛芙娜是一个极正直的，甚至古怪的人。

她不但没有阻止忧郁的马卡尔·多尔戈鲁基想和那位姑娘结婚的倾向（有人说，他当时是很忧郁的），相反地，不知为了什么，还竭力加以鼓励。索菲娅·安德烈耶芙娜（这位十八岁的女仆就是我的母亲）是个举目无亲的孤女。她那去世的父亲在世时，很尊重多尔戈鲁基，还为了什么事情十分感激他。他也是农奴。六年前，他临死时，在弥留之际，甚至在断最后一口气的一刻钟以前——因此在必要时可以当作谵语看待，况且他以一个农奴的资格，也无权做到——把马卡尔·多尔戈鲁基叫了来，当着全体农奴的面，还有神甫在场，指着女儿，响亮地、坚决地对他说出最后的遗言："你把她养大以后，就娶了她吧。"这是大家都听见的。至于说到马卡尔·伊万诺维奇，我不知道他后来在什么样的情况下娶她的，也就是说，是不是带着极大的愉快，或者只是为了履行义务。十之八九，他会露出完全冷淡的神色。他这人在当时已经表现得"与众不同了"。他并不见得是博学的人，或是通达文理的人（虽然完全通晓教会祷告的仪式，尤其知道几位圣徒的行述，但多半由于听来的），也不像那类农奴的空论家；不过具有固执的，有时甚至是冒险的性格；他说话带着热情，判断事物时不留转弯的余地；他是"恭恭敬敬过日子"——按照他自己的奇怪的说法——那时他就是这样的。自然，他得到了大家的尊敬，但同时有人说，大家都认为他是一个很难相处的人。在他不当农奴之后，情况就不同了，大家都把他当作一个圣徒和受了许多苦难的人了。关于这个，我是确实知道的。

至于我的母亲，虽然管家坚决地主张把她送到莫斯科去学习，但塔季扬娜·帕夫洛芙娜把她留在自己身边，一直到十八岁。她传授给她一点技能，那就是教她缝纫、裁剪，甚至姑娘走路的模样，还教她读一点书。至于写字，是我母亲从来不曾写得好的。在她看来，她和马卡尔·伊万诺维奇的这段婚事是早已决定了的。当时所发生的一切，她认为极好，且极妥当。她上教堂结婚的时候，露出在这类情事时可能有的最安静的神色，因此塔季扬娜·帕夫洛芙娜当时称她为一条鱼。关于我母亲当时的性格，我都是从塔季扬娜·帕夫洛芙娜那里听来的。在这个婚事以后过了整整的半年，韦尔西洛夫就回到乡村里来了。

五

我只想说，我永远无从知道，也无从满意地猜到，他和我母亲之间的事是从什么时候开始的。我十分愿意相信他去年自己脸上怀着红晕对我所说的话，虽然他讲这一切的时候神态十分自然而又"俏皮"。他说这里并没有任何的爱情，一切就是那样发生的。我相信是那样的，俄文里"那样"这个字眼是巧妙无穷的。但是，我到底永远想知道，他们是从什么时候发生了关系的？我自己一生最恨这些讨厌的事情，自然，这里并不仅仅只是我一方面无耻的好奇。我还要声明，我一直到去年为止，几乎完全不知道我的母亲。我从小就被送到别人手里，为了韦尔西洛夫的舒适起见。这话以后再说。因此我怎么也不能想象出来，她那时会有什么样的容貌。如果她并不怎样美丽，那么当时像韦尔西洛夫那样的人，所能贪图于她的是什么？这问题对于我来说，之所以显得重要，是因为它能显现出这个人极不寻常的一面。我是为了这一点而打听的，并非为了出于龌龊的心理。他自己，这个阴沉的、城府极深的人，他那种和蔼的坦白，不知是从哪里取来的（好像从口袋内取来的），在他看见这是必要的时候——他自己对我说，他当时是一个极"年轻的小笨狗"，倒不见得是感伤的。的确是那样的。刚刚读了《苦命人安东》和《波琳卡·萨克斯》两部文学作品，对于当时少年那一代所具有的前进的意识，受到深邃的影响。他说他当时也许受了《苦命人安东》的影响才到乡村里来的。他说这话时态度异常严肃。这个"愚蠢的小狗"到底用了什么样的形式和我的母亲发生爱情的。我现在可以想象得到，即使我只有一个读者，也必将向我大笑，把我看作一个极可笑的少年，在保存了愚蠢的天真之后，还要管闲事，研究和解决不能理解的一切。是的，我确实还不能理解，虽然我并非由于骄傲而承认这句话，因为我知道，一个二十岁的大小伙子如此的没有经验，那真是愚蠢到家了。不过我要对这位先生说，他自己也并不理解，且向他证明出来。固然，我对于女人一点也不懂，而且还不愿意懂，因为我一辈子不去注意这种事情，并决定这样做。但是，我确实知道，有些女人用她的美貌，或者用一种不知道什么东西，在一瞬间把人迷住了。但对于另一种女人，必须用半年的工夫加以琢磨，才能明白她的心。要看清这类女人，并和她谈恋爱，仅仅是准备做一切事情还不够，必须还要具备某种天赋。我深信这个，虽然我一点也不知道。不然的话，那就应该一下子把所有的女人全降到普通的家畜的水平，并只照这种样子把她们畜养在自己身边。也许有许多人想这样做。

　　我从几方面肯定地知道，我的母亲并不是美女，虽然我没有见过她当时的照片（这种照片还在什么地方保存着）。所以，对她一见钟情是不可能的事。韦尔西洛夫要是单纯为了无聊的"消遣"起见，可以选择别的女人，这种女人是有的，而且还没有结婚，例如安菲萨·康斯坦丁诺芙娜·萨波日科娃，一名婢女。作为一个因为读了《苦命人安东》才到乡下来的人，倚仗地主的特权，破坏自己农奴婚姻的神圣，应该感到十分可耻的，因为，我再重复一句，他在几个月之前，也就是在二十年以后，还十分严肃地提起过《苦命人安东》。但是，安东那里被夺去的不过是一匹马，而这里却是一个妻子！一定发生了一些特别的情形，因此萨波日科娃小姐输了（据我看来还是赢的）。去年，有一两次我缠上他，在可以和他谈到所有这一些问题的时候（因为并不是随时都可以和他谈论的），发现他虽然见过世面，而且事情已经过去了二十年，他却好像还在那里装腔作势。至少我记得有一次，他带着屡次和我施展出来的交际社会上常见的厌烦神色，很奇怪地喃喃说出，我的母亲是一个没有自我保护能力的女人，不见得会使人爱——恰恰相反，完全不是这样，却会忽然不知为了什么原因使人怜惜，是不是为了性情的驯顺，否则是为了什么呢？但这是永远没有人知道的，不过会使你永久加以怜惜。一旦怜惜，便产生了爱恋……"总之，我的亲爱的，有时是会弄得摆脱不了。"这是他对我说的话。如果确实如此，我不能不认为他当时并不是愚蠢的小狗，像他自己给当时的他所下的评价。这正是我想要知道的。

然而，他当时就对我说，我母亲爱上他，是由于她的"奴性"。他居然还想出根子在农奴制！他为了伪装而撒谎。他的撒谎违背了良心，违背了正直的性格！

我说出这一切，自然似乎是为了恭维我的母亲，其实我已经声明过，我对于当时的她并不知道。不但如此，我知道，她从小时候经历过的，以后又一辈子留着的那个环境和可怜的见解是如何的崎岖难行。因而灾害形成了。说到这里，应该顺便更正一下——我跳进云端里，忘记了一桩事实，是应该首先提出来的，那就是：他们是一直从灾害上开始的（我希望读者不会这样装腔作势，竟不能一下子明白我想说什么话）。一句话，他们是按照地主对待农奴的方式开始的，虽然萨波日科娃小姐落了选。但是到了这里，我又要加进一些话，预先声明，我并不自相矛盾。因为，天呀！像韦尔西洛夫这样的人，在那个时候，即使在意乱情迷的时候，他又能和我的母亲这样的女人说出什么话来呢？我从那些好色的人们那里晓得，男女之间在苟合的时候，经常会完全不说话。这自然是十分奇怪，也十分恶心的。但是，韦尔西洛夫在和我的母亲发生关系的时候，大概也不会不是这样开始的，即使他不愿意这样做。难道是从向她解释《波琳卡·萨克斯》开始的吗？但他们两人和俄国文学没有发生一点关系，相反地，根据他所说的话语（有一次他打开了话匣），他们躲藏在角落里，在楼梯上互相等候，一有人走过，便像皮球似的跳开，涨红了脸，"魔王似的地主"竟会因为看见了最普通的擦地板女人而发抖，即使他握有农奴制度下的一切权力。虽然开始是按照地主对待农奴的方式，而结果弄得不尴不尬，实际上简直无从加以解释，甚至弄得扑朔迷离。连他们的爱情进展的范围都成为一个谜，因为韦尔西洛夫这类人的第一个条件就是在达到目的之后立即抛弃。但结果并不如此。一个好色的"小狗"（他们全是好色的，毫无例外，无论是进步人士还是守旧派）和一个容貌很好的、轻薄的女仆（其实我母亲并不轻薄）犯下一两次罪过，本来不但可能，而且也避免不了，尤其以他那种年少鳏居的浪漫处境和他那游手好闲的生活上看，是会如此的。但是爱一辈子——那是太过分了。我不能担保他爱她，然而他一辈子把她拖来拖去——这倒是真的。

我提出了许多问题，但是有一个极重要的问题，我不敢直接对我的母亲提出，虽然我去年和她很亲近，因为我是一只粗暴的、不知感恩的小狗，认为人家在我前面做了错事，所以和她毫不客气。问题是这样的：她自己以一个业已结婚半年的人，素来被屈服在合法婚姻的一切见解之下，被屈服得像一只无力的苍蝇，而且对马卡尔·伊万诺维奇的尊敬并不亚于一个什么上帝，她自己怎么会在短短的两星期内做出这种罪孽来呢？我的母亲本来并不是一个淫荡的女人。相反地，我现在可以预先说，有像她那样纯洁的心灵，而且以后一辈子如此，甚至是难于想象的。除非用下面的理由加以解释，那就是她在不记得自己的情形时做下了的。这并不是律师们现在替自己的凶手和小偷们说话的意思，而是她当时受到了一种强烈的印象，加上她相当的天真，所以在劫难逃，被悲剧性的命运给控制了。谁知道呢，也许她真的爱上了……他的衣服的式样，巴黎的发型，他的法语，一定是的，她对法语一窍不通，还爱上了他坐在钢琴旁唱出的情歌，爱上了从来没有见过和听过的一切（他的容貌是很美的），把所有他的一切，连同衣服式样和情歌全都一股脑儿爱到了痴迷的地步。我听说，在农奴制度的时代里，农奴中的女郎有时会发生这种情形的，而且还是一些最诚实的女郎。我明白这个，如果有人单只用农奴制度的权利和"奴性"的处境来解释，他便是一个混蛋！这个年轻人会不会有这许多直接的诱惑的力量，把一个在这之前还是非常纯洁的女人，主要是把完全和自己不同类的女人，完全从另一个世界、另一个土地上引诱到如此明显的灾难上去？到毁灭上去？我想连我母亲始终都是很清楚的，不过在当初走上去的时候，并没有想到毁灭上面去。这些"没有自我保护能力"的人们永远是如此的，即使知道是毁灭，还要往里钻。

他们犯下了罪孽以后，立即忏悔。他很俏皮地对我讲，他会在马卡尔·伊万诺维奇的肩上痛哭一场——他特地为了这件事情叫他到书房里去，而她——她当时躺在自己那间农奴的小屋内晕倒了……

六

但是，关于那些问题和丑事的详细情节大可不必多讲。韦尔西洛夫在把我的母亲从马卡尔·伊万诺维奇那里赎身以后，不久就离开那里，从我业已叙写的那个时候起，开始把她带在身边，除非他必须出门较长时间。那时他多半把她交给姑姑照顾，也就是塔季扬娜·帕夫洛芙娜·

普鲁特科娃。在遇到这类事情时，她永远会从什么地方钻出来的。他们在莫斯科住过，也在其他各村各城住过，甚至住在国外，最后在彼得堡住下来。所有的这一切以后再说，或者不必去说。我要说的，只是母亲在和马卡尔·伊万诺维奇分开以后，我就出世了，再过一年，我的妹妹生下来了，后来隔了十年或十一年，又生下了我的小弟弟，一个有病的男孩，活了几个月便夭亡了。我母亲的美貌随着这次难产而丧失，至少人家这样对我讲：她很快就显得衰老、憔悴。

　　但是，他们和马卡尔·伊万诺维奇的关系到底一直没有断绝。无论韦尔西洛夫一家人住在什么地方，不管是在一个地方连续住了几年，或者搬到别的什么地方去，马卡尔·伊万诺维奇一定会把自己的情况告知"家人"。这样就形成了一种奇怪的关系，有点庄严的、近乎严肃的关系。在贵族的风俗内，在这样的关系上面一定还要掺进一些滑稽的成分，我知道，但是这里并不如此。他每年必寄来两次信，不多也不少，而且每封信的内容都差不多。我看过这些信，里面极少提到关于私人的事，相反地，尽可能地只是一些庄严的汇报，只谈一些最一般的事件和最一般的情感（如果可以这样形容情感）。最先汇报的是自己的健康，然后又问人家的健康，最后是一些祝愿、庄重的问候和祝福，这就完了。大概就在这共同与毫无个性中，包含着一切体面的举止和这阶级内待人按物的礼节的谙熟。"谨向尊敬的，优雅的夫人索菲娅·安德烈耶芙娜致以极谦卑的鞠躬……""向优美的子女致以永无缺憾的父母的祝福。"子女们的名字则依他们出生的次序，全都逐一写下来，我自然也在其内。我还要说的是，马卡尔·伊万诺维奇竟固执得从来不把"可尊敬的大人安德烈·彼得罗维奇"称作自己的"恩人"，虽然在每封信中一定会写出谦卑的鞠躬致敬的话，一面还向他请求恩惠，希望上帝降福于他身上。回复给马卡尔·伊万诺维奇的信，很快地就由我的母亲寄出去，信的内容也总是写得跟他差不多。韦尔西洛夫自然没有参与通信。马卡尔·伊万诺维奇从俄罗斯的各处，从城市中，从修道院里——他有时在那里住得很长久——寄这些信来。他成为所谓的云游人了。他永远不开口提出请求，但是三年内必回家居住一次，一直停留在母亲家里。我母亲永远有一所单独的住宅，和韦尔西洛夫的住宅分隔开来。关于这一点，容我以后再说，在这里单只说出，马卡尔·伊万诺维奇并不横躺在客厅的沙发上面，却谦逊地安身在围墙后面的什么地方。他住的时候并不久，有时住五天，有时住一星期。

我忘记说，他很爱很尊重自己那个"多尔戈鲁基"的姓。自然这是可笑的愚蠢。最愚蠢的是他喜欢他的姓，就是因为还有多尔戈鲁基公爵的缘故。真是一个奇怪的思路，完全倒转来了！

如果我说全家都聚在一处，那么自然是除去我不算。我好像被抛弃了，从生下来就被安置在别人手中。但这里并没有一点特别的用意，只是不知为什么竟弄成了这样。母亲生我以后，年纪还轻，姿色还美，所以他需要她，有了哭吵的婴孩在旁边，自然会妨碍一切，尤其在旅行中。因此竟弄得我在二十岁以前几乎没有看见过我的母亲一面，除去两三次偶然的机会以外。这情形的发生并非是母亲的意愿，而是由于韦尔西洛夫对人十分傲慢。

七

现在开始讲另外一件事。

一个月之前，也就是九月十九日前的一个月，我在莫斯科决定和他们大家断绝关系，专心致志于实现自己的理想。我写着这句"实现自己的理想"的话，因为这句话差不多会指出所有我的主要的思想——就是我赖以活在世上的一切。"自己的理想"究竟是什么？关于这个，以后有许多话可说。这理想从中学的第六年级起，在充满了幻想的离群索居的日子中，和多年的莫斯科生活中就形成了，从那时候起也许一刻也没有离开我。它占据了我的一生。在这之前我就生活在幻想中，可以说，从儿童时代起，我就生活在某种特色的幻想天国里。但是，自从发现这个主要的、占据我整个心灵的一切的理想之后，我的幻想就显得牢靠起来，一下子铸成了一定的形式，从当初的愚蠢变为有理性的了。中学不妨碍幻想，也不妨碍理想。我还要补充的是，在中学的最后一年，我的学习成绩很差，但在七年级以前，我永远名列前茅。这也就是为了这个理想，在于我从中得出的也许是不正确的推论。因此，不是中学学习妨碍了理想，而是理想妨碍了中学学习，妨碍了我上大学。我在中学毕业后，不但打算立刻跟所有的家人断绝关系，而且想在必要时，甚至和整个世界断绝来往，虽然我当时只有二十岁。我给一个合适的人写了一封信，通过他转告彼得堡，请他们完全不必管我，再不要寄生活费给我，如果可能的话，就完全忘记了我（那自然在人家还有点记得我的时候），最后还说我"无论如何"不上大学。在我的前面有两条无法回避的路：或是上大学继续求学，把准备实施的理想再延期四年；或是立即实施我的"理想"。我毫不畏惧地选择了后者，因为我具有数学公式似的深信。韦尔西洛夫，我的父亲，我一生中只见过他一次，在一瞬间，在我只有十岁的时候（就在这一刹那间已使我感到震惊）。韦尔西洛夫亲笔答复我那封并不是写给他的信，唤我上彼得堡去，答应安排我去私家当差。这个严肃而傲慢的人，对待我那样的侮慢，而且漫不经心，既生下了我，又把我扔在外面，不但完全不认识我，甚至从来也不加以忏悔（谁知道呢，也许对于我的存在只具有模糊的、不正确的见解，因为后来发现我在莫斯科的生活费并不是他付的，而是别人付的）。现在，这个人忽然想起我来，竟亲笔写信来唤我。这样的传唤使我感到荣幸，解决了我的命运。奇怪的是，他的信中有让我感到高兴的地方（只有一页很小的信纸），他一个字也没有提及大学，并不叫我变更计划，也不责备我不愿意读书。总之，并没有提出父母方面在这类事情里照例有的任何想法。不过，这也正是他很坏的一面，因为更加表示出他对我的不关心。

我决定去，是因为这决不妨碍我的主要理想。"我先看看以后的情形再说，"我盘算着，"我先和他们暂时来往，也许只要用极短的时间。一旦我发现这一步，虽然是有条件的，而且是很有限的，但如果使我和主要的理想越离越远，我就立刻和他们断绝关系，抛弃一切，钻进自己的硬壳里去。"就是钻进硬壳里去！"像乌龟似的钻进硬壳里去。"这比喻我很喜欢。"我将不是一个孤独的人，我继续思量着，在最后的几天内，在莫斯科像疯子似的走来走去。我现在永远不会是一个孤独的人，像现在以前那些可怕的年头似的。我的理想和我在一块儿，我永远不会叛变它，甚至即使我很喜欢他们大家，他们能给予我幸福，我能和他们住上十年！"就是这个印象，我预先说在前面，就是我在莫斯科就已经决定了的计划和目的的双重性，到了彼得堡还一刻也不曾离开我（因为我不知道，我在彼得堡有没有这样的一天，我不把最后的期限放在前面，以便和他们断绝关系以后，独自走开）。就是这双重性，大概成为我一年来所干出的许多不谨慎的举动的主要原因之一，成为我干出许多龌龊的事情，甚至许多卑劣的、愚蠢的举动的主要原因之一。

我身边突然出现了一个父亲，这是以前从来没有过的。在我从莫斯科动身走的时候，还在火车上时，这念头就把我迷醉了。父亲不父亲，还没有什么关系，而且我也不喜欢温柔，但这人以前并不愿意知道有我的存在，不把我放在眼里，而我却同时在这些年来对他有着深深的幻想（如果可以这样形容幻想）。我从儿童时代起，每一个幻想总有他的影子：环绕着他飞翔，以他为最后的目标。我不知道我到底是恨他，还是爱他，但是他充实了我未来的一切，所有我对于生活的打算，而这是自然而然发生的，并伴随着我一天天长大。

促使我离开莫斯科的，还有一桩有力的事实，一个诱惑，一想起它，我的心在动身前的三个月内就开始跳跃了（那时候还没有想到彼得堡去）。另外，我被吸引到这片茫茫人海之中，还有一个原因，即我能在其中直接主宰和支配别人的命运，而且还是那个人的命运！然而，我心里沸腾着的，并不是残酷的，而是宽宏的情感。这是我要预先声明的，免得从我的话里发生了误会。韦尔西洛夫会心想（如果他肯想着我），来的是一个小孩，少年以前的中学生，完全不谙世事。但是，我已经知道他的一切底细，而且身上还带着一个极重要的文件，为了它（现在我是确实知道的）他会牺牲几年的生命，如果我当时能把这个秘密泄露给他。我觉得，我设置了不少谜团。关于这一切，将来有极充分的时间来写的，我就是为了这个才提起笔来的。不过这种写法，真是像梦呓或浮云。

八

为了完全转到十九日那天上去，我暂时简单扼要地说说，我遇到他们大家的时候，就是韦尔西洛夫、母亲和妹妹（妹妹我还是第一次看见），他们正处于困境中，几乎是贫穷或是到了贫穷的前夜。关于这层我在莫斯科已经知道了，但是我所看见的总是料不到的。我从孩童时候起，就惯于把这个人，这个"我的未来的父亲"，几乎在一种光芒中想象着，始终觉得他无论在哪里，都应该立在第一等的位置上。韦尔西洛夫从来不和我的母亲在一个寓所里居住，永远给她另外租房子。自然这样做是由于他那种极卑鄙的"体面"而起的。但是，现在大家都住在一起，谢苗诺夫团驻地的一条胡同里，一所木造的偏房里。所有的东西都已经抵押完了，所以我甚至暗中瞒着韦尔西洛夫，把我的神秘的六十卢布都交给母亲了。所谓"神秘"，因为这钱是从每月拨付给我五卢布的零用费中积了两年才积下来的。这积蓄就从我的"理想"形成的第一天开始的，因此韦尔西洛夫不应该知道这笔钱的事情。我怕的就是这个。

不过，这点帮助也只是杯水车薪。母亲工作着，妹妹也替人家缝衣服，而韦尔西洛夫还是过着游手好闲的生活，尽闹别扭，继续保存着许多以前富贵时的习惯。他尽唠叨着，尤其在吃饭的时候。他的一切举止完全是专制的、暴虐的。但是，母亲、妹妹、塔季扬娜·帕夫洛芙娜，以及去世的安德罗尼科夫全家（安德罗尼科夫是一位科长，同时兼管韦尔西洛夫的事情，于三月前死去了，他的家庭内有无数的妇女），却像偶像似的崇拜他。我不能想象这是一种什么样的情形。我看出他在九年以前比现在漂亮得多。我已经说过，在我的幻想中，他似乎被围在一种光芒中，因此我不能想象到，从那时起，仅仅过了短短的九年，他竟会显得这样苍老，这样憔悴。我立刻感到了忧愁、怜惜、惭愧。对于他的观察，成为我刚到那里之后所产生的第一个最痛苦的印象。然而，他还不是老人，他只有四十五岁。我细看下去，发现他那清秀容貌，甚至有比在我的回忆中残存的一切还可惊愕的东西。当年的光辉黯淡下来了，没有了往日的风采，也没过去那么漂亮了，但是生活似乎在这张脸上刻下了比以前有趣得多的痕迹。

我是很明白的，在他所经受的挫折中，贫穷只不过占了一二成，除了贫穷，他还要面对某种十分严重的情况——且不算那场还有希望打赢的遗产官司。这官司是韦尔西洛夫在一年前和索科利斯基公爵家打起来的。韦尔西洛夫有在最近的将来取得价值七万，也许稍微多些的田产的希望。我上面已经说过，这个韦尔西洛夫一生挥霍完了三笔遗产，现在又有一笔遗产来救他了！案件在近期内就要由法院裁决。我就是为了这个赶来的。当然，仅仅凭这个希望，谁也不会借钱给他，没有人肯用未来的希望做抵押借款。因为举债无门，所以他只好先熬着。

韦尔西洛夫也没有上任何人家里去，虽然有时整天不在家。他已经有一年多被社会赶出了社交圈。这段历史不管我如何努力探索，在主要的情节方面我是调查不清楚的，虽然我在彼得堡住下了整整一个月。韦尔西洛夫有没有错？这对于我十分重要，我也是为了这个跑来的！为了一个谣言，好像说他在一年以前在德国做下了一桩极低微的，而在"交际圈"的眼光中却认为最坏不过的捣乱行为，甚至仿佛希望他当时在大庭广众中挨了索科利斯基公爵家人的耳光，而竟没有要求对方出去决斗。就为了这谣言，大家全都躲避他，其中还包括那些他善于结交的达官贵人。就连他的子女们（合法婚姻所生的）——儿子和女儿，也都躲避他，不跟他住在一起。诚然，儿子和女儿借着法纳里奥托娃一家人和索科利斯基老公爵（韦尔西洛夫以前的知己朋友）的帮助，在上流社会里鬼混。我在这整整的一个月内审察他的结果，看出他是一个骄傲的人，并不是社会把他从自己的圈子里赶走，而是他自己把社会从他身旁赶走——他露出了那种独立不羁的神色。但是他有没有权利露出这种神色，这是使我感到慌乱的！我应该用最短的时间打听出一切的真相，因为我就是为了判断这个人而来的。我还把自己的力量瞒住他，但是我必须或是承认他，或是完全推开他。最后的一层我感到很难受，也很痛苦。我必须完全承认：这个人是我所珍视的！

我暂时和他们住在一个寓所内，工作着，勉强忍受，不做出粗暴的举动，但也快无法忍受了。住了一个月之后，却使我与日俱增的坚信，无论如何，我不能要求他做最后的解释。这个骄傲的人一直立在我的面前，成为一个谜团。这个谜团使我深感侮辱。他和我甚至很亲密地开玩笑，但是我宁愿争吵，也不愿开这样的玩笑。我和他所谈的话永远含有暧昧的意义，老实说，他的口气里永远露出奇怪的讪笑。起初，在我从莫斯科来到这里的时候，他就用不正经的态度接待我。我怎么也不能明白，他为了什么要这样做。固然，他做到了在我面前显出高深莫测的姿态，但我自己也不肯低首下气请他对我正经一些。再加上他有一些奇怪的派头，使我不知道怎样对付。简单地说，他对待我，就好像对待一个极不成熟的少年，这是我几乎不能忍受的，虽然我也知道会这样。因此，我自己也不说正经话，我等候着，甚至差不多完全停止说话。我等候一个人，这个人来到彼得堡以后，我就可以完全知道一切的真相。我的最后的希望就在这上面。总之，我已经准备和他完全断绝关系，并采取了一切措施。我很可怜我的母亲，然而……"不是他，便是我"——我想这样向她和我的妹妹提议。甚至日子我都定下了，但我暂时还要去当差。

第二章

一

    在十九号那天，我还应该领取我在"私家"当差第一个月的第一笔薪水。关于这差事，他们事先没有向我征求意见，简直好像在我来到那里的第一天上就把我送去当差。这显得很粗暴，我差不多应该反抗。这差事就在索科利斯基老公爵的家里。然而，当时一反抗就等于立刻和他们断绝关系，这虽然并不使我惊吓，但对于我的主要目的大有妨碍，因此我暂时默默地担任了这份差事，用沉默保持我的尊严。我要首先解释一下，这位索科利斯基公爵是一个富翁，位居枢密院顾问官，但和韦尔西洛夫正在进行诉讼的莫斯科的那些索科利斯基公爵们并无亲属关系（后者一连好几代都是微不足道的穷人），只不过是同姓而已。但是，老公爵对他们发生极大的兴趣，特别爱公爵中的一个，也就是他们族中最长的辈分——一位年轻军官。韦尔西洛夫在最近还对老人的事务起到极大的影响。他是他的好友，却是奇怪的好友，因为我看出这个可怜的公爵很怕他，不但在我去当差的时候，而且似乎在整个和他发生交往的时候永远如此。但他们已经很久没见面了。大家所指责的那桩不体面的行为，恰巧和公爵的家庭有关，但是塔季扬娜·帕夫洛芙娜钻了出来，由于她的介绍，我被安置到老人身边。他希望有一个"年轻人"到他的书房里去。再说，我后来发现，他也很想做点取悦于韦尔西洛夫的事情，那就是先向他走近一步，而韦尔西洛夫竟允许了。老公爵趁着他的女儿（一位将军的遗孀）不在时就这么办了，要不，她是肯定不会允许他这样做的。关于这个以后再说，但我要说的是，他对于韦尔西洛夫的奇特态度，使我在吃惊之余偏向于我的父亲。我意识到，既然对一个蒙受侮辱的家庭的家长韦尔西洛夫还存有敬意，那么外面传播着的关于韦尔西洛夫如何卑劣的议论就是离奇的，至少是有争议的。一部分说来，也就是这个情节使我在上差的时候不加反抗。我之所以愿意干这份差事，就是希望调查清楚这一切情形。

当我在彼得堡遇见塔季扬娜·帕夫洛芙娜的时候，她扮演着一个奇怪的角色。我差不多已经完全忘记她了，怎么也料不到她会处于如此重要的地位的。在这之前，我住在莫斯科的时候，也曾见过她三四次。在每次必须把我安置到什么地方去的时候——在进入图沙尔寄宿学校的时候，或是在两年半以后我转入中学，搬到令人难忘的尼古拉·谢苗诺维奇的寓所里去的时候，她总会出现，天晓得她是从什么地方来，受了谁的嘱托。她一出现之后，就伴着我一整天，检查我的衣物，带我到库兹涅茨桥去，到城里去给我买一些日常用品。一句话，整顿我一切的行装，一直到最后的书包和削笔刀为止。再加上一直对我唠叨，骂我、责备我、考问我，提出其他一些荒诞的男孩，以她的朋友家和亲戚家的男孩们做榜样，说他们全比我好。她甚至捏我，还推我，而且还推了好几次，弄得我很痛。她把我安顿妥当以后，就失踪了，好几年来没有信息。现在，就在我刚来到彼得堡以后，她立刻又跑来安置我了。她是一个干瘪的，身材很小的女人，鹰钩鼻，一对小眼睛也锐利如鹰。她像奴隶一般，忠心侍奉韦尔西洛夫，崇拜他，像对待教皇一样，且带着深信。但是，不久之后，我就惊异地发觉，她一直是一位到处受大家尊敬的人，主要的是大家都知道她。老公爵索科利斯基对她特别敬重，他的家人也是如此；韦尔西洛夫的两个骄傲的孩子，还有法纳里奥托娃家的人，也都是这样。她以缝纫和洗涤一些丝制品为生，从店铺里揽一些活计。我和她在说第一句话的时候就吵嘴，因为她竟和六年前一样，马上对我唠叨起来。从那时候起，我们每天必吵，但这并不妨碍我们有时谈谈心，说说实话。到了一个月快完结的时候，我开始喜欢她，我觉得这是因为她有一种独立的性格。不过，我没有把这一点告诉她。

当时我就明白，我被派到这个有病的老人那里去做事，只是为了给他"解闷"，我的职务就是这个。自然，这使我感到屈辱，我立刻就想采取必要的措施。但是，不久之后，这个老怪物就给我留下一种意外的印象，似乎有点怜悯，所以到了一个月快完的时候，我竟奇怪地对他产生依恋的情感，至少让我放弃了做出粗暴举动的计划。他的年纪还没有过六十岁。这里发生了一整段的故事。在一年半以前，他忽然得了一个毛病。当时，他上什么地方去，中途发了疯，因此发生了和出乱子相近的情形，当时惹得彼得堡人们纷纷议论。像发生这类情形时应该这样处置似的，他立刻被送到国外去，但是，过了五个月之后忽然他又出现了，而且已经完全恢复了健康，不过把官职辞掉了。韦尔西洛夫严肃地断言（而且露出热烈的样子），他并没有发狂，那不过是一种神经性的发作。我立刻注意到了韦尔西洛夫这种热烈的神色。不过我要说，我自己也几乎赞成他的意见。老人不过有时显得过于轻浮，似乎和他的岁数不相称，据说这是以前完全没有过的。人家说他以前曾在什么地方出过什么主意，有一次，他办一件人家委托的事情，办得十分出力。我认识他已有整整的一个月，怎么也看不出他有做参谋的特殊才能。有人注意到（虽然我还没有看出），他在发病以后，似乎特别想续弦，在这一年半内,他已屡次想实现这个想法。在交际圈里,大家全知道这件事情,也有人发生兴趣。但是,因为这倾向和公爵周围的几个人的利益不相适合,所以他们从四面八方对公爵进行监视。他的家庭人数很少。他的太太已经在二十年前过世了,他只有一个独养女儿,就是那个将军的遗孀,现在每天在等候她从莫斯科来,她的性格是他深为惧怕的。但是,他有很多远亲,以他故世的妻子方面为多,他们差不多全是穷困不堪的。此外,他还有许许多多的养子和受他恩惠的养女,这些人都期待在他遗嘱里能分到一小部分遗产,因此大家全帮着将军夫人监督老人。此外,他还有一个奇怪的脾气,从年轻的时候就有的,不过不知道是不是可笑的,那就是承揽贫穷姑娘的出嫁之事。二十五年来,在接连着把她们嫁出去,不是远房的亲戚姑娘,便是他太太的堂弟兄的继女,或是他的干女儿,甚至连看门人的女儿也归他包办出嫁。起初他把她们收留到家里来的时候,她们还不过是小姑娘,由保姆和法国女人来把她们养大,后来又把她们送到最好的学校里去读书,最后预备了妆奁把她们嫁出去。这些事总是层出不穷。养女们出嫁后,自然又养出了一些女孩们,所有生下来的女孩也忙着做他的养女,于是他又到各处去参与洗礼,她们又全来祝贺他的命名日。他觉得这一切是十分愉快的。

我到他那里去当差后,立刻看出老人的大脑里存着一个痛苦的信念(这是不可能看不出来的),那就是世上的人全都奇怪地看他,大家对待他好像不再像以前一样,不把他当作健康的人看待,甚至在最快乐的交际集会上,他也摆脱不了这种印象。老人开始多疑,开始在大家的眼睛中觉察出什么。大家还疑惑他是疯子的那个念头显然使他感到痛苦。他有时甚至带着不信任的态度偷看我。如果他打听出有人传播或证实关于他的这个谣言,那么这个心地并不恶毒的人会成为他永久的敌人的。这个情况,我请你们记住。我还要补充一句:就是这个情况,使我在第一天上决定对他不采取粗暴的手段;如果有时能博得他的欢心,或使他解闷,我甚至会觉得高兴的。我想,我这样自白应该不会有辱我的尊严。

他把大部分的钱放在事业上面。他病后还投资加入了一家很大的股份公司，这是一家十分可靠的公司。虽然由别人办事，但是他也露出很大的兴趣，出席股东会议，被选为公司的筹备委员，参加董事会，作冗长的演说，参与辩驳和吵闹，显得十分愉快。他很喜欢演说，因为这至少可以让大家看出他的聪明来。总之，他甚至很喜欢在极秘密的私生活里，把含有深刻意义的东西或妙语用到自己的谈话里去。我很明白这个。他家内楼下设了和家庭账房相类似的机构，有一个官员在里面办事，主要是算账和记账，同时还管理着公馆的事务。这位官员还在外面兼任公家的差事。本来有他一个人就完全够的，然而依照公爵的意旨，又添上了我作为助手。但是我立刻被调到书房里去，经常没有一点事情可做，既没有案卷又没有簿册，甚至连装装样子的文件也没有。

我现在写这些，对往事早已醒悟，且在许多方面差不多像局外人一样，但叫我怎样形容当时郁积在我心中的忧愁（这忧愁现在想起来还记忆犹新），主要的是怎样形容我当时骚乱的心情，这骚乱已达到了模糊的、热烈的状态，甚至使我整夜不眠。这是由于我的不耐烦，由于我自己给自己提出来的谜团。

二

要钱是一桩极讨厌的事情，即使讨薪水也是的，如果你在良心上觉得你十分不配领取它。然而，头一天晚上，母亲和妹妹就附耳微语，瞒着韦尔西洛夫（"为了不使安德烈·彼得罗维奇发愁"），打算把她不知为什么认为极珍贵的神像从神龛里送到典当里去。我每月的薪水是五十卢布，但我完全不知道怎样才能够领到手里。我被介绍去做事的时候，人家没有对我说。三天以前，我在楼下遇到那个官员，向他打听：应该向谁领薪水？他露出一脸的惊讶，微笑着看了我一眼（他不喜欢我）：

"您也领薪水吗？"

我以为他会跟在我的回答之后补上一句话：

"这是为了什么？"

然而，他只是冷冷地说"一点也不知道"，便埋头到画横线的簿册里去。簿册里面插了一些文件和账单。

他不是不知道我也做点事情的。两星期以前，我整整做了四天的工作，这工作也就是他交给我的：那就是抄写稿子，而结果几乎等于重新编写过。那是公爵的一大套"意见"，准备送到股东委员会上去。必须把所有这一切联结成完成的一份文件，还要修改和润色。我后来和公爵两人在这份文件上花了一整天的时候。他会和我很热烈地辩论，结果极为满意。我只是不知道，后来这份意见书送出去了没有？此外，关于他请我写的两三封生意上的信，我不必多提。

要薪水之所以让我觉得可恼，还因为我已经决定辞职，预感到我由于无可避免的情势不得不离开这里。那天早晨醒来以后，我在楼上的小屋内穿衣服，感到我的心跳得很厉害，虽然我觉得满不在乎，但是走进公爵家的时候，我重又感到了慌乱：今天早晨有一个人要到这里来，是一个女人，我正希望从她那里，解开让我苦恼着的一切问题！那个女人就是公爵的女儿，阿赫马科娃将军夫人，年轻的寡妇。我已经提起过她，她和韦尔西洛夫结下了不解的深仇。我终于把这名字写出来了！我自然从来没有见过她，也不能想象，我将如何跟她说话，并且会不会说话。但是我觉得（也许有充分的根据），她一来，就可以解开我心中有关韦尔西洛夫的谜团。我不能做到始终若无其事：我刚走了第一步，就这样胆怯和笨拙，这让我很烦恼，同时又十分好奇，而主要的是感觉很讨厌——这就是我当时所有的三种感受。那天的一切，我都记忆犹新！

我的公爵还丝毫不知道女儿就要来到，心想她大概在一星期以后才能从莫斯科回来。我是在头一天晚上，完全在偶然中得知的：塔季扬娜·帕夫洛芙娜接到了将军夫人一封信，当着我对母亲说了出来。她们虽然附耳微语，并且并没有直截了当地说出来，但我猜到了。我自然没有去偷听，只是我不能不听下去。当然我看到母亲在得知这个女人即将来到的消息以后，忽然露出那种慌乱样子的表情。那时韦尔西洛夫没有在家。

我不想告诉老人，因为在所有这些日子里，我不能不看出他如何怕她的来到。他甚至在三天以前透露出来，虽然用的是畏葸和婉转的口气。他说他怕她来，是因为我的缘故。也就是说，他会因为我而受到攻击。然而，我应该补充的是，在家庭关系方面，他到底还保持着独立和家长的地位，尤其在处理银钱方面。起初我断定他完全是懦夫，但后来不得不重新断定，他虽然是懦夫，但身上到底有时还留着一股顽强的劲儿，如果不说是真正的勇气，至少也是一种倔强。有些时候，你几乎无从对付他的这种性格，虽然这性格在外表上看来是胆怯的。随和的韦尔西洛夫后来对我很详细地解释过。我现在还要好奇地记起一桩事情，那就是我和他差不多从来不讲起将军夫人，好像故意回避似的：尤其是我在回避它，同时他那方面也避免谈论韦尔西洛夫。我简直可以猜到，如果我从那些使我感到极大兴趣的微妙的问题中对他提出一个什么问题来，那么他是不会回答我的。

如果有人想知道我在这一个月中和他讲了些什么，我可以回答，实际上是什么都讲，并且所讲的尽是些奇怪的事情。我很喜欢他对我那种过分的坦白。我有时带着极大的疑惑审察这个人，对自己发问："他以前在哪里当过委员？他应该进我们中学，插到四年级里去——就会成为一个极可爱的同学。"我也屡次对他的脸大为惊讶：他在外表上是极严肃的（几乎可以算漂亮），那干涩卷曲的头发是浓密的，灰白色的，眼睛睁得很大；他的整个身子是清瘦的，身材也很好。但是，他的脸具有一种不愉快的、几乎不体面的特质，那就是会从特别的严肃忽然变为过分的戏谑，使初次见到的人怎么也料想不到。我把这些对韦尔西洛夫讲，他听着露出好奇的样子。他似乎想不到我会说出这样的话来，当时他含糊其辞地说，他在病后才发生这种现象，说不定还是最近才变成这样的呢。

我们大部分的时间谈论两个抽象的话题，一个是关于上帝及其存在，也就是说上帝是否存在；还有一个是关于女人的。公爵虔信宗教，情感极强。他的书房内挂着一只大神龛，前面点着油灯。但是他会突然像中了邪似的，开始怀疑上帝的存在，说出一些奇怪的论调，显然想引起我的答复。一般讲来，对于这些问题，我是十分冷淡的，但是我们两人谈得还很融洽，永远带着诚恳的态度。甚至现在回想起来，所有的这些谈话都是极愉快的。他最喜欢的话题就是关于女人。因为我不喜欢这类话题，不能成为一个合格的交谈者。他有时甚至感到激愤。

那天早晨我刚走进书房，他恰巧谈起这一类的话题。我发现他的情绪很轻松，而昨天我离开他的时候，他还不知为什么露出极忧愁的样子。然而，我必须在今天，在几个人物来到之前，了结关于薪水的问题。我预料今天一定有人来打断我们（我的心是不会无端跳得厉害的），那时我也许不能提起钱的事情。但是，因为一直没有说到钱上去，我自然对于自己的愚笨大为生气。现在还记得，我为了恨他那个过分快乐的问题，竟把我对于女人的见解用十分热烈的样子，一股脑儿说了出来。

三

"……我不喜欢女人，因为她们是蛮横无理的，她们是笨拙的，她们是不能独立的，她们穿着有伤风化的衣装！"我不连贯地结束了我那套冗长的议论。

"好人，饶了我吧！"他喊了出来，因为把我惹恼得更加厉害，显得非常的高兴。

我只在小事上肯让步、肯马虎，但是在主要的问题上，从来不愿意退缩。在小事上，在交际方面的礼节中，随便人家怎样摆布我都可以。我永远诅咒自己的这个性格：由于那份迂腐的善心，我有时甚至准备附和任何一个交际场上的花花公子，被他客气的态度所迷醉，或者和一个傻瓜辩论个不休，这更是无可饶恕的了。这全是由于性格的不坚定，还由于生长在小地方的缘故。但到了第二天，我还是原来的样子。因此人家有时把我看成是一个只有十六岁的小孩。但是，我现在并不想获得坚定的性格，宁愿在小地方里更加缩得紧些，哪怕采取的是厌世的态度："让我笨拙好了——但是我们再见吧！"这话我说得很认真，而且永远要如此说。但是我写出来却不是为了公爵的关系，甚至还不是为了当时那次谈话。

"我并不是为了使您快乐才说这种话，"我几乎对他喊叫起来，"我只不过是发表我的看法。"

"但是女人怎么会蛮横无理，而又穿得有伤风化呢？这真是新鲜！"

"她们是蛮横无理的。您走进戏院里去，到散步的地方去看看。每一个男子都知道朝右边走，碰了一下，就让开了。他朝右边走，我也朝右边走。女人，就是那些太太们，我说的是那些太太们，就一直朝我们身上撞过来，甚至连看都没有看我们，好像我们一定而且必须跳到旁边去让路。我准备给弱智的女子让步，但是为什么竟成为她们的一个权利，为什么她们深信我应该这样做？这才是可气的事！我在遇到这类情形的时候，永远要唾一口痰。她们还要说，她们受了屈辱，要求平等。哪里还有什么平等，她竟然践踏我或是把沙土往我嘴里灌进去！"

"把沙土灌进你嘴里去？"

"是的，因为她们穿着有伤风化，这只有色鬼看不出来。法庭里审理风化案件的时候，便要关上了门，那又为什么在街上人更多的地方，竟会允许这种有伤风化的事情发生呢？她们在衣服后面公然衬着薄纱，为了表示她们是贵夫人，而且明目张胆！我不能不觉察出来，即使我不觉察，年轻人也会看到的，甚至刚开始发育的男孩也会看到的。这真是太卑劣了。尽管让那些老色鬼去欣赏，伸出舌头，跑来跑去的欣赏，但是还有必须加以保护的纯洁的年轻呢。因此我只好对她们唾痰。她们在林荫路上走着，后面拖着一俄尺半长的尾巴，在那里扫拂灰尘。你在后面走着真是要命，除非赶到她们前头去，或是跳到一旁去，否则她们会把五磅的沙土灌进你的鼻孔和嘴里去。再加上那些材料全是绸制的，她们竟在石头上拖三俄里远，仅仅为了出一出风头，而她们的丈夫在参政院里只领到五百卢布的年俸。就是为了这个才收受贿赂的呀！因此我只有对她们永远唾痰，大声唾骂，还要把她们痛骂一顿。"

虽然我把这次谈话写得带一点幽默的情调，还带着我当时特有的激愤，但那种看法到现在还是我的。

"居然不出乱子吗?"公爵好奇地问。

"我唾了一口就躲开了。自然她们会感到，但是并不露出神色，还是庄严地向前走，没有回过头来。有一次，我在林荫路上很认真地骂起那两个女人来，她们全拖着一条尾巴在后面。自然骂的不是脏话，不过说出尾巴是可耻的。"

"就这样说吗?"

"当然。第一，她们违背社会的准则；第二，她们扬起许多灰尘。林荫路本为大家而设：我走路，另外一个人也要走路，第三个人，不管是叫费奥多尔还是叫伊凡，全是一样的。我把这一些话全说出来。我不喜欢女人走路的那种姿势，尤其是从后面看。我把这话也说了出来，不过用的是暗示。"

"我的朋友，你这样会弄出严重的事情来的！她们会把你拖到法庭上去！"

"一点也不会的。没有什么可以控诉的！一个人在旁边走路，自己和自己说话。每个人有向空气里表示自己见解的权利。我说得很抽象，并不向她们说话。她们自己缠上来。她们开始辱骂，她们骂得比我还恶劣，骂我是乳臭未干的小孩，应该禁止吃一顿中饭，又骂我是虚无派，

要交给警察治我的罪。我之所以缠上她们，因为她们只有两个人，她们
是软弱的女人。如果有男人在她们旁边，我会立刻溜走的。我冷静地对
她们声明，让她们不要再和我胡闹，我将走在林荫道的另一边。为了向
她们证明，我并不怕她们的男人，而且随时准备接受决斗，所以要在二
十步外跟着她们，一直跟到她们家里去，然后就站在门前，等候她们的
男人。我就这么做了。"

"真的吗？"

"当然，这是十分愚蠢的，但我当时很兴奋。她们在大热天里把我
拖了三俄里路远，走到高等学校区里，走进一所木质的平房里去。我应
该承认，那是一个比较体面的房屋，从窗外看得见屋内有许多花，两只
金丝雀，三条牧羊狗和装在镜框里的印画。我在街上门前站立了半小
时。她们有三次偷偷地向外窥望，然后把窗帘放下来。终于从门里走出
一个年迈的官员，身上穿的并不是晨服，而是普通的家常衣服。他立在
门前，两手交叉放在背后，开始看我，我也看他。后来他把目光挪开，
然后又看了一下，忽然对我微笑。我转过身就走了。"

"朋友，这有点像席勒笔下的情节呢！我一直觉得奇怪：你满面红
润，露出健康的气色，但竟会对女人这样的厌恶！在你这样的年纪，女
人怎么不能使你引起相当的好感呢？我在十一岁的时候，我的家庭教师
就指责我，说我在夏园——建于 1704 年彼得堡的第一座花园，坐落在
一个独立的小岛上，四周河水环绕，园中有大理石雕塑，对那些裸体的
石像注视得太久了。"

"您是满心想让我到这里的什么约瑟芬·德博阿尔内（1763—1814，
法兰西第一帝国皇帝拿破仑·波拿巴的第一任妻子，法兰西第一帝国的
皇后。约瑟芬以美丽著称，但据说也是一个放荡的女人）那里去，再回
来把一切情况报告给您听。这是用不着的。我自己在十三岁的时候，就
看见过女人的裸体，整个的裸体。从那次起就感到了嫌恶。"

"真的吗？但是，可爱的孩子，女人美丽的、新鲜的皮肤上会发出

苹果的香味，哪里会使你嫌恶呢?"

"在图沙尔的寄宿学校里，也就是还在进中学以前，我有一位同学，名叫兰伯特。他尽打我，因为他比我大三岁。我尽侍候他，给他脱皮靴。他到教堂去行坚信礼（又称坚振圣事或坚振礼、按手礼，是基督宗教的礼仪，象征人通过洗礼与上主建立的关系获得巩固）的时候，修道院院长里戈亲自跑来，祝贺他第一次领受圣餐。两人流着眼泪互相拥抱。里戈把他紧紧地贴在自己胸前，还不停地变换动作。我也哭泣着，很羡慕他。后来，他的父亲死了，他离开学校，我有两年没有看见他。两年后，我在街上遇见他。他一定要到我那里去。我已经进了中学，住在尼古拉·谢苗诺维奇家里。有一天大清早他来了，掏出五百卢布给我看，叫我和他一块去。他虽然在两年前打我，但永远需要我，并不是仅仅为了脱皮靴，而是他需要我做他的听众。他说，这钱是他配好了一把钥匙从母亲的小箱里偷出来的，因为根据法律规定，父亲遗下的钱应该都属于他，所以她也不能不给。他说，修道院院长里戈昨天到他那里去劝他，一走进来，站在他面前开始啜泣，向他描绘出可怕的景象，举手向天，'但我掏出刀子来，说我要宰他'（他把"宰"字念成了"裁"字）。我们一边说一边走上库兹涅茨街去。路上他告诉我，他的母亲和里戈院长私通，被他撞见了，对于这一切他根本不加理会，他们所说关于圣餐的一套话，全是鬼话。他还说了许多话，我倒害怕起来。他在库兹涅茨街上买了一支双管枪，一个猎袋，装好的子弹、马鞭，还有一磅糖果。我们上城外去，路上遇见了捕鸟人带着鸟笼走来。兰伯特向他买了一只金丝雀。他在小林里把金丝雀放出去，因为它被关在笼内很久了，所以不能飞得很远。这时他就向它射击，但是没有打中。那是他第一次开枪。他早就想买枪，在图沙尔寄宿学校的时候就想过。我们早就幻想着有一把手枪。他好像要哭出来似的。他的头发黑得可怕，脸又白嫩，又红润，好像戴了面具；鼻子是长的，隆鼻梁，像法国人一般；牙齿是白的，眼睛是黑的。他用线把金丝雀绑在枯枝上面，离开两俄寸的距离，然后用双管枪瞄准好以后，朝那只金丝雀连开了两枪。它一下子飞散成一百根羽毛了。我们后来回到城里，到旅馆去开了一个房间，点菜吃，还喝了香槟酒。一个女人来了……我记得，我看见她打扮得那样讲究，穿了绿色的绸衣，使我十分惊愕。我当时全都看见了……就是我刚才跟您讲过的那件事情……后来我们又喝酒。他逗她，骂她，她坐在那里，一丝不挂，因为他把她的衣物都抢去了。她骂起来，吵着要衣服。他就用鞭子用力向她赤裸的肩膀上猛抽。我站起来，抓住他的头发，抓得那样巧妙，一下子把他扔到地板上去。他于是抓起叉子，戳我的腿。人们听见喊声，就跑了进来。我连忙跑走了。从那时候起，我一想到裸体的女人，就觉得讨厌。您信不信，她还是一个美女呢。"

在我说话的整个过程中，公爵的脸色渐渐从轻薄变为忧愁。

"我可怜的孩子！我永远深信，你的儿童时代有许多不幸的日子。"

"请您不必担心。"

"但是，你一个人在那里，是你自己对我说的，就算那个兰伯特也和你在一块儿。你把这一切形容得太好了：那只金丝雀呀，含泪行坚信礼呀，但是过了一年工夫，他说他的母亲和那个院长……唉，现下这个儿童问题简直太可怕了！这些金黄色的小脑袋，披着鬈发，那样天真烂漫地在你面前扑来扑去，望着你，露出光明的笑容和眼神，好像天上的天使或是美丽的小鸟，可是后来……后来发生的变化让人觉得，他们还是不要长大才好呢！"

"公爵，您真是太软弱了！好像您自己也有小孩。您自己不是没有小孩，而且永远不会有了的吗？"

"听着！"他的整个脸色在一刹那间变了，"正好有位亚历山德拉·彼得罗芙娜，前天，嘿嘿！亚历山德拉·彼得罗芙娜·西尼茨卡雅，在三星期以前，你大概在这里和她见过面的，你想一想，她在前天忽然对我说了一番让你想不到的话。当时我说如果我现在娶亲，至少我可以放心不会有孩子了，谁知她忽然对我说，甚至露出恶狠狠的样子：'恰恰相反，您会有的，像您这种人一定会有的，甚至在第一天上就会生出来的。您瞧着吧。'嘿嘿！大家不知为什么缘故，都想我会忽然娶亲的。他们虽然带着恶意这样说，不过你得承认，还说得挺俏皮。"

"俏皮固然俏皮，但是未免可气。"

"亲爱的孩子，不能对每个人所说的话都觉得可气呀。我最器重的是，人们的俏皮话，现在显然已经不大听见了。亚历山德拉·彼得罗芙娜说什么话，难道还能算数吗？"

"您怎么了？怎么说？"我抓住了他的这句话，"不能对每个人都……就是这样的！不是每个人都值得器重的，这是一条很妙的原则！我需要的就是这个。我要写下来。公爵，您有时会说出极可爱的话来。"

他露出满脸的笑容。

"不是吗？亲爱的孩子，真正的俏皮话现在越来越少了。但是……我是懂得女人的！你信不信，每个女人的生活，无论她怎样声明，总归是永远在那里寻觅服从一个什么人。你要注意，这是没有一个例外的。"

"说得对！说得妙！"我欢欣地喊。在别的时候，我们立刻就曾用整整一小时的工夫，对这个话题进行哲学的思考，但是忽然似乎有什么东西把我咬了一下，我的脸涨得通红。我觉得我这样恭维他，是谄媚他的金钱。我一向他要钱，他一定就会这样想。我故意现在就把要钱的事提出来。

"公爵，我请您立刻就把这个月我应得的五十卢布发给我。"我像放排枪似的一下子讲了出来，激动得顾不上失礼了。

我记得（因为我把这天早晨的一切记得十分详细），我们中间当时发生了在现实的情形方面极坏的一个场面。他起初不明白我，看了我半天，不明白我说的是哪一笔钱。当时，他没有想到我会索取薪水，并且为什么要领薪水？他后来对我说他忘记了，在猜到的时候，立刻掏出五十卢布来，但是弄得很忙乱，甚至脸红了。我看出了怎么回事，便站起身来，坚决地宣布我现在不能接受这笔钱，显然人家所说的关于薪水的话是错误的，或者带有欺骗性的，为了使我不致拒绝这个位置。我现在十分明白，我不应该领取什么薪水，因为并没有做出什么事情来。公爵吓坏了，竭力说我做了许多的事情，我还会做更多的事情，五十卢布太少了，他还要给我加钱，因为他应该这样做，本来是他自己还想和塔季扬娜·帕夫洛芙娜讨论我的薪水问题，但是"无可饶恕地全都忘记了"。我的脸涨得通红，最后宣称，就为了讲那桩送两个拖着尾巴的女人到高等学校区去的捣乱的故事，就凭这个而领取薪水，我觉得十分卑劣，我被雇来并不是为了给他解闷，而是为了做事，既然没有事情可做，就应该结束等等的话。我简直想不到，在我说出了这几句话以后，竟会如此害怕。结果自然是我停止了辩驳，而他还是塞给我五十卢布。我收下了这笔钱，至今回想起来还会脸红！世事往往都是以卑鄙的结局而告终，而最糟糕的是，当时他几乎向我证明，我是无可辩驳地应该领取这笔钱的，而我还愚蠢得竟会相信他，而且似乎根本不能不取。

"亲爱的，亲爱的孩子！"他喊着，吻我，抱我（说实话，我自己不知为什么竟要哭出来，虽然一下子忍住了，甚至现在提笔写这些事的时候，我还会脸红），"我的朋友，你现在好像就是我的家人一样；你在这一个月来，好像成为我自己心头的一块肉！在交际社会上也不过是交际社会，别的没有什么。卡捷琳娜·尼古拉耶芙娜（他的女儿）是一个漂亮的女人，我觉得骄傲，但是她经常，真是经常，我的亲爱的，经常给我气受……至于这些小姑娘们，她们是可爱的，还有她们的母亲们，每到命名节时，她们总是会来的，她们也不过把自己绣花的十字布送来，但是什么话也不会说。我那里聚集了她们的许多画布，足够可以做六十个枕头，绣的全是狗和鹿。我很爱她们，但是我和你差不多好像是一家人，不是儿子，而是兄弟。我最喜欢的是你在辩驳的时候所流露出来的文采。你读过书，你善于欣赏……"

"我什么书也没有读，完全没有文采，我不过随便拿起什么来读一下，最近两年来竟完全没有读，以后也不想读。"

"为什么不想读呢?"

"我另有目标。"

"亲爱的……那是很可惜的,如果在生命终结的时候,你将像我似的对自己说:我经受过一切,但是没有感受过任何美好的东西。(Je sais tout, mais je ne sais rien de bon)那就太遗憾了。我根本不知道我活在世上是为了什么!但是……我真是十分感谢你……我甚至想……"

他忽然止住了话头,似乎显得很颓丧,而且沉思起来。在极度的亢奋之后(他是时时刻刻,不知道为了什么,就会发生这种亢奋的),他通常会有一段时间仿佛失去了正常的思考能力,不能控制自己,但是很快就会恢复了原状,所以这一切并不危险。我们坐了一分钟。他那很肥胖的下唇完全垂了下去。……最使我奇怪的是,他忽然想起自己的女儿来,而且还带着十分坦率的样子。自然,我认为这是他心神不宁的缘故。

"亲爱的孩子,你不会因为我对你称呼'你'而生气吧,是不是?"他忽然冲口问道。

"一点也不,老实说,起初,在最初的几次,我有点感到侮辱,也想对您称呼'你',但我认为这未免有点蠢,因为您对我称呼'你',并不是为了侮辱我呀。"

他已经不再听我说话,也忘了自己所提出的问题了。

"跟我说说,父亲怎么样了?"他忽然抬起沉思的目光看着我。

我猛然一惊。第一,他称呼韦尔西洛夫为我的父亲,这是他从来不愿意的;第二,他提起了韦尔西洛夫,也是从来没有的事。

"没有钱,尽发愁。"我简洁地回答,但自己却好奇得要命。

"是的,关于金钱。今天在地方法院里开庭审理他们的案子。所以我在等候谢廖扎公爵,他会带着什么消息来的。他答应从法院里出来后,就直接到我家里来。他的命运全在这个案件上面。一共有六万或八万。当然,我永远希望安德烈·彼得罗维奇(也就是韦尔西洛夫),希望他好，大概他会胜诉，公爵恐怕什么也得不到。那是法律呢！"

"今天开审吗？"我惊愕地喊。

我一想到韦尔西洛夫甚至连这个也漏下来，没有通知我，真使我异常惊愕。"如此说来，竟没有对母亲说，也许对任何人也没有说，"我立刻想到，"他就是这种性格！"

"难道索科利斯基公爵在彼得堡吗？"另一个想法忽然使我震惊。

"昨天就来了。一直从柏林来，特地为了这个案子赶来的。"

这也是对于我极重要的一个消息。"他今天会到这里来，这个人，这个打他耳光的人！"

"那有什么？"公爵整张脸忽然变色了，"他照旧会传扬上帝的教义……也许……也许又会去寻觅小姑娘们，那些没有依靠的小姑娘们？哈，哈！现在这里又要出一个极有趣的笑话……哈，哈！"

"谁传扬教义？谁寻觅小姑娘们？"

"安德烈·彼得罗维奇！你信不信，他当时像一片树叶似的黏贴在我们大家身上，问我们吃些什么，想些什么？几乎就是这样的。他吓唬我们，叫我们洗净自己的心灵。'如果你信上帝，为什么不去做修道士呢？'简直提出这样的要求来了。这真是奇怪的观念！即使很对，那不太严厉吗？他最爱用恐怖的裁判吓唬我，吓唬得比谁都厉害。"

"我一点也没有注意到这个，我已经和他住了一个月。"我一面回答，一面不耐烦地倾听着。他还没有恢复常态，说话慢吞吞的，前言不搭后语，让我懊恼死了。

"这些话他只是现在没有说罢了，但请你相信，事实确是这样的。这个人很有口才，那是无疑的，而且学问也很深。但他的脑筋是不是正常的呢？这个问题是他在国外住了三年以后才发生的。说实话，他使我十分惊愕……使大家都惊愕……亲爱的孩子，我是爱上帝的……我信仰，我尽我所能地信仰，但是我当时真的发了火。这使我使用了拙劣的手段，那是我故意在恼怒中做出来的，再加上我反驳的话在实质上是很坚决的，好像从开天辟地以来就是如此。我对他说：'如果最高的生物是有的，确乎实质地存在的，并不是流转的、气体的形状，或是什么液体（因为这更难于理解），那么他住在哪里？我的朋友，这无疑是极愚蠢的，但所有反驳的话都归结到这一点上啊。这是关键。'他听了十分生气。他在外国时改信了天主教。"

"我也听说过他有改信天主教的想法，大概是瞎编的。"

"我以一切神圣的名义向你担保，这是真的。请你仔细看一看他……不过你刚才说他变了。想当初他把我们大家折磨得好苦！你相信不相信，他自己做出好像是圣徒的姿态，还出现他的神灵。他要求我们把自己的行为报告给他。我可以发誓，确是如此！神灵，真是的！如果是修道士或者隐士，那也就罢了，但明明穿着燕尾服，而且什么都不在乎……竟会突然出现了神灵！这对于上流社会上的人来说，真是一个奇怪的愿望。老实说，也是一件令人感到奇怪而发生趣味的事。我并没有说什么：当然，这一切是神圣的，全会发生的……这一切是莫名其妙的，但是对于上流社会上的人来说，甚至是不体面的。如果在我身上出了这类的事情，或者对我有什么提议，我可以赌咒，我会拒绝的。我总不能今天在俱乐部里吃饭，然后突然去显灵吧！我真会让人家笑死的！当时我把这一切讲给他听……他还戴过修士禁欲用的锁链呢。"

我气得涨红了脸。

"您亲眼看见过锁链吗?"

"我自己没有看见过，但是……"

"那么我要对您声明，这一切全是虚伪的，是仇人们卑劣的诡计和谣言织成的，其实也只有一个仇人，一个主要的，无人性的仇人，因为他只有一个仇人：这个人就是您的女儿！"

公爵当时也跟着脸红了。

"我的亲爱的，我请求你，我坚持要求你，从此以后，永远不许在我面前把我女儿的名字和这件丑事一块儿提出来。"

我欠起身子。他有点儿失常了：下巴在哆嗦着。

"这件可恶的事！……我不相信它，我永远不愿意相信，但是……人家对我说：你相信呀，你相信呀，我……"

仆人忽然走了进来，报告有客人来拜访。于是，我又重坐回我的椅上。

四

进来的是两位女客人——两个姑娘。一个是公爵亡妻的堂兄弟的继女，或是这一类的亲戚。她是他的养女，他已经分拨给她一笔妆奁，她自己也有财产（这个交代是为了将来做伏笔）。第二个是安娜·安德烈耶芙娜·韦尔西洛夫，韦尔西洛夫的女儿，比我年纪大三岁，她和她哥哥同住在法纳里奥托娃家内，在这之前，我只见过她一次，是在街上偶然见到的，至于我和她的哥哥，在莫斯科倒有过一次冲突，也是偶然的（如果有机会，也许我以后会提起这个冲突，因为实际上这是没有价值的事）。这个安娜·安德烈耶芙娜从小就被公爵特别宠爱（韦尔西洛夫很久以前就和公爵认识了）。此时，我被刚才所发生的一切弄得十分慌乱，她们走进来的时候，我甚至没有站起来，尽管公爵已经站起来迎接她们了；等我回过神来，想到站起来时，又未免更显得羞惭，所以仍旧坐着没有动。主要是因为公爵在三分钟以前那样朝我呼喊，弄得我非常的慌乱，还不知道我应该不应该离开这里。但是，老人照例完全忘记了一切，在一看到姑娘们的时候，脸上显出愉快的神情。他甚至带着变化得很快的脸色，似乎神秘地使出眉眼，在她们走进来之前对我匆匆地微语着：

"你仔细看一看奥林皮阿达，看得仔细些，再仔细些，以后我再告诉你……"

我用十分专注的眼神朝她看望，没有发现什么特别的地方。她是那种身材不是很高的女郎，身体丰满，脸颊有特别的红晕。她的脸庞是十分有趣的，为唯物派人物所喜悦的。也许脸上有善良的表情，但是带着皱纹。她没有流露出特别的智慧，不过这是指最高的意义而言，因为从眼睛内露出了狡猾来。她的年纪看起来不过十九岁。总而言之，并没有一点显著的地方，如果是在我们中学里，会管这种姑娘为"枕头"（我写得如此详细，那仅仅是为了将来有用处的缘故）。

我在这之前所描写的一切，在表面看来，这么详细是没有必要的，但这一切都和后文有关，全有用处的，一切全会在相当的地方发出回响。我不懂得怎样去避免，如果沉闷，尽请不用去读它。

韦尔西洛夫的女儿却完全是另一种人。她身材很高，甚至有点瘦。一只椭圆的、特别惨白的脸，乌黑而蓬松的头发，眼睛黑而大，目光深邃，小嘴巴，嘴唇殷红。她走路的姿态是第一个不让我感觉讨厌的女人。不过她是柔弱的、单薄的，脸色不是十分和善，但极为端庄。她有二十二岁，容貌上差不多没有和韦尔西洛夫相似之点，但由于一种奇迹，在脸庞的表情方面和他特别相像。我不知道她的相貌美不美，这是要看各人的审美观如何而定的。两人都穿得很俭朴，不必加以叙写。我等候着我会被韦尔西洛夫女儿的眼神或姿势所侮辱，因为我在和她的哥哥相接触的时候，他就把我侮辱了一顿。她不认识我，但自然听说我经常上公爵家里来。凡是公爵想做或正在做着的一切，立刻就会在他的亲属和那些"等待分遗产的人"中间引起关注，成为一件大事，何况他又突然对我产生了感情。我肯定地知悉公爵对于安娜·安德烈耶芙娜的命运产生极大的兴趣，正在给她寻找未婚夫。但是，比起那些在十字布上绣花的姑娘们来，给她寻觅未婚夫就要难得多了。

然而，跟我的预料正好相反，韦尔西洛夫女儿在和公爵握手，并和他交换一些快乐的交际上的话语以后，特别好奇地看着我，看见我也正看着她，忽然带着微笑对我鞠躬。诚然，她刚走进来，所以用刚走进来的人的样子鞠了躬，但是她的和善的微笑，显然是出于礼貌上的。我记得，我当时有了特别愉快的感觉。

"这是……这是我的可爱的、年轻的朋友阿尔卡季·安德烈耶维奇·多尔……"公爵喃喃地说，在看见了她向我鞠躬，而我还坐着的时候。可是突然地把话头扯断了：也许因为把我介绍给她，实际上等于介绍弟弟给姐姐，未免有点不好意思。那个"枕头"也对我鞠躬，但我忽然十分愚蠢地发起火来，从座位上跳了起来：充分表现出那种毫无意义的、故意装出来的骄傲——这全是由于自尊心在作怪。

"对不起，公爵，我不是阿尔卡季·安德烈耶维奇，而是阿尔卡季·马卡罗维奇。"[俄国人姓名中的第二组为父名，即表示其人为某某人之子，仅须在父亲的名字上加上"维奇"两字即可。书中主人公含怒说出的这句话，乃系强调他是多尔戈鲁基（名马卡尔）之子，而非韦尔西洛夫（名安德烈）之子。——译者注]

我生硬地断然反驳道，完全忘了必须向女客们还礼。就让这片刻的失礼见它的鬼去吧！

"但是……听着！"公爵喊了一声，手指叩击自己的额角。

"您在哪里读书？"一直走到我身前来的那个"枕头"在我的头上发出了愚蠢的、拉着长调的声音。

"在莫斯科的中学里。"

"啊！我听见过的。那边学校里教得好吗？"

"很好。"

我一直站着，好像兵士回答长官的问话一样。

毫无疑问，这位姑娘的问话并不机智，也没有技巧，但她竟会把我那愚蠢的举动给遮掩了过去，且使公爵的羞惭大为减轻。公爵已带着快乐的微笑倾听韦尔西洛夫女儿对他附耳说着什么快乐的话语，显然并不是在说我。然而，问题是，为什么这个完全和我不相识的姑娘会自告奋勇，遮掩我那愚蠢的举动呢？再说也不能设想她就是这样对待我。这里面一定另有用意。她十分好奇地望着我，似乎希望我也去多多地注意她。所有的这一切，我后来才弄明白，我并没有弄错。

"怎么？难道就是今天吗？"公爵突然喊道，从座位上跳起来。

"这么说，您不知道吗？"安娜·安德烈耶芙娜吃了一惊，"妙极了！公爵竟然不知道卡捷琳娜·尼古拉耶芙娜今天会来的。我们就是来找她的，我们猜想她乘的是早车，早就该到家了。刚才恰巧在台阶上遇到她呢。她一副风尘仆仆的样子，吩咐我们到您这里来。她立刻就来……那不是她来了吗。"

旁边的门开了，于是，那个女人出现了。

我已经从挂在公爵书房内的那张奇怪的照片上认出了她的脸：在这一个月内，我研究着这张照片。她进来后，我只在书房里停留了三分钟，目不转睛地看着她的脸。但是，如果我没有看见过她的照片，过了三分钟以后，有人问我："她长得怎么样？"我会一时回答不上来的，因为我已经心醉神迷了！

在这三分钟内，我所记得的只是一个确实十分漂亮的女人。公爵吻她，又用手对她画十字。而她，可以说，一进来就开始打量起我来。我明显地听出公爵显然指着我喃喃地说些什么，带着小小的一种笑声，说关于雇用新秘书，还提起了我的姓名。她的脸似乎抽动了一下，难堪地朝我望着，露出傲慢无礼的微笑，使我忽然向前走了一步，走到公爵面前，一面哆嗦，一面喃喃地开口，但似乎牙齿在那里打战，一句话也没有说完：

"从今以后我……我现在有自己的事情……我要走了。"

我回转身就出去了。谁也没有对我说一句话，连公爵也没有说。大家只是瞧着。公爵后来对我说，我当时的脸色惨白得使他"简直吓坏了"。不过，这算不了什么！

第三章

一

　　的确真的算不了什么：高尚的考虑将一切小节全都忽略，而实力感又满足了我的一切。我在一种欣悦的状态中走了出去。我走上街后，准备引吭高歌。很凑巧的是，这是一个美妙的早晨，阳光、过客、喧哗，来来往往的车辆，人群充满了喜悦。"难道这个女人没有侮辱我吗？我怎么会忍受得了这样的眼神，这么傲慢的微笑，而在我这方面竟没有发生抗议，哪怕是极愚蠢的抗议呢？"必须注意的是，她跑来就为了对我施加侮辱，其实她从来没有看到我。在她的眼睛里，我是"韦尔西洛夫派来的人"。当时她深信，后来的许多时候也深信，韦尔西洛夫把她的整个命运掌握在手里，他有办法，如果他愿意，可以利用一个文件立刻把她陷害。至少她这样疑惑着。这里涉及的是生死的搏斗。然而，现在我并没有感到侮辱！也就是说，侮辱是有的，但我没有感觉到它！哪里会有这种感觉呢！我甚至觉得高兴。我本来准备仇恨她的，现在却觉得甚至开始喜欢她了。"我不知道，蜘蛛会不会恨它想去捕猎的苍蝇？一只可爱的小苍蝇！我觉得猎物是招人喜爱的，至少是可以爱的。我就爱我的敌人，譬如说，她这样美丽使我觉得喜欢。太太，您这样傲慢，庄严，使我觉得很喜欢，如果您驯顺些，便不会有这样的愉快。您唾我的面孔，而我还感到胜利，如果您果真把真正的痰朝我的脸上吐去，我也许真的不会生气，因为您是我的猎物，是我的，而不是他的。这念头是多么令人陶醉呀！在私下里意识到自己的实力，远比公开的主宰要愉快得多。如果我是亿万富翁，我大概会以穿破旧的衣服为乐事。我乐意人家把我视为一个极渺小的，几乎是在行乞着的人，乐意人家推我，看不起我，因为对于我来说，只要意识到自己的实力就足够了。"

上面的话就是我当时喜悦的想法以及许多我所感受的诠释。我不过要补充一句，就是现在在这里写出的文字中显得浅薄些，实际上我而是深沉得多，羞愧得多。也许即便现在，我的内心也远比我的言行还显得羞愧些。但愿如此呀！

也许我坐下来写这些，反而显得很糟糕：因为人们内心远比表达出来的言辞要丰富得多。你的想法，即使是坏的，寓于心中时总是比较深刻些，但一用文字表现出来，便显得可笑些，不连贯些。韦尔西洛夫跟我说过，只有坏人才会出现完全相反的情形。他们不过是说谎，因此觉得很容易。我而是要努力写出全部的事实，这就十分困难了！

二

在十九日那天，我又迈出了另外"一步"。

我自从来到彼得堡以后，口袋里第一次有了钱，因为我把两年来所积蓄的六十个卢布全交给了母亲，这在前面已经提到过了。我在几天以前就决定在领到薪水的那天"试着"做早已想做的事情。我昨天就从报上剪下一个地址——"彼得堡地方法院执行吏"发布的公告,说到"九月十九日,正午十二时,在喀山区某段某街某号门牌拍卖列勃列赫特夫人动产",还说"清单、货价和所售财产可以在拍卖之日观看"云云。

时间已经有一点多钟,我就按照地址步行前去。我已经有三年没有雇过马车——我自己下了这个决心(否则也不会攒下六十卢布来的)。我从来没有到拍卖场上去过,我还不肯这样做,虽然现在这"一步"不过是一个尝试,但我早已决定,即使要做这个尝试,也要在我中学毕业之后,在跟所有的人断绝来往、躲进自己的壳里。然而,我还没有钻进自己的"壳里",我还没有自由,因此我打算仅以试验的形式走这一步,也就是说,只是为了看一看,几乎好像是幻想一下,然后就不再去做,也许有许多时候不去做,一直到正正经经地干起来的时候为止。在一般人看来,这不过是一次小规模的、愚蠢的拍卖,但对于我来说,竟等于哥伦布乘着去发现美洲的那艘船的第一根木材。我当时的感觉就是这样的。

我一到那个地方,就走到公告上所指的那所房屋深深的院落,走到列勃列赫特夫人的寓所里去。这个寓所一共有一间前屋和四间不高不大的房间。有一群人站在前屋旁边的第一间屋内,居然有三十人左右。其中一半是做买卖的,另一半从外貌上看来不是好奇的,便是爱好的,或是列勃列赫特派来的。也有商人和犹太人,他们全看中了金器。还有几个人穿得很"齐整"。在这些先生们当中,有些人的面貌甚至深刻的留在我的记忆里。右面的房屋,在敞开的门里,恰巧在两扇门的中间,放着一只桌子,所以要想走到那间屋里去是不可能的。里面放着被查封的准备拍卖的物件。左面还有另一间屋子,但是门虚掩着,虽然时时刻刻开着一条小缝,看得见人从里面窥望,大概是列勃列赫特夫人那一大家子中家庭成员,自然在这时候总有点害臊的。佩戴徽章的执行吏先生坐在门旁桌后的椅上,主持拍卖物品。我到场时,拍卖已经进行了一半。我一走进去，就挤到桌子那里。这时，正在拍卖铜烛台。我开始观看着。

我张望了一下，心里立刻想：我能在这里买些什么？这个铜烛台我现在能派上什么用场？会不会达到我的目的？事情应该这样做吗？我的计划能不能成功呢？我一面想着这一切，一面等候着，感觉有点类似在赌场前的情形，那时你还没有下注，但是走了过去，想下一下注："愿意就下注，不愿意就走，这是我的自由。"此刻我的心还没有怦怦直跳，但似乎微微地沉住，而且哆嗦着——一种未免有趣的感觉。然而，犹豫不决的情绪很快地开始压迫你，你的眼睛有点眩晕了；你伸出手来，取了一张牌，然而是机械地，几乎违反了意旨，似乎另外有人在牵动你的手；你终于决定了，下了注，那时候已是另一种伟大的感觉。我并不写拍卖场上的情形，我只写我自己：还有什么人会在拍卖场上感到心跳呢？

有的人兴奋着，有的人沉默着、期待着，有的人买了以后又后悔。我甚至不去怜惜一位先生，他由于没听清楚，犯了错误，竟把一只银牛奶壶当作真正的银器买下来，出了五个卢布，其实只值两个卢布。这甚至使我感到异常的快乐。执行吏拍卖对象是不分类别的：在烛台之后接着是耳环，在耳环之后接着是羊皮枕，跟着就是小箱，大概为了花样不同，或是为了适应参与拍卖的人们的要求。我没有站到十分钟，起初挤过去想买那个枕头，后来又想买小箱，但是在将下决心的时候都打住了：我觉得这些东西是完全不适合自己的。未了，执行吏手里终于发现了一本纪念册。

"家用的纪念册，红皮装，用过的，里面有水彩画和铅笔画，套子用象牙雕成的，有银扣环——价值两个卢布！"

我挤了过去。这纪念册从外观上看还很漂亮，但在象牙雕刻上有一个地方有损伤。只有我一人走过去看，大家都不说话，并没有竞争者。我本来可以打开扣环，把纪念册从套子里掏出来，看一看货色，但是我没有去使用我的权利，只是挥着颤抖的手，意思是说："看不看都是一样的。"

"两卢布五戈比。"我说，牙齿似乎又打战了。

东西卖给我了。我立刻掏出钱来，付清了，抓起纪念册就走到屋子的角落里去，在那里把它从套子里掏出来，激动地、急急忙忙地仔细察看它：抛开封套不算，那东西是世界上最不值钱的，大小像小型的信纸，薄薄的，边上涂着的金色业已磨损，简直就是以前刚从学校毕业出来的姑娘们常备的那类册子。里面用炭笔和水彩颜色画着山上的庙宇、爱神、池塘和戏水的天鹅。还有一首诗：

> 我将踏上遥远的征程，
>
> 永远和莫斯科分离，
>
> 辞别了亲爱的人儿，
>
> 在驿道上奔驰。

（这首诗居然会在我的记忆中存留着！）我断定这回我是"失算"了：如果还有谁也不要的东西，那就是这本纪念册了。

"不要紧，"我暗自下了决断，"第一次赌牌总是要输的，这甚至是一个好兆。"

我真的感到快乐。

"啊哟，我来迟了！到了您手里了吗？您买下了吗？"一位穿着蓝大衣的先生在我身旁喊了起来。从外表上看，他显得很阔绰，服装也讲究。他来迟了。

"我来迟了，啊哟，真是可惜！多少钱？"

"两卢布五戈比。"

"啊哟，真可惜！您可以让给我吗？"

"我们出去说。"我微语着，心都揪紧了。

我们走到楼梯上。

"十个卢布让给您?"我说着,背后感到一阵冷气。

"十个卢布!您怎么啦?"

"买不买随您啦。"

他瞪着眼睛望我。我穿得还好,完全不像犹太人或收买旧货的商人。

"您省省心吧。这是一本不值钱的旧纪念册。谁需要这东西?封套实际上并不值钱。您是不能卖给任何人的。"

"但您还想买呢。"

"我是出于特殊的情况,我昨天才知道:也只有我一个人呀!您是怎么啦?"

"我本来应该要二十五卢布,但毕竟把握不大,担心您不会买,所以我只要了十个卢布。这是很公平的交易。我一个戈比也不能再让了。"

我转过身走了。

"我出四个卢布,"我已经走上院子里去,他追过来,"五个!"

我没出声,继续走着。

"给您,拿去吧!"他掏出十个卢布,我把纪念册给他。

"您要知道,这是很不公道的!两个卢布买进,十个卢布卖出!"

"为什么不公道?这是市场!"

"什么市场?"他生气了。

"有了需要,就成为市场。您如果不需要它,四十戈比我也卖不出去的。"

虽然我一脸认真,没有发出哈哈的笑声,但内心却大笑不已,并非由于欢欣,而是自己也不知道为了什么,有点透不过气来。

"您听着,"我完全按捺不住地喃喃说着,但是露出友善的态度,心里十分喜欢他,"您听着,巴黎那个已经故世的詹姆斯·罗特希尔德身后遗下了十七亿法郎的财产(他点点头),他还在年轻时代,因为偶然比别人早几小时晓得贝里公爵被杀的消息，立刻去通知应该通知的一些人，就是这么一件小事，一转眼就赚到了几百万——人家就是这么干的！詹姆斯的致富实际上是因为及时得到了拿破仑一世在滑铁卢战败（1815）的消息，而不是提早得知贝里公爵被害的消息。"

"那么，您是罗特希尔德吗？"他愤恨地对我嚷嚷，就像对一个傻瓜喊叫似的。

我匆忙地从屋内走出来。仅仅一步，就赚到了七卢布和九十五戈比！我承认，这一步路是没有意义的，就像儿童的游戏，但他到底和我的想法相吻合，不能不使我激动万分……不过，情感是不必加以描写的。一张十卢布的钞票已放在背心口袋里，我伸出两个指头去摸它——就这样走着，没有将手拿出来。我在街上走了一百步路，就将那十卢布掏出来看了看，看过之后，就想吻它。一辆马车忽然在一所房屋的大门前面按响喇叭。看门人开了门，一位太太从房屋内走出来，坐上马车。她年轻美丽，服装阔绰，穿着绸缎和天鹅绒，后面拖着两俄尺长的尾巴，显得很有钱。忽然一只漂亮的小皮包从她的手里溜出来，落在地上；她已经坐上车了；仆人俯下身去要捡拾那件东西，但我连忙跳过去，捡了起来，递给那位太太，微微地举起帽子（那是大礼帽，我打扮得像阔少爷，还不算坏）。太太拘束地，但带着愉快的微笑对我说道："谢谢，先生。"马车走了之后，我吻了吻那张十卢布的钞票。

三

这一天我必须去见叶菲姆·兹韦列夫，他是我以前的中学同学，但半途辍学，转入彼得堡某专科学校。他本人并不值得加以描写，我和他也没有发生过亲密的交情。但是，我在彼得堡设法找到他，因为他能够立刻把克拉夫特（我极需要见到的一个人）的住址告诉我，在他从维尔诺城一回来的时候。兹韦列夫前天告诉我，他今天或明天就会回来的，所以今天我必须走到彼得堡区去，但是我并不感到疲乏。

兹韦列夫（他也是十九岁）临时住在他姑姑家，我在他姑姑的院子里遇到了他。他刚吃过饭，正在院子里像踩高跷似的走来走去。他立刻告诉我，克拉夫特昨天已经回来了，住在以前的寓所里，就在彼得堡区，他自己也想赶紧见到我，以便把一点要紧的话告诉我。

"他还要到什么地方去呢。"叶菲姆补充了一句。

因为在现在的情形之下见到克拉夫特是非常重要的，所以我请叶菲姆立刻领我到他的寓所里去。那寓所其实离得很近，只有两步路，就在附近的一条胡同里。但是兹韦列夫说他已经在一小时之前见过他，他已经上杰尔加乔夫家里去了。

"那我们就上杰尔加乔夫家里去吧。你为什么总是畏畏缩缩？这么胆小？"

克拉夫特真会在杰尔加乔夫家里坐得很长久的，可是我怎能在那里长时间等他呢？我并不是怕上杰尔加乔夫家去，而是不想去，虽然叶菲姆已经拉我去了三次。他说出那句"胆小"的话时，永远露出对于我来说十分难堪的微笑。这里并不是胆怯，我预先声明。如果我怕，也完全是怕别的事情。这一次我决定前去。这也只有两步路，我在路上问叶菲姆：他是不是还有跑到美洲去的计划？

"也许还要等一等。"他带着轻松的微笑回答。

我不大喜欢他，甚至完全不喜欢他。他的头发是白色的，还有一张肥胖的、过于白净的脸，甚至白得不大雅观，近乎孩子气。身材甚至比我还高，但是只能把他当作十七岁的孩子看待。我和他没有什么话可讲。

"那里怎么样？难道永远有一群人挤着吗？"为了在心中有底，我向他探听。

"你干吗老是这样胆怯？"他又笑了。

"滚你的蛋！"我生气了。

"并没有一群人，来的全是一些朋友，全是自己人，你放心吧。"

"是自己人，不是自己人，关我屁事！我难道在那里是自己人吗？为什么他们会相信我呢？"

"是我带着你去，也就够了。他们甚至都听说过你的。克拉夫特也会介绍你的情况。"

"喂，今天瓦辛去吗？"

"不知道。"

"如果有他，我们一走进去，你就推我一下，把瓦辛指给我看。刚走进去就指，你听见没有？"

我已经听到关于瓦辛的许多事情，对他早就发生了兴趣。

杰尔加乔夫住的是一所小侧屋，坐落在一个商人妻子的木房子的院子里。这间侧屋由他独自租住。一共有三间清洁的房屋。所有的四个窗子全用帘子挡住。他是一位技师，在彼得堡有工作。我在无意中听说，他在省里弄到了一个私人的肥缺，现在就要准备到那里去。

我们刚走进了豆腐干大小的前屋，就听到一阵谈话声：大概他们正在热烈地辩论着。

我果真露出了一点不安，当然，不习惯于社交，甚至包括任何的社交。我在中学里和同学们用"你"的称呼，但几乎和谁也没有深交。我给自己弄好了一个角落，就住在这个角落里。但使我不安的并不是这个。我决定在任何情况下都不和人们发生辩论，只说一些极必要的话语，为了使人家不能对我有所判断，主要的是：不参与辩论。

在一间不很大的屋内聚了七个人，如果包括太太们，那就是十个人。杰尔加乔夫有二十五岁，已经结婚。他的夫人有一个妹妹，还有一个女亲戚。她们也住在杰尔加乔夫家里。屋内的陈设也很简单，家具已经够用，甚至很清洁，墙上挂着一张石印的照片，角落里的神像没有金属饰物，油灯却点燃着。杰尔加乔夫走到我面前，跟我握了握手，让我坐下。

"请坐，这里全是自己人。"

"随便坐呀。"一个容貌姣好，穿得很朴素的年轻女人立刻补充说。她微微地向我鞠躬之后，立即出去了。她就是他的夫人，看样子大概也在那里辩论，现在走出去喂孩子吃奶。但是屋内还留下两位太太：一个身材矮小，二十来岁，穿着黑衣，也不算难看；另一个也二十来岁，身材瘦削，目光机灵。她们坐在那里，听得很起劲，但是没有参与谈话。

至于男子们，却全都站着，除了我之外，只有克拉夫特和瓦辛坐着。叶菲姆立刻给我指出他们两人，因为我也是第一次见到克拉夫特。我从座位上站起来，走过去和他相互认识。克拉夫特的脸型让我过目不忘：它并没有一点特别的美，可是具有和善的、文雅的相貌，虽然时常显露出一种自尊感。他的年纪大约有二十六岁，身体很瘦，中等身材，金黄头发，脸色是严肃的，但极柔和。不过，如果你要问我：愿不愿意把我的脸，也许甚至是极其平庸的脸，换成他那张我觉得十分招人喜爱的脸？那么，我的回答一定是不愿意。因为他那张脸上有一种神情是我不愿意看到的：就是那种精神上过分冷静，那种类似于不自觉的藏而不露的傲气。不过，我当时大概不能进行如此精确的判断。我现在才觉得我当时这样判断，也就是说，在已经出了事之后。

"您来了，我很高兴，"克拉夫特说，"我这里有一封信，和您有关系的。我们在这里坐一会儿，然后请到我家里去。"

杰尔加乔夫中等身材，肩膀宽阔，头发乌黑，胡须很长。他的眼神里透出一种机灵，显得老成持重。他虽然多半时间沉默着，但显然在左右着大家的谈话。瓦辛的脸庞并不使我惊愕，虽然我听人家说他是一个聪明绝顶的人。他的头发是金黄色的，一双淡灰色的巨大的眼睛，脸很爽朗，但同时似乎有点过分坚强，让人觉得不好相处，但眼神是极聪明的，比杰尔加乔夫还聪明些，深刻些，比屋内的一切人都聪明些。然而，也许我现在有点夸张。其余的人当中，我只记得两张年轻人的脸：

一位脸色阴郁的高个子，蓄着乌黑的胡须，话很多，年纪在二十七岁左右，是什么学堂的教员，或是和这一类相近的人；还有一个和我年纪相仿的年轻人，穿着俄罗斯式的长褂，脸上有皱纹，一直沉默着，属于爱倾听人家说话的一类人。后来才晓得他是农民出身。

"不对，这问题不应该这样看，"蓄着黑胡须的教师开始说，显然重新恢复之前的辩论。他比大家都显得兴奋，"我并没有说到数学的证据，但是这个观点，即使没有数学的证据，我也相信的……"

"你等一下，季霍米罗夫。"杰尔加乔夫大声打断了他的话。"刚走进来的人们是不会明白的。瞧，事情是这样的，"他忽然对我一个人说（说实话，如果他有意考一考我这个初出茅庐的小子，或是让我说话，那么他这种手段是很巧妙的。我立刻感到这层，而且做好了准备），"您瞧，这个克拉夫特先生，他的性格，他的坚定的信念是我们大家早已知悉的。他由于一个极其平常的事实，做出了使大家惊异的极不平常的结论。他表示，俄罗斯民族是二等的民族……"

"三等的。"有人喊道。

"二等的民族，它的使命只是给卓越的民族当材料，在人类的命运中，它本身没有自己独立的角色。克拉夫特先生根据自己这种也许有道理的推论，得出一个结论就是：每个俄罗斯人将来一切的事业会被这个观念所麻痹，那就是说大家必将无所作为，并且……"

"对不起，杰尔加乔夫，这话不应该这样讲。"季霍米罗夫又不耐烦地抢上去说（杰尔加乔夫立刻让他讲）。"因为克拉夫特做了一番认真的研究工作，根据生理学得出像数学一样正确的结论，他也许花了两年工夫去研究，才得出自己的这个观点（我却会安然地，不假思索地加以接受的），为了这个理由，也就是为了克拉夫特那种忧患意识和严肃的态度，这个问题应该作为一个不寻常的现象来看待。由上述种种引出了问题，但克拉夫特却无法理解应该研究的正是这个问题，于是必须从事研究它，即研究克拉夫特不了解的一切，因为它已成为不寻常的现象。必须解决的是，研究这个现象是不是应该看成单独的事件，属于研究室的，还是在其他场合下也会正常地重复出现的一种属性？为了共同的事业，这一点值得注意。关于俄罗斯，我会相信克拉夫特的观点，甚至可以说，也许很高兴：如果这个观点能为大家所理解，就等于解去了人们身上的束缚，让人们放手去行动，给许多人摆脱爱国主义的偏见……"

"我并不出于爱国主义……"克拉夫特似乎带着一些紧张的神情说着。这一番辩论大概是他并不喜欢的。

"是不是爱国主义，那是可以放在一边的……"本来很沉默的瓦辛开口说话了。

"但是请问，克拉夫特的结论怎么会削弱人们对全人类事业的追求呢？"教师喊着（他一人喊叫，别的人发言都是轻声轻气的）。"即使俄罗斯被判列入第二等，但是不单为了俄罗斯，也可以工作的。如果克拉夫特停止信仰俄罗斯，他怎么还能成为爱国主义者呢？"

"何况他又是德国人。"又有一个声音发出来。

"我是俄国人！"克拉夫特说。

"这个问题是和事情没有直接关系的。"杰尔加乔夫对打断争论的人说。

"你们应该走出狭隘的思路，"季霍米罗夫不去听任何人的说话，"如果俄罗斯不过是供比较卓越的民族利用的材料，那为什么它不去充当那个材料呢？这还是一个十分体面的场合。为什么不安于这个观念，以扩充自己的课题呢？人类正面临着变革的前夜，变革业已开始了。只有瞎子才会否认当前的课题。如果你们对俄罗斯失去了信心，就离开它，为未来工作——为未来的还不知晓的民族工作，这民族一定是以全人类组成，没有种族区别的。俄罗斯将来总也有死亡的一天。任何民族，哪怕是最有才智的民族，其活力也只能保持一千五百年，或两千年。两千年和两百年不都是一样的吗？罗马人并没有生气勃勃地活到一千五百年，也变成了材料。他们早就没有了，但是他们留下了思想，这思想融入到人类的命运里去，成为未来的一个组成部分。怎么能对人说，没有事情可做呢？我设想不到会有无事情可做的局面！你们就去为人类做事，其余的一切不必多管。如果仔细环顾，事情太多了，生命是不够用的。"

"必须按照自然和真理的法则生活下去！"杰尔加乔夫夫人从门后说。门缝开了一点，看得见她站在门旁，胸前抱着婴孩，乳头被遮掩着。她正在热心地倾听着。

克拉夫特一面听，一面微笑，终于似乎露出有点疲倦的神情，然而十分诚恳地说：

"我不明白，既然一个人的心智受其指导思想的支配，既然他处于主导思想的影响之下，那他怎么还可能靠这思想之外的东西生存呢？"

"但是，如果有人用逻辑的方式，数学的公式对你说，你的结论是错误的，全部思想都是错误的，你没有丝毫的权利，使自己脱离公众的有益的事业，单只为了俄罗斯是注定沦为第二等民族，如果有人对你指出，只要抛弃了狭隘的视角，你的前面将有无尽的天地开展出来，代替了狭隘的爱国主义的观念……"

"唉！"克拉夫特轻轻地摇手。"我已经对您说过，并不是为了爱国主义……"

"显然这里有点误会，"瓦辛忽然插嘴说，"错误在于克拉夫特并不仅仅只有逻辑的结论，他的结论业已变为情感了。不是每个人的天性都一样，有许多人的逻辑结论有时会变为强烈的情感，把整个身体全把握住，很难加以驱逐或改造。为了救治这种人，必须变更这情感的本身，除非用其他的、力量相等的情感来代替才行。这永远是很难的，在许多情形下是不可能的。"

"错啦！"那个好争论的人大声喊起来。"逻辑的结论本身就会把偏见分析开来。合理的信念也能产生情感。思想从情感里出来，在人的心里扎根，组成新的情感。"

"人的性格是各异的！有的很容易变更情感，有的困难些。"瓦辛回答，好像不愿继续辩论。但是我对于他的理论深为赞赏。

"您说得很对！"我忽然把坚冰击破，把脸转向他，对他说起话来。"必须把别的情感插进去，以代替这个情感。四年前，在莫斯科有一位将军……你们瞧，诸位，我并不认识他，但是……说实话，他本人或许就不值得尊敬……再加上事情本身也可能显得荒唐，但是……他的孩子死了，实际上是两个小姑娘，相继得了猩红热死去……他忽然垂头丧气，一直在那里悲伤，悲伤得没了人形，看都不能看了，结果是半年之后就一命呜呼了。他为了这事而死，那是一个事实！那么，当初该怎样做才能使他获得新生呢？答案是用同等力量的情感！应该把这两个小姑娘从坟墓里给他掘出来，还给他就行了，必须用这类的方法。可是他死了！但是，当初也可以对他提出极好的理由：那就是生命是即刻就过去的，大家都会死的，还可以从年鉴中找出统计的数字，有多少小孩死于猩红热……当时，将军已经退役……"

我打住话头，一面喘气，一面向四周看望。

"这完全不是那么回事！"有人说。

"您举出来的事实，虽然和这件事情不是同类的问题，但终归有点相像，可以说明问题。"瓦辛对我说。

四

我在这里应该供认，为什么我对于瓦辛提出的关于"理想——情感"的理论深为赞赏，而且还应该承认令我十分羞愧的事。是的，我怕上杰尔加乔夫家里去，虽然并不是由于叶菲姆所猜想的那个原因。我知道他们是辩证派（也就是说他们或他们一类的人都是一样的），也许会击破"我的理想"。我深信自己，我绝不会把我的理想向他们泄露出来、直说出来，但是他们（也就是说他们或他们一类的人）自己会对我说出些什么，使我对自己的理想失去信心，甚至在我并没有对他们提起它一个字来的时候。在"我的理想"里还有一些我没有解决的问题，但是我不愿除我以外，有什么人去解决它。在最近两年来，我甚至停止读书，怕碰到于"理想"不利，会使我震动的地方。现在，瓦辛忽然一下子把问题解决，使我感到了无比的安慰。说真的，我到底怕什么呢？无论他们用什么样的辩证法，又能把我怎么样？那里也许只要我一个人明白瓦辛所说的关于"理想——情感"是什么！推翻某个美好的理想还不够，必须代以同等力量的美好的情感。否则，无论如何我也不愿和我的情感分离，会在我心里推翻这个观点，哪怕用强制的手段，不管人家怎样说。再说，他们能给予我什么以代替它呢？因此我可以勇敢些，我必须大胆些。我一面对于瓦辛的话深为赞赏，一面感到惭愧，觉得自己是个不中用的小孩。

这里还有一件可耻的事。使我开口说话打破僵局的，并不是那种想夸耀我的智慧的讨厌的情感，而是那种想"博取欢心"的愿望。这种想博取欢心的愿望，为的是使人家承认我是好人，开始拥抱我，或做出类似的行为（总之，恶劣透顶）。现在想来，我认为在我一切羞耻事件当中，它是最卑鄙的。很久以前，我就在猜想，自己心中怀着博取别人欢心的愿望，这就是我躲在角落里这么多年的缘故，虽说我对此至今不后悔。我知道，我应该在人们面前装得阴郁些。在遭遇到一切耻辱以后，唯一使我感到安慰的，那就是我的"理想"到底还藏在我的心中，没有泄露给任何人。有时我会心惊胆战地想到，在我对任何人泄露我的理想之后，我的心里将忽然一无所有，我将和大家一样，也许会把理想抛弃，因此我才珍惜它，爱护它，生怕乱说出来。但是现在，在杰尔加乔夫家里，我几乎第一次跟他们接触就不能自我克制。当然，我什么也没有泄露，但是竟无可恕宥地乱说起来。结果出了丑。现在回想起来，真令我难堪呀！不，我是不能和人们生活在一起的，即使现在，我还是这样想，我这话还将管用四十年。因为我的理想，需要一个角落。

五

听到瓦辛的夸赞，我就立即迫不及待地想继续往下说了。

"据我看来，每个人都有权拥有自己的情感……如果这情感来自于信念……但愿任何人都不要为此而去责备他。"我对瓦辛说。我虽然说得很活泼，但好像并不是我在说，倒是像别人的舌头在我的嘴里转动着。

"真的吗?"一个声音立刻抢上来，用嘲讽的口气说。这声音就是打断杰尔加乔夫的话，对克拉夫特喊他是德国人的那一位发出来的。

我认为他根本就是一个无足轻重的小人物，所以把脸转向教师，好像刚才是他对我呼喊似的。

"我的信念是，我对任何人都不敢批判。"我哆嗦着，已经知道我要栽跟头了。

"何必这样高深莫测呢?"那个无足轻重的小人物的声音又传出来了。

"每个人都有自己的理想……"我盯着教师。他沉默着，含笑打量着我。

"那您呢? 有吗?"那个小人物又喊了一声。

"说来话长……我的理想一部分就是希望人家给予我休息。在我有两个卢布的时候，我还要独立地生活着，不受任何人的管束（您不要着急，我知道人家反驳我的是什么话），什么事情也不做，甚至为了人类的伟大的未来，就是克拉夫特先生被请去工作的那个事业也不去做。个性的自由，也就是我自身的自由，应该放在前面，别的我不想知道。"

错误就在于当时我生气了。

"您在宣传饱食终日的奶牛式的安宁，是不是？"

"就算是吧。奶牛不会侮辱人的。我不欠任何人钱，我给社会缴税，为的就是使人家不偷我，不打我，不杀我，谁也不敢再向我有所要求。也许我个人还有其他的理想，愿意为人类服务，我会做的，也许比所有其余的宣传家还要多做十倍。不过我不许任何人要求我做，命令我做，像命令克拉夫特似的。即使我连手指都不举起来，那也是我完全的自由。由于爱人类而四处奔波、上蹿下跳、讨好别人，还感动得挥洒热泪——这只是一种时髦的举动。我何必一定要爱我的邻人，或是爱你们的未来的人类。这人类我是永远看不见，他们也不会知道我。他们照样会化为灰烬，不会留下任何痕迹和记忆（时间在这方面是毫无意义的）。到那时候，地球照样变成冰石，在无空气的空间和无数同样的冰石一同飞翔。那就是无意义到不能想象的地步！这就是你们的学说！请问，我为什么一定要做正直的人？何况，既然一切都只是瞬息即逝？"

"咦！咦！"那个声音又喊出来。

我神经质地、恶狠狠地把这一切倾倒出来，把所有的绳索都扯断了。我知道我会栽跟头出丑，但由于害怕反驳，所以慌不择言。我意识自己好像把思想往筛子里撒放，一点也没有连贯，放过了十个念头，跳到第十一个念头上去，但是我忙着说服他们，抢先击倒他们。这对我是十分重要的！为此我准备了三年的工夫！但奇怪的是，他们忽然沉默下来，一句话也没有说，全都听着。我继续对那个教师说话。

"事情正是这样。顺便提一下，有一个极聪明的人曾经说过，世界上最难回答的问题就是：'为什么一定要做个高尚的人？'要知道，世界上有三类小人：第一类是天真烂漫的小人，他们相信自己的卑劣行为是最高尚的、最正当的行为；第二类是有羞耻之心的小人，也就是对于自己的卑劣行为感觉羞耻，但由于决心已定，所以还是要把卑劣的行为做到底；第三类是真正的小人，纯粹的小人。你们听我举一个例子：我有一个同学叫兰伯特，他在十六岁的时候对我说，他一有钱，他要做的最愉快的事情，就是把面包和牛肉喂给狗吃，听穷人的孩子们饿死；在他们没有东西可以当柴烧的时候，他要买下一整家木材厂，堆在田野里，把田野烧热，但是一块木柴也不给穷人们。这就是他的情感！你们叫我怎样回答这纯粹的小人的问题：'为什么他一定要做个高尚的人呢？'尤其是现在，在你们改造成这种样子的现代，因为像现在那样糟糕的时代从来没有过。诸位，我们的社会里一切事情全是模糊不清的。既然你们否认了上帝，否认了功绩，那么还有哪一种因循守旧的思想，哪一种毫无生气的、盲目而愚蠢的思想，会使我按你们的方式去行事，而不让我做对自己更有利的事呢？你们会说：'对于人类的合理的态度也就是有利于我。'但是，如果我认为所有的这些合理，所有这些军营式的组织，这些'法郎吉'（"法郎吉"是法国空想社会主义者夏尔·傅立叶的学说。傅立叶认为资本主义是一种"每个人对全体和全体对每个人的战争"的制度，资本主义的文明就是奴隶制的复活。但他不主张废除私有制，而是幻想通过宣传和教育来建立一种以"法郎吉"为其基层组织的社会主义社会），都是不合理的呢？既然我在世界上只活一次，那我才管不了这些事情，也管不了未来的一切！就让我自己来关心我的利益吧：这样会快乐些。千年以后，你们的人类将成为什么样子，于我又有什么相干，如果依照你们的法典，我不会取得什么，既没有爱情，又没有未来的生活，更不承认我的功绩？不，如果这样，那么我要用十分无礼的方式为自己生活下去，哪怕以后大家全都完蛋！"

"一个极好的愿望！"

"不过，我随时准备跟大家一块完蛋。"我补充说。

"那更好！"（插话的还是那个声音。）

其余的人仍旧沉默着，大家全张望着，都看着我，但屋子里的各个角落渐渐地开始笑了起来，尽管笑得很轻，大家一直看着我的脸发笑。只有瓦辛和克拉夫特不笑。蓄黑胡须的人也发出冷笑，他盯着我，倾听着。

"诸位，"我全身哆嗦，"我无论如何不肯把我的理想对你们说出来，但是相反地，我要问你们，用你们的立场问你们。你们不要以为是用我的立场，因为我爱人类，也许要胜过你们总体总和的千倍以上！你们说，你们现在应该说，因为你们在那里笑。请你们说：你们用什么来吸引我，使我跟随你们？请你们说，你们用什么来证明你们那里更好些？你们将怎样处理我的个性在你们组织里的反抗？诸位，我早就想和你们相遇！你们会有组织，公共的住所，Sricte nécessaire（法文，译为"一切最起码的必需品"），无神论和不生儿育女的公共妻子，这是你们的结局，我是知道的。就为了这一切，为了你们的合理主义给我保障下的这点儿蝇头小利，为了一块面包和一点暖气，你们要把我的全部的自由夺去！请问，如果我的妻子被人家夺走，你们会不会压抑住我的个性，使我不把仇人的脑袋砸破吗？你们会说，在那时候我自己会聪明些。但是妻子对于这种有理性的丈夫会有什么样的想法，如果她多少还有点儿自尊的话。要知道，这是不正常的事情。你们不感到羞耻吗？"

"您对于妇女方面是专家吗？"传出那个微不足道的小人物的可恶的声音。

刹那间，我真想扑过去，用拳头朝他身上揍一顿。他的身材不高，头发带点栗色，脸上长着雀斑……不过，真是见鬼，我干吗要去理睬他的外貌！

"您放心吧，我还从来没有跟女人发生过关系呢。"我厉声说，第一次把脸转向他。

"一个珍贵的报告，但是有太太们在场，也许应该说得客气一点才对！"

突然，大家纷纷活动起来，开始挑拣自己的帽子，打算走开。自然不是为了我，而是因为时间到了。他们这种对我沉默的态度，使我感到十分羞惭。我也跳了起来。

"请问您贵姓，为什么尽朝我身上看着？"教师忽然朝我身边跨了一步，带着极卑劣的微笑。

"多尔戈鲁基。"

"多尔戈鲁基公爵吗?"

"不,平民的多尔戈鲁基,以前的农奴马卡尔·多尔戈鲁基的儿子,我以前的主人韦尔西洛夫先生的私生子。诸位,你们不必着急,请放心,我这么说绝不是希望一下子博得你们的欢心,使我们大家感动得像小犊一般痛哭号叫!"

顿时爆发出一阵极不礼貌的大声哄笑,以致把隔壁睡熟的婴孩吵醒,哇哇地哭了。我愤怒得浑身颤抖。他们一个个和杰尔加乔夫握手,走了出去,对我则不屑一顾。

"我们走吧。"克拉夫特推了我一下。

我走到杰尔加乔夫跟前,使劲地握他的手,又用力摇了好几次。

"库德留莫夫(指那个棕红头发的人)老惹您生气,请您原谅。"杰尔加乔夫对我说。

我跟克拉夫特走了出来。我毫不知耻。

六

当然,现在的我和当时的我已经是天壤之别了。

我继续"毫不知耻",在楼梯上就赶到瓦辛面前,把克拉夫特丢下,像丢下二等人物一般,用极自然的态度,好像什么事情也没有发生似的问道:

"您大概认识家父吧?我指的是韦尔西洛夫。"

"说实话,我并不认识他,"瓦辛立刻回答(并不像那些识趣的人们,在和刚受了耻辱的人说话的时候,做出那种虚伪的客气的样子),"但是,我对他略有所知。我见过他,也曾听过他说话。"

"既然听过他说话,那么自然是知道的,因为您那么聪明!您对他有什么看法？请恕我这样冒昧地发问，但是我认为这是极重要的。那就是您怎样想，您的意见是十分必要的。"

"您对我的期望太大了。我觉得这人能够给自己提出很高的要求，也许还能够履行这要求，但他对任何人都不做解释。"

"说得很对，太对了。他是一个很骄傲的人！但他是不是一个纯洁的人呢？您对于他的信天主教有什么看法？我忘记了，您也许不知道……"

如果我不这样慌乱，我自然不会把这类问题平白地向从来没有说过话，只不过听见过的那个人身上乱说。但使我奇怪的是，瓦辛似乎没有注意到我的疯狂！

"这件事情我听见过，但不知道究竟对不对。"他仍旧安静地，心平气和地问答。

"没有那回事！这话是不确实的！难道您以为他会信仰上帝吗？"

"他是一个很骄傲的人，正像您刚才所说的一样，在那些骄傲的人当中，有许多是信仰上帝的，尤其是那些有点瞧不起世人的人。许多强者好像全有一种天然的需要，就是发现什么人或什么东西，还要崇拜什么。那些强者有时很难承受自己的力量。"

"这大概很对！"我又喊起来。"只是我想弄明白……"

"这里的原因极为明显：他们为了不愿对人们崇拜，所以选择了上帝。崇拜上帝是不会感到耻辱的。他们当中会生出热诚信仰的人，说得确切些，会生出热烈地愿意信仰的人。但他们将愿望视为信仰本身。这类人当中，以后感到失望的也会特别的多。我觉得韦尔西洛夫先生具有极诚恳的性格的特质。"

"瓦辛，"我喊道，"您使我高兴！我所惊异的不是您的智慧，让我惊异的是，以您这样纯洁的人，比我站得那样无限高的人，怎么会和我在一起走路，那样自然而且客气地说话，好像什么事情也没有发生似的！"

瓦辛微微一笑。

"您太恭维我，那只是因为您过于喜欢抽象的谈话的缘故。您大概在这之前沉默了很长时间。"

"我沉默了三年。我在三年内准备着说话……您自然不会把我视为傻子，因为您自己太聪明，虽然我的行为是笨得不会再笨了，但是您会认我是一个小人！"

"小人吗？"

"是的，一定是的！请您说，您会不会暗中看不起我，因为我说了我是韦尔西洛夫的私生子……还自夸是一个农奴的儿子？"

"您把自己折磨得太厉害了。如果您认为说错了，只要第二次不说就好了。您的前面还有五十年的时间。"

"我知道我应该和人们少说话。一切荒唐行为中，最卑鄙的就是博取别人的欢心。我刚才已经把这话对他们说过，现在又要博取您的欢心！但这里是有区别的，有没有呢？如果您明了这个区别，如果您能够了解它，那么我要感谢这一时刻。"

瓦辛又微微一笑。

"如果您愿意，可以到我家里去坐坐，"他说，"我现在有了工作，很忙，但是您来坐坐，会使我觉得快乐的。"

"我刚才从您的容貌上判断出，您是过于坚强，而且是不好相处的人。"

"这也许很对。我认识令妹莉扎韦塔·马卡罗芙娜，那是在去年的时候，在卢加……瞧，克拉夫特停下来了，好像在等候着您。他得转弯了。"

我紧紧握了握瓦辛的手，跑到克拉夫特面前去。我和瓦辛说话的时候，克拉夫特一直在前面走着。我们默默地走到他的住宅那里去。我还不愿意，而且不能和他说话。克拉夫特的性格中最大的一个特点就是态度温和。

第四章

一

克拉夫特以前在什么地方供过职,同时还给已故的安德罗尼科夫帮忙(有报酬地帮忙)办理一些私人的事务,这些事务是在本职工作之外承接的。我认为极重要的是,克拉夫特既然和安德罗尼科夫特别接近,一定知道许多在我看来十分有趣的事。我从玛丽亚·伊万诺芙娜那里知道,她是尼古拉·谢苗诺维奇的太太。我上中学时住在他家里许多年,她是安德罗尼科夫的亲侄女,在他家里长大,很受他宠爱。我就是从她那里知道,克拉夫特甚至"被委托"把什么东西转交给我。我已经等了他整整的一月了。

他住在小小的寓所里,一共有两间屋子,完全是独立的。因为他现在刚回来,甚至连仆人都没有,皮箱虽已打开,但没有收拾好。东西在椅子上乱放着,沙发前面的桌上摊放了手提包、旅行小箱、手枪等物件。克拉夫特走进去的时候，露出十分忧虑的神情，似乎完全忘记了我。他也许没有觉察出，我在路上没有和他谈过话。他立刻动手寻找什么，但是偶然朝镜子看了一下，就止了步，仔细端详自己的脸，有整整的一分钟之久。我虽然看出了这个特别的样子（后来也记得十分清楚），但我自己心里也很忧愁，有点混乱。我没有力量集中自己的思想。有一瞬间，我忽然想就此走开，把一切事情就这样搁下来。实际上，这一切事情究竟是怎么回事呢？不就是自找麻烦吗？我感到失望的是，我也许只是由于一种情感的作用，竟浪费许多精力到没有价值的琐碎事情上去，同时自己前面还有重要的任务在等候着。但是，从杰尔加乔夫家里所发生的一切事情来看，又显然表明我没有能力去干大事。

"克拉夫特，您还要到他们那里去吗？"我忽然问他。他慢吞吞地转身向我，似乎不大明白我的意思。我坐到椅上去了。

"您饶恕了他们吧！"克拉夫特忽然说。

我自然觉得这是嘲讽的话，但我在仔细看了一眼以后，在他的脸上看出了一种奇特的，甚至惊人的朴实，甚至使我自己也觉得奇怪：他怎么会这样正经地请我"饶恕"他们。他把一张椅子放在我身边，自己也坐了下来。

"我知道，我也许是一切自尊心的混杂物，别的什么也没有，"我开始说，"但我并不请求饶恕。"

"也完全不用向任何人请求啊。"他轻轻地正经地说。他说话总是轻言细语，显得慢吞吞的。

"就算我归罪于自己……我是喜欢归罪于自己的……对不起，克拉夫特，我在您这里尽是胡说八道，请您饶恕我。请您告诉我，难道您也是这个小组织里的人吗？我想问您的，就是这个。"

"他们不比别人愚笨些，也不比别人聪明些；他们是疯子，和大家一样。"

"难道大家全是疯子吗？"我转身问他，不由得露出好奇来。

"现在好一点的人全是一些疯子。只有那些不上不下和无能的人才寻欢作乐……不过,这些都不值得讲的。"

他一边说,一边似乎向空中看望,刚开始说了几句,又停住不说了。特别令人惊愕的是他声音里的一种忧伤。

"难道瓦辛也和他们在一起吗? 瓦辛这人是有智慧的,而且有道德的观念!"我喊着。

"道德的观念现在完全没有了,突然一点也没有,主要的是好像从来没有过似的。"

"以前没有吗?"

"最好不必去谈它。"他说着,显然露出疲乏的样子。

他那忧郁、严肃的样子打动了我。我为自己的自私而羞惭,就开始说一些他比较愿意听的话。

"现在的时代,"他自己开始说,在沉默了两分钟以后,还是向空中看望着,"现在的时代……那是以黄金为核心和冷漠的时代,嗜好粗蛮、懒惰,没有能力做事,需要一切现成东西的时代。谁也不去沉思,不大有人会体验出理想来。"

他又刹住了话头,沉默了一会。我倾听着。

"现在大家砍伐俄罗斯的树林,破坏它的土地,使它变为荒原,供卡尔梅克人作为牧地用。要是出现一个怀有希望的人,种起树来,大家全笑了:'难道你能活到那个时候吗?'另一方面,那些期待幸福的人们议论着千年以后将会有什么情形。贴近现实的理想完全丧失了。大家好像住在客店里,准备明天离开俄罗斯,大家都得过且过……"

"等一等,克拉夫特,您说'有人顾虑千年以后的情形'。那么您的绝望……对于俄罗斯命运的绝望……难道不也是一样的顾虑吗?"

"这是……这是一个极紧要的问题,只有这一个问题是紧要的!"他气愤地说,迅速地从座位上站起来。

"哎哟,是的! 我竟忘记了!"他忽然用完全不同的声音说,惊疑地看着我。"我叫您来是为了点事情……看在上帝的面上饶恕我吧。"

他好像忽然从梦中醒来,几乎感到惭愧,从放在桌上的皮包里取出一封信,递给我。

"这就是我要转交给您的。这个文件具有一定的重要性。"他开始神情专注地用极干练的神色说着。后来过了许久之后,回想起来,我还对于他这种能力深为惊愕:他竟能在这种时候,那样和蔼地关心别人的事情,那样安静而且坚强地讲述着这件事情。

"这是斯托尔别耶夫所写的一封信,正是他死后留下的遗嘱,才引发了韦尔西洛夫和索科利斯基公爵们的官司的。这案件现在正在法院里审理着,大概结果会于韦尔西洛夫有利,因为法律站在他的后面。然而,立遗嘱的人在两年前所写的这封私信里,自己表示出他的真正意旨,或者不如说是愿望,所表示出来的大概于公爵们有利,而于韦尔西洛夫不利。至少索科利斯基公爵们在辩论遗嘱时所根据的几点,在这封信里可以取得有力的支持。韦尔西洛夫的对手可以出许多钱换来这个文件,虽然它并没有法律上的决定的意义。承办韦尔西洛夫事务的阿列克谢·尼卡诺罗维奇(即安德罗尼科夫)把这封信保存在自己手里,在死前不久时候,把它交给我,吩咐我'仔细保存着',也许他预感到自己的要死了,因此为这个文件担心。我现在不愿意判断阿列克谢·尼卡诺罗维奇对于件事情的用意,说实话,我在他死后曾处于一种痛苦的迟疑不决的状态中,那就是叫我如何处置这个文件,特别在这案件快要在法院中裁决的时候。但是,玛丽亚·伊万诺芙娜把我从困境中解脱出来。她是阿列克谢·尼卡诺罗维奇生前很信赖的人。在三星期以前,她写信给我,坚决地让我把这份文件转交给您。这大概(她的说法)和安德罗尼科夫的意旨相合的。瞧,就是这封信,我现在能够交给您,我觉得十分高兴。"

"请问您,"我说,被这样突如其来的新文件弄得惶惑了,"现在叫我怎样处置这封信呢? 叫我怎么办呢?"

"这是您的自由。"

"那是不可能的,我并不自由,您自己也晓得的!韦尔西洛夫正等候这笔遗产……您知道,他没有这笔遗产的帮助会完蛋的……但是忽然存在着这样的一个文件!"

"它只存在在这里,在这间屋子里。"

"真是这样吗?"我认真地望着他。

"如果您在这件事情上自己不能想出怎样处置的办法,我还能给您出什么主意呢?"

"但是,我也不能把这个转交给索科利斯基公爵们,否则我就会断绝韦尔西洛夫的一切希望,成为背叛他的人……从另一方面说,我把它交给韦尔西洛夫,就会把无辜的人们推到贫穷的处境当中,同时又使韦尔西洛夫处在陷入两难的境地:要么放弃遗产,要么沦为窃贼。"

"您把事情说得太严重了。"

"请问:这个文件在法律上有没有最后的决定的性质?"

"不,没有的。我是一个不成名的法律家。对方的律师自然会知道如何利用这个文件,从这里面取出一切有利于自己的证据来,但阿列克谢·尼卡诺罗维奇却认定,这封信即使呈上去,也不会有很大的法律意义,所以韦尔西洛夫总归会打赢官司的。这个文件也不过能起到所谓良心上的作用……"

"这就是最重要的啊,"我插上去说,"因此韦尔西洛夫会处在一个两难的境地。"

"他也许会把这文件销毁,那时候便可免除一切的危险。"

"您有没有特别的理由,认为他会这么做,克拉夫特?这就是我想知道的:我也就为了这事才上您这里来的!"

"我觉得,任何人处在他的地位上都会这样做的。"

"您自己也会这样做吗?"

"我并不领取遗产,所以不知道自己会怎么样。"

"好吧，"我说，把信往口袋里一塞，"这件事情现在暂时这样了结。克拉夫特，您听着：玛丽亚·伊万诺芙娜曾经告诉我许多事情，她说，您，只有您一人能够把半年前韦尔西洛夫和阿赫马可夫一家人在埃姆斯所发生的事情的真相告诉我。我等候您，像等候太阳，它一直在我身上照耀着。您不知道我的处境，克拉夫特。我求您把所有的事实全告诉我。我一定要知道他是什么样的人——尤其是现在，比任何时候都需要知道！"

"我真奇怪，怎么玛丽亚·伊万诺芙娜自己没有告诉您。她可以从安德罗尼科夫听到一切的。不用说，她自然已经听到过，而且也许比我知道得还要多些。"

"安德罗尼科夫自己对于这件事情都弄不清楚。玛丽亚·伊万诺芙娜就是这样说的。大概这件事情谁也不会弄明白。在这事上，连魔鬼都感到棘手的！我知道您当时自己在埃姆斯……"

"我并不知道事情的全过程，但是所有我知道的，我很愿意讲出来，只是不知道能不能使您满意。"

二

我现在不想把他所讲的话原封不动地转述，只是简单扼要地写出大概的内容。

一年半以前，韦尔西洛夫通过索科利斯基老公爵的介绍，成为阿赫马科夫家中的朋友（大家当时全住在国外，在埃姆斯），他先是给阿赫马科夫本人留下了强烈的印象。他是一位将军，年纪并不很老，但是在结婚后的三年内，因为好赌，已经把他夫人卡捷琳娜·尼古拉耶芙娜丰厚的嫁妆都输光了，又由于不节制的生活曾经中过风。他神志清醒以后，到国外养病，渐渐地好转了。至于为什么住在埃姆斯，那是因为他前妻所生的女儿住在那边的缘故。这位姑娘是有病的，年约十七岁，得了肺病，但是听说相貌十分漂亮，脾气却有点古怪。她并没有嫁妆。他们照例把希望寄托在老公爵身上。据说，卡捷琳娜·尼古拉耶芙娜是善心的后母。但是，不知是什么原因，姑娘和韦尔西洛夫特别要好。当时他还在宣传一些"狂热的思想"。按照克拉夫特的说法，是宣传一种新生活，"怀有一种极崇高的宗教的情绪"——这个奇怪的，也许是嘲笑的说法，出自安德罗尼科夫之口。我是后来听人说的。然而，有趣的是大家后来都不喜欢他了。将军甚至很怕他。克拉夫特完全没有否认那个谣传：韦尔西洛夫成功地使这位有病的丈夫确信，他的妻子卡捷琳娜·尼古拉耶芙娜对于年轻的索科利斯基公爵怀有好感（公爵当时已经离开埃姆斯到巴黎去了）。他当然不是直接地说出来，却"照例"用些逸言、诱导的话语以及各种转弯抹角的花样，"他对于这个是很拿手的"。克拉夫特这样说。总而言之，克拉夫特认为他是一个骗子和天生的阴谋家，而且宁愿认为他是这种人，也不愿把他当作确乎怀有高尚的或独特思想的人。我在听克拉夫特介绍之前就已经知道，韦尔西洛夫起初对卡捷琳娜·尼古拉耶芙娜产生了极深的影响，但后来却渐渐地和她闹翻了。这场把戏到底是怎么回事，我没有从克拉夫特那里打听出来，但是说到他们两人在友谊以后发生互相的仇恨，这是大家都可以证明的。后来出了一桩奇怪的事情：卡捷琳娜·尼古拉耶芙娜的有病的女儿显然恋上了韦尔西洛夫，或是迷上他身上的什么惊人之处，或是被他滔滔不绝的言论燃起了激情，或是出于我不理解的原因，但大家都晓得韦尔西洛夫有一个时候差不多整天在这个姑娘旁边逗留着。结果是姑娘忽然对父亲宣布，她愿意嫁给韦尔西洛夫。这事确曾发生过，是大家都能证明的，克拉夫特呀、安德罗尼科夫呀、玛丽亚·伊万诺芙娜呀，甚至塔季扬娜·帕夫洛芙娜有一次在我面前也说过的。大家还说，韦尔西洛夫不但自己愿意，而且甚至坚持地要求和姑娘结婚，又说这两个年龄不相当的男女，老男少女的结合是互相情愿的。但是，这个想法却把当父亲的吓坏了。他随着对于以前深爱的卡捷琳娜·尼古拉耶芙娜嫌恶程度的增进，几乎开始崇拜他的女儿，特别是在中风以后。可是，卡捷琳娜·尼古拉耶芙娜自己成为反对这婚姻的最激烈的人。于是发生了许许多多秘密的，十分不愉快的家庭的冲突、辩论、气恼，总之是一切丑恶的事情。做父亲的看见他心爱的、被韦尔西洛夫"弄得神魂颠倒"（克拉夫特的说法）的女儿那股顽强劲儿，开始让步了。但是，卡捷琳娜·尼古拉耶芙娜仇恨难消，继续反对。正是这一点开始把人们引入迷津，谁也弄不懂到底是怎么回事。以下便是克拉夫特根据所得的材料而做的猜测，但到底不过是猜测而已。

　　韦尔西洛夫好像用了别出心裁的、巧妙而且无懈可击的手段给年轻女郎一个暗示，仿佛说卡捷琳娜·尼古拉耶芙娜之所以不赞成，是因为她自己爱上了他，对他吃醋，追求他，实施各种阴谋，而且已向他表示过爱情，现在准备烧死他，因为他爱上了另一个女人。总之，全是这一类的话。最糟糕的是，他好像把这话也对那父亲，那个"不忠实"的妻子的丈夫"暗示"过，还说公爵不过是消遣消遣罢了。家庭里自然开始了整个的活地狱的情景。根据另一些传说的材料，卡捷琳娜·尼古拉耶芙娜很爱自己的女儿，现在被人家造谣中伤，还加上对有病的丈夫的感情起了裂痕，便陷入悲痛中了。不过，同时还有另一种说法，令我痛心的是，不但克拉夫特深信这种说法，而且我自己也相信的（对于这个我已经听见过了）。有人说（据说是安德罗尼科夫从卡捷琳娜·尼古拉耶芙娜那里听到的），韦尔西洛夫在这之前，也就是在和年轻女郎产生情感之前，曾向卡捷琳娜·尼古拉耶芙娜表示过爱情，而她呢，本来是他的好友，甚至在一段时间很称赞他，但经常不相信他，反对他的言论，对于他这一次的爱情表白，竟以非常激愤的态度回应，恶毒地取笑了他一顿。他预料到她丈夫将有第二次中风，因此径直向她提议，让她做他的妻子，但她简直把他从身边赶走了。所以现在卡捷琳娜·尼古拉耶芙娜看见他如此公开地想和她的女儿缔结婚姻，必然对他恨之入骨了。玛丽亚·伊万诺芙娜在莫斯科把这一切告诉给我听的时候，她同时相信这两个说法，也就是把这两个传说合在一起：她确信这两种情况可能兼而有之，可谓是 la haine dans l'amour（法文，译为"爱恨交加"），双方都在恋爱中受到自尊心的挫伤云云。总之，有点像某种极微妙的爱情瓜葛，外加上卑劣的阴谋。但是，玛丽亚·伊万诺芙娜自己从小就被爱情小说填塞得十分饱满，日夜诵读着，虽然她具有很好的性格。结果她心中浮现出了韦尔西洛夫显明的卑劣行为，虚伪和阴谋，阴暗而且讨厌的一些东西，被揭发出来了，尤其因为结局确实非常的悲惨：那个可怜的热情似火的女郎服毒自杀了，据说吞食了含磷的火柴。不过我甚至到现在还不知道最后这个谣传是否确实，至少大家都在竭力掩盖此事。姑娘只病了两星期就死了。因此吞食火柴的事便成为疑案，但克拉夫特坚信着。姑娘的父亲不久也死去了，据说是因为忧伤引起了第二次的中风，不过这至少是在三个月以后的事了。女郎出殡以后，年轻的索科利斯基公爵从巴黎回到埃姆斯，在花园里当众打了韦尔西洛夫一记耳光，但韦尔西洛夫并没有提议决斗，相反却在第二天就出现在散步的地方，好像没事人似的。当时大家全不理他了，在彼得堡也是如此。韦尔西洛夫虽然有些相识的朋友，但完全在另一个圈子内。他的交际场上的朋友们中间，大家全责备他，虽说很少有人了解全部的底细，只知道年轻女郎殉情和挨耳光之类的事。可能充分了解情况的只有两三个人，而知道得最多的是已故的安德罗尼科夫，他早就和阿赫马科夫家有事务上的关系，特别是为了办一件事和卡捷琳娜·尼古拉耶芙娜接近。但是，所有这些秘密他甚至都瞒着家人，只对克拉夫特和玛丽亚·伊万诺芙娜泄露了一点，而且还是出于必要的原因。

"主要的是现在有一个文件，"克拉夫特最后说，"是阿赫马科娃夫人最怕的。"

以下就是他针对这个文件所讲的情况：

卡捷琳娜·尼古拉耶芙娜一不谨慎，在老公爵（也就是她的父亲）

到国外治疗他的中风病的时候，极秘密地给安德罗尼科夫写了一封对她的名声极为不利的信（她十分信任他）。据说，那时候在日见痊愈的公爵身上确实出现了一种乱花钱的倾向，几乎是恣意挥霍自己的钱财。他在国外开始买一些完全无用的却很昂贵的物品，比如绘画、花瓶之类；还赠送或捐出一大笔款子，也不知做什么用，甚至还捐给当地的各种机关里。他几乎用巨款胡乱地从一个俄国的纨绔子弟手里买下一处已破产的且涉讼经年的田产。后来，似乎还真有开始续弦的念头。就为了这一切事情，在父亲病中没有离开他一步的卡捷琳娜·尼古拉耶芙娜给律师和"老朋友"安德罗尼科夫写了一封咨询的信："依照法律能不能宣告公爵应受到监护，或者属于民法上无权处理家务的人？如果可以，那么如何可以做得不出乱子，使任何人不能加以责备，同时还要顾及父亲的情感……"等等的话。据说，安德罗尼科夫当时给她做了一番解释，劝她不要贸然从事。后来公爵完全康复了，也就不能再抱有这种见解，但是那封信还留在安德罗尼科夫手里。如今他已经死了，卡捷琳娜·尼古拉耶芙娜想起了这封信：如果它在死者的文件内被发现，落到老公爵手中，他一定会把她永远驱逐出去，不肯遗给她财产，而且在他活着的时候，也不会给她一个戈比的。一想到自己的亲生女儿竟然不相信他脑子健全，甚至打算宣布他人疯了，这个如同绵羊一般温顺的人，立刻就会变成像野兽一般凶狠。而她由于赌徒丈夫所干的好事，自从守寡以后就落到一贫如洗的地步，只好依靠她父亲一人。她希望从他那里取得一笔新的妆奁，和第一次一样阔绰的妆奁。

克拉夫特不大知道这封信的下落，但他指出，安德罗尼科夫"从来不撕碎有用的文件"，此外，他虽然足智多谋，但也"心慈手软"。（克拉夫特既然如此敬爱安德罗尼科夫，但对于他仍具有十分独到的见解，简直让我感到吃惊。）但是，克拉夫特到底相信，那封有损名誉的信件会落到韦尔西洛夫的手中，因为他和安德罗尼科夫的遗孀及子女极为接近。大家都知道她们一定已经把死者遗下来的所有文件立刻全都交给韦尔西洛夫处置了。他还知道，卡捷琳娜·尼古拉耶芙娜已知道那封信在韦尔西洛夫手里，而她怕的就是这一点，心想韦尔西洛夫会立刻把这封信送到老公爵那里去。她从国外回来后就在彼得堡寻找这封信，到安德罗尼科夫家里去过，现在还继续寻找，因为她到底还存着希望，也许这封信并不在韦尔西洛夫手里。她到莫斯科去，也专门为了这个目的，恳求玛丽亚·伊万诺芙娜在存在她那里的文件里寻觅一下。关于玛丽亚·伊万诺芙娜这个人，以及她和死者安德罗尼科夫之间的关系，是她新近回到彼得堡以后才打听出来的。

"您以为她没有在玛丽亚·伊万诺芙娜那里找到吗？"我问道，我有自己的用意。

"如果玛丽亚·伊万诺芙娜甚至对您都没有透露出来，那么也许并没有在她那里。"

"那么您以为这文件在韦尔西洛夫手里吗？"

"大概是的。但我不知道，一切都有可能的。"他说着，露出显著的疲乏。

我停止再盘问下去，而且还有什么意思呢？主要的一切已经被我弄清楚了，虽然里面有许多缠搅不清的地方，但我所惧怕的一切都已被证实了。

"这一切像一场梦，荒唐透了。"我说，露出深刻的忧愁，起身去拿帽子。

"您很珍爱这个人吧？"克拉夫特问，就在那一刻，我在他脸上看出了明显的深深的同情。

"我早就预感到，"我说，"不会从您这里完全弄清楚的。现在剩下的希望就是阿赫马科娃了。我也只能指望她了。我也许要到她那里去，但也许不会去。"

克拉夫特带点惊疑的神色看着我。

"再见吧，克拉夫特！为什么要钻到不喜欢您的人们那里去呢？还不如断绝一切!"

"然后呢? 到哪里去?"他带点儿阴郁地问,朝地下看着。

"到自己天地那里去,到自己天地那里去!断绝了一切,到自己天地那里去!"

"到美国去吗?"

"到美国去!到自己天地那里去,到自己一个人那里去!我的'理想'就在这里啊,克拉夫特!"我欢欣地说。

他似乎好奇地看着我。

"您有这个地方,有'属于自己的天地'吗?"

"有的。再见吧,克拉夫特,我很感谢您。这样打搅您,真是抱歉之至。要是我处在您的地位上面,要是在我自己的俄国持有您这样的看法,那我一定要打发所有的人都见鬼去:滚你们的蛋,你们尽管耍阴谋,互相争斗,与我有什么相干呢。"

"您再坐一会吧。"他突然说,在已经把我送到门前的时候。

我有点惊异,回转身来,又坐了下来。克拉夫特坐在对面。我们相视而笑——这一切现在仍然历历在目。我应该很清楚,当然我对他的举止好像有点奇怪。

"克拉夫特,我喜欢您的一点,那就是您是极有礼貌的人。"我忽然说。

"是吗?"

"因为我自己不大懂得礼貌,虽然我愿意懂得它……不过也没什么,受别人侮辱也许更好,至少可以使我摆脱爱别人这种不幸。"

"您每天里最喜欢哪一个时间段?"他问,显然没有听我说话。

"哪一个时间段?我不知道。我不喜欢晚霞。"

"是吗?"他有点特别好奇地说,但立刻又沉思起来。

"您又要到哪里去吗?"

"是的……我要离开这里。"

"很快吗?"

"很快。"

"难道到维尔诺去还需要手枪吗?"我问他,完全没有别的意思,甚至连用意也没有!随便地问,因为那支手枪正在我眼前闪耀了一下,同时我又难于说出什么话来。

他转过身来,盯着手枪。

"不,我没有什么用意,只是出于一种习惯。"

"如果我有手枪,我要藏到什么地方去,把它锁起来。你知道,这真是会诱惑人的!我也许不相信自杀会传染的,但是如果这东西尽放在眼前——有的时候真是会诱惑你的。"

"不要说这些……"他说着,然后从椅上立起来了。

"我不是讲我自己,"我补充地说,也立了起来,"我是不会那样做的。即使给我三条性命,我也会嫌少。"

"您就好好地活下去吧。"他似乎脱口说了出来。

他精神恍惚地笑了笑,真是出人意料,居然径直走到前屋里去,好像要赶我走似的,当然,他并没有注意自己所做的事。

"希望您诸事成功,克拉夫特。"我说,在已经走到楼梯上的时候。

"有这个可能。"他坚定地回答。

"再见吧!"

"这也有可能的。"

我现在还记得他最后投向我的那个目光。

三

他就是这样的人,几年来使我的心为他而跳跃的,就是这样的人!可是,我期待从克拉夫特那里得到什么呢?难道是这些新闻吗?

　　我从克拉夫特家里出来，很想吃东西。天色已近黄昏，但我还没有吃饭。我就在彼得堡区的大马路上，走到一家小饭馆里去，为了只想花二十戈比，至多不过二十五戈比，再多是我当时无论如何不肯花的。我要了一份汤，记得吃完以后，就坐在那里向窗外看望。屋内有许多人，发出烧焦的油味、小饭馆的餐巾味和烟味。在我的头上，一只鸣声难听的黄莺，阴郁地、沉思地用鼻子撞啄着笼底。隔壁的弹子房里发出喧嚷的声音，但我却坐在那里冥思苦想。夕阳的晚霞（我不喜欢晚霞）勾起了我--些新的、意料不到的、完全和那个地方不适合的感觉。我眼前老是恍惚地看到母亲静谧的眼神。她的可爱的眼睛，一个月来尽这样畏葸地偷看我。最近以来，我在家里时常发脾气，多半是针对她的。我想对韦尔西洛夫说出一些不逊的话语，但是不敢，因此依照我的卑劣的习惯，只好去折磨着她。我甚至把她吓得太厉害了：她时常在安德烈·彼得罗维奇走进来的时候，用那种哀求的眼神望着我，生怕我做出什么激烈的举动来……很奇怪的是，我现在在饭馆里第一次认真地思索为什么韦尔西洛夫对我称“你”，而她却对我称“您”。我以前也曾惊异过，且生出于她不好的印象，但是现在似乎想得特别深，于是一些奇怪的思想一个跟着一个流到我的大脑里来。我坐在那里许多时候，坐到天完全黑为止。我也想起妹妹来……

　　对于我来说，这是关键的时刻。无论如何我必须作出判断！难道我没有判断的能力吗？既然他们都鄙弃我，那么跟他们决裂又有什么困难呢？母亲和妹妹怎么办？她们是我无论如何也不抛弃的——不管发生什么变化。

　　这是事实：这个人出现在我的生命里，就是说，还在我年幼时匆匆一现，便成了我命中注定的推动力，我就从这里起开始有了意识。如果我当时没有遇见他，也许我的才智，我的思想的方式，我的命运一定会是另一个样子，尽管命运注定了我拥有这样的性格，尽管我终究避免不了这种性格。

但结果却发现，原来这个人只是我的幻想，儿童时代的幻想。我自己将他虚构成这样，其实他是另一种人，远比我想象中的低下。我现在来找的是一个纯洁的人，而不是这个人。我在婴孩时，在看到他的那个短短的瞬间，竟永远地爱上了他，但究竟是为了什么呢？这个"永远"是应该消失的。如果将来篇幅允许的话，我会描写我们第一次会面的情景：这是一个极空虚的故事，里面找不出什么东西来的。但我在那里竟堆砌成了整整一座金字塔。还在很小的时候，我就在被窝里开始建筑这金字塔，那时我一面睡着一面可以哭泣与幻想——哭些什么？想些什么？我自己也不知道。是不是哭人家把我抛弃了？哭人家折磨我？但是人家只折磨我一点点，只有两年，在图沙尔的寄宿学校里，那时候他把我塞进去以后，就永远走了。之后就没有人折磨我，相反地，连我自己都骄傲地望着同学们。我真是看不惯这种自怨自艾的孤儿的样子！最令人作呕的是那些孤儿们所扮演的角色，那些私生子，那些被遗弃的，总之是一切无价值的、一点也不使我怜惜的人们，忽然庄严地在群众面前排列着，开始哀怜地却又像教训似的呼号。意思是说："你们瞧人家这样对待我们！"我真想把这些孤儿们痛揍一顿。在这龌龊的公式化的社会里，谁也不明白沉默会显得比这个还要体面十倍：何必去呼号，更不值得埋怨。既然你们已经开始埋怨，那么只能说明，你们这些私生子活该这样。这就是我的看法！

然而，可笑的并不是我以前"躺在被窝里面"幻想的那种情景，而是我为了他跑来，还是为了这个被虚构成的人，而几乎忘记了我的主要目的。我跑来帮他打破谣言，击败敌人。克拉夫特所说的那个文件，这女人写给安德罗尼科夫的信，她那样惧怕着，害怕它会摧毁她的命运，使她陷入穷困境地的那封信，她猜到已落在韦尔西洛夫的手里——原来并不在韦尔西洛夫手里，而是缝在我身旁的口袋里！我自己缝的，全世界任何人都不知道这件事情。关于那个文件原来在浪漫派的玛丽亚·伊万诺芙娜手里"保存"着的，她认为必须交给我而不应该交给别人，那只是她的看法和她的主意，我不必加以解释，也许以后我会顺便讲一下，但我得到了如此意料之外的武器后，就不由得想来彼得堡了。当然我只打算暗中帮助这个人，既不想挺身而出，也不愿露出热烈的感情，更不希望他的恭维和拥抱。我是永远不愿意责备他什么的！我爱上了他，从他身上创造了一个荒诞的理想。这是不是他的错呢？我甚至，也许并没有爱他！他那古怪的思想，他那好奇的性格，他的一些阴谋和奇遇，还有我母亲在他身边的那件事情。所有这一切，似乎是已经无法阻止我行动了。我幻想中的偶像已经打碎，或许我已经不能再爱他，这就够了。那么，阻止我的究竟是什么？我究竟陷在什么东西上了？——这才是问题。结果证明：愚蠢的只是我自己，而不是别的什么人。

我并不要求别人诚实，自己却要诚实。我应该承认，缝在口袋里的那个文件，使我引起了不仅是想跑来帮助韦尔西洛夫的热烈的愿望。现在这对于我是太明显了，但我当时一想到就脸红起来。在我的眼前闪现着一个女人的影子，她是骄傲的、上等社会的人物，我将和她当面见到。她会看不起我，笑我，像笑老鼠一样，甚至根本想不到我是她的命运的主宰。这念头在莫斯科就使我心醉，尤其在我坐在到这里来的火车上时。上面我已经自己招供出来了。是的，我恨这女人，但是我爱她，就像爱自己的猎物一样。这一切都是真的，确乎是事实。然而，这不过是一种孩子气，我甚至没有想到自己会如此幼稚。我现在描写的是我当时的感受，那就是我坐在小饭馆里，在黄莺底下，决定当天晚上和他们决裂时，大脑里想到的一切。对于我刚才和这女人相见的一幕情景，忽然使我的脸上泛满了羞惭的红晕。可耻的一个相遇！可耻的、愚蠢的印象，而主要的是，更可以证明我没有办事的能力！我当时想，这只能证明我连在愚蠢的诱惑前面都站不住脚，然而自己刚才还对克拉夫特说，我有"自己的天地"，自己的事情，即使我有三条性命，我也会嫌少的。我骄傲地说出这句话来。我把我的理想抛弃，而被拖进韦尔西洛夫的事情里去，这多少可以原谅。但我像一只受惊的兔子一样东西乱窜，在每一件琐碎的事情上都会被吸引着。这自然是我自己的愚笨。倒霉的是，我竟鬼使神差地跑到杰尔加乔夫那里去，说上一大堆愚蠢的话，一个不知从哪里来的瓦辛还要教训我，说"我的前面还有五十岁的年月，所以没有什么可悲伤的地方"。他的反驳是很好的，我同意，且说明他具有无可争辩的智慧。它的好就在于它是极普通的，而极普通的一切是永远到了以后才能了解的，那就是在聪明或愚蠢的一切全已尝试过的时候。但是，我自己还在瓦辛之前就早已知道。我在三年前就已经对这个想法有了深刻的感悟，甚至不止于感悟。"我的理想"有一部分是包括在这里面的。这就是我当时在饭馆内思索着的一切。

我由于走路和思考而感到了疲乏，在晚上七点钟回到谢苗诺夫团的驻地的时候，我的心里真是十分厌烦。天色业已黑暗，气候起了变化。本来很干燥，但突然刮起了一阵讨厌的彼得堡的风，这些恶毒的、尖锐的风，朝我的背上吹着，把周围的灰尘和砂土卷起。有多少脸色阴沉的平民百姓，办完事或干完活后匆匆赶回自己的角落里去！在这群人中，每个人的脸上都写着自己的阴郁和烦恼，也许并没有一个共同的、一致的思想！克拉夫特说得好：大家全是一盘散沙。我遇见一个小孩，年纪那么小，不由得使人奇怪：这么晚了，他怎么会在这个时候独自出现在街上？他似乎迷路了。一个村妇停下脚步，倾听他说话，但一点也没有弄明白，便摆着手走开，只留下他一个人在黑暗里。我想走过去，但不知什么缘故，他忽然怕起我来，往前面跑开了。我走到家门时，决定以后永远不上瓦辛那里去。我走上楼梯的时候，我很希望遇见家人，却不希望韦尔西洛夫在家，因为我打算在他回家之前对母亲或我的可爱的妹妹说些亲切的话。我在整整的一个月内，差不多没有对她们说过一句特别的话。巧得很，他真的没在家……

四

我在这"笔记"里将这个"新人物"牵上舞台的时候（我说的是韦尔西洛夫），先顺便简单地介绍一下他的无可重轻的履历。我这样做，是为了使读者容易明了些，又因为我无法预见在下文的叙述中，该把这份履历插在什么地方去。

他在大学里读过书，然后就加入骑兵营的卫队里去。后来和法纳里奥托娃结了婚，便辞职了。到国外去旅行，回国后在莫斯科过了一段吃喝玩乐的日子。妻子一死，就到乡下去，并在那里发生了和我的母亲的那段情史。后来在南方什么的地方住了很长时间。在欧洲战争时又服军役，但没有到克里木去，一直没有上前线。战争结束后辞职到国外去，并带着我的母亲同去，但把她留在柯尼斯堡。可怜的母亲有时带着恐怖的神情摇着头，讲述她当时如何一人带着小女孩住在那里有半年多，又不通晓当地的语言，好像在树林里一般，后来弄到身上没有一文钱。最后，塔季扬娜·帕夫洛芙娜跑来找她，把她送回哥罗德省的某个地方去。后来，韦尔西洛夫又当过第一届仲裁委员，据说十分尽职，但不久之后又离职，到彼得堡去办理各种私人的民事案件。安德罗尼科夫永远称赞他的能干，很敬重他，不过说他不了解他的性格。后来韦尔西洛夫又放弃了这件事情，跑到国外去，长期住下去，住了几年。开始和索科利斯基老公爵发生特别亲密的交情。在这段时间里，他的经济状况有两三次起了根本的变化：有时完全陷入窘境，有时忽然发了财，又抬起头来。

现在，在我的笔记已经写到这个地方的时候，我决定把"我的理想"讲述出来。我用言语来描写，还是它产生以来的第一次。我决定对读者讲述出来，同时也是为了往后行文的明了起见。再说，如果我没有说清到底是什么在推动我、鞭策我采取一步步的行动，那么不但是读者，就连笔者我，也会难于解释这些行为。由于我的无能，再加上我又属于"沉默型"的人，所以又陷入前面自己取笑过的小说家的"文采"里去了。在走进我在彼得堡的那段恋爱史和我在这里经历的各种可耻的意外事件的门内的时候，我觉得这个交代是必要的。但不是"文采"引诱我沉默至今，而是事情的实质，也就是事情的困难程度。即使是现在，在一切都已过去的时候，我仍感到要讲述这个"思想"，还有着无法克服的困难。除此之外，我必须把这思想写成当时的形式，那就是它当时如何形成的，如何理解的，而不是现在，这已经是新的困难。有些东西几乎是无法言传的。那些最简单、最清楚的思想，恰恰也就是令人难以理解的思想。如果哥伦布在发现美洲以前开始把自己的理想讲给别人听，我深信人们有许多时候会不了解他的。人们当时也真是没有了解啊。我说这话，并不打算把自己和哥伦布相提并论，如果有人得出这样的结论，他除了感到惭愧，别的什么也没有。

第五章

一

我的理想——就是成为罗特希尔德。我请读者保持安静，以严肃的态度认真听我说。

我再重复一遍：我的理想就是成为罗特希尔德，成为和罗特希尔德那样的富豪；并不是普通的富豪，而是像罗特希尔德那样的富豪。至于为什么要这样，出于什么原因，要达到什么样的目的，我以后再说。我首先要证明，我的目的可以达到。

事情是很简单的，所有的秘诀全在于：坚持不懈和锲而不舍。

"我们听见过的，"有人会对我说，"这不是新奇的事情，德国每一个父亲都会把这套话对自己的子女说，但是你们的罗特希尔德却只有一个人（即巴黎已故的詹姆斯·罗特希尔德，我讲的就是他），而父亲却有几百万呢。"

我可以回答说："你们虽然听说过，但你们却什么也没有听出来。诚然，有一点你们说得有理：如果我说这事情是很'简单的'，那就是我忘记了补充说这也是最困难的。世界上一切宗教和道德都归属到一句话：'应该从善和避恶。'似乎是再简单也没有了吧？但是你去做一件什么善事，再去避免你的一件恶行，你试一试看，行不行？这里也是如此。"

就为了这原因，无数的父亲在无数个世纪内会重复地说出成为整个秘密的这两句话，而罗特希尔德只有一人。也就是说：无论怎样，父亲们所重复的完全不是那个意思。

关于坚持不懈和锲而不舍，他们无疑是听见过的。但是为了达到我的目的，所需要的不是庸人的坚持不懈，也不是庸人的锲而不舍。

只要他这个父亲是庸人（我并不单指着德国人），只要他有家庭，他生活得和大家一样，费用和大家一样，义务和大家一样，你就不会成为罗特希尔德，而只能成为庸人。我十分清楚地了解，我只要一做了罗特希尔德，或者甚至只要希望成为罗特希尔德，这本身就表明，我已经超越了社会。

几年以前，我在报上读到一则新闻，有一个乞丐死在伏尔加河上的一艘船里。他穿着破烂的衣服，向人们行乞，大家都知道他。他死后，人们发现他的衬衫里缝着三千卢布的钞票。前几天我又读到一段乞丐的故事，他以前具有正当的身份，到各酒店里去伸手讨钱。后来他被逮捕，发现身上有五千卢布。从这类情形上面可以直接引出两个结论来：第一，要坚持不懈地积蓄，即使所积蓄的是一分一角的数目，渐渐地就会取得巨大的成果（时间是无关紧要的）；第二，即使是最简单的赚钱方法，只要锲而不舍，就能确保成功。

也许有很多人是可尊敬的、聪明的，又有自制能力的，但无论他们怎样拼命，手里总归不会有三千到五千块钱的，同时他们又很想有这笔钱。为什么这样呢？答案是很明显的：因为他们中间的任何人，尽管都有这种愿望，但毕竟没有一个人的愿望会如此强烈，譬如说，在确实找不到其他赚钱方法的情况下，甘愿去做乞丐，他们也达不到如此顽强的程度——哪怕做了乞丐以后，也不会把头几个讨来的戈比给自己或自己的家人买一块面包。然而，在这种积蓄的方法之下，也就是在行乞的时候，为了积下这许多钱，只好吃面包和盐，别的不能吃。至少我这样了解。上面所说的两个乞丐一定是这样做法的，那就是只吃一样面包，而且露宿街头。毫无疑问，他们并没有打算成为罗特希尔德；他们不过是纯粹的阿尔巴贡或普柳什金（阿尔巴贡，法国作家莫里哀所著《吝啬鬼》中的主人公；普柳什金，俄国作家果戈理所著《死魂灵》中的人物，也是一个吝啬鬼），不过如此。但是，即使完全用其他方式，有意识地赚钱，如果要成为罗特希尔德，所需要意愿和意志力实不少于这两位乞丐。庸人是不会有这种力量的。在世界上，力量有许多不同，特别是意志和意愿的力量就更是如此。有的热度只能把水烧开，有的热度则能够把铁烧红。

这就等于修道院，等于戒律僧的修行。这里是情感，而不是理想。怎么会这样？为什么？一辈子穿着粗麻布，吃着黑面包，而身上却带着这许多钱，合不合乎道德？是不是变态？这些问题以后再说，现在单讲达到目的的可能性。

在我发明了"我的理想"之后（当初它已经处于赤热的状态），我就开始试验自己能否受得了修道院和戒律的生活？为了这个目的，我在整整的第一个月内只吃面包和水。每天吃不到两磅半的黑面包。为了履行这件事情，我不得不哄骗聪明的尼古拉·谢苗诺维奇和对我极好的玛丽亚·伊万诺芙娜。我坚持要把饭菜端到我的房间去，这使玛丽亚·伊万诺芙娜很生气，也使极有礼貌的尼古拉·谢苗诺维奇生疑。我在房间里简直把饭菜扔掉：把汤倒在窗外荨麻丛里或别的地方，把牛肉拿去喂狗，或包在纸里，放到口袋中，然后到外面去扔掉，还有其他相类似的行动。由于送进来的面包很少，远远没有两磅半，我便偷偷儿自己添买一点。我把这一个月熬受过去了，不过肠胃有点失调。从第二个月起，我便在面包以外添了一道汤，早晚喝一杯茶。老实告诉你们，我就这样度过了一年，身体感到完全健康和满足，而且精神饱满，为此我在暗中感到欣悦。我不但不对于这些饭菜生出一点惋惜的意思，反而感到高兴。一年后，我深信我能忍受任何斋戒，便开始和他们一样吃起来，又到外面和他们同食了。我在满足了这个试验以后，就做第二个试验：在应该付给尼古拉·谢苗诺维奇的赡养费以外，我每月还领到五卢布的零用钱。我决定只用去这笔钱的一半。这是一个很困难的试验，但是过了两年多，我来到彼得堡的时候，口袋里除去其他的钱以外，还放着七十卢布，是唯一地这样积蓄起来的。这两个试验的结果对于我是十分重要的：我确认了我的愿望可以达到很高的程度，足以达到自己的目的。我再重复一遍，整个"我的理想"也就蕴涵于此，其余的只不过是细节而已。

二

但是，即使是细节，我们也不妨研究一下。

我叙写过我的两次经验，前面已经提过。我在彼得堡做了第三个试验——到拍卖场去，一下子赚到了七卢布九十五戈比。自然这不是真正的试验，不过是游戏，开玩笑而已。我只想提前干一点点未来要干的事，试一试我怎样走法，怎样开始行动。至于真正地着手进行，最初还在莫斯科的时候，就决定暂缓到我完全自由的时候。我很明白，我无论怎样，最先总应该把中学念完（大学是我决定放弃的，前面也已经说过了）。无疑地，我心中是带着火气来到彼得堡的：我刚中学毕业，第一次成为一个自由的人，忽然看见韦尔西洛夫的事情重又把我的注意力给吸住，使我想进行的事无限期地延缓了！但是，我虽然带着火气而来，到底对于我的目的是完全放心的。

我诚然缺乏经验，但我在连续三年都在周密的考虑，不可能有什么迟疑。我上千次地想象过我将怎样开头，现在我好像从天而降似的，忽然出现在我国的两大都市莫斯科和彼得堡之间（我选择都市作为我的事业的发轫地，但出于某种考虑，我更看中彼得堡）。我就这样从天而降，完全是个自由人，不受任何人约束，身体健康，口袋里有一百卢布，作为最初的流通资本。没有一百卢布是不能开始的，因为没有它，甚至连取得最初步的成就也将遥遥无期。除去这一百卢布以外，大家已经知道，我有的是勇敢、顽强和锲而不舍的精神，完全离群索居，并且严守秘密。离群索居是很重要的：我至死也不喜欢和人们有任何的私交或结盟。总而言之，我决定一个人实行我的"理想"，这是必须的条件。人们对于我是极难忍受的，我会在精神上感到不安，不安就会妨碍我实现自己的目的。一般说来，在现在以前，关于我应该如何和人们交往这一层，在我一切的幻想中，总是设想得很聪明，但是一接触到实际，就永远显得愚蠢了。我要愤慨地、诚恳地承认这一层，我永远会在言语上自己招供出自己来，而且总是那样的忙乱，因此决定和人们少来往，从而让自己能够独立自主，心境平和，目的明确——这是稳操胜券的关键。

不管彼得堡的物价如何可怕，我一成不变地决定，伙食的费用决不超过十五戈比。我知道我会守住这句话的。关于吃的问题我想了许久，而且想得十分周到。譬如我决定连着两天只吃面包和盐，而在第三天上花去两天内积蓄下的东西。我觉得从健康上来看，这比永远吃十五戈比的最便宜的素斋更为有益。至于居住方面，我需要一个角落，简直就是角落，仅仅是为了在夜里能够睡觉，在天气十分不好的日子能够躲避一下。我决定住在大街上，必要时准备宿在夜店里，那边除了住宿以外还供给一块面包和一杯茶。我会把我的钱藏起来，为了在我的角落里或夜店里不被偷去，甚至连窥看都窥看不到，我可以保证的！"担心别人偷我的东西？我还担心自己会去偷别人的呢。"有一次我在街上听见一个过路的人说着这句开心的话。当然，我只是以他的谨慎和机灵自比，偷窃则不敢想。不但如此，还在莫斯科时，从生出了这"理想"的最初一天起，我就决定连开典当或放高利贷的事我也不干：做这种事情的是犹太人以及那些既没有头脑又没有毅力的那些俄罗斯人在干。开典当或放高利贷这种事太一般了。

至于说到穿着，我决定准备两套：一套是普通的，一套是讲究的。备好以后，我相信可以穿得很长久。我用两年半工夫特地训练穿衣，甚至还发现了秘密：为了使衣服永远新颖，而且不旧，应该用刷子刷得越勤越好，每天刷五六次。我可以有根据地说，呢子是不怕刷子的，只怕灰尘和泥土。如果从显微镜里观察，灰尘就等于石头，刷子不管怎样硬，差不多还是羊毛。我同样地学会了穿靴：秘诀在于走路时应该留神一下，用整个靴跟放下去，尽可能地不要歪到旁边去。有两个星期就可以学成了，以后就会无意识地这样走的。靴子用这种方法穿起来，平均地计算，会多穿三分之一的时间。这是两年来的经验。

接下来就开始研究如何行动了。

我的打算是这样的：我身边有一百卢布，彼得堡有许多拍卖场，平价的商店，买卖旧货的小店和许多等钱用的人，所以在花了一个价钱买下了一样东西以后，即使用稍微高些的价钱，是不会卖不出去的。我花了两卢布零五戈比的资本买下了纪念册，转手卖出，赚了七卢布九十五戈比的纯利。这样的巨大利润赚来并不冒险：我从买主的眼神中看出，他是不会不买的。当然，我很明白这不过是一件偶然的事情，但我就在寻觅这类偶然的事件，就为了这个，决定住在街上。即使这类事件是很稀少，那也无所谓。我主要的原则，第一是不冒什么危险，第二就是每天在我的日用消耗所费去的最小限额以外多少赚一点，为了使积蓄没有一天间断。

有人会对我说：这一切全是幻想，您不了解世俗阶层，刚起步就会上人家的当。但是，我有自己的意志与性格，街头的学问也和其他的学问一样，只要坚持不懈，肯下功夫，只要有才干就能掌握。我在中学时，一直到七年级为止，成绩都是名列前茅，因为我的数学成绩极好。何必把经验和街头的学问推崇到偶像的程度，而一定预言必遭失败呢！只有那些在任何事情上从来没有经验、没有开始生活过、没有准备好在一切上面忍受着的人们，才会永远说那些话。"一个人撞破了鼻子，那么别的人一定也要撞破它的。"不，不会撞破的。我有刚毅的性格，只要肯下功夫，什么都可以学会。如果你自强不息，始终保持敏锐的眼光，不断地思量与计算，在无限制的行动和奔走中，最后还是不懂得每天该如何去多挣二十戈比，——这难道可以想象吗？主要的是，我决定永远不贪赚大钱，永远只做一个很安静的人。在赚到了一两千卢布以后，我自然不能不放弃捐客和街头转卖的营业。我自然还不大晓得交易所、股票、银行业务等等的把戏。但我知道，而且像知道我有五个指头一样地清楚：到适当的时候，我会跟别人一样熟悉并精通所有这些交易所和银行业务。这种学问很简单，只要实际去做就能够学会。难道这种事还需要许多智慧吗？根本用不着所罗门的智慧！只要有刚毅的性格就行：技能、娴熟和知识就会自己找上来的。只要不让"愿望"中断。

最要紧的是不能冒险，而这一点恰恰只有性格刚毅的人才能做到。不久前，当我在彼得堡的时候，恰巧有一种铁路股票在市场上发行。凡是来得及购买的人们全赚了许多钱。有一段时间股票价格大涨，一个来不及购买或是贪心的人，看见我手里持有股票，也许会向我提议把股票卖给他，另外加上几成的利润。我是一定会立刻卖给他的。大家自然全都笑我：意思是说再等一等，就可以赚十倍以上。话是不错，但我的利润已经放在口袋里，牢靠得多，而你们的利润还在空中飞翔。有人会说，这样是不会赚到许多钱的。对不起，你们错了，我国所有的科科列夫、波利亚科夫、古博宁（这三个人都是十九世纪俄国的资本家，他们出身于社会的底层，最后都成了俄国的第一代富豪）之流都错了。你们应该知道这个真理：在赚钱方面，尤其是在积蓄方面，坚持不懈和锲而不舍远远胜于猎取暴利，即使是百分之百的暴利。

法国革命以前不久，有个姓洛伊的人来到巴黎，搞了一个在计划上很伟大的事业（后来在实践过程中惨遭失败）。整个巴黎大为震动，大家抢着购买洛伊的股票，甚至到了非常拥挤的程度。许许多多的银钱在全巴黎像从麻袋里倒出来似的，倒进那所认购股票的房子里去。但那所房屋也容不下这许多人，于是人们就挤在街上。各种身份、地位和年龄的人都有：无论是资产阶级、贵族，还是他们的子女、伯爵们、公爵们、娼妓，全都像被疯狗咬了似的，挤成了激愤的、疯疯癫癫的一群，什么爵位、阶级的偏见、骄傲，甚至名誉和声望全被踏成一堆烂泥。为了取得几张股票，大家肯牺牲一切（连妇女也包括在内）。后来改到街上办理，但是没有地方写字。有人向一个驼子提议，暂时把他的驼背借来当桌子用，以便填写购买申请书。驼子同意了，购买人数的多少是可想而知了。过了一段时间（很短的时间），大家全破产了，一切都破灭了，整个的理想飞散成灰，股票失去了一切的价值。谁赚了钱？唯有驼子一个人，就因为他没有买股票，却取得了现钱。我就是那个驼子！我有力量不吃东西，一分一分地积到七十二卢布。我的力量还够用在临到大众全被狂热包围的时候，自己立定脚跟，宁愿赚取牢靠的银钱，而不想发大财上面。我只在琐碎的事情上斤斤计较，但是在大事情上便不是这样了。我时常觉得，我的性格不足以使我忍受小小的不适，甚至在产生了"理想"之后也是如此，但在大的忍耐上永远是够用的。早晨在我出去办事以前，母亲递给我冷却的咖啡的时候，我很生气，对她说了一些粗暴的话语，然而我这人竟能在整整的一个月内单靠一些面包和水生活下去。

总而言之，不赚钱，不学会如何赚钱是不自然的事。同样不正常的是：在没有间断的平平稳稳的积蓄中，始终留意观察，头脑清醒，克己节俭，不断狠下功夫，在毅力越来越坚强的时候，却不能成为百万富翁。我再重复一遍，这是不正常的。乞丐用什么赚到钱——不就是用执着的性格与不屈不挠的精神吗？难道我还比不上乞丐？"最后，即使我达不到任何目的，即使我的计划不对，即使我要失败，我要弄得一团糟但我还是要做，而且勇往直前，因为我愿意这样做。"我在莫斯科时就这样说。

有人会对我说，这上面并没有一点"理想"，一点也没有什么新鲜的。但是我说，最后一次说，这里有无数的理想，无数新的东西。

我预感到一切反驳的话是多么的平庸，我在叙述"理想"的时候，也是多么的平庸。我究竟说了些什么呢？连百分之一的意思都没有表示出来：我觉得我的表达太琐碎、太粗糙，而且空洞，甚至对于我的年龄来说，也显得太幼稚了。

三

现在只剩下对于"为了什么目的""出于什么原因""有没有合乎道德"等等的问题加以答复，那是我答应过我要回答的。

我担心的是，我会一下子使读者失望。我一面担心，一面又感到快乐。让大家知道吧：我的"理想"所追求的目的，并没有任何"报复"的情感，并没有一点儿拜伦式的东西——既没有弃儿的诅咒和哀怨，也没有私生子的眼泪。没有，真的没有。总之，要是我的笔记落到一个浪漫主义的太太的手里，她准会大失所望。我的"理想"所追求的整个目的——就是孤独。

"但是，要达到孤独的境界，根本不必拼命去当罗特希尔德。这跟罗特希尔德有什么关系呢？"

"关键就在于我除了要达到孤独的境界之外，还需要拥有实力。"

我得先说明一下：读者也许会对于我如此赤裸裸的自白吓得一大跳。他会憨厚地问自己：作者怎么不会脸红呢？我的回答是，我写这些并不是为了出版，大概要过了十年以后才会有读者，在一切已经显示到那种程度，一切都已经过去，且能证明用不着去脸红的时候。所以如果我有时在笔记里对读者说话，那不过是一种语调而已。我的读者是虚幻的人。

不是的，我的"理想"并不是起因于我私生子的身份，尽管我的这种身份曾在图沙尔学校里遭到奚落，也不是起因于儿童时代的凄惨的岁月，不是报仇，也不是反抗的权利。成为我的"理想"的开端，一切的责任全在于我的性格。我觉得，我从十二岁起，那就是从产生正确的意识的时候起，就不再爱人了。并不是不爱，只是觉得他们讨厌。有时我自己独处的时候，我感到十分忧伤，因为我甚至对于亲近的人也不能把一切表示出来，也是说虽然我可以这样做，但我不愿意。不知出于什么原因，我总是克制住自己，不说出来。我忧伤，还因为我不相信任何人，不喜欢说话，不善于交际。另外，我早就看到自己身上有一种特点，几乎是从小时候就有的，那就是时常责备别人的不是，过于喜欢责难别人，但在责难别人之后，又立刻冒出一个念头，一个使我感到痛苦的念头："可能并不是他们的错，而是我的错！"我时常无缘无故地责备自己。为了不去解决这类问题，我自然寻觅孤独。再加上我无论怎样努力，但在与人交往中却得不到任何教益：我发现，至少所有和我同龄的人，所有我的同学们，他们在思想境界上都比我低，我不记得有一个例外。

是的，我是阴郁的，我不断地把自己关闭起来。我时常想离开社会。我也许要给人们做好事，但时常找不到一点对他们做好事的理由。人们并不好得可以令我如此关注他们。他们为什么不直率地、坦白地走上前来，为什么一定要我自己钻到他们那里去呢？这就是我时常问我自己的话。我是一个正直的人，这一点可以用我已经做过的一百件傻事来证明。我会对坦率的人报以坦率，而且会马上喜欢上他。我就是这样做的。但他们立刻欺骗我，带着讪笑把我拒之门外。那些人里最坦率的，得数那个幼年时打我最凶的兰伯特，但他也只不过是一个坦率的小人和坏蛋，而且他的坦率只是由于他的愚蠢。这些就是我来到彼得堡时的想法。

我从杰尔加乔夫那里出来的时候（天晓得为什么我会撞到他那里去），走到瓦辛身旁，用激越的欢欣的心神夸奖他。但是怎样呢？我就在那天晚上觉得我不大喜欢他了。为什么？就因为我一夸奖他，便在他面前把自己的身份降低了。然而，情况似乎应该相反：一个公平而豁达的人，以至于不惜损害自己而夸奖别人，这样的人在自身的尊严方面，几乎是超出任何人之上。这我是明白的，但到底不大喜欢瓦辛，甚至很不喜欢。我特意举这个例子，是因为读者已经知晓。我甚至带着悲苦和酸涩的情感回想起克拉夫特来，为了他亲自把我送出门外，这样一直到了第二天，在关于克拉夫特的一切已经完全解释清楚，不必再生气的时候。从中学的最低年级起，同学里只要有人在功课方面，或在尖刻的回答方面，或在体力方面超越过我的，我立即停止跟他来往和说话。我并不是恨他或希望他倒霉，不过是背转身去不理他。我的性格就是如此。

是的，我一辈子渴望拥有实力，拥有实力加上孤独。我甚至还在年纪那样小的时候就幻想着它。在那种时候，如果有人弄明白我脑袋里装的是什么，准会对我当面发笑。这就是我为什么如此严守秘密的原因。是的，我努力幻想，至于无暇谈话；人家从这里判断我为人孤僻，又从我的心神不宁的样子推断出对我更为糟糕的结论。可是我白里透红的脸颊却证明了我的心智的健康。

我最幸福的时刻是在躺下来，钻进被窝里，独自处于完全孤独中，四围无人行走，且无声音，开始重新创造另一种方式的生活。最疯狂的幻想力伴着我一直到"理想"的发现为止。那时候一切的幻想由愚蠢而即刻变为合理，由小说的幻想的形式变为现实的推理的形式。

一切都汇合成一个目的。这些幻想以前就不很愚蠢，虽说它们有许许多多，成千上万。但也有是我所喜爱的……但这里就不列举了吧。

拥有实力！我深信有很多的人，如果知道我这种"毫无价值的家伙"竟会想拥有实力，会觉得很可笑。但是，我还要使他们惊异：在我的最初的幻想里，那就是几乎从儿童时代起，我就一直想象自己出人头地，永远高人一等，在人生的各个阶段都是如此。我再补充一句奇怪的自白：我的这个想法也许到现在为止仍未改变，而且我还要声明，我并不请求饶恕。

我的"理想"及其力量就在于：金钱是唯一的手段，它甚至会把微不足道的人变成高人一等的人物。我也许并非微不足道，但我从镜子里知道我的外貌会阻碍我，因为我的外貌是普通的。但是，如果我富有如罗特希尔德，那样的话，谁会来理会我的脸呢？只要我吹一声口哨，还不是有成千上万的美貌的女子争相投怀送抱吗？我甚至相信，到头来她们自己都会打心底里把我看成是一个美男子。我也许十分聪明。可是即使我聪明十分，社会上也总会找到聪明十二分的人——我就糟了。然而，如果我是罗特希尔德，那么，那些比我聪明的人还能在我身边发生意义吗？人家不会让他们在我身边说话的！我也许会说俏皮话。但是我身旁有了塔列朗（法国大革命时期的政治人物、著名的外交家——他圆滑机警，权变多诈，云谲波诡，是一位毫无原则的政客）、皮龙（法国作家，其著作以善于挖苦讽刺，并以此享誉文坛），我就被遮掩住了。不过只要我成为罗特希尔德——哪里还会有皮龙和塔列朗的地位？金钱自然就是一种专横的威力，同时也是最高的平等，它的主要力量就在这上面。金钱会使一切的不平等归于平等。这一切我还在莫斯科时就已经十分明白了。

你们自然会在这种想法中只会看到无耻的暴力，看到渺小的人胜过才智之士。我承认，这种想法肆无忌惮（因此才甜蜜诱人）。但是，随它去吧，随它去吧！你们以为我追求实力，一定是为了压迫和复仇吗？因为凡是庸人一定会这样做的。不但如此，我相信有好几千位天才和聪明人，如果忽然把罗特希尔德的几百万压到他们身上来，他们立刻就会受不了，就会做出像最庸俗的人那样的行为，把人们压迫得比谁都厉害的。我的理想并不是这样。我不怕金钱，它不能压倒我，也不让它来压我的。

我不需要金钱，或者不如说，我所需要的不是金钱，甚至不是实力，我只需要实力可以取得，没有实力便无论如何不会取得的一切：那就是孤独的，而又心平气和的力量的感觉。这就是全世界奋斗着的自由的完全定义！自由！我终于写出这个伟大的名词……是的，独来独往的力量意识既迷人又美好。我有力量，我很安静。霹雳握在朱庇特罗马神话中最高的神，相当于希腊神话中的宙斯的手中，但他是很安静的。时常会听见他发霹雳吗？傻瓜会觉得他睡着了的。但是如果把一个文学家，或是乡下傻女人放在朱庇特的位置上，那准会没完没了地打雷！

我推想着，只要我有了实力，我会完全不需要它。我可以使你们相信，我自己会到处自愿居于最后的位置上面。如果我是罗特希尔德，我会穿着旧大衣，拿着洋伞。街上人家推搡我，为了不被马车压倒我，我必须跳越过泥浆。这有什么要紧呢？在这种时刻，只要意识到我自己就是罗特希尔德，我甚至会高兴的。我知道我家里的饭菜也许为任何人家及不到，我家里有第一等的厨子。只要我知道这也就够了。我吃下一块面包和一片火腿，我会被我的感觉塞饱的。我甚至现在都这样想。

不是我想钻到贵族阶级里去，而是它想钻到我那里来；不是我追求女人，而是她们像水似的流来，向我提出女人所能提出的一切。"庸俗的女人们"会跑来弄钱，而聪明的女人们是出于好奇心的驱使，想了解我这个高傲、内向、对一切都很冷漠的怪人。我对这两种女人都会亲切相待，也许会给她们钱，但不会向她们索取什么。好奇会产生爱情，也许我就是在煽情。但我可以向你们担保，她们离开的时候，除了一些礼品，其他的一无所得。在她们眼里，我只会变得更加有趣。

……有了这种感觉我也就够了。

——引自普希金《吝啬骑士》中男爵的一句独白

　　奇怪的是，我还在十七岁的时候就已经迷恋上这种情景了（不过，这是真实的情景）。

　　我不愿意，也不会压迫和折磨任何人。但是我知道，如果我想害某一个人，害我的仇敌，就没有人来阻止我，大家会为我效劳，这也就够了。我甚至不会对任何人报复。我永远惊异，詹姆斯·罗特希尔德怎么肯接受男爵这个封号的？既然他没有这个封号就已经高出世上的任何人，那又要这个封号做什么？图些什么？"让那个傲慢的将军尽管和我在驿站上等候马匹的时候侮辱我。如果他知道我是谁，他会自己跑来套马，跳过来扶我坐到我那朴素的马车里去的！报上登载着国外有一位伯爵或男爵，在维也纳的一个铁路车站上当着众人面前，给当地的一位银行家穿鞋，而那位银行家竟庸俗得让他这样做。让那个可怕的美女（确是可怕的，有这类女人的）——就是那位高贵阔绰的贵族太太的女儿，在轮船上或什么地方和我偶然相遇时，斜眼看着我，翘起鼻子，带着一副轻蔑不屑的神情暗暗纳闷：瞧，这个卑微、难看的小人物，怎么敢到头等位置上来和她并坐，手里还拿着一本书或者一份报纸？但是，如果她知道坐在她身旁的是谁！她会知道的，一知道，就会自己坐到我身旁来，那样的驯顺、畏葸、和蔼，寻觅我的眼神，为了我的微笑而喜悦……"我故意把这早期的图画插进去，以便更明显地表现我的理想。但这些图画是黯淡的，也许是平淡无奇的。只有现实才能证明我想法的正确。

　　有人会说，这样过日子是很愚蠢的：为什么不住旅馆，不置备阔绰的房屋，不宴请宾客，不制造声势，不结婚呢？但是，这样一来，罗特希尔德将成为什么样的人呢？他会成为和大家一样的了。而我"理想"的全部魅力，它的全部精神力量，也就会消失殆尽。我还在儿童时就背熟了普希金笔下那位"吝啬的骑士"的独白，就理想方面而言，比这句独白更高明的话，普希金再也没有写出过！我到现在还坚持这个想法。

"但是，您的理想太低贱了，"有人会不屑地说，"金钱与财富！怎么能跟造福于社会、慈善的事业相提并论呢？"

然而，谁知道我将怎样利用我的财富？这一点旁人哪能知道呢？这几百万金钱从众多贪婪、肮脏的坏人手里，汇集到我这个清醒而刚毅、洞明世事的苦行者手里，这有什么不道德、有什么卑劣可言呢？总而言之，所有这些对于未来的幻想，所有这些预测，这一切现在还只像一篇小说。也许我白白地记载下来，还是留在脑子里面的好。我也知道，这些文字也许谁也不会读的，即使有人读到，他又是否会相信我也许吃不消罗特希尔德的那几百万的金钱的呢？并不是因为金钱压迫着我，而是完全另外的意义，完全相反的意义。在我的幻想里，我已经屡次把握住将来的那个时间，那时我的意识会得到十二分的满足，而实力似乎还远远不够。于是，不是出于无聊，也不是出于无端的烦恼，我会将所有我的几百万金钱送给人们，让社会去分配所有我的财富。而我呢，我要重新和低微的人们混在一起！也许甚至将变为那个死在轮船上的乞丐，区别就在于，我的衬衫里不会发现有什么缝着的东西。我手里曾有过几百万，是我把它白白扔掉了。仅仅这个意识，就会如乌鸦一般在我的旷野里喂饱我的。根据《旧约全书》记载：时逢连年大旱之际，先知以利亚奉耶和华之伞，住在约旦河边，当时有乌鸦每天将饼和肉叼给他。我现在还乐于这样想。是的，我的"理想"就是一座堡垒，我永远而且在任何情形之下会躲藏在这里面，避开一切的人们，即使我成为死在轮船上的乞丐！这就是我的史诗！你们要知道，我所需要的，恰恰是我的完整的邪道的意志，仅仅为了向我自己证明，我有力量去拒绝它。

毫无疑问，有人会反驳说，这只是诗意的幻想，如果几百万的金钱一到我的手中，我便永远不会轻易放走，也绝不会变为萨拉托夫的乞丐。也许我不会放走，我不过是描绘我大脑里的一个理想。但是，我要正经地补充：如果我在财富的积蓄上达到了罗特希尔德所有的数目，那

100

么我会真的把这笔财富捐给社会的（但如果不到罗特希尔德的数目便难于实行了）。我也不会捐出一半，因为那样便成为一种庸俗的举动——我不过穷了一半，如此而已。要捐就完全捐出去，连一个也不剩，因为成为乞丐以后，我会忽然比罗特希尔德富有一倍的！如果没有人明白这意思，那不是我的错，我不会加以解释。

"这是苦行主义，是出于渺小和空虚的幻想！"人们会断言说，"这是才华匮乏和中庸之道的胜利"。是的，说老实话，一部分是才华匮乏和中庸之道的胜利，但不见得是软弱无能的胜利。我真喜欢设想自己是一个才华匮乏的、中庸的人，站在世界面前，微笑地说：你们是伽利略和哥白尼，查理大帝和拿破仑，你们是普希金和莎士比亚，陆军元帅和军法官，我不过是庸才和私生子，但到底比你们的地位高，因为你们自己是自愿的对此服从的。我承认，我把这种幻想推到了极致，甚至抹杀了教养的作用。但是我觉得，要是一个人没有教养，甚至品行卑劣，那就更妙了。这种夸张的幻想，当时甚至影响到我在中学七年级的成绩。我停止了求学，正是因为狂热的相信：没有学识似乎更能增添理想的美。现在我已经改变了这一信念，因为学识对于理想并没有障碍。

诸位读者，难道思想的独立，哪怕一丁点儿独立的思想精神，对你们都有如此难堪的重负吗？凡是具有美好的理想的，即使是错误的理想，也是有福的！但是，我信仰自己的理想。我不过是表述得不太好、不够娴熟、过于幼稚。当然，十年以后我会叙述得好一些。且把这保存下来，作为纪念吧！

四

我的"理想"写完了。如果写得庸俗和浅薄，那是我写作技巧的拙劣，并不是"理想"的过失。我已经提醒过，最普通的理想是最难了解的。现在我要补充的是，甚至连叙述也难些，况且我所描写的还是以前的形式里的"理想"呢。对于理想来说，还有一条相反的法则：那些庸俗的、仓促形成的理想会被了解得特别的迅速，而且一定会被群众、一定会被整个街头所了解的。不但如此，还被认为十分伟大，而且极有天才，但只是在它的出现的那天。便宜的东西是不耐用的。很快就被人理解的东西，只能表明它的平庸。俾斯麦（奥托·冯·俾斯麦，德国著名的外交家，以实现德意志帝国的统一为己任，为此他提出了一个口号："解决伟大的时代问题，不是靠言辞，不是靠表决的多数，而是靠铁和血。"因此，他也被称为"铁血首相"）的理想在一刹那间就成了伟大的理想，而俾斯麦本人也成为英雄了。然而，这样的迅速恰恰是值得怀疑的。我不妨等候俾斯麦十年，到那时再看他的理想所剩下的是什么，那位首相老爷自己还剩下些什么。我把这段与本题无关的话插进去，自然不是为了比喻，而同样是为了纪念（纪念我如何为太粗心的读者做解释）。

现在我要讲出两件荒唐事，以此彻底结束关于"理想"的表述，免得它再来干扰故事的发展。

夏天的七月里，到彼得堡来的两个月前，在我已经完全自由的时候，玛丽亚·伊万诺芙娜请我到三一镇去一趟，找一位搬到那里居住的老处女办一件事情。这件事情并不很有趣，所以不必详细描述。我当天回来时，在火车中看见一个容貌很丑的年轻人，穿得还不差，就是不大干净，脸上粉刺极多，皮肤浅黑，头发乌黑，属于那类邋遢的小伙子。他十分引人注目，因为每当火车到一个大站或小站，他都一定下车去喝伏特加酒。在旅途快结束的时候，他的身旁组成了一群极无聊的快乐的朋友。其中有一个商人，也喝了一点酒，特别赞美这年轻人不断喝酒，而始终清醒着的本领。还有一个年轻人在旁听了很满意。这人很愚蠢，说很多话，身上穿着德国式的服装，发出极难闻的气味。我后来才知道他是一个听差。这人甚至和喝酒的年轻人打得火热，火车一停，必请他起身："现在该去喝伏特加酒了。"于是两人便勾肩搭背地走了出去。喝酒的年轻人几乎不说一句话，但是坐在他身边和他交谈的人越来越多了。他只是听大家说话，不断地嘻嘻笑着，直笑得口水四溅，而且还时不时——但总是出人意料的发出一种像"哎——唁——唷"之类的声音。这时他还把手指按在鼻子上面，显得十分滑稽。这把商人、听差和所有的人都逗乐了，于是大家放肆地大笑起来。有时人们在笑什么是不清楚的。我也走了过去，不知道为什么，我也有点喜欢这个年轻人。也许因为他太明显地破坏大家所公认的成为公式化的一些礼节。总之，我不认为他是傻瓜。当时我就和他交谈起来，而且显得十分亲近。下火车时他约我在晚上九点钟左右到特维尔林荫路上去玩。原来他以前还是大学生呢。我到了林荫路上，他教会了我怎样恶作剧。我们两人在所有的林荫路上走来走去，等到时间稍晚一点，看见了独身走路的正经女人，如果四周附近没有人，便立刻去缠住她，与她同行。我们不和她说一句话，他走在她这边，我走在她那边，我们好像完全没有看见她似的，用极安静的神色开始进行极不体面的谈话。我们不加掩饰地说着下流话，而且说得心安理得，好像应该这样似的，讲得那样细腻，把各种龌龊的难堪的话都描述出来。那些话是一个最龌龊的色鬼的最龌龊的想象都想不出来的（所有这些知识我自然还是在学校里获得的，甚至在中学以前，但只是话语，不是行为）。女人很惧怕，想赶快地走开，但我们也加紧了脚步，继续我们的谈话。那位受害的女人无计可施，她又不能喊：因为没有证人，要去控告，又似乎有点奇怪。我们在这种恶作剧中混了八天工夫。我不明白我怎么会喜欢这样做。其实我并不喜欢，不过是随随便便地做着。我起初觉得这种举动十分别致，似乎超越了陈腐的常规，再加上我素来就对女人比较反感。有一次我对那个大学生说，卢梭在他的那本《忏悔录》里就承认过，他在少年时就喜欢偷偷躲在角落里，暴露出身体上通常遮掩住的部位，就这样等候走近过来的妇女们。大学生用"哎——唁——唷"的声音回答我。我看出他粗蛮得很，而且对于任何一切都不大感兴趣。我本来指望他有深藏不露的思想，但什么也没有。我找不到他的任何独特之处，有的只是令人压抑的单调。最后的结局完全出人意料：有一次，天已经完全黑了，我们在林荫路上缠住了一个行色匆匆而且有点慌张的姑娘，她年纪很小，也许只有十六岁，或者还小些，穿得十分干净、朴素，也许靠自己的劳动生活着，现在做完事情以后回家去，家里有一个贫穷的，守寡的老母，还有一些小孩。然而，又何必怜香惜玉呢。刚开始时，那姑娘听见我们说下流话，便加快了脚步，低下头，脸上蒙着面纱，害怕得瑟瑟发抖，但她忽然停了步，把面纱拿下，露出一张并不难看，却极瘦削的脸（我记得还清楚），眼里闪出一种神采，对我们喊道：

"你们真是下流极了！"

我猜想她也许会哭出来的，可事实却正好相反：只见她挥起那小小的瘦弱的手臂，给了那位大学生一记耳光，而且打得干脆利落，就那么啪的一声！他骂了出来，想扑过去，但我拦住他，姑娘逃走了。只剩下我们两个的时候，我们立刻吵起嘴来。我把我在这些日子里郁积在心头的不满全都说了出来。我对他说，他不过是一个可怜的笨蛋、庸俗的人，头脑空空，没有半点思想。他对我破口大骂（有一次我曾对他讲过我是私生子的身世）……于是，我们吵翻了，互相对唾了几口痰，从此我再也没有见到他了。那天的晚上我很激愤，第二天还稍微有点气，到了第三天就完全忘记了。虽然后来有时我还想起这个姑娘，但不过是偶然的，一瞬间就过去的。只是到了彼得堡以后，在两星期以前，我忽然想起了整个的这幕话剧。一想起来，忽然使我感到惭愧，眼泪简直就从我的脸颊上流了下来。我自己折磨了整个的晚上，整整的一夜，现在还有点余痛。起初我不能了解，那时何以会这样卑劣而且这样耻辱地堕落下去，主要的是怎么会忘却这个事件，不惭愧，不后悔。现在我才理解到其中的原因应该归咎于那个"理想"。我可以简单地直截了当地说，一个人大脑里有了一点呆板的、永恒的、强烈的"理想"，他就会自然而然地似乎离开了世界，退到沙漠中去，他身边所发生的一切会轻易地从主要的东西旁边溜走的。甚至所留下的印象也是不正确的。主要的是永远可以找到借口。这段时间，无论我怎样折磨母亲，怎样羞辱妹妹，我似乎总会这样开脱自己："唉，我是卑贱，但我毕竟有'理想'，而她们对此却一无所知。""理想"能够使我忘掉我的卑贱以及曾经受到的侮辱，但它似乎也能掩盖我的一切丑行。可以说，它既减轻了一切，同时又把一切在我面前遮挡住了，但对于事物的理解却如此分不清是非。当然，这甚至会损害到"理想"本身，更不要说其他的了。

现在再讲第二件荒唐事。

去年四月一日，玛丽亚·伊万诺芙娜过命名日。晚上来了几个宾客，并不很多。阿格拉费娜忽然气喘吁吁地走进来，宣布在厨房前的外间里有一个被遗弃的婴孩在那里啼哭，她不知道该怎样处置。这新闻使大家感到惊奇。大家走出去，看见一只菩提树皮制成的小箱，小箱内有一个三星期或四星期大的婴孩啼哭着。我提起那只箱子放到厨房里，立刻发现了一张折叠好的纸条："亲爱的恩人，请你们帮助这个已受过洗礼的小女孩阿林娜吧，我们和她将永远替你们向上帝的宝座寄送我们感恩的泪水，祝您命名日快乐。两个你们不相识的人。"尼古拉·谢苗诺维奇是素来受我尊敬的，但这一次却使我感到愤怒：他露出了极严肃的脸色，决定立刻将小女孩送到育婴堂去。我觉得很悲痛。他们的生活过得十分俭朴，没有儿女。为了这，尼古拉·谢苗诺维奇永远觉得快乐。我谨慎地把阿林娜从小箱内抱出来，举到肩上。小箱里发出一种冲鼻的酸味，那是吃奶的孩子久不洗澡后常有的气味。我和尼古拉·谢苗诺维奇争论了几句以后，忽然对他宣布我愿意把这小女孩收留下来，归我收养。尼古拉·谢苗诺维奇虽然具有温和的性格，这时却带着一点严厉的态度表示反对，后来虽然用玩笑的话收场，但把婴孩送到育婴堂去的意思却仍旧没有改变。不过事情倒依照我的意思做了。我们同一个院子里，不过在另一间侧屋里，住着一个很穷的木匠。这人年纪已老迈，喜欢喝酒。他的妻子却还不是很老，而且十分强健。他们结婚后，始终没有生育子女，在八年以后才生下了唯一的小孩，也是女孩，而且由于奇怪的幸运，也名叫阿林娜，但不久以前死去了。我说"幸运"，因为我们在厨房内争论时，这女人一听到这件事情便跑来张望，晓得她也叫阿林娜，十分感动。她还有奶水，便解开衣襟，给婴孩吃奶。我缠上她，求她把婴孩抱回家去，还说我可以每月给她钱。她怕丈夫会生气，只答应收留一夜。第二天早上丈夫答应了，还讲好每月给他八卢布。我立刻把第一个月的钱预付给他，他立刻把它拿去喝酒了。尼古拉·谢苗诺维奇还微笑着答应替我向木匠作保（那笑容依然显得怪怪的），每月八卢布将由我如数交付，决不拖欠。我为了使尼古拉·谢苗诺维奇安心起见，想把我的六十卢布交给他保存，但是他没有收。不过他既然知道我有钱，也就很相信我。我们两人一时的争吵，被这次互相的礼让抹平了。玛丽亚·伊万诺芙娜一句话没有说，但对我怎么会生出这种照顾小孩的心来感到奇怪。我特别珍重他们那种有礼貌的样子，因为他们两人并没有露出一点取笑我的意思，反而把这事情看得十分正经，觉得本来就应该这样做。我每天跑到纳斯塔西娅·罗季沃诺芙娜那里去，每天去三次，过了一星期还当面交给她三个卢布，背着她的丈夫偷偷给她的。我又花了三卢布置备了小被窝和尿布之类。但过了十天以后，阿林娜突然病了。我立刻请医生诊视，他开了张什么处方，我们便用他的这个药方去折磨这个小生命，整整忙乱了一夜，可第二天医生却说，我们请他请迟了，面对我的哀求（大概还附带着责备），他用正直的推托的口气说道："我不是上帝。"这小女孩的舌头，嘴唇和整个嘴上面都盖了一层细碎的斑疹。到了晚上她便死了，一双大黑眼一直盯着我，仿佛已经明白什么似的。我不明白我当时何以没有想到给这死去的孩子拍一张照片。但是，不知道人家会不会相信，我不但哭了，而且简直出声号叫了一晚，这是以前从来没有过的。玛丽亚·伊万诺芙娜不得不跑来劝慰我，而且无论她还是她的丈夫，依然没有一点儿笑话我的意思。那个木匠钉了一口小棺材，玛丽亚·伊万诺芙娜用布在棺材的四周镶上褶边，还放了一个美丽的小枕头。我买了鲜花，撒在婴孩的身上。就这样把我的可怜的婴孩送出去了。你们相信不相信，我至今还没有忘掉这个婴孩。过了一些时候，这件突如其来的事情甚至引起了我的很多想法。当然，阿林娜并没有花去我多少钱，连棺材、殡葬、医生、鲜花，还有付给纳斯塔西娅·罗季沃诺芙娜等费一概在内，一共用去了三十卢布。在我动身到彼得堡去的时候，韦尔西洛夫寄给我四十卢布做路费，我又在临走时卖了一些小东西，这样就把这笔钱给补上了。因此我的整个"资本"等于还是原封不动。"但是，"我心想，"如果我今后再这么偏离自己的路，那是走不远的。"从大学生的那段故事里可以判断出，"理想"会把你的印象弄得模糊不清，能引导人超越日常的现实。从阿林娜的那段故事里却发生了相反的情形，那就是任何的"理想"都无力把人（至少是把我）迷失到这样的地步，使我面对某种令我压抑的事件而不肯毅然偏离自己的路，不肯为这一下子放弃我花了多年心血为"理想"所做的一切。两个结论都是正确的。

第六章

一

　　事情并非如我所愿，我碰到的不仅仅是母亲和妹妹两人：虽然韦尔西洛夫不在那里，但是母亲身边正坐着塔季扬娜·帕夫洛芙娜——她到底是外人。我那种出于宽容的心情顿时消失了一半。奇怪的是，碰到类似的场合，我的心境怎么会瞬息万变：掺一粒沙子或伤一根毫发，就足以冲散我的好心情，取而代之的则是坏心情。使我遗憾的是，我的恶劣的印象是不会很快就被驱散的，尽管我并不记仇。我走进去的时候，我瞥见母亲立刻匆匆地中断了她和塔季扬娜·帕夫洛芙娜之间好像很热闹的谈话。妹妹只在我到家前一分钟才下班回来，还没有从她的小屋内走出来。

　　这寓所一共有三个房间。中间的那间是大家平常起居的地方，或者称为客厅，是很大而且差不多是体面的。里面有柔软的红沙发，不过已经磨得很旧了（韦尔西洛夫不喜欢用沙发套），地上铺着一些地毯，还有几张桌子和没用的茶几。右边是韦尔西洛夫的房间，又小又窄，只有一扇窗。里面放着一张破旧的书桌，上面放着几本没用的书和纸张。书桌前有一只也很破旧的软椅，弹簧业已折断，有个尖角向上面高高地突起。韦尔西洛夫经常被它顶得发出呻吟、咒骂不已。这间书房里还摆着一张柔软的、同样破旧的长沙发，上面铺了被褥，供他睡觉。他很厌恶自己的这间书房，看来他在里面好像什么事也不做，宁愿在客厅内闲坐上整整的几小时。客厅的左面有同样的一间小屋，母亲和妹妹睡在里面。客厅的入口连着过道，过道的尽头便是厨房，里面住着厨娘卢克里娅。她做饭的时候，烧焦的油味弥漫着整个寓所。有的时候，韦尔西洛夫为了这厨房的臭味，大声地诅咒自己的生活和命运，对于这一层我十分同情他。我也讨厌这种气味，虽然它并不钻到我那里去。我住在上面屋顶底下的小屋内，要上那里去得爬一架很陡的、响声很大的小扶梯。我那里只有几样东西值得一提，那就是半圆形的窗户、极低矮的天花板、一只漆布面的长沙发。到了夜里，卢克里娅在这上面给我铺上被褥，还放好一个枕头。其余的家具只有两件：一张极简易的木板桌和一把有窟窿的木制椅子。

　　当然，我们家总还保存一点儿昔日舒适生活的痕迹，比如客厅里还有一盏很不差的瓷灯，墙上挂着一张好看的大木刻画——德累斯顿的圣母像，对面墙上悬挂着贵重的巨幅照片——照的是佛罗伦萨大教堂的铜门。客厅的角落里还挂着一只大神龛，里面有古老的家传的神像，在其中的一个神像上（唯一的一个），饰有镀金的宽大银袍，就是母亲打算拿去典押的那个。在另一个神像上（圣母像），饰有镶珍珠的天鹅绒长袍。圣像前挂着一盏油灯，每逢过节的时候便点上。韦尔西洛夫对于神像显然十分冷淡，那是指着那些神像的意义而言的。他看到镀金的像饰上反映出的油灯光，有时不过皱了皱眉头，显然有克制地稍稍抱怨几句，说这会损害他的视力，但他并不阻止母亲点灯。

　　我平常总是默默地、阴郁地走进去，眼睛向一个角落里看望，有时竟不和人招呼，而且到家的时间永远比这次早，由她们把饭送到楼上。现在我走进去的时候，忽然说："您好呀，母亲！"这是以前从来没有过的举动，虽说由于不好意思，这回我还是没法正眼看着她。我在屋子对面靠墙的地方坐了下来。我很疲乏，但并不想休息。

　　"这个没有学问的人还是跟过去一样，进门时一点规矩也没有。"塔季扬娜·帕夫洛芙娜对我叽咕起来。她以前也尽说些骂人的话，这在我和她之间已成为习惯了。

　　"您好呀……"母亲回答，由于我向她问候，似乎立刻显得慌乱了。

　　"饭菜早就准备好了，"她补充地说，几乎露出惭愧的样子，"汤可能有点凉了，肉丸我立刻叫人送去……"她匆忙地站起身来，到厨房里去。也许在这整整的一个月内，我第一次突然感到惭愧，为了她这般匆忙地站起来，为我服务，因为到现在为止，这原是我自己要求她做的。

　　"谢谢母亲，我已经吃过饭了。如果我不妨碍你们，我想在这里休息一下。"

　　"唉……没什么……怎么会妨碍呢？您坐吧……"

　　"您不要担心，母亲，我再也不会顶撞安德烈·彼得罗维奇了。"我坚定地一下子说了出来……

　　"哎哟，天呀，他可真是大量呀！"塔季扬娜·帕夫洛芙娜喊道，"索尼娅（注：索菲娅的爱称），亲爱的，难道你还称他为'您'吗？他究竟是什么人，要对他这样尊敬，而且还从他亲生的母亲嘴里发出来的！你瞧，你在他面前竟弄得这样局促不安，真是丢人！"

　　"母亲，如果您用'你'来称呼我，我的心里会很高兴的。"

　　"唉……好的，好的，我会的，我会的，"母亲忙乱起来，"我……我不是永远如此的……从此以后我知道了。"

　　她满脸通红。她的脸有时确实非常动人的……她的脸显得坦白，但并没有憨气，有点苍白，少了点儿血色。她的脸颊很瘦，甚至陷了进去，额上开始剧烈地簇拥起皱纹，但在眼旁还没有皱纹，一双真诚的大眼睛总是闪出安静、平和的光彩，我从第一天就被这种光彩所吸引着。我还喜欢她的脸上没有一点忧愁或被压迫的样子，相反的，她的容貌甚至是快乐的，如果她不这样时常惊慌，有时她其实是白担心：完全为了不相干的事情从座位上跳起来，或者惊惧地倾听着某一个陌生人的谈话，必须在相信一切仍旧安排得很好的时候才安定下来。她的意思是说，既然"一切仍旧"，那么一切都好。只要没有变动，只要没有发生新的事情，即使甚至是幸福的事情也不要发生！……可以料到她在儿童时代是受过惊吓的。除了她的眼睛以外，我还喜欢她那张长而椭圆的脸庞，如果她的颧骨稍为狭窄一点点，不但在年轻时代，甚至现在她也会被人家称为美女的。现在她还不到三十九岁，但是在深栗色的头发里已经钻出许多白发来了。

塔季扬娜·帕夫洛芙娜十分激愤地看着她。

"对这个胖孩子还这么客气！而且居然在他面前哆嗦吗，你太可笑了，索菲娅。你使我生气，真是的！"

"唉，塔季扬娜·帕夫洛芙娜，您现在何必跟他这样呢？您大概是在开玩笑吧？"母亲说。塔季扬娜·帕夫洛芙娜的脸上似乎含着微笑。塔季扬娜·帕夫洛芙娜骂人的话有时确实不能当真，不过她自然只是对母亲微笑（如果她真是微笑过的），因为她很喜欢母亲的善良，而且无疑地看出她当时为了我的驯顺的态度而感到幸福。

"塔季扬娜·帕夫洛芙娜，我自然不会不感到，那是您自己攻击人家，而且就在我刚走进来说了以前从来没有说过的那句'您好呀，母亲'的时候。"我终于认为必须回敬她。

"你瞧！"她立刻发起火来。"他竟把这当作功劳呢！必须在你面前跪下来，求你一辈子表示一次礼貌吗？而且这是不是礼貌呢？你走进来的时候，为什么朝角落里看望？难道我不知道你在她面前那样作威作福吗？你大可以对我说一句问候的话，我给你换过尿布，我是你的教母。"

"丽萨，我今天看见瓦辛了，他向我问起你来着。你认识他吗？"

"是的，去年在卢加的时候认识的。"她很自然地回答，坐在旁边，和蔼地看着我。不知道为什么，我觉得我对她提起瓦辛的时候，她的脸红起来。妹妹是个金发的女子，她的头发完全不像母亲，也不像父亲，但眼睛和椭圆的脸差不多和母亲一样。鼻子很直，不是很大，但还端正，还有一个特点，那就是脸上的细雀斑，是母亲完全没有的。她和韦尔西洛夫相似的地方并不很多，无非是身段柔细，身材不矮，而且步伐里有一种优美感。她和我一点也不相像，完全相反的两个极端。

"我认识他们三个月了。"丽萨补充着说。

"你说'他们'（俄国农民或下等阶级称比较高一等的阶级中的人为"他们"而不称"他"，即使所指的仅只是一个人。——译者注）是指着瓦辛吗？丽萨？应该说'他'而不应该说'他们'。对不起，妹妹，我现在这样给你更正，我觉得很痛苦，看来对你的教育完全被忽视了。"

"你在母亲面前说这种话，真是可耻！"塔季扬娜·帕夫洛芙娜简直脸红了。"你瞎说，一点也没有忽视。"

"我一点也没有说到母亲的话！"我厉声地抗议，"您知道，母亲，我把丽萨看成第二个您。您培养出她那种和您自己一样的优美和善良的性格，您现在，直到现在为止仍是这样的，而且将来也永远是这样的……我只讲外表的光泽，所有那些交际社会的愚蠢玩意，不过是必要的愚蠢玩意。我所气愤的是，当韦尔西洛夫听见你称瓦辛为'他们'而不称'他'的时候，一定不会给你更正——他这么高傲，而且对我们冷淡到这样！这是我十分气愤的地方！"

"你自己是只小狗熊，还要教人家什么风度。以后不许你在母亲面前说'韦尔西洛夫'，也不许在我面前说。我听不惯！"塔季扬娜·帕夫洛芙娜的眼中露出凶光。

"母亲，我今天领到了薪水，五十卢布，请您收下吧，这里就是！"

我走过去把钱递给她，她立刻惊慌起来了。

"我不知道该不该收下这钱呢！"她说，似乎怕触到银钱。

我不明白到底是怎么回事。

"得了吧，母亲。如果你们两人认我是儿子和哥哥，那么……"

"我真是对不起你，阿尔卡季。我有点话要对你说，就是怕你……"

她用畏葸的、讨好的微笑说出这句话。我还是没弄明白，便打断她说：

"母亲，我顺便说一下，安德烈·彼得罗维奇和索科利斯基家的那场官司，今天法院开庭判决了，您知道吗？"

"哎哟，知道的！"她叫了声，吓得用双手叉在自己胸前（这是她常做的姿势）。

"今天吗？"塔季扬娜·帕夫洛芙娜全身哆嗦起来。"这是不可能的，他会事先说的。他对你说了吗？"她转向母亲问。

"今天没有说，并没有说。我在这一个礼拜内真是害怕。哪怕输掉官司也好，我可以祷告一下，那样事情也就完结了，老是这样牵肠挂肚，真是要命。"

"他连对您都没有说吗？母亲！"我喊道。"这是什么人呀！这是他冷淡和傲慢的一个证据！我刚才不是说过了吗？"

"判决什么？究竟判决什么？谁对你说的？"塔季扬娜·帕夫洛芙娜抢过来说。"你说呀！"

"他回来了！也许他自己会说的。"我听见他在走廊里的脚步声，便通知大家，连忙坐在丽萨身旁。

"哥哥，看在上帝的分上，别跟母亲过不去，对待安德烈·彼得罗维奇耐心一点吧……"妹妹小声对我说。

"我会的，我会的，我就为了这个才回来的。"我握着她的手。

二

　　他很愉快地走了进来，愉快得认为无须隐瞒自己的心情。一般地说，他近来已经习惯在我们面前毫不客气地露出自己的狐狸尾巴来，不仅在坏的脾气方面，甚至在可笑的方面，这是每个人都忌讳的事，而且也充分感觉出，我们能看透他的一切。据塔季扬娜·帕夫洛芙娜的说法，在最近一年内，他在服装方面已经马虎得多了：虽然总是穿得很体面，但是近来穿的是旧衣服，而且并不漂亮。诚然，他准备把一件内衣连穿两天，这甚至使母亲都大起愤慨。她们认为这是他的一种牺牲，而在这一群忠心相随的女人眼中，这简直就是一种苦行。他永远戴着那种黑色的宽边软帽。当他在门外摘掉帽子时，他那浓密却明显花白的头发便整把地在头上竖起来。我喜欢看他脱帽时露出来的头发。

　　"你们好呀，大家都聚在一块儿，连他也在内吗？"在外间里就听出他的声音。"大概在骂我吧？"

　　他心情愉快的一个标志，就是在他开始对我说俏皮话的时候。我自然没有回答。卢克里娅拿着一大包东西走进来放在桌上。

　　"胜诉了，塔季扬娜·帕夫洛芙娜。法院里打赢了，上诉是公爵们不敢的。运气转了过来！立刻借到了一千卢布。索菲娅，你把工作放下吧，不要累坏眼睛。丽萨，你做完工才回来吗？"

　　"是的，爸爸。"丽萨用和蔼的神色回答。她叫他父亲，我是无论如何不愿意屈服的。

　　"你累了吗？"

　　"累了。"

　　"你把工作辞掉了吧，明天就不要去，完全抛弃了吧。"

　　"爸爸，这样我会觉得更坏的。"

　　"我求你……我最不喜欢女人出去做事，塔季扬娜·帕夫洛芙娜。"

"怎么可以不做事呢？怎么能叫女人不做事呢？……"

"我知道，我知道，这一切很好，很对，我预先同意。但我主要指的是手工。在我看来，这也许是儿童时代一个病态的，或者不如说是不正确的印象。在我五六岁的儿童的模糊的记忆里，时常想起（自然带着嫌恶），一群聪明的女人围在一只圆桌旁边，摆出一副严厉和冷峻的样子，好像在开会选举教皇似的，而桌上放着剪刀、材料、剪样和时装图片。大家讨论、争辩，郑重而且迟慢地摇头，比量、盘算，准备裁剪。所有这些和蔼的脸庞，本来全是爱我的——竟忽然变得威严不可侵犯了。只要我淘一下气，立刻把我赶出去了。连我那可怜的保姆，甚至都会一面用手挟住我，不理会我的呼喊和拉扯，一面张大着眼睛瞧着，还倾听着，像听天上的鸟叫似的。正是这些聪明的脸庞，在开始裁剪前那副严肃和郑重的样子，不知为什么，甚至现在我想起来都感到痛苦的。塔季扬娜·帕夫洛芙娜，您很爱裁剪衣服，无论这是如何的高贵，但我总归喜欢完全不做工的女人。你不要把我这话扯到自己头上去，索菲娅……你何必这样呢！女人即使不干活，就已经是一种伟大的力量了。这一点你也知道的，索尼娅。但是尊见如何，阿尔卡季·马卡罗维奇，您一定要反对吗？"

"不，一点也不！"我回答，"那句女人是一种伟大的力量说得特别好，虽然我不明白为什么您把这和工作连在一起。人没有钱，便不得不工作，这一点您是知道的。"

"但是，现在够了。"他对母亲说。她的脸上当时露出笑容来了（在他对我说话的时候，她竟哆嗦了一下）。"至少在这几天里，不要让我看见你们做手工活，我求你们为了我这样做。阿尔卡季，你是现代的年轻人，一定有点社会主义思想。你相信不相信，恰恰是一直劳动着的平民最喜欢闲暇！"

"也许是喜欢休息，并不是闲暇。"

"不是的，就是闲暇，完全什么事也不做。这里面是含着理想的！

115

我认识一个永久的劳动者，虽然他并不是农民出身。他具有充分发达的大脑，能进行综合的思考。他一辈子，也许每天，用深挚的感情幻想着完全闲暇的生活，想把理想弄得那样的绝对，使幻想与闲暇的沉思弄到无限的独立和永恒的自由的地步。就这样，直到他积劳成疾，无法医治，最后死在医院里了。有时我真想认真地断定，所谓劳动愉快，是那些闲散的人、当然也是有美德的人空想出来的。这是上世纪末'日内瓦思想'之一。塔季扬娜·帕夫洛芙娜，前天我从报上剪下一段广告，就在这里（他从马甲口袋里掏出一张小纸片），这是那类数不清的'大学生们'所登的广告，他们熟谙古典文字和数学，准备到外城去，准备住到阁楼上去，还准备到各处去。你们听着：'某女教师愿为考生补课，保证可以考入任何一所学校（你们听着，居然是任何一所学校），兼授数学。'只有一行字，不过那行字倒是极古典的！通过补课考入任何一所学校，那是自然的，但是不是也补数学课？不，数学是特别的。这简直就是饥饿，这简直是受穷到了最后的阶段。那种外行的样子真是令人十分感动：显然她从来没有当过女教师，也不见得能够教什么功课。但是，她已经到了快要投水的地步，却还要花去最后的一个卢布去登报，说她会为考生补课，让他们考进任何一所学校里去，外加教授数学。"

"安德烈·彼得罗维奇，应该帮她的忙！她住在哪里？"塔季扬娜·帕夫洛芙娜喊道。

"这类人很多呢！"他把地址塞进口袋里去了。"这个纸包里全是糖果之类的礼物——给你的，丽萨；还有您的，塔季扬娜·帕夫洛芙娜。索菲娅和我不爱吃甜的。也是给你的，年轻人。我亲自上叶利谢耶夫和巴列去买来的。我们已经'挨饿很长时间了'，像卢克里娅所说的（其实我们这里谁也没有挨过饿）。这里有葡萄、糖果、生梨、莓浆蛋糕，甚至还买了上好的蜜酒，也买了胡桃。有趣的是，我从儿童时代到现在，老是爱吃胡桃，而且爱吃最普通的一种胡桃。丽萨很像我，她也像松鼠似的爱吃胡桃一类的东西。塔季扬娜·帕夫洛芙娜，在许多儿童时代的回忆中，有时偶然设想自己在树林里的灌木底下，采摘胡桃的光景，真是最美妙不过的事情……日子已到了秋天，天气十分晴朗，有时空气十分清爽，你躲在无人处，溜进树林里，四处全是树叶的香味……我看出您的眼神里有点同感的样子，不是吗?"

"我的儿童时代的最初几年也在乡村里度过的。"

"怎么你好像一直住在莫斯科……如果我没有弄错。"

"他那时候是住在莫斯科安德罗尼科夫的家里，就是在我们到莫斯科去的那个时候。在这之前他住在乡下，在您那已经去世的姑姑瓦尔瓦拉·斯捷潘诺芙娜那里。"塔季扬娜·帕夫洛芙娜指着我接上去说。

"索菲娅，这里是钱，你把它收好了。他们答应过几天再给五千。"

"这么说来，公爵们一点希望也没有了吗?"塔季扬娜·帕夫洛芙娜问。

"一点希望也没有，塔季扬娜·帕夫洛芙娜。"

"我永远支持您，安德烈·彼得罗维奇，还支持你们一家人，可以说是你们的家庭的密友。虽然公爵们和我毫无关系，不过我总觉得他们是很可怜的。你不要生气呀，安德烈·彼得罗维奇。"

"我不打算和他们分遗产，塔季扬娜·帕夫洛芙娜。"

"您自然知道我的意思，安德烈·彼得罗维奇。如果您最初就提议和他们均分，他们会停止诉讼的，当然现在已经晚了。不过，我不敢评论……我只是想，死者大概不至于会在遗嘱里把他们漏掉。"

"不但不会漏掉，而且一定全遗给他们，而只把我一个人遗漏掉。如果他会办事，把遗嘱写得像个样子。但是，现在法律站在我的后面，也就完了。我不能，而且不愿意和他们平分，塔季扬娜·帕夫洛芙娜，事情也就了结了。"

他甚至带着凶恶的神气说出这一套话来，这是十分少见的事。塔季扬娜·帕夫洛芙娜不出声了。母亲好像不胜忧愁地垂下眼皮：韦尔西洛夫知道她赞成塔季扬娜·帕夫洛芙娜的意见。

"他忘不了在埃姆斯挨的那一记耳光!"我暗自想着。"克拉夫特送给我,正放在我袋内的那个文件如果落到他的手里,就会受到可悲的对待。"我突然意识到,这一切已经压在我的肩膀上。这个想法,再加上由于其他的各种因素,当然就把我给惹火了。

"阿尔卡季,我希望你穿得好一点。你现在穿得还不差,不过为了将来起见,我可以给你介绍一个好的法国裁缝,这人做事很认真,而且很有审美观。"

"我请您永远不要对我提这种建议!"我突然吼了起来。

"怎么啦?"

"我当然不认为这是一种贬低,但我们对这种事的看法根本不会一致,恰恰相反,甚至会截然不同,因为再过几天,或是明天,我就不到公爵家去了,我不认为那里有什么事情可做。"

"只要你天天去,和他坐在一起,那就是你的差事!"

"这样的想法就是在贬低我。"

"我不明白,但如果你觉得不好意思,就不必问他要钱,只是去走动走动。要不你会使他伤心的。你应该相信,他已经离不开你了……但是,随你的便吧……"

"您说不要问他要钱,但是由于您所赐的恩惠,我今天已经做出了卑劣的行为。您并没有预先告诉我,我今天已经向他要了一个月的薪水。"

"你居然已经这样做了,说实话,我原想你不会向他要钱的。你们这班人现在真是机灵透了!现在是没有年轻人的了,塔季扬娜·帕夫洛芙娜。"

他很生气,我也十分恼恨。

"我必须和您解决一下……那是您迫使我的,我现在不知道怎么办才好。"

"索菲娅,你立刻把六十卢布还给阿尔卡季,你不要为了我和你这样匆忙地算账而生气呀。我从你的脸上猜到，你的大脑里现在有一个什么计划，你需要……一笔流动资本……或是这一类的东西。"

"我不知道我的脸表示出什么，但是我怎么也料不到母亲会把这笔钱告诉给您，我当时求她不要说出来的。"我望着母亲，无法形容我当时是如何的气恼。

"阿尔卡季，宝贝，对不起，看在上帝的分上，我不能不说……"

"你不必为了她向我泄露你的秘密而恼怒，"他对我说，"她是好意，作为母亲，总有想夸耀一下自己儿子的孝心的。她不说，我也猜到你那有钱。你的一切秘密就在你那诚实的脸上写着呢。他有他'自己的理想'，塔季扬娜·帕夫洛芙娜，我对您说过的。"

"我的脸诚实不诚实且不要管，"我继续露出强硬的态度，"我知道您时常看得很透彻，虽然在其他一些事情上看不到鼻子以外，因此我对于您那种洞察世故的本领感到非常吃惊。是的，我有'自己的理想'。您所表示的一切自然是偶然的，但是我不怕。说老实话：我是有'理想'的，我不怕也不感到惭愧。"

"最要紧的是不要惭愧。"

"但是我永远不会向您泄露的。"

"你竟不屑于向我泄露。这大可不必，我的朋友，我知道你的理想的实在情形。总而言之，至少是这样。"

"我将躲到沙原中……"这是当时俄国的一首流行歌曲的开头。

塔季扬娜·帕夫洛芙娜！我觉得，他想……成为罗特希尔德，或者是这类的人。他想向自我的伟大中躲藏。当然他会宽宏大量地给你我两人定下一份津贴（也许不会给我定的），但是无论如何只有我们看见他。他好像一弯新月，刚刚露出来，就下降了。

我在心里颤抖了一下。当然，这一切是出于偶然的：他虽然提起了罗特希尔德的名字，但一点也不知道，而且说得完全不是那么回事。然而，他怎么会对我的情感下这样正确的定义呢？他怎么会猜出我要和他们脱离关系，独自退隐呢？他竟猜到了一切，因此想先下手，用卑劣的话语玷污事实的悲剧性。他很恼火，这是毫无疑问的。

"母亲！请您饶恕我这样大的火气，再说即使我不发脾气，安德烈·彼得罗维奇也能看出我发脾气呢。"我假装笑起来了，努力想用玩笑把这个话题哪怕暂时中断一下。

"最好的就是你笑了。要知道，一个人用笑，即使用表面的笑也能取胜的，这简直让人难以想象。我说的是极正经的话。塔季扬娜·帕夫洛芙娜，他永远露出那种神色，好像他的大脑里有些很重要的东西，他甚至为了这桩事实感到惭愧。"

"我正正经经地请您谦虚一点，安德烈·彼得罗维奇。"

"你是对的，我的朋友，但是必须一劳永逸地说个清楚，免得以后再触到这个问题。你从莫斯科到这里来，是想立刻树起反抗的旗帜来的，这就是我们所知道的你的来意。至于说到你跑来，还是为了想用什么手段使我们感到惊异，我当然不会提它。你在整整的一个月内尽对我们嘶叫，同时你显然是聪明人，既具有这种性格，大可把嘶叫交给那些无从对人报仇的脆弱性格的人们。你自己永远把自己关闭住，其实你的诚实的态度和红润的脸颊已经直接证明，你大可经用完全的天真向大家正视。他犯了疑心病，塔季扬娜·帕夫洛芙娜，我不明白他们大家现在为什么全成为疑心病了。"

"如果您连我在哪里生长都不知道，您怎么会知道人为什么会成为疑心病呢？"

"啊，这个谜底我猜着了，你是因为我会忘记你在哪里生长而生气呢！"

"并不是的，您不要把愚蠢的角色加在我身上。母亲，安德烈·彼得罗维奇刚才夸奖我，是因为我发笑了。让我们就来笑一笑，何必这样坐着呢！要不要我来讲关于我自己的笑话？况且安德烈·彼得罗维奇完全不知道我的冒险的生活。"

我的心沸腾着。我知道以后我们永远不会一块儿同坐着，我一离开家庭，便永不再进来——因此在这前夜，我真是忍不住了。他自己将我引到这种结局上去的。

"这当然是极有趣的，如果果真有很可笑的地方，"他用锐利的眼神向我窥视，"你在你生长的地方弄得有点粗野了，但是你到底还懂得礼貌。他今天很可爱，塔季扬娜·帕夫洛芙娜，你总算把这包东西解开了，真是好极了。"

但是，塔季扬娜·帕夫洛芙娜皱紧了眉毛。她甚至不回头去听他的话，继续解开纸包，把糖果等东西放在刚送上来的碟子里。母亲也完全惊疑地坐在那里，当然明白而且预感到我们中间发生了不对劲的情形。妹妹又在我胳膊肘推了一下。

三

"我只是想对你们讲一讲，"我用极潇洒的神色开始说，"一个父亲第一次和他的可爱的儿子相见的情形，这事就发生在'你生长的那个地方'……"

"我的朋友，这事不会觉得……乏味吗？你知道：tous les genres……（法文，译为"一切风俗的画……"。这是一句还没有说完的话，全句应该是："一切风俗的画都是好的，除了乏味之外。"这是伏尔泰的一句名言，引自由他所著的《浪子》中的序言）。"

"您不必皱眉，安德烈·彼得罗维奇。我的用意并不是您所想的那样。我要大家都发笑。"

"上帝会听见你这话的，我的亲爱的。我知道你爱我们大家……并不打算扫我们大家在今天晚上的兴致。"他好像装出来似的，不经意地喃语着。

"您是从我的脸上猜出我爱你们的吗？"

"有一部分是从脸上猜出来的。"

"我早就从塔季扬娜·帕夫洛芙娜的脸上猜到她是爱我的。您不要这样凶狠地望我，塔季扬娜·帕夫洛芙娜，我们还是笑一笑吧！最好还是笑一笑！"

她忽然匆忙地转身向我，锐利地向我看望了半分钟：

"你留神呀！"她用手指向我威吓，做得那样正经，似乎和我的愚蠢的玩笑并不相关，而是对于另一件什么事情的警告。"你不是已经想开始了吗？"

"安德烈·彼得罗维奇，您难道不记得我和您初次相见的情形吗？"

"我真是忘记了，我的朋友，我从全心灵里觉得对不起你。我只记得这似乎是很久的事情，发生在一个什么地方……"

"母亲，您记得不记得，您是否到我生长着的乡村里去过，大概在我六岁或七岁以前，您曾经到过这乡村里去没有？或者这不过是一个梦境，是我在梦中看见您初次在那里见到我？我早就打算问您，却老是延搁下去，现是时候了。"

"当然了，阿尔卡季，当然了！是的，我在瓦尔瓦拉·斯捷潘诺芙娜家里做了三次客：第一次你才一岁，第二次你四岁，后来的那一次你刚满六岁。"

"这就对了，这一个月里，我尽想问您这句话。"

回忆如潮水般迅速涌上母亲的心头，使她突然变得满脸通红，动情地问我道：

"阿尔卡申卡（阿尔卡季的爱称），难道你还会记得我当时到那里去的情形吗？"

"我一点也不记得，也不知道，不过您的脸上有某种神情始终留在我的心里，此外还留下一个感知：就是您是我的母亲。我现在像在梦中看见着这个乡村，我甚至忘记了我的奶妈。我只记得这个瓦尔瓦拉·斯捷潘诺芙娜一点点，也只是因为她患牙痛，脸上永远被包扎着布的缘故。我还记得房屋旁边有些大树，大概是菩提树，有时在敞开的窗上有明亮的月光，开满了鲜花的小园，小径，至于母亲您呢，我只在一刹那间记得很清楚，那就在有一次在当地的教堂内行圣餐礼，您把我举起来接受圣餐，吻圣杯的时候。当时是夏天，鸽子从圆顶那里飞过，从这扇窗飞到那扇窗……"

"天呀！这真是这样的，"母亲挥着手说，"那只鸽子我也记得的，你在圣杯前面摇晃着身体，喊着'鸽子，鸽子'！"

"您的脸，或者脸上的神情一直深深地留在我的记忆里，所以过了五年之后，在莫斯科，我立刻认识您，虽然当时并没有人对我说您就是我的母亲。等到我和安德烈·彼得罗维奇初次相见的时候，才把我从安德罗尼科夫家里带走。在这以前，我在他家里平静而且快乐地一连住了五年。他那所像官舍似的寓所我记得很详细，还记得所有的那些太太和姑娘们——现在他们全都老了。记得有一所住满了人的房屋和安德罗尼科夫自己。他亲自把粮食、家禽、梭鱼、小猪用麻包装着从城内运来，吃饭时代替他的那位一直露出骄傲样子的夫人给我们盛汤，我们整桌的人全都笑这件事情，他首先笑。那边的小姐们教我念法文，但是我最爱克雷洛夫（伊·安·克雷洛夫，俄国寓言作家）的寓言，背熟了许多篇，每天向安德罗尼科夫朗诵一篇，一直走进他的小书斋里去，不管他有事没事。就为了这寓言我和您认识了，安德烈·彼得罗维奇。我看，您开始记起来了。"

"有点记起来了，我的亲爱的，你当时曾对我讲……寓言，要不大概是《聪明误》里的一段？你的记忆力真不错呀！"

"记忆力，那当然了！我一辈子只记得这一件。"

"好的，好的，我的亲爱的，你甚至使我活泼起来了。"

他甚至微笑着，母亲和妹妹立刻也跟着他微笑了。坦诚的气氛渐渐恢复了，塔季扬娜·帕夫洛芙娜把糖果摆在桌上，坐在角落内，继续用恶劣的眼神锐利地观察我。

"事情是这样的，"我继续说，"在一个良好的早晨，我儿童时代的好友塔季扬娜·帕夫洛芙娜突然跑来找我。她永远会突然出现在我的生命里，像在舞台上出现似的。她把我带出去坐在马车上，带到一所贵族的房屋，阔绰的寓所里去。安德烈·彼得罗维奇，您当时住在法纳里奥托娃夫人家里，在她的空房屋内，这所房屋是她以前从您的手里买下来的，她当时正住在国外。当时，我平常总是穿着短衣，但这一次她却给我穿上好看的蓝色的小洋服以及讲究的衬衫。塔季扬娜·帕夫洛芙娜在我身边张罗了一天，给我买了许多东西。我自己却在那些空房内走进走出，向所有的窗内看望自己。第二天早晨十点多钟的时候，我就这样在寓所里溜来溜去，突然完全出于偶然地走到了您的书斋里去。我在头天晚上，刚把我载来的时候就看见了您。但只是在楼梯上一瞥眼的工夫，您从楼梯上下来，上马车到什么地方去。那一次，您一个人上莫斯科来，因为您有许多时候没有来，而且逗留的时间很短促，差不多没有住在家里。您遇到我和塔季扬娜·帕夫洛芙娜的时候，只说了一声：'啊！'甚至连站也没有站住。"

"他特别怀恋这事呢。"韦尔西洛夫对塔季扬娜·帕夫洛芙娜说。但她转过身去，没有回答。

"我像现在一样看见当时的您，那种健壮、英俊的样子至今仍然历历在目。这九年来，您老得非常快，而且还变得丑陋了，请您恕我这句坦率的话。您那时候已经有三十七岁，但是我甚至会看您看出神来了：您的头发多么奇怪，差不多完全是乌黑的，露出平滑的光泽，没有一点点斑白色；胡须简直像在珠宝店里磨光似的，否则我是不会加以形容的了。您的脸呈雾白色，不是现在这种病态的苍白，而是和您的女儿安娜·安德烈耶芙娜现在那种样子——前不久我有幸见到她。您那双黑色的眼睛炯炯有神，牙齿很洁白，特别在您笑的时候。那天我走进书房去的时候，您朝我全身看了一下，就是那样笑了出来。我当时的识别能力还不强，所以由于您的微笑，我的心也就高兴起来了。那天早上您穿着深蓝色的、天鹅绒的上衣，颈上系着鲜紫红色的领结，漂亮的衬衫上镶着阿朗松花边，您站在镜子前，手里拿着一本簿子，在那里练习恰茨基（格里鲍耶陀夫喜剧《智慧的痛苦》里的主人公。——译者注）最后的一段独白，尤其是最后的一个呼喊：马车，给我备马车。"

"哎哟，我的天呀！"韦尔西洛夫喊道，"他说的都是真的！当时因为日列伊科生病了，所以在亚历山德拉·彼得罗芙娜家里的家庭剧场上演出时，由我扮演恰茨基这个角色。虽然我留在莫斯科的时间极短。"

"您果真忘记了吗？"塔季扬娜·帕夫洛芙娜笑了。

"他使我记想起来了！说实话，我在莫斯科的那几天，也许是我一生中最美好的时光！我们大家在那时候还是那样的年轻……大家都是那样热烈地期待着……我当时在莫斯科偶然遇见了许多……但是，你继续说下去吧，我的亲爱的。这一次你做得很好，你会这样详细地提醒我……"

"我站在那里看您，忽然喊道：'啊，真好呀，真正的恰茨基！'您忽然转身来，向我问道：'难道你知道恰茨基吗？'问完之后，您就自己坐在沙发上面，开始喝咖啡，露出极好的心情，我真想上前去吻您几下。于是，我告诉您，在安德罗尼科夫家里每个人都读许多书，小姐们会背熟许多诗，至于《智慧的痛苦》里的几场戏，她们还经常互相练习对白呢，就上个星期，大家在晚上聚在一起，朗诵《猎人日记》（俄国作家屠格涅夫的代表作）。我还说我最爱克雷洛夫的寓言，背得出来。您叫我背了一篇，我就背了那篇《吹毛求疵的闺女》：'待字闺中的姑娘想找个如意郎君。'"

"就是的，就是的，现在我全都记起来了，"韦尔西洛夫又喊了起来，"我的朋友，我现在很清楚地记起你来了：你当时是多么可爱的一个男孩，甚至是十分伶俐的男孩，我可以担保，在这九年来你也变坏了。"

当时，大家听了这话，包括塔季扬娜·帕夫洛芙娜在内，全都笑了。显然安德烈·彼得罗维奇在那里开玩笑，为了我说过他已经显得苍老的带刺的话语，向我"报复"。大家都很高兴，他说得也太妙了。

"我在背诵的时候，您一直微笑着，但我还没有背到一半，您就叫我打住，按铃吩咐走进来的仆人请塔季扬娜·帕夫洛芙娜过来。塔季扬娜·帕夫洛芙娜立刻跑来了，露出那种快乐的神情，虽然头一天晚上我曾经看见过她，但现在差不多会不认识的。我就在塔季扬娜·帕夫洛芙娜面前重新背诵《吹毛求疵的闺女》，很顺利地背完了。连塔季扬娜·帕夫洛芙娜都微笑了，安德烈·彼得罗维奇，您甚至叫起'好'来了。您热烈地说，我如果能背《蜻蜓与蚂蚁》（克雷洛夫的一篇寓言），那还不算稀奇，一个有头脑的男孩，像我那样的年纪，当然能背出内容清楚的寓言，可是这篇寓言不同：'待字闺中的姑娘想找个如意郎君，本来算不上罪过！'"

"您听听，他是怎么念的：'本来算不上罪过！'您当时是这么说的！总之，您当时非常喜欢。后来，您突然和塔季扬娜·帕夫洛芙娜讲起法语，她立刻皱紧眉头，对您反驳起来，甚至显出很激烈的样子。但是，因为安德烈·彼得罗维奇无论想做什么事，是不能反对的，所以塔季扬娜·帕夫洛芙娜连忙把我带到自己屋内：给我重新洗脸、洗手、换衣服、抹油，甚至烫卷我的头发。到晚上的时候，塔季扬娜·帕夫洛芙娜自己打扮得相当华贵，甚至连我都意料不到。她带我坐上马车走了。我有生以来还是第一次上戏院，观看维托夫托娃家业余的演出。无数的蜡烛，华丽的吊灯，到处都是贵妇人、军人、将军和名媛淑女，巨大的幕布、一排排椅子，我还从来没有看见过这种情景的。塔季扬娜·帕夫洛芙娜在后面的一排上占了一个极不起眼的座位，让我坐在她的旁边。当然也有像我一样的小孩，但是我不向任何地方看望，却带着沉重的心等候戏剧的开始。安德烈·彼得罗维奇，您出场的时候，我太高兴了，高兴得流泪了，为什么会这样？到底是什么原因？我自己都不知道。为什么会流出欢欣的眼泪？这一点，在后来的整整九年中，我一想起来就觉得奇怪！我用沉重的心观察喜剧的进行。我在这出戏里自然只明白她对他变心，而那些抵不上他一个脚指头的蠢人们却嘲笑他。当他在舞台上说出独白的时候，我明白他受了侮辱和冤屈，他责备所有这些可怜的人们，然而他自己是伟大的，伟大的！当然，在安德罗尼科夫家里的对白练习，帮助我的了解，但这也应该归功于您的演技，安德烈·彼得罗维奇！我第一次见到了演戏！在剧终时，恰茨基喊'马车，给我备马车'的时候（您喊得太奇怪了），我从椅上跳起来，随着全场雷鸣般的掌声，我拼命拍起手来，用全力喊着：'太好了！'我记得很真切，就在这一刹那间，好像有一只别针在我背后，在'齐腰下面'戳了一下，塔季扬娜·帕夫洛芙娜狠狠地捏了我一把，但是我并没有注意！在演完了《智慧的痛苦》之后，塔季扬娜·帕夫洛芙娜立刻带我回家。'你不能留在这里跳舞的，就因为你，我自己也不能留下啦。'塔季扬娜·帕夫洛芙娜，您一路上在马车里对我叽叽咕咕地说着。那夜，我整夜说着梦话。第二天九点钟的时候，我已经站在书房门口，书房的门开着，但有人在里面坐着，您和他们正在接洽事务。然而，您突然坐车走了，整整一天不在家，直到深夜才回来，我竟没有见到您！我当时想对您说什么话，当然忘记了，其实也不知道想说什么，但是我热烈地希望见到您，越快越好。第三天早晨八点钟，您就上谢尔普霍夫那去了。当时您刚把图拉省的田产卖去，为了偿清债务，同时手里还剩下一笔不小的款子，所以您当时上莫斯科去，在这以前您因为害怕债主，本来是不敢去的。但是，其中有一个谢尔普霍夫的粗人，也是债主之一，偏偏不答应折半还清债务的办法。我问塔季扬娜·帕夫洛芙娜，她甚至没有回答：'你不用问，后天我送你到寄宿学校去；你准备一下，把练习簿带去，书籍也收拾一下，自己学一学怎样收拾皮箱里的东西，你不能老这样游手好闲的呀。'总之，是婆婆妈妈的一套话，在这三天内，塔季扬娜·帕夫洛芙娜，您不知对我说了多少遍！结果是我被送到图沙尔的寄宿学校去，一个天真烂漫的，恋上您的小孩，安德烈·彼得罗维奇。即使我们那次的相见似乎是极愚蠢的事件，但是您信不信，在这之后，过了半年，我竟打算从图沙尔那里逃走出来找您呢！"

"你讲得很好，一切都给我清清楚楚地提醒了出来。"韦尔西洛夫说，"你所讲的故事里充满了某些古怪的细节，譬如说，关于我债务的事。且不说这些细节讲得有失体面，我只是不明白，你到底怎么知道这些详细的情节的？"

"怎么知道这些详细情节吗？我对您说，我在这九年来的所作所为，就是为了要知道关于您的详细情节。"

"这样坦率真是罕见，这样消磨时间也真是罕见！"

他转了转身子，斜靠在圈椅里，甚至还微微地打了哈欠（是不是故意，我不知道）。

"怎么样？要不要继续讲？我怎样打算从图沙尔那里逃跑到您那里去？"

"不许他再说了，安德烈·彼得罗维奇，不许他再说了，把他赶出去！"塔季扬娜·帕夫洛芙娜喊道。

"不行的，塔季扬娜·帕夫洛芙娜，"韦尔西洛夫说，"阿尔卡季显然有什么企图，所以必须让他说完。让他说下去好了！他讲出来后，会感到肩膀上轻松些的。对于他来说，主要就是卸掉包袱。亲爱的，你开始讲你的新故事吧，不过所谓新的故事，是我随便说说的。你不要着急，我知道这个故事的结局。"

四

"我打算逃走，也就是说我想逃到您那里去，原因很简单。塔季扬娜·帕夫洛芙娜，您记得不记得，就在我进校两个星期后，图沙尔给您写过一封信，不记得吗？后来玛丽亚·伊万诺芙娜把这封信给我看过，它也是在去世的安德罗尼科夫的文件内发现的。图沙尔忽然意识到他向我收的钱太少，在信内'威严地'地向您声称：在他的学校里受教育的全是公爵们和参政员的孩子们，因此他认为，收留像我这样出身的学生是会给学校丢面子的，如果不给他增加费用……"

"Mon cher（法文，译为"亲爱的"），你可以……"

"哦，不要紧，不要紧，"我打断他，"我不过稍微讲一点关于图沙尔的事情。塔季扬娜·帕夫洛芙娜，过了两星期以后，您从县里给他回信，坚决地拒绝他。我记得他当时满脸通红地走进我们的教室来。他是个很矮小的，但很结实的法国人，有四十五岁，确乎是巴黎人，大概是皮匠出身，但很早以前就在莫斯科当上了一名编内法文教师，甚至有了职称，这是他引为十分荣幸的事。他是一个没有高深学识的人。我们一共有六个学生，其中有一个是参政员的侄子。我们住在他家里，完全像他的家庭成员，多半由他夫人照管。他的夫人是俄国某官吏的女儿，是一位很有礼貌的人。我在这两星期内对同学们显露傲慢的态度，以我那套蓝色的洋服和我的爸爸安德烈·彼得罗维奇作为夸耀的资本。他们问：为什么我姓多尔戈鲁基，而不姓韦尔西洛夫。我完全不觉得惭愧，就因为我自己不知道为什么。"

"安德烈·彼得罗维奇……"塔季扬娜·帕夫洛芙娜几乎用威吓的语气喊道。然而母亲却目不转睛地观察我，她显然愿意我继续说下去。

"这个图沙尔……我现在确切记得他是一个矮小的、暴躁的人，"韦尔西洛夫从牙缝里透出话来，"但当时人家介绍时说他为人很好……"

"这个图沙尔手里拿着信，走到我们那只橡木大桌子跟前。我们六人全坐在桌旁背诵什么。他紧紧地抓住我的肩膀，把我从椅上举起来，命令我把我的练习本带走。

"'你的位置不是这里，而是在那边。'他把外间左面的一间小屋指给我看，小屋内放着一只简易的桌子，一把藤椅和一张漆布面的沙发，就像现在楼上我的那间小屋一般。我惊异地走到那里，心里十分畏惧：从来没有人对我这样粗暴过。半小时后，图沙尔从教室里出去，我开始和同学们互相使眼色，相对而笑。他们自然是在讥笑我，但我没有察觉到，还以为我们发笑是因为开心。这时，图沙尔恰巧跑了来，抓住我的头发，将我往外拉。

"'你不能和体面的孩子们坐在一起，你的出身很卑劣，好比奴才一般！'他在我红润的胖脸上狠狠地打我，打得我好痛。他立刻觉得这十分有趣，于是又打了我第二下、第三下。我号啕地痛哭，实在感到莫名其妙。我整小时坐着，用手掩住脸，哭着，哭着，我怎么也不明白发生了一些什么事情。我不明白一个像图沙尔那样并不凶恶的，甚至对于俄国农民的解放都深为赞成的外国人，何以会打像我这样的傻孩子呢。不过，我只是觉得莫名其妙，并不觉得受了侮辱，当然我还不懂得什么叫侮辱呢。我觉得我有点淘气，只要我能改过，人家就会饶恕我，我们又会忽然快乐起来，到院子里去游戏，过着十分愉快的生活。"

"我的好朋友，如果我当初知道……"韦尔西洛夫漫不经心地说，脸上露出一个有点累乏的人那种不经意的微笑。"这个图沙尔真是混蛋！不过我还是没有失去希望，希望你不管怎样，都能尽力克制自己，最终能饶恕我们的一切，我们又会过着极愉快的生活。"

他简直打起哈欠来了。

"我并不是责怪你们，完全不是的，而且您必须相信，我并不抱怨图沙尔！"我喊着，有点弄糊涂了。"再说，他也只是打了我两个多月。我记得，我尽想用什么方法平息他的怒气。我跑过去吻他的手，不停地吻着，不停地哭着。同学们笑我，看不起我，因为图沙尔开始把我当仆人看待，穿衣的时候命令我给他拿衣服。在这里，我的仆役的性格本能地显现了：我用全力讨好，一点也不感到侮辱，因为我还一点也没有明白，甚至至今还惊异，我当时怎么会这样愚蠢，竟不明白我和他们大家是完全不平等的。诚然，同学们当时已经对我解释许多，那个学校是很好的。后来，图沙尔竟发展到喜欢用膝盖撞我，比打我脸的次数还多。后来过了半年，有时甚至会爱抚起我来。虽然如此，每个月总要打我一次，提醒我，使我不要忘记自己的身份。不久，他也就让我和孩子们坐在一起了，并允许我们一起游玩，但是在整整的两年半中，图沙尔没有一次忘记我和他们的社会地位的区别，时常使唤我做事。虽然工作时间不很长，但依然把我当仆人一样使唤。我想，他的意思应该是在提醒我吧。

"最初的两个月过去了之后，我又忍了五个月的时间，最后终于决定偷偷地逃跑，也就是说我试图逃跑。一般来说，我一辈子在决定进行一件事情的时候，总是踌躇着的。在我躺在床上，盖上被窝的时候，我立刻开始想您，安德烈·彼得罗维奇，单想您一人，我不知道为什么会这样。我甚至梦见您。主要的是我老是热情地幻想着，您会忽然走进来，我奔到您身边，您带我离开那个地方，还到自己家里，那所书房里，我们又上戏院去看戏，等等。主要的是，我们决不再分离——这是主要的！可是，每当早晨醒来时，男孩们的嘲笑和蔑视又忽然开始了，其中有一个竟然开始打我，强迫我替他取靴子；他用下流的话骂我，特别卖力把我的出身解释给大家听，供大家取乐。等到图沙尔本人出现的时候，我心里冒出了某种忍无可忍的感觉。我意识到他们永远没有饶恕我。我已经开始渐渐地明白，他们不能饶恕的究竟是什么，我究竟做错了什么！我终于决定逃跑了。我幻想了整整两个月，终于下定决心了，那时候是九月。我等到星期六同学们都回家过周末的时候，就偷偷地收拾了一些必要的日用品，精细地打了一个包袱，身上带着两个卢布。我想等到天一黑就走。'就从楼梯上下去，'我想着，'走出去，然后就走了。'往哪里去呢？我知道安德罗尼科夫已经被调到彼得堡去，于是决定到阿尔巴特街去寻找法纳里奥托娃的房屋。'今晚我先在什么地方随便过一夜，或者坐一夜，等到早晨再到那所房屋的院里去问：安德烈·

彼得罗维奇现在在哪儿？如果不在莫斯科，那么在哪个城市，或者在哪个国家？人家一定会说的。我就走了，再到别的什么地方去问别人：如果到某个城市去，应该向哪个城门出去，于是我就出了城门，一直往前走，一直往前走。我要一直走下去，在树底下过夜，只吃一种面包，两个卢布的面包是能够吃很长时间的。'但是，那天星期六我竟没有跑成，只好等到第二天礼拜日再说了。很凑巧，礼拜日那天，图沙尔正好带着他的妻子出去了，整所房屋里只剩下我和阿加菲娅两人。我在煎熬中等待天黑，记得我当时坐在大厅的窗旁，望着满是尘埃的街道，木造的房屋和稀少的行人。图沙尔住的地方很偏僻，透过窗子可以望见城门：那是不是我要通过的城门？我幻想着。红红的太阳落下去了，天那样的寒冷，尖锐的风就像今天一样把沙子扬起。天色完全黑了，我立在神像前，开始祷告，不过是匆匆忙忙地，我的心里很急。我取了一个包袱，蹑着脚，从吱吱作响的楼梯走下去，非常害怕厨房里的阿加菲娅会听见我的声音。门用钥匙锁住，我打了开来，突然地——乌黑乌黑的夜在我面前露出黑漆的一块，像隐藏着无尽的、未知的危险，风把帽子从我的头上扯下来。正在我想走出去时，突然从行人道的那边传来了一个行人的嘶哑的、酒醉的、骂人的怒吼。我站了一会儿，望了望，轻轻地回来，轻轻地走到楼上，轻轻地脱了衣服，把包袱放好，然后僵直地躺在床上，没有眼泪，也没有什么想法。就从那个时刻起，我开始思索了。安德烈·彼得罗维奇！就从那个时刻起，当我觉得我除了奴仆以外，还是一个懦夫的时候，才开始真正地、正确地成长！"

"也是从那个时刻起，我把你看透了！"塔季扬娜·帕夫洛芙娜突然从座位上跳起来，甚至是那样突如其来的，使我完全没有准备。"你不但当时是奴才，现在还是一个奴才。你具有奴才的心灵！安德烈·彼得罗维奇怎么不把你送去学皮匠呢？甚至是给了你一点恩惠，叫你学手艺！你猜谁在安德烈·彼得罗维奇面前为了你请求的或要求的？你的父亲，马卡尔·伊万诺维奇不但请求，甚至要求，不要把他的孩子们脱离下等阶层。安德烈·彼得罗维奇把你培植到了大学，由于他的缘故你获得了各种权利，而你竟不加以珍惜。小孩们逗他一下，他竟发誓向全人类复仇……你真是十足的混蛋！"

说实话，我被这一段粗暴的话弄得十分震惊。我站起身来，看着她，不知道该说什么话。

"没错，塔季扬娜·帕夫洛芙娜说出了一番我闻所未闻的话。"我终于坚决地转过身，面对韦尔西洛夫，"我确实是奴才，所以不能以韦尔西洛夫不送我去充当皮匠便知足，甚至连'权利'都没有使我感动，却需要整个的韦尔西洛夫，需要一个父亲……我要求的就是这个，那怎么还不是奴才呢？母亲，您那次独自到图沙尔那里去看我，我当时怎样接待您，这一切已经在我的心里放了八年了，但现在我没有工夫讲这个，塔季扬娜·帕夫洛芙娜不让我讲。明天见吧，母亲。我也许还会和您相见。塔季扬娜·帕夫洛芙娜！你给说说看，假如我这个奴才怎么也不能容忍一个人在太太还活着的时候，又另娶一个太太，那便怎样呢？安德烈·彼得罗维奇就几乎在埃姆斯弄出这件事情来！母亲，如果丈夫明天娶了另一个女人，而您不愿意再和他生活下去，您就记住，您有一个儿子，他答应您将成为一个永远孝顺的儿子。您记住我这句话！到时我们可以一块儿走，不过有一个条件：'要么跟他，要么跟我。'好不好？我并不请您现在就回答我，我知道，对于这种问题是不能立即回答的……"

但是，我无法把话说完，首要的是因为我太激动，太显得心慌意乱了。母亲脸色惨白，她的嗓音似乎断了：她不能说出一句话来。塔季扬娜·帕夫洛芙娜大声说了许多话，我竟听不清是什么，还两次用拳头打击我的肩膀。我只记得她喊着说，我的话语是"虚伪的，在浅薄的心灵里培养出来的，简直是挖空心思在编造"。韦尔西洛夫坐在那里，动也不动，态度很严肃，没有笑。我走到楼上自己屋内去了。最后送我走出屋子的是妹妹充满责备的目光：她在后面严厉地对我摇头。

第七章

一

我毫不顾惜自己，把所有这些场面描写出来，为了明显地把一切情形全都想起来，使早先的印象得以恢复。我走到自己楼上时，完全不知道，我是否应该惭愧还是像已经履行自己的义务似的感到得意。如果我稍微有经验些，我会猜到对于这种事情稍有疑惑，便应该向坏的方面去想。但是，另一桩事实却把我弄糊涂了：我不明白自己为什么高兴，虽然我感到很疑惑，而且明显地意识到自己在楼下出洋相了，但我还是非常高兴。甚至连塔季扬娜·帕夫洛芙娜这样可恶地骂我，我也只觉得滑稽可笑，并不使我恼恨。大概这一切是因为我到底把锁链弄断，第一次感到自己自由了的缘故。

我也意识到我已经把自己的处境弄糟了：现在我该怎样处置那封关于遗产的信，也显得更加迷糊了。如今人家肯定认为我想对韦尔西洛夫进行报复。但是，还在楼下争辩时，我就已经决定把这封关于遗产信的事件交给第三者来仲裁，就请瓦辛为裁判官，如果不成，就另请别人，我已经知道请什么人了。我心想，我到瓦辛那里去，只这一次，以后就长期失踪，连续失踪几个月，而且是针对瓦辛，也许只是跟母亲和妹妹偶尔相见。当时，我的思绪乱糟糟的，我觉得自己做了一件什么事，而且做得不对，但是我却很得意。我再重复一遍，我仍然由于某种原因而感到高兴。

我决定早点睡觉，预感到明天将要走许多路。除了去租屋和搬家以外，我还有一些事情，无论如何是必须决定去做的。但是，这一个晚上不发生一些稀奇古怪的事情是不会就这样过去的，韦尔西洛夫竟做出了使我十分惊异的事情。他从来没有到我的小屋里来过，而这一次，在我还没有在自己屋内坐上一小时的时候，就突然听见他在楼梯上的脚步声：他唤我给他照一照亮光。我取出蜡烛，把手往下伸过去，他抓住了，我帮他爬到楼上来。

"谢谢你，我一次也没有爬到这里来过，连租屋的时候也没有来过。我想象到会是什么样子，但到底没有我想象得那么小。"他站在我的小屋的中间，好奇地向四围环顾。"这是一口棺材，完全是一口棺材！"

确实，这里果真和棺材的内部有点相像，我甚至很惊讶，他竟一语道破。小屋又狭又长。墙壁和屋顶的角隅并不比我的肩膀高，我可以用手掌摸到屋顶。刚开始时，韦尔西洛夫不得不弯着背，生怕头会撞到天花板上，但并没有撞，结果是十分舒适地坐在我的沙发上面，我的铺盖已经铺在这上面了。至于我呢，我并没有坐下，只是惊异地望着他。

"你母亲说，她不知道该不该收下你刚才交给她作为你一个月生活费的那笔钱。住在这样的棺材里，不但不能收钱，反而应该由我们倒还给你钱才是，我从来没有到这里来过……真是想不到这里是可以居住的。"

"我已经习惯了。不过在发生了楼下的一切事情以后，看见您到我这里来，倒是我怎么也不能习惯的。”

"是的，你在楼下显得太粗暴了，但是……我也有我特别的目的，我要对你解释一下。虽然我到这里来并没有什么不寻常的地方，甚至连楼下发生的一切，也是完全在情理之中的。看在上帝的分上，有一桩事情，还请你解释一下：你在楼下所说的一切，那样庄严地把我们准备好了再讲的一切，难道就是你打算公开或报告的全部的事情，再也没有别的吗？"

"是的，我想应该没有了。"

"我觉得少了一点什么，我的朋友。说实话，我从你的开场白，从你怎样叫我们笑的样子上判断，总而言之，看到你那种急于要讲出来的样子，我曾预料你还会说更多的话。"

"那对于您来说，还不是一样吗？"

"说真的，我只是出于分寸感才这么说的：你讲的那些事儿，犯不上争吵，这是有失分寸的。整整的一个月，你都沉默着，准备着，可是一开口——却忽然什么也没有说出来。"

"我本来想讲许多的话，但现在，就连我已经讲出来的那些话，都让我觉得很害臊。并不是什么事情都可以用言语说得清的，有些事情最好永远不讲。我已经说得很多，只是您没有听明白而已。"

"啊，你也有时会为了思想和言语不合而感到痛苦呀！这种正直的痛苦，我的朋友，是只给予被上帝选中的人们的：傻子永远以所说出的话为满足，而且总是说得言过其实，他们喜欢把话说个够。"

"就像刚才我在楼下那样吧，我也说得言过其实：我要'整个的韦尔西洛夫'——这就言过其实了，我并不需要韦尔西洛夫。"

"我的朋友，我看得出来，你是想弥补一下你刚才在楼下的失算。显然，你后悔了，对我们来说，后悔就意味着马上又要攻击别人，所以这次你一心想打击我。我来得太早了，你还没有冷静下来，再加上你不大会忍受人家的批评。你坐下吧，看在上帝的分上，我来对你讲几句话。谢谢你，这就对了。从你在楼下临走时对母亲所说的话里可以明显地看出，我们甚至在任何场合之下总以分手为妙。我跑来劝你尽可能地做得温和一点，不要闹出乱子，不要使你的母亲更加生气和害怕。现在我自己跑到这里来也会使她的精神振作的：她似乎相信我们还可以和解，于是一切照旧地进行下去。所以，如果我们现在在这里大笑一两次，必会在她们的畏葸的心里种下欢欣的根苗。她们的心虽然是平凡的，却充满了诚挚的、坦白的爱，又为什么不在有机会的时候给予她们一点希望呢？这是其一。第二，为什么分手的时候，干吗一定要怀着复仇的渴望，咬牙切齿，说出诅咒的话呢？毫无疑问，我们完全没有必要搂着脖子，热烈地拥抱，但是，这样说吧，我们也可以互相尊敬，好见好散，不是吗？"

"这全是无聊的话！我答应搬走时不闹出乱子——这就够了。您是在替母亲操心吗？但我倒觉得，您根本不在乎母亲的安宁，您不过这样说说罢了。"

"你不相信吗？"

"您和我说话简直就像和婴孩说话一般！"

"我的朋友，为了这，我准备向您赔罪，还为了你对我数落我的种种不是，为了你的童年时代，等等，但是亲爱的孩子，这会发生什么样的结果呢？你是聪明得不愿意自己陷落到这种愚蠢的局面里去。姑且不说，我至今还不十分明了你的责备的实质：说实在的，你究竟责备我什么？为了你生下来不是韦尔西洛夫吗？是不是？你在轻蔑地笑，摇着手，那么又不是吗？"

"请您相信，绝不是的。请您相信，我并不认为姓韦尔西洛夫是什么体面的事情。"

"关于体面我们且不谈，你的回答一定应该是符合民主意识的。既然如此，你究竟责备我什么呢？"

"塔季扬娜·帕夫洛芙娜刚才说了，说我本该懂得，而在这之前，我却怎么也不能明白一个道理：那就是您没有送我出去学皮匠，我还应感激您。我不能了解，为什么我这样不知感恩，甚至在现在，甚至在人家提醒我的时候。是不是您那骄傲的血在起作用，安德烈·彼得罗维奇？"

"应该不是的。而且你应该承认，你刚才在楼下的那番粗鲁的话，不但没有像你料想的那样，攻击到我身上，结果却只刺伤了你母亲一个人的心，让她受尽折磨。其实，似乎不应该由你来责备她。而且她在你面前又有什么错呢？你顺便再对我解释一下，我的朋友：你这是为了什么，抱着什么目的，在小学校内，在中学里，一辈子，我还听说，甚至对第一次相见的人，全都宣布自己是私生子？我听说你好像特别乐意这样做。然而，这全是胡说，这全是卑鄙的诬蔑：你是正式婚姻里生下来的，你姓多尔戈鲁基，是马卡尔·伊万诺维奇·多尔戈鲁基的儿子，他是一个可尊敬的人，才智出众，性格刚强。如果你受到高等教育的话，那确乎是由于你以前的主人韦尔西洛夫的力量。但是这又有什么呢？主要的是你一方面宣布自己的私生子身份，其实就等于宣布诬蔑，同时也就是泄露你母亲的秘密。由于一点虚伪的骄傲，你竟把你的母亲拉到第一次遇见的龌龊的人们前面，受他们的裁判。我的朋友，这是很不体面的事，况且你的母亲并没有什么错处：她具有极纯洁的性格，如果她不姓韦尔西洛夫，那仅仅是因为至今还没有离婚的缘故。"

"够了，我完全同意您的看法，十分相信您有头脑，所以希望您不要一味责备我。您那么喜爱分寸，而且干什么都讲究分寸，甚至包括您对我母亲的突发的爱情。我们最好这样：您如果肯在我这里坐上一刻钟或半小时（我不知道为了什么，假定是为了使母亲安心），再加上很愿意和我说话，不管楼下发生了的一切，那么最好请您对我讲一讲我的父亲的事情，也就是那位朝圣者马卡尔·伊万诺维奇。我想从您那里听到关于他的一切，我早就打算问您了。我现在快要和您分手，而且可能是长期分手，所以还有一个问题我很想得到您的答复：在这整整的二十年里，难道您竟不能使我母亲（现在还包括妹妹）的偏见多少能转变一些，不能用您的文明去消除她们因为环境而造成的蒙昧吗？我指的并不是她的纯洁！她在道德方面永远比您高得多，请原谅我这么说，但是……她不过是一个道德无限高尚，却毫无生气的人。……只有韦尔西洛夫一个人生气勃勃地活着，他周围的其余的一切，还有和他相关的一切，全都半死不活地过日子。他们顺从一个必须的前提：那就是用自己的力量，用自己的鲜活的心血去供养她。然而，她以前不是也生气勃勃地活着吗？您不是爱过她身上的一切吗？以前她不也是活生生的女人吗？"

"我的朋友，随你怎么说，但实际上她从来不是！"他回答我，立刻歪嘴笑着，做出原先对付我的那种态度，使我牢记住，而且发狂的那种态度，那就是外表上完全露出诚恳的坦白，其实仔细一看，只是一些深度的嘲笑，有的时候我怎么也不能了解他的脸色。"她从来不是！俄国女人——是从来不会成为真正的女人的。"

"那么波兰女人，法国女人会吗？意大利女人，热情的意大利女人会把像韦尔西洛夫那样文明的高等俄国人降伏下来吗？"

"嘿嘿，真想不到我会碰上一个斯拉夫派（十九世纪初，彼得大帝曾向西欧学习，废除了传统的历法、文字、节日、服装，甚至还管到胡须，极力改革。而出于人道主义精神站出来反对他这种疯狂变态的行径的人，并宁死不从，以死相逼，不肯抛弃尊严。这些人就是斯拉夫派)！"韦尔西洛夫笑了。

他下面所讲的那番话，至今我还记得清清楚楚，他甚至十分乐意说话，而且露出明显的愉快心情。但我很明白，他到我这里来，并非是为了随意谈谈，也根本不是为了安慰母亲，而是另有意图。

二

"这二十年来，我和你母亲完全在沉默中度过。"他开始闲谈起来

(用十分虚伪和不自然的态度)："我们中间的一切，也是在沉默中发生的。我们在这二十年来共同生活的主要特色——就是沉默。我觉得我们甚至一次也没有争吵过。固然，我时常到外面去，留她一人在那里，但结果总会回来的。Nous revenons toujours（法文，译为"我们总会回来的"）。这是男人们的基本性格，也是因为男人善于宽容的缘故。如果婚姻的事情完全由女人独自做主，那么就没有一桩婚姻能保得住。驯顺、温柔、屈服，同时又是坚定、有毅力，真正的毅力，这就是你的母亲的性格。你要注意，她是我在世上遇到的一切女人当中最好的一个。她有力量，这是我可以证明的：我看出这力量如何地养活她。至于讲到那个，我不是说信念——正确的信念是不会有的，但是关于她们所认为信念的东西，她们认为神圣的东西，是简直愿意为它受苦刑而无怨无悔的。现在你自己判断一下：我像不像施苦刑的人？就为了这个缘故，我宁愿对于一切事情都抱着沉默的态度，并不仅因为这样会轻松些。说实话，我决不反悔。因此一切自然弄得宽大而且合乎人道。在这里，我并没有任何恭维自己的意思。我顺便要说的是，不知为什么原因，我总疑惑她永远不相信我的人道观念，因此永远战栗着。但是一面战栗，一面又肯受任何文化的影响。他们是会这样做的，我有点不明白。总之，他们比我们会料理自己的事情。他们会用自己的方式继续生活在对他们来说极不自然的环境里，在他们极其陌生的环境中完全保持本色。我们却做不到。"

"他们是谁？我有点不明白您的意思。"

"农民，我的朋友，我说的是农民。他们在道德和政治方面证实了这种伟大的、鲜活的力量和历史的宽阔性。但是，在转到我们的事情上去的时候，我可以说，你的母亲并不一直沉默着。你的母亲有时会说出话来，说得使你一直看出你所说的话只是浪费时间，虽然五年来，你渐渐地对她用尽了准备的工夫。她那些反驳的话是完全出乎意外的。你还要注意，我并不称她为傻瓜，相反地，这里有一种特别的智慧，甚至是十分显著的智慧。也许你不会相信这智慧的……"

"为什么不呢？我只是不相信您自己果真会相信她的智慧，果真相信，并不装假。"

"是吗？你认为我是一只变色龙吗？我的朋友，我的容忍使你太过分了……像对一个娇宠的儿子似的……这一次就算了吧。"

"您讲一点关于我的父亲的事情，如果可以，请讲一点实在的话吧。"

"关于马卡尔·伊万诺维奇吗？马卡尔·伊万诺维奇，你已经知道，他是一个农奴，希望得到一点荣誉……"

"我敢打赌，您此刻一定在忌妒他什么！"

"正好相反，我的朋友，相反的。要我说的话，我倒很高兴看见你处于这种令人费解的情绪之中呢。我发誓，现在我的心中正发生十分忏悔的情绪，也就在现在，在这时刻，也许有一千次，我对二十年前所发生的一切后悔莫及。上帝可以看见，这一切是完全在偶然间发生的……以后只是尽我的能力所及，做着合乎人道的行为。至少我当时自以为是一种合乎人道的。我们大家当时全努力抢做好事，为人民，为最高的理想服务。我们反对官爵，反对我们的宗族的权利，庄园，甚至典当，至少我们中间有些人是这样的……我可以对你赌咒。我们的人数不多，但是我们说得很好，而且还要使你相信，甚至有时做出很好的行为。"

"那是指您伏在肩上痛哭的时候吗？"

"我的朋友，这件事随你怎么说我都表示同意。顺便说一下，你是从我那里听到了伏肩痛哭这事的，现在竟恶意地利用我的坦白和我的信任。但你应该同意，这个肩膀并不很坏，像乍看上去似的，尤其对于那个时代，我们在那时候才开始的。我自然不免装腔作势，但是我当时还不知道我在那里装腔作势。譬如说吧，难道你在实际的情形下就不曾装腔作势吗？"

"我刚才在楼下有点过分地动了情感，我上楼时觉得很惭愧，想到您会觉得我在那里装腔作势。确实，在有些情形下，你虽然有诚挚的情感，但有时也要装假。但是我可以赌咒，刚才在楼下是完全出于自然的。"

"就是这样，你用一句话下了极成功的定义：'虽然有诚挚的情感，但仍旧不免也要装假。'我就是这样：我虽然装假，但完全诚恳地痛哭的。我不来否认，如果马卡尔·伊万诺维奇更敏锐一点儿的话，也许会把这伏肩痛哭当成是对他进一步的嘲笑，但是他的诚实妨碍了他的敏锐的观察力。我只是不知道，他当时是否怜惜我。我记得我当时很希望这样。"

"您知道，"我打断他，"您现在说出这话的时候，就在那里讪笑着。在这一个月来，您只要一和我说话，您就讪笑起来。您为什么在和我说话时永远这样做呢？"

"你以为是这样吗？"他温和地回答。"你的疑心太重了。如果我笑，也并不是笑你，至少不是笑你一个人，你放心吧。但是我现在并没有笑，而当时——总之，我当时做了一切可以做的事情，而且你必须相信，我并非为自己的利益打算。我们，也就是说优秀的人们，和农民相反，常时完全不会做出对自己有利的事情。相反的，永远尽可能地糟蹋自己。我很疑惑，正是这一点，当时被我们认为是什么'高尚的，我们的高尚'，当然这是就高尚的意义来说的。现在这一代前进的人们比我们进取得多。我当时还在犯罪孽之前就把一切对马卡尔·伊万诺维奇解释得特别的率直。我现在同意，其中有许多事情是不必解释，尤其是不必解释得这样率直的。但是你如果在跳舞跳得很起劲，想做出一个好看的舞姿的时候，哪里还能拦阻自己呢？也许美和崇高的要求果真是如此的，我一辈子也不能解决这个问题。但是，和我们浮浅的谈话比起来，这是一个很深刻的题目，我敢向你赌咒，我现在有时候想起来，便会羞惭死的。我当时向他提议由我给付三千卢布。我记得他一直沉默着，只有我一人说话。我觉得他怕我，那就是怕我的地主的权力。我记得我努力鼓励他。我劝他一点也不要害怕，把自己的想法表示出来，甚至尽量地加以批评。为了保障起见，我对他说，如果他不赞成我的条件，那就是三千卢布，一张释放的文书（当然是对他和妻子两人），还有离开这里到别处去旅行（当然不带妻子同行）——他尽管可以直说出来，我立刻给他一张释放的文书，把妻子也交还给他，重赏他们两人，就是把这三千卢布赏给他们，那时候不是他们离开我到外面去，而是我自己离开他们独自到意大利去住上三年。我的朋友，我是绝不会把萨波日科娃小姐带在身边的，你可以相信我：我在那时候是很纯洁的。结果怎么样呢？这个马卡尔很明白我说得到便做得到，但他继续沉默着，只在我打算第三次把头伏到他的肩上的时候，才把身体往后倒退了一步，摇着手，走了出去，甚至露出一点不客气的样子，使我当时吃了一惊。我当时偶然在镜子里看见自己，使我至今不能忘怀。总而言之，他们在什么话也不说的时候最坏。他的性格是很阴郁的，说实话，我召他到书房里来的时候，不但不信任他，甚至十分怕他：在这种阶级里，有很多的性格含有不诚实的成分，这比挨打还可怕些。我真是冒险，真是冒险极了！如果他向院外大声喊嚷、号哭，那我该怎么办呢？我这小个子的大卫将要怎么办呢？我又有什么方法可想？因此我才先允诺把三千卢布给他，这是本能的作用。但我很走运，原来是我看错了：这个马卡尔·伊万诺维奇完全是另一种人……"

"告诉我，当时你究竟犯了罪孽没有？您刚才不是说过，您在犯罪孽以前就唤她的丈夫来的吗？"

"你瞧，你该知道，这要看怎么去理解……"

"那么是已经犯了。您刚才说您弄错了，这是另一种人，究竟是什么样的人呢？"

"究竟是什么样的人，我至今还不知道。但是有点不同，甚至显出很诚实的。我这样判断，是因为事情的结果使我双倍地有愧于他：他在第二天就答应出外旅行，不说一句话，自然没有忘记我提出来的任何的奖赏条件。"

"钱呢？收没收？"

"那还用说吗！你知道，我的朋友，关于这一点他甚至使我十分吃惊。当时我的口袋里并没有三千卢布，但是我弄到了七百，先付给他。结果怎样呢？他要求我把其余的两千三百卢布作为借款，立下一张借据，由某商人出面做债权人。过了两年以后，他用这张借据在法院里提起诉讼，向我要求清偿借款，还加上利息。这又使我吃了一惊，何况他早已步行各处，化缘捐建教堂。从那时起已经云游了二十年，我不明白一个云游的人要这许多钱做什么用……金钱本是俗世里的东西……我当时答应给他这笔钱，自然是诚恳的，而且出于最初的热诚，后来过了许多时候，我自然会回醒转来的……希望他至少顾怜我一下……或者是顾怜我们，我和她两人，至少应该等候一下。但是他居然不肯等候……"

（我必须在这里加一个注脚：如果我的母亲比韦尔西洛夫活得长久，那么年老时一定分文没有；如果没有马卡尔·伊万诺维奇这笔三千卢布的款子，连上利息早已增加了一倍，由他在去年立遗嘱时全部遗给她了。他甚至在那时候就把韦尔西洛夫看透了。）

"有一次，您说，马卡尔·伊万诺维奇到您那里来了好几次，永远住在母亲的寓所里面，不是吗？"

"是的，我的朋友。说实话，我起初很怕他上门来。他在这二十年来一共来了六七次，最初几次我如果在家，总是躲起来的。起初甚至不明白这是什么意思？他为什么出现？但是，后来我基于某一些考虑，觉得这在他的方面并不怎样愚蠢。后来我偶然发出好奇的念头，出来看一看他，竟取得了十分别致的印象。这是当他第三次或第四次拜访的时候，那时候我正充当仲裁委员，因此开始努力研究俄罗斯。我从他那里甚至听到了极多新鲜的事情。此外，我在他身上遇到了怎么也料不到会遇到的一切：一种温和的态度，坦白的性格，最奇怪的几乎是快乐的精神。对于那件事 tu comprends？（法文，译为"你明白吗"?）他没有一点暗示，并且极会谈论正事，谈得很好，也就是完全没有他们那种愚蠢的钻牛角尖的深思远虑。说实话，我虽然具有民主主义的性格，也忍受不了这一套。此外，他还没有那种兴奋的俄罗斯性，像小说里和舞台上那些'真正的俄国人'所说的那套术语似的。他很少讲起宗教问题，除非我自己先提起来。如果你对于这些发生了好奇，向他询问时，他还会讲出许多关于修道院和修道院里生活的极有趣的故事。他所具的主要的特性是尊敬，谦恭的尊敬。这种尊敬对于获得最高的平等是必要的，不但如此，没有它，据我看来，远不会达到优越的地位。的确，由于缺乏一点点的骄傲才取得了极高的体面地位，发现在自己的地位上，还一定尊重自己的人，无论他遭逢了怎么样的命运都没有关系。这种在自己的地位上尊重自己的能力是世上很少见的，至少像真正的自我的尊严一般的少见……这一点你自己慢慢就会知道的。但最使我惊愕的，也就是在后来，并不是在最初的时候（韦尔西洛夫补充着），也就是这个马卡尔具有十分威严的容貌，而且十分英武。固然，他老了，但是'脸色黝黑，身材高挺'（引自涅克拉索夫的《弗拉斯》一诗）。

"态度自然而且庄重。我甚至觉得奇怪，怎么我的可怜的索菲娅当初怎么会选上我的。他那时有五十岁，但他还是一个好汉，而我和他相比，简直太不像样了。我记得，他的头发当时已经白得很厉害，因此，就是那样的白头人娶她为妻……莫非是受了白发的影响吗？"

这个韦尔西洛夫有一种上流社会最恶劣的习气：他在不能不说时，说出了一些极聪明而且漂亮的话语之后，会忽然故意用一些愚蠢的话作为结束语，比如说马卡尔·伊万诺维奇的白发如何对母亲产生影响之类。他是故意这样做的，大概自己也不知道为了什么。总之，是由于极愚蠢的交际社会上的一种习惯。听他说话——大概说得很正经，其实他是在那里装腔作势，或是在心里嘲笑呢。

我不明白，我当时为什么忽然发出可怕的狂怒。我现在总是带着极不愉快的心情想起我当时的某些出格的举动。我突然从椅上站了起来：

"您应该知道,"我说,"您说您跑到这里来,主要的是为了使母亲觉得我们已经言归于好了。现在时间已经过得很久,可以使她这样认为了。您现在可不可以离开我,让我一个人在这里?"

他的脸微微红了一下,从座位上站了起来。

"我的亲爱的,你和我太不客气了。再见吧。和气是装不出来的。我只想问一个问题:你果真想离开公爵吗?"

"啊!我就知道您到我这里来是另有目的……"

"你怀疑我跑来劝你留在公爵那里,因为这于我有好处吗?我的朋友,你是不是以为我写信叫你从莫斯科到这里来,也于我另有什么好处吗?唉,你真是多疑呀!相反地,我是在一切方面都希望你好的。甚至在现在,我的经济状况这样好转的时候,我希望你有时候允许我和你母亲帮助你。"

"我不喜欢您,韦尔西洛夫。"

"你甚至直呼我'韦尔西洛夫'了。我很遗憾,我不能把这个姓转移给你,因为实际上只有这个成为我的全部的过错,如果有过错的话,不是吗?不过,我究竟是不能娶一个已经结过婚的女人的,你自己想一想。"

"也就因为这个缘故,您想娶没有结过婚的女子吗?"

他的脸轻微地抽搐了一下。

"你这是在讲埃姆斯的事情。阿尔卡季,你刚才在楼下当着母亲的面指责我。可你要知道,你恰巧在这件事情上失策了。我跟已故的莉季娅·阿赫马科娃的事情,你一点也不知道。你也不知道你的母亲本人也在多大的程度上参与了这件事。不错,虽然她当时并不在我身边。如果说我在什么时候看见了善良的女人,那就是你的母亲。但是,到此为止吧,眼下这一切还须保密,而你——你却不知道自己在胡说些什么,只不过是人云亦云。"

"公爵今天说您专门喜欢未成年的女孩。"

"这是公爵说的吗？"

"是的，您听着，要不要让我对您确实地说，您现在为什么到我这里来？这段时间我一直坐在那里，问我自己：您这次来访的目的是什么，现在终于猜出来了。"

他已经想走出去，但是又止步，把头转向我，等着我继续往下说。

"我刚才偶然说起，图沙尔给塔季扬娜·帕夫洛芙娜的信本来存在安德罗尼科夫的文件里面的，他死后便落到莫斯科的玛丽亚·伊万诺芙娜手里了。我看见您的脸上忽然抽动了一下，现在才猜到是怎么回事，在您的脸部上现在又抽动了一下的时候。原来您当时在楼下想到如果安德罗尼科夫的一封信已经落在玛丽亚·伊万诺芙娜手里，那么另一封信难道不也会落在她那里吗？安德罗尼科夫死后是会留下极重要的信件的，不是吗？对不对呢？"

"我到你这里来，是想使你漏出什么话来吗？"

"您自己知道的。"

他的脸色十分惨白。

"这不是你自己猜到的，这是受了一个女人的影响。在你的话里，在你的粗野的猜测里，含有多少的怨恨呀！"

"女人吗？我恰巧今天看到了这个女人！您也许就为了想侦探她的行动，才打算把我留在公爵那里吗？"

"我看出来，你在这条新的道路上走得太远了。'你的理想'是不是就是这个？你继续做下去吧，我的亲爱的，你在侦探方面确有极好的本领。既然有了才干，就应该设法发挥和进步。"

他暂停了一下，喘了一口气。

"您留神一点，韦尔西洛夫，不要把我弄成您的仇敌！"

"我的朋友，在这种情形之下谁也不会表示出自己最后的意思来的。现在请你给我照一照亮。你虽然是我的仇敌，但大概还没有到希望我摔断自己脖子的程度。你听着，我的朋友，你想一想，"他一面走下楼去，一面说，"我整整一个月来，我可一直把你当作好心肠的人。你渴望生活，你真是渴望生活，大概即使给你三条命，你也会嫌少的：这个在你的脸上就写出来了，而这样的人多半是好心肠的人。现在我才觉得我错了！"

四

我无法形容当我独自留在那里的时候，我那种心如刀割的疼痛：好像我被活生生地割去了身上的一块肉！我为什么忽然发那么大的火，为什么这样伤害他，伤害得这样厉害，而且这样故意？当然我现在还不能讲出来，而当时也是的。他的脸色如何的惨白呀！也好，这种惨白也许表露出了他最真诚、最纯真的情感和最深沉的痛苦，而不是怨恨和委屈。我总觉得有些时候，他很爱我。那么，我现在为什么，为什么不相信这个呢？尤其是在许多事情业已水落石出的时候。

我突然发火，而且把他赶了出去，也许真是由于一个突然出现的猜测。那就是他到我这里来乃是希望知道：玛丽亚·伊万诺芙娜那里是否还存留着安德罗尼科夫的信件？他应该寻觅这信件，而且正在寻觅，这是我知道的。但是谁知道，也许就在当时，就在那个时间，我犯了可怕的错误！谁知道也许就由于这错误，以后才把他引到玛丽亚·伊万诺芙娜那里会存有信件的念头上去的。

最后还有一件怪事：他又一个字一个字地重复了我刚才对克拉夫特表示过的想法（关于三条性命的话），主要的是用了我自己的原话。话语相同还可算是巧合，但不知怎么回事，他竟然会知道我的个性的实质：他的眼光多么敏锐，猜得好准！但是，如果他明白一件事情，为什么会完全不明白另一件事情呢？难道他并不是假装不知道，果真猜不到我所需要的并不是韦尔西洛夫的贵族头衔，也并非为了我的出生不能饶恕他，我一生所需要是韦尔西洛夫自己，整个的人——父亲，而且这个想法已经融入到我的血液里吗？难道他这样一个细心的人竟会如此迟钝和粗心吗？如果不是这样，那他为什么要激怒我，为什么这样装腔作势呢？

第八章

一

　　早晨我努力起得早些。平常我们家里总在八点钟左右起床，这是指我、母亲和妹妹。韦尔西洛夫则要赖到九点半才起身。母亲总是准时在八点半钟的时候端咖啡给我。这一次我没有等咖啡端来，在八点整的时候就从家里溜了出来。我从昨天晚上就拟定了这一天行动的总计划。在这个计划中，虽然我满腔热情，决定立即实施这一计划，但我已经意识到，这个计划中的几个关键环节，还有太多不大可靠和不太明确之处。因此我差不多整夜处在半睡半醒的状态中，好像在说谵语，做了许多梦，几乎一刻也没有好好睡过。虽然如此，我起身的时候竟比平常的任何时候都感到精神清爽，而且头脑清醒。我特别不愿和母亲相见。我一和她谈话，便不得不和她谈昨天晚上的那个话题。我担心为了一种新的、出乎意料的感受会使我脱离预定的打算。

早晨是寒冷的，地面上躺着一层潮湿的、乳状的雾。不知道为什么，对于彼得堡的清晨所显现出来的繁忙情景，我虽然觉得很不雅观，但总是抱有好感。这一群为自己衣食奔忙的、自私的、永远露出若有所思的人们，在早晨七八点钟的时候，对我具有一种特殊的魅力。我特别喜欢在急匆匆赶路的时候，或者自己向别人打听什么事，或者别人问我点什么。问话和回答永远是简短的、明显的、有意义的，而且是在不停步的时候提出来的，态度几乎永远是友好的，这是一天当中人们最乐意回答的时刻。中午以后，一直到傍晚时分，彼得堡就不大好相处了，动不动就会破口大骂或者嘲笑人，跟上班之前的清晨，最清醒而且最严肃的那个时候相比，那就完全不同了。这一点我觉察到了。

这回我还是上彼得堡区去。因为我在十一点多时必须回到喷泉街去找瓦辛（他十二点钟的时候多半在家），所以我虽然很想到什么地方去喝一杯咖啡，但是仍旧匆匆忙忙地走着。我必须要遇见叶菲姆·兹韦列夫。这是我第二次上他家里去，差一点又碰不到他，我到他家时，他刚要喝完咖啡，准备出门去。

"这是什么风把你刮来的?"他迎接着我，但没有从座位上站起来。

"我现在来给你解释。"

各地的清晨（彼得堡的清晨），对于人的头脑有清醒的作用。一些火焰似的、黑夜的幻想，会随着清晨的光明与寒冷而完全消散。我自己有时在早晨想起一些黑夜的，刚过去的梦幻，有时想起夜间的那些行为，总带着自责与羞惭。我要顺便说出的是，我觉得彼得堡的早晨，虽然在外表上是全世界最有诗意的，但同时又几乎是世间最荒诞的。这是我个人的见解，或者不妨说是印象，但是我坚持地这样认为。在这样的彼得堡的清晨，朽烂的、潮湿的、雾气重重的清晨，我觉得，任何一个像普希金《黑桃皇后》里的格尔曼一样的人物，他的离奇幻想会更加坚定起来的（这是一个伟大的人物，不寻常的、完全彼得堡式的典型——也就是彼得堡时期的典型）! 我在这浓雾中有一百次生出了无法摆脱的、奇怪的幻想："如果这雾一飞散，向天上一溜走，这个朽烂的、湿滑的整座城市会不会随雾升起，像烟雾似的消散，于是剩下早先的芬兰湾沼泽，而在池沼中间，为了美观，也许仍旧耸立着一个骑士的铜像，骑在那匹气喘吁吁、筋疲力尽的马上？"一句话，我不能形容出我的印象，因为这一切全是理想、全是诗意，也就是说，全是胡言乱语。然而，我过去时常感到困扰，现在也还困扰于一个极不明智的问题："他们这些人正在四处奔波，可谁知道，这也许不过是某人的一个梦，在这里并没有一个真正的、现实的人，根本没有一个真实的行为呢？一旦这个做梦的某人醒来，那么，一切也就突然消失了。"不过，我已经扯得太远了。

我要事先说明：每个人的生活中，都会有一些稀奇古怪的念头和想法，它们似乎荒唐得让人一见就认定是发疯。这天早晨，我就是带着这样一个奇怪的幻想，去找兹韦列夫。我找他，是因为这一次我在彼得堡没别的人可以寻找。叶菲姆是我认为无人可找时最后才去求他的一个人。在我坐在他对面的时候，我甚至觉得，我这个呓语与狂热的化身，所面对的恰恰是率直而平庸的化身。可我这方面有理想、有真情，他那方面却只有实际的结论：那就是事情从来不是这么办的。简单地说，我对他简短而且明白地解释，除他以外，我在彼得堡根本没有找到一个人，可以充当决斗的证人，为了一桩于名誉极有关系的事情。我说他既然是我的老同学，所以他甚至没有拒绝我的理由。我告诉他我要找近卫军中尉索科利斯基公爵出来决斗，因为一年以前他在埃姆斯打了我的父亲韦尔西洛夫一记耳光。这儿我要说明一下，叶菲姆甚至极详细地知晓所有我的家庭状况、我和韦尔西洛夫的关系，以及我所知晓的韦尔西洛夫的经历。我在不同的时间段把一切全告诉给他听，当然除去一些秘密之外。他坐在那里听着，照例像笼中的小雀似的，振起羽翼，做出沉默和严肃的样子，微涨着脸，白白的头发弄得十分蓬乱。呆板的、讥刺的微笑没有从他的嘴唇上消失。这微笑之所以显得恶劣，因为完全不是故意的，而是不由己的。可见他在这段时间内确乎认为他在智商和性格上都比我高。我还怀疑他为了昨天在杰尔加乔夫家的那一幕而看不起我。这是应该如此的，因为叶菲姆属于群众，叶菲姆是个小市民，而市井小民向来总是只崇拜胜利者的。

"韦尔西洛夫知道这件事吗？"他问。

"当然不知道。"

"那你有什么资格干涉他的事情？这是第一点。第二点，你想用这个办法证明什么？"

我知道他会反驳，因此立刻对他解释，这并不像他所猜测的那样愚蠢。第一，可以对傲慢的公爵证明，在我们的阶层里也还有人懂得名誉；第二，韦尔西洛夫会觉得惭愧，得到一个教训；第三，这是最重要的，即使韦尔西洛夫没有唤公爵出来决斗，而决定忍受耳光，从他自己的一些见解上是有理的，他至少可以看到，有一个人竟能深刻地感觉到他所受的耻辱，并强烈地感同身受，甚至准备为了他的利益，牺牲自己的性命……尽管这个人即将永远和他分离……

"等一等，你不要喊嚷，我姑姑不喜欢这样的。你对我说，韦尔西洛夫不是和那个索科利斯基公爵为了遗产打官司吗？在这种情形之下，这倒不失为一种打赢官司的、别出心裁的方法——用决斗的方式把对方杀死。"

我直截了当地向他指出，说他简直是愚蠢而且傲慢，如果他那种嘲讽的微笑越来越厉害的话，那不过证明他的自以为是和庸俗，他根本想不到我从一开始就没有动过是否有利于官司的念头，这种念头只有他那多疑的大脑才会想出来。我对他说，官司业已打赢，而且对手并不是索科利斯基一个人，而是索科利斯基公爵们，如果一个公爵被杀死，还会剩下其他的公爵们，况且决斗的日期应该延迟到上诉期限过了以后（虽然公爵们是不会上诉的），单只是为了体面的关系。等到期限一过，才实行决斗。我现在跑来，也并非立刻就想决斗，但是我必须预先征得他的同意，因为我的方面没有证人，我跟谁也不认识，所以如果叶菲姆拒绝的话，至少在这段时间里我还来得及找别人。我就是为了这个才跑来的。

"那么你到那时候再来说就好了，何必现在就白跑十里路呢。"

他站起来去拿帽子。

"到那时你会去吗？"

"不，我当然不会去。"

"为什么？"

"我之所以说不会去，是因为如果我答应了下来，那么在上诉的期限内，你必将每天跑到我这里来。而主要的原因是，这全是胡闹的事情，如此而已。我还能为了你而毁掉我的前程吗？万一公爵忽然问我：'谁打发你来的？'我说是：'多尔戈鲁基。多尔戈鲁基和韦尔西洛夫又有什么相干呢？'那么我就得向他讲你的家谱，不是吗？他准会笑死的！"

"那你就朝他的脸上打去！"

"得了吧，这是荒唐的事。"

"你怕了吗？你的个子这样高，在中学时比任何人都有力气。"

"我怕，我当然怕。公爵是绝不肯决斗的，因为打架应该和身份相等的人打。"

"就我的智力和文化修养而言，我也是有身份的人，我有权力，我的身份是平等的……恰恰相反，他才不够身份。"

"不，你是小孩子。"

"我怎么是小孩子？"

"就是小孩子。我们两个都是小孩子，他是大人。"

"你真是傻瓜！按照法律规定，我一年前就可以结婚了。"

"那么你尽管去结婚，不过你到底还没有成熟：你还在长个儿呢。"

我当然明白他想取笑我。毫无疑问，这件蠢事的全部经过我本可以不讲的，甚至让它默默无闻才更好，再说这件事的成败虽然很严肃，但它那些既不重要又无必要的细节是令人讨厌的。

但是为了重重地惩罚自己起见，我要全部说完它。我看出叶菲姆嘲笑我，于是我竟用右手推他的肩膀，或者不如说是用右手的拳头去碰他的肩膀。于是，他便抓住我的肩膀，把我掀了个脸朝地——用事实来向我证明，他的确比我们中学里任何人都有力气。

二

读者当然会想到，我从叶菲姆家里出来的时候，心情一定很糟糕。但实际上并不是那么回事。我心里很明白，刚才发生的只是纯属小学和中学生之间的事，然而事情的严重性却依然存在着。我一直走到瓦西里岛上才喝上咖啡，故意避开我昨天去过的彼得堡区的那家小饭馆。这小饭馆和黄莺已经成为我憎恨的对象了。我有一个奇怪的脾气：我会像恨人似的恨一些地方和东西。不过我在彼得堡也有几个快乐的处所，也就是说由于某种原因，使我在哪里产生幸福感的地方，不用说，我很珍惜这些地方，故意有许多时候不到那个地方去，以便以后在完全剩下我孤独的一个人，感到自己最失意的时候，才跑去怀旧一下。在喝咖啡的时候，我对叶菲姆及其看法做了十分合理的评价。是的，他比我有经验，但不见得比我现实些。只限于自己鼻尖的现实主义比最疯狂的理想还要危险，因为是盲目的。我虽然认为叶菲姆的话有理（此刻他大概会认为我一边在街上走着，一边在骂他呢），但我在信念上还是没有丝毫退让，而且至今还是如此。我见过这样一类人，就因为被人泼了一桶冷水，不但在行动之前退缩，甚且否认自己的理想，自己开始嘲笑那在一小时以前认为是神圣的东西。唉，他们居然那么轻率！即使叶菲姆在实质上甚至比我正确，就算我愚蠢得不能再愚蠢，只是在那里装腔作势，但在这件事情的最深处毕竟还有这么一个点，立足于这一点上看问题，我也是对的，我也有我的公道，而且主要是他们永远也不可能明白这一点。

瓦辛住在谢苗诺夫桥附近的喷泉街。我走到他家里去的时候，恰巧十二点钟，但他不在家。他在瓦西里岛上工作，总是在严格规定的时间内回家，差不多永远在十二点钟左右。再加上那天是什么节日，所以我估计应该能够遇到他，谁知竟然没有遇到。于是，我只好决定等他一下，尽管我还是第一次上他家里去。

我是这样考虑的：关于如何处理那封遗产信的事情，是属于良心的问题，我选瓦辛为裁判官，也就等于向他表示我最深的敬意，这当然应该使他感到荣耀。我真是被这封信搅得非常惶惑，确实深信有仲裁解决的必要，但是我担心到了那个时候，我会不必凭借任何外人的帮助而摆脱困境。主要的是，我自己也知道这一点，那就是只要把这封信亲手交给韦尔西洛夫，由他想怎么办，就怎么办，这就是解决的办法。至于使自己成为这类事情的最高裁判官和决定者，那是完全不对的。我要是亲手把信交出去，而把自己撇在一旁，而且默默地不发一言，我便立刻占得了便宜，因为把自己放在比韦尔西洛夫更高的地位上去了。我只要一拒绝关于遗产的一切利益（因为我既是韦尔西洛夫的儿子，当然会从这笔款子里得到一点的，不是现在，便是以后）——我就永远给自己保留了对于韦尔西洛夫未来行为的最高的道德上的监督。而且谁也不能责备我，说我害了公爵们，因为这文件并没有法律上决定的意义。我坐在瓦辛的空房间里，把这一切仔细思考了一遍，完全弄清楚了。我甚至忽然想到，我到瓦辛这里来，急于和他商量，向他请教，只有一个目的，那就是为了使他看到，我是如何正直的、不存私心的一个人，也就是为了报复我昨天在他面前那种屈辱的样子。

我在意识到这一切以后，便感到了极大的恼恨。然而我还是不走，仍旧留在那里，虽然我确实知道，我等的时间越久，只会使我更加恼恨。

我首先很不喜欢瓦辛的房间。可以这样说："只要让我看一看你的房间，我就会知道你的性格。"瓦辛住在向二房东转租的带家具的房屋里面。这二房东显然十分贫穷，靠转租房间生活。除瓦辛以外，还有其他房客住着。这些狭窄的装满家具的小屋是我所熟悉的。这些家具在外表上还算得整洁。里面必定有一只从旧货市场上买来的软沙发，所以搬动它是有散架的危险的。还有一只脸盆和用屏风挡住的铁床。瓦辛显然是最好的、最靠得住的房客。这样好的房客在二房东那里一定只有一个，因此也就特别讨好他：替他收拾和打扫得精细些，在沙发上面悬挂一张石印的图画，桌子底下铺着一条破旧的地毯。要是有人喜欢这种有点霉烂的清洁，特别是喜欢女房东的巴结和敬重，那么他自己的人品就值得怀疑了。而我深信，最好的房客的头衔会使瓦辛自己感觉荣耀。不知道为什么，这两只堆满书籍的桌子的形状，开始让我渐渐恼火。书籍、纸张、墨水瓶，全都按照最令人厌恶的秩序摆放着整整齐齐，这种秩序，恰好符合德国女房东及其女佣的世界观。书籍很多，并不是报纸和杂志，而是真正的书籍。他显然经常阅读，大概用十分郑重和勤恳的态度坐下来读，或是手写。不知为什么，我最喜欢书籍无秩序地乱放着，至少不会把看书写字认为是一种神圣的行为。这个瓦辛对待客人一定十分有礼貌，他的每一姿势，必然好像是对客人说："我现在同你坐上一小时半，等到你一走，我就要用功了。"客人想必可以跟他谈得十分有趣，还可以听到新鲜事。"但是现在我可以和你谈一谈，我会使你极感兴趣，等到你一走，我立刻着手做最有兴趣的事情。"……但我到底不走，仍旧坐着。对于我完全不需要请教他这一点，我已经确信无疑了。

我已经坐了大约一个多小时了，靠窗的地方有两把藤椅，我坐在其中的一把藤椅上等他。我感到很恼火，还因为时间在白白过去。而在晚上之前，我必须找到住所呢。我沉闷得想拿一本书来看看，但没有去拿：一想到我还要给自己解闷，便会更加感到恼火的。异常的寂静持续了一个多小时。突然在很近的某处，在用沙发挡住的门后，传来了低语声，而且声音越来越大，我不由得去分辨起来。显然有两个女人在那里说话。这是听得出来的，至于她们在说什么，却完全听不清。但是，我出于无聊，不知怎的开始探究起来，渐渐的，开始听得有点清楚了。显然她们说得十分兴奋而且热烈，并不是讲关于裁剪衣服的事情，好像在那里劝告或辩论。一个声音在劝告和恳求，另一个声音不肯听，辩驳着。大概是别的房客。我听了没多久就开始感觉厌倦，耳朵也习惯了。我虽然还继续听下去，然而是机械般地，完全忘记我在那里听人家的说话。这时，突然发生了一点极紧要的情形，好像有人从椅上用两脚跳下来，或是忽然从座位上跳起，跺着脚。随后发出了一声呻吟，忽然又是一声呼喊，甚至不是呼喊，而是一种出于本能的尖声怒号，已经不在乎别人会不会听见了。我跑到门外，打开门，和我同时打开的，还有走廊尽头的另一扇门，事后我才知道那是女房东的房门，从那里探出两颗好奇的脑袋。但喊叫声突然停止了，我旁边那间屋子的一扇门也突然打开，只见一个女人迅速冲出来，从楼梯跑了下去。我还记得这女人还挺年轻，而另一个上了年纪的女子想阻拦她，但是没有拦住，只好朝她身后呻吟地说：

"奥莉娅，奥莉娅，你要上哪里去？唉！"

但是她一看到我们两家的门都打开后，便灵巧地把自己的门关上，只留下一条门缝，从里面朝楼梯上倾听着，一直到跑下楼去的奥莉娅的脚声完全消失为止。我回到窗前，一切又恢复了寂静。这件事很无聊，也许还很可笑，于是我不再放在心上。

大概过了一刻钟以后，从走廊里，也就是紧贴着瓦辛的房门旁口处，传来了一个男人洪亮的、毫无顾忌的说话声。接着有人抓住了门把，把房门打开一点，因此我可以看得见走廊里站着一个身材很高的男子，他显然也看到了我，甚至仔细地看我，但是还没有走进屋里来，一面继续抓住门柄，一面和女房东谈话。女房东用柔细的、快乐的声音和他应答，从嗓音里可以听出这客人她早已熟识，为她所敬爱和尊重，被她看成是靠得住的客人和风趣的绅士。这风趣的绅士呼喊着，说着俏皮话，但内容也不外乎是瓦辛如何不在家，他怎么也不能遇到他，他永远如此，也只好像那次似的等候着。这一切无疑地在女房东看来是非常俏皮的话语。客人终于把门完全推开，走了进来。

这位先生穿着很考究的衣服，显然是好裁缝做的，完全照"贵族"的派头，但他本人却很少有贵族的气派，尽管看来他很想有这种气派。他的态度并不见得怎样目中无人，而是天生就有点儿嬉皮笑脸，也就是说，比起那种在镜子前面练就的嬉皮笑脸来，毕竟令人好受些。他的头发是深棕色的，带着轻微的灰发，还加上乌黑的眉毛，长长的胡须，大大的眼睛，这一切不但不能使他的气度贵族化，却似乎反面赋予他跟常人无异的某种共性。这种人总是笑嘻嘻的，也很喜欢笑，但不知为什么，你和他在一块永远不觉得快乐。他很快地从欢笑的神色转为郑重的神色，从郑重的神色转为游戏的或是挤眉弄眼的样子，而这一切似乎带点飞扬跋扈的样子，而且没有来由似的……然而，不必提前去描写他。后来我对这位先生的了解要深入得更多些，因此比起当初他推门进来时，现在我自然认为对他更熟悉些了。但是，即使是现在，我也难于说出关于他的一些任何明确的看法，因为这类人身上的主要特点，恰恰在于他们的杂乱无章，很不稳定。

他还没有坐下来，我忽然猜想到这人大概就是瓦辛的继父，斯捷别利科夫先生。我已经听人家说过，不过是偶然听到的，因此怎么也不能说出所以然，只记得有件不光彩的事。我知道，瓦辛在他的管教之下，有很长的一段时间，过着孤儿一般的日子，但早就已经摆脱他的影响。他们的目标和利益完全不同，他们在任何方面都过着完全不同的生活。我还记得这个斯捷别利科夫有点财产，他甚至是一个投机家。总之，我以前也许知道得更详细些，但现在忘记了。他用眼光向我扫射了一下，没有鞠躬，把自己的高帽放在沙发前面的桌子上，然后神气活现地用脚把桌子推开一点，并不是坐下，简直就躺在那只我不敢坐的沙发上面，弄得它发出吱吱的响声。他的两脚交叉着，右脚上的漆皮鞋高高地举起。他开始打量那只鞋子。当然，他随即向我转过身来，用那双有点儿呆滞的大眼睛，又把我上下打量了一番。

"我又没有遇到他！"他微微地向我点头。

我沉默着。

"他真是不守时，对事情有自己的看法。从彼得堡区里来的吗？"

"您是不是从彼得堡区来呢？"我反问他。

"不，我问您。"

"我……我从彼得堡区来，您怎么知道的？"

"怎么？唔……"他使了一个眼色，但是没有解释出来。

"我并不住在彼得堡区，但是，我刚到彼得堡区去过，从那里到这儿来的。"

他继续默默地露出一种极有意义的微笑，我很不喜欢这种微笑。他这种挤眉弄眼有点愚蠢的神色。

"去过杰尔加乔夫先生家里吗？"他终于开口问道。

"什么杰尔加乔夫家里？"我睁大了眼睛。

他得意地看着我。

"我并不认识。"

"唔！……"

"随您怎么想吧。"我回答。他渐渐让我觉得很讨厌起来。

"唔……是的。您且等一等。您到一家铺子里去买东西，而另一个顾客到旁边的另一家铺子里去买另一件东西，您猜是什么东西？买的是钱，从那种称作高利贷者的商人那儿购买……因此钱也是，高利贷者也是商人……您在注意听着吗？"

"好吧，我在注意听着。"

"第三个顾客从旁边经过，指着其中一家铺子说：'这家很可靠。'指着另一家铺子说：'这家不可靠。'我对于这位顾客应该下什么样的判断呢？"

"我怎么会知道？"

"不，对不起。我来举个例子：人就是依靠好比喻而生活的。我在涅瓦大街上走路，看见对面的人行道上有一位绅士走着，我很想断定他具有什么样的性格。我们在不同的两边走着，走到海洋街的转弯角上，就在英国人开的铺子的那个地方，我们看见了第三个过路人，刚刚被马撞倒了。现在请您想一想，有第四人走过来，打算断定我们三人的性格，连那个被撞倒的人也在内，从经验和素养方面来加以断定……您在注意听吗？"

"对不起，我听得很费劲。"

"好的，我早就想到会这样了。现在我来换一个题目。我上德国的泉水区那里去，是个大矿泉区，这种地方我去过不止一次，至于是哪一个矿泉区——这无关紧要。我常到那里去散步，见到一些英国人。您知道，和英国人是很难结识的，但过了两个月，疗养期一满，我们大家就结伙上山去，手里拿着尖头的拐杖一起登山，至于登哪座山，都是一样的。在转弯的地方，也就是歇脚的地方，有一群僧侣在酿造沙尔特廖斯甜酒——您注意这一层——我遇见一个本地人，孤独地站在那里，默默地看望着。我想判断他是否可靠。请您想想：和我同行的那一群英国人，只是因为我没有能和他们在矿泉区上没有说过话，我能不能请他们帮我作判断呢？"

"我怎么会知道？对不起，我很难听明白您所说的话。"

"很难吗？"

"是的，您使我感到疲乏。"

"嘿嘿！"他使了一下眉眼，做了一个手势，大概应该表示一点得意和胜利的意思。后来，他又很庄严而且安静地从口袋里掏出一张报纸，显然是刚买来的，打了开来，开始阅读最后的一页，显然完全不理睬我了。他有五分钟的时间没有看我一眼。

"布列斯特一格拉耶沃公司的股票并没有下跌，啊？前一阵子它在涨，现在还在涨！但我知道许多股票立刻会跌的。"

他兴致勃勃地看着我。

"我对于交易所的情形暂时不大明白。"我回答。

"您否认吗？"

"否认什么？"

"挣钱啊。"

"我并不否认金钱的重要……但我觉得必须先有理想，然后再有金钱。"

"那么请问您……譬如一个人有自己的资本……"

"起初是最高的理想，然后才是金钱，社会有了金钱，如果没有最高的理想是会倒塌的。"

我不知道为什么我又性急起来。他带着一点茫然的样子看我，似乎被我弄糊涂了，但突然间，他的整张的脸露出十分快乐而且狡猾的微笑。

"韦尔西洛夫呢？啊？他毕竟'抢'到了！真是'抢'到了！是昨天判决的吗？"

我突然出乎意料地发现，他早就知道我是什么样的人，也许还知道得很多。我只是不明白，我为什么忽然脸红，用极愚蠢的样子看着他，目不转睛地看着他。他显然十分得意，快乐地望着我，好像用极狡猾的样子捉住我，看透了我的心思。

"不对，"他扬起双眉，"您不妨向我打听韦尔西洛夫先生的事情吧！我刚才不是对您说过关于可靠的话吗？一年半以前，为了这个婴孩，他本来可以做成一件好事的，但是他竟跌倒了，是的。"

"为了什么婴孩？"

"为了那个吃奶的婴孩，现在由他在一边哺养着，不过一个钱也不取……因为……"

"哪个吃奶的婴孩？怎么回事？"

"当然是他的婴孩，他自己亲生的，和莉季娅·阿赫马科娃小姐生的……'这迷人的少女十分爱我……'，吞了含磷的火柴，不是吗？"

"胡说！这真是荒唐透顶！他根本没有和阿赫马科娃生过小孩！"

"你瞧！我怎么会晓得的？我又是医生，又是助产士。我姓斯捷别利科夫，您没有听见过吗？当然，我那时早就不行医了，但是我能在合乎实际的情况下，给人家出合乎实际的主意。"

"您是助产士……给阿赫马科娃接过生吗？"

"不，我没有给阿赫马科娃接生。在郊外有一位医生，姓格兰茨，家庭负担很重，但每次出诊，人家付给他的酬金只有半个塔勒德国旧时的货币（一塔勒等于三马克银币），那边医生的待遇就是这样的，再加上没有人知道他，所以他代替我去接生……我为了不让人知道这事，才推荐他去的。您注意听着吗？关于安德烈·彼得罗维奇·韦尔西洛夫的问题，关于那个极秘密的问题，我只出了一个实际的主意，当面对他提出的。但是安德烈·彼得罗维奇情愿要追两只兔子。"

我十分惊讶地听着。

"'你想追两只兔子，结果一只也捉不住。'这是民间的，也可以说是普通人的谚语。我倒想说：例外不断重复，就会成为惯例。掉过头去追另一只兔子，译成俄语的意思是，又去追另一个女人了，结果是一无所获。既然他已经抓住一只，就应该抓得牢牢的呀。他在应该当机立断的时候却优柔寡断，犹豫不决。亏他韦尔西洛夫还是'女人的预言家'呢！这个雅号是年轻的公爵索科利斯基当着我的面给他起的。不，您该到我家里来呀！如果您想知道韦尔西洛夫多些，您可以上我那里去。"

他显然在欣赏我那副惊得目瞪口呆的样子。在这之前，我一点也没有听说过关于婴孩的事情。就在这一瞬间，隔壁女邻居家的门忽然啪地响了一下，有人急匆匆地走进她们的屋子去。

"韦尔西洛夫住在谢苗诺夫团驻地，莫扎伊斯基街十七号，利特维诺娃的房子，门牌十三号，我刚去居民地址查询处查过的！"一个被惹恼的女人气愤地大声嚷嚷，每个字眼我们都能听得很清楚，斯捷别利科夫扬起双眉，竖起一个手指头举过头顶。

"我们在这里讲他，她已经在那里……那就是所谓的不断地重复着的例外。"

他迅速用跳跃的姿势蹲坐在沙发上面，开始对着用沙发挡住的那扇门倾听。我也感到非常的惊愕。我猜想到，这大概是那个年轻的女人，惊慌地跑出去的那个女人呼喊出来的。但是韦尔西洛夫何以会在里面呢？突然又传来了刚才那样的尖叫，狂怒的尖叫，一个人为了人家不肯给他什么东西，或拦阻他取什么东西而愤怒得发疯时的尖叫。和刚才不同的地方只是呼喊和尖叫继续得越加长久些。听得见争夺的样子，一些急促的、匆忙的话语："我不要，我不要，给我呀，立刻给我呀！"或是这一类的话，我不能完全记忆住。后来又和刚才一样，有人迅速地奔到门前，打开了门。两个女邻居全都冲到走廊里去了，一个像刚才一样，正在拦住另一个。斯捷别利科夫早就从沙发上跳起来，愉快地倾听着，这时简直闯到门外去，立刻堂而皇之地跳到走廊里女邻居们的面前去。我当然也跑到门外去。但是，他在走廊里的出现，就好比给女邻居们泼了一桶凉水：女邻居们飞快地走进屋子去，砰地关紧了门。斯捷别利科夫正想朝她们后面追过去，但又停住了，举起手指，一面微笑，一面考虑着。这一次他的微笑里，我看出了一点异常顽劣的、阴暗的、恶毒的什么心理。他看见女房东又立在自己门口，便踮起脚尖迅速穿过走廊，走到她跟前去，和她交头接耳地说了两分钟。当然取得了一切的消息，他就用威严和坚决的神色回到屋内，从桌上取了高帽，向镜里瞥了一眼，把头发竖得高高的，露出自信而庄严的态度，连看也不看我一眼，就跑到女邻居们那里去了。他在门前倾听了一会，把耳朵贴在门上，又隔着走廊对女房东胜利似的挤了挤眉眼。她用手指朝他威吓了一下，摇着脑袋，似乎说："唉，这淘气鬼！这淘气鬼！"终于，他用坚决的，但极为客气的态度，客气得甚至哈着腰——弯起手指叩了叩女邻居的门。里边传出了一个声音：

"谁呀？"

"有件要紧的事情，我可以进来吗？"斯捷别利科夫煞有介事地大声问道。

屋里的人迟疑了一会，但到底把门开了。起初只开一点点，大概有四分之一的样子，但是斯捷别利科夫立刻紧紧地抓住门柄，不让门再关上。开始了谈话，斯捷别利科夫说得很响，一直想闯进屋内去。我不记得话语，但是他讲着韦尔西洛夫的事情，他说他可以告诉给他们听，解释一切，"您可以问我""您可以到我那里去"等等这一类的话。他很快就被放进屋里去了。我回到沙发那里，开始偷听，但是不能全都听清楚，只听见时常提起韦尔西洛夫来。我从口气和声音里猜到斯捷别利科夫已经把谈话把握住了，说得已经不是那样曲意迎合，却是居高临下，而且毫无顾忌，好像刚才对我的那个样子："您注意听着吗""现在请您注意"等等的话。然而，他对待妇女应该特别的客气，他的响亮的笑声已经传来了两次，大概全是不凑巧的，因为除了他的声音之外，同时还传来了两个女人的声音，有时比他的声音还大，而且根本不像在说什么开心的事，特别是那个年轻女人的声音，就是刚才尖叫着的那个女人的声音。她说得很多，也很快，而且十分激动，显然在那里责备和抱怨，寻觅裁判的地方和裁判官。但是，斯捷别利科夫也不肯示弱，越来越把声音抬得高，越来越笑得厉害。这类人是不会听人家说话的。我迅速地从沙发上走下来，因为我觉得偷听是一件可耻的事，仍旧坐回我的老地方去，也就是窗旁的木制的椅上。我深信瓦辛并不把这位先生当作什么了不起的人物，但如果我发表了意见，他立刻会用严正的态度加以维护，用教训的口气说，他是"一个有经验的人，属于当今务实的人之一，不能用我们普通的、抽象的眼光加以判断"。在这一刹那间，我记得，我似乎整个身子受了道德的打击，我的心剧烈地跳着，我无疑已经预料到什么了。过了十分钟，忽然在一个清脆的大笑声中，有人恰巧像刚才一样，从椅上跳起来，随后传来了两个女人的呼喊。听得见斯捷别利科夫跳起来，用另一种声音说出什么话，好像在替自己辩白，又像恳求人家听完他的话……但她们不愿意听完，传出了愤怒的呼喊："滚出去！你是混蛋！你是无耻的东西！"总之，她们显然把他推出去了。我开门出去的时候，恰巧他从女邻居的门里跳到走廊里来，大概就是被她们用手搡出来的。他一看见我，忽然指着我，喊道：

"这位就是韦尔西洛夫的儿子！如果你们不相信我，这就是他的儿子，他的亲生的儿子！您来啊！"他使劲抓我的手。"这是他的儿子，他的亲生的儿子！"他反复地说，把我拉到那两个女人面前，但并没有添加一点解释的话语。

年轻的女人站在走廊里，年老的一个坐在门前，离她身后一步。我只记得这个可怜的女子相貌还不错，有二十岁模样，但是瘦得很，露出病相，棕色的头发，脸容似乎有点像我的妹妹：这一个轮廓从我的脑里闪过，并存留在我的记忆里了。不过，丽萨从来没有发怒过，也自然从来不会发这样狂怒，像站在我面前的这个女人似的：她的嘴唇很白，淡灰色的眼睛闪耀着，她愤怒得全身哆嗦。我还记得当时我也陷入了一种异常尴尬的、不体面的境地，因为这个无耻东西的赏赐，根本找不出什么话来说。

"儿子又有什么？如果他和你在一块，他也就是混蛋。如果您是韦尔西洛夫的儿子，"她忽然对我说，"请您把我的话转达给您的父亲，就说他是混蛋，他是个不要脸的、无耻的人，我不需要他的钱……您拿去，您拿去，立刻把这个转交给他！"

她从口袋里迅速地掏出几张钞票，但是年老的女人（后来才晓得是她的母亲）抓住她的手！

"奥莉娅，也许不确实，也许他并不是他的儿子！"

奥莉娅迅速地望着她，思考了一下，轻蔑地看我一下，转身回到屋里去，但是在关上房门之前，站在门口那里，又朝斯捷别利科夫狂怒地叫喊：

"滚！"

甚至还朝他跺脚。随后门关上了，还上了锁。斯捷别利科夫还抓住我的肩膀，举起手指，咧开着嘴，久久地露出一个若有所思的微笑，用疑问的眼神盯着我。

"我觉得您对待我的行为是可笑的、卑鄙的。"我愤怒地说。

但他没有听我的说话，尽管眼睛不断地盯在我的脸上。

"这是应该调——调查的！"他沉思地说。

"但您怎么敢把我牵进去？她们是谁？什么女人？您抓住我的肩膀，把我领来了，究竟是什么意思？"

"唉，见鬼！一个失去了贞操的女人……'一个经常重复着的例外'您注意听着吗？"

他用手指戳我的胸脯。

"见鬼！"我把他的手指推开。

但是，他突然，完全出乎意料地轻声笑出来，笑得很轻，几乎听不出来，但笑得很久，很开心。末了，他终于戴上帽子，脸色一下子变得很阴沉，皱起眉头，说道：

"应该告诉女房东……应该把她们赶出去，——就是的，越快越好，否则她们会……您以后瞧着吧！见鬼！"他忽然又高兴起来了。"您不是要等候格里沙（即瓦辛）吗？"

"不，我不等了。"我坚决地回答。

"好吧，随便您……"

他不再出声，转身走了出去，朝楼梯走下去，甚至没有对显然在等候新闻和解释的女房东看上一眼。我也取了帽子，请女房东转达一声，我，多尔戈鲁基，来过了的，然后就从楼梯跑了下去。

三

　　我不过是浪费了时间。我一走出去，立刻着手寻觅住所，但我心神不定，在街上溜了几小时，虽说我看过五六处愿意转租的寓所，但我相信，由于我心不在焉，至少已经错过了二十处，而一点没有注意到。最使我恼恨的是，我没有想到租房子会这样困难。各处全是像瓦辛似的房间，甚至还要差得多，然而租金却很贵，和我的预算根本不适合。我只需要一个角落，能够转身就好了，人家就轻蔑地对我表示，既然这样，就应该上"角落里"去找。此外，各处全有许多奇怪的房客，我只要一看到他们的样子就不想和他们住在一起，甚至愿意出钱，只求不要住在一处。那些先生们全不穿上衣，只穿着一件马甲，长着一脸蓬乱的胡须，露出放肆和好奇的态度。在一间小屋内坐了十个人，在那里打牌、喝酒，而要租给我的那个房间就在他们旁边。在另一些地方，对于房东的盘问，我就乱说一通，惊得他们朝我直瞪眼睛，而在一个寓所内我甚至和他们吵起嘴来了。但是，这一些鸡零狗碎的事情本来用不着描写，我只想说，我在非常疲劳之后，在天色差不多已经黑时才到一家饭馆，喝了点东西。我最后决定：还是回去，并当面把那封遗产的信交给韦尔西洛夫，不加任何解释，然后把楼上我的东西放在皮箱和包袱内，先搬到旅馆里去住一晚上。我知道在奥布霍夫斯基大街尽头，在凯旋门的旁边，有一些客栈，花三十戈比甚至可以找到一个单间房。我决定花掉一夜的住宿费，只是为了不再住在韦尔西洛夫家里。在我走过工艺学校的时候，不知为什么，忽然想转弯到塔季扬娜·帕夫洛芙娜那里去，她就住在工艺学校的对面。本来拐进去的借口还只是那封关于遗产的信，但是我那份按捺不住地想拐进去的心情自然还有其他原因，只是我到现在还说不清楚而已：为了那个"婴孩"，为了那些"变成习惯的例外"，所有的这些，把我的头脑弄得一片混乱。我不知道当时是想找个人谈谈，夸耀一下自己，还是想吵一架，或者甚至想哭一场——我不知道，不过我竟走到塔季扬娜·帕夫洛芙娜家里去了。我一共只到她家里去过一次，在我刚从莫斯科来到这里的时候，为了母亲嘱托的一桩事情，我记得进去以后，把所嘱托的话转达了，过一分钟后就走了，甚至没有坐下，她也并没有请我坐下。

我按了铃，厨娘立刻给我开门，默默地放我到屋里去。为了让读者明白这件荒诞不经的、对以后的一切发生重大影响的事是怎么发生的，我必须写出所有的详情细节。先讲一讲这位厨娘。她是一个脾气很坏、翘着鼻子的芬兰女人，似乎很憎恶她的女主人塔季扬娜·帕夫洛芙娜，而女主人却恰恰相反，为了某种癖好，竟离不开她，就像老处女离不开湿鼻的老哈巴狗，或老在家睡觉的懒猫。这个芬兰女人要么发脾气，做出粗暴的行动，要么在大吵一架后，几星期都不说话，借此来惩罚她的女主人。我大概恰巧碰到这种不说话的日子，因为她在，我问她："太太在家吗？"我确切记得，当时我是这么问她的，她竟然没有回答，默默地走到自己的厨房里去了。既然如此，我当然以为女主人在家，便走进屋内，但没有找到任何人。心想塔季扬娜·帕夫洛芙娜立刻会从卧室里走出来，于是我开始等候着。如果她不在，那个厨娘怎么会放我进来呢？我没有坐下，等候了两三分钟。天色差不多已经发黑，塔季扬娜·帕夫洛芙娜的黑暗的小寓所，由于那些到处悬挂着很多的印花布，更加显出阴森森的样子。关于这个恶劣的寓所，我还得交代两句，好让读者明白事情发生的地点。由于塔季扬娜·帕夫洛芙娜固执的、蛮横的性格，又保留了旧日某些地主的癖好，她住不惯从二房东手里转租的带有家具的房屋里，所以租下了这个类似公寓的住所，就为了可以单独住下，自由自在。这两间屋子正和两个鸟笼一模一样，互相紧连在一起，一间比一间小，位置在三层楼上，窗户向院子里开着。当你走进寓所，径直走进一条一俄尺半宽的狭窄的走廊里去时，在左边就是上面描写过的两只鸟笼，再一直顺着房间走去，在过道的尽头，就是厨房的入口。

一个人在十二小时内所需要的一个半立方俄丈（一俄丈等于二点一三米）的空气，在这两间屋内也许还有，但未必会更多。房间低矮得不像样子，而最愚笨的便是那些窗、门、木器，一切一切，全蒙上或铺上印花布，极好的法国印花布，还镶着花边。这样一来，屋子便显得黑暗了一倍，颇像旅行马车的内部。在我等候着的那间屋内，虽然堆满了木器，但还可以转身，这些木器倒并不差：几张式样不同的小桌，镶嵌精细，带着青铜装饰，还有几口箱子和一张精致甚至豪华的梳妆台。但是第二间小屋，也就是我等候她从那里面出来的那间卧室，却用帷幔将其跟这一间屋子隔开。后来才知道，里边其实只有一张卧床。所有这一些细节，为了了解我所做的那件蠢事起见，是必须先行叙写的。

我就这样等候着，一直以为她在家，一点也不加以怀疑，忽然响起了门铃声。我听见厨娘用不慌不忙的脚步在小走廊里走着，默默地，好像刚才放我进来时一样，把来人放了进来。这是两位太太，两人都大声地说话，但是我的惊异真是非同小可，当我从声音里听出一个是塔季扬娜·帕夫洛芙娜，另一个是那个我现在完全没有想到会碰到，且更不准备在这种情况之下碰到的女人时。我不可能弄错：我昨天听见过这个响亮的、强烈的、金属般的声音，虽然一共只有三分钟，但是它留存在我的心里了。是的，她就是"昨天的那个女人"。我应该怎么办呢？我根本不是在问读者，我只是在回想起当时的那一瞬间，即使此刻我也根本无法解释，不知怎么搞的，我竟会突然朝帷幔背后奔去，躲到塔季扬娜·帕夫洛芙娜的卧室里去。简单地说，我躲了起来，刚跳进去，她们就走进来了。为什么我不向她们迎上去，却躲了起来，这一点我现在也弄不明白：一切都出于偶然，完全是无意识的。

我冲进卧室，便撞在床上，但立刻看出从卧室里有门通到厨房，因此要摆脱困境，还是有出路，完全可以逃之夭夭。但是真可怕呀！门上了锁，锁孔里并没有插钥匙。我在绝望中一屁股坐到了床上。我清楚地意识到，看来我现在已经沦为偷听的角色，而且从最初的几句话里，从最初的谈话的声音里，我就猜到她们的谈话是秘密的，微妙的。当然，一个正直的、诚实的人应该立起身来，甚至在现在，走出去，大声说："我在这里，请你们等一等！"说完之后，不管自己的处境如何的可笑，就一直走过去。但我没有站起来，也没有走出去。我不敢，我很卑鄙，胆怯了。

"我的亲爱的卡捷琳娜·尼古拉耶芙娜，您真是使我十分难过，"塔季扬娜·帕夫洛芙娜恳求着，"请您放一百个心吧，这样甚至是和您的性格不合的。随便在什么地方，有了您就有快乐，然而现在忽然……我觉得您现在还继续相信我，因为您知道我对您是怎样的忠心……我对您的忠心不在安德烈·彼得罗维奇之下，我并不隐瞒我对他的永恒的忠心……我要使您相信，我可以对您赌咒，那个文件并没有在他的手里，也许不在任何人手里。他绝不会做出这种奸猾的手段来的，您起这种疑心是罪过的。你们两人不过是自己造出这仇恨来的……"

"文件是有的，他会做出一切举动来的。我昨天一走进去，第一个见面的就是——ce petit epion（法文，译为"这个小奸细"），这是他故意安排在公爵身边的。"

"哪里是 ce petit espion？第一，他并不是 espion，因为那是我，那是我坚持地主张把他安置在公爵那里，否则他会在莫斯科发疯或者会饿死的，那边就是这样说他的。而更主要的是，这个粗暴的男孩甚至完全是一个傻瓜，他哪里会充当奸细呢？"

"即使是傻瓜，也不会妨碍他成为坏蛋的。我正在恼恨中，否则昨天会笑死的。他脸色发白，跑了过来，扮出谄媚的脸色，说法语。在莫斯科，玛丽亚·伊万诺芙娜对我说他是一个天才。那封不幸的信还完整着，而且存放在极危险的地方，主要的是我从玛丽亚·伊万诺芙娜的脸上判断出来的。"

"您，我的美人儿啊！您自己说她那里什么也没有！"

"有是一定有的，她在那里说谎。我对您说，她真是一个撒谎的老手！没有到莫斯科以前，我还存着没有留下任何文件的希望，但是现在，现在……"

"亲爱的，人家反而说她是一个善良的、细心的人，已故的安德罗尼科夫很看重她，把她的位置放在所有他的侄女们之上。固然，我不大知道她，但是您可以把她降服的，我的美人！您不费什么力气就会战胜的。我已经是一个老太婆，连我都爱上了您，现在真想吻您呢……您把她降服下来是不费力气的！"

"我试过的，塔季扬娜·帕夫洛芙娜，甚至把她弄得十分高兴，但是她太狡猾了……不，这是她一贯的本性，很特别的，莫斯科式的……您想一想，她劝我去问这里的一位姓克拉夫特的，安德罗尼科夫以前的助手。她说也许他会知道。我对于这个克拉夫特已经知道一点，甚至还记住他一点影子。但是，她对我一说出这个克拉夫特来，我简直可以断定，她不是什么都不知道，而是在扯谎，她全都知道的。"

"那为什么呢？为什么呢？大概可以从他那儿打听到呢！这个德国人，克拉夫特，倒不是一个喜欢乱说的人，我记得是很诚实的，真可以详细询问他一下！大概他现在不在彼得堡……"

"他昨天就回来了，我刚才到他那里去过的……我现在到您这里来，心里非常慌乱，我的手和腿都哆嗦着，我想求您一下，我的天使，塔季扬娜·帕夫洛芙娜，因为您认识许多人，能不能在他的文件里查一查。这些文件现在会转到什么人手里了呢？也许又会落到一些危险人物的手里了吧？我跑来和您商量一下。"

"您说的是什么文件？"塔季扬娜·帕夫洛芙娜不明白，"您不是说，刚才您自己到克拉夫特那里去过的吗？"

"去是去过的，刚才去过的，但是他自杀了！昨天晚上就自杀的！"

我从床上跳起来了。人家称呼我为奸细和傻瓜的时候，我还能坐得住。她们谈得越起劲我越觉得不能露面。这是无从想象的事！我于是决定屏住呼吸，一直坐下去，一直坐到塔季扬娜·帕夫洛芙娜送客出去为止（如果侥幸她自己不为了什么事情先走进来），等到阿赫马科娃一走，到那时，就算和塔季扬娜·帕夫洛芙娜打架都可以！……但是，我现在忽然听到了关于克拉夫特的消息，立刻从床上跳了起来，全身都颤抖了。我不顾一切、不假思索、忘乎所以，立刻掀起帷幔，跨步出去，突然出现在她们两人面前。房子中的亮度还足以让她们看清我，我脸色惨白，浑身哆嗦……她们两人全惊叫出来。还能不惊叫吗？

"克拉夫特吗？"我朝阿赫马科娃转过脸去，喃声说，"自杀了吗？昨天吗？太阳落山的时候吗？"

"你在哪儿？你从哪里来的？"塔季扬娜·帕夫洛芙娜尖声叫喊，简直抓住我的肩膀。"你在当奸细吗？你在偷听吗？"

"我刚才怎么说来着？"卡捷琳娜·尼古拉耶芙娜从沙发上站起来，指着我对她说。

我顿时火冒三丈。

"造谣！胡说！"我狂怒地打断她，"您刚才管我叫奸细。唉，天呀！你们这种人的事情不但不值得去侦探，而且就因为你们在旁边，甚至让你觉得活在世上都没意思！一个心胸宽大的人以自杀的方式结束他的一生。克拉夫特自杀了——为了理想，为了赫卡柏（古希腊神话中的人物，特洛伊王普里阿摩斯的妻子。——译者注）……但是，你们那里会知道什么赫卡柏的痛苦！……在这个世上，人们只好生活在你们的阴谋之中，在你们的谎言、欺骗和陷阱中虚费光阴……够了！"

"你打他的嘴巴！给他一记耳光！"塔季扬娜·帕夫洛芙娜喊叫着，但因为卡捷琳娜·尼古拉耶芙娜虽然望着我（我记得清清楚楚），目不转睛地望着，却并没有从座位上移动一下身体，所以再等一会，塔季扬娜·帕夫洛芙娜一定会照自己所说的来做。于是，我不由得先行举起手来，保护我的脸。就为了这个动作，她竟以为我要动手打人。

"好呀，你打吧，你打吧！你来证明你天生就是下流的东西！你比女人有力气，何必客气呢！"

"够了，你别再胡乱造谣了！"我喊道，"我从来不打女人！您真是不知羞耻，塔季扬娜·帕夫洛芙娜，您总是看不起我。你一面不尊敬人，一面还要和他们周旋！卡捷琳娜·尼古拉耶芙娜，您大概会笑我这个体格。是的，上帝并没有赐给我像您的那些侍从官那样的体格。但是，我在您面前并不感到一点屈辱，反而觉得很高尚……不管怎么说，我都无所谓，反正我没错！我是偶然跑到这里来的，塔季扬娜·帕夫洛芙娜。这责任应该由您的那个芬兰女人一人负担，或者说是应该归咎到您对她的偏爱上去。她为什么不回答我的问题，一直领我到这里来呢？后来，您自己也应该同意，我觉得从一个女人的卧室内跳出来，实在是太荒唐了，所以我决定宁可默默地忍受你们的侮辱的话语，但是不走出来……您又笑了吗，卡捷琳娜·尼古拉耶芙娜？"

"滚！滚！滚出去！"塔季扬娜·帕夫洛芙娜喊着，几乎推我，"不要把他那些胡说八道的话当真，卡捷琳娜·尼古拉耶芙娜，我对您说过，那边人家都说他是疯子！"

"当我是疯子吗？什么人说的？谁说的？够了，卡捷琳娜·尼古拉耶芙娜！我可以用神圣的一切对您赌咒，这一段谈话，和我所听见的一切，我永远不会泄露出去……我晓得了您的秘密，这能怪我吗？况且从我明天起，我就不到令尊那里去做事了，所以关于您寻找的那个文件，您尽管可以放心的！"

"什么？……您讲的是什么文件？"卡捷琳娜·尼古拉耶芙娜露出慌乱的样子，甚至脸都发白了，也许这仅仅是我的感觉。我明白，我已经说得太多了。

我迅速地走出去。她们默默地目送我，眼神里露出极度的惊异。总之，我给她们出了一道谜……

第九章

一

　　我急忙赶回家去。说来也奇怪，我感到十分得意。当然，不应该和女人们这样说话，而且还是和这样的女人们——说得准确点，是和一个这样的女人，因为我并没有把塔季扬娜·帕夫洛芙娜算在内。也许根本不该当着这种女人的面前说："我鄙视你们的阴谋。"但是，我说出了这句话，而竟引为得意。别的且不说，我至少相信，我用了这种口气把当时我处境中可笑的成分一扫而光了。但是，我没有工夫去回想这件事情，因为我的脑子里都是克拉夫特。倒不是他的死使我很难受，但我到底感到非常的震惊。在我心里，此时甚至丝毫没有那种人类惯有的幸灾乐祸的感觉，即在有人折断腿骨、丧失名誉、失去爱人的时候，通常会产生的那种卑劣的快感。它让位给另一种极纯粹的感觉，也就是哀痛的感觉：对于克拉夫特的怜惜——是不是怜惜，我还不知道，但确实是一种极强烈的、极善良的情感。当时，我也为此而感到满足。在一个人被某种重要的消息所震惊的时候，头脑中竟会闪现出那么多的杂念，按理说，这种消息似乎应该压倒其他的情感，驱散所有的杂念，尤其是那些微不足道的杂念。但情况却正好相反，那些细小的杂念却不断地钻进大脑中来。我还记得，一阵十分敏感的、神经性的颤抖渐渐地包围了我的全身，这颤抖继续了几分钟之久，甚至在我回家后，在和韦尔西洛夫摊牌的时候，也还是这样。

这次摊牌是在一种奇怪而特殊的情况下发生的。我已经提到过，我们住在院子里一所单独的侧屋里。这个寓所的门牌号是十三号。我还没有走进大门，就听见一个女人的声音用不耐烦和气恼的口气，大声地问什么人："十三号在哪里？"问这话的是一位姑娘，就在大门旁边，站在一家小店铺前。她推门往里面喊话，但是小店铺里大概没有人回答她，或者甚至把她赶走了，于是她从台阶上走下来，露出激愤和怨恨的神色。

"看门人在哪里？"她一面喊，一面跺脚。我已经认出这个声音了。

"我到十三号去，"我走近她身边，"您找谁？"

"我已经用了整整的一小时寻找看门人，见人就打听，把所有的楼梯都跑遍了。"

"在院子里面。您不认识我吗？"

但是她已经认出我了。

"您是想找韦尔西洛夫？您有事找他，我也是的，"我继续说，"我是来和他永远告别的。我们去吧。"

"您是他的儿子吗？"

"这一点也没有关系。就算是他的儿子也可以，虽然我是多尔戈鲁基，我是私生子。这个先生有无数的私生子。在良心和名誉需要的时候，就是嫡亲的儿子也会离开家庭的。在《圣经》里也讲过的。再说他领到了遗产，但我不愿意分享他的财产，所以出去用我的双手和劳力谋生。在必要时，心胸宽大的人甚至也会舍弃自己的生命的。克拉夫特已经用手枪自杀了，克拉夫特，为了理想，您想一想，一个年轻人，极有希望的……这里，往这里走！我们住在单独的侧屋里。在《圣经》里也有孩子们离开父亲，自己建筑巢窝的事情……既然受了理想的冲动……既然有了理想！理想是主要的，一切全在于理想……"

我一直对她说出这一类的话，在我们走近家里去的途中。读者大概会觉察到，我不很顾惜自己的脸面，在必要时我会出色地介绍自己：我想学会说实话。韦尔西洛夫在家。我没有脱下大衣就走了进去，她也一样。她穿得很单薄：深色的大衣上面挂着一块什么碎布，大概是披肩或斗篷，头上戴着一顶破旧的水手帽，并不能增加她的美貌。我们走进大厅时，母亲坐在平常坐的地方做活计，妹妹从自己屋内走出来张望一下，在门前止步了。韦尔西洛夫照例什么事情也不做，站起来迎接我们。他用严厉的、怀疑的眼神盯着我。

"这跟我一点关系也没有。"我连忙摆了摆手，站到在一边。"我只是在大门口碰到这个女人。她正寻找您，但是谁也没有告诉她。我另外有别的事情，等会再向您解释……"

韦尔西洛夫继续好奇地看着我。

"对不起！"姑娘开始迫不及待地说。韦尔西洛夫转身向她。"我想了很长时间，为什么您昨天忽然想到把钱留在我那里……您的钱在这里！"她几乎又像刚才那样尖叫起来，把一叠钞票扔在桌上。"我到居民地址查询处去了一趟，才打听到了您的住址，要不然我早就送还了。喂，您听我说了！"她忽然转身对母亲说，母亲的脸唰地白了。"我并不打算侮辱您，您露出很正直的神色，这位也许就是您的女儿。我不知道您是不是他的妻子，但是您知道，这位先生专门裁剪报纸上保姆和女教师的求职广告，那是她们花了最后的一块钱去刊登的。他就照着地址寻找这些不幸的人们，心存邪念，想用金钱引诱她们堕落。我不明白，昨天我怎么会收下他的钱来的：他带着那种诚实的态度……走开！您不用解释！您是坏蛋！即使您很诚恳，我也不愿意受您的恩惠。不要！绝对不要！哦，我真是高兴，我现在能在您的女人们前面揭穿您的劣迹！您真是可诅咒的呀！"

她迅速地跑出去，但在门口又转过身来，为了再喊一声：

"听说您还取得了遗产！"

随后就像影子似的消失了。我还要提醒一下：她真是太激愤了！韦尔西洛夫感到深深的惊愕：他站在那里，好像在凝想，在考虑着什么？终于忽然转身向我。

"你根本不认识她吗？"

"不久前偶然见过她，她在瓦辛的走廊里发狂，尖声喊叫地咒骂您，但我没有搭理她，一点也不知道，刚才在大门口又看见了她。大概她就是昨天您说的那个能'教授数学'的女教师吧。"

"就是她。我一辈子做了一次好事，可是……不过，你手里有什么东西？"

"这里有一封信，"我回答说，"我认为解释是不必要的：这封信是克拉夫特交给我的，他又是从安德罗尼科夫手里转来。您看了内容就可以知道。我还要补充说一句：除了我之外，现在整个世界上没有一个人知道这封信，因为克拉夫特昨天把这封信转给我之后，我刚从他那里离开，他就开枪自杀了……"

在我喘着气，匆忙地说话的时候，他取了信，一面用左手高高地拿着，一面注意地观察我。在我宣布克拉夫特自杀的时候，我特别留心察看他的脸，想看看他的反应。但结果呢？这消息并没有触动他，他甚至连眉毛也没有抬一下！相反地，他看见我停止了说话，便掏出那副从来不离开他用黑缎带系住的眼镜，把信放在蜡烛旁边，瞧了瞧签字，开始研究这封信的内容。我无法形容出他这种傲慢而冷漠的反应让我有多难受。按理说，他和克拉夫特应该很熟，况且这毕竟是一个不寻常的消息！所以我自然就希望他会产生强烈的反应。我等了半分钟，知道这封信很长，就转身出去了。我的皮箱早就收拾好了，只要把几件东西放在包袱里就行了。我想到了母亲，想到自己竟然没有走近她的跟前说几句话。十分钟后，我已经完全准备好，正想出去叫马车的时候，妹妹走到我的小屋里来了。

"母亲叫我还给你六十卢布，还请你原谅她，因为她把这件事情对安德烈·彼得罗维奇说了出来。这里还有二十卢布。你昨天付给她五十卢布作为你的生活费，母亲说超过了三十卢布的数目是不能要的，因为在你身上用不了五十卢布，所以叫我还给你二十卢布。"

"如果她说的是实话，那么我要谢谢。再见吧，妹妹，我这就走了！"

"你现在要上哪里去？"

"暂时先上旅馆，只是为了不住在这屋里。你对母亲说，我爱她。"

"她知道的。她知道你也爱安德烈·彼得罗维奇。你怎么不怕害臊，把这不幸的女人领了来！"

"我向你发誓，不是我领来的，是我在大门口遇见她的。"

"不，这是你领来的。"

"你应该相信我……"

"你想一想，问一问自己，就会明白你也有过错。"

"我不过是觉得很快乐，因为人家把韦尔西洛夫给羞辱了。你想一想，他居然和莉季娅·阿赫马科娃生下了孩子……但是，我何必对你说呢！"

"他？可能吗？这不是他的孩子！你从哪里听到这种不实在的话？"

"你哪里会知道？"

"我会不知道吗？我在卢加还照料过这孩子的呢。哥哥，你听着，我早就看出，你什么也不知道，因此尽侮辱安德烈·彼得罗维奇，还侮辱母亲。"

"不是他对，便是我错，就是这样子。但是，我并不少爱你们一点。你为什么这样脸红起来了，妹妹？你瞧，你的脸红得更加厉害了！好的，我到底要叫这公爵出来决斗，为了他在埃姆斯打韦尔西洛夫耳光。如果韦尔西洛夫对待阿赫马科娃没有错，那么更应该这样做。"

"哥哥，你醒一醒吧！你怎么啦！"

"况且现在法院里的案件也了结了……你瞧，你现在脸色灰白起来了。"

"公爵不会和你决斗的。"丽萨从惊惧中发出惨淡的微笑。

"那么我要当众羞辱他。你怎么啦，丽萨？"

她的脸色惨白得竟不能站住脚，跌坐在沙发上面。

"丽萨！"从楼下传来母亲的喊声。

她恢复了过来，站起来了。她和蔼地对我微笑。

"哥哥，你不要做这些不相干的事情，或者等到你了解的情况多些了再说。你现在知道的事太少了。"

"丽萨，我要记住，你听见我要决斗的时候，你的脸色突然发白了。"

"是的，是的，你要记住这个！"临别时她又微笑了一下，就走下楼去了。

我唤了一辆马车，由马夫帮忙，把我的行李从屋内拖出去。家里的人谁也没有反对我，谁也没有阻拦我。我为了不和韦尔西洛夫相见，不进去和母亲告别。在我已经坐在马车上的时候，大脑里忽然闪出了一个念头。

"到喷泉街，谢苗诺夫桥。"我突然吩咐车夫，于是又动身到瓦辛家里去。

二

我忽然想到，瓦辛肯定已经知道克拉夫特出事了，也许知道得比我还多一百倍呢：结果真是这样。瓦辛立刻殷勤地把一切详细情节告诉我，但并没有露出极大的热诚。我断定他是累了，确实是如此。早上他亲自到克拉夫特那里去过。克拉夫特用手枪自杀（就用那支手枪），是在昨天，在天色完全黑下来的时候，这可以从他的日记里看出来的。他在开枪之前，在日记里做了最后的记录。他在日记里说，他几乎在黑暗中写着，连字母都辨不清楚，但他不愿意点上蜡烛，因为担心自己死后会引起火灾。"现在点上蜡烛，而在开枪之前再把它熄灭，像熄灭我的生命一样，是我不愿意做的。"他几乎在最后的一行上，奇怪地补充了这一句话。这个临死前的日记，他还在三天前就预先计划好了，在他刚回到彼得堡的时候，还在访问杰尔加乔夫之前。我走后，他每隔一刻钟就在日记里记录一些话，最后的三四段记录是每隔五分钟写下的。我大声表示惊奇，瓦辛既把这日记放在眼前很长时间（人家拿给他看过），他竟不去誊录一下，何况一共不到一张，那些记载都是很短的，"哪怕把最后一行抄下来也好！"瓦辛含笑地对我说，他不抄也会记得的，再说那些记录并没有任何的连贯性，尽是大脑里胡乱想出来的一些话。我本想说服他，在现在的这种情形之下，这总是很可珍贵的东西，但我很快就放弃了这个想法，开始再三要求他，让他讲讲他所记得的内容，于是他记起了几行字，大概是自杀的前一小时所记录下的，例如："他感到浑身发冷"，"他本想喝一杯酒，暖暖身体，但一想到喝了酒，也许会流更多的血，所以就没喝"。"差不多全是这一类的话。"瓦辛结束道。

"您竟把这认作不相干的话语！"我喊起来。

"我并没有这样认为呀！我不过是没有抄录下来罢了。虽然这不是小事，但这日记只是十分平常的，说得确切些，是十分自然的，也就是在这种情形下应该如此的……"

"但这是最后的想法，最后的想法呀！"

"最后的想法有时是很没有任何价值的。有一个也是这样自杀的人，他也是在这样的日记里甚至诉苦，说在这种紧要的关头，他真希望头脑中能够产生哪怕一个'崇高的想法'，可事实却正好相反，尽是出现一些琐碎而空虚的念头。"

"关于浑身发冷的话也是空虚的念头吗？"

"您讲的是关于浑身发冷，还是关于流血太多？但是，有一个大家都晓得的事实：在那些有力量想到自己快要死去的人们当中（不管是不是自杀），有许多人经常会顾及自己的尸体是否雅观。正是因为这个，克拉夫特才担心流血过多。"

"我不知道，这事实是不是大家都知晓的……这究竟对不对，"我喃语着，"但是我觉得奇怪的是，您把这一切认为十分自然。但不久前，克拉夫特不是还坐在我们中间，和我们一起谈话，并显得很激动吗？难道您一点也不可惜他吗？"

"我当然感到可惜，但这完全是两桩事情。总而言之，克拉夫特是以自己的死亡来表述他的逻辑结论。看来昨天在杰尔加乔夫家里时，大家对他的议论都是有道理的：他死后留下一本小册子，里面写下了科学上的结论，根据骨相学、颅骨学甚至数学，由此断定俄罗斯人是第二等的人种，所以完全不值得为了做俄国人而生存下去。您不妨认为这件事最突出的启示是：一个人通过逻辑推论，是可以得出任何结论的，但为了这个结论，一下子就自杀，这自然是不常有的。"

"至少应该对这种刚强的性格表示敬意。"

"也许不只是刚强吧！"瓦辛不置可否。但很明显，但的意思是做出这种事来，是十分愚蠢的，或者是相当软弱的。这让我觉得恼火。

"您昨天自己说过关于情感的话的，瓦辛。"

"我现在也不否认。但根据已经发生的事实来看，可以看出他的某些想法是错误的，而且十分严重，因此凡是严肃看待这件事的人，甚至就会不由自主地把怜悯心也给挤掉了。"

"听我说，我刚才从您的眼神里就已经猜出，您会责备克拉夫特的。我为了不想听您的责备的话，决定不问您的意见，但您既然已经表示出

来了，我便不得不认同您的看法。不过我对您非常不满！我很可惜克拉
夫特。"

"您要知道，我们扯得太远了……"

"是的，是的，"我打断他说，"但是，至少有一点是值得庆幸的：
在这种情形之下，那些活着的人们，总是可以成为死者的裁判官的，可
以对自己说：'这个值得痛惜和宽恕的人虽然自杀了，但是我们还留在
人世，所以过多地悲伤是不必的。'"

"是呀，从这个观点上看来自然是的……啊，您大概开着玩笑！这
是极聪明的。我在这时候总要喝茶，我立刻吩咐他们准备。您大概也可
以喝一杯吧。"

于是他走了出去，眼睛朝我的皮箱和包袱扫了一下。

我真是想说出一句尖刻些的话，为克拉夫特鸣不平，而且我也做到了，
但奇怪的是，起初他竟把我所说的那句"我们还留在人世"当成正经的话。
但无论是不是这样，他到底在一切方面都比我有理，甚至在情感方面。我
承认这一点并没有丝毫不快，但又清楚地意识到我根本不喜欢他。

等茶端来时，我对他说，我想请求他容我留宿一夜，要是不成，尽
管请他直说出来，我可以搬到旅馆去住。接着，我把原因简单地叙述出
来，直率地指出，我和韦尔西洛夫已经完全闹翻了，但并没有说出详细
的经过。瓦辛注意地倾听着，没有一点激动的样子。总之，他好像只是
回答我的问话，虽说是热心地回答，而且十分详尽。至于刚才我跑来想
向他讨教的那封信，我一个字也没有提，却把我刚才那次的上门说成是
普通的拜访。我既然对韦尔西洛夫说出这封信除我以外任何人都不知
道，就觉得自己再也没有向任何人宣布的权利。我不知道什么原因，开
始觉得把另一些事情告诉瓦辛是极讨厌的。所谓另一些事情，不是指着
别人的事情：所以我把刚才在走廊里和女邻居屋内的那一幕戏讲给他
听，一直说到在韦尔西洛夫寓所里演出的场面为止。这使他产生极大的
兴趣。他异常注意地倾听着，特别是关于斯捷别利科夫的事情。关于斯

捷别利科夫盘问杰尔加乔夫一事，他让我重复了两遍，甚至凝想了一会，但后来到底冷笑了起来。在这一刹那间，我忽然觉得，无论什么事情，无论在什么时候都不会让瓦辛陷入困难的境地。但我记得，最初发生这个意念时，我对他具有极恭维的心情。

"总之，我不能从斯捷别利科夫所说的话里得到多大的启迪，"我给斯捷别利科夫下判断说，"他的说话似乎有点颠三倒四……而且为人似乎点轻率……"

瓦辛立刻正经地说：

"他确实没有口才，但只是初看上去是如此。实际上，他往往会发表一些极精辟的见解。总而言之，他是务实型的人才，而不善于归纳思想，应该从这个观点去判断……"

他这话恰巧和我刚才猜到的完全吻合。

"但是他在您的女邻居那里大闹了一场，谁知道会弄出什么样的结果。"

关于邻居的女人们，瓦辛告诉我，她们住在这里已有三个星期左右，是从外省的某地来的。她们的房间十分狭小，显然她们的境况很穷苦。她们住在这里，等候什么事情。他不知道年轻的那一位在报上刊登了应聘的广告，但是听说韦尔西洛夫到她们那里去过。这事发生在他不在家的时候，女房东告诉他的。在最近的几天内，他开始觉察出，她们的情形确实有点不对劲，但是像今天这样的吵闹却没有发生过。所有我们关于女邻居们的议论，我是因为后来出了事情才想起来的，而这时候，她们的屋内却是死一般的静寂。我谈到斯捷别利科夫打算和女房东谈一谈，应该劝他撵走这两个女邻居，他甚至重复了两遍："您等着瞧吧！您等着瞧吧！"对于这个细节，瓦辛露出特别的兴趣。

"那您就等着瞧吧，"瓦辛补充着说，"他的脑子里冒出这个念头，绝不是平白无故的：他看待这种事时目光很敏锐。"

"您以为应该劝女房东赶她们出去吗？"

"不，我并不是说要赶走她们，而是怕出什么事……但是，无论怎样，这种事总是可以收场的……我们不要管它。"

关于韦尔西洛夫到女邻居们那里去一事，他根本拒绝下结论。

"一切都是可能的。一个人感到自己口袋里有了钱……大概他不过是施舍的意思，这合乎他的行为习惯，也许合乎他的癖好。"

我告诉他，斯捷别利科夫刚才还说出关于"婴孩"的事情来。

"对于这件事情，斯捷别利科夫完全弄错了！"瓦辛用特别严肃的神情和特别着重的语气说（这是我记得很清楚的）。

"斯捷别利科夫，"他继续说，"有时过分相信自己对具体实事的推断能力，因此急于按照自己的逻辑——这种逻辑往往也很敏锐——匆忙下结论。但是，如果认真研究当事人的话，所发生的事情实际上可能带有意想不到的离奇色彩。他对这件事情的判断就是这样：他仅知道事情的某一部分，竟判断婴孩是属于韦尔西洛夫的。其实，婴孩并不是韦尔西洛夫生的。"

我缠住他问个不休，才打听到了下面的一段情形，使我感到极大的惊讶：这婴孩原来是谢尔盖·索科利斯基公爵所生的。莉季娅·阿赫马科娃不知道是因为有病，或者仅仅只是由于脾气古怪，有时所做出的行为像疯子一般。她在韦尔西洛夫以前迷恋上了公爵，公爵竟"轻易地接受了她的爱情"——瓦辛这样说。他们两人的爱情没有持续多久：读者已经知道，他们吵了架，莉季娅把公爵赶走，"公爵大概更感到高兴"。

"这是一个很古怪的姑娘，"瓦辛补充说，"甚至很可能她的理智并不是始终处在清醒的状态中。但是，公爵到巴黎去的时候，完全不知道他把自己的受害者抛进了何种境地，直到最后，直到回来以前还不知道真相。韦尔西洛夫和这位年轻的姑娘交上朋友后，之所以提议和她结婚，就是因为她的状况逐渐暴露出来（看来，她的父母几乎直到最后没有怀疑过）。坠入爱河中的姑娘喜出望外，在韦尔西洛夫的求婚里'看出了不仅仅只是他的自我牺牲'，不过她对这种自我牺牲也是很看重的。"“当然了，他把这事办得很妥帖，”瓦辛补充道，“婴孩（一个女孩）早产了一个月或者六个星期，被安置在德国的某个地方，后来由韦尔西洛夫把她接了回来，现在住在俄国的什么地方，也许在彼得堡。”

“但是，吞含磷的火柴是怎么回事？”

“这件事情我一点也不知道，”瓦辛说，“莉季娅·阿赫马科娃在产后两星期就死了，这里面发生了什么事情我真的不知道。公爵从巴黎回来以后，才知道是生下了小孩，起初大概不相信是他的孩子……总之，这件事情至今有关各方还是严守秘密。”

“但是，这个公爵是什么东西呀！”我愤恨地喊着，“他怎么能和有病的女孩做出这种行为来！”

“她当时并不是病得怎样厉害……而且也是她自己把他赶走的……固然，人家一赶，他就走，也许太急了些。”

“您还替这种小人辩白。”

“不，我只是不称他小人而已。这里除去直接的卑劣的行为以外，还有许多别的情形。总的说来，这件事情是极平常的。”

“请问您，瓦辛，您和他很熟吗？为了一桩于我极有关系的事实，我特别希望能够听听您的意见。”

但是，瓦辛回答得似乎过分谨慎。公爵他是认识的，至于在什么情形之下和他相识，他显然故意沉默着。后来他又说，从性格上看，他是值得加以宽宥的。“他充满了诚恳的癖性，感受又强，但是既无判断力，更没有意志力去驾驭自己的种种意愿。”他是一个没有学识的人，有许多理想和现象是他无力去理解的，但他却一头扑进去。譬如说，他一定会对您毫无顾忌地说出这类的话：“我是公爵，我出身于留里克王朝的家族，但在我必须找饭吃，而且不会做别的工作时，我为什么不能充当皮鞋匠呢？招牌上可以写出‘某某公爵鞋店’的字样，这样甚至是太气派了。”“他说得到，做得到，”瓦辛补充道，“但这完全不是出于信念的力量，而只是出于一种极其轻率的感想而已。事后他必定会后悔，于是他总是会走上完全相反的极端上去。这就是他的全部生活。在我们这个世纪里，有许多人陷入这样悲哀的境遇里。"瓦辛结束道，"就因为他们生在我们这个时代。"

我不由得沉思起来。

"他以前从部队里被开除的，这话实在吗？"我向他打听。

"我不知道是不是被开除的，但是他离开部队，确是为了不愉快的事情。您知道他去年秋天退职以后在卢加住过两三个月的事情吗？"

"我……我知道您那时也住在卢加。"

"是的，有一段时间我也住在那里。公爵也和莉扎韦塔·马卡罗芙娜相识。"

"是吗？我不知道。说实话，我不大和我妹妹谈话……难道我母亲也接待过他吗？"我喊起来。

"不，他们并不是直接认识的，而是经过第三个人的介绍才认识的。"

"怪不得我妹妹对我讲起了关于婴孩的事情！难道那婴孩也到过卢加吗？"

"待过一段时间。"

"现在在哪儿？"

"一定在彼得堡。"

"我这辈子永远不会相信，"我异常激动地喊了出来，"我母亲多少会参与到莉季娅的事情里去的！"

"在这件事情里，除去那些阴谋我不喜欢仔细研究以外，韦尔西洛夫的角色并没有什么特别可以受非难的地方。"瓦辛说，谦卑地微笑着。他似乎觉得和我说话十分困难，但他没有露出一点神色来。

"我永远不相信，永远不相信，"我又喊起来，"一个女人会把自己的丈夫让给别的女人，这个我不会相信的！……我敢赌咒我母亲没有参与到其中！"

"但她好像也没有反对。"

"我处在她的地位上，哪怕出于自尊，我也不会去反对的!"

"在我的方面，我是根本不会去评判这种事情的。"瓦辛说。

瓦辛这人虽然很聪明，但也许他对女人毫无理解，所以她们的许多想法和做法，他是不了解的。我不再谈下去。瓦辛在某股份公司内临时当差，我知道他还把工作拿回家来做。经我坚决地询问以后，他才承认他现在有事情要做——要算一算账目。我切实地请他不要和我客气。这大概使他觉得高兴。但是，他在坐下来办公以前，动手在沙发上给我铺床。起初他把床让给我，但在我不愿意这样的时候，他大概也感到满意。他从女房东那里借来了枕头和被窝。瓦辛十分客气和有礼貌，但他为了我这样张罗，我看见有点不好意思。我最喜欢三个星期以前有一次偶然在彼得堡区叶菲姆家里住宿的情形。我记得他当时给我弄床，也是在沙发上，偷偷地瞒着姑姑，因为不知为什么，他觉得姑姑一知道有同学在他那里住宿会生气的。我们笑得很高兴，把衬衫做褥单，把大衣叠成枕头。我记得兹韦列夫弄好以后，还爱惜地用手指在沙发上弹了一下，对我说道：

"Vous dormirez comme un petit roi."（法文，译为"你会睡得像一个小国王呢"。）

他那份傻得可爱的快乐，那句很不相配的法语起了很大的作用，使我当时在这小丑的家里美美地睡了一觉。至于瓦辛，直到他终于背朝着我，坐下来做事的时候，我才十分高兴起来了。我横倒在沙发上面，望着他的背部，想了很多，也想了很久。

三

实在有些事情要想，但我的心里显得很模糊，没有整个连贯的思路。尽管有些感受非常清晰地显现出来，但由于感受太多，没有一种感受能把我吸引住。一切似乎都是一闪而过，没有连贯和次序，而我记得，我自己也完全不想停留在什么上面，或者理顺思考的次序。甚至对于克拉夫特之死的思考，也不知不觉地退到次要的位置。最使我激动的是我的自己的处境。我现在已经实现了"断绝"，我的皮箱也在我的身边，我离开了家庭，开始了全新的生活。在这之前，我的所有意愿与准备好像只是一场玩笑，而"现在才突然真正地开始了"。这个想法使我感到振奋，使我快乐，虽然我的心里还有许多模糊的地方。但是……但是还有其他的感受，其中有一个特别的感受，从其他的感受中显露出来，控制我的心灵。而奇怪的是，这感受也使我振奋，似乎在把我引向某种极大的快乐。不过，这感受是从恐惧开始的，我从刚开始不久就一直担心，我在冲动和措手不及的情况下，是否把文件一事对阿赫马科娃泄露出来。"是的，我说得太多了，"我心想，"也许她们会猜出些什么来的……真是倒霉，如果她们起了疑心，不用说，那就绝不会让我安宁的，但是……随它去吧！她们也许不会找到我，我会躲起来的！如果她们果真追到我身边来，那便怎样呢？……"于是我开始细细回想刚才的情景，越想越开心：我怎样站在卡捷琳娜·尼古拉耶芙娜面前，她那双傲慢而又充满惊讶的眼睛怎样盯着我。在我走出去的时候，她还是那副惊讶的表情，这一点我记了起来。"她的眼睛并不十分黑……睫毛倒是很黑的，因此眼睛也显得那样黑了……"

我记得，我忽然觉得非常憎厌地回忆着这事……我感到又恼恨，又厌烦，既对她们，又对自己。我有点责备自己，让自己努力去想别的事情。"为什么我一点也不为了女邻居的事情恨韦尔西洛夫呢？"我忽然想到这个念头。我深信他在这件事情上扮演了煽情的角色，他跑来是想寻开心，但这事却并不使我激愤。我甚至觉得他这人不可能有其他的作为，现在人家凌辱了他，虽然使我觉得十分高兴，但我并不责备他。我觉得重要的不是这个，而是在我和女邻居走进去的时候，他那样恶狠狠地盯着我，他从来没有用这种眼神看过我。"他终于认真地看待我了！"

我暗自思忖，心都抽紧了。哦，如果我不爱他，我就不会因为见到他恨我而感到高兴的。

我终于打起了瞌睡，很快就完全睡熟了。我只记得在半梦半醒之中，瓦辛在做完了事情之后，认真地把东西收拾好了，朝沙发上的我看了一眼，然后脱去外套，把蜡烛熄灭。这时已经是半夜一点多。

四

差不多整整地过了两小时以后，我像半疯似的从睡梦中跳跃起来，坐在我的沙发上面。从那扇通往女邻居的门那里，传来了恐怖的叫声、哭声和呼号声。我们的房门敞开着，在有灯光的走廊里，人们呼喊着，奔跑着。我想喊瓦辛，但我猜到他已经不在床上了。我不知道到哪里去寻找火柴，摸到了我的衣服，匆匆忙忙地在黑暗中穿衣。显然，女房东，也许连房客们，全跑到女邻居们那里去了。只有一个声音在那里号哭，也就是年纪老的那一个的声音，而令我记忆犹新的那个年轻姑娘的声音，却始终听不见。我记得这就是我当时冒出的一个念头。我还没有来得及穿衣服，瓦辛就匆忙地走了进来。他用娴熟的手一下子找到了火柴，点上了蜡烛。他只穿着内衣、睡袍和拖鞋，于是他立刻开始换衣服。

"出了什么事情？"我大声问他。

"一件很糟糕，而且极麻烦的事情！"他几乎愤恨地回答，"您说的那位年轻的女邻居在自己的屋内上吊死了。"

我一听，简直叫了出来。我不能传达出我的心中痛楚到什么样的程度！我们跑到走廊里。说实话，我不敢走进女邻居的屋里去。后来在人家把她解下来的时候，我才看到这个不幸的女人，还是距离得远远的，那时候她用被单蒙上，被单里露出两只尖尖的脚跟。不知为什么，我简直没有看她的脸。她母亲的状况十分可怕，女房东正守在她身边，但女房东倒并不怎样害怕。所有的房客全聚在那里。人数并不多，总共只有三个：一个老迈的水手，平时总是喜欢唠唠叨叨，好挑剔人家，但现在却一声不响；还有一对刚从特维尔省来的老夫妇，极可尊敬的文职人员。我不再描写这剩下来的一夜的情形，种种的麻烦和官厅人员前来调查的情形；一直到天明为止，我浑身都在微微颤抖，但我认为自己不应该回去接着睡下去，虽然我什么事也不做。况且大家都露出异常活泼的神色，甚至有点特别振奋的样子。瓦辛甚至还上什么地方去了一趟。女房东原来是一个极可尊敬的女人，比我所猜想的要好得多。我对她说，把那个母亲一个人留在女儿的尸体旁边颇不妥当，所以请她让她搬到自己的屋里去，哪怕住到明天再说。我这话竟把她劝动（我认为我这个主意出得很好）。她立刻答应了。那个母亲无论怎么挣脱和哭泣，拒绝离开女儿的尸体，后来还是走到房东屋里去了。女房东立刻叫人烧起茶炊。随后，房客们也全都回到自己屋里去，关上了房门。但我到底不肯躺下去睡觉，许多时候坐在女房东那里。她甚至也颇欢迎一个多余的人在场，何况这个人还能告诉她关于这件事的某些情况。茶炊很有用处。一般来讲，在发生一切灾祸和不幸的时候，尤其在发生可怕的、突来的、奇特的灾祸的时候，茶炊总是俄罗斯人最不可缺少的东西。此刻，连那位母亲都喝了两杯茶，当然是在经过了旁人殷勤的请求，甚至强逼之后。说实话，我从来没有看见过像在这不幸的女人身上所发现的那样毫不掩饰的痛苦。她在发作了最初的一阵呜咽和歇斯底里症之后，甚至极乐意说起话来。于是我贪婪地倾听她的讲述。有些不幸的人们，尤其是女人，在遇到这种情形的时候，甚至必须让她们能够多多地说话。此外，有一些可以说是备受苦难折磨的人，一辈子受着许多苦，无论是大难还是连续不断的小难，他们都忍着，忍受过许多许多，所以不管发生什么不幸，也不管碰上什么飞来横祸，他们都不再感到意外，甚至在自己心爱的人的棺材前面，也不会忘记任何一个迎合他人的规则。

这是他们花了很贵的代价才获得的处世经验。我并没有责难的意思,因
为这并不是出于庸俗的自私心,也不是缺乏教养的粗俗。在这些人的心
灵里,比起那些外表十分高尚、受人尊敬的女人来,也许能找到更多的
闪光点。可是,长期受苦的习惯,自我保护的本能以及长期担惊受怕的
体验,最终起了作用。在这点上,那位可怜的自杀者并不像她的母亲。
不过她们两人脸似乎相像,虽然死者的容貌并不见得难看。这位母亲年
纪还不算大,将近五十岁,头发也是金黄色的,眼睛和脸颊陷了下去,
牙齿又黄又大,而且不整齐。她身上的一切都有点儿发黄:脸上和手上
的皮肤颇像牛皮纸,那套栗色的衣服由于老旧也完全变成了黄色,而右
手食指上的一个指甲,不知为什么,还精细地涂上了一层黄蜡。

　　这位可怜的女人的叙说,有些地方是不连贯的,甚至是前言不搭后
语。下面我就根据自己所了解并记住的来叙述。

五.

　　她们从莫斯科来。她早已守着寡,"然而她还是七等文官的夫人"。
虽说丈夫生前做官,但死后却几乎什么也没有留下,只有两百卢布的抚
恤金。但两百卢布够做什么呢?然而,她还是把奥莉娅养大了,送到中
学去读书……"她那种求学的样子,那种求学的样子,真是勤奋呀!毕
业的时候领到了一枚银质的奖章……"当然,说到这里,这位母亲又流
了许久的眼泪。丈夫生前将一笔钱借给彼得堡的一个商人,几乎有四千
卢布。后来这个商人突然发了财。"我手里有字据,我就和人家商量,
人家说:你可以去问他要,一定会如数得到的……我开始向他要钱,商
人答应了,但却说,您自己来拿。我就和奥莉娅动身到这里来了,我们
已经到了一个多月。我的钱并不多,我们租下了这间房屋,因为这是所
有的房间中最小的一间,而且在正经的人家里面,那是你们自己看见

的。这对于我们是最要紧的，因为我们是没有经验的女人，每个人都能侮辱我们。我们先付了一个月的房租。我们到这里去，那里去。彼得堡的物价贵得要命，而我们那个商人竟翻脸不认账了。'我不认识你们，不晓得你们是什么样的人。'我的字据手续上并不完备，我自己明白。有人劝我：您可以到一个著名的律师那里去商量一下，他是教授，并不是普通的律师，而是法律专家，他一定会说出应该怎么办的。我把最后的十五卢布送给他了。那位律师走了出来，听了还不到三分钟，就说：'我看这事情，如果商人想还总会还的，不想还绝不肯还，一打官司，自己先要加上许多钱，所以最好是私下和解。'他还引证了一句《圣经》和我开玩笑，'和解吧，还在中途没有付出最后的钱的时候。'一面送我出去，一面笑。我的十五卢布就这样花没了！我回到奥莉娅那里，面对面坐着，我哭了。她没有哭，十分骄傲地坐在那里，心里非常愤恨。她一辈子老是这样，甚至在小的时候也是的。她从来不叹气，从来不哭，却坐在那里，露出威严的眼神，使我看着她甚至会害怕的。你们信不信：我真怕她，完全怕她，早就怕着；有时想哭出来，但是当她面前又不敢。我最后一次到商人那里去，在他那里哭了个痛快。'哭也没用！'商人这样说着，甚至听也不听。我应该对你们说实话，因为我们并不打算住许多时候，我们身边早就没有钱了。我开始把衣服送出去，就用当来的钱来维持生活。我们把身上的衣服全都当光了。她把最后的一件衣服交给我，我当时痛苦地哭了。她跺着脚，跳了起来，自己跑到商人那里去了。他的妻子已经死了。他和她谈了一会儿，就对她说：'您后天五点钟来，我也许有话跟您说。她回家时十分高兴：'他也许有什么要说呢。'当然，我也很高兴，但不知怎的，我的心咯噔了一下。我心想，也许会出什么事情，但又不敢细问她。第三天，她从商人那里回来，脸色灰白，全身颤抖，往床上一倒。我了解了一切，不敢问她。你们以为怎样？这强盗给她拿出十五卢布，说道：'如果我发现你是处女，我可以补给四十卢布。'就这么当着她的面说了出来，一点也不害臊。她对我讲，她当时就向他扑过去，想揍他；他把她推开，躲到另一间屋内，甚至还上了锁。但是，我从良心上说老实话，我们几乎没有钱吃饭。我们把一件兔皮的短大衣取出去卖掉了。她到报馆去刊登广告：代人补课，兼教数学，'哪怕补一次课给三十戈比也好'。从这以后，我甚至开始怕她了。她一句话也不和我说，在大街旁边一坐就是整整的几小时，望着对面的屋顶，忽然喊道：'哪怕去洗衣服，哪怕去挖土，我都干！'她只喊出这一句话，还跺着脚。我们在这里真是举目无亲，完全无处去借钱。我心想：'我们以后怎么办呢？'但是我怕和她说话。一天早晨，她睡在那里，醒了，张开眼睛，望着我，我坐在箱子上面，也望着她。她默默地站起来，走到我面前，紧紧地抱我。我们两人当时忍不住，全都哭了，互相握紧对方的手，不肯放开。这是她一生中第一次这样。我们这样互相挨紧地坐着的时候，你们那个纳斯塔西娅走进来说道：'外边有一位太太在找您，打听您。'这件事情是在四天以前发生的。那位太太走了进来，我们一看，她穿得很好，说的虽然是俄国话，但好像是德国口音。她说：'您是不是在报上刊登广告教授功课？'我们当时很欢迎她，她笑得那样地和蔼。她说：'不是我要聘请教师，我的侄女有小孩要补课。要是您愿意，请您到我们那里去谈一谈。'她写下了一个地址：沃兹涅先斯基桥，某号公寓内，某住宅。她写完就走了。奥莉娅就到那里去，当天就去了，过了两小时后回家来，发作了歇斯底里症，浑身哆嗦着。她后来讲：'我问看门人，某号住宅在哪里？'看门人看了她一眼，说道：'您到那个寓所里去有什么事？'他这句话问得那样奇怪，本来是可以警觉的。但是她向来独断专行，又没有耐心，受不住这样的盘问和无礼的话语。'你要去就去吧！'他说着，用手指朝楼梯上一指，然后回转身，走进小屋里去了。你们以为怎样？她一走进去，就立刻从四处跑来了一些女人：'请进吧！请进吧！'那些女人全笑着，奔跑着，脸上搽满胭脂，非常难看，有的还弹钢琴。他们把她拉进去。她说：'我本来想转身就走，但她们不肯放开我。'她当时就害怕起来，两脚发软。人家不肯放她出去，和蔼地说话，竭力劝她，还开了一瓶黑啤酒，端过来请她喝。她跳了起来，高声叫喊，身体哆嗦着：'放我走！放我走！'她奔到门前，把门守住，她号哭起来。刚才来过我们这里去的那个女人立刻跳了出来，朝奥莉娅的脸颊上打了两下，把她推出门外，说道：'你不配留在豪华的房子里面！'另一个女人朝楼梯下喊：'你自己跑来求我们收留的，因为没有钱吃饭，我们才不要你这种贱货呢！'她整夜躺在那里，发着寒热，说着谵语，第二天早晨，眼睛闪耀着，立起身来，就想出去，说道：'我要到法院去告她，我要上法院去！'我没出声，心想就算法院受理，有什么证明呢？她走来走去，两手搓着搓着，眼泪直流，嘴唇咬得紧紧的，也懒得动。从那时起，一直到临死前，她的脸完全露出阴郁的神色。到了第三天，她的心里轻松些了，沉默着，好像平静下来了。下午四点钟的时候，韦尔西洛夫先生就光临了。

"说实话：我至今还不明白，以奥莉娅那样不肯信任人的性情，当时怎么竟会从开始说第一句话时就相信他了呢？当时最吸引我们两人的是他具有一种正经的态度，甚至是严肃的态度，说得轻声轻气，那样的有礼貌——简直不是有礼貌，甚至是那样尊敬，看不出任何诡诈的样子：人家来这儿分明是出于一片好心。他说：'我在报上看见您的广告，您写得不大对，这样反会妨碍您自己的事情的。'他开始解释。老实说，我没有听明白，大概是关于数学的话，但是我看奥莉娅脸涨得通红，似乎来了精神，不但听愿意听他解释，而且还乐意和他交谈（他大概是很聪明的人）！我听见，她还向他道谢。他详细地问了她的一切情形，显然他在莫斯科住了许多时候，还和中学校的女校长相识。他说：'我一定可以给您寻到教课的，因为我在这里有许多熟人，甚至还可以向许多有权势的人请求，所以即使您想谋得一份全职的工作，也可以想办法的……暂时请您恕我提出一个直率的问题：现在我能不能有什么帮你们的地方？并不是我给你们，而是你们给我快乐，如果你们能允许我帮你们的忙。即使这算是您向我借的，您只要一找到工作，就可以在最短的时间内还给我。请您相信我的诚实的话。我以后如果陷入这种艰难的境况里去，而您反而过得很顺利，那么我也会来找您帮这种小忙的，我会打发我的妻子和女儿来的……'我不记得他所说的每一句话了，但我当时竟流下了眼泪，看见奥莉娅的嘴唇也由于感谢而哆嗦起来。她回答他道：'我可以收下来，因为我信任了一个诚实而且仁爱的人，这人可以充当我的父亲……'她对他说得很好，又简短，又恰当。她称他为'仁爱的人'。他立刻站起来，说道：'我一定给您弄到教课和事情，从今天起就着手，因为您的学历说明您完全可以胜任这份工作……'我还忘了说，他从一走进来的时候，就把所有她在中学里的证书全看过了，她拿出来给他看的，还亲自过问她各门功课的成绩……奥莉娅后来对我说：'母亲，他还查问过我各门功课的成绩呢，他真是聪明，在这个时代，跟这样一个既有修养又有学问的人谈话，真是难得……'她脸上露出了笑容。桌上放着六十卢布。她说：'母亲，你收起来吧。我们一找到工作，第一件事情，就是赶快把钱还给他，证明我们是正派的人。至于我们是懂礼的人，他早已看出来了。'接着她沉默了一会儿，我看见她呼吸沉重，忽然对我说道：'母亲，如果我们是粗暴的人，由于我们的骄傲，我们也许不会收下他的钱。我们现在收下了，那就证明我们懂礼，完全信任他，信任一个尊敬的、头发灰白的人，不对吗?'我开始不大明白，说道：'奥莉娅，为什么不能从一个正直的富人手里接受施舍，更何况他还是一个好心的人呢?'她皱着眉头，对我说道：'不，这不对，施舍是不需要的，但是他的'仁慈'是非常珍贵的。那笔钱最好完全不要收下来。只要他肯答应帮忙找事情，也就够了……虽然我们没有钱用。'我说：'好了，奥莉娅，我们的境况已经穷得不能不收的了。'当时我甚至还笑了笑。是的，我心里很喜欢，但是过了一小时后，她忽然对我说道：'那笔钱您等一等再花。'她坚决地说。'怎么了?'我说。'就这样。'她说了这么一句，立刻就顿住，不再出声了。整整的一晚上都没有出声，到夜里两点钟，我醒转来，听见奥莉娅在床上翻来覆去。

'母亲，您没有睡吗？''嗯，没有睡。'我答道。她说：'您知道，他是想侮辱我呢？'我说：'你这是怎么了？你这是怎么了？'她说：'一定是这样。这人一定是卑鄙的小人，您不要花去他的一个戈比呀。'我刚开始要劝，甚至在床上哭了，可她向墙边转过身去，说道：'您别说啦！让我睡觉吧！'第二天早晨，我一看她的脸色，完全不像样了。你们信不信，我可以在上帝审判的时候说：她当时就发疯了！自从那次在那座下流的房屋内受了侮辱之后，她的心……和大脑就完全糊涂了。那天早晨我一看到她，心里就犯疑，我担心极了，心想我得处处顺着她。她说：'母亲，他连地址都没有留下来。'我说：'奥莉娅，你说这话真是罪过。你昨天自己听见了，后来自己还夸奖他，感激得差点掉泪。'我刚说出这句话来，她就尖声地喊叫，跺着脚，说道：'您是旧式的妇女，您具有低劣的情感，您受了农奴制度下的教育！……'她还说了许许多多的话，抓起帽子，跑出去了。我追在她后面喊叫。我心想，她这是怎么啦？要到哪里去啊？结果，她跑到居民地址查询处里去，打听到了韦尔西洛夫住在那里，就回来了，说道：'今天我就把钱送还给他，立刻送去，朝他的脸上扔掷。他打算欺侮我，像萨夫罗诺夫一样（就是那个商人）。不过萨夫罗诺夫侮辱我，用的是粗暴的乡下人的方法，这一个却用了狡猾的伪善者的手段。'不幸的是，昨天那位先生忽然跑来打门，说道：'听见你们在那里讲韦尔西洛夫，我可以告诉你们一点消息。'她一听到人家讲起了韦尔西洛夫，立刻和他缠上了，像发疯了似的一直说个没完。我望着她，觉得奇怪：她本来是沉默寡言的，从来不和谁这样说话，而现在竟和完全不相识的人谈起来了。她的脸颊发烧，眼睛发亮……而他的话又正中她的下怀。他说：'小姐，您说得很对。韦尔西洛夫就和报纸上所描写的此地的将军们一模一样。有一位将军打扮得十分整齐，戴上各种勋章，跑到登报待聘的女教师家去，寻找他所需要的那种人，如果找不到他所需要的那种人，就坐一会，说说话，答应一阵，就走了——反正也得到了消遣。'奥莉娅甚至哈哈地笑起来，不过笑得十分凶恶，而这位先生竟抓住她的手，把她的手拉到自己的心上，说道：'小姐，我自己也有财产，永远可以帮助一个漂亮的姑娘，不过最好让我先吻一吻她的小手……'说着，就要硬吻她的手。她跳了起来，我也一块儿跳起来。我们两人把他赶走了。奥莉娅在黄昏以前从我身上取了钱，跑出去了，一会儿回家来，说道：'母亲，我对这个不正派的人进行报复了！'我说：'奥莉娅呀，奥莉娅呀，我们也许自己剥夺了自己的幸福，把一个正直的、慈善的人侮辱了！'我忍不住，恼恨得哭了。她朝我喊：'我不愿意！我不愿意！即使他是极正派的人，我也不愿意接受他的施舍！我不愿意人家怜悯我！'我躺了下来，一点也没有想到：我们墙上的那只钉子本来是挂镜子用的，我看了它多少次，我没有想到，昨天和以前都没有想到这层，一点也没有猜到，绝对料不到奥莉娅会这样的。我平常睡得很熟，还打呼噜，那是因为血尽往我的头上涌，有的还涌到心里。我在梦中呼喊出来，奥莉娅夜里把我叫醒，说道：'母亲，您怎么睡得这样结实，怎么也叫不醒您。'我说：'奥莉娅，真是睡得结实，真是结实。'今天夜里大概我又打呼噜了，她等到这时，就从床上起来了。那根皮带原本是捆皮箱用的，很长，放在眼底下已经整整一个月了。我昨天早晨还想：'应该把它收拾起来，免得这样乱放。'那只椅子是后来用脚踢开的，为了不发出响声，她把自己的裙子垫在旁边。我大概过了许多时候，过了整整一小时，也许还多些，我才醒过来叫喊：'奥莉娅！奥莉娅！'我似乎一下子就觉得出了什么事，继续喊她。也许是因为我没有听到她在床上的呼吸声，或者在黑暗中看出床上好像是空的。我突然爬了起来，用手一摸，床上没有人，枕头是冷的。我的心马上一沉，我站在那里好像失去了知觉，大脑模糊了。我心想：'也许她出去了吧！'然后在床旁跨了一步，我看见她好像站在门旁的角落里。我站了一会，没有说话，望着她，她好像也在黑暗中望着我，一动不动……我心想：'她为什么站在椅子上面呢？''奥莉娅！'我低声唤她，心里很害怕，'奥莉娅，你听见我说话吗？'突然，我好像一下子明白过来了，我又跨了一步，向前伸出两手，一直伸过去抱住她，可她在我手里摇晃着。我抓紧她，她还是摇晃着。我终于明白了一切，但是不愿意明白……我想喊，但是喊不出来……完了！我扑通一声倒在地板上了，当时就喊了出来……"

"瓦辛，"早晨五点多钟的时候，我对他说，"如果不是您的斯捷别利科夫，也许不会出这事情的。"

"谁知道，一定会出事情的。这种事情是不能这样看，即使没有他介入，事情也已经有了因由……这个斯捷别利科夫有时候……"

他没有说完，很不愉快地皱了皱眉头。七点钟时，他又走出去了，他一直在那里张罗着。我终于独自留在屋内。天已经亮了。我的头有点晕。眼前仿佛浮现出韦尔西洛夫的身影：这位太太的诉说，使人对他有另一种看法。为了寻思起来方便些，我斜躺在瓦辛的床上，因为我已经穿好了衣服，还穿着皮靴，所以只想躺一会，完全没有睡觉的心思，谁知一下子睡着了，甚至不记得怎么会睡着的。我几乎睡了四小时，谁也没有来叫醒我。

第十章

一

　　我在十点半钟左右醒了过来，竟许久不肯相信自己的眼睛：我的母亲坐在我昨天睡觉的那张沙发上面，她旁边还坐着那个不幸的女邻居——自杀者的母亲。她们两人互相拉着手，微声地谈话，大概为了不把我吵醒。两人都哭泣着。我从床上站起来，一直奔过去吻母亲。她露出满脸的笑容，吻我，还用右手画了三次十字。我们来不及说出话来，门一开，韦尔西洛夫和瓦辛走了进来。母亲立刻站起来，把女邻居领走了。瓦辛和我握手，韦尔西洛夫没有对我说一句话，就坐在躺椅上面。他和母亲显然已经来了一会儿。他眉头紧皱，满脸的忧虑。

　　"我最觉得可惜的是，"他不慌不忙地对瓦辛说，显然继续已经开始的谈话，"我没能在昨天晚上处理好一切，否则一定不会出这可怕的事情的！再说时间还来得及，当时还不到八点。昨天她从我家里一跑出来，我就想立刻决定跟她到这里来，对她劝解，可又偏偏碰上了一件意外的紧急事情，其实这件事我完全可以推迟到今天……甚至可以延到一星期以后的，这桩可恨的事情竟阻碍了一切，破坏了一切。两件事情就这么凑在一起！"

"也许您也劝不了她。除去你那桩事情以外，大概她的心里已经全是怨恨，而且这怨恨已经到了极点。"瓦辛不经意地说。

"不，我本可以劝服她，一定能够劝得了的。我还曾想着打发索菲娅·安德烈耶芙娜替我去一趟的，当时脑子闪过了这个念头，但也只不过闪过罢了。索菲娅·安德烈耶芙娜一个人就可以说服她，使这不幸的女人留在人世的。我以后永远不再管闲事……做什么'好事'了……我一辈子只管了一次的闲事，我以为我还没有掉在时代的后面，我以为我还能了解现代的年轻人。是的，我们老一辈的人，在还没有成熟以前就老了。顺便说说，确实有许多当代人，由于习惯的原因，还认为自己是年轻的一代，就因为昨天他们还是这样的一代，而实际上，他们已经在不知不觉中被时代给淘汰了。"

"这里发生了一个误会，一个十分明显的误会，"瓦辛乖巧地说，"她的母亲说，她在妓院内受了残忍的侮辱以后，似乎丧失了理智。再加上她的境况，最初从那个商人那里所受到的侮辱。……所有这一切，在以前时候也可能同样会发生过的，据我看来，这根本不能说明真正意义上的现代年轻人的特点。"

"她有点没有耐心，现代的年轻人是没有耐心的，当然，对于现实也缺乏了解，这种了解是任何的时代中一般的年轻人所特有的，但是现在的年轻人却似乎更加特别些……请问，斯捷别利科夫先生在这里说了些什么话？"

"斯捷别利科夫先生是造成这一切的主要因素，"我忽然插进去说，"没有他，什么事情也不会发生的，是他火上加油。"

韦尔西洛夫听着，但没有看我。瓦辛皱着眉毛。

"还有一个荒唐可笑的情况，我也要责备自己，"韦尔西洛夫继续不慌不忙地说，依旧把话音拉得很长，"大概由于我的一种坏脾气，当时我竟在她面前显露出一点愉快的心情，发出了浅薄的笑。一句话，我还不够生硬、冷淡和阴郁，而这三种性格似乎又是现代年轻人所看重的……总之，我使她有理由把我当成一个浪荡的人。"

"完全不对！"我又生硬地插嘴道。"她的母亲特别地指出，您那份严肃、正派和诚恳的态度，给她留下了良好的印象，这是她自己亲口说出来的。死者在您走后自己也这样夸奖您。"

"是吗？"韦尔西洛夫含含糊糊地说了一句，终于看了我一眼。"请您把这张纸收起来，要了结这事少不了它的。"他把一张纸片递给瓦辛。瓦辛接过纸片，见我好奇地望着，便递给我看一下。这是一张字条，上面有铅笔歪歪斜斜地写了两行字，也许是在黑暗中写下的：

"亲爱的母亲，我中止了我的生命中的第一次演出，请您饶恕我吧。使您伤心的女儿奥莉娅绝笔。"

"早晨才找到的。"瓦辛解释。

"多么奇怪的一张字条。"我惊异地喊出。

"有什么奇怪的？"瓦辛问。

"难道在这种时候还可以写幽默的词句吗？"

瓦辛疑问地看我。

"而且这幽默也很奇怪，"我继续说，"这是中学里同学中间用的套话……谁能在这种时候，在写给不幸的母亲的字条上，写着'中止了我的生命中的第一次演出'的话呢？要知道，母亲是爱她的呀！"

"为什么不能写呢？"瓦辛还是不明白。

"这里面并没有一点幽默，"韦尔西洛夫终于说，"当然，这样的措辞不大合适，语气也完全不对，也确实是从中学同学间流行的套话，或者从什么小品文里产生出来的，但是死者在这张可怕的字条里使用这种措辞，却完全是坦白而且正经的。"

"这是不可能的，她中学毕业，还领到了银质的奖牌。"

"银质的奖牌是说明不了什么的。现在有许多人毕业时都得到过呢。"

"又要引到年轻人身上去了。"瓦辛微笑。

"一点也不！"韦尔西洛夫回答他，从座位上站起来，拿起帽子。"如果说当今的一代人文字功底不怎么样的话，可他们却毫无疑问地拥有……别种优点，"他异常正经地补充他的意见，"再说'许多人，并不是''全体'，譬如说您吧，我就不能责难您文字功底差，而您还是一个年轻人。"

"瓦辛并没有在'演出'的名词里发现有什么不好呀！"我忍不住要说出这句话来。

韦尔西洛夫默默地把手伸给瓦辛，瓦辛也拿起帽子，准备和他一块出去，还对我说："再见吧！"韦尔西洛夫走了出去，没有理会我。我也不能再虚耗时间：我无论如何要出去寻觅寓所——现在比任何时候都需要！母亲不在女房东那里，她走了，带着女邻居一起走了。我走上街去，显得似乎特别有精神……心里油然生出一种强烈的新感受。而且一切都好像在有意促成这种感受。我异常迅速地碰到了机会，找到了完全合适的一间寓所。关于寓所以后再说，现在先把主要的事情讲完。

刚过一点钟，我又回到瓦辛家里取皮箱，恰巧又遇见他在家。他看见了我，带着快乐和诚恳的态度喊道：

"我真高兴能遇到您，我正想出去！我可以告诉您一件事，相信您一定会感兴趣的。"

"我相信会的！"我喊道。

"瞧！您的神色多么好呀。请问您，您知道不知道有一封信，本来是克拉夫特保存着的，昨天交到韦尔西洛夫手里，恰巧就是关于他胜诉的那桩遗产案件？立遗嘱人在这封信里解释自己的意志，和昨天法院判决的完全相反。这封信是在很久以前写的。总之，我还不知道确实的详情，您知道不知道呢？"

"怎么会不知道。克拉夫特前天为了交给我这封信，把我从那些先生那里带到他家里去，我昨天把它转交给韦尔西洛夫了。"

"是吗？我就是这样想的。您想一想，韦尔西洛夫刚才在这里所说的那桩事情，就是妨碍他昨天晚上到这里来劝服这位姑娘的事情，原来就是为了这封信的关系。韦尔西洛夫昨天晚上就一直跑到索科利斯基公爵的律师那里，把这封信转交给他，并且自行拒绝接受他已经胜诉的那笔遗产。现在，他的拒绝已经具备了法律的形式。韦尔西洛夫不是赠予，而且在这文件里承认公爵们的全部权利。"

我惊呆了，但是心里很愉快。老实说，我开始以为韦尔西洛夫会把那封信毁掉的，虽然我对克拉夫特说，这是不正直的行为，虽然我当初自己在小饭馆里时，反复地这样想过，还说："我是来找一个纯粹的人，而不是来找这种人的。"然而，在我心灵的深处，我却认为除了把这文件完全毁灭以外，没有其他的办法。也就是说，我认为这是一件极普通的事情。即使事后我故意责备韦尔西洛夫，也不过是故意做出来的表面行为，也就是说，用以维护我高出于他的局面。但我现在一听到韦尔西洛夫做出了这种高尚的行为，我却充满了真诚的欢欣，同时用忏悔和羞愧来责备我的无耻和对于善行的冷淡，顿时把韦尔西洛夫抬得比我无限的高，我几乎要拥抱瓦辛了。

"一个了不起的人！真是一个了不起的人！谁能做出这种事情呀？"像在沉醉中呼喊着。

"我很同意，有很多人不会做这种事情的……无疑地，这行为是极公正无私的。然而……"

"'然而'，……您说下去啊，瓦辛，您的'然而'下面是什么？"

"是的，当然还'然而'的：依我看，韦尔西洛夫的行为有点儿仓促，有点不自然。"瓦辛微微一笑。

"不自然吗？"

"是的，这样做似乎有点'意气用事'。因为不管怎么说，他本来可以既做到光明磊落，又不损害自己的利益。即使以最保守的态度来看待这场官司，那么就算不是遗产的一半，至少也有一部分现在可以归属于韦尔西洛夫，更何况这封信并没有决定的意义，而且他已经把官司打赢了。就连对方的律师也这样认为，我刚才和他谈过的。那样做的话，同样是高尚的举动，但由于自尊心在作怪，才使事情变成了另一个样子。主要的是韦尔西洛夫先生太激动了一点，行事也太仓促了，况且他自己刚才还说过可以延迟到一个星期以后的……"

"您想听我说说吗，瓦辛？我不能不同意您的看法，但是……我更爱这样做，更喜欢他这样做！"

"这和趣味有关。要不是您自己引起我说话，我就不说了。"

"即使这样做是'意气用事'，那也是好的！"我继续说。"'意气用事'虽然听起来不怎么样，但它本身却很可贵。这个'意气用事，毕竟也是一种'理'，当今有些人的心里没有了理想，不见得更好，虽然这'理想'甚至带着小小的丑样，但还是有理想好！您自己一定也这样想，瓦辛，我的亲爱的瓦辛！总之，不用说，我是在信口开河，但你应该明白我的意思。就因为您是瓦辛，所以您能明白，不管怎么说，我要拥抱您，吻您，瓦辛！"

"因为高兴吗？"

"太高兴了！因为这个人是'死而复活，失而复得'！瓦辛，我是个坏透了的小孩，比不上您。我之所以自己承认，是因为在有些时候我完全不一样，要高明些，也深刻些。前天我曾当面恭维您几句（我恭维您只是因为我受了耻辱和压迫），为了这个缘故，我整整地恨了您两天！我在那天夜里发誓永不到您家里来，昨天早晨是带着恶意上您这里来的，您明白不明白，是由于恶意上您这里来的。我一人坐在这里的椅子上面，批评您的屋子、您自己、您的每一本书以及您的女房东，竭力侮辱您，取笑您。"

"这种话不应该说出来……"

"昨天晚上，从您的一句话里，我断定您并不了解女人，我为了能够捉住您的缺点而感到高兴。刚才在那句'演出'的话又把您捉住了——又异常高兴起来，全是因为那一次自己夸奖了您的缘故。"

"那当然喽!"瓦辛终于喊出来了(他继续微笑，一点也不对我露出惊讶的样子)，"要知道事情总是这样，几乎人人都这样，甚至做起来很开心，只不过没有人承认罢了，再说也根本无须承认，因为不管怎么说，这总会过去的，出不了什么事。"

"难道大家都这样吗?大家全是这样的吗?您说出这话来的时候，竟这样冷静吗?要知道抱着这样的看法是没有办法生活下去的!"

"那么照您的说法:颂扬我们的欺骗比卑劣的真理更为珍贵?"

"但这是很对的，"我喊道，"这两句诗里含有神圣的原理!"

"我不知道，我不想评判这两行诗的是非。想来真理总是取乎其中:也就是说，在一种情况下是神圣的真理，可在另一种情况下却是谎言。我能确知的只有一点:这个思想还要成为人们争议的一个要点。不管怎么说，我看得出您现在高兴得手舞足蹈。那就手舞足蹈吧——活动活动对身体是有益的，可今天早上我偏偏有许多事要做……我和您说话耽误了!"

"我走，就走，立刻走!只想说一句话，"我一面喊，一面抓起皮箱，"如果说我刚才又'讨好'您，那是因为我走进来的时候，您带着诚恳的愉快把这段事实告诉给我听，并且为了遇见了我而显得那样的'高兴'，而这一切发生在刚才的'演出'之后。您用这诚恳的愉快一下子把我的'年轻的心'又转到您的方面去了。唔，再见吧，再见吧，我要努力不常来，我知道这会使您十分愉快的，我从您的眼里就看得出来，这样甚至对我们两人都会有利的……"

我一面乱说一阵，说得几乎喘不过气来，一面拖起皮箱，乘车上自己的寓所里去了。最使我高兴的是，韦尔西洛夫刚才一定生我的气，所以不想和我说话，不想看我。我把皮箱搬到寓所之后，立刻跑到我的老公爵家里去了。而关于韦尔西洛夫的事情，我想他一定已经知道了。

二

我就知道他非常欢迎我。我敢发誓，即使没有发生韦尔西洛夫的事情，我今天也会上他家去。在此之前，因为想到在那里也许会遇到卡捷琳娜·尼古拉耶芙娜，所以会感到害怕，但现在我已经没有什么可害怕的了。

他高兴得开始拥抱我。

"韦尔西洛夫那件事！您听说了没有？"我一开口就说到主要的问题。

"我亲爱的朋友，这件事真是太高尚了，太正直了，总之，甚至给基利扬（楼底下的那个办事员）也留下了强烈的印象！从他这方面来说，这么做不大合理，但这是光明正大的举动，是一个理想！理想是应该珍视的！"

"果真是这样吗？果真是这样吗？我和您的看法永远是相同的。"

"我的亲爱的，我和你的看法永远是相同的。你现在在哪里住？我真想亲自上你那里去，但不知到哪里可以找到你……因为我总归不能到韦尔西洛夫家里去……虽然现在，在出了这一切的事情以后……你知道，我的朋友。我觉得，他就用这个来征服女人，就用这种性格，这是毫无疑问的……"

"我先说一件事，免得待会儿忘记，这是我专门为您记住的。昨天有一个小丑当着我的面骂韦尔西洛夫，说他是什么'女人的先知者'，这个说法怎么样？说得多么妙呀？我是为您记住的……"

"'女人的先知者'！Mais... C'est Charmant（法文，译为"可是

……这太妙了")！这句话很符合他的身份，也就是说并不符合！……
嘻……但是这句话真是准确……也就是说并不准确，但是……"

"不要紧，不要紧，您不必感到惭愧，只要把它看作一句有趣的俏
皮话就好了！"

"真是一句有趣的俏皮话，具有极深刻的意义……完全准确的观念！
你信不信……总之，我要告诉你一个小小的秘密。你那天注意到那个奥
林皮阿达了吗？你信不信，她有点想念安德烈·彼得罗维奇呢，她甚至
好像对他有点意思……"

"有点意思？但她需要不需要这个东西！"我喊着，气愤地露出轻蔑
的表情。

"我的亲爱的，你不要喊，这很对，从你的眼光上看来，你的话很
对。我的朋友，上次你见到卡捷琳娜·尼古拉耶芙娜时，你当时是怎么
啦？身体摇摇晃晃的……我还以为你会跌倒呢，我想跑过来扶你。"

"现在不要说这件事情。唔，总之，我感到了一点惭愧，为了一个
原因……"

"你现在竟又脸红了。"

"好啦，您不要扯远了。您知道，她和韦尔西洛夫有仇……就因为
这一点，我当时就慌乱起来了。唉，先不要去管它，以后再说吧！"

"好，不要管它，不要管它，我也不想管这个……总之，我对她也
很有些不对的地方。你记得，我那次甚至在你面前抱怨过的……你忘记
了这个吧，我的朋友。她将会改变对你的看法，这一点我预感到了……
瞧，谢廖扎公爵来了！"

一位年轻漂亮的军官走了进来。我贪婪地望着他，我还从来没有看
见过他。我之所以说漂亮，是因为大家都这样说，但是，在这年轻漂亮
的脸上，并不具有一点十分动人的样子。我觉察出这一点来，是从最初
的刹那间的印象上得来的。我最初对他的观察所得的印象一直刻印在我
的心里。他拥有瘦削的、美好的身材，头发深棕色，一张精神的、略带

黄色的脸，坚定的眼神。他那漂亮的，深黑的眼睛稍露威严的神色，甚至在他完全安静的时候也是如此。他那坚定的眼神之所以使人讨厌，是因为不知怎么回事，似乎感觉出这种坚定在他的方面是没有什么价值的。不过我不会形容出我的意思来……当然，他的脸会忽然从严肃变为十分亲切的、和蔼的、温柔的神色，而且关键是这种变化无疑十分诚实。就是这诚实吸引了人。我还瞧出一个特点：这脸虽然和蔼而且诚实，但从未变得快乐过，甚至在他发自内心的大笑时，你总觉得他的心里似乎永远不会有真正的、光明的、轻松的快乐……然而，这样描写脸色是极难的。我完全不会。这时，老公爵立刻跑过来替我们做介绍，还是按照他那愚笨的方式介绍我。

"这位是我的年轻的朋友，阿尔卡季·安德烈耶维奇·多尔戈鲁基（又是安德烈维奇。安德烈耶维奇是父称，说明阿尔卡季的父亲是安德烈，也就是韦尔西洛夫。但多尔戈鲁基这个姓又说明他不是韦尔西洛夫家的人——即不是韦尔西洛夫的儿子）。"

年轻的公爵立刻露出加倍的客气的脸色转身朝我看，很显然，我的名字对他来说，还完全陌生。

"他是……安德烈·彼得罗维奇的亲戚。"我那令人气恼的公爵喃语着（这些小老头儿连同他们那迂腐的习惯，有时真让人气恼）！年轻的公爵立刻猜到了。

"啊！我早就听见过的……"他迅速地说，"我很荣幸，去年在卢加和您的妹妹莉扎韦塔·马卡罗芙娜认识……她也跟我讲起过您来的……"

我甚至惊异起来：他的脸上露出十分诚恳的愉快的样子。

"容我说一句，公爵，"我喃语着，把我的两只手缩了回来，"我应该诚恳地对您说一句，我很高兴，我能在我们的可爱的公爵面前说这话，我甚至极愿意和您相见，最近还愿意和您相见，还在昨天的时候，但完全带着另一种目的。无论您会觉得怎样惊异，我都要直率地说出来。简单地讲，我打算找您决斗，为了半年前您在埃姆斯对韦尔西洛夫所施行的侮辱。当然，您也许不肯接受我的挑战，因为我只是个未成年的少年，但是无论您接受不接受，无论您怎样办，我总归要对您提出来的……说实话，甚至现在我还抱着这个目的。"

老公爵后来对我说，我这几句话说得气度非凡。

公爵的脸上露出了一种诚恳的悲哀。

"只是您没有让我把话说完，"他用加重的语气答道，"如果我对您所说的话完全出于至诚，那全是因为我现在对于安德烈·彼得罗维奇有了真正的认识。很可惜，我现在不能把一切事实告诉您，但我可以用我的人格向你担保，对于我在埃姆斯所做出的不幸的行为，我早就已经深感后悔了。我动身到彼得堡来的时候，我就决定尽一切可能让安德烈·彼得罗维奇满意，也就是说，按照他本人指定的方式，直截了当地向他公开道歉，请求他的饶恕。而我之所以改变看法，是因为受到了高尚和雄伟的影响。因此，我们打官司这件事也丝毫没有影响到我的决心。他昨天对我的行为，使我的心灵受到了强烈的震撼，甚至在现在这个时候，您信不信，我似乎还没有回过神来。我现在应该告诉您，我上公爵这里来，也是为了告诉他这桩极紧要的事情：三小时以前，也就是在他和律师立据的同时，安德烈·彼得罗维奇派他的全权代表到我家里来，代表他向我提出决斗……为了埃姆斯的那桩事件正式提出决斗……"

"他对您提出了吗？"我喊着，顿时觉得两眼放光，血涌到了脸上。

"是的，他提了出来，我当时立刻接受了，但在我们见面交手以前，我决定先给他写一封信，陈述我对自己以前举动的看法，还对于这可怕的错误表示忏悔……因为这不过是一个错误——不幸的、命定的错误！我要对您说，我在军营中的地位，使我感觉这样做是近于冒险的……您明白吗？但是，不管怎样，我已经决定了，不过还没有来得及发出信去，因为在提出决斗的一小时后，我又从他那里接到一封短信，他在信中请求我原谅他刚才的打扰，让我忘掉他提出的决斗的要求，还补充说，他对于'自己这种懦怯和自私的一时的冲动深为遗憾'——这是他的原话。这样一来，也就减小了我送这封信的必要性。这封信我还没有发出去，现在我过来把这件事情告诉公爵一声……您信不信，我自己由于良心上的责备，所受的痛苦，也许比任何人还厉害……这样的解释您认为满意吗，阿尔卡季·马卡罗维奇？至少现在，暂时，您认为满意吗？您能不能完全相信我的诚恳呢？"

我完全被征服了。我看见了完全意料不到的，无可置疑的坦率。我喃声地作答，把两手一直向他伸出。他快乐地握住我的手摇了摇。后来他把公爵引出去，在他的卧室里谈了五分钟的话。

"如果您愿意赏光的话，"他从公爵的卧室里出来时，大声而且诚恳地对我说，"那么现在请和我一块儿去，我可以把那封现在就想送给安德烈·彼得罗维奇的信，和他给我的信一块儿拿出来给您看。"

我十分高兴地答应了。我的公爵送我出去的时候，显出忙乱的样子，也把我叫到卧室里去了一会。

"Mon ami（法文，译为"我的朋友"）。我真是高兴，我真是高兴！……这些我们以后再谈吧。顺便说一下，在我的公文包里恰巧有两封信：一封应该送去，并当面说明一下；另一封信送到银行去，在那儿也要……"

接着他向我交代两桩似乎不能延缓的事情，似乎必须用特别的劳力和精力去做。而且必须要我亲自送去，正式呈交、签字，等等。

"您呀，真是狡猾的人！"我在接下信的时候喊了出来，"我敢发誓，这一切完全是无关紧要的，这里并没有什么事情，这两桩委办的事情是您故意想出来，使我相信我在您这里有事可做，不是白拿您的钱！"

"Mon enfant，我敢发誓，你弄错了：这是两桩不能延误的事情……Cher enfant！"——他突然异常激动地喊了出来，露出特别可爱的样子。"我可爱的年轻人（他把两手放在我的头上）！我祝福你和你的命运……我们永远要像今天似的心地诚恳……努力做好事，做好人……我们将要爱一切好的事情……在一切不同的形式里……我祝福你!"

他没有说完,就对着我的头啜泣起来。说实话,我几乎也哭了,至少很诚恳,而且愉快地抱住我的这个奇怪的老头儿。我们热烈地吻着。

三

谢廖扎公爵(也就是谢尔盖·索科利斯基公爵,我以后要这样称呼他),把我放在漂亮的马车上带到他的寓所里去。首先使我惊讶的是他寓所的豪华。我并不是说真正的豪华,但这座住宅和那些"上流社会人士"所住的豪宅一样:有许多高大的、光亮的房间(我只看见两间,其余的是关上的),家具虽然不属于什么高昂的 Versailles 或 Renaissance(法文,Versailles 译为"凡尔赛宫",Renaissance 译为"文艺复兴"。均指高贵家具的古典风格,分别兴起于法国的 17 世纪,以及意大利 15—17 世纪初),但还柔软、舒适,而且十分大方;还有地毯、雕刻的木器、小铜像等。然而,大家都说他们家很穷,穷得几乎什么也没有。但我偶然听说,这位公爵到处摆阔,在这里,在莫斯科,在以前的部队里,在巴黎,又听说他是赌徒,欠了许多债。我身上的衣服揉得很皱,再加上全是鹅毛,因为我没有脱衣服就睡的,衬衫已经穿了四天。虽说我的礼服还不算十分差,但一走进公爵家,我就想起了韦尔西洛夫跟我提到过的定制衣服的劝告。

"您不会想到吧,我为了一个自杀的女人,竟穿着衣服睡了一夜。"我用漫不经心的神色说。由于他马上露出关注的表情,我于是把那件事情简单地讲了一下。但最使他关心的,显然还是他的书信。最让我觉得奇怪的是,刚才我公然向他宣布我想跟他决斗时,他不仅没有笑,甚至根本没有露出一点儿笑意。虽然我做到了使他不笑话我,但对他这种人来说,毕竟是怪事。我们面对面坐在屋子中央的一张大书桌前。他把已经准备好，而且已经抄写好的给韦尔西洛夫的信给我看。信的内容跟他刚才在老公爵家里告诉我的基本相同，写得甚至还很充满了激情。对于这种明显的坦诚和向善的一切准备，我还不知道最后应该采取什么样的态度，但已经开始让步。实际上我为什么不相信呢？无论他是什么样的人，无论人家讲他什么话，他到底是有极好的向善心的。我也看了韦尔西洛夫最后的一张字条，一共有七行，表示放弃决斗的提议。尽管他在这封信中确实写了"怯懦"和"自私"的话，但从整个上来讲，这封短信显出有点傲慢的味道……或者最好说，这整个举动透露出某种轻蔑的态度。不过，我没有把这意思说出来。

"但是，您怎样看待他放弃决斗呢？"我问，"您不认为他胆小吗？"

"当然不！"公爵微微一笑，但似乎笑得很严肃。总之，他开始变得越来越心事重重了。"我知道这人是勇敢的。而他放弃决斗当然有他独特的见解……他的思想境界……"

"这一点是毫无疑问的，"我热烈地插嘴说，"有一位姓瓦辛的人说，他对那封信的处理以及拒绝遗产的做法，包含着'意气用事'……据我看来，这种事情不是做给别人看的，而是符合他内心的基本要求的。"

"我和瓦辛先生很熟。"公爵说。

"啊，是的，您大概在卢加见过他的。"

我们突然对视了一眼，我记得，我大概有点脸红。至少我把谈话打断了。但我很想继续谈下去。一想起昨天我跟一个人谈话，便诱使我对他提出一些问题，不过我不知道怎样开口。总之，我似乎有点不自在的样子。他的举止是那些的文雅，显得彬彬有礼，没有丝毫勉强的姿态。总之，是那种从摇篮里就养成的风采，也使我感到惊愕。我在他的信里读到了两个极粗浅的文法上的错误。一般来说，在这类的交际场合中我从来不低首服气，而是露出特别严厉的态度。这样做有时也许很不好。但在眼下的这个场合，还有我满身的鹅绒，也增加了我这种妄自尊大的想法，因为我甚至有失检点，开始不拘礼节起来……我暗暗觉察到，公爵有时在全神贯注地打量我。

"请问您，公爵，"我忽然发问道，"在您看来，像我这么一个'乳臭未干的小儿'，竟想唤您出来决斗，而且还是为了别人所受的侮辱，您不觉得可笑吗？"

"父亲受了侮辱，也会使您自己感到侮辱的。我并不认为可笑。"

"我总以为这是很可笑的……在有些人看来……也就是说，当然，不是我自己的眼光。况且我姓多尔戈鲁基，而不是姓韦尔西洛夫。如果您对我说的是假话，或者为了交际社会上的礼节起见，说得轻松些，那么您在其余的一切事情里也会愚弄我的。"

"不，我并不觉得可笑，"他极正经地重复道，"难道您没有感觉到您的身上流着父亲的血吗？……固然您的年纪还轻，因为……我不知道……好像未成年的人不能决斗，也不能接受另一方面关于决斗的提议……照规矩说来……但是，不管怎么说，这里只有一条反对理由是有力的：如果您唤人出来决斗，却又瞒着被侮辱的人，那么这就表明您对他本人似乎也有点儿不敬，不是吗？"

我们的谈话忽然被一个仆人打断了。他走进来禀报什么事情。公爵似乎在等候着他，一看见他，就站了起来，没有把话说完，迅速地走到他面前去。那仆人向他小声报告，我当然什么也没有听见。

"对不起，"公爵对我说，"我过一分钟就来。"

说着就走出去了。我独自留在那里，在屋内一边踱步一边想。奇怪的是，我很喜欢他，同时又有点讨厌他。他身上有一种什么东西，我自己也说不出来，但使人觉得讨厌。"如果他一点也不取笑我，无疑地，他的为人是很直爽的；但是如果他取笑我，那么……我当时会觉得他更聪明些……"我就这样古怪地想道。我走近桌旁，又把他给韦尔西洛夫的信读了一遍。我的注意力被吸引住了，我甚至忘却了时间，等我回过神来的时候，忽然发现公爵所说的一分钟已经延长到整整的一刻钟了。这使我有点着急。我又来回地走了一遍，终于拿起帽子。我记得我决定走出去，在遇见什么人的时候，叫他去找公爵等，他一出来，就立刻和他告辞，说我有事情，再也不能久候。我觉得这样子最合礼貌，因为有一个想法在悄悄地折磨我，那就是他把我撇下这么久，对我这么怠慢，我心里就不是滋味。

这间屋子的两扇门都关着，在同一面墙的两头。我忘了我们是从哪一扇门走进来的，再加上我此时正心不在焉，于是我便随手打开其中的一扇门，突然在相邻的那间狭长的屋子里，看见我的妹妹丽萨正坐在沙发上。屋里除了她之外没有任何人，她自然在等候什么人。我甚至还没有来得及惊讶，忽然听见了公爵的声音，他正和一个人大声说话，回到书房里来。我迅速地把门关上，从另一个门走进来的公爵一点也没有觉察出来。我记得他开始道歉，还提到了某个安娜·费奥多罗芙娜的事情……但因为我既惭愧又惊愕，所以几乎什么也没有听清，只是喃喃地说我该回家了，接着便迅速地走出去了。不用说，极有教养的公爵对我的举止一定感到奇怪。他把我送到前厅，一直在那里说话。我没有答话，也不看他一眼。

四

我走到街上，转向左面走去，胡乱地走着，头脑里一片茫然。我慢慢地走着，似乎走了许多路，大概有五百多步路的样子，忽然觉得有人微微叩击我的肩膀。我转过身来，看见了丽萨。她赶到我身边来，用洋伞微微地叩击着我。她两眼发光，眼神里透出极大的快乐，还带着一点狡猾的样子。

"我真是高兴，你朝这边走着，否则我今天就会遇不到你了！"她因为走得快，有点气喘。

"你看你连气都喘不上来了。"

"还不是因为追你，所以一直跑着。"

"丽萨，我刚才遇见的是你吗?"

"在哪里?"

"在公爵那里……在索科利斯基公爵那里……"

"不，不是我。不，你没有遇见我……"

我不再出声。我们走了十来步。丽萨突然哈哈大笑起来:

"是我，是我，当然是我了! 喂，你听着! 是你自己看见了我的，你睁着眼睛望我，我睁着眼睛望你，你何必还要问我你遇见我没有的话呢? 你这个人呀! 你知道，你在那里睁大眼睛看我的时候，我真想笑出来，你露出太可笑的眼神。"

她笑得很开心，我感到所有的烦闷都一扫而光了。

"你跟我说说，你怎么会到那里去的?"

"去找安娜·费奥多罗芙娜。"

"哪一个安娜·费奥多罗芙娜?"

"就是斯托尔别耶娃呀。我们住在卢加的时候，我整天坐在她家里，她还接待母亲，甚至常到我们家去。她在那里差不多从来不上任何人家去。她是安德烈·彼得罗维奇的远房亲戚，和索科利斯基公爵们也是亲戚，要论辈分，公爵该叫她奶奶呢。"

"那么，现在她住在公爵家里?"

"不是的，公爵住在她家里。"

"那么，这寓所是谁的?"

"是她的，这寓所全部归她已经有一年了。公爵才来到，暂时住在她家里。她本人到彼得堡来才四天。"

"好啦……听我说，丽萨，什么她的寓所啦，她本人啦，全都去它的吧……"

"不过她的为人是很好的……"

"不要管她。我们自己是很好的! 你瞧这天气! 你瞧这多么好! 你今天真美呀，丽萨！但你的孩子气却让人担心。"

"阿尔卡季，你说说那个女郎，昨天的那个。"

"唉，真是可怜。丽萨，真是可怜！"

"唉，真是可怜！命运太不公了！你知道，我们这样快乐地走着，甚至是罪过的。她的灵魂现在正在黑暗的什么地方飞翔着，在无底的黑暗中飞翔着，犯了罪过，怀着自己的耻辱……阿尔卡季，谁应该对她的罪过负责？唉，这是多么可怕呀！你曾经想到这黑暗吗？唉，我真是怕死，这真是有罪过的！我不喜欢黑暗，这样灿烂的太阳多好呀。母亲说，怕死是有罪的……阿尔卡季，你很了解母亲吗？"

"还不大了解，丽萨，我还不大了解。"

"唉，她真是好人。你应该，一定应该了解她！对于她应该特别了解……"

"你瞧，我并不了解你，但现在完全了解你了。在一分钟内了解了整个的你。丽萨，你虽然怕死，但你大概是骄傲的、勇敢的、大胆的。比我好，比我好得多！我太爱你了，丽萨。唉，丽萨呀！让死亡在应该来的时候来吧，但现在要——生活，生活！我们对那位不幸的女郎惋惜一下，但是生命到底是可祝福的。对不对？对不对？我有'理想'，丽萨。丽萨，你知道韦尔西洛夫拒绝遗产的事情吗？"

"怎么不知道，我和母亲还为这事而互相亲吻呢。"

"你不了解我的心，丽萨，你不知道这个人在我的心目中有多重要……"

"怎么不知道？我全都知道。"

"你全知道吗？你哪里会不知道！你太聪明了，你比瓦辛聪明。你和母亲——你们的眼睛是敏锐的、仁慈的。我说的是眼光，并不是眼睛。我在说谎呢……我在许多方面是不好的人，丽萨。"

"你得有人管束才行！"

"那你就管束我吧，丽萨。今天我望着你，心里真觉得痛快。你知道你长得很漂亮吗？我从没有看见过你的眼睛如此……今天才第一次见到了……你是从哪里取来的，丽萨？在哪里买的？付出了什么代价？丽萨，我没有朋友，而且我认为交朋友这种想法是很无聊的，但和你在一块儿却并不觉得无聊……好不好，我们做成要好的朋友？你明白我想说什么？……"

"我很明白。"

"听我说，没有条件，也没有协议，简单地成为要好的朋友！"

"对，很简单，简简单单地，不过有一个条件：如果我们将来在什么时候互相责备，如果我们有什么不满意的地方，如果我们自己变恶变坏，甚至如果我们忘记了这一切，可是我们永远不会忘记今天这个日子，这一时刻！让我们各自发誓。我们要给自己立誓，我们要永远记得这个日子，我们两人手挽手地走着，我们这样笑，我们这样快乐……好不好？好吗？"

"好的，丽萨，好的，我可以起誓的。但是，丽萨，我好像头一回听到你说话似的……丽萨，你读了很多书吗？"

"以前你都没有问过！昨天在我插了几句话进去的时候，你才第一次注意到我，真是大智大慧的先生！"

"既然我是这样的傻瓜，你为什么自己不先和我说话？"

"我一直等你变得聪明些。我从最初就看透你了，阿尔卡季·马卡罗维奇。看透之后我就想：'他会来找我的，结果一定会来的。'于是我就决定把这个面子让给你，让你走第一步。我心想：不，现在还是请你来找我吧。"

"你真是个坏丫头！丽萨，你老实告诉我：你在这一个月内是不是一真在笑我？"

"你真是可笑的人，你太可笑了，阿尔卡季！你知道，在这一个月内我也许最爱你，就为了你是那样的怪物。但是，你在许多方面是极坏的怪物，我说这话是免得你太骄傲。你知道不知道，还有谁笑你？母亲

218

笑你，母亲和我在一块儿微语着：'真是怪人，他真是怪人！'可你呢，却得意地坐在那里，还以为我们很怕你呢。"

"丽萨，你对于韦尔西洛夫怎么看？"

"我用许多时间思考他，但你听我说，我们现在不必讲他。今天不必讲他。对不对？"

"完全对的！你太聪明了，丽萨！你一定比我聪明。你等一等，丽萨，等我把这一切了结以后，那时候我也许会对你说什么话……"

"你为什么皱起眉头来了？"

"不，我没有皱眉头，丽萨，我就是这样……你看，丽萨，不如直说出来：我这个人有一个特点，不喜欢触动我内心里的某个敏感处……或者不如这样说，如果时常把一些情感发泄出来，给大家欣赏，这是很可羞的。不对吗？所以我有时更喜欢皱眉、不出声。你是聪明的，你应该明白。"

"不但你如此，我自己也是这样的。我完全了解你。你知道不知道，母亲也是这样的？"

"唉，丽萨呀！只要能多多地活在世上才好呢！啊！你说什么？"

"不，我没有说什么。"

"你在看我吗？"

"你也在看我。我越看着你，就越爱你。"

我差不多把她一直送到家里，还把我新的住址告诉她。临别时我吻她，这还是我生平第一次吻她……

五

一切都很好，只有一点不好：从昨夜开始，我的心里就冒出一个苦恼的念头，怎么也摆脱不了。那就是昨天晚上我在我们家里的大门口和那个不幸的女郎相遇的时候，我对她说我自己要离开家庭，离开自己的老窝，离开这个可恶的地方，自立门户，还说过韦尔西洛夫有许多私生子。这些话，这些从儿子的口中讲父亲的话，当然会使她确信她对韦尔西洛夫的怀疑是对的，同时也使她确信自己受到了他的侮辱。我责怪斯捷别利科夫，但也许恰恰是我火上加油。这个念头是可怕的，现在还是可怕的……但在那个时候，在那天早晨，我虽然已经开始感到内心的折磨，但我到底觉得这是无聊的："唉，即使没有我，'她也已经憋足了气，怨恨到了极点'。"我时常反复地想着，"不要紧，会过去的！我会改好的！我会用别的什么事情补偿的……用一种善良的行为……我还有五十年在前面呢！"

但是，这个念头还是在我的心里翻腾着。

第二卷

第一章

一

　　我跳过几乎两个月的时间，请读者不要担心：看了下面的叙述，便会明白一切的。我特别提出十一月十五日这一天——这是在许多原因方面，对于我来说，十分值得纪念的日子。首先，在两个月以前看见过我的人，现在谁也不会认识我了，至少就外表而言。也就是说，即使能认出来，也无法确切的肯定。我打扮得像个纨绔子弟，这是首要的原因。韦尔西洛夫打算介绍给我的那个"诚实而且有趣味的法国人"，不但已给我缝了数套的服装，而且已经被我淘汰了。现在替我做衣服的，是另一些裁缝，是更高级的、第一流的裁缝，我甚至可以在他们那里赊账。我在一家著名的饭店里也赊账，但是我还是有点顾忌，一有钱，立刻就还清，虽然知道这是不好的习性，这样反而损害自己的名誉。在涅瓦大街上，有个法国理发师和我极熟，我在他那里理发的时候，时常对我讲各种笑话。说实话，我是通过他练习法语。我虽然懂法语，甚至水平还不差，但是在人多的场合还是不敢开口，况且我所说的法语，口音大概并不是巴黎的。我还认识一个叫马特维的车夫，他有一辆很讲究的马车和一匹快马，我想使唤他的时候，他就会跑来为我效劳。他的那匹马是浅红色的（我不喜欢灰色的马）。不过，也有一些事很不好：今天已经是十一月十五日，入冬已经三天了，但我的皮大衣却还是旧的，那是韦尔西洛夫穿剩下来的一件浣熊皮大衣，如果卖掉的话只值二十五卢布。应该添一件新衣了，但我的口袋中空空如也，且还要有一点钱，准备今天晚上要用。这是非这样不可的，否则我就会"倒霉和完蛋"——这是我当时常说的格言。唉，真是卑鄙极了！从哪里忽然会来了这几千块钱，这匹快马？我怎么会忽然全都忘记，而且变成这种样子？真是耻辱！读者诸君，我现在要开始写我的羞耻和耻辱的历史。在我的生命里，再也没有比这更丢脸的回忆了。

现在我这样说，是站在法官的立场上，我知道自己是有罪的。然而，即使当初我在那个旋涡里转昏了头，只有我独自一人，既无人开导，也无人劝说，但我敢赌咒，我当时已经觉得自己的堕落，因此我是不可饶恕的。但是，这两个月以来，我几乎是幸福的。为什么说是"几乎"呢？我是太幸福了！幸福得甚至连羞耻感，那种一闪而过（也是时常的）的，令我灵魂震撼的羞耻感，也会让我迷醉的："既然堕落，就堕落吧；我不会陷落下去，我会走出来的！我有吉星照耀着！"我在用木片搭成的薄薄的桥上走着，桥上没有栏杆，下面就是深渊。我很高兴我这样走着，我甚至向深渊里窥望，既冒险又快乐。但是"理想"呢？"理想"以后再说吧，理想可以等一等。已经做过的一切——只是"一条邪路"："为什么不让自己快乐快乐呢？"我还要重复一遍，我的"理想"之所以很坏，就在于它完全允许走各种邪路，如果它不这样坚定，不这样极端，我也许就不敢走邪路了。

我还继续租我的小寓所，但只是租，却没有住在里面。我的皮箱、提包和其他东西全放在那里。我的主要的住处却在谢尔盖·索科利斯基公爵家里。我坐在他那里，睡在他那里，甚至整整的几个星期都是如此。……怎么会发生这种情形的？我立刻要说的，现在暂时先讲一讲我的小寓所。这寓所成为我极珍贵的地方：因为韦尔西洛夫亲自到我这里来过，在那次发生口角之后，他破天荒头一次主动上我这儿来过，以后又来了许多次。我再说一遍，这是一段极可耻，但又极幸福的时光。……而且当时事事顺利，一切如意！"以前所有的阴郁又是为什么呢？"在陶醉的时刻，我会这样想着，"这些痛苦的旧创痕，我的孤独的、忧郁的童年，我的愚蠢的被窝底下的幻想、誓言、企图甚至'理想'，究竟是为了什么？这一切全是我想象出来，虚构出来的。结果，世界上完全不是这样的。现在我的心里多少快乐和轻松：我有父亲——韦尔西洛夫，我有知己——谢廖扎公爵，我还有……"但还有什么——我们暂且不去谈。唉，所做的一切都是为了爱，为了仁义，可事后却成了丑恶、卑鄙和无耻。

够了，不再说了。

二

他第一次到我这里来，是在我们那次决裂后的第三天上。当时我没有在家，他坐下来等候。当我走进我的小屋里去的时候，虽然在这三天内一直等着他，但我的眼睛似乎迷糊了，心跳得厉害，甚至只好在门内停留了一下。幸而他和我的房东一同坐着。房东为了不使客人等候得心焦，认为必须立刻跟他认识，开始热烈地把一桩什么事讲给他听。他是九品文官，有四十多岁，脸上长着许多雀斑，脸色很苍白，患痨病的妻子和生病的小孩拖累了他，但他生性善于交际，而且脾气温和，举止也很优雅。我很高兴他在场，甚至可以说是他搭救了我，因为我有什么话可对韦尔西洛夫说呢？这三天内，我相信，而且确切地相信，韦尔西洛夫会自己先来的——恰巧就是我所希望的那样，因为无论如何，无论为了世上的任何事情，我都不可能首先上他那里去的，并非为了执拗，而是为了爱他，为了一种爱的忌妒，我不会形容出来。就一般而言，在这种事上，读者不会发现我的辩才。这三天内，我虽然等候他，几乎不断地设想他如何走进来，但到底怎么也不能预先想象出——虽然我努力地想象着——在发生了这一切以后，我们俩一开口该谈些什么。

"啊，你回来啦，"他和气地和我拉手，没有从座位上站起来，"坐到我们这里来。彼得·伊波利托维奇在讲述一桩极有趣的历史故事，关于那块石头，在伯夫洛夫军营附近……或者在附近的什么地方……"

"是的，我知道那块石头。"我连忙回答，坐在他身旁的椅子上面。他们坐在桌旁。整个屋子有两俄丈见方的大小。我重重地舒了一口气。

韦尔西洛夫的眼睛里闪现出一种喜悦之光：他似乎原来还疑惑着，心想我会装腔作势的。这回他放心了。

"您最好从头讲起，彼得·伊波利托维奇。"他们已经互相用名字加父名彼此称呼了。

"这事发生在先皇还在位的时代，"彼得·伊波利托维奇对我说，神经质地，还带着一点紧张的神情，似乎在担心这个故事能够打动我，"您已经知道有这么一块石头，那块石头愚蠢地站在大街上，既没有什么用处，又没有来由，对不对？皇上从那里经过许多次，每次都遇到这块石头。皇上终于不痛快起来，其实也是的：整整的一座山，挡在大街上，把街道弄坏了：'不许再有这块石头！'他说了不许再有，您明白不明白？'不许再有，是什么意思？您不记得先皇的脾气吗？怎样去处理这块石头呢？大家都垂头丧气，因为想不出好办法。议会也开了，有一个当时最大的大臣被委托办理这件事情，我不记得是什么人。这位大臣听下属的官员说必须花去一万五千银币（因为先皇时是用银币的）。'怎么要用一万五千，真是胡扯！'起初英国人打算铺上轨道，将石头放在轨道上，用蒸汽机运走。但是这需要多少钱呀？当时还没有铁路，只有一条皇村铁路……"

"那还不好办，可以锯开呀。"我皱起眉头，在韦尔西洛夫面前，我觉得尴尬极了，很不好意思，可他也装出了听得津津有味的样子。我明白，他也同样喜欢房东在这里，因为他跟我在一起，同样觉得不好意思，我看出这个情形来。我记得，我当时甚至似乎为了他这样而深深地感动着。

"真是应该锯开，有人正好出了这么一个主意，那就是蒙费朗。他当时在建造伊萨基辅斯基大教堂。他说先把它锯开，以后再运走。这主意倒是不错，但这样做要用多少钱呀？"

"用不了许多钱，只要锯开以后，运走就是了。"

"不行的，锯石头必须安装机器，还要用蒸汽机，再说要运到哪里去呢？这样一座山，要往哪里放？有人说要花去一万，少一点不行，一万或一万二。"

"您听着，彼得·伊波利托维奇，这是无稽之谈，不是这么回事……"但这时韦尔西洛夫悄悄向我使了一个眼色，正是这个眼色，使我看到了他对房东那种委婉的怜悯，甚至替他难过。这使我异常喜悦，于是我笑了出来。

"事情是这样的，"房东高兴起来，他一点也没有觉察出，正和这一类讲故事的人们一样，害怕人家用提问来岔开话题，"恰巧有一个下市民走了过来，他的年纪还轻，是一个俄国人，蓄着粗大的胡须，身上穿着束腰的长袍，几乎有点醉意……然而，不，并不醉得怎样。这个下市民站在那里，恰巧英国人和蒙费朗正在商议着，而那位承办这事的大臣乘着马车走来。他一听就火了：怎么尽在那里议论着，却不能加以解决呢？他忽然看见那个下市民远远地站着，在那儿假笑。我不是说假笑，不是这意思，好像该说……"

"是嘲笑吧！"韦尔西洛夫谨慎地附和上去。

"对，是嘲笑。我是说带点儿嘲弄的笑容，俄罗斯式的嘲笑。那位大员当然十分气恼，当时就说道：'你这大胡子，你在这里干什么？你是谁？'

"'我在看这块小石头，殿下。'好像称的正是殿下。这位大臣大概真是苏沃洛夫公爵的世族，意大利封的公爵，是一位元帅的后裔……可是，不是的，不是苏沃洛夫，真可惜，我竟忘记了到底是谁了。不过虽然是位殿下，听我说，他可是纯粹的俄罗斯人，具有俄罗斯人的外貌，属于爱国派。他有一颗灵活的，俄罗斯的心。他当时一下子就看出来了：

"'你会把这块石头运走吗？你冷笑些什么？'

"'我笑这些英国人，殿下，他们要的价钱太不合适，因为俄国人的钱袋鼓鼓的，他们家里却没有饭吃。您只要拨出一百卢布，明天晚上我们就可以把石头弄走。'

"这样的提议真是谁也想不到的。英国人当然恨得要死，蒙费朗也笑了，只有这位大臣有一颗俄罗斯的心，他说：'给他一百卢布！'然后又问：'你真是会运走吗？'

"'明天晚上就可以办妥，殿下。'

"'那你怎么运走呢？'

"'请殿下不要生气，这是我们的秘密。'你们听听，他就用这种俄国式的答话。大臣很喜欢这句话，当下说道：'他有什么要求，全都满足他！'说着，就离开了。您以为怎样？他做到了没有？"

房东停顿了一下，开始用深深感动的眼神向我们身上扫着。

"我想不出来。"韦尔西洛夫含笑答道。我皱着眉头。

"他是这样做的。"房东说，露出那种得意扬扬的神情，好像这事是他自己做成的。"他雇了一些乡下人，就是普普通通的俄罗斯人，拿着铁锹在石头旁边，就在紧靠石头的旁边，开始掘起坑来。掘了一夜，掘成了一个巨坑，和那块石头大小相仿，不过还深一俄寸。等到掘成以后，他吩咐人们慢慢地、谨慎地掘石头底下的土。自然一掘好了以后，石头没有支撑的地方，就失去了平衡。等石头一失去平衡，他们就从另一边用手去推，按俄国的习惯大喊一声'乌拉'——石头就扑通地落到坑里去了！然后用铲子撒上泥土，用小石头砌好——路面平了，石头消灭了！"

"真是妙呀！"韦尔西洛夫说。

"这时，人们全都跑来了，无数的人！英国人早就猜到，非常的生气。蒙费朗也来了，说道：'这是乡下人的办法，太简单了。'本来是简单得很，但是你们这些傻瓜竟没有猜到！我对您说，那个长官，就是那位大臣，简直抱住他，吻他，问道：'你是什么地方的人？'——'从雅罗斯拉夫尔省来，公爵大人，我的职业是裁缝，一到夏天就到京城里来贩卖水果。'后来，这件事情传到上头去，上头便吩咐赏给他一个勋章。他挂了勋章，走来走去，听说后来竟到处喝起酒来了。俄罗斯人是熬不住的。因此直到现在，我们还受到外国人欺压呢。是的，就是这样的！"

"是的，俄罗斯人是有智慧的……"韦尔西洛夫开始说。

这时，幸而有病的房东太太唤这说故事的人出去，他就走了，否则我会忍不住的。韦尔西洛夫笑了。

"我的亲爱的，在你没有回来之前，他已经花了整整的一小时在逗我开心了。关于这块石头……是这类爱国故事当中最不严肃的一个。但是，怎么可以把他打断呢？你瞧，他快乐得就要融化呢。再说这块石头，如果我没有弄错，大概现在还立在那里，一直没有埋到坑里去……"

"唉，我的天呀，"我喊道，"真是的，他怎么敢这样说？……"

"你怎么啦？你好像十分愤慨，算了吧！他所讲的话真是可以使人发笑的。我在儿童时代就听见过这类关于石头的故事，不过当然不是这样的，讲的也不是这块石头。他说：'事情传到了上头。'他讲着'事情传到了上头'的时候，他的整个心灵都乐开了花。在这可怜的环境里不能没有这类的笑话。他们有许多笑话，主要的是由于他们的无节制的生活。他们什么也没有学过，几乎什么也不知道，可除了赌牌和干活之外，却很想聊一点儿关于全人类的、想入非非的事……这个彼得·伊波利托维奇究竟是什么样的人？"

"一个很穷的人，甚至是不幸的人。"

"你瞧，他也许连牌都不打呢！我再说一遍，他讲这乱七八糟的故事，以满足他对于别人的爱心。要知道，他是想逗我们开心。他的爱国情感也得到满足了。譬如说，他们还有一个笑话，说英国人给扎维亚洛夫一百万块钱，只求他别给自己的产品打上商标……"

"天呀，这笑话我听见过的。"

"谁没有听过这个。他在讲述的时候，甚至完全知道你一定已经听见过，但是到底还要讲，故意想象着你没有听见过。讲瑞典国王见到幽灵的故事，他们好像觉得过时了，可在我的少年时代，人们却反复讲这个故事，讲得眉飞色舞，还神秘地压低声音，就跟讲述本世纪初时有人在参政院里向参政员下跪过一样。关于卫戍司令官巴舒茨基也有许多笑话，讲有人如何把纪念牌取走的话。他们最喜欢讲宫廷里的趣闻，譬如说，有人讲先皇的大臣切尔内绍夫，以七十岁的年龄，不知用什么方法把自己的容貌弄得像三十岁的人似的，使先皇上朝时大吃一惊……"

"这个我也听见过。"

"谁没有听见过呢？所有这些故事都是极不严肃的。但你要知道，这类不严肃故事的流传，比我们所料想的还要深远得多。怀着使自己的邻人感到快乐的目的而想扯两句谎，你甚至会在我们的极正派的上流社会里遇见的，因为我们大家有个通病：管不住自己的心。不过我们讲的是另一种故事。我们只讲关于美国的故事，这种事多极了，就连国家要员也津津乐道！说实话，我自己有时也属于这种不严肃的类型，并为此一辈子感到痛苦……"

"关于切尔内绍夫，我自己讲了许多遍。"

"你自己也讲吗?"

"除了我之外,还有一个房客,是个官员,脸上也有雀斑,而且已经老了,但这个人很喜欢抬杠。只要彼得·伊波利托维奇一说话,他就立刻岔开或反驳。把彼得·伊波利托维奇弄得只好像奴隶似的侍候他,讨好他,就为了让他肯听自己讲故事。"

"这是另一种不严肃的行为,也许甚至比第一种人还讨厌。第一种人纯粹是出于高兴:'只要你让我说说谎——你会看出这是多么好呀。'第二种是郁闷、枯燥的人:'我不让你扯谎,你说一说事情发生在哪里,在什么时候,哪一年?'总之,是无情的人。我的朋友,你应该经常让人家扯一点谎,这是没有害处的。甚至让他们多多地扯谎。第一,这可以说明你很有礼貌;第二,为了这,人家也会让你扯点谎,这是一举两得呀。应该爱自己的邻人。但是,我该走了。你住在这里很好,"他补充地说,从椅上站起来。"我要对索菲娅·安德烈耶芙娜和你的妹妹说,我到你这里来过,遇见你十分健康。再见吧,我的亲爱的。"

怎么?难道就这样结束了吗?我并不需要听这个,我等的是其他的,主要的东西,虽然完全明白事情也只能如此。我举着蜡烛送他到楼梯那里,但是我背着韦尔西洛夫,用力抓住他的手,疯狂地推了一下。他吃惊地看了一眼,但还是立刻溜走了。

"这种楼梯……"韦尔西洛夫喃语着,把话语拉长,显然为了说什么话,并且显然怕我要说出什么话来。"这种楼梯,我很不习惯,而你又住在三层楼,不过我现在会找到路的……放心回去吧,我的亲爱的,要不你会着凉的。"

但是我没有回去。我们已经顺着第二层楼梯往下走了。

"我等候您三天了。"我突然脱口说出这句话,好像是自然而然说出来的,但突然又喘起气来。

"谢谢你,我的亲爱的。"

"我知道您一定会来的。"

"我也知道，你知道我一定会来的。谢谢你，我的亲爱的。"

他不再说话了。我们已经走到大门那里，我还跟在他后面。他打开门，忽然刮进来一股强烈的风，把我的蜡烛给吹灭了。我忽然抓住他的手，这时天色已经完全黑了。他哆嗦了一下，但还是沉默着。我俯贴在他的手上，突然贪婪地吻起来，吻了好几次，吻了许多次。

"我的亲爱的孩子，你为什么这样爱我？"他说着，但已经完全用另一种声音。他的嗓子发颤，发出了一种全新的音调，好像不是他在说话似的。

我想回答些什么话，但我没有说出口，便跑上楼去了。他还在那个地方等候着，我跑到寓所的时候，才听见外面的门开了，再带着响声关上了。房东不知为了什么事情，又冒了出来，我迅速地从他身边溜过，走进自己的屋子，闩上门，没有点燃蜡烛，奔到我的床上，把脸埋在枕上——哭了起来。自从图沙尔寄宿学校以来，我还是头一回哭呢，而且是号啕大哭，我感到太幸福了……但是，何必去描写这些呢。

我现在毫不知耻地把这件事写出来，是因为虽然它是那样的荒唐，但也许这一切也是美好的。

三

然而，他为了这受了我许多的气！我成为一个可怕的暴君。当然，对于这件事，我们俩后来并没有再提起。相反地，我们在第三天上又相见了，好像什么事也没有发生过一样。不但如此，在这第二次见面的晚上，我几乎显得粗暴，他也似乎露出严厉的神色。这次会面还是在我的住处那里，不知为什么，我还是没有上他那里去，虽然我很想见母亲。

在所有的这段时间里，也就是在这两个月之内，我们只谈一些极抽象的问题。正是这一点使我觉得奇怪。我们只谈些抽象的话题——自然了，这些话题事关全人类，而且非常必要，但与我们俩之间的现实却没有涉及。虽然现实中有许多东西，必须加以决定和解释，甚至十分急迫，但是关于这个，我们竟保持沉默。我甚至一句话也没有谈到母亲和丽萨……也不谈我自己的事，不谈我的一切经历。这到底是为了羞惭，还是为了年轻的某种愚蠢——我不知道。我想是为了愚蠢，因为羞惭是总可以跳越过去的。我对他的态度十分粗暴，也十分专横，甚至违背了自己的本意。这一切似乎是自然而然地发生着，无法阻挡，我自己根本不能克制自己。他的态度呢，虽然不管怎样总是十分和蔼的，但还照旧带点儿嘲讽。让我觉得奇怪的还有：他更喜欢自己到我这里来，结果弄得我很少去看母亲，每星期至多一次，尤其在最近，我在旋涡里完全转晕了头。他总是晚上来，坐在我那里聊天，还很喜欢和房东说话，像他这样的人，竟然喜欢和房东这种人聊天，真使我十分生气。我有时也想：难道他除了我这里之外，没有其他可走动的地方吗？但我确切地知道他是有朋友的。最近，他甚至恢复了近年来曾经中断过的上流社会里的许多旧交。但是，他似乎并不特别热衷于这些关系，有许多的旧交只不过是表面上恢复罢了，他还是最喜欢上我那里去。有时使我十分感动的是，他晚上走进来的时候，差不多每次在开门时似乎有些畏葸，最初的时候永远露出奇特的不安，向我的眼睛窥看："我是不是妨碍你？你尽管说出来，我就可以走。"甚至有时说了出来。譬如说，有一次，也就是在最近的这一次，他走了进来，我已经穿上刚从裁缝铺里送来的衣服，想上"谢廖扎公爵"那里去，和他一块儿到一个地方去（至于是什么地方，以后再说吧）。他一走进来，坐了下来，大概没有看出我想出去，有时露出奇怪的心不在焉的神情。这时候，他又像故意似的，又讲起了房东，这下把我给惹恼了：

"见鬼，你又提这房东做什么！"

"啊哟，我的亲爱的，"他忽然从座位上站起来，"你大概打算出去，我妨碍你了……对不起。"

于是他恭顺地匆匆走了。他原本是一个独断专行、极有个性的上流人士，现在却居然对我如此恭顺。正是这种态度，一下子使我重新燃起了对他无限的柔情和全部的深信。但是，如果他这样爱我，为什么当时在我做出耻辱的事情时却不阻止我呢？如果他当时说出一句话，我也许会克制住的。不过，也许还是不会克制。然而，他明明看见我这身漂亮服饰，看见这虚华的情形，看见我雇的车夫马特维（有一次我甚至打算请他坐在我的马车上送他回去，但是他没有坐。甚至有过好几次这样的情形，但是他始终不肯坐），他也看到我挥金如土，可他竟没有说一句话，始终保持沉默，甚至没有露出一点好奇！这一直让我纳闷，甚至现在我也觉得奇怪。当然，我当时根本不和他客气，一切全都明目张胆，而且没有说出一句解释的话。他不问，我也就不说。

但是，有两三次，我们好像也谈起过我们之间的问题。有一天，也就是在他拒绝遗产之后不久的时候，我问他：他现在靠什么生活下去。

"总能过下去的，我的亲爱的。"他十分平静地回答。

现在我知道，连塔季扬娜·帕夫洛芙娜那五千块钱的小资产，在最后的两年内，也有一半给韦尔西洛夫花掉了。

还有一次，我们偶然提到了母亲：

"我的朋友，"他突然忧郁地说，"我时常对索菲娅·安德烈耶芙娜说，在我们结合之初，其实也不仅仅是这开头，就在这之后，在最近，我都经常对她说：'亲爱的，我害了你，让你在现在和将来都受苦了。你在我面前的时候，我并不觉得怜惜。但是万一你死了，我知道我也会死的。'"

我记得那天晚上他特别的直率：

"但愿我是一个性格软弱的、没有价值的人，而且为了感觉到这一点而痛苦！然而我却不是，我知道我有无穷的力量。力量在什么地方？你猜你靠的是什么？就是靠一种天赋的力量：随遇而安。这是我们这一代的聪明的俄罗斯人所固有的力量。任何东西都不能把我损毁，任何东西都不能把我压垮，什么也不能使我惊倒。我坚持得像看家狗。我能够十分自然地同时感受到两种截然相反的情感。当然，这不是出于我的意志。况且我也知道这是不严肃的，主要是因为这是太理智的缘故。我差不多活到了五十岁，至今还不知道我活得好或者不好。我当然热爱生命，这是直接从事实中发出来的，但像我这样的人热爱生命是很卑鄙的。近来社会开始出现了新的变化，克拉夫特那些人无法随遇而安，于是纷纷自杀了。很显然，克拉夫特们是愚蠢的，而我们是聪明的。在这一点上，两者怎么也不能相提并论，所以问题还是没有答案。难道地球只是为了像我们这样的人而存在的吗？很可能是的，但这样的想法也是太悲哀了。然而……问题终归还是无从解决。"

他带着忧愁说话，但我还是猜不出他这些话是不是发自内心。他的身上总有那么一种气质，这是他无论如何不愿意放弃的。

四

我当时向他发出许多问题，我奔到他身上去，像饥饿的人扑向面包似的扑向他。他总是乐意而且胸有成竹地回答我，但最后总是归结为几句最普通的格言上去，所以实际上我什么也没得到。但是，所有这些问题，自我有生以来就一直困扰着我，而且我得坦白承认，还在莫斯科时，我就把这些问题先放着，指望到了彼得堡，等我们见面的时候再解决。我甚至把这一点直率地告诉他，他并不笑我，相反地，我记得他还握了我的手一下。可是在关于整个政治局势以及各种社会问题方面，我差不多不能从他那里得到什么，而正是这些问题，与我的"理想"有着密切的联系，因此也最使我感到困扰。关于像杰尔加乔夫那类的人们，有一次我从他那里获得了一种看法，他说"对他们这些人根本不值得评价"，但同时他又奇怪地补充了一句：他"保留否定这一看法的权利"。

关于现代的国家和整个世界将来的结局如何，怎样恢复社会的安宁，他一直沉默着，避而不答，但有一次我还是从他口中逼出了几句话。

"我想，将来的一切变化，不管怎么说也是很平常的，"有一次他回答说，"所有的国家不管预算上如何均衡，而且'没有赤字'，但 un beau matin（法文，译为"在一个美好的早晨"），简直会彻底陷入困境，到那里大家都不想付账，以便在共同破产中获得新生。但是，全世界所有的保守分子会起而反对，因为他们是股东和债权人，所以不希望破产。到那时自然会开始了所谓普遍的变质，于是会有许多犹太人跑来，开始建立了犹太王国，随后那些从来没有股票，而且甚至一无所有的人们，也就是所有的穷人们，当然反对这种变化……开始了争斗，在经历过七十七次的失败之后，穷人们消灭了股东，抢夺了他们的股票，然后自己取而代之，成为当然的股东。这些人也许会颁布一些新的政策，但也许不会。大概也会破产。至于这个世界的面前改变之后的前景，我的朋友，我就无法预测了。不过，你可以去翻《启示录》（指《新约全书·启示录》）看一看……"

"难道这一切如此地物质化，难道现在的世界只能从财政上去解决一切吗？"

"当然，我只是取了图画的一个角落，而这一角却跟整体相连，可以说是不可分割的一部分。"

"那可怎么办呢？"

"唉，你不必忙，这一切不会那么快的。总之，最好什么也不做，至少因为没有参加任何事情而感到良心上的安宁。"

"算了吧！请您说正经的事情。我想知道我所需要的是什么？我应该怎样生活下去？"

"你要做什么事，我的亲爱的？你应该做一个正直的人，永远不说谎话，不要觊觎别人的房屋。总之，你去读一读《十诫》（见《旧约全书·出埃及记》第二十章）：里面所写的都是永垂不朽的。"

"算了吧，算了吧，这一切都是老生常谈，而且全是一些空乏的话，我需要的是实实在在的指点。"

"好吧，既然你感觉十分苦闷，你可以努力爱上什么人，或者什么东西，甚至简直依恋什么东西。"

"您尽开玩笑，再说您的那个《十诫》，叫我一个人怎么实行呢？"

"你不必顾虑那些问题和疑惑，只是按《十诫》中所说的去做，你就会成为伟大的人的。"

"但这样做谁也不会知道。"

"掩藏的事，没有不显露出来的。"

"您根本就是在取笑我！"

"你既然对于这一点这样重视，那么你最好尽快使自己专门化，从事建筑工程或充当律师。你在从事真正的、正经的事业以后，就会安静下去，忘却那些无谓的空想。"

我不再吭声了。从这些话里能够获得什么呢？可每次这样谈话之后，我的心里总是比谈话之前更加激动。此外，我明显地看出他的心里似乎永远留存着某种秘密，这更加吸引我到他身边去。

"听我说，"有一次我打断他，"我永远疑惑您这一套话不过是随便说说，纯粹是出于愤慨和苦恼，其实您的内心底下，却暗暗地、狂热地信奉某种崇高的思想，您只不过是隐藏着，或羞于承认罢了。"

"谢谢你，我的亲爱的。"

"听我说，做一个有益的人是最高尚不过的。请您告诉我，在目前这个时候，我做什么事情最为有益？我知道您不会解决这个问题，但是我想听听您的意见。您说说吧，您怎么说，我就怎么做，我敢对您发誓！伟大的思想究竟在什么地方？"

"把石头变成食物，那才是伟大的思想。"

"是最伟大的吗？不错，您确实指出了一条大道，但请告诉我，这是最伟大的思想吗？"

"这是很伟大的思想,我的朋友,很伟大的,但不是最伟大的,而是居于次位,只在当前是最伟大的。人一旦吃饱了就会没有记性的,把以前的事全忘掉,反而会说:'我吃饱了,现在该做什么呢?'问题永远是无从解决的。"

"有一次您讲到'日内瓦的思想',我不明白,什么是'日内瓦的思想'?"

"日内瓦的思想是没有基督的一种道德,我的朋友,它是现代的理想,确切地说是现代文明的理想。总之,说来话长,谈起来很乏味、沉闷,我们还是谈点别的事情,那样会好得多,或者干脆什么也不谈,那就更好了。"

"您就想什么都不谈!"

"我的朋友,你记住,什么都不谈是最好的,最没有危险的,而且很优雅。"

"优雅吗?"

"当然喽。沉默永远是优雅的,沉默的人永远比说话的人优雅。"

"像我们俩这样说话,当然也和沉默一样。不要去管这样的优雅,更不要去管这类的好处!"

"我的亲爱的,"他忽然对我说,语气有所改变,甚至露出感情,还带着一种特别坚定的样子,"我的亲爱的,我并不想用什么旧道德呈献给你,以代替你的理想,我并不向你唠叨什么'幸福比勇气好'之类的话,相反地,勇气比一切的幸福高,只要具有表现勇气的能力就会幸福了。因此这问题在我们中间已经解决了。我之所以尊敬你,就为了你在这种变质的时代,还在自己心中保持着某种'自己的理想'(你放心,我记得很清楚)。但是,无论如何不能不考虑到分寸,因为你现在需要的就是轰轰烈烈的生活,想燃烧点什么,粉碎点什么,凌驾于一切俄罗斯人之上,叱咤风云,让人敬畏,而自己则隐遁到美国去。你的心里可能有这样的想法,所以我认为有必要先提醒你一下,因为我已经真心实意地爱上你，我的亲爱的。"

从这些话里我能得到什么呢？这里只有对我和对我的命运的担忧，表现出了一位父亲虽然善良却庸俗的感情。可是为了理想，难道我需要的是这些吗？为了这理想，每一个诚实的父亲都该鼓励自己的儿子去拼搏和奋斗，就像古代的贺拉斯为了罗马的理想而让自己的儿子们去决斗一样。

我时常用宗教问题向他死缠，但这方面的回答更显得模糊不清。我问他：在宗教方面我应该怎么办？他极愚蠢地回答，像回答小孩似的："应该信仰上帝，我的亲爱的。"

"但是，如果我不相信这一切呢？"有一次我气得喊了出来。

"那也是好的，我的亲爱的。"

"怎么好呢？"

"这是最佳妙的征兆，我的朋友。这甚至是最靠得住的，因为俄国的无神派，如果他果真是无神派，而且还稍微有点头脑，那就是整个世界上最好的人，永远具有抚爱上帝的倾向，因为他一定是善良的，而他之所以善良，就因为他异常满足他是无神派的那个事实。我们的无神派是极可尊敬的，十分靠得住的人们，所谓祖国的支柱……"

这当然有点什么在里面，但我需要的不是这个。他只是表示出了自己的意见，但说得那样的奇怪，更加使我感到奇怪，尤其是因为我听说过他改信天主教，而且因为苦修而戴铁链之类的事之后。

"我的亲爱的，"有一天他对我说，当时不是在家里，而是在大街上，是在冗长的谈话以后，我送他回去时，"我的朋友，要爱本来面貌那样的人是不可能的。但还是应该去爱。所以你在对人行善时，必须学会克制你的真实情感，把鼻子掩住，把眼睛闭上（最后的一点是必要的）。你应该忍受他们的罪恶，尽可能地不要对他们生气，'记住你也是人'。当然，如果你在天赋上比中等人物稍微聪明些，你就对他们严厉些。人的本性是卑贱的，喜欢从恐惧中爱人，你别接受这种爱，要始终鄙视它。在《古兰经》里，真主命令先知把'顽固的人们'视为老鼠，对他们行善，从他们面前走过，但不与他们为伍，这样做有点儿傲慢，但这样做是对的。你应该学会鄙视，即使在他们表现很好的时候，因为他们在这个时候往往是最坏的。我的亲爱的，这是我剖析了自己之后才这么说的。只要不是太愚蠢的人，总不会既要生活下去而不鄙视自己的，不管他是不是诚实，这是一样的。既要爱他人又要鄙视他人，这是不可能的事。据我看来，人生来就有一种自然的天性——不可能去爱别人。'爱人类'这句话从一开始就包含着某种错误，应该理解为是爱你心中所创造的人类（换句话说，就是自己创造了自己，所爱的也是你自己），因此也就是爱实际上永远不会有的人类。"

"永远不会有的吗？"

"我的朋友，我承认这是很荒谬的，但是这里不是我的错处。因为在创世的时候并没有和我商量过，所以我有保留自己看法的权利。"

"既然您这么认为，那怎么还能说您是基督徒呢，"我喊道，"怎么还能说您是戴过锁链的苦修士和传道者？我不明白！"

"谁这样说过我的？"

我告诉了他，他很注意地倾听着，但不再谈下去了。

这一次的谈话，让我终生难忘，但我怎么也不记得，这次谈话是什么引起的了，不过他当时在谈这些的时候，甚至还显得很激动。这种情况他是从来没有过的。他热烈地说话，不带有丝毫的嘲弄，好像不是在对我说似的。然而，我还是不相信他：他怎么可能和我这样的人正经地谈这种事情吗？

第二章

一

在十一月十五日这天早晨，我遇见他在"谢廖扎公爵"家里。就是我介绍他和公爵相见的，但即使没有我的介绍，他们之间也有许多接触的理由（我指的是以前在国外发生的那些故事）。此外，公爵还许诺分给他三分之一的遗产，而这些遗产肯定值两万卢布。我记得，我当时觉得很奇怪，他只提出三分之一，而不是半数。但我没有吭声。这个分遗产的诺言是公爵当时自然而然说出来的。韦尔西洛夫没有做过半点暗示，也没有说一句话。公爵自己说出来，韦尔西洛夫只是加以默许，而且事后一次也没有提起过，甚至也没有表露过他多少还记得这个许诺。顺便提一下，公爵起初对他简直着了迷，特别是对他的那些言谈，甚至佩服得不得了。这一点公爵曾几次三番地对我表示过。他和我单独在一块的时候，有时会几乎绝望地哀叹自己"走向这样的绝路……"当时我们的交情还是很亲密的……我曾努力对韦尔西洛夫暗示过公爵身上的一切好处，为他的缺点辩护，虽然这缺点我自己也看得出来，但韦尔西洛夫要么避而不谈，要么一笑置之。

"如果他身上有缺点，那么至少也有优点，正和缺点同样的多！"有一次我和韦尔西洛夫单独相处时，我对他喊道。

"天呀，你何以这样恭维他？"他笑了。

"怎么是恭维呢？"我不明白。

"有同样多的优点！如果他的优点和缺点同样多的话，那他的威力就会显示出来了！"

然而，这当然不算评价。当时，不知怎么回事，他总是避而不谈公爵，就像避而不谈现实中的问题一样，但对于公爵尤其如此。我当时已经怀疑他在没有我的陪同之下也往公爵那里去过，他们两人特殊的关系。可我听任这样。他和他说话，似乎比和我说得正经些，说得切实些，很少嘲弄。对于这些，我也不去加以妒忌。我当时心里真是感到幸福，这情形甚至颇为我所喜欢。我不计较这些，还因为公爵智慧有限，必须让别人把话说得很直白才能听懂，甚至完全不能了解一些俏皮话。但最近他的态度有点放肆起来了。他对韦尔西洛夫的感情似乎也开始变化了。敏感的韦尔西洛夫注意到了这一层。我还要预先声明，公爵对我同样也变了，甚至变得十分显著。我们最初那种热烈的友谊，如今已经只剩下一些死板的形式。然而，我还是继续上他家去，因为既然我已经被牵引到这一切环境里去，我又怎么能不去呢？唉，我当时是如何的幼稚，难道单是心灵的迷误就会把人弄到如此不灵巧和屈辱的地步吗？我向他取钱来用，还觉得这是不要紧的，这是应该的。然而，事实并非如此。我当时就知道这是不应该的，只是我很少去想罢了。我上他那里去并非为了钱，虽然我极需要钱。我知道我不是为了钱前去，但又明白我每天去他那里都是为了拿钱。可是我处在旋涡里，但除了这一切之外，当时我还怀有一桩完全不同的心事——在我的心灵里欢唱着。

上午十一点钟，我走进去的时候，韦尔西洛夫正好刚说完一套长篇大论。公爵一面听，一面在屋内踱步。韦尔西洛夫坐在那里。公爵显得有点激动。韦尔西洛夫几乎总是会把他弄得激动的。公爵是一个很容易动感情的人，甚至到了幼稚的程度，让我在许多事情上不能不看轻他。可是，我要重复一句，在最近的几天内，他的态度中却露出一种咬牙切齿的凶狠。他一看见我，便止了步，脸上似乎还抽搐了一下。我心里明白，这天上午他为什么有点儿不快，但没料到他的脸竟会抽搐得这么厉害。我知道他心里郁积着各种的不安，但讨厌的是，我仅知道其中的十分之一，其余的一切，当时对于我是极大的秘密。而我之所以感到讨厌和愚蠢，是因为我时常去安慰他，给他出主意，甚至傲慢地嘲笑他"为了这点小事"而失去自制力。这时他总是闷声不响，但在这时间内不深恨我是不可能的。我采取的姿态太虚伪了，我简直一点没有料到。上帝可以给作证，我对于主要的东西并没有料到！

他极有礼貌地和我握手，韦尔西洛夫点了点头，并没有中断谈话。我斜躺在沙发上。当时我的口气和态度真是很不像话！我甚至更加装腔作势，把他的朋友当作自己的一样不放在眼里……如果现在有把这一切加以改过的可能，我的举止和态度肯定不同！

还有两句话要说，以免忘记。公爵当时住在原来的寓所里，但几乎由他一个人完全占用了。房主斯托尔别耶娃只住了一个月，又出门上什么地方去了。

二

他们谈论贵族制度。我要声明，贵族制度的观念有时使公爵深深地骚动，虽然他具有进步派的外表。我甚至怀疑他一生中所发生的许多坏事，都是由这观念而发生和开始的。他很重视自己公爵的头衔，同时又一贫如洗，由于虚伪的骄傲，一辈子挥金如土，欠了一身的债。韦尔西洛夫好几次对他暗示，公爵的尊贵并不在这上面，打算在他心里种下比较高尚的思想，但公爵后来为了人家教训他而生气了。这天早晨，显然也发生了这种情形，只是我没有赶上谈话的开始。韦尔西洛夫的话让我起初觉得他很保守，但后来他自己更正了。

"'荣誉'这个名词的含义就是义务，"他说（我只能凭我的记忆转述其大意），"当国家领先的阶层领导的时候，这个国家的根基是巩固的。领先的阶层总有自己的荣誉以及对于荣誉的信仰，这信仰也许是不正确的，但几乎永远成为一种纽带，使国家得以巩固：在道德方面有益，在政治上更有益。可是忍受着的是奴隶们，即一切不属于这个阶层的人们。为了不使他们受苦，所以在权利方面加以平等。我们就是这样做，这本来是很好的。但是依照经验而论，无论什么地方（即欧洲各国），在使权利平等的时候，荣誉感就会减弱，然后义务感也随之减弱。利己主义取代了先前的团结观念，一切都归到个性的自由上去。被解放的人们既然没有了团结的观念，最后便丧失了一切崇高的纽带，到头来甚至连自己已经取得的自由也不再加以捍卫了。但是，俄罗斯的贵族阶层历来与欧洲完全不同。我们的贵族阶层即使现在丧失了特权以后，还不失其为最高的阶层，成为荣誉、光明、科学和崇高理想的保存者，而最主要的是，它已经不是一个封闭的特定阶层，如果封闭的话，那么贵族这一观念也就消亡了。相反的，在俄罗斯，走向这一阶层的大门早已打开，现在已到了完全打开的时候了。应该让我们每个人都拥有一种权利：只要在荣誉、科学和勇敢方面做出任何贡献，他就有权进入上流人物的行列里面。如此一来，这个阶层就自然而然只会变成最优秀的人们的集合体。这是就它的实在和真正的意义而言，而不是指以前的领先的阶层的意义而言。只有在这种新的，或者最好说是革新的形式下，这个阶层才有可能保存下来。"

公爵龇牙咧嘴地嘲弄着说：

“那会成为什么样的贵族呢？您所计划的只是一个共济会，而不是贵族阶层。”

我再说一遍，公爵是极没有学问的。我恼恨得甚至在沙发上背过身去，虽然我并不十分同意韦尔西洛夫的话。韦尔西洛夫很明白公爵龇牙咧嘴的意思。

“我不知道您所说共济会是什么意思，”他回答，“如果连俄罗斯的公爵都拒绝接受这个观念，那只能说明它还没有到被接受的时候。每一个想加入开放的、不断革新的阶层的人，都把荣誉和启蒙的观念视为神圣的誓言，这当然是一种乌托邦的理想，但为什么是不可能的呢？如果这种思想只活跃在少数人的大脑里，那么它还没有灭亡，却还发出光亮，像漫漫长夜中的一点儿星光。”

“您喜欢用些‘崇高的思想’‘伟大的思想’‘坚定的观念’等等这些字眼，我倒想请教，您所指的‘伟大的思想’究竟含有什么意义？”

“我真是不知道该怎样回答您，我的亲爱的公爵，”韦尔西洛夫微微一笑，“如果我对您直说，我已经回答不上来，这话倒是很确切。伟大的思想多半是指一种情感，有时会长久不能下定义。我只知道这始终是真正生活的源泉，这里所说的并非是理性的、虚构的生活，相反的，是一种毫不沉闷的、快乐的生活，所以作为这种生活源泉的崇高思想是绝对必要的。当然，这会使大家感到恼火。”

“为什么会恼火呢？”

“因为有思想的人活得很沉闷，没有思想的人活得倒总是快乐的。”

公爵露出不愉快的神色。

“依您的看法，真正的生活究竟是什么？”他显然生气了。

“我也不知道，公爵。我只知道这大概是十分普通的、极寻常的，每时每刻都很平常，而且普通得我们怎么也不能相信它会这样普通。当然，多少世纪以来人们已经跟它失之交臂，既没有注意它，也没有认出它。”

"我只想说，您关于贵族阶层的观念同时也就是在取消贵族阶层。"
公爵说。

"如果您这样说的话，那么俄国的贵族阶层也许从来没有存在过。"

"这一切真是太玄也太晦涩了。据我看来，既然要说，就应该说得
明白……"

公爵皱了皱起眉头，瞥了一眼墙上的挂钟。韦尔西洛夫站起来，抓
起自己的帽子：

"说明白吗？"他说，"不，最好还是不要说明白比较好，更何况，
我的脾气就是点到为止。这样确是好些。还有一件怪事：我只要开始把
我的信仰和思想说明白，结果永远会这样。说到最后，连我自己也不相
信自己所说的话了。我现在也担心会弄成这个样子。再见吧，亲爱的公
爵，我在您这里总是不可原谅地说个没完。"

他走了出去，公爵极有礼貌地送他出去，但我觉得很恼火。

"您为什么翘起嘴来了？"他忽然脱口说出，不看我一眼，走到写字
桌那里去了。

"我之所以翘嘴，"我开始说，声音发颤，"是因为我发现您对我，
甚至对韦尔西洛夫的态度竟这样奇怪地改变了……韦尔西洛夫开始说的
时候，自然也许有点守旧，但是后来他自己改正了……他的话里也许含
有极深的意思，您简直没有了解，而且……"

"我只是不愿意人家跳出来教训我，把我当作小孩！"他几乎愤怒
地说。

"公爵，这类的话……"

"请您不要做出唱戏的姿势，劳驾，劳驾。我知道我所做的事是卑
鄙的，我尽滥用金钱，我是赌鬼，也许还是贼……是的，是贼，因为我
输去了家里的钱，但是我并不希望人家做我的裁判官。我不愿意，也不
容许。我是自己的裁判官。何必来这一套含糊的议论？如果他想对我表
示什么，那就直率地说出来好了，不必说那些模棱两可的话。但是，既

然要对我说这种话，应该先有说话的权利，应该自己成为诚实的人……"

"第一，我没有遇到谈话的开头，我不知道您说的是什么话；第二，请问您，韦尔西洛夫的不诚实究竟在什么地方？"

"够了，求求您，别说了。您昨天开口要三百卢布，这里就是，拿去吧……"他把钱放在我前面的桌上，自己坐到安乐椅上，气呼呼地仰靠着椅背，一只脚搁在另一只脚上。我尴尬地怔住了。

"我不知道……"我喃喃地说，"我虽然开口向您借……我虽然急需要钱，但从您这种口气上看来……"

"不要管我什么口气。如果我说出了什么冒昧的话，请您包涵一下。您要相信，我顾不到这上面去。您现在听我说：我接到了莫斯科寄来的一封信，我的弟弟沙萨在四天前死去了，您知道他还是一个孩子呢。我的父亲，您也知道，已经有两年患了半身不遂的病症，信上说他的病现在更糟糕了，他说不出话来，连人也不认识了。他们听见我得到了遗产，十分高兴，打算把他送到国外去，但医生写信给我，说他不见得会活上两个星期。这样一来，现在只剩下母亲、妹妹和我三个人，所以我现在几乎是独当一面了……总之，我要独自承担……那笔遗产……那笔遗产如果得不到，也许更好！我还想对您说一件事情：我答应从这笔遗产里至少给安德烈·彼得罗维奇两万块钱……但您想一想，就因为手续问题，至今还什么都办不成。我甚至……也就是说我们……其实是我父亲，甚至还没有正式取得这笔遗产的所有权。然而，我在最近的三星期却花掉了许多钱，斯捷别利科夫那个混蛋竟然要那么高的利息……我现在给您的几乎是最后的一点钱了……"

"公爵，既然如此……"

"我并不是这个意思，并不是这个意思。斯捷别利科夫今天一定会送来的，够勉强花两天的，但是这个斯捷别利科夫到底安的什么心，鬼才知道！我求他给我弄一万卢布来，至少使我能够把这一万卢布先给安德烈·彼得罗维奇。我答应分给他三分之一的那句诺言，一直在折磨我，使我烦恼。我说出的话，便应该加以遵守，不能食言。我可以对您发誓，我竭力想解脱各种义务的约束，哪怕先摆脱这个义务也好。这些义务真使我感到难受，压得我几乎喘不过气来！这个背负在我身上的沉重的枷锁……我无法见安德烈·彼得罗维奇，因为我不能看他的眼睛……他为什么要加以利用呢？"

"利用什么，公爵？"我惊异地站在他面前，"难道他在什么时候对您暗示过吗？"

"不，不，我是很尊重他的，这是我自己给自己的暗示。我已经越陷越深了……这个斯捷别利科夫……"

"听我说，公爵，请您安静一下，我看出您的心神越来越激动了，然而这一切也许只是一种幻景。我自己也陷了进去，陷得很低贱，陷得无可恕宥，但我知道这只是暂时的……只要我能赢回一笔相当的钱，那时候……加上这三百，我现在欠您两千五百，对不对？"

"我好像并没有要您还账呀。"公爵忽然咧开嘴笑道。

"您说您要先给韦尔西洛夫一万块。我现在向您借的钱自然应该算在韦尔西洛夫的那两万里去的，否则我绝不肯借。但是……但是我一定自己还……难道您觉得，韦尔西洛夫是跑来跟您要钱的吗？"

"如果他跑到我这里来要钱，那还使我感到轻松一些。"公爵神秘地说。

"您说过那句'沉重的枷锁'的话……如果这是指着韦尔西洛夫和我，那真是太让人委屈了。您后来又说：他教训别人该成为怎样的人，可他自己为什么不是这样。这是您的逻辑！请恕我直言，这并不是逻辑，因为即使他不是那样的人，但他还是可以宣传真理……此外，用'宣传'这个字眼究竟是什么意思？您说他是'先知'，您是不是在德国时称他为'女人的先知'是不是？"

"不，不是我。"

"斯捷别利科夫说是您。"

"他这是胡说。我不是给人家起绰号以嘲笑人的行家。但如果有人在宣传荣誉，让他自己先做成一个顾及荣誉的人，这是我的逻辑，即使它不正确，我也不在乎。我希望是这样，永远是这样！谁也不能上我家里来评判我，把我当作小孩看待！够了！"他叫喊着，朝我挥手，免得我再说下去……"啊，到底来了！"

门一开，斯捷别利科夫走了进来。

三

他还是那个样子：穿得也还漂亮，胸脯还是向前挺着，还是那样愚蠢地看望，还是自作聪明，而且扬扬得意。这一次，他走进来的时候，似乎很古怪地向四周打量了一下，眼神里露出一点特别的谨慎和敏锐，似乎想从我们的眼神里猜出什么来。然而，他一下子便安下心来了，自信的微笑在他的嘴唇上流露出来，但这是一种"无耻而有所乞求"的笑容，至少使我感到一种难以形容的讨厌。

我早就知道他让公爵很苦恼。我已经有一两次遇到他上这儿来过了。我……我在最近的一个月内也和他有过一次来往，但是这一次，由于某个缘故，他的上门使我觉得有点儿奇怪。

"我这就给您。"公爵对他说，并没有和他握手，背朝着我们，开始从写字桌里掏出需要的纸张和账单。至于我呢，我已经被公爵最后的那句话弄得十分气恼。他那么明显（那么莫名其妙）的暗示韦尔西洛夫不顾名誉，这事必须让他解释清楚。然而，在斯捷别利科夫面前是不可能的。我又躺在沙发上，翻开了放在我面前的书。

"《别林斯基文集》第二卷！这真是件新鲜事！您打算增进一点学问吗？"我对公爵喊道，显得非常做作。

他很忙，做出极匆促的样子，但是在听见了我的话之后，突然回转过身来了：

"我请您把这本书放下来。"他厉声说。

真是太过分了，而且还是当着斯捷别利科夫的面！斯捷别利科夫像故意似的，狡猾而且讨厌地扮了鬼脸，冲着我偷偷地朝公爵那边点了点头。我背转身，不理这蠢货。

"不要生气，公爵，我把您让给最主要的人，我且暂时溜走……"

我决定做出放浪不羁的样子。

"主要的人是我吗？"斯捷别利科夫插嘴说，得意地用手指指着自己。

"是的，就是您。您是最主要的人。您自己知道！"

"不，等一等。世界上到处都有次要的角色。我——就是次要的角色。有主要的角色，也有次要的角色。主要角色做事，次要角色获利。结果是次要角色成了主要角色，而主要角色则成了次要角色。我说得对不对？"

"也许对，不过照例我不明白您的意思。"

"好吧，我打个比方。法国闹了一场革命，杀死了许多人。拿破仑一来，取得了一切。革命——这是主要角色，而拿破仑是次要角色。可结果呢？拿破仑成了主要角色，而革命却成为次要角色。对不对？"

我必须声明，我从他和我讲起法国革命这一层上，就可以看出他是想重新使用以前那种让我觉得很可笑的伎俩。他还是认为我是一个革命家，所以每次遇到我的时候，总认为必须讲一点这类的话。

"请随我来吧。"公爵说。他们两人走到另一间屋子去了。只剩下我一个人的时候，我决定等斯捷别利科夫一走，就把他的三百卢布还给他。虽然我十分需要这笔钱，但我还是下了决定。

他们在那里毫无动静地待了十分钟左右，忽然大声说起话来。两人都说着。公爵突然喊叫起来，好像是气疯了。他有时候脾气很暴躁，所以连我也常常谅解他。这时候，正好有一个仆人走进来禀事，我朝他们的那个房间一指，那边立刻安静下来了。公爵匆忙地走了出来，露出焦虑的脸色，但还带着微笑。仆人跑了出去，半分钟后，一位客人进来了。

这是一位重要的客人，带着肩章和徽章，不到三十岁，相貌威严，露出一副上流社会的绅士气派。我要预先告诉读者，谢尔盖·彼得罗维奇公爵还没有真正跻身于彼得堡的上流社会当中，虽然他具有极热烈的愿望（关于这愿望我是知道的），因此他应该十分重视这个人的拜访。我知道，公爵在经过了一番极大的努力之后，最近才和这个人结识。客人现在前来回访，可惜把主人弄了个措手不及。我看见公爵露出不安的神情和慌张的眼色，转身朝斯捷别利科夫看了一眼，但斯捷别利科夫若无其事，对他投来的眼色视而不见，一点也不想离开，而是大模大样地坐在沙发上，开始用手把头发抓乱，大概表示他那我行我素的个性吧。他甚至做出一副妄自尊大的神态。总之，做出使人难堪的样子。至于我呢，不用说，我当时已经控制住了自己，当然不想使任何人丢脸，但使我异常惊讶的是，公爵居然同样向我投来了慌乱的、可怜的、怨恨的眼色。如此说来，他竟耻于我们两人在场，也就是把我和斯捷别利科夫视为一类人。这使我气得发狂，于是我索性更加放大地斜卧下来，翻看那本书，露出好像与我毫不相干的神色。与此相反，斯捷别利科夫瞪大眼睛，将身子向前倾，竖起耳朵来，开始听他们谈话，以为这样子又合礼貌，又客气。客人朝斯捷别利科夫看了一两眼，不过也看了看我。

他们谈起了家庭中的新闻。这位先生以前认识出身望族的公爵的母亲。据我的判断，客人的态度虽十分客气，语气也似乎还坦白，却过于呆板，当然，自视也甚高，以为自己的拜访，不管对谁都是大大的赏脸。如果只有公爵一人在家，也就是说没有我们在场，我相信他一定会自然些，也机灵些，可现在他的笑容却显得特别拘谨，也许亲切得太过分，再加上那种无意识中的心不在焉，使他露了底。

他们还没有坐上五分钟，忽然仆人又进来通报有客人来到，而且好像故意似的，又是一位让主人丢脸的人。这人我很了解，听过关于他的许多事情，但他完全不认识我。他年纪还轻，但也有二十三岁了，穿得很漂亮，是一个世家子弟，容貌也颇漂亮，但无疑是所结交的朋友不大好。去年的时候，他还在一个著名的骑兵营内服务，但后来不得不自动辞职，大家全知道是什么原因。他的家属甚至在报上发布声明，对于他的债务不负责任。但他现在还继续过着荒唐的生活，用每月十分的利息借钱，在赌场上狂赌，还在某个法国女人身上花了不少的金钱。他在一星期前的一个晚上曾赢到了一万二千卢布，因此他深为得意。他和公爵的交情很密切，他们时常在一块儿合伙赌钱。但公爵一看见他，甚至也哆嗦了一下，这是我从自己的座位上看出来的。这个小伙子不管到哪里，都像在自己家里一样，大声而且快乐地说话，一点也不拘束，想到什么就说什么，根本就没有想到，我们的主人会为了他，而在这位重要的客人面前发抖的。

他走进来的时候，把他们的谈话打断，立刻开始讲昨天赌博的情形，甚至坐也没有坐下来。

"您大概也在那里……"他从第三句上就朝那位重要的客人说，把他当作自己的一个朋友，但当他看清楚了以后，立刻喊道：

"啊哟，对不起，我把您当作昨天的那个人了！"

"这位是阿列克谢·弗拉基米罗维奇·达尔赞，这位是伊波利特·亚历山德罗维奇·纳晓金。"公爵连忙给他们做介绍。这个小伙子还是值得介绍的，因为他的姓高贵而且有名望，但公爵刚才却没有介绍我们，我们也继续坐在角落里。我根本不打算把头转到他们那里去，但斯捷别利科夫一看到这个年轻人，便开始快乐地张着嘴，显然想说出话来。这一切甚至让我觉得很可笑。

"我去年的时候常在韦里金娜伯爵夫人家里遇见过您。"达尔赞说。

"我记得您的，那时候您大概穿着军装。"纳晓金回答。

"是的，穿着军服，但是因为……啊，斯捷别利科夫也在这里吗？是什么风把您吹来的？瞧，就是多亏了这位先生，我现在才没有穿军服。"他直指着斯捷别利科夫，哈哈大笑起来。斯捷别利科夫也开心地笑了出来，大概认为人家说的是客气话。公爵脸红了，赶快向纳晓金提出一个什么问题。达尔赞走到斯捷别利科夫面前，和他很热烈地讲起什么话来，不过声音已经压得低低的了。

"您在国外大概和卡捷琳娜·尼古拉耶芙娜·阿赫马科娃很熟吧？"

"是的，我认识的……"

"大概这里快要发生一件新闻了。听说她要嫁给比奥林格男爵。"

"这是确实的！"达尔赞嚷道。

"您……确实知道吗？"公爵问纳晓金，露出明显的激动，特别加重了问话的语气。

"我是听人说的，这事好像大家都在议论，不过是不是属实，还不知道。"

"肯定是千真万确！"达尔赞走到他们跟前去，"昨天杜巴索夫跟我说的，这类的新闻他永远第一个知道。公爵也应该知道的……"

纳晓金等达尔赞说完，又对公爵说：

"她现在不常在社交界露面了。"

"最近一个月她父亲有病。"公爵似乎严肃地说。

"这位夫人好像有许多风流韵事呢！"达尔赞忽然脱口说了出来。

我抬起头来，挺直了身体。

"我很荣幸和卡捷琳娜·尼古拉耶芙娜相识，我有义务担保说，所有那些传说都是谣言，可耻的谣言，是由那些……想打她主意而打不上的人们造谣出来的。"

我愚蠢地说出这几句话以后，立刻就不再吭声了，还带着发烧的脸望着大家，挺直了身体。大家转身朝我看着，可是斯捷别利科夫突然嘻嘻地笑出声来，甚至觉得有点惊愕的达尔赞也咧嘴笑了。

"阿尔卡季·马卡罗维奇·多尔戈鲁基。"公爵指着我对达尔赞说。

"啊哟,请您相信,公爵,"达尔赞坦率而且和善地对我说,"不是我自己说这话,如果有人在议论,也不是我传出来的。"

"我没有对您说!"我迅速地回答,但是斯捷别利科夫竟不可原谅地笑了,后来才弄明白,他是笑达尔赞称我为公爵。我那该死的姓又在这种场合上坏了事。至今想来我都觉得脸红。当然我自然是出于羞惭,意不敢纠正这句蠢话,意没有大声宣布我是平民的多尔戈鲁基。这对于我来说,还是第一次。达尔赞困惑地看着我和发笑的斯捷别利科夫。

"啊,对了!我刚才在您家的楼梯上遇见了一位十分漂亮的姑娘,看起来很机灵,皮肤白白的,那是谁?"他忽然问公爵。

"我也不知道是谁。"公爵迅速地回答,脸红了。

"那么谁知道呢?"达尔赞笑了。

"这位……也许是……"公爵含含糊糊地说着。

"她就是……这位的好妹妹——莉扎韦塔·马卡罗芙娜!"斯捷别利科夫忽然指我说,"我刚才也遇见她了……"

"啊,不错!"公爵插嘴说,但这一次脸上露出异常正经和严肃的神色。"大概就是莉扎韦塔·马卡罗芙娜,她是安娜·费奥多罗芙娜·斯托尔别耶娃的密友,我现在住在她这里。今天她大概是来看纳斯塔西娅·叶戈罗芙娜的,也是安娜·费奥多罗芙娜的密友,房主临走的时候托她照管一下房子……"

事情确实是这样的。这个纳斯塔西娅·叶戈罗芙娜是可怜的奥莉娅的母亲,我已经讲过她自杀的事,事后塔季扬娜·帕夫洛芙娜把她安顿在斯托尔别耶娃那里。我很清楚地知道丽莎常到斯托尔别耶娃那里去,后来也偶尔去看望纳斯塔西娅·叶戈罗芙娜,我们大家都很喜欢她。但是当时,在公爵做了说明——其实倒是极合理的说明以后,尤其是在斯捷别利科夫愚蠢的多嘴以后,也许因为刚才人家称我为公爵,我忽然为了这一切满脸涨得通红了。幸而这时纳晓金站起来要走了,他也伸手给达尔赞握别。在只剩下我和斯捷别利科夫两人的一瞬间，斯捷别利科夫忽然对我点头，指着在门前站立着，背朝我们的达尔赞，我伸出拳头，向斯捷别利科夫扬了扬。

一分钟后，达尔赞和公爵约好明天在他们决定去的一个赌场里相见，也就走了。他临走时对斯捷别利科夫喊出了一句什么话，还对我微微地鞠躬。他刚出去，斯捷别利科夫就从座位上跳起来，站在屋子中央，手指向上举着：

"这位少爷上个礼拜又干出了一件荒唐事：他开了一张期票，期票的签名竟然弄虚作假，签上了阿韦里亚诺夫这个姓氏。这张期票就这样流通着，这可是不合规矩的！这属于刑事犯罪。八千卢布呢。"

"这张期票一定在您的手里吧？"我恶狠狠地看了他一眼。

"我那里是有一家银行，一家 Mont de piété（法文，译为"抵押信贷行"），没有期票。听说过巴黎的 Mont de piété 是做什么的吗？那就是施给穷人面包和其他物品的地方。我那里是 Mont de piété……"

公爵粗暴而且气愤地打断他：

"您在这里做什么？怎么还不走？"

"啊！"斯捷别利科夫迅速看了他一眼，"那件事呢？难道不行吗？"

"不不不，不行！"公爵喊着，跺着脚，"我说过了！"

"好吧……既然这样，那就这样吧……不过这是不对的……"

他坚决地回转身去，低头弯背，忽然走出去了。公爵在他走到门口的时候朝他的后面喊：

"您要知道，先生，我一点也不怕您！"

他很气恼，打算坐下来，但是看了我一眼，并没有坐下。他的眼神似乎在对我说："你为什么也赖在这里？"

"我，公爵……"我开口说……

"我真是没有工夫，阿尔卡季·马卡罗维奇，我马上要出去。"

"请您等一分钟，公爵，我有极重要的事情。请您把您的三百卢布收回去。"

"这又是怎么回事?"

他正在走动,可顿时止住了脚步。

"是这么回事,在发生了这一切以后……在您说出韦尔西洛夫不顾名誉的话之后,再加上您后来的那种态度和那种口气……总之,我无论如何不能收下了。"

"但这一个月以来您已经收了好几次了。"

他忽然坐在椅子上。我站在桌旁,一只手翻弄别林斯基的书,另一只手握住帽子。

"那时候的情感不同,公爵……再说,我是决不会弄到这个数目的……这个赌博……总之,我不能!"

"您就因为刚才没能突出自己,因此发起疯来了。我请您把这本书放下来。"

"所谓'没有突出自己',是什么意思?您在您的客人们面前,几乎把我和斯捷别利科夫一样看待起来了。"

"啊,这就是谜底!"他咧开嘴,讥笑着说道,"此外,刚才因为达尔赞称您为公爵,所以您觉得很尴尬。"

他恶毒地笑起来。我的脸又红起来了。

"我简直不明白……您那公爵的头衔白给我,我都不要……"

"我了解您的性格。您那些替阿赫马科娃辩护的话喊得多么可笑……把书放下!"

"什么意思?"我也叫了起来。

"把——书——放——下!"他忽然怒喊起来,在安乐椅上凶狠地挺直身体,似乎准备要向我扑过来。

"您真是太过分了。"我说了这句,就迅速地从屋内走出。但我还没有走到大厅的尽头,他就从书房的门内对我喊道:

"阿尔卡季·马卡罗维奇,回来呀!您回来呀!立刻回——来!"

　　我不听他，一直走着。他快步追上我，抓住我的手，拖到书房里。我抵抗着。

　　"收下来吧！"他说着，心情很激动，脸色发白，把我扔下来的三百卢布递给我。"您一定要收下……否则我们……一定要收下！"

　　"公爵，我怎么能收下呢？"

　　"我来对您赔个罪，好不好？唔，饶恕我吧……"

　　"公爵，我一向都爱您，如果您也爱我……"

　　"我也爱，您收下吧……"

　　我收下了。他的嘴唇哆嗦着。

　　"公爵，我明白您为了这混蛋生气……但是，公爵，我还是不能收下，除非我们接个吻，就像上次吵嘴那样……"

　　我说这话的时候，也哆嗦起来。

　　"真是多愁善感……"公爵咕哝着，惭愧地笑了笑，但是俯下身子，吻了我一下。我哆嗦了一下，在他吻我的一瞬间，在他的脸上，我分明从他的脸上看出一种嫌恶的神情。

　　"他至少给您送来了钱吧？……"

　　"唉，不管它。"

　　"我是为了您……"

　　"送来了，送来了。"

　　"公爵，我们曾经做过好朋友……还有韦尔西洛夫……"

　　"是的，是的，这很好！"

　　"另外，说实话，我真是根本不知道这三百卢布……"

　　我把钱握在手里。

　　"拿去吧，拿去吧！"他又笑了笑，但是在他的微笑里有点令人不快的东西。

　　我收下了钱。

第三章

一

　　我之所以收下钱，是因为我喜欢他。谁要是不相信，我可以回答他。在那个时间，至少在我收下他的这笔钱的时候，我相信，如果我愿意，我还可以从别的方面设法弄到钱。因此，我收他的钱，并不是因为无路可走，而是出于一种礼貌，只是为了不得罪他。唉，我当时真是这样想的！但是，我从他家里走出来的时候，总归觉得很难过：我在这天早晨看出了他对我的态度的明显变化，这样的口气是从来没有过的，对于韦尔西洛夫那简直就是根本的反叛。斯捷别利科夫刚才为了什么事情把他逼得很急，但他在斯捷别利科夫没有来到以前，态度就开始变化了。我还要重复一遍：在最近的几天里，就可以看出这种和原先不同的变化，不过还不是像今天这样，还没有到这个地步——关键就在这里。

　　关于这个副官比奥林格男爵的那则荒唐的新闻，可能对他也有影响……我在心情激动之下也出了格，但是……问题在于当时我心里亮起了全然不同的希望，于是轻率地放过了眼前许多事情。我急于放过它们，驱走阴郁的一切，面向希望之光……

还没有到下午一点钟。我坐上马特维的马车，离开公爵处直奔斯捷别利科夫家去！他刚才使我惊异的，并不是他到公爵家里来（因为他是和他约好了的），而是他虽然依照他的愚蠢的习惯，对我使了眼色，但对我期望的话题却闭口不谈。昨天我接到他从邮局寄来的一封信，弄得我摸不着头脑，他请我今天一点多钟左右务必上他那里去一趟，说是他"有些使我意料不到的事情要告诉我"。可是刚才在公爵那里的时候，是关于这封信，他竟没有露出一点神色来。斯捷别利科夫和我之间会有什么秘密呢？一想到这层，我甚至会觉得可笑，但由于业已发生的一切事实，我现在上他那里去的时候，我的心甚至也怀着小小的激动。有一次，应该在两星期以前，我曾向他借过钱，他也肯借给我，但是不知在什么问题上我们意见不合，结果我主动拒绝借他的钱。他当时照例含含糊糊地咕哝起来，我觉得他好像要向我提出什么特别条件来。因为我和他每次在公爵家里相遇的时候，对待他的态度十分傲慢，所以这一次我傲慢地打断了他有关特殊条件的任何要求，径直走了出去，虽然他追我追到门口，我也不管。后来我在公爵那里弄到了钱。

斯捷别利科夫住在完全单独的房屋内，过着殷实的生活。他的寓所有四间美丽的屋子，讲究的木器，男女仆人，还有一个女管家，不过已经上了年纪。我怒气冲冲地走了进去。

"告诉我，先生，"我在门前就开始说，"那封信是什么意思？我不能容许我和您之间有信札的来往。有什么事您刚才在公爵家里为什么不当面直说呢？我会洗耳恭听的。"

"但是，您刚才为什么也沉默着，不问起呢？"他张开了嘴，露出极得意的微笑。

"因为不是我有事情找您，而是您有事情找我。"我气急了，突然喊了出来。

"既然这样，您为什么到我这里来呢？"他愉快得几乎跳跃起来了。我一下子转过身去，就想走出去，但他拉住了我的肩膀。

"不，不，我是开开玩笑。有极重要的事情，您自己会看到的。"

我坐了下来。老实说，我感到好奇。我们面对面，坐在一只大书桌的边上。他神秘地微笑着，举起手指。

"请您别再耍花招，也不要举手指，主要的是不要拐弯抹角，有什么话就直说，否则，我立刻就走！"我又愤怒地喊起来。

"您……真是好高傲呀！"他带着一种愚蠢的责备，坐在安乐椅上对我摇晃，将额上所有的皱纹全向上聚起。

"对您就该这样！"

"您……今天向公爵借了钱，三百卢布。我有钱。拿我的钱好些。"

"您从哪里知道我借钱？"我非常惊异，"难道是他自己对您说的吗？"

"他对我说的。您不必着急，是说话之间随口说出来的，不是故意的。他对我说的。也可以不必问他借。对不对？"

"但是，我听说您算起利息来是使人受不了的。"

"我开的是 Mont de piété，我的心并不黑。我只是为了朋友们而设的，别的人不借。对于别的人，Mont de piété 是……"

他这家 Mont de piété 其实就是最常见的抵押贷款，用别人的名义开设在另一个寓所里，生意很好。

"我借给朋友们大笔的款项。"

"公爵难道是您的好朋友吗？"

"朋友是朋友，但是……但是他老说空话。他是不应该老说空话的。"

"怎么，他落在您的掌心了吗？他欠得很多吗？"

"他……欠了很多。"

"他会还给您的，他有遗产……"

"这不是他的遗产，他除了欠钱，还欠别的。遗产还不够。我可以借给您，不用利息。"

"也是像借给'朋友'那样吗？我有什么功劳，使您这样对我呢？"我笑了。

"您会立下功劳的。"他的整个躯体又朝我这面摇晃，举起了手指。

"斯捷别利科夫！不许举手指，否则我就走。"

"听我说……他也许会娶安娜·安德烈耶芙娜！"他阴险地挤了挤左眼。

"斯捷别利科夫，我们要是这样谈下去有点儿不像话了……您怎么敢提出安娜·安德烈耶芙娜的名字呢？"

"您不要生气嘛。"

"我简直压住心头的火气在这里听您说话，因为我明显地看出这里面有阴谋，想知道一下……但我的耐心是有限的，斯捷别利科夫！"

"您不要生气，不要那么傲慢。先不要使出骄傲的性子，仔细听我说完，然后再慢慢地傲慢吧。您知道安娜·安德烈耶芙娜的事情吗？您知道公爵会娶她吗？……想必您也知道吧？"

"关于这个消息，我当然听见人家讲过，而且知道得很清楚。但是，我从来没有和公爵讲过这件事。我只知道这主意是从索科利斯基老公爵的大脑里生出来的。他现在正生着病。但我从来没有说过什么，也不参与到里面。我把这话对您宣布出来，只是为了解释起见，现在我要问您，第一，您为了什么和我谈起这件事情？第二，难道公爵和您谈过这件事情吗？"

"不是他和我谈，他并不想和我谈，是我和他谈，他不要听。刚才竟叫喊起来了。"

"那当然喽！我赞成他的举动。"

"那个小老头，索科利斯基公爵，会给安娜·安德烈耶芙娜许多嫁妆的，她很讨得他的欢心。到那时候新郎索科利斯基公爵就能把所欠的钱全部还给我。连钱之外的债也会还的。一起会还的！现在他没有钱还。"

"我呢，我对于您有什么用处呢？"

"就为了这个主要的问题。您跟他们都很熟，您在那儿处处行得通。您可以打听出一切来。"

"唉，见鬼……打听什么？"

"公爵愿意不愿意，安娜·安德烈耶芙娜愿意不愿意，老公爵愿意不愿意。切实地打听一下。"

"您竟敢要我做您的侦探，而且还为了金钱！"我愤怒地直跳起来。

"不要着急，不要着急。再忍着点儿吧，一共只有五分钟。"他又将我按下。他显然不怕我的手势和呼喊，但我决定听下去。

"我必须很快地打听出，很快地打听，因为……因为也许稍一耽搁就为时已晚了。您看见，刚才那个军官谈起男爵婆阿赫马科娃的时候，公爵刚才做出那种哑巴吃黄连的样子吗？"

我竟把自己的身份低降，竟听得这样长久，但我的好奇心却已经被紧紧吸引住了。

"喂！……您真是一个卑劣的人！"我坚决地说，"如果我坐在这里，听您说话，容许您讲这些人物……甚至自己还回答，那么并非因为我给予您什么权利。我不过是看出其中有点卑劣的情形……公爵会对于卡捷琳娜·尼古拉耶芙娜存什么样的希望呢？"

"没有什么希望，但他气得发狂。"

"这是不实在的！"

"真是气得发狂。现在阿赫马科娃已经退出了，而他输掉了双倍的赌注。现在他手里只剩下安娜·安德烈耶芙娜一个人。我可以给您两千块钱……不要利息，不用借据。"

他说这话的时候，用坚决和庄严的神色仰倒在椅背上面，对我瞪着眼。我也张着大眼看着。

"您身上穿着大百万街上的衣服。您需要用钱，您急于要钱。我的钱比他的好些。我借给您比两千还多……"

"要我干什么？真是见鬼！要我干什么？"

我跺着脚，他朝我俯过身来，意味深长地说：

"为了使您不要阻碍我的事。"

"不用这样，即使您不借给我钱，我也不会插手的。"我喊着。

"我知道您会保持沉默的，这很好。"

"我并不需要您的赞许。在我的方面，我自己很希望如此，我认为这不是我的事情，我甚至觉得这足不体面的。"

"您瞧，您瞧，又不体面了！"他举起手指。

"您瞧出什么来？"

"不体面……哼！"他突然笑了，"我明白，我明白，这对于您是不体面的，但是……您不会碍事吧？"他对我使了一个眼色，在这挤眉弄眼中包含着一点极无耻的，甚至嘲笑的、卑劣的成分！他一定料想我的心里也有卑劣的念头，他所希冀的就是这个卑劣的念头……这是很明显的，但是我怎么也不明白是怎么回事。

"安娜·安德烈耶芙娜也是您的姊妹。"他用暗示的口气说。

"您不能说这个话，您不能谈安娜·安德烈耶芙娜的事情。"

"您不要傲慢，只要再听一分钟！他一取到钱，大家都会得到保障的，"斯捷别利科夫极有分量地说道，"我说的是大家，大家，您听见吗？"

"您以为我会用他的钱吗？"

"现在不是也用吗？"

"我用自己的钱。"

"什么自己的？"

"那是韦尔西洛夫的钱，他欠韦尔西洛夫两万。"

"欠韦尔西洛夫，不是欠您。"

"韦尔西洛夫是我的父亲。"

"不，您是多尔戈鲁基，不是韦尔西洛夫。"

"这是一样的！"我当时确实是这样想！我明白这不是一样的，我并不那样的愚蠢，但是我当时这样想，还是由于一种"敏感"而起的。

"够了！"我喊道，"我一点也不明白。您怎么能为了这种不相干的事情唤我来呢！"

"难道您真是不明白吗？您是不是故意这样的？"斯捷别利科夫慢吞吞地说，用一种不信任的微笑和锐利的眼神看我。

"我敢发誓，我不明白！"

"他会使大家都得到保障，大家都会得到的，只要你们不加以阻碍，不去劝阻……"

"您大概发疯了！您说这'大家'究竟是什么意思？韦尔西洛夫他也会得到保障吗？"

"不光是您一个人，也不光是韦尔西洛夫……还有别人。安娜·安德烈耶芙娜也是您的姊妹，就像莉扎韦塔·马卡罗芙娜一样！"

我瞪着眼望他。他那讨厌的眼神里甚至忽地闪过了一点怜惜我的意思：

"您不明白，那更好！好就好在您不明白，这真是太好了。这是极可夸奖的……如果果真不明白。"

我完全狂怒了。

"您尽弄些不相干的事情来烦我，去你的吧！您真是疯子！"我喊着，同时抓起了帽子。

"这并不是不相干的事情！就这么说定了，好不好？您知道，您还会来的。"

"不！"我在门口喊着。

"您还会来的，那时候……那时候你就会说不一样的话了……那会是关键性的谈话。两千卢布，您记住啦！"

二

　　他使我产生了极其龌龊而又模糊的印象，我走出去的时候，甚至只好努力不去想他，狠狠地唾了几口痰。有一个念头像针似的刺痛我，那就是公爵竟会和他谈起我和这笔钱来。"我今天赢到钱以后，马上就还给他。"我坚决地想着。

　　斯捷别利科夫无论怎样愚蠢，说话怎样含糊，但我看出他明显是一个卑鄙的小人，在这里面是不会没有阴谋的。不过我当时没有时间去了解任何的阴谋，而这恰恰正是我看不清暗地里发生的事情的主要原因！我不安地看了看表，还没到两点钟。这样看来，还可以到一处去拜访，否则在三点钟以前，我准会激动得要死的。于是，我便上我的姐姐安娜·安德烈耶芙娜·韦尔西洛夫那里去了。我早就在老公爵那里，就是在他生病的时候，和她处得极投机了。我一想到有三四天没有见他，我的良心就感到不安。正好是安娜·安德烈耶芙娜替我照料着：因为公爵对她异常依恋，甚至在我面前称她为天使。顺便说说，把她嫁给谢尔盖·彼得罗维奇公爵的主意，确实会在老人的头脑里存在过，他甚至屡次对我表示这个意思，当然是秘密地表示。我把这个主意转告给韦尔西洛夫，以前我就觉得，他虽然对于日常的一切事情抱着冷淡的态度，但只要我对他讲起我遇见安娜·安德烈耶芙娜的情形，他似乎总是会特别地关心。韦尔西洛夫当时就对我嘟囔说，安娜·安德烈耶芙娜是一个很聪明的人，对于这种微妙的事情，没有旁人的劝告也会处置自如的。斯捷别利科夫说得很对，老人会给她嫁妆，但他斯捷别利科夫怎么能在这中间有所企图呢？刚才公爵向他身后喊，他并不怕他。莫非斯捷别利科夫果真曾在书房里对他谈起安娜·安德烈耶芙娜的事？我想，要是我处在公爵的地位上，我会如何的愤怒。

近来我甚至时常到安娜·安德烈耶芙娜家里去。但这事有点奇怪：她总是自己约好时间，然后唤我前去，而且一定等候着我，但我一走进去，她一定会做出我是偶然地、意料不到地到来的样子。虽然我注意到了这个细节，但还是喜欢去找她。她住在她的外祖母法纳里奥托娃那里，当然是由她的外祖母抚养的（韦尔西洛夫一点钱也不给他们），但她所处的地位，并不像普通所描写的贵族夫人家中的养女的情形一样，譬如说像普希金的《黑桃皇后》里老伯爵夫人的养女。安娜·安德烈耶芙娜自己有点和伯爵夫人相仿。她在这房屋里完全单独地居住着，也就是说，虽然和法纳里奥托娃一家人住在一层楼上和一个寓所里，但她另有单独的两间屋子，所以我进出的时候，譬如说，一次也没有遇到法纳里奥托夫家的任何人。她有在自己家里接待她所愿意接待的任何人，按她自己的方便，利用自己的时间的权利。诚然，她业已二十三岁。最近的一年来，她几乎停止到交际场中去，虽然法纳里奥托娃并不吝惜在她的外孙女身上花钱。我听说她是十分钟爱她的。相反地，我最喜欢安娜·安德烈耶芙娜的一点，就是我总是看到她穿着极朴素的衣服，总是在那里做事，不是看书，便是做手工。她的神态有点修道院附属学堂里的女生，几乎像个修女。这是我所喜欢的。她的话不多，说话时总是很有分寸，极会听人家说话。这是我永远学不会的。我对她说她和韦尔西洛夫虽然没有一个共同的特点，但她会使我想起他来的时候，她总是微微地脸红。她时常，而且总是迅速地脸红，但也只是微微地。我很喜欢看她脸上的这个特色。我在她那里永远不唤韦尔西洛夫的姓，一定唤安德烈·彼得罗维奇，这好像是自然而然的。我甚至看出，大概法纳里奥托夫一家人都有点儿替韦尔西洛夫感到羞耻。当然，这一点我是仅仅从安娜·安德烈耶芙娜一人的身上看出来的，虽然我还不能确定在这里使用"羞耻"这两个字是否恰当，但确实存在类似的感情。我跟她也常谈起谢尔盖·彼得罗维奇公爵，她听得很认真。我觉得她对于这些消息极感兴趣，但好像都是我自己告诉她，而她从来不问。关于他们之间结婚的可能一层，我永远不敢和她谈起，虽然时常想谈起，因为我自己也有点喜欢这个主意。但是在她的屋内我有太多的事情似乎不敢说起。同时我又觉得在她的屋子里非常的舒坦。我还很喜欢她的学问，她读过许多书，甚至包括实用方面的书，比我读过的要多得多。

我第一次去看她，也是她主动邀请我去的。我当时就明白，她也许有指望能够向我探听一点什么。那时候有许多人会向我探听很多的事情的！"那又有什么关系？"我想，"她又并不是仅仅为了这个才接待我的。"总之，我甚至喜欢我能对她有益……在我和她坐在一起的时候，我总是觉得，我这是坐在自己姐姐的身边，虽然我和她一次也没有讲过关于嫡亲的话，连一个字、一句暗示都没有，仿佛并没有这层关系似的。我坐在她那里的时候，似乎觉得谈起这事是完全没有必要的，我看着她的时候，有时真是会在大脑里钻进一个离奇的念头：她也许真的完全不知道这种嫡亲的关系，是她对我的态度让我这样想的。

三

我走进去的时候，忽然在她那里遇到了丽萨。这几乎使我感到吃惊。我很清楚地知道她们以前也会见过面，也就是在寄养"婴儿"的地方见过。关于自尊和脑腆的安娜·安德烈耶芙娜忽然生出了想去看一看婴孩的幻想，以及后来在那里遇到丽萨的情节，我以后也许会讲，如果有机会的话。但是，我还是怎么也料不到安娜·安德烈耶芙娜会在什么时候请丽萨上她这里来的。这使我感到又惊又喜。当然我不露声色，跟安娜·安德烈耶芙娜问了好，又和丽萨热烈地握了握手，坐在她身旁。她们两人正在做事情，桌上和她们的膝上放着安娜·安德烈耶芙娜一件贵重的出门时穿的衣服，但已经旧了，已经穿过了三次，她现在想加以改造。丽萨对于这种事情是大"行家",而且还颇有鉴赏力,因此正在隆重举行"聪明的女人"的会议。我想起了韦尔西洛夫,不觉笑出声来。我当时的整个身心是十分欢畅的。

"您今天很快乐,真叫人高兴。"安娜·安德烈耶芙娜说,神采庄重而且吐字清晰。她嗓音浑厚,低沉而动听,说话时总是心平气和,而且总是微微垂下长长的睫毛,苍白的脸上露出一丝微笑。

"丽萨知道,我不高兴的时候会使人多么扫兴。"我快乐地回答。

"也许安娜·安德烈耶芙娜也知道的。"淘气的丽萨顶了我一句。亲爱的丽萨!如果我知道她当时的心境那才好呢!

"您现在做点什么事情?"安娜·安德烈耶芙娜问(我还要交代一下,是她邀请我今天上她家里来的)。

"我现在坐在这里问自己:为什么我见到您看书,比见到您在做活计的时候觉得有趣些呢?真是的,不知为什么,我觉得您不太适合做活计。在这一点上,我和安德烈·彼得罗维奇的看法相同。"

"上大学的事你还没有决定吗?"

"我很感谢您没有忘记我们的谈话,这表明您有时还想到我,但是……关于大学这一层我还没有定见,再加上我有自己的目标。"

"也就是说他有自己的秘密。"丽萨说。

"不要开玩笑,丽萨。有一个聪明的人前些日子表示,在近二十年来,我们整个的进步的运动里,我们最先证明出我们太没有学识。自然这里也讲到我们的大学。"

"这一定是爸爸说的,你时常重复他的思想。"丽萨说。

"丽萨,你好像觉得我没有自己的大脑。"

"在我们的时代,倾听而且记住一点聪明的人们的话语是有益的。"安娜·安德烈耶芙娜替我略为辩护。

"就是的,安娜·安德烈耶芙娜,"我热烈地抢上去说,"凡是不去想俄罗斯现在的情形的人,绝不是俄罗斯的国民!我也许用奇怪的见解瞻望俄罗斯的前途。我们已经度过了鞑靼的侵袭，之后又是两世纪的奴隶制度，当然是因为这两样东西全都适合我们的口味。现在给了我们自由，就应该承受这自由。我们能不能承受得起呢？自由会不会同样合我们的口味？这是一个问题。"

丽萨迅速地看了安娜·安德烈耶芙娜一眼，安娜·安德烈耶芙娜立即低下头去，开始在身边寻觅什么东西。我看出丽萨极力克制自己，但是我们的眼神忽然似乎不经意地相遇了，她便忍不住扑哧笑了出来。我火了：

"丽萨，你真是不可思议！"

"对不起！"她忽然说道，停止了笑，几乎露出忧郁的神情，"我的大脑里不知道在想些什么……"

她的嗓音里忽然似乎有眼泪在颤栗着。我觉得十分惭愧，抓起她的手，重重地吻了一下。

"您的心很善良。"安娜·安德烈耶芙娜看见我吻丽萨的手，对我柔和地说。

"丽萨，最让我高兴的是这一次我看见你笑了，"我说，"安娜·安德烈耶芙娜，您信不信，最近的几天内，她每次遇到我的时候，总是露出一种奇怪的眼神，那眼神里似乎有一个问题：'怎样，你打听到了什么没有？一切都顺当吗？'她的神色总是这样的。"

安娜·安德烈耶芙娜缓慢而且敏锐地看了她一眼，丽萨垂下了头。不过我已经清楚地看出，她俩之间的亲密程度比我刚才进门时的估计要深得多。这个感觉让我很高兴。

"您刚才说我的心很善良，安娜·安德烈耶芙娜，可您不会相信，我是在您这里才整个儿在变好，在您这里我才觉得很愉快。"我动情地说。

"我很喜欢您现在这样说。"她意味深长地回答。我必须交代，她从来不和我谈起我那些乱七八糟的生活，以及我陷溺其中的旋涡，虽说我明白她不仅知道这一切，甚至还从侧面去打听过。所以她现在的这句话似乎算是第一次暗示，这就使我对她更加心悦诚服了。

"我们的那位病人怎么样啦?"我问。

"他好多了，可以起来走路了，昨天和今天还坐车出去游玩过。难道您今天又没有到他那里去吗? 他一直在盼着您去呢。"

"我真是对不起他，但现在您常常去看他，足以代替我了。他是很能适应环境的人，您可以替换我的。"

她露出了很严肃的神色，因为我这句玩笑的话也许太庸俗了点。

"我刚才到谢尔盖·彼得罗维奇公爵家里去过，"我喃语着，"我还……喂，丽萨，你不是刚才到纳斯塔西娅·叶戈罗芙娜那里去过的吗?"

"是的，去过的。"她简短地回答了一句，没有抬起头来。"你大概每天上生病的公爵府上去吧?"她似乎突然问起，也许是没话找话。

"是的，我常到他府上，只是没去找老公爵，"我淡然一笑，"我进门之后，便向左面转。"

"连老公爵都看出来了，您时常到卡捷琳娜·尼古拉耶芙娜那里去。他昨天说着，还笑呢。"安娜·安德烈耶芙娜说。

"笑什么? 他笑什么?"

"他开玩笑，您知道。他说，相反地，一个年轻貌美的女子对于像您这样年纪的小伙子产生憎恨和愤怒的感觉……"安娜·安德烈耶芙娜笑了。

"听我说……您知道不知道，他这句话说得太准确啦，"我喊了出来，"这一定不是他说的，而是您对他说的吧?"

"怎么会呢? 不，这是他说的。"

"好吧，如果这个美人垂青于这个小伙子，不管他是如何的渺小，哪里他因为自己是'小孩子'而站在角落里生气，可她突然把他看得胜过她周围所有的崇拜者，那时便会怎样呢?"我忽然露出极勇敢而且挑战的神色。我的心跳加速起来。

"那时候你会在她面前毁掉的。"丽萨笑了。

"我会毁掉吗?"我喊道,"不,我不会毁掉的。我觉得我毁不了。如果一个女人挡我的道,那她必须跟我走,谁也不能因为挡我的道而不受到惩罚的……"

很久以后,有一次丽萨在回忆起这次谈话时,似乎无意间对我说,我当时异常奇怪,而且严肃地说出这句话来,并且似乎忽然露出阴郁的神情,但同时又是"那样的滑稽可笑,让人忍俊不禁"。真的,安娜·安德烈耶芙娜果真又纵情地笑了起来。

"您笑吧,您笑我吧!"我喜不自禁地喊道,因为整个的谈话和调子使我感到异常的欣悦。"您发出来的笑只会使我快乐。我喜欢您的笑,安娜·安德烈耶芙娜!您有一个特点:您会在沉默中忽然笑起来,在一瞬间笑起来,甚至没有办法在脸上看出任何的征兆。我在莫斯科时,认识一位太太,我远远地从角落里看望她:她几乎和您一样的美丽,但是她不会这样笑,她的脸也是和您一样的动人,但一笑起来就失去了魅力。您的笑却非常迷人……就是因为您有这种天性……这话我早就想告诉您了。"

我说出有一位太太"和您一样的美丽"这句话的时候,我耍了个花招:我做出那种不经意地脱口而出的样子,仿佛我没有留意到似的。我很清楚地知道这种"脱口而出"的恭维话会被女人所重视,而且比任何似是而非的赞美更甚。尽管安娜·安德烈耶芙娜听了会脸红,但我知道她很开心。而那位太太也是我想出来的:我在莫斯科根本不认识任何女人,我只是为了夸奖安娜·安德烈耶芙娜,使她愉快而已。

"真是会猜想,"她优雅地笑了笑,"您在最近几天里受了那一位美丽女人的影响。"

我仿佛飘飘然起来……我甚至想对她们有所泄露……但还是忍住了。

"不久之前，您还对卡捷琳娜·尼古拉耶芙娜充满敌意呢。"

"如果我做出了什么不好的行为，"我的眼睛闪耀起来，"那么错处在于别人给她造了离奇的谣言，说她是安德烈·彼得罗维奇的仇人；还造谣说，仿佛说他爱她，向她求过婚，尽是这类离奇的话。这种话真是太离奇了，和另一个谣言一样，这谣言仿佛说她在丈夫生病时，她就已答应谢尔盖·彼得罗维奇，在守寡后嫁给他，但后来并没有兑现她的诺言。但我从第一手材料得知，事实并非如此，只是一句玩笑罢了。有一次，在国外，在一个开玩笑的时候，她确实曾对公爵说过：将来'也许'如何如何，但是这些话，除了说着玩，还会有什么意义呢？我很清楚地知道，公爵那一方面是不会对这种诺言看得如何有价值的，而且他也并没有这种打算，"我顿时又觉得用词不当，便补充说，"他的打算好像完全不同呢，"我狡狯地插了一句，"刚才纳晓金在他家里说，卡捷琳娜·尼古拉耶芙娜将嫁给比奥林格男爵。他听了这个消息，仍旧神态自若，请相信我。"

"纳晓金上他家里去吗？"安娜·安德烈耶芙娜突然用加重的语气问，而且似乎很吃惊。

"是的，他大概是属于那种体面的人士……"

"纳晓金跟他谈过关于她和比奥林格结婚的那件事情吗？"安娜·安德烈耶芙娜顿时十分关注起来。

"并不谈结婚，而是说有这种可能性，传闻而已，他说社交界似乎有种传闻，至于在我这方面，我觉得这纯粹是无稽之谈。"

安娜·安德烈耶芙娜想了一下，便低头做自己的活去了。

"我喜欢谢尔盖·彼得罗维奇，"我忽然热情洋溢地说，"他有他的缺点，这是无可辩解的，我已经对您说过，那就是思想有点偏执……但是，他的缺点也正好说明他具有正直的心灵。不是吗？譬如说，我今天几乎和他为了一个问题吵嘴：他相信如果你宣扬正直，就应该先让自己成为正直的人，否则你所说的一切便是谎言。这是不是合逻辑呢？然而，这一点也正好说明他心灵里对于名誉、义务和公理的崇高的要求。不是吗？……哎哟，天呀，现在几点钟了？"我无意中看见壁炉上面时钟的指针，突然喊了出来。

"两点五十分。"她望了一眼时钟，安静地说。在我谈论公爵的全部时间内，她低头听着，露出一种狡黠的，但极可爱的笑意。她知道我为什么这样夸奖他。丽萨一边听着，一边埋头干活，她早就没有参与谈话了。

我像受到了烧炙似跳起来。

"您耽误了到什么地方去了吗？"

"是的……不……真是迟了一点，我现在就走。我还有一句话，安娜·安德烈耶芙娜，"我开始激动地说，"今天我不能不告诉您！我要对您说实话，您请我时常到您这里来的时候，所表露的那份善心和情意……我与您的交往给予我深刻的印象……在您的屋子中，我的心灵似乎得到了净化，我离开您时变得比原来好多了。这是实话，我和您坐在一起时，我不但不能说坏事，连坏的思想都不会有；那些坏的思想会在您的身边消灭，我在您身旁偶然想起一点坏事来的时候，立刻会感到羞惭、畏葸、暗自脸红的。您知道，我今天遇到我的妹妹坐在您这里，尤其使我感到愉快……这可以证明您是多么的高尚……心地那么好……总之，说得直接些，您表现出那种同胞弟兄似的东西，使得我……"

在我说这话的时候，她从座位上站起来，脸越来越红，但突然好像害怕什么似的，可能是害怕我会破坏那个似乎不宜超越的界限，于是迅速打断我的话：

"您相信我，我是会从全心灵里珍惜您的情感的……即使您没有说出来……我早就明白了……"

她害羞地住了嘴，握了握我的手。丽萨突然暗暗地拉我的衣袖子。我告别后，走出去，但走在另一个房间时，丽萨追上了我。

四

"丽萨，你为什么拉我的衣袖?"我问。

"她很坏的，她很狡黠的，她不配……她把你拉住，想向你探听消息。"她用迅速的、带着恨意的声音悄悄对我说。我还从来没有看见过她有这样的表情。

"丽萨，你怎么啦? 她是那么可爱的姑娘!"

"那我就是坏姑娘了。"

"你怎么啦?"

"我很坏。她也许是极可爱的姑娘，而我是坏姑娘。够了，不说了! 你听着: 母亲求你一件事，这件事是'她自己不敢说的'。她就是这样说的。阿尔卡季! 你不要再赌博了，亲爱的，我恳求你……母亲也……"

"丽萨，我自己知道，但是……我知道这是可怜的意志薄弱，但……这只是小事，别的没有什么! 你瞧，我像傻瓜似的欠了债，我不过想赢点钱还债。我会赢钱的，因为我赌钱时总是没有计算，拼命地往上押，像傻瓜似的全靠运气，但我现在每押一个卢布都要细细斟酌……要是再不赢钱，我就不是人! 我并没有染上好赌的习惯，这不是主要的，这只是一种暂时的，你可以相信我! 我还是很坚强的，什么时候想停止就立刻停止。我一还清了债，那时候我就和你们永不相离了，你去对母亲说，我绝不离开你们……"

"刚才这三百卢布你付出了多少代价呀!"

"你怎么会知道的?"我哆嗦了一下。

"纳斯塔西娅·叶戈罗芙娜刚才全都听见了……"

就在这时，丽萨突然把我朝门帘后一推，于是我们俩就落在幔帐背后，进到了所谓的"阳台"，也就是一间在全是玻璃窗的圆圆的小屋内。

我还没有回过神来，就听见一个熟识的声音，而且听出了那个熟悉的脚步声。

"谢廖扎公爵。"我悄声说。

"是的。"她也悄声说。

"你为什么这么害怕?"

"没有什么，我无论如何不愿意使他遇见我……"

"难道他也追求你吗?"我笑着说，"那我要给他点颜色看看。你往哪里去?"

"我们出去，我和你一块儿走。"

"你难道也已经告别过了吗?"

"告别过了，我的皮大衣在看门人那里……"

我们走了出去，在楼梯上，有一个念头使我怔住了:

"听我说，丽萨，他也许是来向她求婚的!"

"不……他不会求婚的……"她用压低的声音坚定地、缓缓地说。

"你不知道，丽萨，我刚才虽然和他吵嘴，这事想必已经有人告诉你了，但上帝知道，我是真的十分喜欢他的，希望他这件事能够成功。我们刚才已经和解了。我们感到幸福的时候会很善良的……你瞧，他有许多良好的脾气……心地还很仁慈……至少有这方面的萌芽……他如果落在韦尔西洛娃那种坚强和聪明的姑娘手里，一定会完全变好，一定会幸福的。可惜我没有时间……我们一块儿坐车，我要告诉你一点什么……"

"不，你坐车走吧，我不是顺路。你来吃饭吗?"

"我来的，我答应过了，总会来的。丽萨，你听着，有一个混蛋，总之，一个可恶的东西，就是斯捷别利科夫，挟着可怕的势力压迫他……一种什么期票……总而言之，把他握在手掌里，拼命地逼他，把他逼得走投无路，以至于除了向安娜·安德烈耶芙娜求婚以外没有别个出路。按说应该先提醒她一下，不过这是不要紧的，她自己以后会把一切事情处理好的，你怎么看？她会拒绝他吗？"

"再见吧，我没有工夫。"丽萨突然粗暴地打断我，就在她那一闪而
过的目光里，我突然看到了深深的恨意，吓得我当时就喊了出来：

"丽萨，亲爱的，你这是怎么了？"

"我不是针对你，只要你不赌钱就好了……"

"啊，你是指赌钱，我以后不赌了。"

"你刚才说过那句'我们感到幸福'的话，你难道很幸福吗？"

"太幸福了，丽萨，太幸福了！我的天呀，已经三点钟了，已经过
了！……再见吧，丽萨。丽萨，亲爱的，你说一说：难道可以让女人等
候吗？这是可以允许的吗？"

"你说的是约会吗？"丽萨微微一笑，这是一种僵硬而颤栗的微笑。

"把你的手给我，祝我的幸福。"

"祝你幸福吗？要我的手？我不！"

她急匆匆地走掉了，主要的是，她最后喊出的这句话是很认真的。
我奔到我的雪橇上去。

是的，是的，这个"幸福"成了罪魁祸首，使我像瞎了眼的鼹鼠一
般，除了我自己以外什么也不明白，什么也看不见！

第四章

一

　　现在讲起这事我都觉得后怕。虽然这一切早已过去，但对于我来说，这一切直到现在还像一个幻影。这样的一个女人怎么可能主动跟我这么一个龌龊的小孩约会呢？这一点明眼人一下子就能够看出来的！在我和丽萨分手，坐上雪橇疾驰的时候，我的心怦怦直跳，我简直以为我发疯了。我突然觉得她和我约会这个想法明显十分荒唐，根本不能信。但我却毫不怀疑，甚至还很坚定。荒诞越是明显，我越加相信。

　　已经打过了三点钟，这使我感到不安："既然人家跟我约会，我怎么可以迟到呢？"我心里这样想。同时还闪出一些愚蠢的问题，比如："现在我采取什么态度会更好些：是勇敢一些呢？还是羞怯一些呢？"但是，这些问题只是一闪而过，因为我心里还有重要的、我所不能决定的事情。昨天晚上她是这样说的："我明天三点钟要到塔季扬娜·帕夫洛芙娜家里去。"就是这一句话。第一,我在她那里,在她的屋内,也永远受到单独的接待,她可以把随便什么话都对我说,不必改在塔季扬娜·帕夫洛芙娜家里的,所以,"为什么要另定一个地点,而且定在塔季扬娜·帕夫洛芙娜家里呢? 还有一个问题:塔季扬娜·帕夫洛芙娜在不在家呢? 如果这是约会,那么塔季扬娜·帕夫洛芙娜应该不会在家的。但没有事先对塔季扬娜·帕夫洛芙娜讲明白,又怎么能达到目的呢? 如此说来,难道塔季扬娜·帕夫洛芙娜也参与这个秘密了吗"? 这个念头使我觉得很离奇,且有点不贞洁,甚至接近于粗野了。

最后,她也许不过想上塔季扬娜·帕夫洛芙娜那里去一趟,昨天告诉我的时候并没有任何目的,可我却乱想起来。何况她那句话说得很随便,漫不经心,而且口气很平静,而且是在场枯燥的见面结束时说的。因为昨天我到她那里去的时候,不知为什么,我好像弄得茫无头绪似的:我坐在那里,喃喃地不知道说什么,心里又生气,又畏葸,后来才发现她打算到什么地方去,因此在我要走的时候,她显得很高兴。所有这些思绪不断涌现在我的脑子里。最后我决定:一走进去,按了铃,厨娘出来开门时,我就问:"塔季扬娜·帕夫洛芙娜在家吗?"如果她没有在家,那便是"约会"。但是我没有怀疑是约会,没有怀疑!

我跑上楼梯,就在楼梯上的寓所门前,我的所有的担心全都消失了。"唔,随他去吧,"我心想,"只求早点看到结果!"厨娘开了门,用可恶的沉着的口气说,塔季扬娜·帕夫洛芙娜不在家。"有没有别的人? 有人等塔季扬娜·帕夫洛芙娜吗?"我想这样问,但是没有问,心想"最好自己去看看",于是便对厨娘说我要等候一下,脱去了皮大衣,开了门……

卡捷琳娜·尼古拉耶芙娜坐在窗旁,正在"等候塔季扬娜·帕夫洛芙娜"。

"她怎么不在呢?"她一看见我,就突然问我,似乎又关心又烦恼。她的嗓音和脸色完全出乎我的意料之外,使我在门口上踌躇着,不敢进去了。

"谁不在?"我喃喃地问。

"塔季扬娜·帕夫洛芙娜!我昨天不是请您转达,我三点钟要上她这里来吗?"

"我……我并没有见到她。"

"您忘记了吗?"

我垂头丧气地坐了下来。原来是这么回事!主要的是,事情本来就很明显,就像一加一等于二一样,而我——我还是固执地相信着。

"我并不记得您叫我转达她什么。再说您也没有托过我。您不过说您三点钟要来这里。"我不耐烦地说,并没有看她。

"咦!"她突然喊起来,"如果您忘记说,但自己又知道我要到这里来,那么您跑到这里来做什么?"

我抬起头来。她的脸上既没有嘲讽也没有怒气,却只有开朗和愉快的笑容,还有一种格外调皮的表情——她永远带着那样的脸色,而且几乎是小孩般的淘气:"你瞧,我把你完全捉住了,你现在还要说什么?"她脸上的整个表情好像这么说。

我不愿意回答,又垂下头去。沉默了半分钟。

"您刚从我爸爸那里来吗?"她突然问。

"我从安娜·安德烈耶芙娜那里来,我并没有到尼古拉·伊万诺维奇公爵那里去……您是知道的。"我突然补上这句话。

"您在安娜·安德烈耶芙娜那里没有出什么事吧?"

"您是不是指我现在这种疯疯癫癫的样子?不,我没有到安娜·安德烈耶芙娜那儿去以前,就已经疯疯癫癫了。"

"在她那里没有聪明些吗?"

"不,没有聪明些。我在那里听说您快要嫁给比奥林格男爵了。"

"这是她对您说的吗?"她突然来了兴致。

"不,这是我转告给她的,而我是刚才在谢尔盖·彼得罗维奇公爵家里时，听纳晓金说的。"

我一直都没有抬眼看她，只要看她一眼，我就是觉得自己充满了光明、快乐与幸福，但我不想成为幸福的人。因为有一种愤恨像利刃一样刺入我的心，我在一瞬间作出了重大的决定。随后我突然开始说起话来，我已经不大记得说了什么。我喘着气，喃喃地说话，但是已经勇敢地看着她。我的心怦怦乱跳。我讲起一些毫不相关的话，但是也许说得极有次序。刚开始时，她的脸上挂着平静而耐心的笑容，认真地听着，但渐渐地出现了惊奇，后来在她凝视的目光中，我甚至看出了一些恐惧。虽然她的脸上还带着笑容，但这笑容似乎时不时地颤栗。

"您怎么啦？"我突然问道，因为看见她全身哆嗦了一下。

"我怕您！"她几乎带着惊慌回答我。

"您为什么不走？现在塔季扬娜·帕夫洛芙娜没有在家，您也知道她不会回来，那么您是不是应该站起身来走出去呀？"

"我想等一等，但是现在……真是的……"

她想站起身来。

"不，不，您坐下来，"我阻止她，"您现在又哆嗦了，但是您在恐惧中也微笑着……您永远带着微笑。您现在完全微笑了……"

"您在说梦话吗？"

"是的，我在说梦话。"

"我怕……"她又喃喃地说。

"怕什么？"

"怕您会打破我们之间的壁垒呀……"她又微笑了，但已经真的露出了畏葸的神色。

"我受不了您的笑！……"

于是我又说起话来了。我的整个身子似乎在飞翔着，好像有什么东西在推动着我。我从来没有这样跟她说过话。虽然我现在还是很畏葸，但我一直在那里说话。我记得，我讲起了她的脸。

　　"我受不了您的笑！"我突然嚷起来，"我在莫斯科的时候，怎么会把您想象成一个威严、华贵的女人，一个喜欢说上流社会那种刻薄话的女人呢？是的，在莫斯科，我还和玛丽亚·伊万诺芙娜谈起过您，猜想您应该是怎么样的一个人……您记得玛丽亚·伊万诺芙娜吗？您到她那里去过吗？我动身到这里来的时候，在火车中整夜梦见您。我到了这里以后，在令尊大人的书房里，对着您的照片足足瞧了一个月，可还是什么也没有猜出来。您脸上的表情是一种孩子气的调皮以及无限的天真。就是的！我上您那里去的时候，总是对您的这种表情感到十分惊奇。哦，您有时也会傲慢地看人，一眼就把人看扁。我记得您那次从莫斯科回来的时候，在令尊大人那里，您如何地看我一眼……我当时看见了您，同时在我走出去的时候，如果有人问我：您长得怎样？我肯定说不出来。甚至连您的身材也说不出来。我一看见您，就头晕目眩了。您的照片完全不像您。您的眼睛不是暗淡的，而是光亮的，只是由于长长的睫毛才显得是暗淡的。您的体态丰满，中等身材，但是您的丰满是结实而灵巧的，是乡下少妇那种健康的丰满。而您的脸也完全是乡村式的，乡下美人的脸——您不要生气，因为这很美，这更美——脸蛋又圆又红润，显得开朗而勇敢的，总是带着笑容，而且……很羞涩！真的，是一张羞涩的脸。卡捷琳娜·尼古拉耶芙娜·阿赫马科娃有一张羞涩的脸！羞涩而纯洁，我敢发誓！何止是纯洁，简直充满了孩子气！您的脸就是这样的！我一直感到惊愕，一直问自己：莫非就是这个女人吗？我现在知道您很聪明，但起初我心想您有点儿傻呢。您的思想很乐观，而且没有丝毫的掩饰……我还喜欢您的脸总是挂着微笑。我一看到你笑就充满了幸福，这是我的天堂！我还喜欢您的安静，您的安详，您说出话来那样的平和、安静，自然得近似于懒散——我就喜欢这种懒散。即使你脚底下的桥折断了，你也会从容不迫，谈吐自如……我以前把您想象得极为傲慢和可怕，但这两个月以来，您在和我说话，就像学生和学生交谈一般……我从来没有想过您有这样的前额：像雕像似的有点偏低，可是在蓬松的头发衬托之下，显得像大理石一般白嫩。您有高耸的胸脯，轻盈的步伐，美艳绝伦的容貌，却没有一点傲气。这一点我现在才相信，过去是一直不相信的！"

她瞪着眼睛，一直在听我这一套古怪的议论。她看见我在哆嗦着。有好几次，她用可爱的、戴着手套的小手动作优美地微微抬起来，想阻止我说下去，但每次都惊疑而且害怕地把手缩回去。有时甚至很快地把全身退缩到后面去。有两三次她的脸上又露出了明朗的笑容，而且还一度涨得通红，但后来竟然被吓坏了，脸色惨白。我刚停顿了一下，她就伸出手来，用似乎哀求但仍然从容的声音说道：

"不能这样说……这样说是不行的……"

突然，她从座位上站起来，不慌不忙地拿起自己的围巾和貂皮手笼。

"您就要走吗？"我喊道。

"我真的怕您……您在滥用……"她缓慢地说，既像是惋惜，又像是责备。

"听我说，我绝不会打破我们之间的壁垒的。"

"您已经开始了，"她忍不住又微笑了，"我甚至不知道您会不会放我走？"她大概果真怕我不放她走。

"我给您开门，您走吧，可是您要知道：我已经作出了一个重大的决定。如果您愿意把我的心灵照亮，那么您就回来，坐下来，只要听我两句话。如果不愿意，您就走吧。我来给您开门！"

她望着我，坐了下来。

"有的女人会激愤地走出去的，而您竟坐了下来！"我陶醉地喊道。

"您以前从来没有说过这种话。"

"我以前总是胆小。我刚才走进来的时候，都不知道该说什么话。您以为我现在不胆怯吗？我是胆怯的。但是我突然下了极大的决心，我认为我能做到。我一下了决心，立刻发了疯，把这些话说了出来……听我说，我就几句话：我是不是您的侦探？请您回答我——这是一个问题！"

她的脸顿时涨得通红。

"您先不用忙着回答我，您在听完了所有我的话以后，再实话告诉我。"

我一下子冲破了所有的障碍，飞翔到广阔的空间里去了。

二

"两个月以前，我站在此地的帘后……您知道的……您同塔季扬娜·帕夫洛芙娜讲起关于那封信的事情。我跳了出来，忘其所以地说露了几句话。您马上明白我一定知道点什么……您不会不明白……您在找一个重要的文件，为它担忧着……请等一等，卡捷琳娜·尼古拉耶芙娜，您且先忍着别开口。我对您说，您的怀疑是有根据的：这个文件客观地存在着……也就是说它是有的……我看见过的，是不是您给安德罗尼科夫的信，是不是？"

"您看见这封信吗？"她迅速地问，露出惭愧和惊惶的样子，"您在哪里看见的？"

"我看见……我在克拉夫特那里看见的……就是那个自杀的人……"

"果真是吗？您自己看见吗？他把它怎样处置的？"

"克拉夫特把它撕碎了。"

"当着您的面吗，您看见了吗？"

"当着我的面。他大概在临死之前把它撕碎了……我当时还不知道他会自杀的……"

"那么它是被毁掉了，真是谢天谢地！"她缓缓地说，叹了一口气，还画着十字。

我没有对她说谎。也就是说，我虽然说了谎，因为那个文件在我手里，从来没有在克拉夫特那里，但这不过是一件小事，而最关键的一点是我并没有说谎，因为在说谎的时候，我就已经决定在当天晚上把这封信烧掉。我敢发誓，如果这时候，这封信放在我的口袋里，我会掏出来交还给她的，但是我身上并没有揣着这封信，而是放在寓所里。不过也许我不会交给她的，因为我当时恐怕会羞于向她直说这封信在我身上，我把它保存得这么长久，等候着，不肯交出来。但结果是一样的：在家里把它烧掉也不算说谎！我在这时候是纯洁的，我敢发誓。

"既然如此，"我几乎忘情地继续说，"那就请您告诉我：您亲近我、笼络我、接待我，是不是因为怀疑我知道这个文件的缘故？您等一等，卡捷琳娜·尼古拉耶芙娜，请您再等一分钟不要说话，让我把所有的话全都说完。我每次上您那里去，一直在那里怀疑，您亲近我的唯一目的，只是为了想从我那里探出这封信来，使我供认出来……您再等一会。我怀疑着，但我感到痛苦。您的欺骗对于我来说是无法忍受的，因为……因为我发现您是一个极正直的人！我就实话实说了吧，我曾经是您的敌人，但是我发现您是一个极正直的人！于是我一下子就完全被征服了。但是欺骗，对于欺骗的怀疑，使我非常难受……现在一切应该加以解决，一切都应该解释清楚，这个时刻已经到了。您再等一会，您还是不要说话。您会知道我自己对于这一切，现在，在此刻是怎么看的。我直截了当地说：如果真是这样的，那么我并不生气……我想说——我不会感到侮辱，因为这是极自然的，我明白。这里怎么会有不自然和不好的地方呢？您被这文件折磨着，您怀疑某个人全都知道，您自然要希望这个人说出来……这里并没有什么不好的地方，一点什么也没有。我是诚恳地说着这话的。但是，我还是要您现在对我说出来……供认出来（对不起，我用了这个字眼）。我需要真相。虽然不知为什么，但我需要这样！好了，请您说吧。您这样亲近我，是不是为了向我探出这个文件……卡捷琳娜·尼古拉耶芙娜？"

我一面说，一面似乎要倒下地去，我的额头在发烧。她听到最后，脸上已经没有了惊慌的神色，相反地，却露出了动情的脸色，但她望着我的眼神，似乎有点怕羞，有点害臊。

"就是为了这个，"她缓缓地低声地，"请您饶恕我，是我错了。"她突然补充了一句，两手微微地向我举起。我怎么也料不到会这样。我什么都料到了，就是没有料到这两句话，竟会从我早已了解的她的嘴里说出来。

"您竟对我说：'是我错了！'您竟直率地说：'是我错了'吗？"我喊了出来。

"我早已感觉到我在您面前是错的……我现在甚至很高兴说了出来……"

"您早就意识到了吗？为什么您以前没有说出来？"

"我不知道怎么说，"她微笑了一下，"也就是说，我是知道的，"她又嫣然一笑，"但总有点不好意思……因为起初的时候我确实为了这件事情'笼络'您，像您所说的那样，但后来我很快就觉得十分讨厌……我讨厌这种虚情假意，请您相信我的话！"她痛心地补充一句，"连整个这件麻烦事也让我觉得很讨厌！"

"那当时您为什么，为什么不问一下，直截了当地问一下？您甚至可以说：'你是知道这封信的，你何必装假呢？'我当时就会完全说出来，立刻承认的！"

"但是我……我有点怕您。说实话，我还不信任您。说实话：如果说我耍了花招，您不也是吗？"她笑了笑，补充道。

"是的，是的，我是不值得信任的！"我惊愕地喊，"唉，您还不知道我是堕落到如何深邃的地狱中呢！"

"深邃的地狱都来啦！我是知道您的说话技巧的，"她轻声地笑了，"这封信是我一生最可悲、最轻浮的举动。"她伤心地接着说："我一想到这举动，我就永远受到良心的责备。我受了当时发生的事故的影响，对我亲爱而宽厚的父亲的健康起了怀疑。我知道这封信会落在……恶人们的手中……我有充分的理由这样想（她热烈地说），我担心有人会利用它，拿给爸爸看……这会给他留下可怕的印象……在他这种身体状况下……会影响到他的健康……他会不再爱我的……是的。"她直视我的眼睛，大概在我的眼神里捉到了一点什么，所以补充道："是的，我也担心我的命运。我怕他……受了他的病体的影响……会剥夺我应该从他那里领受到的恩惠……这个担心也是有的，不过，想必我这是在贬低他。他是那么善良和大度，既然他知道了这事，我想他也会饶恕我的。整个事情就是这样，至于我这样对待您，那是不应该的。"她说完了以后，突然又羞惭起来。"您把我弄得羞愧起来了。"

"不，您是不必羞愧的！"我叫道。

"我确实对于您的热情……有所希冀……我承认这一层。"她说着，垂下眼睛。

"卡捷琳娜·尼古拉耶芙娜！谁叫您，请问，谁叫您对我说出这样坦白的话来的？"我如痴如醉地喊着，"您尽可以站起来，用极优雅的措辞，和最巧妙的方式，向我证明，像一加一等于二似的向我证明，这事虽然是这样，但又不是这样，您很清楚，你们上流社会里通常都善于这样来应付事实真相的，你干吗不这样做呢？要知道我是一个愚蠢和粗鲁的人，我会立刻相信您的，无论您说什么话，我都会相信的！您这样做不是轻而易举的吗？难道您是真的怕我？要不您怎么会在一个冒失的人面前，在一个可怜的少年面前甘愿低声下气呢？"

"至少在这一点上，我并没有在您面前低声下气呀。"她喊着，举起一只手来，似乎要竭力遮住自己的脸。"我昨天就觉得害臊，因此您坐在我那里时，我真是十分不自在……事情是这样的，"她补充地说，"现在我的各种事情一下子都纠缠在一起，逼得我必须最终弄清这封倒霉的信的真实情况，本来我已经开始忘记它了……因为我在家里接待您，并非仅仅是为了这个的。"她突然补充了这句话。

我的心颤栗了。

"当然不是的,"她露出柔细的微笑,"自然不是的!我……阿尔卡季·马卡罗维奇,您刚才说得很准确,我和您谈话,时常像学生和学生交谈一般。您知道,我对社交界里有时觉得十分烦闷,尤其从国外回来以后,在家庭中发生了那些不幸的事情以后,更是如此……我现在甚至不大上什么地方去,也并不单只由于懒惰。我时常想到乡下去。我可以在那里读遍我喜欢的书,这些书我早已放在一边,因为老是没有工夫去读。我已经对您说过。您是否还记得?您还笑我只读俄国报纸,一天读两份报?"

"我没有笑呀……"

"当然,因为这一切也使您感到激动,我早就对您说过:我是俄国人,我爱俄罗斯。您肯定还记得。我和您总是读着'事实',这是您起的用语(她微笑了一下)。您虽然时常有点……古怪,但您有时十分活泼。您永远会说出准确的话。凡我所感兴趣的一切,也会使您产生兴趣。在您成为'学生'的时候,您是可爱而且古怪的。至于其他的角色,大概和您不大相合,"她带着迷人而狡黠的笑容补充说,"想必您一定还记得,我们有时整整的几个小时内只谈论一些数字、计算和衡量,关心我们有多少学校,文化有什么趋向。我们计算凶杀案和刑事案件,拿来和好的消息相比较……我们想知道这一切将奔向何处去,我们自己将有什么结果。我在您身上看到了诚恳。在交际社会上,人们是永远不和女人们谈论的。上星期,我和某公爵谈起俾斯麦思想,因为我对他产生了很大的兴趣,而自己又有些问题不能解决。您想一想,他坐在旁边,开始对我讲,甚至讲得很详细,但总是带着嘲讽以及让我无法忍受的宽容的态度,如果我们女人过问'不是自己分内的事情',那些'大丈夫'们就用这种态度和我们女人谈话……您记不记得,我和您几乎就是为了俾斯麦吵起嘴来的?您对我说,您有比俾斯麦思想'更加清楚'的观念,"她突然笑了起来,"我平生只遇见两个人和我十分正经地说话：一个是我那个已经去世的丈夫，他是一个非常非常聪明……且是十分正经的人，"她用着重的态度说，"还有一个……您自己知道是谁……"

"韦尔西洛夫！"我喊了出来。她的每句话几乎都使我屏住呼吸倾听着。

"是的，我很爱听他的说话，我后来和他完全……也许太公开了，但是当时他也没有相信我！"

"没有相信吗？"

"是的，从来没有人相信我。"

"但是，韦尔西洛夫，韦尔西洛夫！"

"他不是简单地不相信，"她垂下眼睛，似乎奇怪地微笑了一下，"而是认为我身上有'种种恶习'。"

"可您并没有呀！"

"不，我是有一些的。"

"韦尔西洛夫不爱您，因此不了解您。"我眼睛发亮地喊了出来。

她的脸上抽动了一下。

"不要说这个，不要对我提……这个人，"她情绪激动地，十分坚决地说道，"但是够了，我该走了（她站起身来，准备就走）。那么，您愿意饶恕我吗？"她直视我的眼睛问道。

"叫我……饶恕……您！听我说！卡捷琳娜·尼古拉耶芙娜，您不要生气！您果真要出嫁了吗？"

"这事还没有最后定下来。"她嗫嚅地说，似乎有点惧怕。

"他是好人吗？对不起，请您饶恕我提出这个问题！"

"是的，他是很好的……"

"别再说了，您不用回答给我！我明明知道不该问您这种问题！我只想知道他能否配上您，但我会自己打听出来的。"

"唉，您听我说！"她惊恐地说。

"不，我不听，我不听。我会回避……不过，我只想说：愿上帝给您一切的幸福，您自己选择的一切的幸福……为了您现在给我这许多的幸福（在这一小时内），您永远印刻在我的心灵里。我得到了一件宝物，那就是看到了您的完美。我怀疑过您奸诈，怀疑过您卖弄粗俗的风情，我感到不幸……因为我无法将这种看法跟您联系在一起……在最近的几天内，我日夜地思考，突然一切像白昼般的显明了！我走进来的时候，原以为离开时，我带走的印象将会是伪善、奸诈、一条刺探隐情的恶蛇，但我在这里发现了纯洁、美好，一个大学生！……您在笑吗？笑吧，笑吧！您是神圣的，您才能笑神圣的一切……"

"我之所以笑，是因为您说出了这一套可怕的话语……请问，'刺探隐情的恶蛇'是什么意思呢？"她笑了出来。

"您今天脱口地说出一句宝贵的话来，"我继续欢欣地说，"您怎么能在我面前说'我对您的热情有所希冀'呢？虽然您是神圣的，甚至连这种事也承认，设想着自己有什么错处，您想惩罚自己……然而，您毕竟可以不说出这句话的，也就是说不用这么表达的……您这种甚至超乎寻常的诚挚，只能表示您的崇高的贞洁，对我的尊敬，对我的信赖。"我语无伦次地惊叹道，"咦！您不要脸红，您不要脸红！……谁能造谣，谁能说您是一个风流的女人呢？哦，请您恕我：我在您的脸上看出了痛苦的表情。讲您饶恕一个疯狂的少年说出那些笨拙的话语吧！可是现在用什么字眼、用什么措辞难道是关键的吗？任何语言都无法形容您的高尚。不是吗？……韦尔西洛夫有一次说过，奥瑟罗杀死了苔丝德蒙娜，然后自杀，并非因为他忌妒和吃醋，而是因为他的理想被埋葬了……我很理解这一点，因为今天我又找回了我的理想了！"

"您把我夸奖得太厉害了，我是不值得的。"她动情地说，"您还记得吗？我跟您说过您的眼睛是什么？"她开玩笑似的补充了一句。

"您说我的眼睛不是眼睛，而是两个显微镜，又说我把每一只苍蝇夸大为骆驼！不，这不是骆驼……怎么，您要走吗？"

她站在屋子中央，手里拿着手笼和围巾。

"不，我等您先出去，我等会再走。我还要给塔季扬娜·帕夫洛芙娜写两句话。"

"我马上就走，马上就走，祝您的幸福，无论是您一人，还是您所选择的那位，愿上帝赐给您幸福！我——我所需要的只是理想！"

"亲爱的、善良的阿尔卡季·马卡罗维奇，您相信我对于您……我的父亲永远说您是：'一个可爱而善良的小孩！'请您相信，我会永远记住您所讲的那个被遗留在别人家里的可怜的小孩子和他那孤独的幻想……我很理解您的心灵是怎样构造的……但是现在，我们虽然是学生，"她说着，露出恳求而羞涩的微笑，握了握我的手。"但是，我们已经不能再像以前似的见面了，您明白这意思吗？"

"不能吗？"

"不能的，再也不能的了……这是我的错……我看出现在是完全不可能的……我们有时可以在爸爸那里见面……"

"您是怕我的'热情'吗？"我本想喊出来，但她突然对我露出那种羞愧的样子，使我的话根本说不出来。

"您说，"她突然在门口拦住我，"您自己看见……那封信……被撕毁了吗？您记得很清楚吗？您为什么当时会知道那一定就是我给安德罗尼科夫的信呢？"

"克拉夫特把信里的内容讲给我听，甚至还给我看过……再见吧！我坐在您书房里的时候，在您的面前时，我总是很胆怯，但等您一走，我竟甘愿扑过去，亲吻你的脚曾经站过的那个地方……"我突然不知不觉地说了出来，自己也不知道怎么回事，而且为了什么，接着我再也不看她一眼，迅速地走出去了。

我跑回家去，心里感到非常的欢欣。一切都像旋风般在大脑里闪过，但我的心是充实的。我走进母亲家里的时候，突然想起了丽萨对安娜·安德烈耶芙娜怀恨在心的那个情节，想起了她刚才所说的，那些古怪而残忍的话，我的心突然为他们这些人痛楚起来了！"他们这些人的心肠怎么这样硬呀！连丽萨也是，她究竟怎么啦?"我站在台阶上想着。

　　我把马特维打发走了，吩咐他九点钟上我的寓所去候着。

第五章

一

　　我来迟了，但是他们还没有坐下来吃饭，而是在等我。也许因为我平常不大在他们那里吃饭，所以这回甚至特别添了一点菜：凉菜里还添上了沙丁鱼，等等。但是，使我惊异和忧愁的是，我看见他们大家似乎有什么焦虑的事情，皱紧着眉头。丽萨看见我时，只勉强微笑了一下；母亲显然很不安；韦尔西洛夫满脸堆笑，却是勉强装出来的。"他们是不是吵嘴了呢？"我不由猜想着。不过，起初一切都很好，只有韦尔西洛夫面对疙瘩汤时，略微地皱了一下眉头，可在端上肉馅饼时，却露出一个夸张的鬼脸。

　　"只要我说过哪种菜我的胃受不了，那么第二天就会发现这道菜的。"他恼恨地脱口说出这句话来。

　　"可是，安德烈·彼得罗维奇，叫我还能想出什么来呢？怎么也想不出新的菜样来了。"母亲畏葸地回答。

"你母亲和我们的有些报纸正好相反，这些报纸总觉得越新越好。"韦尔西洛夫想用一些有趣和友善的话使气氛轻松下来，但似乎没有弄好，更加使母亲吓得厉害。她一点也不明白为什么把她和报纸相比，因此惊疑地环顾着。就在这时，塔季扬娜·帕夫洛芙娜走进来了，说了声她已经吃过饭了，便坐在母亲身旁的沙发上面。

我至今还未能博得这位太太的欢心，相反地，她对我的攻击甚至更加厉害了。最近的这段时间，她对我的不满变本加厉。她看不惯我那身漂亮的衣服，丽萨还告诉我，当她知道我备了一辆快马车以后，几乎昏晕了过去。弄得我尽可能地避免和她相遇。两个月以前，韦尔西洛夫在退还遗产之后，我曾经上她家去谈论韦尔西洛夫的这个举动，但我没有看出她有一点赞许的意思，相反地，她竟异常愤怒。她很不满意韦尔西洛夫把全部遗产都退还出去，而没有留下一半。她当时就坚决地对我说：

"我敢打赌，你相信不相信，他肯定既把钱交出去又提出决斗，仅仅是为了改变阿尔卡季·马卡罗维奇对他的看法。"

结果，她差不多猜到了：实际上我当时确实有种感觉。

她刚走进来，我立刻明白她一定会攻击我的，甚至有点深信她就是为了这件事情而来的，因此我突然开始异常的放肆起来，而且这样做一点儿也不费力，因为由于刚才发生的事，我一直处于快乐和喜悦的状态中。我最后一次对读者说，有生以来，我始终不宜于放肆，也就是说我不应该放肆，因为那与我的身份不合，而且会使我出丑。现在也是如此。没过一会儿我就说走了嘴。我没有任何恶意，纯粹是出于轻率。我看见丽萨异常沉闷，便突然开口说了一句话，甚至没有想到我所说的是什么：

"我只是偶尔在这里吃一顿饭，丽萨，你却好像故意似的，做出这种沉闷的样子来！"

"我头疼呢！"丽萨回答。

"哎哟，我的天呀，"塔季扬娜·帕夫洛芙娜当时就插上来了，"有病算什么？阿尔卡季·马卡罗维奇降临到这里来吃饭，你就应该开心得跳舞才对。"

"您就是我一生中的扫帚星，塔季扬娜·帕夫洛芙娜，以后只要您在这里，我绝对不来了！"我动了真气，用手掌朝桌上拍打。母亲哆嗦了一下。韦尔西洛夫奇怪地看了我一眼。我突然大笑了一声，向他们赔罪。

"塔季扬娜·帕夫洛芙娜，我把我那句扫帚星的话收回来。"我对她说，继续露出放肆的态度。

"不，不，"她厉声说，"我做你的扫帚星比不做要荣幸得多，你相信吧。"

"我的亲爱的，必须忍受生命中小小的不幸，"韦尔西洛夫微笑地喃语着，"没有不幸就不能算作真正的生活。"

"您知道，您有时是极可怕的守旧派。"我喊道，神经质地笑了。

"我的朋友，我不在乎你这么说！"

"不，不能不在乎！当他是一头笨驴的时候，您为什么不对他直说出来？"

"你是指自己吗？首先，我不愿意，也不能评判任何人。"

"您为什么不愿意？您为什么不能？"

"因为我懒，而且很厌恶。有一次，一个聪明的女人对我说，我没有判断别人的权利，因为'我不知道什么叫悲哀'，所以不会成为别人的裁判官。一个人必须从悲哀中赚得评判人的权利。这句话说得有点夸张，但是对于我也许是实在的，因此我甚至乐于听从她的意见。"

"难道是塔季扬娜·帕夫洛芙娜说的吗？"我喊道。

"你怎么会知道的？"韦尔西洛夫带着一点惊异的样子看了我一眼。"我从塔季扬娜·帕夫洛芙娜的脸上猜出来的，她的脸突然抽动了一下。"

我是偶然猜中的。事后才晓得这句话确实是塔季扬娜·帕夫洛芙娜对韦尔西洛夫在一天热烈的谈话时说出来的。总的说来,我要再重复一遍,我那么开心、那么冲动地攻击他们大家,是不合时宜的。他们每人都有自己的心事和极痛苦的心绪。

"我一点也不明白,因为这一切是那样的抽象。您有一个特质:您太喜欢抽象地说话,安德烈·彼得罗维奇。这是一个自私的特质,唯有利己主义者才喜欢说抽象的话。"

"这话说得倒不愚蠢,但你不要尽缠住不放呀。"

"不,我是由于洋溢的情感而说出来的。什么叫作'从痛苦中赚得评判别人的权利'?凡是诚实的,都可以成为裁判官的——这就是我的看法。"

"在这种情形之下,你找不到许多裁判官的。"

"我知道一个人。"

"谁?"

"他现在坐着和我说话。"

韦尔西洛夫奇怪地笑了一下,俯身就着我的耳朵,抓住我的肩膀,对我微语道:"他尽对你说谎。"

我至今不明白,他当时心里想什么,但是他在那个时候显然处于异常激动的心境中(我后来才明白过来,为了一个消息)。但是这句"他尽对你说谎"的话,他说得那样的突然,那样的正经,而且用那样奇怪的并不是开玩笑的口气,使我的整个身子似乎神经质地颤栗了一下,几乎感到惊惧,奇怪地瞧了他一眼。韦尔西洛夫连忙放声笑了起来。

"真是谢天谢地!"母亲说。她为了他对我附耳微语吃了一惊,"否则我会以为……阿尔卡季,你别生我们的气。在这个世界上,即使我们不在你身边,也总会有聪明的人跟你在一起,可是如果我们彼此不相爱,那还会有谁来爱你呢?"

"母亲，亲属之间的爱情之所以不正当，就因为它不是赚来的。爱情是应该赚来的。"

"你还可以去赚，我们并不是为了什么理由才爱你的。"

大家哄地笑了。

"母亲，您也许并不想开枪，却竟然杀死了一只鸟！"我也大笑地喊着。

"你真是会想象，你有什么使人家爱你的地方，"塔季扬娜·帕夫洛芙娜又开始攻击了，"人家毫无理由地爱你，那是因为克制了厌恶才爱你的！"

"不对！"我高兴地回答，"您知道不知道，今天也许有人对我说过爱我呢？"

"那是人家在笑话你呢！"塔季扬娜·帕夫洛芙娜突然用似乎恶狠狠地、不自然的表情接过话头，仿佛就等候我说出这句话似的。"是的，一个优雅的人，特别是女人，会单只由于你心灵上的龌龊就嫌恶起来的。你的头发梳得油光，你穿上讲究的衬衣，你的衣服由法国人缝制，但这全是一堆烂泥！谁给你做衣服，谁养活你，谁给你钱去玩轮盘赌的？你想一想，你不要害臊，从谁那里拿钱来用的？"

母亲脸上涨得通红，我从来没有在她的脸上看见过这样的羞愧。我的整个身体被抽动了一下：

"如果我花钱，那么我花的也是自己的钱，我没有向任何人报告的义务。"我满脸通红地说。

"什么自己的钱？哪一笔是自己的钱？"

"不是我的，那就是安德烈·彼得罗维奇的。他不会拒绝我的……我向公爵那里借钱是归到他欠安德烈·彼得罗维奇的账上去的……"

"我的朋友，"韦尔西洛夫突然口气坚决地说，"他那边没有一个戈比是我的。"

这句话十分重要。我当时就愣住了。哦，我想起我当时那种矛盾的、莽撞的心绪，我觉得我本来可以用一种"正直"的冲动的行为，或是一句夸大的话，或是别的什么方式就此脱身的，但我突然在丽萨皱紧眉毛的脸上看出了一种气愤和责备的神色，一种对我不公道的表情，几乎是一种嘲笑，于是我又鬼迷心窍起来。

"小姐，"我突然对她说，"您大概经常到公爵的寓所里去访问纳斯塔西娅·叶戈罗芙娜吧？您可不可以把这三百卢布转交给她，您为了这笔钱今天已经责备过我了！"

我掏出钱来递给她。信不信由你，我当时说出这几句卑劣的话，是没有任何目的，也就是说并没有一点点的暗示。而且这样的暗示也不会有的，因为在那个时候我一点也不知道任何隐情。也许我只是想用什么话来挖苦她一下，意思是说：小姐，您这是多管闲事，既然您一定要管，"既然您那么想干涉年轻男人的事"，那么您不妨去见见这公爵，见见这个年轻的男人——彼得堡的军官，亲自把这笔钱转交给他！然而，使我大吃一惊的是，母亲突然站起身来，对我举起手指威吓我，大声喊道：

"不许说这种话！不许说！"

我绝不会想到她竟然会这样，于是我自己也从座位上跳起来，并不是惊惧，而是出于一种悲哀的、痛苦的、心灵上的伤痛，突然猜到发生了一件严重的事情。但是，没过多久，母亲就支撑不住了。她用手掩住脸，迅速地从屋内走出去了。丽萨甚至连看也没看我一眼，就跟着她一块儿出去了。塔季扬娜·帕夫洛芙娜默默地对我望了半分钟。

"你难道果真想闯出点事情来吗？"她莫名其妙地嚷了一句，非常吃惊地望着我，但没有等我的回答，也跟着她们跑出去了。韦尔西洛夫露出不愉快的、几乎恼怒的神色，从桌旁站起来，去屋角拿起帽子。

"我想你并没有那么傻，只是有点天真罢了，"他嘲笑地对我喃语，"要是她们回来，你就说不必等我吃甜点心，我要出去走一走。"

只剩下了我一个人。起初我觉得奇怪，后来又觉得恼恨，结果我又清楚地看出是我错了。然而，我不知道我的错处在什么地方，只是有点感觉罢了。我坐在窗旁，等候着。等了十分钟，我也拿起帽子，上楼到我的以前的小屋里去。我知道她们在那里，那就是母亲和丽萨。塔季扬娜·帕夫洛芙娜已经走了。我发现她们一块儿坐在我的沙发上面，低声说着什么。我一出现，她们立刻停止了交谈。使我吃惊的是，她们并不生我的气，母亲甚至还对我微笑了一下。

"母亲，我错了。"我开始说……

"唔，唔，不要紧，"母亲接上去说，"只要你们彼此相爱，永远不要吵嘴，上帝会赐给幸福的。"

"母亲，他从来不会欺负我，我敢肯定！"丽萨坚定而动情地说。

"如果不是这个塔季扬娜·帕夫洛芙娜，是不会弄出这种事情来的，"我喊道，"她是很坏的！"

"您看见了吗？母亲？您听见吗？"丽萨指着我对她说。

"我要对你们两人说，"我郑重其事地说，"如果世界上是坏的，那么坏的只有我一个人，其余的都是美好的！"

"阿尔卡季，你不要生气，亲爱的，如果你真的能够停止……"

"你是说赌博吗？赌博吗？我会停止的，母亲。我今天去最后一次，尤其在安德烈·彼得罗维奇当众宣布他没有一戈比的钱在那里以后，您要相信，我是如何的脸红……不过我应该和他解释一下……母亲，亲爱的，上次我在这里说了一句……笨拙的话……母亲，我在那里胡说八道。现在我要真心诚意地信仰上帝，当然我不过是在那里装腔作势罢了，我很爱基督……"

上次我们确实谈过这一类的话，当时母亲十分伤心，感到不安。现在她听我说了这句话，对我微笑了一下，好像对婴孩笑似的：

"阿尔卡季，基督会饶恕一切的，他会饶恕你所说过的坏话，比你更坏的话基督也会饶恕的。基督是父，基督没有困难的事，甚至在极深的黑暗里也会发光的……"

　　我和她们告别后，走了出去，想着今天有没有见到韦尔西洛夫的机会。我极想和他谈几句话，刚才是不大方便的。我怀疑他可能在我的寓所里等候我。于是我徒步走去。从暖和的屋子里出来，开始觉得有些寒意，走一走倒是挺舒坦的。

二

　　我住在沃兹涅先斯基桥附近的一个院内的大房子里。我刚要跨进院门，就和刚从我那里出来的韦尔西洛夫撞了个正着。

　　"我散步时，照我的习惯走到你的寓所那里，甚至在彼得·伊波利托维奇那里等候你一下，但是感到烦闷起来。他们夫妇永远拌嘴，今天他的太太甚至躺下来哭了。我看了看，就出来了。"

　　不知为什么我开始觉得烦起来。

　　"看来您是只上我这里来走动了，除了我和彼得·伊波利托维奇以外，您在整个彼得堡就没有一个人家可去了吗？"

　　"我的朋友……要知道这无关紧要。"

　　"现在您要上哪里去呢？"

　　"不，现在我不高兴回到你那里去了。如果你愿意，我们可以走一走，晚上的天气很好。"

　　"如果您不和我谈论抽象的问题，而跟我讲点做人的道理，譬如说，只要您能对我暗示一下，关于这万恶的赌博，我也许不会像傻瓜似的迷恋了。"我突然说。

　　"你在忏悔吗？这很好！"他缓缓地说道，"我一直在猜想，赌博并不是你喜欢干的事情，而只是暂时迷失……你说得对，我的朋友，赌博是愚蠢的行为，再加上会把钱全都输光的。"

　　"还输掉别人的钱。"

"你输掉别人的钱了吗?"

"输掉了您的钱。我向公爵那里取钱是算在您的账上的。当然,从我这方面来讲,这是极荒唐和极愚蠢的……那就是认为您的钱是我自己的钱,但是我老想赢一下子。"

"我再提醒你一下,我的亲爱的,他那里并没有我的钱。我知道,这个年轻人自己的经济都非常拮据,所以我并不认为他欠我什么钱,虽然他答应过我。"

"这样说来,我处于更加恶劣的局面里了……我处于一个滑稽的局面里!既然这样,他为什么要给我钱,我为什么要收他的钱?"

"这是你的事情……你果真没有一点点收他钱的理由吗?"

"除去朋友的交情以外……"

"除去朋友交情以外,一点也没有吗?有没有那种事情,你为了它认为有向他要钱的可能呢?或是为了某种的考虑呢?"

"为了什么考虑?我不明白。"

"不明白那更好,说实话,我的朋友,我是深信这一层的,现在你努力想办法不要再赌博了吧。"

"如果您早点对我说出来,那才好呢!即使现在,您对我说话也是有气无力的。"

"如果我早点说了出来,我和你只不过吵一下嘴,你也不会在晚上那样高兴地接待我的。你知道,我的亲爱的,所有那一套事前解劝的话语,不过是为了别人的事情闯到别人的良心里头罢了。我时常喜欢闯进别人的良心里去,但结果是撞破了头,还受到了一阵嘲笑。对于撞破头和受嘲笑,当然不必去管,但主要的是,用这种方式是绝不会达到任何目的的。无论你怎样闯进去,都没有人肯听你的话……而且大家都会厌恶你的。"

"我很高兴您开始和我讲论不是抽象的问题。我还问您一桩事情,我早就想问,但总有点不方便似的。幸而我们在街上。您记得,那个晚上在您那里，在最后的一个晚上，两个月以前，我和您坐在我的'棺材'里，我向您详细打听关于母亲和马卡尔·伊万诺维奇的事情，您记不记得。我当时对您有多'放肆'？怎么能允许一个乳臭未干的儿子用那种字眼来议论母亲呢？但结果怎样呢？您非但对此不置一词，反而自己'敞开心扉'，因此更加使我露出放肆的态度来了。"

"我的朋友，我听你的说话感到十分愉快……你的话语里带着这许多的情感……是的，我记得很清楚，我当时确实曾等候你脸上出现红晕，如果我自己给你鼓气的话，那也许就是想让你放肆到极端……"

"而您当时只是让我失望，把我心灵里那洁净的源泉给搅浑了！是的，我是一个可怜的少年，我时常自己不知道什么是恶，什么是善。您当时只要给我一点点指示，我就会猜出来，立刻走上正路的。但是，您当时不过是惹我气恼。"

"Cher enfant，我永远预感到，无论怎样，我和你总会取得一致的看法的。现在，你脸上的这个'红晕'自然而然地来了，而且用不着我指示。我敢发誓地说，这样对于你将更加好些……我的亲爱的，我看出你近来有许多新的收获……难道在跟那个小公爵的交往中获得的吗？"

"您不要夸奖我，我不喜欢这个。您不应该在我的心里留下苦恼的猜疑，让我怀疑您的夸奖只不过是口是心非，违背真理，只为了不断地博得我的喜欢。最近这段时间……您知道……我经常去拜访女人们。譬如说，我受到安娜·安德烈耶芙娜很好的优待，您是知道的！"

"我是从她那里知道的，我的朋友。是的，她是极可爱的，极聪明的人。不知怎么回事，今天我心烦得出奇——难道我得了忧郁症了吗？我认为这是痔疮引起的。家里情况怎么样？没什么事吧？你已经和她们言归于好，而且拥抱过了吗？这是不必说的。有时候回到她们那里去，我心里会感到非常的忧愁，即使在最坏的天气下散步以后，回去时也是如此。有时宁愿在雨中多转一个弯，只为了在外面多待一些时候，可以不回到自己的巢穴里去……无聊呀，真是无聊得要死，唉，天呀！"

"母亲……"

"你的母亲是一个极完美、极可爱的人，但是……总之，大概我和她们相比是太没有价值了。顺便说说，她们今天发生了什么事？她们在最近的几天里全是这样的……你知道，我总是竭力使自己不去理会她们的事情，但是今天她们一定是出了什么事情……你一点也没有觉察出来吗？"

"我真的一点也不知道，甚至完全没注意到，如果不是那个万恶的塔季扬娜·帕夫洛芙娜，她是不可能不咬人的。您说得很对，她们那边肯定有什么事。刚才我在安娜·安德烈耶芙娜那里遇见了丽萨，她在那里也露出那种表情……甚至使我吃惊。您知道她到安娜·安德烈耶芙娜那里去过吗？"

"我知道的，我的朋友。但是你……你刚才什么时候到安娜·安德烈耶芙娜那里去的？几点钟去的？我需要知道这一点，以便弄清一件事。"

"在两点到三点之间。我出来的时候，公爵正来了……"

于是，我就把我当时拜访的情形极详细地告诉给他听。他默默地倾听着，对于公爵会向安娜·安德烈耶芙娜求婚这一层，他不发一言；对于我那样欢欣地恭维安娜·安德烈耶芙娜的言辞，他含糊地说："她是可爱的。"

"我今天让她大大吃了一惊，因为我告诉她一条刚刚出炉的社交界新闻，那就是卡捷琳娜·尼古拉耶芙娜·阿赫马科娃将嫁给比奥林格男爵一事，使她非常吃惊。"我突然说了出来，仿佛我一下子失去了某种控制。

"是吗？可是你想不到吧，她还在今天中午以前就把这条'新闻'告诉了我，那就是在你说出来以前，那么你怎么会使她吃惊呢？"

"真的吗？"我一下子怔住了，一动不动地站在原地，"她是从哪里知道的？其实我算什么？她当然会比我先知道，但奇怪的是，她听我说这些时，竟好像在听着一件完全新鲜的消息一样。不过……不过我算得了什么？豁达大度万岁！应该大度地容忍人们的性格，不是吗？譬如说，我就什么也藏不住，马上会说出去的，而她却像鼻烟壶上的封盖……随它去吧，随它去吧，不过她仍然是极可爱的人，她拥有极好的性格！"

"那是毫无疑问的，每个人都是不一样的！最奇特的是：这些性格极好的人，有时会用最奇特的方式为难别人。你简直想不到，今天安娜·安德烈耶芙娜突然问我：'您爱不爱卡捷琳娜·尼古拉耶芙娜·阿赫马科娃？'"

"多么奇怪的和不可思议的问题呀！"我喊了出来，又怔住了。我激动得甚至眼前发黑。我还从来不敢开口跟他谈这个话题，可是——现在他自己倒……

"她做了什么说明没有？"

"没有，我的朋友，根本没有。鼻烟壶又盖上了，而且盖得更紧。主要的是你要注意，我甚至从来没有想过人家有可能跟我谈这种话，更不用说她……不过，你自己说了解她，所以你可以想想，她怎么会冒出这个问题……你已经知道点什么了吧？"

"我和您一样，也是被弄得茫无头绪。也许是出于一种好奇，纯粹是开玩笑？"

"相反地，是一个极正经的问题，不是问题，几乎是质问，显然是为了极紧急的、极严重的原因。你还要上她那里去吗？你能不能打听一下？我甚至要恳求你，你瞧……"

"但关键在于，她怎么可能——怎么可能偏偏认为您爱着卡捷琳娜·尼古拉耶芙娜的呢？对不起，我还没有回过神来。我永远，永远不允许自己和您谈这个问题或和这一类的问题……"

"你这样做是很合理性的，我的亲爱的。"

"关于你俩早先的行情和关系，这个话题在我们之间当然是不成体统的，就我这方面来说甚至是愚蠢的。但是，最近以来，也就是最近的几天内，好几次对自己呼喊：如果您有什么时候爱过这个女人，哪怕只爱过一分钟，那便怎样呢？那么您对她的看法，就绝对不会像后来那样的错误了！后来发生的一切我是知道的。关于你们互相仇恨，你们互相厌恶，我是知道的，我听见了，而且听得很多，还在莫斯科时就听见了。这里首先显现出来的是一个触目的事实，那就是强烈的厌恶，极端的不和——也就是不爱，而安娜·安德烈耶芙娜突然问您：'您爱不爱她？'难道她真的什么也不知道吗？这就有点奇怪了！她是在笑话您呢，我敢打赌，她是在笑话您呢！"

"可是我却看出，我的亲爱的。"他的声音里突然流露出某种感人肺腑、扣人心弦的神经质，这对于他是不常见的。"我看出你自己也把这事情说得太热情了。你刚才说，你经常去拜访女人们……当然，怎么着也该轮到我来盘问你……关于这类话题，像你所表示的那样……但是'这个女人'也列入你的那些新朋友的名单内吗？"

"这个女人……"我的声音突然哆嗦起来，"听我说，安德烈·彼得罗维奇，这个女人就是刚才您在公爵那里所说的'真正的生活'，您还记得吗？您说，这种'真正的生活'就是一种直接的、普通的，一直望着您的东西。您还说，就为了这是直接和明显的，才几乎使人不能相信这就是我们一辈子苦苦寻找的目标……但是，您就怀着这样的看法碰上了一个又理想又完美的女人，结果却认为这个女人有'种种恶习'，就是这样的！"

读者可以判断出来，我当时处于如何狂怒的心境中。

"'种种恶习'，啊！我知道这个句子！"韦尔西洛夫喊道。"如果事情已经到了这个句子也告诉了你，那么我是不是要恭贺你点什么呢？这就是说，你们之间已经那样的亲密，也许甚至要恭维你，就为了你那样的谦逊和秘密，因为只有罕见的年轻人才能够做得到的……"

他的声音里流露出亲切、友好和令人舒畅的笑意……在他的话语里，他明朗的脸上，透过夜色我所能看到的程度上，发现一点可爱的、挑衅的东西。他异常兴奋。我不由得激动起来了。

"谦逊，秘密！不，不！"我喊了出来，脸上发红，同时不知怎么回事，抓住他的手，捏得很紧，自己都没有觉察出来，竟没有放开。"不，无论如何不要！……总之，没有什么可贺，而且永远，永远不会发生任何事情，"我喘着气，有一种飘飘然的感觉，而我多少渴望这种感觉，它让我那么开心，"您听我说……但愿有一天能那样，但愿有小小的一次！您要知道，我的亲爱的爸爸——请允许我叫您爸爸吧，不但父亲对儿子，即使是任何什么人都不能对第三个人谈自己跟女人的关系，甚至是极纯洁的关系！甚至越纯洁，就越要禁止谈！这种谈话真会使人作呕，这是粗俗的，总之——对密友也不能谈！但是如果没有什么，完全没有什么，那么到时候就可以说啦？可以吗？"

"听凭心的吩咐吧！"

"一个不客气的，很不客气的问题：您一生中不是认识过一些女人吗？跟她们发生过关系吗？……我只是笼统地问问，并非特指什么！"我涨红着脸，兴奋得透不过气来。

"假定说吧，有过一些罪孽。"

"那么，有这样一个事例，您是一个极有经验的人，请您对我解释一下，一个女人和您分别时突然说，似乎不经意似的，自己向旁边瞧着：'我明天三点钟要到什么地方去……'譬如说，到塔季扬娜·帕夫洛芙娜那里去。"我挣断了锁链，完全忘乎所以地脱口说了出来。我的心扑通地跳了一下，停顿住了。我甚至停止了说话，说不出来了。他听得很留神。

"就这样，第二天三点钟，我到塔季扬娜·帕夫洛芙娜那里，一走进去，心里盘算着。厨娘一开门，您知道她的厨娘吗？我第一句就问：塔季扬娜·帕夫洛芙娜在家吗？如果厨娘说，塔季扬娜·帕夫洛芙娜没有在家，但是有一位女客在等候着。如果这样，那么请您告诉我，当然我应该得到什么样的结论呢？要是换了您……总之，如果是您的话……"

"那简直就是约你去幽会吗。那么，看来这事情已经发生过了？就是今天？是吗？"

"不，不，不，不是那么回事！这是有的，但并不是那么回事。是一个约会，但并不是为了那个，这是我要首先声明的，否则我就是卑鄙的小人，也就是说，有是有的，但是……"

"我的朋友，这一切越来越使我感到好奇了，因此我提议……"

"我以前就经常给乞讨者十个戈比和二十个戈比，让他们拿去买酒喝！现在我这个中尉，一个退役的中尉，只求你们赏给几个戈比。"一个身材高大的乞丐突然拦住了我的去路说，也许他确实是一个退役的中尉。但有趣的是，就他现在所从事的职业来说，他的穿着甚至太讲究了，但他竟会伸手出来要钱。

三

关于这个卑微中尉的小小插曲，我故意不愿放过，因为我要回忆起韦尔西洛夫的整个形象，就离不开当时那个特定的时间，以前当时处境中的所有细枝末节，而对他来说，当时正处在一个决定性的时刻。而那个决定性的时刻，当时我竟然不知道！

"先生，如果您再不走开，我马上就叫警察来。"韦尔西洛夫突然有点反常地提高嗓门，猛地站在中尉面前。我怎么也想象不到，像他这样思想超脱的人，竟然会为了这一点小小的原因而发火。但值得注意的是，我们中断谈话的时候，正谈到令他非常感兴趣的地方，这是他自己表示过的。

"难道您连五个戈比都没有吗？"中尉挥着手，粗暴地吼道，"那么，现在到底哪个骗子身上有五戈比！你们这些骗子！混蛋！自己穿着貂皮大衣，却把五个戈比当成了国家大事！"

"警察！"韦尔西洛夫喊道。

其实也不用喊，有个警察刚好站在街角，他自己就听到了中尉在谩骂。

"我请您作证，他侮辱我们，请您带我们去警察局告他。"韦尔西洛夫说。

"哈，我才不怕呢，您根本证明不了什么！尤其证明不了你有头脑！"

"不要放他走，警察，送我们去。"韦尔西洛夫坚决地说。

"难道我们真要上警察局里去吗？随他去吧！"我低声向他说道。

"一定要去，我的亲爱的。在大街上这样胡闹真会使人讨厌死的。如果每个人都能履行自己的任务，那么结果对大家都有好处。事情虽然有点滑稽，但我们必须这样做。"

中尉走了一百来步，还露出十分愤慨、胆壮和勇敢的态度，口口声声说"这样是不行的"，事情只不过是"为了五个戈比"，如此等等。但他终于开始悄悄对警察说起什么话来。那个警察是一个很有理智的人，而且显然反对这种在街上小题大做的冲动行为。他似乎比较偏袒中尉，但也只是在一定程度上而已。他对中尉提的问题嘟囔地回答说，"现在已经不行了"，又说："要是，比方说，您道个歉，而这位先生又肯接受道歉，那时候还可以……"

"喂，先生，听我说，我们上哪里去呢？我问您：我们急匆匆地要赶到哪里去呢？这样做是明智的吗？"中尉大声嚷道，"如果一个倒霉落魄的、不幸的人肯道歉……如果您需要他的低声下气……真是见鬼！我们又不是在客厅里，而是在街上！在街上这样的道歉也就够了……"

韦尔西洛夫止了步，突然哈哈大笑起来。我甚至认为他挑起整个这桩事儿是为了寻开心，但事实并不是这样的。

"我完全可以饶恕您，军官先生，并且对您说，您是很能干的人。您在客厅里也可以这样做，过不了多久，连客厅里也会蔚然成风呢。给，这是两枚二十戈比的硬币，您拿去喝杯酒，吃点东西吧！对不起，警察先生，我打扰您了，实在抱歉，我本来也应该感谢您，因为您也出了力，可你们现在都很廉洁……我的亲爱的，"他对我说，"这里有一家小饭馆，实际上是很脏的一个地方，但可以在这里喝茶，我想请你去……就在这里，我们走吧。"

我再说一遍，我还没有看见过他这样兴奋过，虽然他脸上显得很快乐，而且容光焕发，但我发现当他从钱包里掏出两枚二十戈比的硬币，交给军官的时候，他的手哆嗦着，手指完全不听使唤，结果只好请我替他掏出来，交给中尉。这个细节我始终忘不了。

他领我走进运河（指叶卡捷琳娜运河，即现在的格里鲍耶陀夫运河）旁的小饭馆里去。饭馆里客人很少。有人演奏着破旧的发出嘶哑声音的管风琴，到处都是一股油腻的餐巾气味。我们挑了个角落坐下。

"你也许不知道吧？我有时由于苦闷……由于可怕的精神上的苦闷……喜欢到各色各样破地方去。这种环境，这种弹得结结巴巴的歌调，这些穿着很不像样的俄罗斯服装的跑堂，这样的小酒店，弹子房里的呼喊声——这一切都显得那样的庸俗和散漫，几乎和幻想中的一切相近了。唔，怎么样，这不是很好吗，我的亲爱的？刚才那位战神的儿子打断了我们，好像我们正说到挺有趣的地方……现在茶端上来了，我喜欢喝这里的茶……你不会想到吧，刚才彼得·伊波利托维奇突然硬要另一个满脸雀斑的房客相信，上世纪英国议会特地成立了一个由法律专家组成的委员会，用来审核耶稣在祭司长和彼拉多前受审的全过程（参见《新约全书·马可福音》第十五章），单只是为了弄明白，这一切现在照我们的法律应该如何办理。他说，一切都弄得十分隆重，有律师、检察官，等等……结果是陪审官们不得不做出有罪的判决……真是奇怪得很！那个傻房客开始辩论，一生气，就吵架了，当时就声称第二天马上就搬家……房东太太哭了，因为丧失了收入……但是不用管它。在这些小饭馆里有时会养着黄莺鸟。你听说过一个古老的、彼得·伊波利托维奇式的莫斯科趣闻吗？说的是在莫斯科的一家小饭馆里，有一只黄莺在啼鸣着，这里有一个商人走进去，三句不离本行地问：'这只黄莺值多少钱？''一百卢布。''把它烤熟了端上来！'于是人家便把黄莺给烤熟了，给他端上去。'给我切十戈比的。'有一次我把这事说给彼得·伊波利托维奇听，但他根本不相信，甚至露出非常激愤的表情呢……"

他还说了许多。我把这一段引出来，只是做个示例。只要我刚开口要说话，他便一再打断我，自个儿讲起十分特别、毫不相干的闲话来，而且讲得很兴奋、很开心，不知道他在笑些什么，甚至还嘻嘻哈哈地笑。我从来没有看见过他这样笑过。他一口气喝下了一杯茶，又斟上一杯新的。现在我明白了：他当时像一个人接到了一封他所重视的、有趣的、长久期待着的信，放在前面，故意不拆开来，只是在手里翻覆地旋转着，打量着那信封和火漆印，又走到别的房间去布置着什么事情。总之，他是在推迟极有趣的一瞬间。他知道这一瞬间绝不会从他身边逃走，而他这样做只是为了享受更大的乐趣。

我自然把一切全告诉了他，从头到尾全都讲了出来，也许讲了一小时左右。怎么会不这样呢？我刚才就急于要说，渴望一吐为快。我从我们最初见面，也就是从她从莫斯科回来后，在公爵那里见面时讲起，讲这一切如何逐渐地进行着。我一点也没有遗漏任何一个细节，而且也不能遗漏。他会自己不断地启发我、猜测我、提示我。有好几次，都觉得这种情况真是太不可思议了，好像在这两个月之中，他一直都坐在某个地方或站在门背后观察我。他预先知道我的每一个手势，我的每一种情感。我觉得这次向他倾诉真情，确实是一种天大的享受，因为我在他身上看到了那种亲密的温柔，那种深沉而细腻的心理特征，还有那种仅仅依靠只言片语就能猜出真相的本领。他温柔地倾听着，体贴得像女人一般。关键是他善于做到让我一点也不感到羞愧，有时他会突然在某一个

310

详细的情节上打断我，而且神经质地重复着："不要忘记那些琐碎的情节，有时候越是细小的地方越重要。"他好几次这样打断我。我起初自然很傲慢，对他很傲慢，但是很快就表露出真情。我诚恳地对他讲，我甘愿扑过去吻她的脚站立过的那块地板。最妙也是最让人高兴的是，他十分了解在"可能为了替那个文件担忧而感到的苦痛"的同时，仍然可以成为纯洁无瑕的人物，像她今天在我面前所表现的那个样子。他深刻地了解"学生"那个字眼。但是，在我已经快要说完的时候，我觉察出他的眼神中有一点极不耐烦的样子，有点似乎很散漫的，严厉的样子，时时从他那和善的微笑中渗透出来。在我讲到那个文件的时候，我自己寻思："要不要把事情的真相告诉他？"虽然我的全身充满了欢欣，但我最终还是没有说出来。我在这里记下这一点，是为了一辈子记住它。我对他解释，和对她解释一样：那就是推到克拉夫特身上去。他的目光闪烁着，奇怪的皱纹在额上显现出来，是很阴郁的皱纹。

"你确实记得，我的亲爱的，那封信克拉夫特已经在蜡烛上烧去了吗？你不会弄错吗？"

"我不会弄错的。"我确认道。

"事情是这样的，这个文件对于她极为重要，只要它今天在你手里，你今天就可以……"但是"可以"怎么样——他没有说出来。"怎么？它现在不在你手里吗？"

我全身哆嗦了一下，但这是指内心，不是外表的。外表上我绝不露出一点痕迹，连眼睛也没有眨一下。但我还是不相信他竟会有这个疑问。

"怎么会在我手里呢？现在会在我手里？不是克拉夫特当时就已经把它烧掉了吗？"

"真的吗？"他用一种毫无表情而又锐利的目光盯着我。这目光让我终生难忘。不过，他微笑着，但他所有的温和、在这之前一直保持着的那种女人般的体贴，一下子都消失了，取而代之的是一种心神不宁和捉摸不定的神态。他变得越来越心不在焉。如果他当时能把自己控制得更好，就像在这以前所做的那样，那么他就不会向我提这个有关文件的问题了。现在既然已经提了出来，那他一定是处于疯狂的状态中。话又说回来，我不过是现在才这样说，当时我并没有那么快地觉察到他内心所发生的变化。我仍然处于飘飘然的状态之中，心里还在欢天喜地地唱歌。但故事已经讲完了，我望着他。

"有一件很奇怪的事情，"在我已经把所有的事情都讲完了之后，他突然这样说，"极奇怪的事情，我的朋友，你说你在三点到四点之间到那里去，塔季扬娜·帕夫洛芙娜没有在家，不是吗?"

"的确是在三点到四点半之间。"

"但是你想想看，我正好在三点半钟的时候，一分钟也不差，上塔季扬娜·帕夫洛芙娜家里去，她在厨房里遇见我。要知道，我几乎每次都从她家的后门进去的。"

"怎么，她在厨房里遇见您吗?"我喊了出来，惊讶得把身体向后退缩了一下。

"是的，她还告诉我，她不能接待我。我在她那里只待了大概两分钟，我只是去邀请她吃饭的。"

"也许她刚从什么地方回来?"

"我不知道，不过——当然不是的。她穿着敞开的短上衣。当时正好是三点半钟。"

"但是……塔季扬娜·帕夫洛芙娜没有对您说我在那里吗?"

"没有，她没有对我说你在那里……否则我会知道，而且也不会来问你了。"

"您知道，这是很重要的……"

"是的……但这要取决于从什么观点去。瞧，你的脸色甚至发白了，我的亲爱的，不过，这又有什么重要呢?"

"人家取笑我，把我当作小孩那样看待!"

"她不过是'害怕你的热情',这是她亲口对你说的,因此,只要有塔季扬娜·帕夫洛芙娜在家,她就有了保障了。"

"天呀,这花招耍得太厉害了!她让我当着第三人,当着塔季扬娜·帕夫洛芙娜把这一切表示出来,我刚才所说的话,塔季扬娜·帕夫洛芙娜竟全都听见了!这真是……这甚至是太难以想象了!"

"这是要看环境如何而定的,我的亲爱的。再说你刚才自己还说过,对待所有的女人要'豁达',还喊出了'豁达万岁'的话。"

"如果我是奥瑟罗,您是伊阿古的话,那您也不会手下留情(这两个人都是莎士比亚戏剧《奥瑟罗》中的人物。在这部戏剧中,伊阿古粉碎了奥瑟罗的理想。这句话的意思是:韦尔西洛夫粉碎了自己儿子的理想)……不过,我只是笑笑罢了!不会成为什么奥瑟罗,因为这样的关系是绝不会有的。而且怎么能不笑呢,随它去吧!我还是相信,她要比我高尚得多。我也绝不会失去我的理想……如果这是她开的一个玩笑,我可以饶恕她。跟一个可怜的少年开玩笑,随他去吧!反正我在她面前没有任何的假装,至于说到学生一层,学生这种印象毕竟产生过,而且留下来了,不管怎么说,在她的头脑里产生过,在她的心里产生过,这个印象在现在还存在她的心里,将来也会存在的!够了!您以为怎样?我现在马上就上她那里去,把一切真相弄个明白,好不好?"

我虽说在那里"笑",但我的眼睛里却含着泪水。

"可以呀,你去吧,如果你愿意。"

"我把这一切转告诉了您,似乎使我的灵魂因此而受到了玷污。请您不要生气,关于女人的事情是不能告诉第三个人的。人家也不会明白。连天使都不会明白。你如果尊重女人,不要把心事说出来。如果尊重自己也不要把心事说出来。我现在是不尊重自己。再见吧,我不能饶恕我自己……"

"得啦,我的亲爱的,你过于夸大了。你自己说过:'什么事情也没有做出来。'"

我们走到运河边，开始告别。

"难道你从来不想亲热地吻我一下，像孩子似的，像儿子对父亲似的吻我吗?"他说着，声音很奇怪，好像在发颤。

"亲爱的……但愿你的心灵永远这样的纯洁，像现在似的。"

我有生以来还不曾吻过他，从来也不曾想象过他自己会要我吻他。

第六章

一

　　"自然要去！"我忙着回家去的时候决定着。"马上就去。大概我会遇到她一个人在家，是一个人还是和什么人在一起——都是一样的。可以请她出来。她会出来见我的，虽然觉得奇怪，但还是会出来见我的。如果她不见，我就坚持地要求她见我，打发仆人去说我有极重要的事情。她会以为是关于文件的什么消息，便会接见的。我要把塔季扬娜的事情全都打听出来。然后……然后便怎样呢？如果是我不对，我可以给她效劳，借以赎罪，但是如果我是对的，而她是错的，那时便一切都完了！总而言之，是一切都完了！我会输掉什么？我一点也不会输掉什么。去！一定要去！"

　　然而，让我永不忘却，而且带着骄傲回忆的是：我并没有去！这个转折谁也不会知道，它将从此消失。但我知道这一点，我知道在这样关键的时刻，我能作出的极其高尚的决定，这就够了！"这是一种诱惑，可是我能摆脱它。"我思索了许多时候，终于下定了决心，改变了主意。"人家用事实吓唬我，但是我没有相信，没有失去对于她的信任，相信她的纯洁！为什么要去呢？打听些什么呢？为什么她一定应该相信我，像我相信她一样，非得相信我'纯洁'，不害怕'我的热情'，不依赖塔季扬娜作为保障呢？我在她的心目中还不配得到这种信任。即使她不知道我应该得到这样的信任，不知道我没有受'诱惑'，不知道我不相信别人对她的那些恶意的诽谤，那也没什么关系。只要我自己相信她，而且为此而尊重自己。尊重自己的情感。是的，她竟让我当着塔季扬娜表白我的心意，她容许塔季扬娜在旁边，她知道塔季扬娜坐在外面偷听（因为她不能不偷听），她知道她会取笑我的。这真是可怕！这真是可怕！但是……但是如果不能避免呢？在刚才那种局面之下，她能做什么事？怎么可以责备她呢？要知道我自己也对她说出一些关于克拉夫特的谎话，我自己也欺骗她，因为这也是不能避免的，于是我身不由己地、天真地说了谎话。我的天呀！"我突然喊了出来，脸红得很厉害，"我自己，我自己刚才做了什么事情，难道我不是让她同样暴露在塔季扬娜面前吗？难道我刚才没有把一切的事情全都讲给韦尔西洛夫听吗？不过，我这里所告诉的这些又算得了什么？这是有区别的。这里只涉及文件的事，实际上，我只把关于文件的事情告诉了韦尔西洛夫，因为也没有什么可讲的，也不可能有的。我不是一开始就提醒他，首先喊着'不可能有那种事'的吗？他是一个明白人。唔！但是在他的心里多么恨这个女人，甚至在现在这个时候！他们中间当时发生了怎么样的一段戏剧，而且是为了什么？当然是为了自爱！韦尔西洛夫是除了无限的自爱以外，不会有其他的任何情感的！"

是的，这个最后的想法当时不由自主地从我心里冒了出来，而我甚至没有觉察到。当时我的大脑中，诸如此类的想法一个接着一个地闪过。我当时是真诚地面对自己的。我并不狡猾，也并没有欺骗自己，所以如果当时我有什么不能理解到的地方，那只是因为我的聪明不够，并非由于自己的诡辩。

我回到家时，心境处于虽不安却十分兴奋的状态之下。但我害怕去分析，所以想方设法找点事儿来排遣。我立刻到房东太太那里去。他们夫妇之间果真发生了可怕的口角。她是一个痨病很严重的女人，也许心很善，却像一般犯痨病的人们一样，脾气总是十分执拗。我立刻给他们调解，还到那个房客的屋里去了一趟。他是一个很粗暴的，满脸雀斑的傻瓜，自尊心特别强，在一家银行里供职，姓切尔维亚科夫。我自己并不喜欢他，但是和他处得还过得去，因为我有时常和他在一块儿取笑彼得·伊波利托维奇。我很快就说服他不要搬走，实际上他自己也没有决定搬走。结果，我使房东太太完全安静了下来，还帮她把枕头收拾得很好。"彼得·伊波利托维奇是从来不会这样做的。"她挖苦地说。随后我又去厨房帮他她调芥末粉（是芥菜的成熟种子碾磨成的一种粉状，给病人敷上，有消炎和止痛的作用），亲手给她敷上了两个极好的芥末膏。可怜的彼得·伊波利托维奇只有瞧着我羡慕，但是我不让他动手，因此我赢得了她感激的眼泪。记得我当时突然对这一切厌烦起来，我突然意识到，自己侍候病人并非出于善心，而是出于别的原因。

我神经质地等候马特维的到来。我决定在当天晚上最后一次去碰碰运气，而且……而且除了碰运气之外，我还觉得自己非去赌博不可，要不然我会管不住自己的。如果我什么地方也不去，我也许会忍不住，就要上她那里去。马特维眼看就该到了，但门突然开了，走进来一位不速之客，纳斯塔西娅·叶戈罗芙娜。我感到很惊异，皱了皱眉头。她知道我的住处，因为有一次母亲为了什么事情托她到我这里来过一趟。我请她坐下，带着疑问的目光望着她。她什么话也不说，只是一直看着我的眼睛，露出恭顺的笑脸。

"是丽萨叫您来的吗？"

"不是的，我是随便来的。"

我提醒她我马上就要出门，她还是回答说她"只是随便来坐坐"，过一会儿就走。不知怎么回事，我突然开始可怜她了。我要顺便提一下，从我们大家方面，从母亲方面，尤其从塔季扬娜·帕夫洛芙娜方面，她得到了许多同情，但是我们大家把她安排在斯托尔别耶娃那里之后，似乎就把她给遗忘了，除了丽萨时常去看她以外。这原因大概在于她自己，因为她具有一种疏远人、躲避人的本领，虽然她的态度是恭顺的，时常带着讨好人的笑容。我个人很不喜欢她的这种笑容，也不喜欢她那种明显是假装出来的表情，有一次我甚至还想过，她并没有为奥莉娅的死伤心到多少时候。而这一次，不知为什么，我开始可怜她。

她还是一句话也不说，突然俯下身子，又突然伸出两只手，抱住我的腰，将脸俯到我的膝盖上面。她抓住我的手，我以为她想吻它，但她把它贴在眼睛那里，一阵热泪像泉水似的流到我手上。她呜咽着，浑身颤栗，但只是轻声地哭泣着。我的心像针扎似的痛了起来，虽然我似乎觉得很为烦恼。但是她完全信任地把我抱住，一点也不怕我生气，虽然她在这之前还那样畏葸地、奴性地对我微笑。我开始劝她安静下来。

"我不知道该怎么安排自己。天一黑，我就管不住自己；天一黑，我就再也撑不住，就想到街上去，到黑暗里去。主要是有一种幻想在吸引我。有一种幻想在我的大脑里产生。我幻想着我一走出去，就会突然在街上遇见她的。我一边走着，一边似乎看到她。有人在前面走着，我故意跟在后面，心想，是不是她，心想，她是不是我的奥莉娅？一直在那里想着，想着。后来，我简直发了傻劲，竟撞在人家的身上，心里真是烦极了。我简直像喝醉了酒似的撞在人身上。有些人骂我。于是我只好自个儿躲起来，不上任何人那里。再说即使去了谁家，我心里也更难受。刚才我从您这里走过，心想：'让我上他那里去看看他，他比大家都心善，那一天也在场的。'先生，请您饶恕我这无用的女人，我立刻就走，立刻就出去……"

她突然站起身来，急着要走。这时，马特维恰巧来了，我请她坐在我的雪橇上，顺路把她送回家去，送到斯托尔别耶娃家里去。

二

　　近来我开始上泽尔希科夫的轮盘赌场里去。在这之前，我去过两三家赌场，都是跟公爵一起去，本来就是他"带"我到这些地方去的。这些赌场中，其中有一家是坐庄赌纸牌，赌注极大。但我不喜欢那个地方。我看出，到那里去手头必须带着许多钱才行，而且那里聚着许多傲慢无礼的人们，去那里的基本上都是上流社会里的恶少和"声名煊赫"的公子哥儿。公爵却偏偏喜欢这些，他不但喜欢赌博，也喜欢和这些浪荡公子结交。我觉察出，在这样的晚上，他虽然有时和我并肩走进去，但在这一夜中却似乎躲开我，不把我介绍给圈内的"自己人"认识。我却做出完全野蛮的样子，有时甚至弄得大家都注意到我身上来。在赌台旁边有时甚至也会和什么人攀谈一下，但是在第二天上，仍旧在那间屋内。我试着对一个先生鞠躬致敬。我昨天晚上不但和他一块儿坐着谈话，甚至还笑着，甚至还给他猜出了两张牌，但是怎样呢？他竟完全不认识我。而且还更坏：他看了我一下，似乎装出一副惊疑的样子，微笑一下就走过去了。我因此很快抛弃那儿，开始迷上一个"脏地方"——我想不出还能用哪个词来形容它。这是一家轮盘赌场，相当蹩脚，规模很小，是一个女人开的，虽然她自己并不上场子里来。那里面随便得多，虽然也有军官和富商，赌桌上脏话不绝，不过倒吸引了许多人。再说，我在那里手气还好。但是，在出了一桩讨厌的事端以后，我也抛弃了这个地方，当然在赌得最紧张激烈的时候，两个赌徒突然动手打起架来了。于是，我后来就上泽尔希科夫那里来了。这地方也是公爵领我去的。泽尔希科夫是一个退伍的骑兵大尉，他这里的风气是使人容易接受些，有点儿部队里的气派，在必须遵守正当规矩方面，严格得令人兴奋，而且赌得也干脆实在。譬如说，在那里就不会出现捣蛋鬼和酒鬼。此外，坐庄家的赌本甚至大得惊人，不会赖账。那里有两种赌法，一种是坐庄，一种是轮盘。直到这一天，也就是在十一月十五日以前，我曾去过两次，那个泽尔希科夫好像已经认识我了，但我还没有认识任何人。在那天晚上，公爵和达尔赞好像故意似的，去了那家我早就抛弃的赌场，跟那群上流社会的浪荡公子赌纸牌，一直到夜里十二点钟左右才回来。因此在这天晚上，我在这群完全陌生的人中间，就成了一个生客。

如果我有读者，而且读到了我已经写过的关于我的一切经历，那么，无疑地不必对他解释，而他也就会明白：我天生就完全不适合出现在任何的交际场合。因为我在交际场合根本管不住自己：一走到人多的地方去，我就会觉得所有人的目光都向我身上射来，而且还带着电，简直让我感到恶心，一种生理上的恶心，甚至在戏院这种地方也是如此，更不用说在私人的家里了。在所有这些轮盘的赌场里，我根本做不到保持一点点风度：一会儿坐在那里，责备自己过分柔软，过分有礼貌，一会儿突然站起身来，做出什么粗暴的举动。最让我气恼的是，那些混蛋们和我比较起来，全会装出十分威严的样子，而这更使我发狂，更使我丧失冷静的态度。坦率地说，不但现在，即使在那个时候，所有这伙人，——如果说到底的话，甚至赢钱这事本身，当然使我感到极度的愉快，但这种愉快是从痛苦中取得的。这一切，也就是说这些人、这种赌博，尤其是我自己跟他们为伍，让我觉得太肮脏了。"我只要赢一下，就立刻抛弃这一切！"我每次在赌了一夜以后，黎明时回到住所睡觉的时候，总要对自己反复地说着。再说赢钱的一层，要知道我并不爱钱。但我不想重复那种卑鄙套话，像人们解释这种行为时说的：我是为了赌博而赌博，是为了找感觉，为了体验冒险，为了好胜心而赌博，并不是为了赢钱。我很需要钱，尽管赌博不是我的正道，不是我的理想，但无论是不是如此，我当时总归已经决定试一试这一条路，做一次试验。还有一个强烈的想法把我弄糊涂了:"你既然断定,你只要有相当坚强的性格,就一定可以成为一个百万富翁,你既然已经对于你的性格进行了试验,那么你应该在这里大显身手。和实现你的理想相比,难道玩轮盘反倒需要更坚强的性格吗?"这就是我反复对自己说着的话。因为在这之前,我还深信,在赌博时只要具有完全安静的性格,在能使保持大脑冷静和计算精细的时候,就一定能够克服轻举妄动的毛病,就一定会赢钱的。所以当我发现自己在赌博中竟然一点都沉不住气、完全像一个孩子似的着迷时,不用说,我当然会越来越气恼起来了。"我能够忍受饥饿,难道竟不能在这种愚蠢的事情上面管好自己吗?"——使我气恼的就是这个。再说,我有一个意识,那就是我无论显得怎样可笑和卑微,我身上总蕴藏着一种力量,会使他们大家将来在什么时候改变对我的看法。这种意识从孩童时代,在我蒙受耻辱的那些年起,就成为我的生命的唯一的泉源,成为我的光明,我的尊严,我的武器,我的安慰,否则我在孩童时代也许就会自杀的。正因为如此,当我在赌台上看见自己变成一个如何可怜的生物的时候,我怎么不对自己气恼呢?也就为了这个原因,我不能放弃赌博。现在我把这一切看得很清楚了。除去这主要的原因以外,还有一种浅薄的自尊心受到了损害:输钱这件事使我在公爵面前,在韦尔西洛夫面前(虽然他一句话也没有说),在一切人面前,甚至在塔季扬娜面前,降低我的身份,——我这样觉得,我这样感到。最后我还要承认:我当时已经变坏了,我已经难于拒绝餐馆里七道菜的饭(俄国普通的饭食,一般只有三道菜),我很难不雇用马特维,不去英国商店买东西,不采纳我的化妆师的建议。总之,我不能拒绝这一切。我当时就意识到这一层,不过我只是挥挥手,不当回事。可是,我现在一边写,一边感到脸红。

三

我独自来到那里之后，挤在一堆不熟识的人群里，起初坐在桌子边上，开始下小注，坐了两小时，动也不动一下。在这两小时内赌得很乏味——输赢很小。我错过了几次绝好的机会，但我竭力不发火，努力使自己靠冷静和信心取胜。结果在这两个小时之内，我没有输，也没有赢：我那三百卢布的本钱只输掉了十到十五个卢布之间。这种没有意思的结局使我生气，而且还碰上了一桩很不痛快的丑事。我知道轮盘赌场内有时会出现小偷，这些小偷并不是从街上来的，而是指某些著名的赌徒。譬如说，我就深信著名赌徒阿费尔多夫是贼，直到现在他还在城内到处活动。不久前我还遇见他坐在自备的双套马车上驰过，但他是个贼，他还偷过我的钱。不过关于这件事情的经过以后再说，这天晚上发生的只是前奏而已。在这两小时之内，我坐在桌子边上，有一个服装讲究的人坐在我的左面，我猜想是个犹太人，他大概参与过什么团体活动，甚至还写点东西发表。在最后的一分钟内我突然赢了二十卢布。两张红色的钞票放在我面前，我突然看见这个犹太人伸出手来，十分安静地把我的一张钞票取去了。我想阻止他，但是他用极无礼的神色，用一种若无其事的声音对我声明，这钱是他赢的，是他自己刚才下注赢来的，他甚至再也不愿意跟我解释，把身子朝我背过去。恰巧这个时候，我正因为发呆而出神：我想出了一个大主意，所以我当时朝他唾了一口痰，便迅速地站起身来，走开了，甚至不愿意去跟他争吵，就把那张红色的钞票送给他了。再说也很难跟这个无赖的小偷争吵，因为时机已经过了，赌局已经进入下一轮。这是我当时犯下的一个大错，这个错误引发了极其严重的后果：我旁边有三四个赌徒注意到我们的争吵，看见我这样容易让步，大概把我视为这种容易欺负的人了。当时已经有十二点钟，我走到旁边的一间屋内，想了一下，把新的计划想明白了，于是走了回来，在庄家那里把我的钞票都兑换成五卢布的金币。这样我的手头就有了四十多枚金币。我把这些金币分成十份，决定连续下十注，押在零上，每次押四个金币，一注跟着一注，连着押下去。"赢了，是我走运；输了，更好，从此我就再也不赌钱了。"我发现在这两小时之内，没有一次转到过零，因此弄到后来没有人敢押零了。

我站着下注，皱着眉头，咬紧牙根。下到第三次注时，泽尔希科夫大声宣布押零的都赢了，那是整天都没有转到过的。庄家一下子付给我一百四十个五卢布的金币。我还有七次注没下，于是我继续押下去，但此时我周围的一切全都旋转起来，晃动起来了。

"您该押这儿呀！"我隔着整个桌子对一个赌徒喊。我刚才和他坐在一起，他蓄着灰白小胡子，脸色通红，穿着燕尾服，已经有好几个小时以少有的耐心下着小注，而且输了一注又一注："您该押这儿呀！这儿运气好！"

"您在对我说吗？"那个大胡子从桌子那头吃惊地反问，语气中带着几分威胁。

"是的，对您说，您在那里会输光的！"

"不关您的事，请您不要烦我！"

但我已经无法管得住自己了。有一个年迈的军官隔着桌子坐在我的对面。他看了看我的一堆钱。对自己的邻人喃语道：

"竟会转到零上，真奇怪。不，我不敢押零。"

"您放心押吧，中尉！"我冲着他喊，又下了一注。

"请您也不要烦我，不要给我出主意，"他坚决地对我说，"您在这儿太吵了。"

"我给您提个好建议：您要不要跟我赌一把？我赌这一次又转到零上。就赌十个金币，怎么样？您敢赌吗？"

于是我摆出十枚五个卢布的金币。

"赌十个金币吗？这是可以的，"他冷峻而且坚决地说，"我赌的正好跟您相反，这回不会再转到零上了。"

"十个路易（法国的金币，以国王路易十三命名），中尉。"

"什么十个路易？"

"十个五卢布的金币，中尉。用文雅的话说那就是十个路易。"

"那么您直说是五卢布金币就好了，不要和我开玩笑。"

当然，我并不指望这次打赌能赢，转到零上的机会其实只有三十六分之一。但我还是打了赌，第一是因为我要虚张声势，第二是因为我要想办法使大家对我刮目相看。我清楚地看出，不知为什么这地方谁也不喜欢我，而且还特别高兴地表示出来，让我明白这一点。轮盘开始旋转了——使大家惊讶的是，小球又奇迹般地停在零上！这里，全场甚至响起了一片叫喊声。这时，我完全被赢钱的名声给弄得晕晕乎乎的。庄家又付给我一百四十个五卢布的金币。泽尔希科夫问我愿不愿意收到部分钞票，但我只对他含糊地说了一句什么话，因为我简直不能冷静而且详细地表达出自己的意思了。我头发晕，脚发软。我突然觉得我马上就会铤而走险地赌上一把。此外，我还想做出点什么举动来，再找个人打赌，或者付给什么人几千卢布。我机械地用手掌把一大堆的钞票和金币拢到面前，根本没有心思去点数。这时，我突然发现公爵和达尔赞就站在我身后。他们刚从那边的赌场转来，后来我才知道，他们在那里输了个精光。

"啊！达尔赞！"我对他喊道，"运气在这里呢！您押在零上！"

"我输光了，没有钱了。"他冷冷地回答。公爵则好像根本没有看见我，好像不认识我似的。

"这里有钱！"我喊着，指着自己的一堆金币，"您要多少？"

"见鬼！"达尔赞叫道，脸完全红了，"我好像没有向您借钱呀！"

"人家在叫您呢！"泽尔希科夫拉我的袖子。

中尉已经叫了我好几次，就是那个输给我十个五卢布金币的中尉。

"请您收下来！"他叫道，气得满脸通红。"我没有站在您面前等候的义务，您以后会说您没有收到钱。您把钱点一点。"

"我相信，我相信，中尉，我不用点数也相信。不过请您不要对我喊，不要生气。"我用手聚拢他的一堆金币。

"先生，我求您，你尽管用您的那股高兴劲儿去缠住别人吧，别来缠我，"中尉声色俱厉地嚷道，"我可没有跟您在一块儿放过猪！"

"真是奇怪，怎么放这种人进来？""他是谁？""哪里来的一个无知的年轻人！"传来几声窃窃的感叹。

但我不去管这些，我随便押上去，但不押在零上。我把一大把花花绿绿的钞票押在十八上面。

"我们走吧，达尔赞。"我听见公爵在后面说。

"回家吗？"我回转身去问他们，"等一等我，我们一块儿走，我这就结束了。"

我下的注又赢了，这是一笔很大的数目。

"行啦，至此为止吧！"我喊了一句，开始用发抖的手把大堆的钱拢在一起，往口袋里装，我既没有数，而且还有点荒唐地用指头去压紧一叠叠钞票，想把这些钱一股脑儿全都塞到一个侧袋里。突然，有一只戴着戒指的手伸过来，抓住我那三张一百卢布的钞票，这是刚才坐在我右边也下了大注的阿费尔多夫。

"对不起，这不是您的钱。"他严厉而且清晰地说，不过声音还算很温和。

这就是我前面所说的前奏，在过了几天之后，它所产生的严重后果也就在所难免了。现在我敢用我的名誉起誓，那三张一百卢布的钞票是我的，但使我倒霉的是，我当时虽然相信这是我的钱，但到底还有百分之十的疑惑，这对于诚实的人是很重要的，而我是一个诚实的人。关键的是，我当时还不知道阿费尔多夫是贼，甚至还不知道他的姓，因此在当时我确实会觉得可能是我错了，那三张一百卢布的钞票并不属于庄家刚才付给我的那笔钱里。我一直没有数钱，只是用手去聚拢，阿费尔多夫面前也一直堆着钱，恰巧就在我的钱旁边，不过放得极有秩序，而且已经数过了。还有，这里的人们都认识阿费尔多夫，把他当成富人，对他很恭敬。所有这些对我也起了影响，因为这一次我又没有抗议。这真是一个可怕的错误！坏就坏在我当时正处在得意忘形的时候。

"非常抱歉，我不记得很清楚了，不过我总觉得这是我的钱！"我气得嘴唇发抖。这两句话立刻引起了人们的非议。

"应该先弄清楚到底是谁的，再说出这样的话来，可您自己却声明您记不清楚了。"阿费尔多夫那种傲慢的神气实在让人受不了。

"他是谁?""怎么能容许他这样做?"传来了几声呼喊。

"他干这事已经不是第一次了，刚才他跟雷贝格也为了十个卢布闹过事。"我的身边传来了一个什么人鄙夷的声音。

"好吧，算了，算了！"我大声喊道，"我不跟您争了，您拿去吧！公爵……公爵和达尔赞哪里去啦? 走了吗? 诸位，你们没有看见公爵跟达尔赞上哪里去了吗?"我终于抓起所有我的钱，有几个五卢布金币竟来不及塞进口袋里去，握在手里，就跑出去追赶公爵和达尔赞。读者大概已经看出，此刻我并没有顾及自己的脸面，把我当时的丑态原原本本、没有遗漏地写出来，这是为了使大家明白以后会发生什么事。

公爵和达尔赞已经从楼梯上走下来，一点也不理会我的呼唤和喊叫。我已经追上他们，但是在看门人面前停留了一下，把三个五卢布金币塞到他手里去，鬼才知道这是为了什么，他惊疑地看我一下，甚至没有道谢。但是，这对于我是一样的，如果马特维在这里，我一定也会塞给他整把的金币，大概我本来就想这样做，但我一跑到外面的台阶上，就突然想起我刚才已经打发他回家去了。这时公爵的马车赶过来了，他坐到雪橇上去了。

"我和您一块儿走，公爵，我也上您那里去！"我喊着，我抢起毛毡（放在车上的毯子，用来盖腿），挥了一下，准备坐到雪橇上去。但是达尔赞突然从我身旁钻出来，跳上雪橇，那个马夫从我手里把毛毡夺走，盖在两位老爷的脚上。

"见鬼!"我疯狂地喊。结果弄得好像是我替达尔赞揭开毛毡,像仆人似的。

"回家!"公爵向车夫喊了一声。

"等一下!"我怒吼着,抓住雪橇,但那匹马却猛地一拉,我滚落在雪地里。我甚至觉得他们哈哈地笑了。我跳了起来,立刻跳上身边的一辆街车,飞驰到公爵家里去,分分秒秒地催赶着这匹驽马。

四

这匹驽马好像故意似的拖得十分的慢,虽然我答应给马夫整整一个卢布。马夫只是抽着鞭子,当然是为了一个卢布才把马抽了一鞭又一鞭。我感到揪心,于是开始和马夫聊点什么,但我甚至什么也说不出来,只说了一些乱七八糟的胡话。我就在这种心境之下跑到公爵那里去了!他刚回来,顺路他把达尔赞送回家后,此刻正好一个人在家。他脸色苍白,气呼呼地在书房里走来走去。我再说一遍:他输得很厉害。他用惊疑的眼神看了我一眼,显得有点儿心不在焉。

"您又来了!"他说,皱了眉头。

"我是来跟您绝交的,先生!"我一边说着,一边喘着气,"您怎么敢这样对待我呢?"

他疑惑地看着我。

"如果您和达尔赞一同坐车,您就可以回答我,您要同达尔赞一块儿走,但是您竟抽动了马,使我……"

"啊,是的,您大概掉落到雪里去了。"他直视我的眼睛,笑了起来。

"解决这种事通常都是用决斗的办法,因此我们先把账算清了再说……"

我用发抖的手掏出我的钱来，放在沙发上面，大理石的茶几上面，甚至放在一本揭开来的书籍上面，还有好几个金币滚到地上去。

"啊，您大概赢钱了吧？……我从您的口气上看出来了。"

他还从来没有用这种粗鲁的话来对付我。我脸色惨白。

"这里……我不知道有多少……应该数一数。我欠您三千左右……是不是？……究竟多少？……少些或是多些？"

"我好像没有强迫您还钱呀。"

"不，不是的，我自己要还钱，您应该知道为了什么？我知道这一叠钞票总共有一千卢布，您瞧着！"我开始用颤抖的手数着，但马上又不数了。"一样的，我知道有一千。这一千块钱我自己拿去，其余的钱，这一大堆，您留着，作为还债，还一部分的债。我想这里有两千，也许还多些！"

"到底还要给自己留一千卢布？"公爵咧嘴笑着说道。

"这一千您也要吗？那样说来……我正想……我以为您并不想……但是如果需要——那么……"

"不，不要！"他鄙夷地从我那里扭转身子，又在屋内踱步了。

"鬼知道，您为什么突然想还钱？"他突然回转身来对我说，脸上露出恶狠狠的挑衅的表情。

"我还钱，为了要您给我个说法！"我也怒吼起来。

"您永远说出那一套话语，永远做出那一套姿势，去您的吧！"他突然朝我跺脚，似乎露出疯狂的样子。"我早就打算把你们两人都赶出去，把您和您的韦尔西洛夫。"

"您发疯了！"我喊道。其实也确实像发疯了。

"你们两人用那套粗暴的话把我折磨得够了，而且全是一些空话，空话，空话！譬如说，关于名誉！呸！我早就想和您绝交……我很高兴，我很高兴，现在时候到了。我早就认为自己被捆住了手脚，且为了不得不接待……你们两人而感到脸红！但是，我现在认为自己已经不受任何东西束缚了，什么也捆不住我，您要知道这一层。您的韦尔西洛夫使我攻击阿赫马科娃，欺负她……以后不许你们再在我面前谈论什么名誉。因为你们自己就是不名誉的人们……你们两人，你们两人都是的。您用我的钱难道不怕害臊吗？"

我顿时两眼发黑。

"我是用朋友的身份向您借钱的，"我用很低的声音说，"您自己提议，我相信您的好意……"

"我和您不是朋友！我借给您钱，并不是为了朋友的交情，您自己知道是为了什么。"

"我借您的钱是算到韦尔西洛夫的账上去的。当然，这很愚蠢，但是我……"

"您不能不经韦尔西洛夫的允许，就动用他的款项，没有他的允许，我也不能给您……我给的是我自己的钱。这一点您是明明知道的，您知道了，还要拿，而我竟在自己的家内忍受这可恶的滑稽戏！"

"我知道什么？什么滑稽戏？您为什么借钱给我呢？"

"Pour vos beaux yeux, mon cousin！"（法文：译为"为了您的漂亮的眼睛，我的表亲"！）他直视我的眼睛，哈哈大笑起来。

"见鬼！"我怒吼着，"您全部拿去，这一千块钱也给您！现在我们一笔勾清，明天……"

我把一叠花花绿绿的钞票扔到他身上去，那笔钱本来是我留下来做本钱用的。那叠钞票一下子直击中他的肩膀，落到地板上去了。他迅速跨出三大步，直逼到我的身上来：

"您敢不敢说，"他疯怒地、一字一顿地说，"您在这一个月内用了我的钱，却还不知道我让您的妹妹怀孕的事呢？"

"什么？你说什么？"我大叫出来，突然两腿一软，无力地倒在沙发上面。他后来对我说，我当时的脸色惨白得像一块手帕。我的神志模糊起来。我记得,﹒当时我们互相看着对方的脸,始终沉默着。他的脸上仿佛掠过一丝恐惧的神色。他突然俯下身子,抓住我的肩膀,扶住我。我很清楚地记得,他那种僵硬的笑容以及那笑容里所含着的怀疑和惊异。是的,他怎么也料不到他的话竟引起我这样的反应,因为他深信我是知道了其中的内情才去要挟他的。

结果我晕了过去,但只有片刻的工夫就醒过来了。我坐正了身子,望着他,寻思了一会,——突然所有的真相在我沉睡已久的记忆里变得豁然开朗!如果有人早些对我说,问我:"到那个时候我将怎样对付他?"我一定要回答,我要把他裂成碎片。但结果却完全不同,完全和我的意志相悖。我突然用两手掩脸,伤心的号啕大哭起来。那是自然而然发生的!我这么一个年轻人突然一下子变成了一个婴孩。这表明我当时的心灵里还有整整的一半的童心还未泯灭。我又倒在沙发上不停地抽噎着。"丽萨!可怜的丽萨!不幸的丽萨!"公爵突然完全相信了我。

"天呀,我太对不起您了!"他带着万分的沉痛叫道。"我的疑心太重,我怎么会那样龌龊地怀疑您呢……请您饶恕我,阿尔卡季·马卡罗维奇!"

我突然跳起来,站在他面前,想对他说什么话,但什么也没有说出来,便跑出了书房,跑出了他的寓所。我徒步走回家去,不大记清走的是哪条路线。我奔到我的床上,把脸埋在枕头上,在黑暗中想了很多。在这个时候,是根本不可能想得有条有理、前后连贯的。我的思路和想象仿佛断了线。我记得,我甚至开始幻想着完全不相干的东西,甚至不知道想些什么。但是,时不时又使我突然想起这件不幸的伤心事,让我心痛不已。于是我又绞着手哀号:"丽萨!丽萨!"接着又哭起来了。我不记得是怎么睡着的,但睡得很香、很甜。

第七章

一

　　我在早晨八点钟醒来，立刻把我的房门关好，坐在窗旁，开始想。这样坐到十点钟。女仆两次叩门，但是我都把她赶走了。后来在十一点钟的时候又来叩门。我又喊着想把人家赶走，但这回叩门的是丽萨。女仆和她一块儿进来，给我端来了咖啡，并张罗着准备生火炉。这时想把女仆赶走是不可能的。在菲奥克拉添放木柴，吹旺火的时候，我一直迈着大步，在我的小屋内走来走去，始终不说话，甚至努力不看丽萨。女仆的动作慢得无法形容，她这是故意的，所有的女仆在发现她们在场会妨碍主人们的谈话时，都是如此做法的。丽萨坐在窗旁的椅上，注视着我。

　　"你的咖啡要凉了。"她突然说。

　　我瞧了她一眼。她毫无窘态，十分安静，嘴上甚至挂着微笑。

"女人就是这样！"我忍不住耸了耸肩。女仆终于生好了火炉，开始收拾房间，但是我发了火，把她赶走，终于把门关好了。

"请问你，你为什么又把门关上?"丽萨问。

我站在她面前：

"丽萨，我真没想到你竟这样欺骗我！"我突然喊道，甚至完全没有想到我会这样开始和她说话，而这一次并不是眼泪，却几乎是一种恶狠的情感突然刺痛我的心，连我自己都没有料到。丽萨脸红了，但没有回答，只是继续直视我的眼睛。

"等一等，丽萨，先别回答我，哦，我是多么愚蠢呀！但我真的很愚蠢吗? 所有的暗示直到昨天才汇聚在一起，在这之前我怎么可能猜得到呢? 从你经常上斯托尔别耶娃和那个……纳斯塔西娅·叶戈罗芙娜那里去就会知道吗? 我还一直将你视为天上的太阳呢，丽萨，我的大脑里怎么会生出一点什么念头来呢? 你记得，在两个月以前，我在他的寓所里遇见你时，我们俩在太阳底下走着，十分高兴……那时你已经有了吗? 已经有了吗?"

她点了点头，表示肯定。

"这么说，你当时就已经骗我了！这倒不是因为我的愚蠢，丽萨，多半是我的自私，愚蠢不是主要原因，而是我的心里只想着自己，并且……也许还因为我相信你的圣洁。哦，我以前一直相信你们大家都远远高出于我——结果却是这样！昨天，一天的工夫，我还来不及想清楚，虽然发现了许多的暗示……再说，我昨天注意的完全不是这个！"

我突然想起了卡捷琳娜·尼古拉耶芙娜，又有某种感情像针一样刺痛了我的心，我顿时满脸通红。所以，此时的我不可能怀着友善的心。

"可你在替自己辩解什么呢? 阿尔卡季，你大概忙着辩解什么事情，那么究竟是什么?"丽萨平静而且温和地问，但口气却非常坚决和果断。

"辩解什么? 现在叫我怎么办呢? ——问题就是在这里！而你还问：'想辩解什么?'我不知道应该怎么办！我不知道做兄长的在发生这类事

情时应该怎样处置……我知道有人会持着手枪逼迫他和你结婚的……我采取的行动应该是光明磊落的，但我又不知道一个光明磊落的人在这种事上该怎么办！……为什么？因为我们不是贵族，而他是公爵，他有他自己的前程，他不会接受我们这些光明磊落的人。你和我甚至不能成为法定的兄妹，只是两个私生子，没有光明正大的姓名，是农奴的孩子，难道那些公爵们会娶农奴的女儿为妻吗？唉，真是揪心极了！可你倒好，现在反而安静地坐在这里，觉得我奇怪。"

"我相信你是痛苦着的，"丽萨又脸红了，"但你何必这样性急，你是自己折磨自己。"

"性急吗？照你的看法，难道我耽误得还不够吗？你，丽萨，你怎么能对我说这种话呢？"我终于气得收不住缰了，"我受了多少的耻辱？这位公爵一定很瞧不起我！我现在一切全都明白了，全部的情景都在我的前面展开了：他心想我早已猜到你和他之间关系，但我闷声不响，或者甚至鼻子朝天地大谈什么'名誉'——他甚至会这样猜想我的为人！还认为我用他的钱，是借妹妹作由头，拿妹妹的耻辱去敲诈他的钱！所以他看到我就觉得厌恶，现在我倒认为他情有可原：他不得不每天接待一个卑鄙的小人，就因为这个卑鄙的小人是她的哥哥，而且还要谈论什么体面不体面……而你竟容许这一切发生，你并没有预先告诉我！他是那么瞧不起我，甚至把我的情况告诉斯捷别利科夫，甚至昨天他自己还亲口对我说，他想把我和韦尔西洛夫赶出去。甚至连斯捷别利科夫这种人也瞧不起我！他说：'安娜·安德烈耶芙娜是您的姊妹，和莉扎韦塔·马卡罗芙娜一样，'随后又在我的背后喊了一句：'我的钱好些。'而我呢，我竟傲慢地横躺在他的沙发上面，用平等的地位，和他的朋友们来往。真是见鬼！而你竟容许这种情形发生！也许达尔赞现在也已经知道了，至少从他昨天晚上的口气中就可以判断得出来……大家，大家全都知道，除了我之外！"

"没有一个人知道，朋友中他不对任何人说，也不会说，"丽萨打断我的话，"至于斯捷别利科夫，我只知道，斯捷别利科夫在折磨他，这斯捷别利科夫只会猜度……我还跟他讲过你好几遍，他完全相信你一点也不知道。我只是不知道昨天你们为什么发生了这段事情。"

"至少我昨天还清了他的债，把一段心事了却了，丽萨，母亲知道吗？她不可能不知道：她昨天竟对我发那么大的火……唉，丽萨呀！难道你真的认为自己是有理的，你竟一点也不责备自己吗？我不知道，按时下的观念人们对这件事会怎么看，你自己又有什么想法，我是说对我、母亲、哥哥、父亲……韦尔西洛夫知道吗？"

"母亲什么也没有对他说，他并没有问，大概也不愿意问。"

"他知道，但又不愿意知道，这是对的，这很像他！而当我这个哥哥提到拿着手枪逼婚的时候，你尽可以嘲笑你的哥哥太傻，但是母亲呢？母亲呢？丽萨，你难道没想到，这是对母亲的一种谴责吗？我整夜地为这件事情折磨着，母亲现在的第一个想法就是：'这是因为我也有错，有其母必有其女呀！'"

"哦，你这话说得多么恶毒，多么残忍呀！"丽萨叫了起来，泪水夺眶而出。她站了起来，迅速往门口走去。

"站住！你别走！"我抱住她，重又按她坐下，自己坐在她身旁，不肯放手。

"我到这里来的时候，就想到一切会这样的，你一定要我自己赔罪。好吧，我就来赔罪。我不过由于骄傲才沉默着，不说话，其实我怜惜你和母亲，比怜惜自己还厉害……"她没有说完，突然痛哭起来。

"好了，丽萨，不要这样，不要这样。我不是你的裁判官。丽萨，母亲怎么样？你说她早就知道了吗？"

"我觉得早就知道了，在出了这件事情以后，是我前不久对地说的。"她轻声地说，垂下了眼皮。

"她怎么样？"

"她说：'你就怀着吧！'"她的声音更低了。

"不错，丽萨，是的，'你就怀着吧！'你不要采取什么措施，上帝会拯救你的！"

"我不会采取什么措施的。"她坚决地回答，重又抬眼看我。

"你放心吧，"她又补充了一句，"这事完全不是那么回事。"

"丽萨，亲爱的！我只知道我对这事毫不知情，可现在我才明白，我是多么爱你。我只有一桩事情不知道，丽萨，其余的一切我都明白，只有一桩事情完全弄不懂：你为什么爱上他？你怎么会爱上这样的人？这是个问题？"

"你一定也为了这个问题折磨了一夜吧？"丽萨轻轻地笑了。

"慢着，丽萨，这是一个愚蠢的问题，你竟笑起来了，你笑吧！但这事确实不能不让人觉得奇怪：你和他——你们是那样的截然不同！他——我研究过他的——他是阴郁的，多疑的，也许很善良吧，但就算是善良，却在所有的事情上首先喜欢看到恶的一面（这一点倒是和我完全一样）！他热衷于高尚的行为——我想可能是这样，我认为是这样的，不过这一点好像仅仅停留在理想中。哦，他还喜欢忏悔，他一生不断地诅咒自己，不断地忏悔，但永远不会改过，这也许也和我一样。他有一千个偏见和虚伪的思想，但真正的思想却没有一个！他想干出一番大事来，却在小事上不负责任，把事情搞糟。对不起，丽萨，我真是一个傻子：我说这种话，其实是在侮辱你，我知道，我明白……"

"您把他刻画得很像，"丽萨微微一笑，"只是，你为了我过分恨他，所以就说得一点也不像了。他一开始就不信任你，所以你就无法看透他，但他和我早从卢加那时候起……就是从卢加那时候起，他心目中就只有我一个人了。是的，他是多疑的、病态的，没有我他早就发疯了。如果他将来离开我，他就会发疯或用手枪自杀。他似乎明白这个，知道这个。"丽萨似乎自言自语地，阴郁地说，"是的，他一贯很软弱，但是这类软弱的人，有的时候会做出十分强硬的事来……你那句关于手枪的话说得多么奇怪，阿尔卡季，用不着这样做，我自己知道将来怎么办。不是我跟他走，而是他跟我走。母亲哭着，她说：'如果你嫁给他，你会不幸的，他会停止爱你的。'我不相信这个，我也许会不幸，但他不会停止爱我的。我不是因为这一点才始终不答应嫁给她，而是出于另一个原因。两个月来，我一直没有答应嫁给他，但今天我跟他说了：行，我可以嫁给你。阿尔卡季，你知道，他昨天（她眼睛发光，突然用两只手抱住我的脖子）——他昨天上安娜·安德烈耶芙娜那里去，直截了当，开诚布公地跟她说，他不能爱她……是的，他完全说清楚了，所以这个主意现在取消了！他从来没有参与过这个主意，这全是尼古拉·伊万诺维奇公爵想出来的，还有那些折磨他的人，斯捷别利科夫和另外一个人，趁此不断地对他施加压力……正因为他的表态，所以我今天才对他说了一个'行'字。亲爱的阿尔卡季，他叫你去，很希望你去。你不要为了昨天的事情生气。他今天身体不大舒服，整天坐在家里。他特地打发我来，叫我转述给你，说他'需要'你，他有许多话要对你说，在你这里，在这个寓所里，有点不大方便。唔，再见吧！阿尔卡季，我说出这种话来是很害臊的，我上你这里来，很怕你不爱我，一路上尽画十字，但是你真是那样的善良，那样的可爱！我绝不会忘记你这个样子的，我要到母亲那里去了。而你，哪怕稍微爱他一点，好不好？"

我热烈地拥抱她，对她说：

"丽萨，我觉得你具有坚强的性格。是的，我相信不是你跟他走，而是他跟你走，不过到底……"

"不过到底：'你为了什么爱他？'这是一个问题！"丽萨抢上去说，突然像以前那样顽皮地笑着。那句"这是一个问题！"说得极像我，还完全像我说这句话时的动作，把食指举到眼睛前面。我们热烈的吻别，但她一走出去，我的心又刺痛起来了。

二

　　我在这里要专为自己说两句话：譬如说，丽萨走后，有片刻工夫，我的头脑里涌现出很多意料不到的念头，而我居然觉得心安理得。"要我张罗些什么？"我心想，"这与我有什么相干？丽萨出的事，究竟算得了什么？难道要我去挽救'家庭的名誉'吗？"我把这些卑鄙的念头记下来，是为了说明当时我对于善恶的理解还如此的不坚定。挽救我的仅仅是感觉：我知道丽萨是不幸的，母亲也是不幸的，这是在我想起她们遭遇的时候凭感觉而知道的，正因为这样，我才觉得所发生的一切大概是不妙的。

　　现在我预先声明一下，从那天开始一直到我生病的时候为止，事件发展得非常迅速，使我现在想起的时候，甚至都觉得奇怪：面对这样的事件，我怎么还能扛得住，竟然没有被命运压垮。这些事件使我的理智，甚至使我的情感都变得软弱了。如果我临到最后终于扛不住，干出了犯法的事的话（犯法的事差一点就干出来了），那么陪审官们也许要宣告我无罪的。但是，我要努力描写得井然有序，但我必须预先声明，当时我的头脑杂乱无章。事件像狂风似的袭来，我的思想像秋天的枯叶在大脑里旋转。因为我所有的思想其实都是别人的，因此当需要我自己作出决定时，叫我到哪里去找自己的思想呢？而且根本就没有人指导。

　　我决定晚上到公爵那里去，以便完全自由地跟他讨论各种问题，而在晚上之前我却留在家里。但是，在傍晚的时候，我又收到斯捷别利科夫从邮局里寄来的一封信，只有三行，坚决邀请我明天上午十一点钟上他家里去，"有极其要紧的事情，您自己会看到事情的真相"。我寻思了一下，决定视情况而定，因为到明天还早得很呢。

　　已经八点钟，我本来早就要出去，但是一直等韦尔西洛夫。我有许多话想对他说，我的心十分激动。但韦尔西洛夫并没有来。而在母亲和丽萨那里，我暂时还不能露面，而且我觉得韦尔西洛夫一定整天不在那里。我徒步走去，走到半路时，我突然想到昨天那家运河旁边的小饭馆里去看看。恰巧看到韦尔西洛夫坐在昨天的座位上面。

"我就想过你会到这里来的。"他说着，奇怪地微笑了一下，又奇怪地看我。他的微笑让人很不舒服，我已经很久没看到他的脸上有这种笑容了。

我坐在小桌旁，起初只是把关于公爵和丽萨的事讲给他听，又讲昨天从赌场回来以后在公爵家里的那个场面，也没有忘记讲赌场上赢钱的事情。他听得很仔细，对于公爵决定娶丽萨的事又重复问了一遍。

"Pauvre enfant（法文，译为"可怜的孩子"），她也许不见得有什么好处。但是，这婚姻大概也是成不了的……虽然他能够这样做……"

"您对我说，像对一个知己朋友似的说：这事您原本就知道吗？您已经预感到了吗？"

"我的朋友，我能有什么办法？这一切全和情感和别人的良心有关，哪怕事关这个可怜的丫头也是这样的。我可以再告诉你一次：我在以前曾经过分地喜欢过问别人的良心问题——这是极不妥当的举动！但当他人遇到不幸时，我会伸出援手，尽力而为，甚至会全力以赴，但我得先弄清楚这一切。我的亲爱的，你，难道你对这事真的始终没有一点疑惑吗？"

"您怎么能这样？"我喊了出来，满脸通红，"您怎么能这样？既然您对我哪怕有一点点的怀疑，怀疑我知道丽萨跟公爵有私情，却又发现我从公爵那里拿钱，您怎么还能跟我说话，跟我坐在一起，伸手给我——给一个您认为是坏蛋的人，因为我敢打赌，您肯定怀疑我已经知道了一切，然后以妹妹作为由头，有意向公爵借钱！"

"这同样是良心的问题，"他苦笑了一下，"但你哪里知道，"他带着一种神秘的情感清楚地补充道，"你哪里知道，我会不会担心，就像你昨天在另一件事上那样，担心丧失自己的'理想'，担心我那热情而诚

338

实的孩子是一个坏蛋？我一面担心，一面延宕时间。为什么要猜疑我懒惰或狡猾，而不猜疑我是比较天真的，虽然愚蠢，却比较正直的人呢？见鬼！我是时常愚蠢而不正直的。要是你真的养成了那样的习气，那你对我还有什么可珍贵的呢？在这种情况下，规劝和使你改过都是不体面的，即使你改过自新，但你在我的心目中还是会丧失所有的价值……"

"但您怜惜丽萨吗？您怜惜吗？"

"我是很怜惜的，我的亲爱的。你凭什么认为我那么无情呢？……恰恰相反，我要竭尽全力……哦，你怎么样？你的事情怎么样了呢？"

"不要管我的事，现在没有我的事情。听我说，为什么您对他和丽萨结婚抱着怀疑的态度呢？他昨天到安娜·安德烈耶芙娜那里去，很明白地拒绝了……也就是拒绝了那个愚蠢的主意……尼古拉·伊万诺维奇想出来的给他们做媒的念头。他很明白地拒绝了。"

"是吗？这是什么时候？你从谁那里听到的？"他好奇地打听。我把我所知道的一切全讲了出来。

"嗯……"他疑虑地说，似乎在暗自思量，"这么说来，这事发生在不到一个小时之内……正好在另一个解释之前。嗯……是的，当然，他们之间会有这种解释……不过，据我所知，在这之前，无论是在他这方面，还是在她那方面，都从来不曾对这件事说过什么或者做过什么……是的，当然，只需要两三句话就可以解释清楚了。但是，有一件事情，"他突然奇怪地笑了一下，"我有一个极重要的消息，甚至可以使你产生兴趣：如果你的公爵昨天向安娜·安德烈耶芙娜求婚（这是我坚决不会容许的，既然我预料到了丽萨的情况，这话只在我们之间私下说说），那么无论如何，安娜·安德烈耶芙娜一定会立即拒绝的。你大概很爱安娜·安德烈耶芙娜，尊敬她，珍重她，是这样的吗？这在你的方面是很好的，而且你大概也会替她高兴的：我的亲爱的，她要出嫁了，从她的性格上判断，大概是能嫁成的，我呢，这不用说，当然要祝福她。"

"她要出嫁吗？嫁给谁？"我异常惊奇地喊了出来。

"你猜猜看嘛！不过我就不劳你费神啦。她要嫁给尼古拉·伊万诺维奇公爵，嫁给你那可爱的小老头儿。"

我睁大着眼睛看他。

"她大概早就打定这个主意了，当然啦，已经用艺术的手段从各方面把它计划好了。"他懒洋洋地、清清楚楚地说，"我想这事恰巧发生在谢廖扎公爵访问后的一小时（他这次赶得真是不凑巧）！她径直走到尼古拉·伊万诺维奇公爵前面，向他求婚。"

"怎么'向他求婚'？是不是他向她求婚？"

"怎么会呢？那是她，她自己主动求婚的，怪不得他那么开心了。听说他现在老是坐在那里，诧异不已：他自己怎么没有想到这个念头。我听说，他甚至生起毛病来……大概也是由于高兴过度的原因吧！"

"您带着这种嘲弄的语气说话……我几乎不能相信。再说，她怎么会求婚呢？她说了些什么？"

"你要相信，我的朋友，我是由衷的高兴着的，"他回答，突然态度严肃起来，"当然，他固然老了，但按照一切的法律和习惯，还是能结婚的。至于她，那又是别人的良心问题，我的朋友，这个我已经跟你说过多次了。话又说回来，她完全有权持有自己的看法，作出自己的决定。至于详细的情节，以及她用什么话表示出来的，我就没有本事向你转述了。当然，她是有这种本事的，而且用你我都想不出的方法。在这件事上，最值得称道的是，没有惹出什么乱子，在上流社会的人看来，一切都做得 très comme il faut（法文，译为"十分合理"）。当然，很明显，她需要在上流社会能争得一席之地，不过她是配得上这个位置的。这一切，我的朋友，是完全属于交际社会上的事。而她的求婚，想必也做得十分优雅，而且体面。她这个人向来很严肃，凡事都一丝不苟，我的朋友，照你有一次给她下的定义，就是一个修女型的姑娘，而我早就称呼她为'安静的女孩'。你知道，她差不多是他的养女，她已经不止一次看出他对自己的好意。她早就对我说，她'尊敬他、珍重他、怜惜他、同情他’，等等，因此对于这事，我甚至早已有了一些心理上的准备。今天早晨，我的儿子，也就是她的兄弟安德烈·安德烈耶维奇，按照她的要求，代表她把这一切告诉我。这个兄弟，你大概不认识，我和他每隔半年必见一次面。他相当赞许她的这个举动。”

“那么，这事已经公开了吗？天呀，这使我太吃惊了！”

“不，完全没有公开，还要等到某个时候……我还不知道，总而言之，我完全是局外人。但这一切都是真的。”

“但是，现在卡捷琳娜·尼古拉耶芙娜……您怎么看，这道小菜会不会让比奥林格倒胃口呢？”

“这个我就不知道了……不过对于这事他肯定是不高兴的，但你要相信，安娜·安德烈耶芙娜即使在这方面也是一个十分正经的人。你瞧，安娜·安德烈耶芙娜竟来这一手。恰巧昨天早晨她先向我打听：‘我爱不爱寡妇阿赫马科娃？’你记得，我昨天对你讲过，而且使你惊异的。现在你明白了吗？如果我娶了公爵的女儿，那她就不能嫁给这个女儿的父亲了。”

“哎哟，确实是这样！”我喊了出来，“但是，难道安娜·安德烈耶芙娜果真认为您……会愿意娶卡捷琳娜·尼古拉耶芙娜吗？”

“显然是这样，我的朋友，但是……但是……你大概要到你该去的地方去了。你瞧，我的头一直很痛。我这就让他们弹奏一曲《露契娅》。我喜欢烦闷里的庄严，不过我已经对你说过这句话了……我尽重复自己说过的话，真是无可救药……但是，我也许要离开这个地方。我爱你，我的亲爱的，但是再见吧。我在头痛和牙痛的时候，总是渴望孤寂。”

他的脸上露出一些痛苦的皱纹，我现在相信他的头当时是痛着的，尤其是头……

“明天见吧！”我说。

“明天见是什么意思？究竟明天会发生什么事吗？”他强笑了一下。

“我上您那里去，或者，您到我家里来。”

"不，我不到你那里去，你会跑到我这里来的……"

他的脸上露出一种特别难看的神色，但我顾不上他了：事情是那么的紧要！

三

公爵的身体确实不大舒服，独自住在家里，头上包着湿巾。他等候着我。他不仅仅头痛，而且在精神上也完全有病。我还要预先交代一下：在这最后的一段日子，一直到发生大变故为止，不知怎么回事，我所遇见的人们似乎完全是兴奋的，几乎是疯狂的，所以我自己不由得也被传染上了。老实说，我是带着恶劣的情感而来的，我对于昨天在他面前流泪感到很羞愧。再说，他和丽萨竟那样巧妙地哄骗我，使我不能不认为自己是一个傻子。总之，我走进他家里去的时候，我的心里很别扭。但所有这些伪装和别扭很快就消失了。我应该替他说句公道话：一旦他的疑心消失殆尽，他就会变得很温顺，他的身上会露出几乎像婴孩似的亲热、信任和爱心。他含着热泪吻我，然后开始谈正事……是的，他确实需要我：他的话语和思路都显得十分的混乱。

他十分坚决地对我声明，他打算娶丽萨，而且越快越好。"她不是贵族，这没有错，但这一点从来就没有使我不安过，"他对我说，"我的祖父娶过农奴的姑娘，一个邻家的地主自办的农奴戏院里的歌女。当然，我的家族对我存有一种特别的希望，但他们现在只好让步，而且也不会有任何斗争的。我想和现在的一切脱离关系，完全脱离关系！一切都将不同，一切都将顺着新的途径走去！我不明白令妹为什么爱我，但是，不用说，如果我没有她的话，也许现在早已不在人世了。现在我从心底的深处，对您发誓，我把我和她在卢加的相遇视为天意。我觉得她之所以爱上我，是因为'我堕落了'……您会不会明白这一点呢？阿尔卡季·马卡罗维奇?"

"完全明白的!"我用十分肯定的语气回答。我坐在桌子前面的安乐椅上，他在屋内踱步。

"我应该把我们相遇的全部事实毫不隐瞒地讲出来。这事是从我内心的一个秘密开始的。这秘密只有她一个人知道，因为当时我也只敢相信她一个人。所以直到现在，也没有一个人知道。我当时是怀着绝望的心情到卢加去的，住在斯托尔别耶娃家里。我现在也不知道为什么去那里，也许寻觅彻底的孤独吧。那时我刚辞去军营里的职务。我进军营是从国外回来以后，也就是在国外和安德烈·彼得罗维奇相遇以后。当时我很有钱，所以在军队里任意挥霍，过着奢华的生活。但是，那些和我共事的军官们并不喜欢我，虽然我尽量不得罪他们。我老实对您说，从来没有人喜欢过我。有一个骑兵少尉，姓斯捷潘诺夫，说实话，这是一个浅薄的角色，甚至似乎很窝囊，总之，是一个很不起眼的小人物。但却是一个诚实的人。他常到我家里来，我对他倒也很随和。他整天默默地坐在我屋子的角落里，但带着威严的神色，对我倒也没什么妨碍。有一次，我对他讲了一件当时正在流传的趣闻，而且还添油加醋地乱说一气。我说上校的女儿对我有好感，而且上校也相中了我，所以当然愿意做我所希望做的一切……总之，都是一些诸如此类的话，细节我就不说了，但后来这些话却变成了一个极其下流的谣言传了出去，情况也相当复杂。而将这个谣言传出去的，并非是斯捷潘诺夫，而是我的勤务兵。这勤务兵偷听到这番话以后，就牢牢记在心里，因为这个可笑的趣闻败坏了一个姑娘的名誉。谣言传出去之后，这个勤务兵在受到军官的审问时，就供出了斯捷潘诺夫，也就是说，供出了是我对斯捷潘诺夫讲的。斯捷潘诺夫处在这种情况下，当然不能否认他所听到的话，因为这是和名誉有关的。由于在这件趣闻里，有三分之二的内容是我胡编的，因此军官们异常激愤，团长只好把我们大家召集到他那里，要把这件事情弄个水落石出。他当着大家的面问斯捷潘诺夫：他到底听见了没有？斯捷潘诺夫便把全部的事实供了出来。而我，身为世袭的公爵，当时竟干了些什么呢？我竟完全否认，并且当着斯捷潘诺夫的面前说他撒谎，不过我说得很客气，意思是说他'不大了解'等等的话……细节我还是不谈了吧，不过有一点对我的处境十分有利：因为斯捷潘诺夫经常上我家去，所以我把事情说得多少有点相像的样子，似乎他是为了某种利益和我的勤务兵串通起来。斯捷潘诺夫只是默默地看我，耸着肩膀。我记住得的眼神，永远不会忘记的。后来他想立刻辞职，但您猜结果如何？军官们全体到他家里去拜访，劝他不要辞职。两星期以后，我就离开了团部。没有人开除我，也没有人劝我辞职，是我以家庭作为借口辞职的。事情也就这样结束了。起初我满不在乎，甚至还生他们的气呢。我住在卢加的时候，认识了莉扎韦塔·马卡罗芙娜，但后来，过了一个月，我却看着我的手枪好几次想到了死。阿尔卡季·马卡罗维奇，我总是消极地对待每件事情，我写了一封给团长和同事们的信，完全承认我说谎，想恢复斯捷潘诺夫的名誉。我写完这封信以后，给自己出了一个难题：'这封信寄出去后，仍旧活下去，还是寄出去后就死去呢？'我是不能解决这个问题的。有一次，纯粹是出于偶然，我和莉扎韦塔·马卡罗芙娜做了一次匆忙的、奇怪的谈话以后，突然一下子就使我和她变得贴心起来了。在这之前，尽管她经常上斯托尔别耶娃家里去，但我们碰见了也只是彼此点点头，连话都不大说。这一回我却突然把自己内心的秘密全都告诉了她。就在这时，她向我伸出了援助之手。"

"这问题她是怎样解决的呢？"

"我没有把信寄出去。她给我的答案是不寄。她的理由是这样的：如果我把信寄出去，当然是做了一桩高尚的举动，足以洗清自己的污点，甚至还不仅仅这些，但这后果我自己能不能忍受得了呢？她认为谁也不会忍受得了的，因为那时前途就会毁掉了，也不可能再重新开始。再说，斯捷潘诺夫虽然受了一点儿伤害，但他已经被军官们宣告无罪，而且事情也已经过去了。总之，这是一个似是而非的问题，但她把我阻拦住了，我完全听从了她。"

"她用狡诈的方法解决了问题，但是充满了女人的心机！"我喊道，"她当时已经爱上您了！"

"也正是这一点，使我获得了新的生命。我发誓要重新做人，彻底改变生活，要对得起自己，也对得起她。但结果呢？结果却弄成这个样子——我和您经常到赌场去赌钱。我获得了一笔遗产，一下子就得意忘形起来，热衷于追逐名利，喜欢结交那一伙人，还喜欢漂亮的马车……我把丽萨折磨得好苦——我真是可耻呀！"

他用手擦了擦自己的额角，在屋内来回走着。

"我和您分别从两个方面遭受了俄罗斯人相同的命运。您不知道怎么办，我也不知道怎么办。一个俄国人只要稍稍地从习俗给他规定好的常轨中越出来，就马上不知道该怎么办了。当处在常轨中时，一切都明明白白，看得清清楚楚：收入呀，官爵呀，社会上地位呀，马车呀，拜客呀，职务呀，妻子呀；但是稍稍地动一动，我就成为什么了呢？就等于一片被风驱赶的树叶。我不知道该怎么办！这两个月来，我努力在轨道上维持着，爱着轨道，被吸引到轨道里去。您还不知道我在这里堕落得多么深：我爱丽萨，真心地爱她，可同时又想阿赫马科娃！"

"真的吗？"我痛苦地叫道，"公爵，我要顺便问一下，您昨天讲起韦尔西洛夫，说他怂恿您对卡捷琳娜·尼占拉耶芙娜做卑劣的行为，那是什么意思？"

"我也许夸大了一点，我对他，比对您还怀疑，这是我的错。这事您就别提了。不过，难道您以为我在整个这段日子里，也许从在卢加的时候起，我不曾怀着崇高的人生的理想吗？我敢对您发誓，它从不曾离开我，而且时常浮现在我的面前，丝毫也没有在我的心头失去魅力。我记住我给莉扎韦塔·马卡罗芙娜所起的重新做人的誓言。安德烈·彼得罗维奇昨天在这里谈论贵族问题的时候，没有对我说出任何新的见解来，这是您要相信的。我说的理想早已坚定地确立了：拥有几十俄亩的土地（只要有几十亩，因为我所得到的遗产几乎已经花光了），然后便和上流社会完全断绝，不再追逐名利，在乡下的村庄里拥有一所房子，建立一个家庭，至于我自己呢，就做个农夫之类的人。这在我们的家族看来，也并不稀奇，我的叔父就亲手耕过田地，祖父也是的。我们固然是世袭的公爵，我们的出身固然正直，但是我们是乞丐。我就要用这个来教育我的子女：'你一辈子应该永远记住，你是贵族，你的血管里流着俄罗斯公爵的神圣的血，但是你不要因为你父亲耕过田而引为羞耻，他是用公爵的风度做这种事情的。'我不会给他们留下财产，除去这一块田地以外，但是，我要给予他们高等的教育，这是我的责任和义务。丽萨肯定能够帮助我实现这个理想。丽萨、孩子、干活——哦，这一切我和她是多么的向往。在这里，就在这几间屋子里，我们一起幻想着，然而结果怎样呢？我却同时打着阿赫马科娃的注意，其实我完全不爱她，但我却在盘算着有没有可能结成一桩上流社会富裕的婚姻！直到昨天纳晓金带来了关于比奥林格的消息以后，我才决定去找安娜·安德烈耶芙娜。"

"您不是去拒绝的吗？这总是一个诚实之举，不是吗？"

"您以为是吗？"他在我前面站住了，"不，您还不知道我的天性！或者……或者我自己还不知道我的天性。因为这里大概不仅仅是一种天性。我真心地喜欢您，阿尔卡季·马卡罗维奇，这两个月以来，我又深深地对不起您，所以我愿意让您知道这一切，因为您是丽萨的哥哥。我去找安娜·安德烈耶芙娜，是为了向她求婚，而不是为了拒绝。"

"这是可能的吗？但丽萨说……"

"我骗了丽萨。"

"请容我问一下：您是正式的求婚，而安娜·安德烈耶芙娜却拒绝了您吗？是不是？是不是？这些细节对我十分重要的，公爵。"

"不，我完全没有求婚，但只是因为来不及的缘故。她自己在我没有说出来之前就先行声明了，当然用的不是直接的言语，却说得一清二楚。她让我识趣地明白，这个主意是不可能的了。"

"也就是等于没有求婚，您的自尊并没有受到伤害，是不是？"

"你怎么能这样看呢？我不会受到自己良心的谴责吗？还有丽萨呢？我欺骗了她……也就是说，想抛弃她，还有我给自己和我的祖先所立下的重新做人、赎清前恶的誓约呢？我恳求您，不要把这件事情告诉她。也许她就这一桩是不能饶恕我的！我从昨天起就病了。主要的是，大概现在一切都已经完了，索科利斯基族的最后一个公爵要去服苦役了！可怜的丽萨呀！我整天等候您，阿尔卡季·马卡罗维奇，为的是对您，对丽萨的哥哥，公开她目前还不知道的那件事情。我是一个刑事犯，我参与伪造某铁路的股票。"

"这又是怎么回事？怎么会去服苦役呢？"我跳了起来，惊恐地望着他。他的脸上流露出一种深沉的忧伤，一种无奈的悲哀。

"您且坐下来，"他说着，自己坐在对面的安乐椅上，"您先听下面的事实：一年以前，就在那一年的夏天，我在埃姆斯和莉季娅·卡捷琳娜·尼古拉耶芙娜在一块儿，后来又到巴黎去。事情就出在我去巴黎逗留两个月的时候。不用说，我在巴黎时，钱不够用了。当时恰巧遇见了那个斯捷别利科夫，我以前也认识他。他给我钱，还答应再给我，但要求我帮他的忙。他需要一个艺术家，一个会画画、雕刻、石印的人，还需要一名化学师和一名技师——为了某种目的。至于为了什么目的，他甚至一开始就说得相当露骨。为什么呢？因为他摸透了我的性格，这一切只是使我觉得可笑。事情是因为有一个我在学校里读书的时候就认识的俄国流亡者，住在汉堡的某处，他的父母不是俄国籍。他曾在俄国被牵涉进一桩伪造票据的案件里去。斯捷别利科夫就需要这样的一个人，但是必须有人介绍，因此找上了我。于是我给他写了一封三言两语的介绍信，随后也就把这事给忘了。后来，他和我又遇见过几次，我一共从他那里得到了三千卢布。关于这件事情我早已忘得一干二净了。我在这里一直用期票和抵押品向他借钱。他奉承我时，好像奴隶奉承主人似的，直到昨天，我才突然第一次从他嘴里得知：我——是一个刑事犯。"

"昨天吗？什么时候？"

"就是昨天，早晨在纳晓金拜访之前，我和他在书房里吵嚷起来的时候。他居然第一次完全明显地对我提起安娜·安德烈耶芙娜来了。我举起手来，想打他。他突然站起来，对我宣布我和他是一党，他要我记住我是他的同谋者，和他一样是个骗子，——总之，虽然没有说出这话，但意思就是这个。"

"真是胡说八道，这不是凭空捏造吗？"

"不，这不是凭空捏造。他昨天到我那里来，详细地解释了一下。那些股票早已在流通，而且还要继续发行，可是大概已经在什么地方出了问题。当然，我是局外人，但是'您当时曾写过一封介绍信呀！'——这是斯捷别利科夫对我说的话。"

"但是您当时并不知道写介绍信的目的呀，或者，您已经知道了吗？"

"我知道的，"公爵轻声地回答，垂下眼皮，"您瞧，我是既知道，也不知道。我笑着，我觉得很快乐。我当时一点也没有想，况且我完全不需要假股票，我也不打算去造假股票。但他当时给我的三千卢布，以后甚至没有在账上记下来，而我竟听任下去。您怎么知道，也许我就是伪造钱币犯？我不可能不知道。我不是小孩。我知道，但是我很快乐，我帮助那些卑鄙的罪犯……而且为了金钱帮助他们！如此说来，我也就是伪造钱币犯！"

"您太夸张了，您固然有错，但您未免夸张了一点！"

"关键是，这里面还有一个名叫日别利斯基的人，年纪还很轻，在司法界做事，好像是律师帮办。他也参与到这股票的案子里。他曾由汉堡的那位先生打发到我那边来，当然是为了一点小事，我连自己都不知道为了什么，关于股票的事情根本没有提起过……但在他手里有我亲手写的两个文件——全是三言两语的字条，当然，这也可以作为证据，这一点我今天才完全明白过来。据斯捷别利科夫对我解释，这个日别利斯基妨碍了一切：他在那里偷窃，至于偷窃谁的钱，大概是公款，但是还打算再偷一次，然后再逃到国外去。他至少需要八千卢布，作为逃亡的费用。遗产中我应得的部分可以使斯捷别利科夫满足，但是斯捷别利科夫说必须要使日别利斯基也满足才好……总之，我必须在我所得的遗产中提出分给他们的一部分以外，再给他们一万块钱，——这是他们最后的通牒。那时候他们会把我的那两张字据还给我。他们串通在一起，这是很明显的。"

"这事显然是很荒唐的，如果他们告发您，那就先把他们自己供出来！所以，他们无论如何不会告发的。"

"我知道，他们也根本没有威胁我要去告发。他们只是说：'我们当然不会告发，但是如果事情一旦败露，那么……'他们只是这样说，也就完了。但是我觉得这就够了——事情不是这样的：不管将来出什么事情，哪怕这些字据现在放在我的口袋里，但我已经和那班骗子勾结在一起，永远成为他们的同谋！我对俄国说谎，对孩子们说谎，对丽萨说谎，对自己的良心说谎……"

"丽萨知道吗？"

"不，她完全不知道。她现在这种情况，恐怕受不住这个打击。我现在穿着我的营团的制服，只要遇见本团里的任何一个兵士，我分分秒秒都意识到我没有资格穿这身制服。"

"听我说，"我突然叫了起来，"这件事情没有什么可谈的。您只有一条路，一条唯一的得救的路：你上尼古拉·伊万诺维奇公爵家里去，向他借一万块钱，您借钱的时候不必把这些事情告诉他，然后把这两个骗子叫来，彻底跟他们做个了断，赎回您的字据……事情就完了！等到一切事情办完之后，您就去耕田！抛弃幻想，相信现实！"

"我想到这层了，"他坚决地说，"我今天一整天都在盘算着，最后终于决定了。我只是等候着您。我决定上他那里去。您知道，我一生从来没有向尼古拉·伊万诺维奇公爵借过一个戈比。他对待我们的家庭是很好的，他甚至……帮过忙，但是我本人，我个人，却从来没有借过钱。但是，现在我决定了。您知道，我们这一族比尼古拉·伊万诺维奇公爵的那一族辈分要大些，他们是属于晚辈的一族，甚至是个旁系，几乎是有争议的……我们的祖先们是互相有仇恨的。在彼得大帝改革的初期，我的先祖，也名叫彼得，始终是个分裂派教徒，在科斯特罗马森林地带流浪。这位彼得公爵再婚时，娶的也不是贵族的女子……就是在那时候，才生出了索科利斯基族的另一支系。可我……我这是在说些什么呀？……"

他十分疲乏，几乎胡乱地讲到其他的问题上去了。

"您安静一下，"我站起身来，取了帽子，"躺下来睡一觉，这是最要紧的。尼古拉·伊万诺维奇决不会拒绝您，尤其是现在，正在高兴的时候。您知道那边的事情吗？真是不知道？我听到一桩奇怪的新闻，他快要结婚了，这是秘密，当然，不必瞒着您。"

我一面站在那里，手里拿着帽子，一面把一切事情讲给他听。他一点也不知道。他匆忙地打听详情，特别关于时间和地点，还注意到这件事情的可信程度。我当然没有隐瞒，当时就说根据人们的讲述，这件事情发生在他昨天拜访安娜·安德烈耶芙娜以后。我不能形容出，这消息引起他怎样病态的印象，他的脸变了样，似乎歪斜了，那种苦笑使他的双唇痉挛地抿紧，最后他的脸色变得惨白，垂下眼皮，陷入了沉思。我突然十分明显地看出他的自尊心被安娜·安德烈耶芙娜昨天的拒绝伤得十分严重。也许他在病态的心境下，这时候正十分鲜明地回想起他昨天在这个姑娘面前成为那样可笑和卑贱的角色。现在看来，他对于这姑娘会答应他求婚的事是很有把握的。另外，也许他还想到自己背着丽萨做出了那样卑鄙的举动，而结果却是一场空！让我觉得奇怪的是，这些上流社会的花花公子把对方看作是什么人了呢？他们凭什么还那样彼此尊敬呢？这位公爵明明可以猜到安娜·安德烈耶芙娜已经知道他和丽萨的

350

关系，实际上就是和她的妹妹所发生的关系，即使目前还不知道，那么
将来也一定会知道，而他竟"毫不怀疑她会答应自己"！

　　"难道您以为，"他突然骄傲而且威严地抬眼望着我，"在我知道了
这个消息之后，现在还能去找尼古拉·伊万诺维奇公爵，向他借钱吗？
他是刚刚拒绝了我的那位姑娘的未婚夫，向他借钱——那是多么的下
贱，多么的奴才相！不，现在一切都完了。如果这老人的帮助是我最后
的希望，那么让这希望也破灭了吧！"

　　我心里暗自赞成他的话，但对于现实到底应该把眼光放宽些。难道
老公爵还能算是一个健全的人吗？还能算作未婚夫吗？我的大脑里涌动
着好几个念头。我刚才早已决定明天一定去看望这个老头儿。现在我努
力冲淡公爵的感受，劝这可怜的人睡一觉！"只要你睡足了觉，您的思
路就会清晰些，您自己会看出来的！"他热烈地握着我的手，但是没有
亲吻。我和他约好，明天晚上再到他家里去。"我们来谈一谈，好好谈
一谈。要谈的话已经积得太多了，必须谈一谈。"对于我的这两句话，
他似乎无可奈何地笑了笑。

第八章

一

  那天夜里，我整夜做着有关轮盘、赌博、金币和盘算的梦。我好像坐在赌台旁边，在那里计算下一个注，赢的机会有多大，这一切使我整夜都很难受，像梦魇一般。我要说实话，即使昨天一整天，我的脑子里都充满着种种强烈的印象，但还是不时地想起泽尔希科夫赌场上那段赢钱的情景。我努力赶走这些念头，却赶不走这些印象，一想到这事就哆嗦。这次赢钱刺痛了我的心。难道我生而为赌徒吗？至少一定具有一个赌徒的性格。甚至在现在，在写下这一切的时候，我还是会时不时地想起那赌钱的情景！有时我还会用整整几个小时的工夫，默默地坐在那里，在大脑里盘算应该怎样下注，怎样赢钱。是的，我有许多不同的"气质"，所以我的心灵永不安宁。

  十点钟时，我打算步行到斯捷别利科夫那里去。所以马特维一来，我就打发他走了。我趁着喝咖啡的时候，进行周密的思考。不知为什么我感到很高兴，我立即审视了一下自己的内心，便猜出我之所以高兴，主要的是因为"我今天要到尼古拉·伊万诺维奇那里去"。但是，这一天是我人生中悲惨的一天，而且完全出乎意料外，同时又是以一件意料不到的事开始的。

十点整，我的房门砰的一声被撞开，塔季扬娜·帕夫洛芙娜冲了进来。我对于一切都可以料到，但却料不到她会跑来，因此我惊讶地跳了起来，站在她的面前。她满脸狂怒，举止失措，如果问她为什么来找我，看来她自己也说不上来。我要提前交代一下：她刚刚得知一个非同小可的消息，这个消息一下子就把她给击垮了，而此时她还处于最初的那个感受。当然，这个消息也牵涉到我身上。但是，她在我这里只待了半分钟，也许只有一分钟，但绝不会再多。她就那样直勾勾地盯着我。

"原来是你干的！"她站在我面前，身体向前弓着，"你这小子！你惹出了多大的祸！你还不知道吗？你还喝咖啡呢！唉，你这好嚼舌的人，你这个碎嘴子，你是个纸糊的情人……这种人应该用鞭子狠狠地抽，用鞭子抽，用鞭子抽！"

"塔季扬娜·帕夫洛芙娜，出了什么事情？到底怎么啦？母亲有什么事？……"

"你会知道的！"她威胁地喊叫，从我屋内跑出去，一转眼就不见了。我当然可以追她，但有一个念头阻止了我，其实也不是念头，而是某种隐约的不安。我预感到"纸糊的情人"是她的呼喊中最主要的话语。当然，我自己不可以猜到是什么，但我很快便出门了，以便赶快和斯捷别利科夫了结以后，就到尼古拉·伊万诺维奇公爵家里去。"到了那里，一切便会有了答案！"我本能地想着。

奇怪的是，斯捷别利科夫不知怎么已经全都知道关于安娜·安德烈耶芙娜的事情，甚至连详细的情节都知道了。我不想把他的谈话和姿势描写出来。总之，他表现出一种兴高采烈和欣喜若狂的样子，因为他把

"那桩事处理得十分巧妙"。

"这才是一个角色！这才是一个了不起的角色！"他惊叹道，"不，这不是和我们一样的。我们坐在那里，什么事也不做，但是她想在真正的泉水里喝一杯水，也就喝了。这是……这是古代的石像！这是古代智慧女神的石像！只是她会走路，穿着现代的服装！"

我请他转到正事上去。结果跟我预料的完全一样，所谓的重大事情，不过是要我去劝说公爵，让他去向尼古拉·伊万诺维奇公爵请求帮助。"否则，他的处境会很糟糕，很糟糕的，这并不符合我的本意，您说是不是？"

他望着我的眼睛，不过他似乎没有猜到，我会比昨天见面时又多了解一些情况。而且他也不可能料到：因为，当然啦，我没有用一句话和一个暗示透露出我知道关于"股票"的事情。我们没有谈多久，他立刻答应给我钱，"给得很多，给得很多，只要您能从旁帮忙，使公爵前去就行。这件事情是紧急的，很紧急的，关键就在于太紧急了"！

我不想像昨天那样和他争论和吵嘴，便站起身来走出去，并扔给他一句我会"尽力而为"之类的话。但是，他突然使我惊异得无从形容：当时我已经走到门口，他突然亲热地伸出双手抱住我的腰，开始对我说些……极其莫名其妙的话。

我还是把细节忽略过去，也不记下当初谈话的全部内容，免得使读者厌倦。他的意思是要我"把杰尔加乔夫先生介绍给他，因为您时常到那边去"！

我顿时沉默不语，努力不用任何手势透露出自己的心情。但我立即回答，我在那里完全是个陌生人，即使去过，也不过偶然去一次。

"但是，既然有一次被接了进去，第二次不还能去吗？是不是呀？"

我直率地，但是很冷静地问他，他到底要干什么。我至今不能明白，有些人显然是不愚蠢的，而且是很"干练"的，像瓦辛所下的那样的定义，怎么会天真到这种程度？他完全直率地解释给我听，他怀疑杰尔加乔夫那里"一定有什么被禁止的东西，严厉地被禁止的东西，因此研究以后，所以一旦被我侦查出来，就可以从中捞到一些利益"。他微笑着，用左眼向我挤弄了一下。

我根本没有给他任何肯定的回答，但是假装着要寻思一下，"答应考虑考虑"，随后很快地就走了。事情复杂起来了：我奔到瓦辛家里去，恰巧遇到他在家。

"啊，您也来了！"他见了我，神秘地说着。

我没有理会他的这句话，便直接说明了来意，告诉他所发生的情况。他显然很惊愕，虽说丝毫也没有失去冷静。他详细地追问了一遍。

"也许是您理解偏了吧？"

"不，我的理解很正确，他的意思是十分明显的。"

"无论如何，我都非常感激您，"他诚恳地说，"如果这一切果真是有的，他心想您总不会在一定的数额前面不动心的。"

"况且他深知道我的境况：我喜欢赌博，我的行为很恶劣，瓦辛。"

"我听说了。"

"最使我疑惑不解的是，他知道您的情况，知道您也经常到那里去。"我冒险地试探了一句。

"他知道得很清楚呢，"瓦辛很随意地回答，"他知道我在那里是没有关系的。再说那一班年轻人多半是说空话，别的没有什么。其实，您自己记得最清楚。"

我觉得他似乎有点不信任我。

"无论如何我是很感谢您的。"

"我听说斯捷别利科夫的事情有点不妙，"我又试探了一句，"至少我听说有些股票……"

"您听说什么样的股票？"

我故意提起"股票"的事，当然，并不是为了把公爵昨天讲的秘密告诉他。我只是想做一个暗示，观察一下他的脸色和眼神，看看他知道不知道关于股票的一点事情。我达到了目的：从他脸上那无从捉摸的、刹那间的变化中，我猜到他也许知道一点什么。便对于他的这句"什么样的股票"的问话，我没有回答。奇怪的是，他并没有继续问这件事情。

"莉扎韦塔·马卡罗芙娜的身体好吗？"他关心地问。

"她的身体很好，我妹妹是永远尊敬您的……"

他的眼睛愉快地闪了一下：我早就猜到他对于丽萨有好感。

"谢尔盖·彼得罗维奇公爵前两天到我这里来过。"他突然告诉我。

"什么时候？"我叫了起来。

"整整四天以前。"

"不是昨天吗？"

"不，不是昨天。"他带着疑问看着我。

"以后我也许会详细地告诉您关于这次见面的情形，但现在认为有必要先告诉您（瓦辛神秘地说）——我当时觉得他的情绪似乎很不正常……甚至理智也不正常。此外，还有一个人来拜访我，"他突然微微一笑了，"就在您来以前，我也不能不断定这位访客的状态是不正常的。"

"公爵刚才来过吗？"

"不，不是公爵，我现在不讲公爵。安德烈·彼得罗维奇·韦尔西洛夫刚才到我家里来……您一点也不知道吗？他没有发生什么事情吗？"

"也许是发生了的，但他在您这里到底怎么啦？"我匆忙地问。

"当然，对于这事，我本来应该保守秘密……我和您这次的谈话有点奇怪，尽谈一些秘密的事呢。"他又微微笑了一下。"安德烈·彼得罗维奇并没有要求我保守秘密。但是，您是他的儿子，又因为我知道您对他的感情，所以这一次我预先提醒您，也许倒是做了一件应该做的事。您简直想象不到，他到我这里来问我：'如果过几天，很快，他需要和人家决斗，我答应不答应做他的副手？'我当然一口拒绝了。"

我感到十分震惊，这个消息比任何消息更使我觉得不安：肯定是出了什么大事情，发生了什么事情，一定出了我还不知道的事情！我突然想起韦尔西洛夫昨天对我说："不是我上你那里去，而是你跑到我这里来。"我飞奔到尼古拉·伊万诺维奇公爵那里去，更加预感到谜底就在那里。临别时，瓦辛又向我道谢。

二

老公爵坐在壁炉前，用毡子裹住脚。他甚至用一种疑问的眼神迎接我，似乎很奇怪我会到那里去，可他自己却几乎每天打发人叫我去。不过，他还是和蔼地向我问候，对于我的最初的几个问题，回答得似乎带着一点嫌恶，和异常心不在焉的样子。他有时似乎在那里盘算，盯着我一下，似乎忘却了什么，想起那无疑地应该和我相关的事情。我直接告诉他，我已经听到一切，而且非常高兴。他的嘴角顿时泛起了亲切和友善的笑容，人也精神了，那种谨慎和不信任一下子烟消云散，好像他已经把这些忘光了。是的，当然已经忘了。

"我的亲爱的朋友，我早就知道你会头一个来的，你要知道，我昨天还想起你来：'谁会高兴的？他会高兴的。'瞧，除了你，没有人会高兴的，但这是不要紧的。人们都是会恶言相向，但这算不了什么……Cher enfant（法文，译为"亲爱的孩子"），这一切是多么的高尚，多么的美好……但是，你自己也很清楚地知道，安娜·安德烈耶芙娜对于你的意见很尊重。她有一张庄重而迷人的脸，一张像版画一样的脸。她是一幅最美的英国版画，独一无二……两年前我就收藏了全套版画……我是一直、一直就有这个意思的，是一直就有的，我只是奇怪自己怎么从没想到过要这样做。"

"我记得您一直很喜欢、很赏识安娜·安德烈耶芙娜，而且一直很尊敬她。"

"我的朋友，我们并不想伤害任何人。和朋友、和亲属、和心爱的人在一起生活——这是天堂。大家都是诗人……总之，从史前的时代起，人人早就知道的。告诉你，夏天的时候，我们先去索登，然后去巴德加施泰因（索登和巴德加施泰因都是当时著名的疗养胜地，前者在德国，后者在奥地利）。但是，你有好长时间没有来了，我的朋友，你是怎么啦？我可是一直盼着你来呀。从那个时候起，就发生了许多许多的事情，不是吗？只可惜我总是心神不安，只要剩下我一个人，我就心神不安。正因为这样，我才不能一个人过活，不对吗？这就像一加一等于二那样清楚。我从她最初的几句话时就马上明白了这一点。我的朋友，她一共只说了两句话，但是这……这两句话就像是一首绝妙的诗。其实你应该算是她的兄弟，差不多是她的亲兄弟，不对吗？我的亲爱的，难怪我会那么喜欢你！我敢发誓，我早就预感到会有这事了。我吻着她的手，哭了起来。"

他掏出手帕来，似乎又要哭泣起来了。他十分激动，大概"病情"很坏，在我们相识的整个时间里，我能想起来的就这一次。他通常，甚至几乎总是比现在有精神，而且有朝气得多。

"我可以饶恕一切人，我的朋友，"他继续喃喃地往下说，"我愿意饶恕一切人，而且我早就不对任何人生气了。艺术，la poésie dans la vie（法文，译为"生活里的诗"），帮助不幸的人们，还有她，圣经上中的美人。Quelle charmante personne, a? Les chants de Salomon...non, ce n'est pas Salomon, c'est David, qui mettait une jeune belle dans son lit pour se chauffer dans sa vieillesse.（法文，译为"这是一个多么漂亮的美女，啊？这是所罗门之歌，指《旧约全书·雅歌》……不，不是所罗门之歌，而是大卫的故事，他把一个美貌的童女放在床上，以备老年时取暖之用"）。不过，大卫啦，所罗门啦，这一切在我的头里旋转着，简直是乱七八糟。亲爱的孩子，世上的一切事情，可以很庄严，同时也可以变得很可笑。）Cette jeune belle de la vieillesse de David——c'est fout un poème,（法文，译为"大卫晚年时的这个美貌童女——简直是一首诗"见《旧约全书·列王纪上》）：

> 大卫王年纪老迈，虽用被遮盖，仍不觉暖。所以臣仆对他说："不如为我主我王寻找一个处女，使他伺候王，奉养王，睡在王的怀中，好叫我主我王得暖。"于是，在以色列全境寻找美貌的童女，寻得书念的一个童女亚比煞，就带到王那里。这童女极其美貌，她奉养王，伺候王，王却没有与她亲近。

"但是在保尔·德·科克（保尔·德·科克，法国作家，作品主要描写当时中产阶级的习气）的笔下，就会把这变为一个Scène de bassinoire（法文，译为"色情的场景"），我们大家都会笑出来的。保尔·德·科克的诗既没有韵律，又没有趣味，虽说他颇有才华……卡捷琳娜·尼古拉耶芙娜微笑着……当时，我说我们不会妨碍的。我们开始我们的爱情，那就让我们走到底吧。哪怕这是一个幻想，也不要让别人把这幻想从我们身边夺去。"

"那是什么样的幻想呢，公爵？"

"幻想？怎么是幻想？就算是幻想，那就让我们带着这个幻想死去吧。"

"公爵，为什么要死？要生活下去，现在只要好好地生活下去！"

"但是，我说什么啦？我要强调的就是这个意思。我根本不知道，生命为什么这样短促。当然，短促的生命不会使人生厌，因为生命也是造物主的艺术品，具有普希金诗歌那种完美无缺的形式。简短是艺术性的第一条件。但是如果有人不感到厌倦，那就可以让他活得长久些。"

"告诉我，公爵，这事已经公开了吗？"

"不，我的亲爱的，并没有公开！我们大家已经约定好了。这是家庭内部的秘密，家庭内部的，家庭内部的。目前我只对卡捷琳娜·尼古拉耶芙娜坦白说了，因为我觉得我对不起她。卡捷琳娜·尼古拉耶芙娜是个天使，她是个天使！"

"是的，是的！"

"是的，你也说'是的'吗？我原以为你是她的仇敌呢。啊，是的，她请我不要再接见你。你猜怎么样，没有想你一走进来，我突然把这事给忘了。"

"您说什么？"我跳了起来，"为什么？她什么时候说的？"

（预感没有欺骗我，是的，从我刚才看见塔季扬娜的时候起，就有了这一类的预感！）

"昨天，我的亲爱的，是昨天，我甚至不明白，你现在怎么走进来的，因为已经采取了措施。你怎么走进来的？"

"我就是这样自自然然地走进来的。"

"大概是如此。如果你用狡猾的手段走进来，他们一定会把你捉住，但是因为你自自然然地走进来，所以他们也就把你放进来了。自然和随便，我的亲爱的，实际上就是最高超的狡猾手段。"

"我一点也不明白，这么说来，连您也决定不接见我吗？"

"不，我的朋友，我说我是局外人……也就是说，我完全的同意了。你要相信，我的亲爱的孩子，我太爱你了。但卡捷琳娜·尼古拉耶芙娜十分坚决地要求着……啊，她来了！"

这时候，卡捷琳娜·尼古拉耶芙娜突然出现在门口。她穿着出外应酬的服装，像往常一样，走到父亲那里吻他。她一看见我，便止了步，脸上露出惭愧的神色，迅速地转身，走了出去。

"你瞧！"公爵异常激动地喊了出来。

"这是误会！"我喊道，"只需要一分钟的时间就能说清……我……我立刻就来，公爵！"

我追在卡捷琳娜·尼古拉耶芙娜后面跑出去了。

随后的事来得太突然，而且发生得很快，以至于我不但无法思考，甚至连自己该怎么做也没有任何的准备。如果我能准备一下，我当然就会做出不同的举动来！但是，我慌乱得像小孩一样。我想跟到她住的房间里去，但是途中仆人对我说，卡捷琳娜·尼古拉耶芙娜已经出去，上马车了。我拼命跑到大门的楼梯上去。卡捷琳娜·尼古拉耶芙娜穿着皮大衣走下楼去，和她并肩走着的，或者不如说是带着她的，是一位身材匀称的高个子军官，穿着军服，没穿大衣，佩着剑。仆人捧着大衣，跟在后面。这就是男爵，上校军衔，三十五岁左右，是个神气活现的军官典型，人显得瘦削，脸形比较长，棕色的胡须，甚至眼睫毛也是棕色的。他的脸虽然根本不漂亮，但却带着一副刻薄和挑衅的表情。我现在粗略描写的是我当时见到的模样。在这之前，我从没有看见过他。我顺着楼梯跑下去追他们，没有戴帽子，也没有穿皮大衣。卡捷琳娜·尼古拉耶芙娜首先看见我，赶紧对他耳语。他回了一下头，但是马上对仆人和看门人点头示意。这时我已经追到了大门口，仆人在大门那里向我面前跨了一步，但是我用手把他推开，跟着他们跳到台阶上去。此时，比奥林格正扶着卡捷琳娜·尼古拉耶芙娜上马车。

"卡捷琳娜·尼古拉耶芙娜！卡捷琳娜·尼古拉耶芙娜！"我毫无意义地大声叫喊（真像傻子一般，真像傻子一般！唉，我全都记起来，我没有戴帽子）！

比奥林格又恶狠狠地朝仆人转过头去，对他大声吼了句什么，是一句还是两句，我听不清楚。我马上觉得有人抓住我的胳膊。这时马车启动了，我又喊了一声，向马车后面追去。我看见卡捷琳娜·尼古拉耶芙娜在车窗里窥视，大概露出很不安的样子。可是我在扑过去的时候动作太快，根本没想到会突然猛撞了一下比奥林格，好像是重重地踩了一下他的脚。他小声喊了出来，咬紧着牙齿，用有力的手抓住我的肩膀，狠狠地推了我一下，我便被甩到三步以外去了。这一刹那间，仆人把大衣递上来，他披在身上，坐到雪橇上去，还从雪橇上威胁地喊了一声，指着我，给仆人和看门人看。他们当时拉住我，把我拦住了。一个仆人把皮大衣披到我身上，另一个把帽子递过来，我不记得他们说了些什么。当时他们是说过些什么。我站在那里听着，却什么也没听懂。但是，我突然甩开他们跑走了。

三

　　一路上我分不清东南西北，老是往行人身上撞，就这样最后一直跑到塔季扬娜·帕夫洛芙娜的寓所去，甚至没有想到在路上雇马车。比奥林格竟在她面前推我！当然，我踩了他的脚，他本能地推我，就像一个被人家踩痛了鸡眼的人似的（也许我果真踏着了他的鸡眼）！但是她看见了，她还看见仆人们把我拉住。这一切全当在她的面，全当在她的面发生的！我跑到塔季扬娜·帕夫洛芙娜那里去的时候，在最初的一分钟内，不能说出一句话来，我的下颚哆嗦得像发疟疾似的。是的，我是在发疟疾，而且还哭泣着……唉，我受了奇耻大辱！

　　"哎！怎么样？被人家赶出来了吧？活该，活该！"塔季扬娜·帕夫洛芙娜说。我默默地坐在沙发上面，望着她。

　　"这人到底怎么啦？"她凝神地打量着我，"喝一杯水吧，喝几口，喝吧！告诉我，你在那里又闯出什么乱子了？"

　　我喃声说我被赶了出来，比奥林格在街上推我。

　　"你明不明白这是怎么回事？喏，你读一读，鉴赏一下吧。"她从桌上取了一张字条递给我，自己站在我面前等候着。我立刻认出了韦尔西洛夫的手笔，一共只有几行字，那是给卡捷琳娜·尼古拉耶芙娜的一封信。我哆嗦了一下，理解力顿时完全恢复了。下面就是这封可怕的、丑恶的、不成体统的，荒唐而蛮横的信的内容：

卡捷琳娜·尼古拉耶芙娜女士：

虽然您生性放荡而且精于此道，但我总以为您应该把自己的情欲克制一下，至少不会加害于孩子。然而您竟不以为耻地做着这种事。我现在告诉您，您所知道的那个文件并没有在蜡烛上烧掉，而且从来不在克拉夫特身边，所以您在这件事上必定会一无所获。所以请您不要平白无故地加害一个年轻人。饶了他吧，他还没有成年，几乎是小孩，精神和肉体方面还没有得到充分的成熟。您在他身上能得到什么好处呢？我负有照管他的责任，所以冒昧地写这封信给您，虽然我并不希望有什么成效。我要谨敬地声明，这封信已另抄一份，同时寄给比奥林格男爵了。

安·韦尔西洛夫

我在读信的同时，脸色开始发白，但随后突然涨得通红，气得嘴唇哆嗦。

"他这是在说我呢！在说我前天向他吐露的那件事情！"我狂怒地喊道。

"谁教你吐露的呢！"塔季扬娜·帕夫洛芙娜把那封信从我手里抢了过去。

"但是……我不是说这个，完全不是说这个！天呀！她现在会怎么看我呀！他不是疯子吗？他简直就是疯子……我昨天见过他。这封信是什么时候寄来的？"

"昨天白天寄出，晚上收到的，今天她当面转交给我。"

"可我昨天还当面见到他，他真是疯子！韦尔西洛夫不会写这种信，这是疯子写的！谁会给女人写这样的信呢？"

"那些气疯了的疯子就会写出这样的信，他们被忌妒和怨恨弄瞎了眼睛，弄聋了耳朵，身体里的血变成了毒砒霜……而你还不知道他的事，你还不了解他实际上是一个什么样的人！你等着瞧吧，为了这件事情人家会和他过不去，会弄得头破血流的。是他自己把脑袋钻到斧头底下去！还不如夜里到尼古拉耶夫铁路上去，把头放在轨道上面，让火车把它给轧掉呢！而你呢，竟把这种事告诉他，真是太天真了！你是想逗他呢？还是想炫耀一下自己？"

"但是，这里面含着多少的仇恨！多少的仇恨！"我用手拍着自己的头，"为了什么？为了什么？对这样一个女人！她对他做了什么事情？他们究竟有什么关系，他会写出这样的信来？"

"仇——恨！"塔季扬娜·帕夫洛芙娜用愤怒的嘲笑模仿我说。

血液又冲上我的脸。突然间，我似乎有了某种全新的领悟，我用询问的目光牢牢地盯着她。

"你从我身边滚开吧！"她尖叫了一声，迅速地回转身去，向我挥手。

"我为你们大家张罗得够了！现在该结束了！你们大家全钻进地里去也不要紧……我只是怜惜你的母亲一个人……"

不用说，我又跑到韦尔西洛夫那里去了。可他是那么阴险！真是阴险！

四

韦尔西洛夫并不是一个人在家。我先做个说明：他昨天给卡捷琳娜·尼古拉耶芙娜寄出了这封信，而且确实还抄了一份寄给比奥林格男爵以后（只有上帝知道他为什么这样做），因为今天自然要在一天内等候他这个举动的"后果"。为此他采取了特定的措施：从早晨起，他就叫母亲和丽萨搬到楼上的"棺材"里去（我后来才知道，丽萨早晨回家后，就生了病躺在床上），又把那几间正屋，特别是我们的"客厅"，收拾而且打扫得十分干净。果然，下午两点钟的时候，确实有一位姓 P 的男爵来拜访他了。这是一个军人，上校军衔，年纪有四十多岁，德国籍，高个子，长得很精瘦，看样子体力过人，头发和比奥林格一样，也是浅棕色，不过有点秃。这样的 P 男爵在俄国军队里是有很多的，这些人因为是男爵，所以都十分傲慢，但他们根本没有任何财产，仅仅依靠薪俸生活，不过倒是些久经沙场的将士。我没有赶上他们谈话的开头。他们两人都很兴奋，怎么会不兴奋呢？韦尔西洛夫坐在椅子旁的沙发上面，男爵坐在旁边的安乐椅上。韦尔西洛夫脸色灰白，但是说话很谨慎，几乎是字斟句酌。男爵却提高了嗓音，显然喜欢做出激动的手势，只是这时勉强忍住，但露出严肃傲慢，甚至轻蔑的神色，虽说不免带着惊异。他一看见我，便皱着眉头，但韦尔西洛夫却几乎很欢迎我：

"你好呀，我的亲爱的。男爵，他就是那个年轻人，在信里提过的，他不会碍事，甚至还有用（男爵轻蔑地朝我身上打量了一下）——我的亲爱的，"韦尔西洛夫对我说，"我甚至很高兴你来。你现在先到旁边去坐会儿，让我和男爵把事情谈完。您不必担心，男爵，他不过在那里坐坐罢了。"

我并不在乎，因为我已经拿定主意，此外，这种场面也把我给镇住了。我默默地坐到客厅的角落里去，尽量坐得离他们远些。就这样一动不动，甚至连眼睛也不眨，直到他们谈完……

"我再跟您说一遍，男爵，"韦尔西洛夫语气坚决，声音响亮地说，"卡捷琳娜·尼古拉耶芙娜·阿赫马科娃，我虽然写了一封无价值的、病态的信给她，但我认为她不但是极高尚的人，而且是绝顶完美的人。"

"我已经对您指出过，您这样否认自己的话语，倒像是重申原先的那些话，"男爵沉闷地说，"您这样说话简直是不尊重人。"

"但是，如果您能听出我话中的确切含义，那就会有最正确的理解了。您要知道，我往往会突然犯病……和各种不同的毛病。我甚至正在治病，因此常常会在某一刻，发生写信的事……"

"这种解释是一点用也没有的。我还要对您说一遍，您这是在顽固地坚持错误，也许您是故意继续错下去。我从一开始就已经提醒过您，关于这位夫人的整个问题，也就是关于您给阿赫马科娃将军夫人的那封信的问题，应该在我们现在谈话的时候完全抛到一边去，可是您却往这个问题上扯。比奥林格男爵请求我，还特别委托我，仅仅把和他一人有关的问题弄清楚，也就是关于您把'抄件'无礼地送给他，还在后面添上了'您准备不惜一切代价对此承担责任'这句话，这到底是什么意思。"

"但是附言的意思好像不用解释也已经很清楚了呀！"

"我明白，我听明白了。您甚至不肯赔罪，只是一味坚持'准备不惜一切代价对此承担责任'。但是，这样做未免太便宜您了。鉴于您坚持要按这种说法来了结事情，因此我现在有理由不客气地把我方的意见告诉您，那就是：比奥林格无论如何绝不跟您……在平等的地位交手。"

"不用说，这样的决定对于您的朋友比奥林格来说，是最有利的，说实话，您这话一点儿也不使我感到吃惊：我已经预料到了。"

我要附带说一下：我从他们开头的几句话时，就已经看得很清楚，韦尔西洛夫甚至在寻找谈崩的机会，他不断地挑衅和刺激这位急性子的男爵，也许还要试探对方的耐性。这使男爵感到十分厌恶。

"我听说您擅长说俏皮话，但说俏皮话并不等于有头脑。"

"这真是一个很深刻的见解，上校。"

"我不需要您的恭维，"男爵叫了起来，"我不是来和您闲聊天的！请您听着：比奥林格男爵接到您的信以后，感到极大的疑惑，因为这封信证明，只能疯人院里的神经病患者才会这样做。当然，立刻可以找到使您安静下去的方法。但出于某种考虑，比奥林格男爵决定采取对您宽容的态度，并去调查您的情况：发现您虽然属于上流社会，以前曾在近卫军里服务过，但是您被逐出了社交界，您的名声大有问题。虽然如此，我还要上这里来，亲自证实一下。而您呢，不但不领情，竟然还在玩弄字眼，自己供出自己是常犯毛病。够了！比奥林格男爵的地位和他的名誉是不能在这件事情上宽容的……总之，先生，我受权向您宣告，如果以后再有重演或干一些和以前的行为相像的事实，就会立刻发现制服您的手段，极迅速而且正确的手段，这是我可以使您相信的。我们不是生活在树林里，而是生活在文明的国度里。"

"您这样相信吗，我的善良的 P 公爵?"

"见鬼!"男爵突然站起来，"您简直在引诱我立刻向您证明，我不见得是您的'善良的 P 男爵'。"

"我还要提醒您，"韦尔西洛夫站起身来，"内人和小女在这里不远……因此我请您不要说得那样嚷嚷，因为您的喊声会吵到她们的耳朵的。"

"您的太太……见鬼……如果我现在坐在这里，和您谈话，唯一的目的就是解释这桩龌龊的事情，"男爵继续带着刚才的怒气说，一点也不把嗓门压低，"够了!"他疯怒地呼喊起来，"您不但被逐出正派人的圈子，而且您还患了神经病，真正的神经病，大家都这么说。您是不配宽容的，我现在对您宣布，今天就要对您采取措施，叫您到一个地方去，在那里把您的理智恢复过来……把您押到城外去!"

他迈开大步迅速从屋内走出去。韦尔西洛夫没有送他。他站在那里，心不在焉地望着我，却好像没有看到我。突然，他微微一笑，甩了甩头发，拿起帽子，也向门外走去。我抓住他的手。

"哦，是的，你也在这里呀，你……都听见了?"他站在我面前。

"您怎么能做出这种事情来! 您怎么能这样地歪曲事实，这样地侮辱人! ……多么阴险呀!"

他逼视着我，但脸上的笑容却越来越展开了，最后简直要咧开嘴笑出声来。

"人家侮辱我……当着她的面! 当着她的面! 人家在她面前笑我。他……他还推我!"我忘其所以地喊着。

"真的吗? 唉，可怜的孩子，我真是可怜你……他们竟取笑你呢!"

"您笑着，您还笑话我！您居然觉得可笑！"

他把自己的手从我的手里迅速地拔出来，一面笑着，已经发出了真正的笑声，一面从寓所内走了出去。我何必要追赶他？为什么？我在一分钟内明白了一切！也失去了一切！我突然看见了母亲，她从楼上走下来，畏葸地张望着。

"他走了吗？"

我默默地拥抱她，她也紧紧地，紧紧地抱着我，将我搂在怀里。

"母亲，亲爱的，难道您还待得下去吗！我们现在就走，我要保护你们，为了你们，我要苦苦地工作，像做苦工一般，为您，也为丽萨……我们抛开他们一切人，一切人，我们要走开。我们在一块儿生活着，母亲，您记得，您到图沙尔那里去看望我，我居然还不想认您吗？"

"我记得的，亲爱的。我一辈子对不起你，我生了你，但是不认识你。"

"这是他的错处，母亲，这全是他的错处。他从来不爱我们。"

"不，他爱的。"

"我们走吧，母亲。"

"叫我离开他上哪里去呢？他会有幸福吗？"

"丽萨在哪里？"

"在床上躺着呢。一回来就生病了，我真是很担心。他们怎么啦，那么对他很生气吗？现在他们会怎样对付他？他往哪里去了？刚才那个军官恐吓些什么？"

"他是不会出什么事的，母亲，人家不会拿他怎样，他永远不会出什么事的，也不能出什么事的。他就是这样的人！塔季扬娜·帕夫洛芙娜来了，你要是不信，您不妨去问她（塔季扬娜·帕夫洛芙娜突然走进屋里来）。再见吧，母亲。我立刻就回来，回来后我再问您对这事的意见……"

我跑了出去，此刻不管见到谁我都受不了，更别说是塔季扬娜·帕夫洛芙娜了，就是母亲也让我难受。我想独自待着，一个人待着。

五

但是我没有走完一条街，就感到我不能再在外面游荡，老是看着那些陌生而冷漠的行人，实在没什么意思。但我能到哪里去呢？谁需要我？现在我需要的是什么？我无意识地来到谢尔盖·彼得罗维奇公爵家里，心里却并没有想到他。他没有在家。我对他的彼得（他的仆人）说，我要在书房内等候他（我有许多次都这样做的）。他的书房是一间很大也很高的屋子，里面堆满了家具。我走到一个最黑暗的角落里，坐在沙发上面，把胳膊肘放在桌上，两手支住头。是的，这真是一个问题："我现在需要什么？"就算我当时能提出这个问题，我自己却完全答不上来。

但是，我既不能有条理地思考，也不能提出什么问题。我前面已经声明过，我被这几天来的"种种事件"压垮了，我现在坐在那里，头脑里旋转得一团糟。"是的，我看错了他，一点没有了解他。"我心里有时闪过这个念头，"刚才他朝我笑了起来，并不是笑我，而是笑那个比奥林格，不是我。前天吃饭时，他已经知道了一切，露出阴郁的神色。他在小饭馆里从我的嘴里逼出了我那愚蠢的自白，把一切真相给弄歪曲了。但是，他为什么需要事实的真相呢？从他写给她的信中，他自己半个字也不相信。他只需要侮辱，无意义的侮辱，甚至不知道为了什么，随便抓住了一个借口，而这个借口是我给他的……疯狗的举动！他是不是现在想杀死比奥林格？为什么？他心里知道是为了什么！而我一点也不知道他心里藏着什么……不，不，现在我还不知道。难道如此狂热地爱她吗？或者如此疯狂地恨她吗？我不知道。他自己知不知道呢？我为什么对母亲说，他不会出什么事呢？我说这句话有什么意思？我是不是真的失去了他?"

"……她看见人家推我……是不是也笑我? 换了我也会笑的! 人家打的是奸细,打的是奸细呀……"

"那是什么意思? (我突然闪出这个念头) 那是什么意思,他在那封可恶的信里说到文件并没有烧毁,而是还存在着,这是什么意思?"

"他不会杀比奥林格,现在一定坐在小饭馆里听《露契娅》。不过,也许在听完了《露契娅》之后,再前去杀比奥林格。比奥林格推我一下,几乎打我,他打了没有? 比奥林格甚至不屑于和韦尔西洛夫决斗,难道会跟我决斗吗? 也许我明天必须等在街上,用手枪杀死他……"这些念头完全无意识地在我的脑海里闪过,一点也不停留在上面。

有时我似乎沉入了幻想:房门一下子打开,卡捷琳娜·尼古拉耶芙娜走了进来,把手递给我,我们两人都笑了……学生,我的亲爱的! 屋内已经完全黑暗了的时候,我幻想出这个场面来,那就是我的愿望。"我站在她面前和她道别,她一边把手递给我,一边笑,这事不是近在眼前吗? 在这么短的时间内,怎么可能会发生如此可怕的隔阂呢? 我应该直接去找她,跟她解释一下,立刻去,现在就去,直接去,直接去! 天呀,相知相识的人怎么会突然完全变成了陌生人呢! 是的,陌生人,完全的陌生,完全的陌生人……可是丽萨和公爵,他们还是老样子……现在我坐在公爵家里。母亲,既然弄到这样,母亲怎么还可以和他住在一起呢? 我是可以的,我是完全可以的,但是她呢? 现在怎么办呢?"这时,丽萨、安娜·安德烈耶芙娜、斯捷别利科夫、公爵、阿费尔多夫——所有这些人形象在我那近乎病态的大脑里旋风般地闪过,没有留下丝毫的痕迹。但我的思绪越来越不稳定,越来越难以捉摸,所以一旦我能够理解并抓住了某个念头,我就感到高兴。

"我有自己的'理想'!"我突然想了起来,"真的有吗? 我不是背得滚瓜烂熟了吗? 我的理想是黑暗和孤寂,难道现在可以爬回以前的黑暗里去吗? 唉,我的天呀,我并没有把'文件'烧去呀! 我前天竟忘记把它烧掉了。我一回家就在蜡烛火上把它烧掉，只是不知道我是不是真的想这样……"

天早已黑了，彼得送来了蜡烛。他在我面前站了一会儿，问我吃过东西没有，我只是摇了摇手。但一小时后他给我端来了茶，我贪婪地喝完了一大杯，然后问他现在几点钟了，他回答是八点半，我竟然没有发觉我已经坐了五个小时了。

"我进来看过您已经三次了，"彼得说，"您好像睡着了。"

我可不记得他进来看过我。不知道为什么，当我听到"睡着了"这句话时，突然一下子就感到非常的惶恐。我站了起来，开始在房内来回走着，为了不再"睡着"。这时，我的头又剧烈地痛起来。到十点钟时，公爵走了进来。我很奇怪，我怎么会在等他，其实我已经把他完全忘记了，忘得一干二净了。

"您在这里，可是我还到您那里去过，找您去的。"他对我说。他的脸阴沉而且严肃，没有一丝的笑意。眼睛里露出呆板的眼神。

"我忙了一天，用尽了一切方法，"他专心地继续往下说，"一切都完了，将来是一片恐怖……（他竟没有到尼古拉·伊万诺维奇公爵那里去）。我去见了日别利斯基，这个人真让人受不了。您瞧：先得弄到钱，然后才能见分晓。如果弄不到钱，那么……但是我今天决定不去想这事。今天只要能弄到钱，明天就可见分晓了。您前天赢来的那笔钱还完整地放在那里，一个戈比也没有动。差三卢布就是三千整。扣去您的欠款，我还要再给您三百四十卢布。您把这钱拿去，再加上七百，凑成一千，我拿其余的两千。我们就到泽尔希科夫那里去，分坐两头，想办法赢一万卢布——这样我们也许才能有点办法，如果没有赢，那时候便……不过，也只有这个办法了。"

他用听天由命的眼神望着我。

"是的，是的！"我突然喊道，好像复活了似的，"我们去！我只是等您呢……"

我要在这里提出，在这几个小时之内，我压根就没有想到轮盘赌上去。

"但是，这样做可耻吗？下贱吗？"公爵突然问。

"我们这是去赌场！只是赌钱而已！"我喊道，"这一切只是为了金钱！只有你我是清白的，比奥林格却出卖了自己。安娜·安德烈耶芙娜也出卖了自己，至于韦尔西洛夫，您听说过吗？韦尔西洛夫是神经病！神经病！神经病！"

"您生病了吗，阿尔卡季·马卡罗维奇？您的眼睛多么奇怪呀。"

"您想抛下我，一个人去吗？我现在决不离开您一步。怪不得我整夜做磁卡赌钱的梦。我们走吧！我们走吧！"我喊出来，似乎突然发现了谜底。

"我们就走吧，虽然您在发着疟疾。到了那里……"

他没有说完，脸色阴沉而且可怕。我们已经快走出去了。

"您知不知道，"他突然说，站在门口，"除了赌钱之外，还有没有一条能够摆脱困境的出路？"

"什么出路？"

"公爵该走的路！"

"该怎样？到底什么样？"

"您以后会知道的。您要知道，我已经不配这样做，因为已经晚了。我们现在就去，以后您会记住我的话的。我们先试着走奴才走的路吧……难道我不知道，我这是心甘情愿地在走奴才走的路，干奴才干的事吗？"

六

我乘车急奔轮盘赌场那里，好像我的整个得救之道，整个出路都在这里面。其实，我在前面已经说过，在公爵回来之前，我并没有想到它。况且我前去赌博并非为了自己，而是用公爵的钱，为了公爵。我不能理解吸引我的是什么，但我却无法抗拒地被吸引了。哦，这些人、这些面孔、这些坐庄的人、这些呼喊声、这个可恶的赌场大厅——所有这一切，从来不曾像这一次那样，让我觉得那么龌龊、那么阴暗、那么粗暴和可悲！我清楚地记得，我待在赌桌边的几个小时内，悲哀和忧郁时时抓紧我的心。但是，我为什么不走呢？为什么要忍受着，就像我已经接受了什么使命，甘愿做出牺牲那样，是舍己为人吗？现在我只能说：我不见得能够肯定自己当时的神志是清醒的。然而，这个晚上我在赌桌上，却表现出前所未有的精明。我沉默寡言，聚精会神，并且算计得异常精确。我有耐心，而且很谨慎，同时在决定的时候又十分果断。我又坐在靠零点的旁边，也就是说仍旧夹在泽尔希科夫和阿费尔多夫之间。阿费尔多夫总是坐在泽尔希科夫右手旁边。我对于这个位置很讨厌，但是我一定要押在零上，而零之外的所有位置全都给人家占去了。我已经赌了一个多钟头，最后我终于从自己的座位上看见公爵突然站起来，脸色灰白，走到我们那边，隔着桌子站在我对面。他已经全部输光了，正默默地看着我赌，大概一点也不明白，甚至没有想赌博的事情。直到那时候，我才开始赢钱，泽尔希科夫数钱给我。阿费尔多夫突然一声也不响，当着我的面，用极傲慢的姿态把我那堆一百卢布里的一张钞票拿了起来，放在他面前的一堆钱里。我叫了一声，抓住他的手。这时我根本没有料到会发生这种情形。我好像一下子挣脱了枷锁，仿佛这一天我受到的所有灾难与侮辱，突然都集中在这一瞬间，集中在这一百卢布的钞票上面。郁积在我心头的一切闷气，似乎就是在等待可以发泄的这一瞬间。

"他是贼，他现在偷了我的一百卢布！"我愤怒地向周围大声喊道。

我不描写掀起来的忙乱的情形，这种丑事在这里是完全新奇的。泽尔希科夫的赌场中素来是很斯文的，他就以此出名。但我已经忘乎所以了。就在这喧哗和呼喊中，突然传来泽尔希科夫的声音：

"哎哟，我的钱不见了！刚才还放在这里，四百卢布！"

于是，立刻又出了另一桩事情：庄家的钱，一叠四百卢布的钞票，就在泽尔希科夫手边突然不见了。泽尔希科夫指出放钱的地方，"刚刚还放在那里的"，这地方原来就在我身边，紧挨着我，和我放钱的地方很相近，也就是离我近些，离阿费尔多夫远些。

"贼在这里！又是他偷的！你们搜他的身！"我指着阿费尔多夫喊道。

"发生这种事全是因为，"在大家的一片叫喊声中，突然传来了某人的洪亮而且带有威慑性的声音，"这里混进了一些来历不明的人。不经介绍就放进来！谁引他进来的？他是什么人？"

"好像姓多尔戈鲁基。"

"多尔戈鲁基公爵吗？"

"索科利斯基公爵带他进来的。"有人喊。

"听我说，公爵，"我隔着桌子疯狂地对他呼喊，"他们竟把我当作贼，而我自己的钱刚才也被偷去了，您对他们说，对他们说我是什么样的人！"

就在这时，发生了一件最可怕的事，这是我一整天里……甚至是我一生中最可怕的事情。公爵竟矢口否认起来。我看见他耸了耸肩膀，面对人们的质问，他竟然生硬而且十分明确地回答道：

"我不能替任何人负责，请你们不要来烦我。"

与此同时，阿费尔多夫正站在人群中间，大声要求人家搜他的身。他还主动翻出自己的口袋。但是大家对于他的要求却纷纷喊道："不，不用搜您，谁是贼已经很清楚了！"两个仆人被唤来了，他们从后面抓住我的手。

"我不许你们搜查我！"我一面喊，一面挣脱着。

他们把我推到隔壁的一间屋内，就在人群中把我全身都搜遍了。我一面挣脱，一面叫喊着。

"他大概已经把钱扔掉了，应该到地板上去查找。"有断定说。

"现在地板上哪里还能找得到呢?"

"大概已经扔到桌子底下去了!"

"当然，现在连影儿都没有了……"

我被他们拉出去，但不知怎么搞的，我居然能够在门口挺住了一下，毫无意义地对赌厅里的所有人怒吼道:

"轮盘赌是警察局禁止的。我今天就要告发你们!"

他们把我拖到楼下，给我套上了大衣……打开了临街的火门，把我推了出去。

第九章

一

　　这一天以灾祸结束，但还有黑夜。以下就是我所记得的当天夜里的情形。

　　我被推到街上的时候，我想是十二点刚过。夜色明朗，寂静而寒冷。我差不多一直在跑着，但并没有回家。"回家做什么？难道现在还可能有家吗？人们住在家里，为的是明天睡醒过来之后，照样生活下去，现在难道这是可能的吗？我的生活已经结束，现在完全不能生活下去了。"于是我就这样在街上游荡着，完全分不清这是在哪里，要往哪里去。我感到很热。我时刻敞开我那件沉重的浣熊皮大衣。"现在已经没有什么事情可做了，"我心里这样想着，"不可能再有任何目的了！"奇怪的是，我总觉得周围的一切，甚至连我呼吸的空气，好像都来自另一个星球似的，就像我突然到了月球里一样。眼前的这一切——城市啦，行人啦，我脚下的人行道啦，这一切已经不是我的了。"瞧，这里是冬宫广场（在彼得堡冬宫前，是彼得堡的主要广场），这是伊萨基辅斯基大教堂，"我心想，"但现在这一切都和我毫不相干了。"一切似乎都疏远了，一切突然不是我的了。"我有母亲，有丽萨——但现在丽萨和母亲对于我有什么用呢？一切都完了，一切都结束了，只除了一点：那就是我是贼，永远洗不掉。"

"怎样证明我不是贼呢？难道现在还有这种可能吗？到美国去吗？这样能证明什么？韦尔西洛夫首先会相信我会偷钱的！我有'理想'？什么'理想'？现在'理想'又算得了什么呢？过了五十年以后，一百年以后，我在路上走着，也会有人指着我说：'他是贼！他实践自己的'理想'，就是从轮盘赌场上偷钱开始的……'"

我的心里有仇恨吗？我不知道，也许有的。奇怪的是，我从来，也许从年幼的时候起，就有这么一个特点：要是有人欺负我，欺负到底，把我侮辱到了最后的极限，那我总会生出一个无法抑制的愿望，就是被动地服从侮辱，甚至迎合那些侮辱我的人的意愿。"好吧，您既然侮辱了我，那我就自贬得更厉害，你就瞧吧，你就欣赏吧！"当初图沙尔打我，想表明我是个奴才，而不是参政员的儿子，于是我立刻自己装出奴才的角色来了。我不但侍候他穿大衣，还拿起刷子，开始从他的大衣上拂拭去最后的灰尘，他并没有请求我，或命令我，而我自己有时会拿着刷子追在他后面，就为了刷去他燕尾服上的最后一粒尘土，弄得后来他自己有时反倒会阻止我："够了，够了，阿尔卡季，够了。"他一来，一脱下外套，我就把它拂拭得干干净净，谨慎地叠好，用方格的绸手绢覆盖着。我知道同学们为了这个而笑话我，看不起我，我很清楚地知道，但我觉得这是很有趣的："你们既然要我成为奴才——我就是奴才；要我成为贱人——我就是贱人。"被动的仇恨和私底下的怒气，我会在数年中继续地保持着。然而，结果怎样呢？我在泽尔希科夫那里朝整座大厅怒喊："轮盘赌是警察禁止的，我要告发你们。"我敢发誓地说，这中间似乎有点相似：人家侮辱我，搜查我的身体，宣布我是贼，置我于死地——"那么你们大家应该知道，你们猜对了——我不但是贼，而且还是告密人！"我现在想起这些的时候，才下这样的结论，才这样地解释：那时完全顾不到所谓的分析，我当时喊叫的时候，并非有意，甚至在一秒钟以前还不知道我会这样喊的；那是自然而然喊出来的——我的内心就有这样的特点。

当我在街上跑的时候，我的嘴里肯定开始说胡话，但我记得很清楚，我当时的行为是有意识的。不过，我可以肯定地说，当时我已经无法形成一整套连贯的思维和结论，那时候我甚至能够觉察到："有些事情我还可以思考，但另一些事情我却已经无法思考了。"同时，我的某些决定，虽在神志清醒的时候做出来的，却也可能毫无逻辑性。此外，我还清楚地记得，我在某些时刻能够充分意识到某个决定十分的荒唐，但同时又自觉地马上着手实施。是的，那天夜里我的大脑出现过犯罪的企图，只是出于偶然没有干成而已。

我当时突然闪过塔季扬娜·帕夫洛芙娜议论韦尔西洛夫的话："跑到尼古拉耶夫铁路上去，把头枕在轨道上面，让火车把脑袋轧掉算了。"这个念头一下子占据了我的整个知觉，但是我一下痛苦地把它赶走了："把脑袋放在轨道上，那么死去之后，明天人家就会说：他是偷了东西才做这事，这是他由于羞愧而做出来的。不，无论如何不能这样做！"于是，就在这一瞬间，我记得我突然感觉到一阵切齿的愤恨。"那又怎样呢？"我的大脑里闪过一个念头，"要证明自己的清白已经不可能了，要开始新的生活也办不到，因此只好服从，做奴才，做狗，做绵羊，做告密者，真正的告密者，并在暗中做准备，总有一天——我会突然把这一切炸得灰飞烟灭，把所有的东西，所有的人，不管有罪的还是无罪的，全都消灭干净，到那时大家才突然明白，这个被他们称为贼的人到底有多厉害……到那时我再自杀。"

我不记得我怎么跑进一条胡同里，这胡同位于"骑兵卫队"的林荫路附近。这胡同的两旁差不多有一百步长全是高高的石墙——那是两户人家后院的围墙。在左手的一座墙后面，我看见了一大堆木柴，长长的一溜，而且高出墙头有两米高，看起来好像是一个劈柴场。我突然止步，开始寻思。我的口袋里随身带着点蜡烛用的火柴，就装在一个银制的火柴盒里。我再说一遍，当时我完全清楚地意识到自己在寻思着什么，想要干什么，现在也还记得，但是为什么想这样做——我不知道，完全不知道。我只记得，我突然很想去做。"爬上围墙是很容易的。"我盘算着，恰巧在两步外的墙上有一座大门，大概紧紧地关闭了好几个月。"站在底下的木桩上面，"我继续想，"可以抓住大门的上端，爬到墙上去——谁也不会看见，没有一个人，完全的静寂！我坐在墙头上面，很容易把木柴点燃，甚至可以不必走下去，因为木柴几乎和墙壁相接触。天气干冷会烧得旺些，只要用伸手取一块桦木柴来……而且也根本不必去取桦木柴，可以一直坐在墙上，用手从桦木柴上剥下一块树皮，用柴火点燃，点燃以后，塞在木柴堆里——于是就会发生火灾了。我就跳下去，从容地走开，连逃都不必逃，因为要过很长时间才会有人发觉……"我把这一切都盘算好了，于是——突然下定了决心。我感到特别的愉快，喜悦，竟爬了上去。我的爬高本领很大：在中学时运动是我的专长，但这会儿我穿着套鞋，事情就显得困难些。但我还是成功地用一只手抓住了上面隐约凸出的部分，抬了抬身子，然后腾出另一只手，想抓住墙头的上部，不料突然一下子脱了手，身子掉落下来了。我觉得我的后脑勺撞在地上，想必当时就昏过去，在地上躺了一两分钟。醒过来的时候，我机械似的敞开自己身上的皮大衣，突然感到冷得难受。当时我还没有清楚地意识到自己在干什么，就向大门的一角爬过去，蹲了下来，将身子缩成一团，蜷伏在大门和墙头凸出部分中间的地方。我的思想混乱起来，大概很快就打起盹来了。就在这当儿，在似梦非梦中，我回忆起往事，耳边突然传来一阵浑厚的、沉重的钟声，我满怀喜悦地倾听着。

二

　　钟声洪亮而有力，每次间隔两秒或三秒钟，但这不是报警，而是一种愉快的、悠扬的声音。我突然辨出这钟声十分耳熟，那是图沙尔学校对面红色的尼古拉教堂里的钟声。我至今还记得莫斯科这座古色古香教堂。这教堂建于阿列克谢·米哈伊洛维奇皇帝在位时期，建筑的式样非常复杂，还有许多尖顶和圆柱。我又想起来，现在复活节刚过，而在图沙尔房子的小花园里，在细小的小白桦树上，刚长出的绿色嫩叶已经在迎风颤动，鲜艳的夕阳斜照进我们的教室里来。而在我待着的左面的小屋里（早在一年以前，图沙尔就把我和那些"伯爵和参政员的孩子们"分开，放在这间屋内），却正坐着一位女客。是的，在我那里，在我这孤苦无亲的人那里，突然发现了一个女客（即阿尔卡季的母亲），从我到图沙尔来的时候起，她这是第一次来。这位女客一走进来，我就立刻认出了她：她就是我的母亲，虽然自从她在一所乡村的教堂里给我行圣餐礼（当时有一只鸽子从圆顶上飞过）之后，我再也没有见到她。我们两人坐在小屋里，我奇怪地打量她。过了许多年以后，我才晓得她当时因为韦尔西洛夫突然上国外去，只剩下她一人，便动用自己可怜的一点款子，自作主张到莫斯科来，几乎瞒着当时受委托照管她的人们，仅仅是为了和我见一面。奇怪的是，她走进来，和图沙尔谈过话以后，对我本人却只字不提。她是我的母亲。她坐在我身旁，记得当时我甚至觉得奇怪，她的话怎么这么少。她手里有一个包袱，她解了开来，包袱里原来有六个橙子，几块蜜饼，两个普通的法式面包。我一见到法式面包就来气，带着委屈的神色告诉她，我们这里的"伙食"是很好的，每天喝茶时都会给我们每人一整个法式面包。

　　"没关系，亲爱的，我是由于一时糊涂才这样想：'他们在学校里的伙食也许不是很好。'你不要生气，亲爱的。"

"安东宁娜·瓦西里耶芙娜（图沙尔的太太）会生气的，同学们也会笑话我……"

"你不想要吗？要不，你先在这里吃一点吧。"

"好吧，那就留下吧……"

那些东西我甚至连碰都不碰一下，橙子和蜜饼就放在我面前的小桌上面。我坐在那里，垂下眼皮，露出一副自尊的样子。谁知道呢，我也许并不打算瞒她，她的探望甚至会使我在同学面前丢脸，我想稍稍地使她晓得，使她明白："你现在使我丢脸，而你居然还不知道。"那时我已经开始拿着刷子，追在图沙尔后面，拂拭他身上的灰尘了！我还想象得到，等她一走，我会从那些孩子们身上受到多少的嘲笑，也许还要受到图沙尔的嘲笑，因此我的心里对她没有一点好感。我只是斜眼看着她那深色的旧衣服，那双相当粗糙的、几乎是做苦力的手。她的鞋子十分粗陋，脸瘦得很厉害，额头上已经刻下深深的皱纹。但她一走，安东宁娜·瓦西里耶芙娜就在当天晚上对我说："你母亲原来想必长得很漂亮的。"

我们这样坐着，突然阿加菲娅端了盘子走进来，盘子上面放着一杯咖啡。当时正是午饭之后，这当儿图沙尔夫妇通常在自己的客厅里喝咖啡。但母亲道谢之后，并没有取下杯子。后来我才知道，她那时候根本不喝咖啡，因为咖啡会使她心跳加快。原来图沙尔夫妇显然认为，她的探望和允许她见我，这是他们给予的极大的体谅，所以这会儿还给母亲送来一杯咖啡，相对来说，这已经成为人道主义的功业，而这种功业又能给他们那种文明的感觉和欧洲的观念大添光彩。然而，母亲却好像故意似的，谢绝了。

我被唤到图沙尔那里去。他吩咐我把所有我的作业本和课本都拿去给母亲看一看："让她看一看，你在我的学校里取得了多大的进步。"这时安东宁娜·瓦西里耶芙娜撇着嘴唇，用一种恼怒而且嘲笑的语气对我说：

"看样子，你母亲大概不喜欢喝我们的咖啡。"

我收集了一些作业本，从聚在教室内窥望我和母亲的"伯爵和参政员的孩子们"身边走过，送到等候着的母亲那里去。我甚至很喜欢不打折扣地执行图沙尔的命令。"这是法语语法作业本，这是听写练习，这是助词 avoir 和 être（法文，即"有"和"是"）的变化形式，这是地理作业，欧洲和全世界主要城市的概况，等等。"我花了半小时或甚至半小时以上的工夫，用平正的、细小的嗓音解释着，规矩地垂下眼皮。我知道母亲在学业方面一窍不通，也许甚至不会写字，但我很喜欢我所扮演的这个角色。然而我却无法使她感到厌倦——她一直认真地听着，没有打断我的话，甚至露出钦佩的神情，结果反倒弄得我自己都厌烦起来，也就打住，不再往下说了。然而，她的眼神是忧郁的，脸上露出几分凄苦的神情。

终于她站起来要走了，图沙尔突然亲自走了进来，露出一种得意而愚蠢的神色问她："您对自己儿子的成绩满意吗？"母亲语无伦次地喃语着，向他道谢。这时安东宁娜·瓦西里耶芙娜也走了进来。母亲便请求他们两人"不要遗弃孤儿们，他现在几乎跟孤儿差不多，把你们的恩惠施给他……"她眼含热泪，向他们俩鞠躬，分别向他们每人鞠躬，而且几乎是一躬到地，那种鞠躬简直就像那些"庶民"跑来求那些贵族老爷们开恩时一模一样。图沙尔夫妇甚至没有料到她会这样。安东宁娜·瓦西里耶芙娜的态度显然心软了，当时立刻把她对于那杯咖啡的判断改变了。图沙尔用加倍的郑重的神色，用大慈大悲的口气回答，他"对于孩子们决不歧视，这里的学生们全都是他的孩子，而他是他们的父亲，我在他那里差不多跟参政员和伯爵的子女们平等相待，这一点是难能可贵的"，如此等等的话。母亲只有鞠躬着，但显出惭愧的样子，终于转身向我，眼眶里含着眼泪，说道："再见了，宝贝！"

她吻了吻我，也就是说，我允许她吻我一下。她显然还想吻我，抱我，把我紧紧地搂在怀里，不过，也许她觉得在那么人面前有点不好意思，也许由于她的心里另有苦楚，也许她已经猜到我因为她而觉得丢脸，因此她急匆匆地又对图沙尔鞠躬，就走出去了。我站在那里一动也不动。

"Mais suivez donc votre mère，"安东宁娜·瓦西里耶芙娜说，"il n'a pas de cœur cet enfant!"（法文，译为"快去送送你母亲呀……真是个没良心的孩子"。）

图沙尔耸了耸肩膀，回答她，意思当然是说："我没有白白地把他当作奴才看待呀。"

我恭顺地跟着母亲出去。我们走到台阶上面。我知道，现在他们大家全都从窗内看着我们。母亲脸朝着教堂，向它深深地画了三次十字，她的嘴唇哆嗦着，浑厚的钟声，响亮而且有韵律地从钟楼上传来。她转身向我，忍不住用双手放在我的头上，就在我的头上哭起来了。

"好了，母亲……怪害臊的……现在他们在窗里会看得见的……"

她颤抖了一下，匆忙地说：

"哦……上帝和你同在……愿天神、圣母、尼古拉圣神保佑你……主呀，主呀！"她用急促的声音反复地说着，一直对我画十字，努力又快又多地画着十字，"我的宝贝，我的亲爱的！等一等，宝贝……"

她匆忙地把手伸进口袋里，掏出了一块手绢，一块带方格的蓝色手绢，手绢的一角紧紧打了一个结，她开始解开这个结……但就是解不开……

"唔，没关系，连手绢一块儿拿去，这手绢很干净，也许有用的，里面有四个二十戈比的银币，说不定能够派上用场，对不起，宝贝，多点我自己也没有……原谅我，宝贝。"

我接过手绢，本想说"图沙尔先生和安东宁娜·瓦西里耶芙娜待我们很好，我们什么也不缺"的话，但我忍住了，当时把手绢收了下来。

她又画了一下十字，又喃喃地祈祷了一回。突然，突然她对我鞠了一下躬，就像刚才在楼上对图沙尔鞠躬一样——深深地、缓慢而持久地鞠了一躬——我永远不会忘记这个的！我不由哆嗦了一下，自己不知道为了什么。她想用这鞠躬表明什么？是否像很久之后有一次我想到的那样："她是想在我面前承认自己的罪吗？"我不知道。但是，当时我立刻觉得更加难堪了，因为"他们都在楼上看着，兰伯特说不定又要开始揍我了"。

她终于走了。橙子和蜜饼在我回屋去之前，就被那些伯爵和参政员的孩子们吃光了，而我身上的四个二十戈比银币也马上被兰伯特抢去。他们用这些钱在糖果店里买了许多洋点心和巧克力，甚至一点儿也不给我吃。

过了整整半年，凄风苦雨的十月来临了。我把母亲来访的事完全忘了。因为当时我的心里充满了仇恨，暗暗地仇恨一切，这种仇恨已经深深浸入我的心灵。虽然我仍旧用刷子替图沙尔拂拭衣服，但已经用全力恨他，而且与日俱增。有一天，在一个忧郁的黄昏，我翻着自己抽屉寻找什么，突然在角落里看见了她的那块蓝色麻纱手绢。自从那天我把它塞进去之后，它就一直放在那里。我取了出来，甚至带着几分好奇打量了一番。手绢的一角还完全保存着以前的结子的痕迹，甚至还有印得很清楚的钱币的圆印。不过，我把手绢放回原来的地方，把抽屉推进去了。那天是假日的前夕，钟声响起来了，召唤人们去做通宵祈祷。学生们吃过午饭之后就已经各自回家，但这一回兰伯特却留在学校内，不知为什么，没有人来接他出去。虽然他当时和以前一样，继续打我，但已经有许多话告诉我，而且需要我了。我们聊了整整一晚上，大谈我们俩都没有见过的列帕热夫式手枪，大谈契尔克斯人的马刀以及他们如何砍杀，还谈到要是能够结成一伙强盗那该多好。最后兰伯特又转到他心爱的话题上去——谈那些相当下流的事情。我虽然暗自觉得怪话，但还是很喜欢听。可这一次，我突然受不了，便对他说我头痛。十点钟的时候我们上床睡觉，我连头钻进被窝里去，从枕头底下抽出那块蓝手绢。不知为什么，我在一小时之前重又打开抽屉，把它取了出来，在我们的床铺刚铺好的时候，我就把它塞进枕头底下。我立刻把它贴在自己脸上，突然开始吻它。"母亲，母亲……"我一面回忆，一面微语，我的整个胸脯蜷曲起来，好像被压在铁板缝里似的。我闭上眼睛，看见她的脸庞和哆嗦的嘴唇，在朝教堂画十字，然后又对我画十字，我对她说"怪害臊的，人家看着呢"的时候。"母亲，母亲，你一生中到我这里来了一次……母亲，你现在在哪儿？你这远来的女客？你现在记得不记得你的可怜的孩子，你来看过的那个孩子……你现在哪怕再来看我一次，哪怕让我梦见你一次，只让我对你说，我是多么的爱你，只要让我拥抱你一下，吻你的小蓝眼睛，对你说，我现在完全不觉得你给我丢脸，又对你说，我当时就爱你，我的心当时已经异常的痛楚，我只是坐在那里，像一个仆人而已。你不会知道，母亲，你永远不会知道，我当时是多么的爱你！母亲，你现在在哪里？你听见我的呼唤吗？母亲，母亲，你还记得乡村里的那只鸽子吗？……"

"啊，见鬼……他怎么啦！"兰伯特从床铺上唠叨地说着。"等一等，我要给你一下！竟不让我睡觉……"他终于从床上跳起来，跑到我身旁，开始拉我身上的被窝，但是我紧紧地抓住蒙着头的被窝。

"还哭呢，你为什么哭？傻瓜！傻瓜！我要给你一下！"他于是开始揍我，用拳头重重地打我的背、腰，越来越重，越来越痛，于是……于是我突然张开眼睛……

天已经完全亮了，雪地上、墙上的冰花闪耀着……我蜷缩成一团，坐在那里，带着奄奄一息的样子。皮大衣里的身体已经冻僵了，同时有一个人立在我面前，唤醒我，大声咒骂，用右脚狠狠地踢我的腰部。我抬起头来，看见这个人穿着阔绰的熊皮大衣，戴着貂皮帽，一双黑眼睛，一把黑得像树胶似的、漂亮的长髯，鹰钩鼻，朝我露出一口白牙，那张白里透红的脸像假面具似的……他向我低低地俯下身来，随着他每一次呼吸，嘴里喷出一股带寒霜的蒸气：

"你快冻死了，酒鬼，傻瓜！你会像狗一样冻死的。快起来呀！起来呀!"

"兰伯特!"我叫道。

"你是谁?"

"多尔戈鲁基!"

"哪一个多尔戈鲁基?"

"平民的多尔戈鲁基……图沙尔……我就是你在小饭馆里用叉子刺到他腰里去的那个……"

"啊哈!"他喊了出来,发出一种长长的、努力回忆的微笑(难道他真是忘记我了),"啊,原来是你呀,是你呀!"

他把我扶起来,让我站在那里。我简直站不住,动弹不得,于是他搀着我走。他望着我的眼睛,似乎在那里思索着、回忆着,在努力听我的说话。我也在努力地诉说,说得很含糊,但无休止,而且因为说话而感到高兴,感到高兴,又高兴他是兰伯特。是不是因为,不管怎么说,当时我觉得他是我的"救星",或者因为当时我把他看作完全是来自另一个世界的人,所以我才投奔到他那里去。这原因我至今也不明白,我当时并没有思考过。总之,我是不假思索地投奔了他。当时,我说了些什么,我根本不记得了,恐怕不会说得多少有点儿条理,甚至口齿都必须清楚,但他很用心地听着。他拦下了我们遇到的第一辆马车,几分钟后,我就已经坐在他那间暖和的房间里了。

三

任何人,不管是什么样的人,一定会保存着一些回忆,也就是那些在他身上发生过的事情:他认为或者倾向于认为这种事很离奇,不同寻常,超出常规,几乎是个奇迹——哪怕这是一个梦、一次邂逅、一次预测、一个征兆,或者诸如此类的一些东西。直到现在,我还倾向于认为我和兰伯特相遇甚至是某种征兆……至少从相遇时的种种情况和相遇后的后果来看是这样。不过，话说回来，至少从单方面看来，这一切又发生得很自然。他不过是在做完了黑夜里的一件工作后回家（至于做什么工作——后文再交代），喝得半醉，在胡同里的大门旁停留了一分钟，这才看见了我。而他到彼得堡也才几天的时间。

我来到的那间屋子并不大，这是彼得堡中等公寓里带家具的一间普通房间，家具陈设非常简陋。不过兰伯特本人却穿得很讲究而且阔绰。地板上放着两只皮箱，只整理了一半。房间的一角用屏风隔开，挡住了床。

"Alphonsine（法文，译为"阿尔福西娜"）！"兰伯特喊了一声。

"Présente（法文，译为"来啦"）！"一个刺耳的、带着巴黎口音的女人的声音在屏风里回应着。不出两分钟，那个叫 Alphonsine 的女人跳出来了，但衣衫不整，好像是刚从床上起来的样子。她的长相有点奇怪，高个子，骨瘦如柴，头发乌黑，腰很长，脸也很长，眼睛滴溜溜地转，两颊深陷着——总之，样子很憔悴。

"快点儿（这是我翻译出来的，当时他对她说的是法语）！他们那里大概已经生上茶炊了，快去取开水、红酒和糖，把杯子拿来，快些，他冻坏了，他是我的朋友……在雪地上睡了一夜……"

"Malheureux（法文，译为"可怜的人"）！"她大声喊道，演戏似的把双手一拍。

"喏！喏！"兰伯特向她呼喊，像喊小狗似的，还用手指威吓着，她立刻停止了那个手势，跑出去执行命令了。

他开始观察我，触摸着我，试着给我把脉，一会儿又摸摸我的太阳穴、额角。"奇怪，"他嘟哝着，"你竟然没有冻死……不过也不奇怪，当时你的整个身子用皮大衣盖住，连头都钻了进去，像坐在皮制的洞穴中似的……"

一杯热水端了进来了，我贪婪地一下子喝光。这杯热水很快就使我兴奋起来，于是我又开始含糊地唠叨着。我半躺在角落里的沙发上面，一直说着话，一边喝一边说——但是究竟说什么，如何说的，我又几乎完全不记得了。有几个瞬间，甚至有整整的一段时间，我完全处于昏迷状态。我再说一遍，他当时从我的讲述中了解到些什么，我不知道，但有一点我后来已经明确猜到了，那就是：他对我的话已经明白得足以断定，他不该忽视与我的这次相遇……在后文适当的地方我会交代，当时他心里可能在盘算些什么。

我不但显得异常兴奋，而且时不时显得很快乐。我记得有人卷起了窗帘，阳光突然洒满了房间。有人生起了火炉，炉内发出噼啪的响声，但究竟是谁生的，怎样生的——我却不记得了。我能记得的还有一只黑毛的哈巴狗，Alphonsine 小姐抱着它，妩媚地把它贴在自己的心上。这只小狗很让我喜欢，我甚至停止了讲话，两次弯着身子去摸它，但兰伯特挥了挥手，于是阿尔福西娜便立刻带着那只小狗退到屏风后面去了。

他自己一直沉默着，坐在我的对面，身子深深地弯到我那边来，不间断地静听着，有时还发出深长的微笑，龇着牙，眯着眼，似乎努力在那里盘算，希望能猜透什么。我能清楚记得的，只是在我对他讲起"文件"来的时候，我怎么也不能说得明白些，把事情的来龙去脉连贯起来，我从他的脸上就可以看出，他怎么也不能听明白我所讲的事，但是他很想弄个明白，以至于他甚至冒险对我发问，这是很危险的，因为只要有人一打岔，我立刻就会自己跑题，忘记自己所说的话。我们就这样坐着谈了很长时间——我不知道，甚至不能想象。他突然站起身，把阿尔福西娜叫过来。

"他需要安静，也许还要请医生。他要什么，便依他做，我的意思是说……你明白吗，我的亲爱的？你有钱吗？有没有？拿着！"他掏出十个卢布给她，开始对她小声说话，你该明白！你该明白！他反复对她说，严厉地皱起眉头，还用手指威吓她。我看得出，她很怕他。

"我就回来，你最好睡一觉。"他对我微笑，拿起了帽子。

"但是你一点没有睡啊，莫里斯！"阿尔福西娜热情地叫道。

"你不要说了，我随后就睡。"他于是出去了。

"我解脱啦！"她朝我指着他的背影，热情地悄声对我说。

"先生，先生！"她在屋子中央摆好了姿势，朗诵起来，"从来没有一个男人像他这样残忍的，像他那样跟俾斯麦一个德性，他把女人看成是毫无用处的破烂货。在我们这个时代，女人算得了什么？'杀了她！'——这就是法兰西科学院的最后判词！……"

我瞪大眼睛望着她，我的眼里出现了重影，恍惚看到了两个阿尔福西娜……我突然发现她哭了，不由得哆嗦一下，想到她跟我说话已经说了很久，而我在这时候想必已经睡着了，或者失去了知觉。

"……唉，我偏要来揭露这个于我有什么用处呢？"她叹息道，"把我的耻辱一辈子隐瞒不是更好吗？也许一个女子在您这个男人面前这么直言不讳是一件丢脸的事，但我向您承认，如果能允许我要求点什么，哦，那么我所要求的就是把我的刀刺进他的胸膛，不过我的眼睛要望着别处，为的是怕他那副讨厌的目光使我的手发抖，而失去了勇气！先生，是他杀死了这个俄国教士的，他拔下他的红胡子来卖给一人——住在库兹涅茨桥的理发师，那地方就紧靠着安德里厄先生的商店——您当然知道，这家商店专卖巴黎的商品，时髦货，内衣啦，衬衫啦……哦，先生，当妻子、儿女、姐妹、朋友聚集到一桌，当一种热烈的愉快燃烧着我的心，请问您，先生，这对于一个什么都玩过的人是不是更幸福呢？可是他却嘲笑这些，先生，这个不可理喻的可怕的怪物在嘲笑。如果不是看在安德里厄先生出来调停的分上，那我决不……哦，可是您怎么啦，先生，你怎么啦，先生？"

她扑到我面前来。我大概正在打寒战，要不就是昏厥过去了。我不能形容，这半疯狂的女人使我产生了多么沉重的、病态的印象。也许她认为自己是在奉命给我解闷呢。至少她一步也不离开我。也许她以前曾经演过戏，所以说话时完全像朗诵一样，身子旋转着，说个没完，可我早就不吭声了。我从她的讲述中所能听懂的只是：她好像和那个"安德里厄先生的商店——专卖巴黎的商品，时髦货"有着密切的关系，甚至也许是从安德里厄先生的商店里出来的，但不知怎么的，她好像被安德里厄先生永远抛弃，为了这个不可理喻的可怕的怪物，因此就出了悲剧……她号啕大哭，但是我觉得这只是装装样子，并不是真哭。有时我又觉得她的全身突然像骷髅似的快要散架了。她用一种被压抑的、沉闷的声音说话，譬如说，她把"preférable"这个词读成了"prefer-a-able"，而把 a 这个音节念得跟羊叫似的。有一次我刚刚醒过来，看见她在屋子中央做出用脚尖旋转着跳舞的姿势，但是她并不是在跳舞，而这旋转的姿势似乎也和她所讲的故事有关，她只是在扮演这个角色而已。突然她跑了过去，打开摆在屋内那架又小又旧，而且走了调的破钢琴，一面弹，一面唱起来……我大概有十分钟或者更长的时间完全处于昏迷状态，睡着了，但小哈巴狗尖叫了一声，我就醒过来了。刹那间我突然完全恢复了意识，清楚地想起了一切，我慌乱地跳了起来：

"兰伯特！我这是在兰伯特家里！"我这样想着，取起帽子，跑去取我的皮大衣。

"您要上哪里去，先生?"阿尔福西娜警惕地喊道。

"我想走，我想出去！放我走，别拦着我……"

"Oui, monsieur!"阿尔福西娜竭力赞同地说，还主动跑去替我打开通往走廊去的门。"是的，先生！……可那儿并不远呀，先生，一点也不远，你用不着穿皮大衣了，就在附近呀，先生。"她扯开嗓门，朝走廊里喊，我从屋内跑出来，转向右边。

"往这里走，先生，往这里走。"她拼命地叫喊着，伸出长长的、皮包骨头的五根手指，用全力抓住我的皮大衣，另一只手则对我指着走廊左面一个我并不想去的地方。我挣脱了她的手，向通往大门的楼梯跑去。

"Il s'en va, il s'en va!"阿尔福西娜一边追我，一边声嘶力竭地喊着，"他快走啦，他快走啦！……他可是会杀我的，先生，他一定会杀我的！"但是，我已经跑到楼梯上，尽管她甚至从楼梯上追下来，我还是来得及打开大门，跑到街上，跳上了第一辆出现在我面前的马车。我说出了母亲的地址……

四

然而，我的意识在恢复了一会儿之后，很快又开始模糊了。我还依稀记得，自己怎样被拉到了目的地，带到母亲家里，但随后我几乎就完全不省人事了。后来人家告诉我（其实我自己也记得），第二天时，我的神志又清醒了一会儿。我记得自己在韦尔西洛夫的房间里，睡在他的沙发上面。我还记得韦尔西洛夫、母亲和丽萨那一张张脸围着我，我很清楚地记得韦尔西洛夫跟我提起泽尔希科夫和公爵，还把一封什么信给我看，不住地安慰我。事后他们告诉我，当时我一直惊恐地提到一个姓兰伯特的什么人，老是在幻觉中听到一条哈巴狗的叫声。但是，知觉的微弱之光迅速地黯淡下去了。到了这第二天的晚上，我患了热病。不过，我想先说说后来知道的事，提前做个交代。

那天晚上，当我从泽尔希科夫赌场跑出来，一切已稍见安静以后，泽尔希科夫在重新开始赌博的时候，突然大声宣布说刚才出了一个不幸的差错：那笔丢失的四百卢布在其余的钱堆里找到了，庄家的账是完全对的。当时还留在场内的公爵走到泽尔希科夫面前，坚决地要求他当众宣布我是无辜的，还用信件的形式向我赔罪。泽尔希科夫本人也认为这个要求应该尊重，便当着大家说，明天要给我写一封解释和道歉的信。公爵把韦尔西洛夫的地址告诉他，韦尔西洛夫果真在第二天时接到了泽尔希科夫亲自写给我的信，还附上属于我的三千多卢布——当时我把那笔钱落在赌场里了。就这样，在泽尔希科夫赌场那里发生的那件事总算了结了。当我从昏迷中醒过来的时候，这个喜讯对我的康复有很大的帮助。

公爵从赌场上回来后，当夜就写了两封信：一封写给我，另一封寄给他以前的部队，也是他跟骑兵少尉斯捷潘诺夫发生过纠葛的那个部队。他在第二天早晨同时寄出了这两封信。然后又写了一封给现在上司的报告书，一大清早，他就捧着这封报告亲自去见团长，声明自己是一个"刑事犯，参与伪造某股票，现在前来投案自首，请求法办"。随后他就把那份陈述案情的书面报告交了上去。他被拘留了。

下面是他给我的信，就是那天夜里写的：

亲爱的阿尔卡季·马卡罗维奇：

既然我已经试着走奴才的"路"，那么我实际上就已经失去自己最终也可能从事正义的梦想，以及用这个梦想哪怕稍稍安慰我的心灵的权利。我对国家是有罪，对自己的家族也是有罪的，因此我要自己惩罚自己，这家族中最后的一个公爵。我不明白，我怎么会一味地只想保全自己，死死地抓住这个卑鄙的念头不放，一度还幻想着用金钱去打发那两个人？可是面对自己的良心，我永远是个罪人。即使那两个人把那张有辱于我名声的字条还给我，他们这一辈子也决不会放过我的！结果会怎么样呢？我只是活下去，就跟他们连接在一起，一辈子和他们勾结一气——这就是我能预料得到的命运！我不能接受这样的命运，终于在自己身上找到了足够的勇气，或许说是找到了一种绝望的力量，使我采取了现在这样的做法。

我写了一封信到以前的部队，给以前的同事们，证明斯捷潘诺夫是无辜的。在这个行为里没有，也不可能有任何赎罪的含义。这只是明天的死人的临终遗言而已。就应该这样看。

请您恕我在赌场里背叛您，这是因为当时我并不相信您。现在，在我已经是个死人了，连这种事我也能够坦白……来自另一个世界的坦白。

可怜的丽萨！她一点也不知道我的这个决定，但愿她不要诅咒我，而是能够独立地作出判断。我无法自行辩白，甚至找不出话来，向她做任何解释。有件事您还须晓得——阿尔卡季·马卡罗维奇，昨天早晨她最后一次上我这里来的时候，我已经向她坦白了我的欺骗行为，并且承认我去找安娜·安德烈耶芙娜，是想向她求婚的。我知道丽萨很爱我，所以在我即将实施这个经过深思熟虑的最后决定之前，我的良心无法对她隐瞒这些事，因此我向她进行了坦白。她饶恕了我，饶恕了一切，但我不相信她：这不是真正的饶恕，要是换了我，处在相同的位置上，我是不会饶恕的。

请您别记恨我。

您的不幸的最后一位公爵索科利斯基

我在神志昏迷中整整地躺了九天。

第三卷

第一章

一

　　现在我写的，完全是别的事情。

　　我一再声明："写点别的，写点别的。"可自己却总是继续一行行地写关于自己一个人的事情。我已经有一千遍宣告过，我并不打算描写自己，而且我在开始写的时候，就坚决不愿意这样做。我十分明白，我对于读者是毫无用处的。我要描写，而且想描写的是别人，而不是我自己，如果我自己被卷了进去，那只是可悲的失误，因为不管我如何想避免，可最终还是无法避免。最使我感到苦恼的是，我在如此热切地描写自己的奇遇的时候，我也就借此给人们一个因由去想，我现在也还是和当时一样的人。读者会记得，我已经屡次感叹过："如果能改变过去，一切重新开始才好呢！"要是我现在没有彻底改变，没有变成一个完全不同的人，我就不能发这样的感慨了。这是显而易见的事。但愿有人能够体察到，我是多么讨厌这些申辩和开场白，甚至在札记写到中途时，还不得不插进这些东西。

现在言归正传。

我在昏迷了九天后清醒过来时，还只能算是复活，而不是康复。当然，如果就"复活"的广义来讲，我的复活是很荒唐。如果这事发生在现在，情况也许就完全不同了。我的理想，也就是情感，仍然只集中于一点（我以前已经说过许多次了）：我要彻底离开他们。但这一次我一定要离开，不再像以前那样，只是千百遍地给自己设定这个任务，却始终实行不了。我不想对任何人进行复仇，我可以发出这个誓言——虽然我受尽了大家的耻辱。我准备无嫌恶且无诅咒地走开，但我希望有自己的力量，真正的，离开世上任何人而独立的力量。然而我竟差点儿顺应了世上的一切！现在我记下我当时的这个幻想，并不是作为一个意念，而是作为当时的一种强烈感受。当我卧病在床的时候，还不想理清这种感觉。作为一个病人，我无力地躺在韦尔西洛夫的屋内——他们把这屋子腾给我，当时痛苦地意识到自己软弱到了极点。我躺在床上，好像是一根草梗，简直不像个人，而且还不仅因为生病的缘故。这真是使我感到屈辱！于是从我内心的最深处，升腾起一种抗争，我被一种无限夸张的傲慢与挑战的情绪弄得透不过气来。我甚至不记得，从我有生以来，还有什么时候比我康复的最初那几天，充满了更加强烈的傲慢情绪了。

但我暂时沉默着，甚至决定一点也不去考虑！我一直在暗中观察他们的脸，努力从那些脸上猜测我所需要的一切。显然他们并不愿意盘问，也没有露出好奇的表情，只和我谈论一些完全不相干的事情。这使我很开心，同时也使我伤心。我不想解释这种矛盾的感觉。我看到丽萨的时间要比看到母亲的时间少，虽说她每天上我这里来，甚至每天两次。从她们谈话的片断以及从她们的神色中，我断定丽萨有很多事情需要在外面奔走，她甚至时常为了自己的事情不在家。一想到她可能在忙"自己的事"，我似乎感到很难受。不过这一切只是病态的，纯粹是病人生理方面的感觉而已，不值得加以描写的。塔季扬娜·帕夫洛芙娜也几乎每天上我这里来，虽然对我并不怎样温和，但至少不再像以前似的骂人了。这反倒使我感到懊恼，于是我干脆直接对她说："塔季扬娜·帕夫洛芙娜，您在不骂人的时候，真让我感到沉闷。""那么，我不上你这里来就是了！"她掉头就走。我却很高兴：总算把一个人赶走了。

被我折磨得最厉害的是母亲，我动不动就对她发脾气。当时我已经食欲大增，所以总是不断地埋怨饭菜端来太晚（其实根本不晚）。有一次，母亲给我端了汤来，开始照平常的样子，亲自喂我，但是我一边喝，一边不断的埋怨。突然我对自己总是这样埋怨而感到沮丧："我也许只爱她一人，却还要折磨她。"但是怨恨没有消除，我怨恨得突然大哭起来，而可怜的她竟以为我是因为感动而哭的，便俯下身子，开始吻我。我勉强忍住，在这一瞬间我确实恨她。但我毕竟爱着母亲，那时候也爱，根本不恨她，然而事情往往是这样：你越是爱那个人，就越要欺负他。

最初的几天，我真正恨的只有医生一个人。这医生年纪很轻，却是一副自命不凡的样子，说话强硬，甚至没有礼貌。他这种人好像在昨天，在学问上，突然有了什么特别发现似的，其实昨天并没有发生特别的发现，但这些"平庸之辈"和"市井之徒"向来都是这样的。我忍耐了许久，但终于突然爆发了。我当着全家的人对他宣布，他不必再上这个家门来了，我根本不需要他也会痊愈，并说他虽有一副务实的派头，却满脑子都是偏见，不明白医学还从来没有治愈过任何一个人，而且，想必他本人还十分缺乏教养，"正和现在的那些技师和专家一样，最近以来居然在我们面前把鼻子翘得老高"。医生听了之后十分生气（这正好可以证明他确实没有什么教养），但还是照来不误。最后，我只好对韦尔西洛夫说，如果医生再上门，我要对他说出比之前更难听十倍的话。韦尔西洛夫只说：我说的话已经够难听了，再难听一倍是不可能的，更不用说是十倍了。我很高兴他指出了这一点。

398

　　这可真是个人物！我指的是韦尔西洛夫。他，只有他是一切的原因，可结果如何呢？当时我唯独没有对他耍脾气。倒不仅仅是因为他对我的态度赢得了我的好感，我想，还因为当时我们俩都感觉到，我们彼此应该多多地互相解释……而且正因为如此，最好还是永远都不要互相解释。在这种生活中，能够碰上这么一个聪明人是一件很愉快的事！我已经在我的故事的第二卷中预先交代过，他非常简明扼要地告诉，现在已经被拘留的公爵如何写信给我的事情，还谈到泽尔希科夫如何做了对我有利的声明的话，等等。因为我决定沉默，所以只是干脆地对他提出了两三个极短的问题，他清楚而且确切地回答着，但完全没有多余的话，而且最妙的是，没有多余的情感。多余的情感也是我当时最惧怕的。

　　我绝口不提兰伯特，但读者当然已经猜到，我一直在想着他的事。我有好几次在病中的呓语里提到兰伯特，但等我清醒过来之后，经过对他们的察言观色，很快就明白关于兰伯特的事情还是一个秘密，他们一点也不知道，包括韦尔西洛夫都在内。我当时很高兴，不再担心了。但后来我才知道我想错了。令我吃惊的是，原来兰伯特在我昏迷的时候就已经来了，但韦尔西洛夫没有对我说起这件事情，因此我断定，我对于兰伯特来说已经永远消失了。然而我却经常想起他。更有甚者，想起他的时候，不但没有厌恶感，不但没有带着好奇心，甚且还带有一种认同感，似乎我在他身上预感到了某种新的出路，适合于我心中刚刚冒出来的感觉和计划。总之，我决定最先把兰伯特仔细考虑一下。在我决定开始思考的时候，我要插进一件怪事：我完全忘了他住在哪里，当时在哪一条街上出的事情。屋子、阿尔福西娜、小狗、走廊，这一切我都记得，即使我也可以画出来，但这一切发生在哪里，也就是说在哪条街上，哪个房屋里，——我却完全忘记了。最奇怪的是，我直到意识完全恢复的第三或第四天时，才想到了这一点，而此时我关注兰伯特已经很久了。

　　我复活后的最初的感触就是这样的。我能够觉察到的，只是一些肤浅和表面的东西，而那些重要的东西我大概还没有觉察出来。实际上，那些重要的东西也许当时已经在我的心里有所确立并形成了，要知道我当时之所以埋怨和懊恼，可不仅仅是因为没有给我端来肉汤呀！哦，我记得在那段日子里，我是多么的忧郁，有时候，特别是在独自一个人待得很久的时候，我是多么的苦闷呀！而他们偏偏很快就明白，我和他们在一起会感到痛苦，他们的同情会使我烦恼，于是他们开始经常让我一个人单独待着了。他们真是聪明得太过头了。

二

　　在我恢复意识后的第四天，下午两点多钟，我躺在我的床上，没有人陪我。这天的天气是晴朗的，我知道四点钟太阳将下山的时候，就会有一条斜斜的、红色的光芒一直射进我屋子的墙角落里，用鲜艳的斑点照亮这个地方。我根据前几天的观察知道了这一点。在一小时后一定会发生这种情形，关键是我预先就知道这种事，而且像一加一等于那么清楚，这让我大为光火。我烦躁地翻了个身，突然在一片深沉的寂静中，清晰地听到一些话："主啊，耶稣基督，我们的上帝，宽宥我们吧。"这话说得很轻，紧接着便是一声发自胸中的深深叹息，随后一切又归于安静。我迅速地抬起头来。

　　在这之前，也就是从昨天或前天起，我就看出在我们楼下的这三间房里的情况有点特别。在隔着大厅的那间小屋里，是母亲和丽萨以前居住的地方，现在显然住着另一个人。我已经不止一次听到一些声音，无论是在白天，还是在夜里，但只是一刹那的功夫，极短的一刹那，马上就完全恢复了的静寂，一连几个小时都寂静无声，因此我也就没有在意。昨天夜里，我还想准是韦尔西洛夫在那里，而且我刚这么想，他就很快走进我的房间来了，虽说我从他们的谈话中确切地知道，韦尔西洛夫在我生病的这段时间里，搬到另一个寓所里去住了。至于母亲和丽萨，我早就知道她们两人（我想为了给我一个安静的空间吧）已经搬到楼上，也就是搬到我以前的那间"棺材"里去了。有一次我甚至暗想过："那个地方她们两个人怎么住得下呢？"而现在，我突然发现在她们以前的屋内住着一个人，而这个人完全不是韦尔西洛夫。连我自己也没有想到，我居然能够很轻松地就下床走路了（在这之前，我还以为自己毫无力气呢）。我穿上拖鞋，披上放在床边的那件粗毛羔羊皮的灰色长袍（这是韦尔西洛夫送给我的），然后穿过客厅，到母亲以前的寝室里去了。我在那里看到的一切，把我弄得完全糊涂了。我怎么也料不到会有这种情形，于是我像生了根似的，在门口停住了。

那里坐着一个白发老人，长着又长又白的胡须。显然，他早就坐在那里了。他没有坐在床上，而是坐在母亲的长凳上面，不过背靠着床。他的身子挺得那样直，似乎完全不需要任何的支撑，虽然显然生着病。他身上除了穿着一件衬衫，还披着一件皮大衣，膝盖上罩着母亲的披肩，脚上穿着拖鞋。看样子他的身材很高大，肩膀很宽阔，虽然有病，脸色有点惨白，身体很瘦，但整个人还是挺精神的。他的脸是椭圆的，头发很浓，但不是很长，好像有七十岁的样子。他身旁的小桌上，在左手可以触及的地方，放着三四本书和一副银质眼镜。虽然我压根儿就没有见过他，但我立刻猜到他是谁了，只是我还无法弄明白，这些日子里，他在差不多就住在我旁边，可怎么会安静得让我一直听不出个门道呢？

他看到了我，身子动也没有动一下，却默默地凝神注视着我，就像我看他那样，区别只在于我看他的时候露出无限的惊奇，而他却毫不诧异。相反地，他在这沉默的五秒或十秒钟之内，似乎把我的整个都打量透了，突然微微一笑，甚至轻轻地、不出声地笑起来，尽管笑容很快就消失了，但那开朗和快乐的痕迹却留在他的脸上，而主要的是留在蔚蓝的、闪闪发亮的眼睛里。可是由于衰老，他的眼睛周围布满了无数细小的皱纹，微肿的眼皮松垂着。他的这一笑给我留下了很深的印象。

我觉得人在笑的时候，在大多数的情况下，会让人看着就讨厌。因为在人们的笑意中，往往会流露出一种庸俗的意味，使笑的人的身份降低了一点，虽说笑的人对于自己的笑会给人留下什么样的印象几乎毫无所知。这就好比他在睡觉的时候，永远不知道自己的脸相一样，通常情况下，每个人都是这样的。有的人，即使睡着了，他的脸也会有一副聪明相；而有人的，即使是聪明的人，在睡着的时候，脸相却变得十分愚蠢的，因此显得很可笑。我不知道，为什么会发生这种情形。我不过想说笑的人和睡着的人一样，多半一点也不知道自己的脸相。有很多的人完全不会笑。其实这是善于或不善于笑的问题。这是一种天赋，是无法培养出来的。如果非要培养的话，除非对自己进行改造，使自己向好的方面发展，克服自己个性中恶劣的本能。到那时，这种人的笑才有可能会变好。有的人只要一笑，就会把自己完全暴露出来，让你一下子看透了他的底细。甚至那种公认为聪明的笑，有时也是可憎的。笑，首先要做到真诚，可人间哪有什么真诚呢？笑，还需要善意，可人们在笑时多半是不怀好意的。真诚的、没有恶意的笑就是快乐，可在我们这个时代，人们哪有快乐可言？人们还会不会快乐呢？关于我们时代的快乐问题——这是韦尔西洛夫的看法，我记住了这个看法。人一快乐，就会将自己全盘托出，毫无保留。有些人的性格让你许久捉摸不透，但只要这个人很诚恳地大笑一下，那么他的整个性格就会让你如指掌了。只要那些修养极高的人，才会快乐得有感染力，也就是说，才会有令人着迷的善意的快乐。我并不是指着他智慧方面的修养，而是指的他的性格，他的整个人而言。所以，如果你想要看清这个人，想要知道他的灵魂，那么不必研究他怎样沉默，怎样说话，或怎样哭泣，或甚至怎样被极其高尚的思想而激动不已，你最好在他笑的时候仔细观察他一下。这人笑得好——说明他就是好人。你应该注意一切细微的差别：比如说，不管他笑得怎样开心和朴实，他的笑无论怎样都不该让你觉得愚蠢。要是你稍微觉察出这种笑里有一点点愚蠢，那就说明这个人的智力是有限的，即使他尽谈思想，把各种观念散播出来。如果他的笑并不愚蠢，但是在大笑以后，不知道什么原因，他突然让你觉得很滑稽，哪怕只有一点点滑稽，——那么你就应该知道，此人并没有真正的，自我的尊严，至少不完全有。或者如果这个笑虽然并不勉强，但不知怎的，让你觉得有点儿庸俗，那么你就应该知道，这个人的天性是庸俗的，你以前在他身上看到的一切正直、高尚的东西，如果不是装出来的，就是刻意模仿别人，这个人以后一定变坏，会醉心于"利益"，而将正直的理想抛到脑后，就像抛弃青年时代的迷茫与过错一样，毫不惋惜。

　　这套关于笑的冗长的议论，我有意写在这里，甚至不惜打断故事的进行，因为我认为这是我从生活中获得的最重要的一个结论。而且我想把这个结论告诉那些即将出嫁的姑娘，虽然她们已经准备嫁给一个自己选定的人，但还在反复考验、疑惑不定地观察这个人，没有下最后的决心。但愿她们不要取笑这个可怜的少年，笑他硬要将自己的这套说教去指点自己根本一窍不通的婚姻大事。不过，我却懂得一点：笑是心灵最可靠的试金石。请看看那些婴孩吧：有些孩子会发出美好的笑——因此他们是可爱的。好哭的婴孩在我看来是非常令人讨厌的，而开心欢笑的孩子则是天堂之光，是未来的启示，预示着未来的人将变得跟孩子一样天真无邪。而在这老人刹那间的笑中，闪过的正是这种异常动人的婴孩般的魅力。于是，我立刻走到他面前去了。

三

　　"坐吧，坐在这里，腿站不稳了吧！"他欢欣地邀请我，对我指着自己身旁的那个位置，用同样闪闪发光的眼神继续望着我的脸。我坐在他旁边，说道：

"我认识您，您是马卡尔·伊万诺维奇。"

"是的，你起床了，那好极了。你是年轻人，一切都会好的。老年人正在走向坟墓，年轻人要好好生活下去。"

"您有病吗？"

"病啦，两条腿最严重。还能走到门口那里，但是一坐下来，就肿了。我这是从上星期四开始的，天气一变（即天气转凉），我这腿又犯病啦。我以前一直给脚涂药膏。前年的时候，利希滕大夫——埃德蒙德·卡尔雷奇，在莫斯科给我开了一个方子，那药膏还行，很有用，但现在却完全没有用了。此外，我胸脯也开始痛起来。从昨天起后背也痛，像狗咬了似的……夜里睡不着觉。"

"您住在这儿，怎么一点也听不见您的声音呢？"我插上去说。他看着我，似乎在思索着什么。

"你千万不要吵醒你的母亲。"他补充地说，好像突然想起什么似的。"她整夜在我旁边张罗着，只是声音很轻，好像苍蝇一样。现在我知道，她已经躺下了。老人生病是真苦呀，"他叹了一口气，"好像只要灵魂赖着不走，而是苦苦支撑着，还在留恋尘世的一切，看来即使再重新开始，再活一遍，大概灵魂是不会惧怕的，虽然这样想也许是有罪的。"

"为什么有罪的？"

"这是一种幻想，而老人应该庄严地死去。如果带着抱怨和不满迎接死亡，那么便是大罪了。但如果他由于开心和快乐而热爱生命，那我想上帝是会宽恕的，会宽恕一位老人的。人很难知道，什么有罪，什么没有罪：这是超越人类智慧的秘密。老年人应该在任何时候感到知足，在清明明白中庄严地死去，在回首往日，咽下最后一口气的时候，应该为自己的时辰已到而高兴，就像叶落归根，因为已经完成了自己的秘密。"

"您一再提到'秘密',又说'完成自己的秘密',这是什么意思呢?"我向门外看了一眼。我很高兴此时只有我们两人在这里,而周围寂静无声。夕阳的余晖明亮地从窗子里照进来。他说得有点浮夸,而且不准确,但很诚恳,带着一种强烈的兴奋,好像真是欢迎我进屋来似的。但是,我觉察到他此时肯定正在发烧,甚至还烧得很厉害。我也有病,而且从我走进屋子的那时候起,也开始发烧。

"秘密是什么?一切都是秘密,我的朋友,一切都包含着天机。每棵树上、每根草里都包含着天机。小鸟儿啼唱,星儿在黑夜里闪光——这全是秘密,同样的秘密。最大的秘密是,人的灵魂在另一个世界里是什么样子。就这么回事,我的朋友!"

"我不知道您的话具有什么样意义……当然,我并不是在逗您,您要相信,我是信仰上帝的,但所有的这些秘密早已被智慧发现,即使尚未发现,也许在最短的时期内一定会发现的。植物学家完全知道,树木如何生长,生物学家和解剖学家甚至知道鸟为什么啼唱,或者很快地会知道的,至于说到星星,不但已被数得清清楚楚,就是它们的一切行动也已经计算得十分准确,因此甚至可以预言一千年后某颗彗星出现的时间,一点也不差……现在连最辽远的群星的组合也已经知道了。你只要拿起显微镜——这是一种放大镜,可以把物体放大一百万倍——把一滴水放在镜子前面细看,你就可以看到里面有整个新的世界,看到各种生物的整个生活,而这些以前也是秘密,但现在已经被揭开了。"

"我已经听过这种话,从人们的嘴里屡次听到过了。不管怎么说,这是伟大的了不起的事业,一切都是上帝赐予的本领,上帝不是白白地把生命的呼吸吹到人的身上,且说着:'生活下去,去认识一切吧!'"

"这不过是老生常谈罢了,但您总不至于是科学的敌人、是牧师吧?我是说,我不知道您明白不明白……"

"不,我从小也学过科学,虽然自己不聪明,但是并不抱怨,我虽然不懂,但别人会懂的。这样也许更好,因为每人有每人的命。亲爱的朋友，搞科学也不是对每个人都合适。每个人都心比天高，每个人都想做出惊天动地的壮举，我要是有本领，没准比任何人都厉害呢。可是现在我啥都不行，什么也不懂，怎么好自己夸耀自己呢？而你，既年轻又聪明，你的命运既然如此，你就好好学下去吧。你应该认识一切，在遇到无神派或无礼的人的时候，你能够在他面前对答如流，不至于被他们那粗暴的言语给难倒，并搅乱你那还不够成熟的思想。至于你说的那种显微镜，我不久前还看见过呢。"

他喘了一口气，叹息了一下。毫无疑问，我去看他，给了他异常的快乐。他渴望与人交往，几乎到了病态的地步。此外，我敢肯定，他有时甚至还怀着一种不寻常的爱在看着我，这一点我是不会弄错的。他亲热地把手掌放在我的手上，抚摸我的肩膀……但是，我还得承认，有的时候他似乎完全忘记了我，好像自己独自坐在那里，虽然还充满热情地继续说话，但好像只是对着空气说话一样。

"朋友，"他继续说，"在根纳季修道院里有一个大智大慧的人。他出身贵族，做官做到中校，有许多财产。他活在世上，不愿娶妻室，已有十年离世独处，喜欢过宁静的，无声无息的隐居生活，使自己的情感不为尘世的忙乱所烦扰。他遵守修道院中的一切清规戒律，但不愿剃度。他拥有很多的书籍，我还从来没有看见过任何人家里有这么多的书籍——他自己对我说他的书籍价值八千卢布。他名叫彼得·瓦列里扬内奇。他在不同的时候教我许多事情，我很爱听他的话。有一次我对他说：'先生，您既具有那么大的智慧，十年来住在修道院内苦修，将自己的欲念完全斩断，——那您为什么不接受剃度礼，使自己更加完善一些呢？'他对我说：'老人家，你说到我的智慧，但也许正是我的智慧困扰着我，而不是我在使用我的智慧。至于您说我遵守清规戒律，说不定我早已越规破戒了呢，更不必说我已经斩断一切欲念了。我可以立刻舍弃金钱，弃官不做，把我的骑兵队的官衔立刻扔到桌上，但是始终不能离开这烟斗里的烟叶，已经有十年来想戒也戒不掉。既然这样，我还有什么资格当修道士，你又怎么能夸我斩断了欲念呢?'没想到他那么谦逊，当时使我非常惊讶。去年的圣彼得节是圣徒彼得和保罗的一个宗教节日，在7月12日（俄历6月29日），主要在农村流行。我又到那座修道院去——这是上帝引我去的——我看见他的修道室内有这么一样东西——就是所谓的显微镜，是他花很大的价钱从国外买来的。他说:'你等一等，老人家，我给你看一件奇怪的东西，因为你还从来没有看见过它。你瞧这滴水，像眼泪似的清澈，你现在瞧一瞧里面有些什么，你可以看出那些技师很快地把上帝所有的秘密全发现了，不会给我们留下一点点的。'我记得他就是这么说的。其实，这种显微镜，我在三十五年前，就已经在亚历山大·弗拉基米罗维奇·马尔加索夫那里看见过。他是我的旧主人安德烈·彼得罗维奇的舅父，我们那块田产就在他死后移转给安德烈·彼得罗维奇的。他是一位威严的老爷，大将军，养着一群狩猎用的狗，我在他手底下充当了多年的驯狗师。他当时把这显微镜放好了，也是从外国带来的，吩咐全体奴仆，无论男女，挨次走过来看，把臭虫、虱子、针尖、头发，甚至一滴水都放在镜子下面看。说来也挺可笑:大家都不敢走过去，可是又害怕主人——因为他的脾气不好。有些人不会看，眯细着眼睛，一点也看不见，有些人却吓得直叫，奴仆的头儿萨温·马卡罗夫竟用双手把眼睛捂住，喊道:'不管您把我怎样处置——我都不看!'当时就闹出了许多笑话。不过，我没有对彼得·瓦列里扬内奇说实话，没有说我在三十五年以前就已经见过这玩意儿，因此当看到他那么兴高采烈地让大家看时，我就相反，显得又惊奇又害怕的样子。他给我看了一会儿，问道:'怎么样，老头儿，现在你想说什么?'我点头对他说:'上帝说要有光，于是就有了光。'然而，他突然对我说:'那就没有黑暗了吗?'他很奇怪地说出这句话，甚至没有一丝笑意。我当时很奇怪地看着他，但他好像生气了，不再吭声。"

"事情再简单不过了，您那位彼得·瓦列里扬内奇虽然在修道院里吃斋、做祷告，但他并不信上帝，而您恰巧碰到了那个时刻——如此而已，"我说，"此外，这个人也非常可笑的：他在给您看显微镜之前，想必自己早已看过十遍了，这第十一遍有什么可让他发疯的呢？真有点儿神经过敏……这是在修道院里养成的。"

"他是一个纯洁的，才智很高的人，"老人正色地说，"而且他也不是不信仰上帝，他这人因为太有智慧，所以很难心平如镜。眼下在那些贵族和学者中间，这样的人有很多。而且我还要说，人家这是自己惩罚自己。但是，你可以从他们身边绕过去，不要惹恼他们，在夜里睡觉之前祈祷时提起他们，因为这些人正在寻找上帝。你睡觉之前祷告吗？"

"不，我认为这纯粹是形式。不过，我应该老实告诉您，我很喜欢您的彼得·瓦列里扬内奇，至少他不是个草包，而是一个人物，有点像我们俩都认识的、跟我们俩有密切关系的那个人。"

老人只注意到我的回答的第一句：

"朋友，你不做祷告是不应该的，做祷告多好呀，不管是夜里睡觉之前，早晨起床之后，还是半夜里醒过来，一做祷告心里就会充满快乐。我跟你说一件事吧！去年夏天，七月里，我们赶着去圣母修道院朝圣。一路上，我们越走近圣地，加入到我们这个队伍中的人就越多，最后将近有两百人，大家都赶去吻神圣而非凡的圣尸，那是两位伟大的显灵者阿尼基和格里戈里的圣尸。有一次，我们在野外过夜，我在清早以前醒来，大家还睡着，连太阳都还没有从树林背后露脸呢。我仰着头，向周围张望，深深吸了一口气。到处都是说不尽的美！一切是那样的恬静，空气很轻柔，小草在生长着——长吧，上帝的小草，快快长吧！小鸟儿在鸣唱着——唱吧，上帝的鸟儿，尽情地唱吧！婴孩在一个女人怀里啼哭——哭吧，小人儿，愿上帝保佑，哦，小家伙，快快长大，好好享受幸福的生活吧！你知道吗，自从我有生以来，好像还是第一次感受到这一切融进了我的内心……我又重新躺下，轻松地睡着了。活在世上真好呀，亲爱的！我的病只要一减轻，到了春天我还要外出。至于秘密，那甚至更好些，它让人心里感到又畏惧又奇妙，这种畏惧让人心醉神迷：'上帝呀，一切都归于你，我自己也归于你，你接受了我吧！'不要抱怨，年轻人：正因为有了秘密，所以才会更加美好。"他动情地说。

"'正因为有了秘密，所以才会更加美好……'我会记住这句话的。尽管您表示得很不准确了，但是我明白……使我吃惊的是，您所知道并了解的东西，比您说出来的要多得多。不过，您好像是在说着呓语……"我脱口地说出，望着他那双兴奋的眼睛和煞白的脸。但他似乎没有听见我的话。

"你知不知道，亲爱的孩子，"他又开始说，好像继续前面的话，"你知不知道，世人的记忆力是有限的？一个人的记忆只能限于一百年。人死了之后，在一百年之内，他的孩子们，或见过他面的儿孙们还能记得他。一百年之后，虽然还有人会怀念他，那也只是一种口传和想象而已，因为所有在他生前亲自见过的人，也都去世了。于是，他的坟墓上长满了杂草，坟上的白石墓葬也开始被风化了，所有的人，包括他的后代，会把他遗忘，随后连他的名字也被遗忘了，因为人的记忆只容得下不多的几个人，——随它去吧！让他们去遗忘，那些亲爱的人们，但我即使躺在坟墓里也会爱你们。我听得见你们的快乐的声音，听得见你们在父母节时到父母的坟上去的脚步声。生命短暂，你们在阳光下好好生活吧，快乐吧，我要为你们祷告上帝，到你们的梦中与你们相会……即使死了也是一样有爱！……"

主要的是我自己也和他一样，处于发烧的状态中，所以我不但没有离开他，或者劝他安静下来——也许我应该让他躺到床上，因为他完全是在说胡话，可是我却突然抓住他的手，俯身凑近他，心里流着泪，激动地对他说：

"见到您，我很高兴！也许我早就在等候着您了。我不爱他们任何人，他们没有好的人品……我不会跟随他们，我不知道我要上哪里去，我要同您一块儿去……"

然而，幸好母亲突然走了进来，否则我真不知道最后要如何收场。

她进来时，带着一副刚睡醒的样子，神色有点慌乱，手里拿着一只玻璃药瓶和汤匙。她一看见我们，就喊道：

"我就知道会这样！我忘记了给你吃奎宁药，耽误了时间，您又发烧了。我睡过头了，马卡尔·伊万诺维奇！"

我站起来，走了出去。她这才给他吃了药，把他安置到床上去。我也回到自己的房间里，躺了下来，但心里却十分的激情。回到屋里后，我怀着极大的好奇心，努力思索这次见面的情形。我当时对于这见面有什么期待——我不知道。当然，我的思索是不连贯的，我的大脑里闪出的不是完全的思想，而只是一些断想。我面墙躺着，突然在角落里看见了夕阳投进来的那个灿烂的斑点，就是我刚才怀着诅咒期待着的斑点。直到现在，我还清楚地记得，当时我一见到这灿烂的斑点，我的整个灵魂顿时欢欣起来，仿佛有一片新的光明照进我的心灵。我至今还记得这个甜蜜的时刻，不愿忘怀。虽然这只是短暂的一瞬间，却充满了新的希望和力量……我当时身体正在康复的状态中，所以这样的冲动也可能是我神经状态必然的结果，但当时出现的那种光明的希望，直到现在我还相信——所以现在我要把它记录下来，并且牢牢地记住。当然，即使是那个时候，我也已经深知，我不会跟随马卡尔·伊万诺维奇去云游，也并不知道占据我全部思想的新追求到底是什么，但有一句话我已经说了出来，虽说只是在呓语中说出来的："他们没有好的人品！"我疯狂地想："当然，从现在起，我要去追求'好人品'，因为他们没有，因此我要离开他们。"

背后突然传来了轻微的响声，我转过身来：只见母亲俯着身子，站在那里，露出畏葸的好奇，看着我的眼睛。我突然握住她的手：

"母亲，您为什么一点也没有讲起我们的贵客？"我突然问，自己几乎料不到会说这句话。所有的不安一下子从她的脸上消失了，似乎还有一点喜悦，但是她一句话也没有回答我，只是说了下面的一句话：

"你也不要忘记丽萨呀，丽萨，你把她给忘记了。"

她用急速的语调说出这句话来，满脸通红，想赶快出去，因为她也不喜欢过分流露自己的情感，这一点完全像我，那就是害羞和单纯。此外，很显然，她不愿意和我谈关于马卡尔·伊万诺维奇的话题。只要就我们在交换眼神以后，所能说出的那几句话，也就够了。但是，我这个生平最讨厌情感过于外露的人，这一次却强拉住她的手，甜蜜地看着她的眼睛，发出温柔的笑，用另一个手掌抚摸她那可爱的脸，抚摸她那瘦削的双颊。她俯下身子，用她的额头贴着我的额头：

"好啦，基督与你同在，"她突然仰着头，容光焕发地说，"让你的病快点好吧。我希望你早日康复。他病了，病得很重，现在只好听天由命了……唉，我说的是什么话？不可能会出这种事的！……"

她走了。她这辈子始终怀着惶恐和敬畏之心，十分敬重自己法律上的丈夫——朝圣者马卡尔·伊万诺维奇，他是那样宽宏地，而且永远地饶恕她了。

第二章

一

　　我并没有"忘记"丽萨，母亲误会了。敏感的母亲看出我们兄妹之间似乎有些冷淡了，但问题的关键并不在于我不再爱她，而多半是出于一种忌妒。为了以后行文的便利起见，我要用几句话来解释一下。

　　自从公爵被拘捕之后，可怜的丽萨就摆出了一种无所畏惧的骄傲姿态，高傲得让人难以接近，几乎令人不堪忍受。但家里每个人都了解真相，知道她内心的痛苦。如果说起初我对她对待我们的态度感到不满、横眉冷对的话，那仅仅是因为我在生病的时候，我的坏脾气增加了十倍，喜欢生气而已——我现在就是这样想的。其实，我并没有停止爱丽萨，相反地，我爱得更甚，不过不愿意去接近她罢了。当然，我自己也明白，她自己也是无论如何不会首先来接近我的。

　　事情是这样的：当关于公爵的一切事情，在他被捕后完全暴露出来之后，丽萨所做的第一件事，就是忙着对我们、对任何人摆出这样一种姿态：好像她决不容许人家怜惜她或安慰她，也不容许人家为公爵辩白。相反地，她努力不和任何人解释和争论，似乎不断地为她那不幸的未婚夫的行为而感到骄傲，视它为最高的英雄的举动。她仿佛时时刻刻对我们大家说（我要重申一下：这种话她一句也没说出来）："你们任何人都不会做出来的，你们不会为了名誉与责任的要求而自首的，你们中间谁也没有这种感悟，这种纯洁的良心。至于说到他的行为，那么谁的心灵里没有恶劣的行为呢？只不过大家把它藏了起来，而他这个人却宁愿毁了自己，也不愿做一个自己都瞧不起的人。"显然，她的每一个姿势都在表明这个。我不知道她是否知道我们的感觉，但是我处在她的地位上也会这样做。我更不知道，在她的心里，也就是说，她暗中有没有这种心思，我想是没有的。凭她另一半清醒的理智，她应该能看出她的那位"英雄"是毫无价值的，因为现在谁不承认这个不幸的，甚至从某个角度来看有点儿舍己为人的人，实际上同时又是一个十分卑劣的人呢？连她的那份傲慢，对我们大家傲视的样子，始终怀疑我们对他另有看法——这一切也让我们多少可以猜到，在她内心的深处，她对她那不幸的朋友也可能有其他的看法。但是，我应该赶紧补充一句：依我看，她至少对了一半；她左右为难，对他做不出最后的评价，这甚至比我们大家更可以原谅些。说句实话，直到现在，在一切都已经成为过去的时候，我还不知道对于这个不幸的人该如何去评定。他给我们大家出了这么一个难题。

然而，正是由于她，家里的日子就开始变成了一个小小的地狱。曾经爱得那么强烈的丽萨，此时一定会非常苦痛。但就她的个性来说，她宁肯默默地忍受着痛苦。她的个性很像我，既专横又高傲。我总是想，当时和现在都这么想，她爱上公爵，乃是由于她的专横而起，就是因为他没有主见，听了她的第一句话，第一次跟她照面之后，就完全听从她了。这好像是在心里自然而然产生的，并没有任何预先的打算。但是，这种爱情，这种强者对弱者的爱情，有时会比相同性格的爱情强烈得多，也痛苦得多，因为你不由自主地要替自己软弱的伴侣承担责任。至少我是这么看的。起初家里的人用极温柔的关心围绕她，尤其是母亲。但是她的心并没有变得柔软些，她对于家人的同情没有任何反应，似乎拒绝了一切援助。起初她还和母亲说话，但说得越来越少了，而且也说得很简短，很生硬。起初她和韦尔西洛夫商量过，但不久竟选瓦辛做顾问和助手，后来我才惊异地知道的……她每天上瓦辛那里去，上法院，上公爵的长官那里去，还去见律师和检察官。后来她几乎整天不在家。当然，每天必有两次去探问被关在监狱贵族部里的公爵，但后来我才完全相信，他们的见面，对于丽萨来说是很痛苦的。当然，两个相爱的人之间的事，第三者哪能完全弄清楚呢？但是，我知道公爵时时刻刻深深地侮辱她。用出于什么缘故呢？说来也怪：竟然是由于他醋劲大发！不过，这是后话了，但我要补充一个意思：他们中间谁折磨谁更厉害些？这是很难断定的。尽管丽萨在我们面前总是以她的英雄自豪，但在和他面对面的时候，也许她对他的态度就完全不同了。我之所以这样怀疑着，是具有某些根据的，但这也是后话了。

总之，说到我对丽萨的情感和态度，那么所有表面现象都只是我们双方死守不放、故意披上的伪装，其实我们两人的爱从来没有比那个时候更深了。我还要补充的是，自从马卡尔·伊万诺维奇在我们家里出现之后，丽萨在表现出最初的惊异和好奇之后，不知为什么缘故，几乎露出轻蔑甚且傲慢的态度。她似乎故意一点也不注意他。

我既然决定"沉默"下去，像我在前一章里所交代过的那样，那么在理论方面，也就是在我的想象中，我当然打算坚守这个诺言。譬如说，我宁愿跟韦尔西洛夫谈论动物学或罗马皇帝，也不愿谈论关于她的事情，或关于他给她信中极重要的一段话。他告诉她"文件并没有被烧毁，却还存在着，而且就会出现的"。关于这段话，是我在得了热病之后，刚刚醒过来，恢复了理智之后，就开始暗暗地反思了。但是，可叹呀！在现实的生活里，我的诺言刚开始履行，几乎还说不上开始，我就已经料到，要克制自己，去实行这种预先做出的决定，那是十分困难而且不可能的。我在和马卡尔·伊万诺维奇初次相识后的第二天，就被一个出乎意料以外的情况弄得激动不已。

二

我被去世的奥莉娅的母亲纳斯塔西娅·叶戈罗芙娜突如其来的来访弄得十分激动。我已经听母亲说过，我生病时她来过两次，十分关心我的健康。这个"善良的女人"——我的母亲永远这样形容她——是不是为我而来，还是按照以前的惯例只是来看望母亲，我没有问。母亲照例在端了汤进来喂我的时候（那时我还不能自己吃东西），对我讲述一切家里的情形，给我解闷；而我每次都固执地努力做出那种样子，好像我不大注意这一切消息，因此对于纳斯塔西娅·叶戈罗芙娜的来访并没有详细过问，甚至完全沉默着。

这天十一点钟左右，我刚想起床坐在靠桌的那把安乐椅上去，她就进来了。我故意继续躺在床上。母亲在楼上忙着做什么事情，没有下楼，因此我和她突然意外地单独碰在一起。她坐在我对面墙旁的一把椅子上，微笑着，没有说一句话。我预感到会冷场，而且总的来说，她这样闯进来也惹恼了我。我甚至没有对她点头，没有和她打招呼，只是直望着她的眼睛，但她也直直地看着我。

"公爵不在了，您现在一个人在寓所里闷不闷？"我忍不下去了，突然问道。

"不，我现在不住在那个寓所里。眼下靠安娜·安德烈耶芙娜的帮忙，我在照看东家的孩子。"

"谁的孩子？"

"安德烈·彼得罗维奇的孩子。"她回头朝门外看了一眼，神秘地悄声说。

"但是，那里有塔季扬娜·帕夫洛芙娜……"

"有塔季扬娜·帕夫洛芙娜，也有安娜·安德烈耶芙娜，她们两人一起照料，还有莉扎韦塔·马卡罗芙娜，和您的母亲……全有的，大家都在照料着。塔季扬娜·帕夫洛芙娜和安娜·安德烈耶芙娜现在互相很要好呢。"

真是新闻，她说话的时候精神很活跃，我厌恶地看着她。

"你上次来的时候不是这个样子，现在变得很活跃了。"

"哦，是的。"

"您好像还发胖了?"

她奇怪地看了我一眼:

"我很爱她，很爱她。"

"爱谁?"

"就是安娜·安德烈耶芙娜。真的很爱。那样高贵的小姐，还具有那样的判断力……"

"原来如此。她现在怎么样?"

"她很安静，很安静。"

"她向来很安静的。"

"对，向来如此。"

"如果您上这儿来是想搬弄是非，"我突然忍不住喊了出来，"那我要正式地告诉您，我决不插手任何事，我已经决定抛开……一切人和一切事，我对什么都无所谓——我要离开这里!……"

我不出声了，因为我醒过来了。我觉得把我的新打算告诉她，似乎有点丢面子。她听了我的话，既不惊异也不慌乱。又是一阵沉默。她突然站起来走到门口，朝隔壁的房间里张望了一下。在确信那边没有人，屋内只有我们两人之后，便极安静地回来，坐在原来的位置上面。

"您这一手很高明!"我突然笑了。

"您在官员家里租下的那个住所还要留下吗?"她突然把身子稍稍地弯到我这边,竭力压低嗓音,好像这是一个重要的问题,她就为了这个问题跑来的。

"住所吗?我不知道。也许要搬走……我怎么知道。"

"房东在等候您,那个官员和他的太太全等得不耐烦了。安德烈·彼得罗维奇对他们保证,您一定会搬回去的。"

"您这是什么意思?"

"安娜·安德烈耶芙娜刚开始也想得个准信儿,后来知道您会继续住在那里,所以很高兴。"

"但是,她为什么肯定我一定会继续住在那个住所里呢?"

我本想再问一句:"她干吗要打听这事?"但出于自尊,我还是忍住了,没有追问!

"兰伯特先生也对她这样说。"

"什么?你说什么?"

"兰伯特先生也努力对安德烈·彼得罗维奇保证,您会留在那里,并且还在安娜·安德烈耶芙娜面前说这个话。"

我似乎觉得浑身一阵颤抖。真是怪事!兰伯特已经认识韦尔西洛夫,兰伯特已经钻到韦尔西洛夫身边了,兰伯特和安娜·安德烈耶芙娜——他竟钻到她那边去了!我急火攻心,但还是保持沉默。强烈的自尊像一股汹涌的浪潮淹没了我的整个心灵,是自尊还是别的什么,我不知道。但此时此刻,我仿佛在告诫自己:"如果我再问一句,那么我又会陷进这个圈子里去,永远无从摆脱了。"厌恶之火在我的心里燃烧着。我铁了心保持沉默,一动不动地躺在那里。她也沉默了整整一分钟。

"尼古拉·伊万诺维奇公爵近况如何?"我突然问,似乎一下子失去了理智。问题是我这么问,纯粹是想换个话题而已,但不经意地重又提出了一个极重要的问题,刚才我还挣扎着要逃避这世俗生活,可又像个疯子似的要回到那个世界里去了。

"他在皇村里住着，犯了点病，现在城里正流行着热病，所以大家劝他搬到皇村去，住自己的房子里，那边空气很好。"

我没有搭腔。

"安娜·安德烈耶芙娜和将军夫人每三天去看他一次，一块儿同去的。"

安娜·安德烈耶芙娜和将军夫人（那就是她）——居然成为朋友了！居然一块儿同去！我沉默着。

"他们俩相处得很要好，安娜·安德烈耶芙娜对卡捷琳娜·尼古拉耶芙娜的评价很好……"

我还是沉默着。

"卡捷琳娜·尼古拉耶芙娜又'闯进'社交界里去，一个宴会接着一个宴会，出尽了风头。听说有许多宫廷的大臣们都爱恋她……她和比奥林格先生已经完全散了，不会结婚了……好像一出那件事就吹了。"

这是指韦尔西洛夫的那封信。我全身颤抖，但没有说出一句话。

"安娜·安德烈耶芙娜对谢尔盖·彼得罗维奇公爵很惋惜，卡捷琳娜·尼古拉耶芙娜也是的，大家都说他会被宣告无罪，而把那个斯捷别利科夫治罪的……"

我厌恶地盯了她一眼。她站起身来，突然俯身凑近我：

"安娜·安德烈耶芙娜特别命令我打听您的健康状况，"她把声音压得很低，"还吩咐我请您一出门，就上她那里去玩。再见吧。希望您早点恢复健康，我这就去对她说……"

她走了。我坐在床上，冷汗从我的额头上冒出，然而我感觉到的不是恐惧。恐惧的产生，也许是莫名其妙的，比如说，我在病中以及初愈的头几天，一想起那天夜里跟兰伯特相遇的事，就莫名其妙地感到恐惧，可是刚才我明明听到兰伯特在干丑事、在耍阴谋的消息，明明让我觉得不可思议，而且十分丑恶的，却不觉得恐惧。相反地，在纳斯塔西娅·叶戈罗芙娜走后，我躺在床上的最初的模糊的一刹那间，我甚至没有想到兰伯特，但是……占据我的全身心的是关于她的消息，关于她和比奥林格的决裂，关于她在社交界上的走运、宴会不断，人人爱恋。"出尽了风头"——纳斯塔西娅·叶戈罗芙娜的这句话在我的耳际萦绕。于是，我突然意识到，尽管我在纳斯塔西娅·叶戈罗芙娜讲出了那些奇闻之后，能够克制自己，保持沉默，不去追问她！但不管我怎样努力，还是无法跳出这些事件的旋涡！对于这种生活，我无限地渴望着，渴望他们这种生活，渴望他们的生活……还有另一种甜蜜的渴望，是我带着幸福和难熬的痛苦感到的。我思绪万千，老是围着这些事打转，但我却听任它们去旋转。"这些事有什么可想的！"——我不由自主地意识到。"但是，连母亲都没有对我讲兰伯特来过的，"我又没有连贯地，断断续续地想着，"那是韦尔西洛夫吩咐她不说的……我死也不问韦尔西洛夫关于兰伯特的事情！""韦尔西洛夫，"我的大脑里又闪过一个念头，"韦尔西洛夫和兰伯特走到了一起，哦，他们两个会闹出多少新花样！韦尔西洛夫倒是真行，一封信就把那个德国佬比奥林格给吓退了，他造她的谣言，所谓无风不起浪，于是这位侍从武官的德国人怕出乱子，哈哈，这就是韦尔西洛夫对她惩罚！""兰伯特……兰伯特已经钻到她那里去了吗？那当然喽！她怎么会不和他'联合'起来呢？"

这时我突然完全甩掉了这个十分荒唐的想法，怀着绝望的心情在枕头上面。"这是不可能的！"我突然信心十足地喊道，从床上跳起来，穿着拖鞋，披上睡衣，径直上马卡尔·伊万诺维奇的屋子里去，好像在那里可以避开一切引诱，在那里可以得到拯救，在那里有我能借以停泊下来的铁锚。

事实上，也许我当时的确怀着这个念头，否则我怎么会如此不顾一切地突然跳下床，而且在这样的精神状态下奔到马卡尔·伊万诺维奇那里去呢？

三

　　然而，让我预料不到的是，在马卡尔·伊万诺维奇那里，我竟遇见了其他人——母亲和医生在那里。不知为什么，我料想当我进去的时候，一定会跟昨天一样，只见到老人一个人，所以我当时一下子就呆立在门口，茫然不知所措。但是，我还没有来得及皱眉，韦尔西洛夫立刻走了进来，丽萨也突然在他后面走跟着进来……也就是，不知为什么什么，大家都聚在马卡尔·伊万诺维奇那里，而且"偏偏在不该来的时候"！

　　"我来打听您的健康状况。"我说，一直走到马卡尔·伊万诺维奇身前。

　　"谢谢你，亲爱的，我等着你呢！我知道你会来的！夜里还想着你呢。"

　　他和蔼地注视着我的眼睛，我明显觉得他爱我几乎胜过爱所有的人，但我在刹那间不由得注意到，他的脸虽然还露出快乐的神情，但在一夜间病情还是加重了。我来之前，医生刚刚对他进行仔细的检查。我后来才晓得。这位医生（也就是那个年轻人，我和他吵过嘴，从马卡尔·伊万诺维奇来后，就给他治病）很关心这个病人，断定他身上并发各种疾病（我只是不会用他们医学上的术语说出来）。我一眼就看出马卡尔·伊万诺维奇已和他建立了极其亲密的关系，这使我马上感到不高兴。不过，当然啦，我当时的情绪很不好。

　　"说真的，亚历山大·谢苗诺维奇，今天我们亲爱的病人情况怎么样？"韦尔西洛夫问。如果我的心里并不那么惊讶，我的第一件事情就是要好奇地观察韦尔西洛夫对这老人的态度，我昨天已经就想到了。现在最使我吃惊的是，韦尔西洛夫脸上露出十分温柔的、讨好人的神情，而且表现出十足的真诚。不知怎的，我似乎发现，只要韦尔西洛夫稍稍朴实一些，他的面容就会变得十分美好。

"我们正吵个不停呢！"医生回答。

"跟马卡尔·伊万诺维奇吗？我不相信。跟他是不能吵的。"

"可他不肯听话，夜里老是不睡觉……"

"得了吧，亚历山德拉·谢苗诺维奇，你骂得也够啦！"马卡尔·伊万诺维奇笑了。"对了，老爷，安德烈·彼得罗维奇，他们对我们的小姐怎么样了？她整个上午都在垂头丧气，非常的不安。"他指着母亲说。

"安德烈·彼得罗维奇，"母亲果真非常不安地喊着，"你快说，别折磨人了，他们把他这个可怜的人到底怎么处理？"

"给我们的小姐判罪了。"

"啊哟！"母亲惊叫起来。

"你放心吧，不是判到西伯利亚去——总共罚了十五个卢布：上演了一场滑稽戏！"

他坐下来，医生也坐了下来。他们讲的是关于塔季扬娜·帕夫洛芙娜的事情，而对于这事我还是一无所知。当时，我坐在马卡尔·伊万诺维奇左首，丽萨坐在我右边的对面。显然，今天她心里有一件特别伤心的私事，她带着这伤心到母亲这里来，她的神色不安而且烦躁。此刻，我们似乎对望了一眼。我突然暗想："我们两人都蒙受了耻辱，我应该先向他迈出一步。"我的心突然软了下来。这时韦尔西洛夫开始讲述上午的那段趣事。

原来这天上午塔季扬娜·帕夫洛芙娜和她的厨妇在民事法庭打官司。事情的起因实在是微不足道。我已经提到过，那个脾气恶劣的芬兰女人有时一生气，甚至会一连几个礼拜沉默着。对女主人的问话不理不睬。我还提到过，塔季扬娜·帕夫洛芙娜偏偏很宠她，尽受她的气，怎么也不肯一下子把她赶走。在我看来，所有这些老处女和老小姐的古怪脾气，根本就不值得关注，应该鄙视。如果说我决定在这里提起这段故事，那只是因为这厨妇以后在我的故事的继续进行中将注定扮演一个不小的、关键的角色。塔季扬娜·帕夫洛芙娜终于对好几天来不答一句话的固执的芬兰女人忍受不了，突然打了她一下，这是以前从来没有过的事。芬兰女人甚至没有发出一点点的声音，但当天就把这事情报告给住在后门楼梯底下角落里的退伍少尉奥谢特罗夫——此人为了生存起见，专门替人家办理各种事务，还在法院里进行诉讼。结果是塔季扬娜·帕夫洛芙娜被传唤到法院里去，而韦尔西洛夫则不能不在审理案件时上法庭里去充当证人。

这一切韦尔西洛夫讲得特别快乐而且滑稽，弄得连母亲都笑了。他同时装出塔季扬娜·帕夫洛芙娜、少尉和厨妇三个人的口吻。厨妇一开始就对法官声明，她要求罚金："如果女主人被关了起来，我给谁做饭呢？"塔季扬娜·帕夫洛芙娜经法官一问，当时就十分骄傲地回答，甚至不屑去辩白。她在结束的时候竟说："我是打了她，以后还要打她。"——由于她藐视法庭，所以当场罚款三卢布。那个少尉是一个瘦瘦高高的年轻人，他开始滔滔不绝地为自己的顾客辩护，但他的辩词却漏洞百出，闹出了很大的笑话，把整个旁听席上的人们全都惹笑了。案件很快就审完了，塔季扬娜·帕夫洛芙娜被判决赔偿给被侮辱的玛丽亚十五个卢布。塔季扬娜·帕夫洛芙娜并不犹豫，当时掏出皮包来付钱，同时少尉也立刻转过身子来，就要伸手来取，但塔季扬娜·帕夫洛芙娜一挥手把他的手推到一边，转身向着玛丽亚。"得了吧，小姐，您不要着急，写在账上好啦。这个人的钱我自己来付。""你瞧，玛丽亚，你居然雇用了这样一个瘦高个子的人！"——塔季扬娜·帕夫洛芙娜指着少尉，为了玛丽亚终于说出话来而喜出望外。"果真是瘦高个子，小姐，"玛丽亚狡黠地回答，"您是不是吩咐今天做肉饼加豌豆？我刚才急着上这里来，没有听清楚！""啊，不是的，是肉饼和卷心菜，玛丽亚，但是千万不要烧焦，像昨天那样。""今天我要特别卖力的，主人，请让我吻吻您的手吧！"——当时就吻着小姐的手，表示和解的意思。总之，把整个法庭的人们全都逗笑了。

"竟有这样的女主人!"母亲摇了摇头,对于这消息和安德烈·彼得罗维奇的讲述很满意,同时带着不安的表情,偷偷地看着丽萨。

"她从小就是这种大小姐的脾气呢!"马卡尔·伊万诺维奇笑了。

"肝火旺盛,又整天闲着没事!"医生说。

"这是说我脾气大,说我肝火旺盛和整天闲着没事吗?"塔季扬娜·帕夫洛芙娜突然走了进来,显出很满意自己的样子,"亚历山大·谢苗诺维奇,你是不应该胡说八道的。你十岁的时候,就认识我,我怎么就闲着没事了?至于说到肝火旺盛,你亲自给我医治了一年,也没有医好,这是你自己的羞辱。唔,你们不必再取笑我了吧。谢谢你,安德烈·彼得罗维奇,劳你上法院去一趟。你怎么样啦?马卡鲁什卡(马卡尔的爱称),我是专门来看你的,而不是这小子。"她指着我,可马上又友善地举起手来,拍了拍我的肩膀,我还从来没有见过她有这样快乐的心情。

"唔,怎么样?"她突然问医生,皱着眉头。

"他不肯躺在床上,只是坐在那里,使自己疲惫不堪。"

"我只想稍微坐一坐,和人们在一起。"马卡尔·伊万诺维奇喃喃地说,露出像小孩般恳求的表情。

"我们也喜欢这样,都喜欢,遇到有人来我们这儿,我们总喜欢在一块儿聊聊,我理解你,马卡鲁什卡。"塔季扬娜·帕夫洛芙娜说。

"你的脑子很机灵,很机灵,"老人又微微一笑,对医生说,"你简直不让人说话,你等一等,让我说,我会躺下的,我已经感觉到了,但按我们的说法是这样的:'人一躺下,大概就站不起来了。'朋友,这就是支撑着我的想法。"

"是的,我也知道这个,但是民间的迷信,说什么'一躺下来,弄得不好,就站不起来了'——普通人怕的就是这个,所以得了病之后宁愿站着走来走去硬撑着,也不愿躺到医院里去。马卡尔·伊万诺维奇,您的心简直被思想给压倒了,您向往自由自在的生活,还有外出旅行——这个就是您的病根，您已经失去了长久住在一个地方的习惯。您不就是所谓云游的人吗？是啊，如今在我们国的老百姓中间，流浪几乎已经成为一种癖好了，这一点我不止一次的看出来了。我国的老百姓多半是流浪汉。"

"那照你这么说，马卡尔也是个流浪汉了？"塔季扬娜·帕夫洛芙娜抢上去说。

"我说的不是这个意思，我是就这个字眼的通常意义说的。好吧，就说他是个信教的流浪汉，对，就是笃信上帝的流浪汉，但毕竟是流浪汉，尽管这个含义是好的，值得尊敬的，但毕竟是流浪汉……从医学的角度来看……"

"请您相信，"我突然对医生说，"流浪汉那是我和您，还有在这里所有的人，而不是这位老人，你我都还应该向他学习，因为他在生活中有坚定的信念，而我们这些人，不管有多少人，对生活都毫无信念……不过，这一点您是理解不了的。"

显然，我说得很尖刻，但我来的时候心情就不好。说实在的，我也不知道，我干吗还继续坐在那里，像丢了魂似的。

"你这是怎么啦？干吗说这种话？"塔季扬娜·帕夫洛芙娜用怀疑的表情看了我一眼。"马卡尔·伊万诺维奇，你怎么看这个人？"她用手指指我。

"愿上帝赐福给他，他是很尖刻的。"老人用严肃的神色说，但他在说出"尖刻"这两个字时，大家几乎全笑了。我勉强忍住，医生笑得最厉害。最糟糕的是，我当时并不知道他们事先有约。韦尔西洛夫、医生和塔季扬娜·帕夫洛芙娜在三天前就商量好了，要想办法转移母亲的注意力，免得她替马卡尔·伊万诺维奇过于担心，尽往坏处想。其实他病得很严重，而且没有希望，实在是出于我当时意料之外的。因此大家全说着玩笑话，努力地笑。只有医生最愚笨，不会开玩笑，因此才会发生后来的事。如果我也知道他们有约的话，便不会弄出这种事来了。丽萨

424

也和我一样，一点也不知道。

我坐在那里，心神不安地听着，他们又说又笑，但我的大脑里却尽想着纳斯塔西娅·叶戈罗芙娜和她所说的消息，这些念头赶也赶不走。我总觉得她坐在那里看着我，小心翼翼地站起来，向另一间屋内偷看。最后，大家又突然哄堂大笑起来。我完全不知道是什么原因。塔季扬娜·帕夫洛芙娜突然称医生是一个无神派："你们这些医生全是无神派！……"

"马卡尔·伊万诺维奇！"医生喊道，极其笨拙地装出一副受了气，要找人出来评理的样子。"我是不是无神派呢？"

"你是无神派吗？不，你不是无神派。"老人威严地回答，盯着他。"不，上帝保佑！"他摇了摇头。"你——是一个快乐的人。"

"快乐的人便不是无神派吗？"医生嘲讽地说。

"从某种意义上来说，这不失为一种思想。"韦尔西洛夫插了一句，但并没有笑。

"这是一个有说服力的思想。"我情不自禁地叫了起来，为这一思想而感到惊讶。医生则怀疑地环顾众人。

"对于这些有学问的人，对于这些教授们（在这之前，他们大概在谈一些教授们的事情），"马卡尔·伊万诺维奇开始说，微微地低着头，"起初我很怕他们，不敢站在他们面前，因为我最怕无神派。我心想，我只有一个灵魂，要是把它给毁了，便不能再找出另外一个来了。但是，我后来胆大了。'有什么了不起的？'我心想，'他们并不是上帝，和我们一样的人，和我们一样有情欲的人。'我心里生出了极大的好奇：'我倒要见识一下，这无神派到底是怎么回事？'不过，后来这好奇心也消失了。"

他停了一下，但还打算继续说下去，仍旧露出那种安详而庄重的微笑。有些生性比较憨厚的人，对谁都十分信任，一点也不怀疑人家会嘲笑他。这种人总是有点儿缺心眼，往往只跟人家第一次见面，就心甘情愿地把珍藏在心里的话全都掏出来。但我觉得马卡尔·伊万诺维奇有点不一样，他的话显得另有意图，而仅仅是出于天性憨厚，看上去他好像是在布道。我愉快地觉察到他对医生，或许也对韦尔西洛夫，流露出某种狡黠的讪笑。这场谈话显然是继续他们一星期以前的辩论，但不幸的是，他在谈话里又冒出了那个至关重要的字眼，这个字眼使我激动万分，从而促使我做出了一个至今还懊悔不已的举动。

"对于那些无神派，我现在也许还会害怕，"老人继续专注地往下说，"不过有一样，亚历山大·谢苗诺维奇，我根本就没有一次见到无神派的人，只是遇到一些无事忙的人——最好是这样称呼他们。这些人是形形色色的，弄不清楚是哪一种的人：有大人物，也有小人物；有愚蠢的，也有聪明的，甚至还有一些出身最底层的人，但他们全是无事忙。因为尽管他们一生都在读书，发表议论，享受读书的乐趣，但自己还处身于疑惑中，不能解脱。有些人则妄自尊大，甚至都不知道自己是谁了；有些人的心肠比石头还坚硬，但心里还抱着模糊的妄想；还一些人则非常冷漠，而且举止轻浮，只会嘲弄人。有的人只从书本里选择出一些名言警句，按照自己的意思理解，整天忙乱，没有主见。我还要说：有许多烦恼。至于那些小人物，虽然他们很穷，没有面包吃，养不起孩子，整天睡在干硬的干草堆里，但他的内心是快乐的，无忧无虑的；他们也会做错事、讲粗话，但内心是轻松的。而那些大人物，整天饱食终日，花天酒地，坐在金子堆上，但他们的心里却尽是一些烦恼。有的人满肚子都是学问——但是还有许多烦恼。我觉得人的知识越多，他的烦恼也就越多。比方说吧：自从有了这个世界，有人就在教这教那，可是他们教出了什么结果呢？能让这个世界变得美好、快乐、充满和谐吗？我还要说：他们没有好的人品，甚至不想有，大家都堕落了，只是人人都赞美自己的堕落，根本不想去寻求唯一的真理，但没有上帝的生活——简直是一种受难。结果是：凡是可以启示我们的东西，我们却偏偏去诅咒，而且自己也不知道为什么会这样。然而，诅咒也不管用：一个人不可能什么也不屈服，这样的人会承受不了自我，没有一个人能承受得了。既然不信仰上帝，那就去崇拜偶像——木质的、金质的，或者是自己想象出来的偶像。他们全是偶像的崇拜者，而不是无神派，应该这样去称呼他们。那么，无神派到底有没有呢？有些人真是无神派，不过他们比这些人要可怕得多，因为他们常常把上帝挂在嘴上。尽管我不止一次听说过这样的人，但并没有见过他们。这种人是有的，而且我想，也应该有的。"

"有的，马卡尔·伊万诺维奇，"韦尔西洛夫突然证实着。"这种人是有的，而且'应该有的。'"

"一定有的，而且'应该有的！'"我情不自禁地脱口而出，带着一股冲动，也不知道为什么会这样。韦尔西洛夫的口气引起了我的注意，再加上他那句"应该有的"所包含的某种思想，似乎把我征服了。这场谈话对于我来说，是完全出乎意料的。但这时又突然发生了一件事，同时也完全出乎我的意料。

四

这天天气显得特别的晴朗，遵照医生的嘱咐，马卡尔·伊万诺维奇的房间里的窗帘整天都不卷起来，但现在窗上挂的不是卷帘，而是拉帘，所以窗子的最上方仍然没有被遮住，这是因为以前挂卷帘的时候，老人因为完全看不见阳光而苦恼。我们那天坐到此时，恰巧阳光突然直射到马卡尔·伊万诺维奇的脸上。由于他正在说话，所以刚开始并没有注意到这一点，但有几次，他一边说话一边有意识地把头侧向一旁，因为强烈的阳光刺着他那双病眼，使他难受。站在他身旁的母亲，已经有好几次不安地向窗上看，心想用什么东西完全把窗子给遮住，但为了不妨碍谈话，她试图把马卡尔·伊万诺维奇坐着的那条长凳向右面拉一拉。一共只要挪动三俄寸，至多四俄寸就够了。她已经好几次俯下身子，拉住长凳，但是拉不动——那条长凳有马卡尔·伊万诺维奇坐在上面，所以一动也不动。马卡尔·伊万诺维奇感觉到她在使劲，但他正说在兴头上，有几次只是无意识地试着想抬一抬身子，但他的腿却不听使唤。然而，母亲还继续使劲拉。这一切终于让丽萨看见了，她十分生气。我记得她的目光中有好几次闪着怒火，只是刚开始时我还不知道她为什么而生气，再说当时我正全神贯注地听着，不容我分神。突然，我清楚地听见她几乎对着马卡尔·伊万诺维奇怒吼道：

"你稍微抬一抬身子好不好？您瞧瞧，母亲多费劲呀。"

老人迅速地看了她一眼，一下子明白了，立刻匆忙地抬起身来，但是毫无结果，刚抬起不到两俄寸，又跌落在长凳上了。

"我抬不起来。"他似乎带着哀怜回答丽萨，又似乎完全服从地看着她。

"您说起话来一套一套的，让你动一动身子却没有力气吗？"

"丽萨！"塔季扬娜·帕夫洛芙娜喊道。马卡尔·伊万诺维奇又十分吃力地抬了一下身子。

"把拐杖拿起来呀，就在您身边，拿着拐杖就能站起来！"丽萨又坚决地说。

"说得很对！"老人说着，立刻匆忙地抓起拐杖。

"只要把他扶起来就好啦！"韦尔西洛夫站起来，医生也赶过去，连塔季扬娜·帕夫洛芙娜都跳了起来，但他们来不及走过去，马卡尔·伊万诺维奇就用全力支在拐杖上面，突然站了起来，带着胜利姿态，得意扬扬地站在那里环顾着众人。

"我居然站起来了！"他愉快地笑着，不无骄傲地说，"谢谢你，亲爱的，你让我开窍了。我原以为这两条脚完全不中用了呢……"

但是，他没站多久，还来不及把话说完，不知怎的，那根支撑着他身体重量的拐杖突然似乎在地毯上滑了一下，因为两只脚几乎完全撑不住他,他便重重地跌到地板上去了。这情况看起来非常可怕,至今我还记得清清楚楚。大家"啊哟"地喊了出来,奔过去把他扶起来,但是谢天谢地,他并没有摔伤,只有两个膝盖很响地重重磕在地板上,但他总算及时右手先着地,撑住了身体。他被抬了起来,躺在床上。他的脸色十分惨白,倒不是由于惧怕,而是因为受到剧烈的震动(医生认为他除了别的疾病以外,还有心脏病)。母亲简直吓坏了。此时,马卡尔·伊万诺维奇的脸色还没有恢复过来,全身哆嗦着,似乎还没有回过神来,但他突然把脸转向丽萨,几乎用温柔的声音对她说:

"不行啦,亲爱的,我的两条腿果真站不住了!"

我当时的感受是无法形容出来的。关键是从这位可怜的老人的话语中,并没有一点埋怨或责备的口气,相反地,明显可以看出,自从一开始,他就根本没有发觉丽萨的话语里有任何的恶意,反倒认为她对自己的喊叫是理所当然的,也就是说,他认为自己犯了错,理应受到"呵斥"。而这一切也使丽萨受到极大的震动。在他跌倒的时候,她和大家一样跳起来,呆呆地站在那里。当然,她也感到难过,因为这一切都是因她而起的。当她听到这几句话以后,不由得又是羞愧,又是悔恨,满脸涨得通红。

"够了!"塔季扬娜·帕夫洛芙娜突然下令说,"这全是由于谈话而引起的!大家该干吗就干吗去,身为医生却带头闲聊,还能弄得好吗?"

"说得对,"在病人身旁忙乱着的亚历山大·谢苗诺维奇抢上去说,"对不起,塔季扬娜·帕夫洛芙娜,他需要安静!"

但是,塔季扬娜·帕夫洛芙娜却没有听他的。她沉默了半分钟,仔细地观察着丽萨。

"你到这里来,丽萨,如果你愿意,吻我这老傻瓜一下。"她突然说。

于是丽萨吻了她,我不知道塔季扬娜·帕夫洛芙娜为什么要这样做,可又觉得她这样做很对,为此我几乎要奔过去吻塔季扬娜·帕夫洛芙娜。确实不应该责备丽萨，因为她此时的内心已经萌生出美好的感情，确实应该高兴地欢迎和祝贺她。但是，我却没有这种情绪，突然站起来，坚决地说：

"马卡尔·伊万诺维奇，刚才您又用了'好人品'这个字眼，而我恰巧在昨天，在这些天里，为这个字眼而烦恼不堪……而且有生以来一直为此而苦恼，只是我以前不知道为什么而苦恼罢了。现在我觉得，这种字眼的巧合，实在是一种注定，几乎是一个奇迹……我要在您面前说明这一点……"

但是，我的话马上就被打断了。我再说一遍：我当时不知道他们对于母亲和马卡尔·伊万诺维奇之间的事是早有约定的，所以他们根据我以前的作为，便想当然地认为我又会闹出什么乱子来。

"制止他，制止他！"塔季扬娜·帕夫洛芙娜凶巴巴地喊起来。母亲哆嗦了一下。马卡尔·伊万诺维奇看见大家都很害怕的样子，他也开始害怕了。

"阿尔卡季，别说了！"韦尔西洛夫厉声喝道。

"对于我来说，诸位，"我把嗓门提得更高，"对于我来说，看见你们大家在这天真的孩子（我指着马卡尔）旁边——真是一桩丑恶的事情。这里只有一个人是神圣的——那就是母亲。但是她也……"

"您会把他吓坏的！"医生坚决制止我。

"我知道，我是全世界的仇敌。"我喃喃地说（或者是诸如此类的话），但是当我再次回头看了一遍众人时，还是以挑衅的神气看着韦尔西洛夫。

"阿尔卡季！"他又喊道，"这种场面已经有过一次了，就在这里，在我们之间。我恳求你，请你就此打住吧！"

我无法形容出他带着怎样强烈的情感把这句话说出来。他的脸上露出一种悲哀的神色，一种十足的、发自内心的悲哀。最让人奇怪的是，他的态度好像是自己做错了什么事情：我是裁判官，他是罪犯。这就把我逼到了绝境上了。

"是的!"我也对他喊道,"这种场面已经有过一次了,当时我把韦尔西洛夫给埋葬了,从内心里把他拔出来扔掉……但后来死人又复活,而现在……现在已经没有曙光了!不过……不过你们在这里等着瞧吧,看我能做出什么事情来!你们甚至意料不到我会提出什么样的证据来!"

我说完后,就向我的屋里跑去。韦尔西洛夫跟在我后面跑了过来……

五

我的病又复发了,一直发着高烧,到了夜里又陷入了昏迷状态。但也不全是昏迷,还做无数个梦,一个连着一个,没完没了。其中有一个梦,或者说是梦的片断,使我终生难忘。我现在把这个梦写下来,不做任何的解释。这是一种征兆,所以我不能放过去。

我忽然觉得自己置身于一个又高又大的房间里,心里怀着一种伟大的、骄傲的意愿,但并不是在塔季扬娜·帕夫洛芙娜家里。梦里的这间房屋我至今还记得很清楚,这一点我必须预先指出。尽管屋内只有一个人,可我始终不安而又痛苦地意识到,并不仅仅是我一个人,还有人等着我,等我做出什么事情来。人们坐在门外的什么地方,等候我做出一件事情来。这种感觉让人十分难受:"哦,要是只有我一个人,那才好呀!"突然,她走了进来。她露出一副怯生生的样子,很害怕,不断地窥探我的眼色。我的手里拿着那个文件。她为了诱惑我,向我微笑,和我亲热,我觉得她很可怜,同时又觉得厌恶。她突然用手掩面。我把那个文件扔在桌上,露出无可形容的轻蔑:"您不必请求,拿去吧,我一点也不需要你们什么!我要用轻蔑报复我所受的侮辱!"我从屋内走了出去,心里充满了无限的骄傲。但是,在门前黑暗中,兰伯特一下子把我抓住！"傻瓜，傻瓜！"他尽量小声说，拉住我的胳膊，"她本该在瓦西里岛上开女子寄宿学校呀。"（意思是说，要是她的父亲从我这里知道了那个文件的事，必定会取消她的遗产继承权，也许还要把她赶出家门，这样她就只好靠开办学校养活自己了。我这是按照梦中的情景，把兰伯特的话如实记录下来。）

"阿尔卡季·马卡罗维奇正在追求'好人品'呢。"安娜·安德烈耶芙娜的声音在附近什么地方，在楼梯上传了出来。但是，她的口气并不是赞扬，而是一种令我无法忍受的讥讽。我和兰伯特回到屋内，但她一看见兰伯特，突然哈哈大笑起来。我的第一个感受就是十分害怕，我害怕得停住了脚步，不愿意走过去。我看着她，简直不相信自己的眼睛，她仿佛一下子摘掉了脸上的假面具。脸还是那张脸，但过分的不知羞耻的表情使她五官的每一根线条似乎都扭曲了。"回报他呀，小姐，快回报他呀！"兰伯特喊道。他们两人笑得更加厉害了，而我却感到一阵揪心："难道这个瞧我一眼，就让我满心向善的女人，就是一个无耻的女人吗？"

"看到了吧，为了金钱，这些上流社会中傲慢的女人，都干出了什么！"兰伯特大声喊道。但是，这个无耻的女人并没有听了这话而感到羞愧，她还是哈哈大笑，笑我竟会如此害怕。哦，他心甘情愿付出回报，这一点我看得出来，而我……我怎么啦？我已经不觉得怜惜，也不觉得厌恶了。我感到一阵前所未有的颤抖……一种新的感觉控制着我的内心，这种感觉是无法形容的，因为以前我根本没有体验过，它是那么强烈，好像整个世界都……现在，我无论如何已经没有力量走开了！哦，这种事是多么的无耻，却又让我多么的喜欢！我抓住她的手，一接受她的手，我就震颤得难受，于是我把我的嘴唇贴向她那无耻的、鲜艳的、笑得抖颤不止的、召唤着我的嘴唇上去。

让这个卑鄙的回忆滚开了吧！这该死的梦呀！我可以发誓，在做这个卑鄙的梦之前，我的大脑里连一点点和这可耻的念头相仿的东西也没有。甚至也没有无意中浮现过诸如此类的幻想（虽然我把那个"文件"缝在口袋里珍藏着，有时还摸着口袋发出奇怪的冷笑）。那么，怎么会出现这种梦境呢？这是因为我具有蜘蛛（在陀思妥耶夫斯基的作品中，蜘蛛一般代表淫欲与堕落）的灵魂！也就是说，一切早已萌发，早已藏在我那颗堕落的心中，藏在我的淫欲里，但是醒着的时候，我的心还感觉到羞耻，我的大脑还不敢有意识地设想与这相仿的一切，一到梦中，我的灵魂便会主动把一切呈现出来，将我的心事原模原样地和盘托出——而且采用预示的形式。难道我早晨从马卡尔·伊万诺维奇那里跑出来的时候，我想向他们证明的就是这事吗？但是，够了！时机还不到，所以暂时不必讲这个！我所做的这个梦，是我一生中所经历的最大的怪事之一。

第三章

一

　　三天后，我一大清早起床，两脚刚一下地，我就意识到我再也不会躺下来了。我充分感觉我的身体正在康复。所有这些小细节也许不值得写下来，但紧接而来的那几天，尽管没有特别的事发生，却在我的记忆中留下了愉快而平静的印象，——而在我的回忆记录中，这是绝无仅有的。于是我的精神状态，我暂时不说出来，因为即使读者知道这是怎么回事，也不会相信。最后还是留待以后用事实来说明。目前我只想说：但愿读者记住一个蜘蛛的灵魂。记住一个具有这种灵魂的人，居然还想离开他们，离开这个社会，去追求"好人品"。这种对"好人品"的渴望程度，自然不用说，但它何以会和另一种只有天晓得什么样的渴望交织在一起——这对于我来说，实在是一个秘密。而且永远是秘密，我曾一千次感到惊奇，一个人（尤其是俄国人）何以会有能力在自己的灵魂里，能同时容纳最崇高的理想和最卑鄙的念头，而且两者都完全是真诚的。这是不是因为俄国人特别豁达不羁，以至于过了头，还是因为天生就卑鄙？——这真是一个问题！

但是，还是打住吧。无论怎样说，已经出现了平静的日子。我明白无论如何应该恢复健康，越快越好，为的是能够迅速开始行动。所以我开始注重养生之道，听医生的话（不管他是什么人）。至于那些狂热的打算，我十分明智地（这是豁达不羁的结果）推迟到出门的那天，也就是到痊愈的时候再实施。我沉浸在这种平和的感受和宁静的快意中，同时又因为预感到那个狂热的打算即将实现，而领略到那种甜蜜，并且因为惶恐不安而心跳加速。这两种情感怎么会交织在一起呢？我并不知道，可我还是把一切归于"豁达不羁"。但是，我不久之前的那种烦躁不安已经从我的心中消失了，我把一切推迟到出走的时候，已经不再像前一阵子那样对未来感到害怕了，反倒像一个富翁那样，深信自己拥有金钱和力量。我对未来越来越有信心，甚至开始笑傲自己的命运，想来是因为我的身体实际上已经康复，生命力亦已迅速复原的缘故。正是这几天——我即将完全康复，其实实际上已经康复的日子，我现在回想起来也颇为愉快。

他们全都饶恕了我，也就是饶恕了我的出格的举动，然而他们——恰恰就是被我当面称为"没有好人品"的人。我喜欢人们身上的这种品性，我称之为心的智慧，至少这一点马上赢得我的好感，当然也是有一定限度的。譬如说，我继续和韦尔西洛夫说话，像一对很要好的朋友，但总具有一定的限度：在感情流露得太多的时候，它是会流露出来的，我们俩便立即勒住，似乎有所羞愧似的。有的时候，胜者不能不替败者感到惭愧，那是因为他占了上风的缘故。胜者显然就是我，因此我感到了惭愧。

那天早晨，也就是在我的旧病复发后重又能起床的时候，他到我那里来。我这才第一次从他口中得知母亲和马卡尔·伊万诺维奇当初曾有过共同的协议。他还说，老人的病情虽然已经见轻，但医生还不能肯定地担保他没事。我真心实意地答应他，以后行事一定会谨慎。在韦尔西洛夫把所有的一切事情讲给我听的时候，我当时突然第一次看到他自己对这老人也异常诚恳地关心着，至于关心的程度，可以说大大超出了我对他这种人的期待。而且不知是什么原因，他还把老人看成特别珍贵的人物，这绝非仅仅只是为了母亲。这立刻使我产生了兴趣，且几乎使我惊异。说实话，如果没有韦尔西洛夫，我会把老人身上的许多事情随随便便地疏忽过去，毫不加以重视，他也就不会在我的心中留下如此难忘的、独特的印象了。

刚开始时韦尔西洛夫似乎担心我对马卡尔·伊万诺维奇的态度不好，也就是说，他既不信任我的头脑，也不相信我能把握分寸，所以当他后来发现，有时候我也懂得该如何对待一个见解与观点截然不同的人，总之，在必要的时候，我也会显得豁达大度时，他就感到十分的满意。我还要承认（我想我不是贬低自己的身份），我发现这个农民出身的人，对某种感情和观点的看法，对于我来说是新颖的，甚至是闻所未闻的，比我自己之前理解的要透彻得多，也令人欣慰得多。然而，有时他的某些明显的偏见，又不由得让人恼火，尤其是他对这些偏见的迷信，更是让人受不了。但是，在这一点上，也只能归咎于他没有受过教育，而他的心灵却是美好的，我甚至还没有遇见有人在这方面超过他。

二

我在前面已经说过，他的身上首先吸引人注意的就是他的心胸十分坦荡，毫不计较别人对他的态度，人们不难猜到他有一颗几乎天真无邪的心。有的心境"快乐"，因此也有"好人品"。他很喜欢"快乐"这个字眼，而且经常使用。诚然，他有时候会表露出一种似乎是病态的兴奋，一种近乎病态的感动。我想，有一部分是因为发烧的缘故，实事求是地说，他一直处于发烧状态，但这并没有影响到他的好人品。也有两种矛盾的气质共同存在的现象：他有着十分憨厚的性格，有时甚至觉察不到别人的讽刺（这未免使我感到懊恼），可同时他又有某种狡黠的敏锐，这在他与别人争论时经常表现出来。他很喜欢辩论，但也只是偶尔辨一辨，而且方式很独特。显然，他的足迹踏遍俄国，听过许多事情，但我再说一遍：他最喜欢动感情，因此所有的事情都可以让他感慨万端，而他自己也喜欢讲这些感人的事。一般来说，他很爱讲我从他的嘴里听到很多他本人流浪生活的经历，还有许多关于古代"苦修者"生活中的各种传说。我对于这些故事并不熟悉，但我觉得这些传话里有许多是他胡诌的，大半是从民间的传说中听来的，而且还把一些地方搞混了。有些事情简直就是匪夷所思。然而，在他讲述的这些传说中，一方面是添油加醋或纯粹是胡诌，另一方面却总是闪耀出某种智慧和真谛，充满农民的情感，而且总是那么感人……比如，我就记住了其中一个很长的故事——"埃及玛丽亚传"（六世纪时的一个基督教苦修者，相传她年轻时很淫荡，后来在约旦沙漠里苦修四十七年，祈求上帝宽恕）。在这之前，我对这个人的"传"以及这种人的情况几乎是毫无所知的。我要坦率地说，在听这个故事的时候，要想不流泪几乎是不可能的，这倒不是因为感动，而是因为某些莫名的喜悦而流泪，心头感觉到一种异乎寻常的炽热，犹如这位女圣徒浪迹过的那一片狮群出没、烈日炎炎的沙漠。不过，关于这个故事我不愿说，也没有资格说，因为我在这方面完全是外行的。

除了容易感动之外，他对当今现实生活中的某些大可议论的事情，有时也发表异常独特的见解。这一点也让我喜欢。例如说，他有一次讲一个退役士兵前不久发生的事，这件事他几乎是亲眼看见的。有个士兵从军营里退役回到家乡去，重又回到农民的队伍里了。他不喜欢再和农民们同住，农民们也不喜欢他。于是这个人便误入歧途，酗起酒来，且在什么地方对人们进行抢劫。虽然并没有确实的证据，但他被捕了，而且受了审判。在法庭上，律师几乎完全可以替他开脱——因为并没有证据。但是他听着听着，突然站起来，打断了律师的话："不，你等一等再说。"于是便供出了一切，"连最后的一个细节都讲出来了"，他哭着认了罪，悔恨不已。陪审官们暂时退庭，走了出去，关在屋子里商议。没过多久他们就走出来宣布说："不，他没有罪。"大家全叫嚷着，十分快乐，但那个士兵却站在那里，一动也不动，好像变成了一根木桩。他根本不明白为什么会这样？释放他时，审判长对他说的那一番训话，他也是听得莫名其妙。士兵在恢复了自由后，还是不相信自己。他开始感到苦恼，整天心事重重，不吃不喝，也不和人说话，到第五天时突然上吊死了。"瞧，心灵上有了罪孽是活不下去的呀！"马卡尔·伊万诺维奇结束了他的讲述。这个故事当然算不了什么，现在各种报刊上这类的故事很多，但是我喜欢他讲这个故事时的语气，特别是他使用的一些词语，很有新意。比如，在讲到士兵回到乡村去，引起农民们的反感时，马卡尔·伊万诺维奇就说："大家都知道士兵是什么人：士兵就是'变坏了的农民'。"后来讲到那个几乎打赢官司的律师时又说："大家都知道律师是什么人：律师就是'被雇用的良心'。"他在说出这两句话时毫不费劲，简直是脱口而出。但在这两句话中，却包含着对这两种人的一种独特的看法，虽然不是所有老百姓的看法，但毕竟是马卡尔·伊万诺维奇的看法，是他自己的看法，而不是从别人那里听来的。老百姓对某些问题的看法，有时真是独特得出奇。

"马卡尔·伊万诺维奇，您对于自杀这种罪怎么看？"我为了那个问题而问他。

"自杀是人类最大的罪孽，"他叹着气回答；"但这种罪只有上帝才是裁判官，因为只有他能知道一切，知道各种限度和分寸。我们应该为这种罪人祈祷。你每次一听到这种罪孽，临睡的时候就应该替这个罪人祈祷，哪怕只是对着上帝为他叹息一声。如果你不认识他——那你为他所做的祈祷将更加有效。"

"如果他已经被判了罪，那我的祈祷还能不能帮助他？"

"你怎么知道呢？有许多人，许多人不信仰上帝，不但如此，这些人还用自己的观点迷惑那些不明事理的人。你不要听他们，因为他们自己都不知道往哪里去。一个还活着的人，替那些已经被判了罪的人祈祷，是可以上达天国的。但是，如果完全没有人替那个人祈祷，他便将怎样呢？因此在你临睡前祈祷时，末了务必补上一句：'吾主耶稣，愿您恕宥一切无人代为祈祷的人们。'这样的祷词是容易上达天国的，而且使人极其愉快。还应该替那些活在世上的一切罪人祈祷：'主啊，愿你拯救一切未忏悔的人们。'——这也是极好的祷词。"

我答应他我会做祈祷，因为我觉得这样答应会让他很开心。果然，他的脸上闪耀出快乐神色来了，但我应该补充一句，在这种情况下，他永远不会对我露出傲慢的态度，即从不像长辈对待一个少年那样。相反地，他时常喜欢听我讲各种问题，甚至听得很有兴趣，他觉得自己虽然在和一个年轻人谈话，但他同时也明白，这个年轻人在学问方面比他强得多。例如，他时常喜欢谈论隐修的问题，而且认为"隐修"远远胜过"云游"。我激烈地反驳他，指出这些人自私自利，他们本可以给人类带来利益，但他们却弃大众的利益不顾，仅仅为了能够独善其身而飘然遁世。起初他不明白，我甚至怀疑他完全不明白，但是他竭力为隐修生活辩护："当然了，刚开始你会觉得自己可怜（也就是在隐修生活的初期），后来你会每天越来越快乐，再后来便会见到上帝了。"这时，我在他面前描绘出一幅全景，讲那些学者、医生，或全世界人类之友，如何在世间做出有益的事业。这使他感到由衷的快乐，因为我说得十分热烈，他时不时附和道："是这样的，亲爱的，是这样的，上帝祝福你，你想得很对。"但是，等我说完的时候，他还是不十分赞成："对是对的，"他深深地叹气，"但能够坚持到底，不为外物所移的人们多不多呢？金钱虽然不是上帝，但到底是半个上帝——它具有极大的诱惑力，再加上女色以及疑惑和猜忌。于是把大事情忘掉了，尽干一些无聊的小事。这些哪能跟隐修生活相提并论呢？人在隐修时会使自己变得更坚强，甚至可以干出任何伟大的事业。朋友！可人世间又怎么样呢？"他非常动情地大声说，"不都只是幻想吗？假如你取起沙土，撒在小石上，等你的沙子在小石上长牢了的时候，你在世上的幻想才会应验——这是我们的说法。可基督是不是如此？他说：'你去把你的财产分给众人，去做众人的仆役。'这样你就会比以前富有无数倍的，因为那时候你的幸福不仅仅是为了饮食，为了贵重的服饰，也不是为了自己得意和别人羡慕，而是为了拥有无穷无尽的爱。你获得的不是小小的财产，不是十万，不是百万，而是整个世界！现在我们正在贪得无厌地聚敛财富，然后又疯狂地浪费，到那时便不同了，没有孤儿，也没有乞丐，因为大家都成为亲密的一家人，我拥有了大家，我用钱财赎买了所有的人，一个也不剩下！现在有不少人，连最富有、最显贵的人对自己的生命时光都不珍惜，甚至都不知道怎样去排遣，可是到那时，你的日子和时间会增多一千倍，因为你不愿浪费一分钟，而且在每分钟内你都会感到内心的快乐。到那时你不仅仅从中收获智慧，还将会和上帝面对面相见。于是大地比太阳还光明，没有忧愁与叹息，只有唯一的无价的天堂……"

这一套热情洋溢的奇谈，韦尔西洛夫大概是最喜欢听的。而这一次他恰巧在屋内。

"马卡尔·伊万诺维奇，"我突然打断他的话，自己也兴奋得没有节制（我至今还记得那天晚上的情形），"要知道，您简直是在那里宣传共产主义呀！"

因为他根本不知道共产主义的学说是什么，而且连这个字眼也是第一次听到，所以我便把我所知道的一切都讲给他听。说老实话，我当时知道得也很少，而且是一知半解，直到现在还不十分清楚，但我还是将自己所知道的，用极大的热诚，不顾一切地讲述了出来。我至今还愉快地记得，我的话语引起老人极强烈的印象。这甚至不是印象，而几乎是一种震撼。同时他对这个学说的历史详情最为关心："在哪里产生的？怎么形成的？谁创造的？谁说的？"我要顺便提一句，我发现普通人通常都有这个特点：如果他对一个问题产生了兴趣，他就不会只是满足于笼统的思想和概念，而是一定要追究下去，以求得到最清楚和最确切的详情。但对于这些详情，我并不是很清楚，又因为有韦尔西洛夫在旁边，使我觉得有点难为情，因此我显得更加毛躁起来。结果弄得马卡尔·伊万诺维奇每听完我一句话，就反复地补充一句"是的，是的"！还露出十分柔顺的样子，但显然已经不很了解，而且跟不上我的思路了。我觉得很恼恨，但韦尔西洛夫突然将谈话打断，站起身来，宣布说该去睡觉了。那天全家人都聚在一起，而且时间确实已经很晚了。过了几分钟以后，他顺便到我的房间来看看，我立即问他：他对于马卡尔·伊万诺维奇总体上怎么看，对他有什么意见？韦尔西洛夫愉快地笑了笑（但并不是笑我对共产主义所发表的那番议论——相反地，他并没有提到这一点）。我再说一遍：他对马卡尔·伊万诺维奇好像很迷恋，当他听老人说话的时候，我经常从他的脸上捉到极有趣的微笑，然而微笑并不妨碍他提出批评。

"马卡尔·伊万诺维奇首先不是一个庄稼汉，而是一个家奴，"他极高兴地回答说，"他是以前的家奴，以前的仆人，由仆人所生，一生下来就是仆人。在以前，家奴和仆人对于主子私生活方面总是很感兴趣。你要注意，马卡尔·伊万诺维奇至今还对于主子们的上流社会的生活最感兴趣。你还不知道，他对于最近国内一些事件关心到什么程度呢。你知不知道他是一个伟大的政治家？不必给他吃饭，只要给他讲一讲谁在什么地方打仗，我们会不会打仗这一类的消息就够了。以前我用这种话题使他达到无比幸福的境地。他很尊重科学，在各种科学中最喜欢天文学。此外，他还在自己身上培养了一种独立精神，这是你无论如何也改变不了的。他还有信念，坚定而且明确的信念……这个信念很实在。尽管他没有接受过系统的教育，可他对某些事物的见解却十分独到，会让你大吃一惊，因为你根本预料不到他的脑子会产生这种见解。他热烈地赞美隐修生活，但又无论如何也不肯到深山去隐居，也不会进修道院去当修士，因为他是一个十足的'流浪汉'——这个可爱的字眼是亚历山大·谢苗诺维奇医生用来称呼他的。我顺便说一下，你为此而恼恨医生是完全没有道理的。另外还有一点，他有点像艺术家，他的话很多，但也有不是他自己的。在逻辑的叙述方面有点差，有时很抽象。他具有感伤主义的激情，但这感伤主义是完全平民化的。或者不如说，这种激情来自于普通老百姓都会有的软心肠，正是这种软心肠，被我们俄国的老百姓带到了自己的宗教的情感里头。至于他的心胸开阔、为人敦厚，我就不多谈了。这个话题用不着你我来谈……"

三

为了结束对马卡尔·伊万诺维奇性格的描写，我现在要转述他所讲的一段故事，其实是属于他所讲的关于别人私生活方面的故事。这类故事有个奇怪的特点，确切的话，根本没有一个共同的特点，除了多少让人有点感动之外，不可能从这类故事中得到什么道德的规劝或启示。但是，也有一些不那么令人感动的故事，甚至还会嘲笑某些放荡的僧侣们，因此他讲这种故事，对他的思想明显是有害的——这一点我曾向他提出过，但他不了解我想说什么话。有时很难猜测他讲这种故事的动机是什么，所以我有时甚至对他的喋喋不休感到莫名其妙。我想有一部分原因是他年纪大了，再加上身体有病。

"他跟以前不一样，"有一次韦尔西洛夫小声对我说，"他以前完全不是这样的。他很快就会死去，比我们所想的还要快，所以应该有所准备。"

我忘记说了：我们组织了一种和"晚会"相类似的聚会。除了一直守着马卡尔·伊万诺维奇身边的母亲外，韦尔西洛夫每晚必到他的小房间里来，我也每晚必到，再说我也没有别的地方可去。最近的几天里，丽萨几乎每晚到来，虽然比别人晚些，而且几乎总是默默地坐着。塔季扬娜·帕夫洛芙娜也常来，医生也来，虽说不常来。不知怎么回事，我突然和医生很合得来，尽管还不是很默契，但至少没有以前的那种出格的举动了。我所喜欢的似乎是他的那股憨直——我终于从他身上看了出来——还有他对我们家的那种眷恋，因此我决定对于他那种医学方面的自命不凡表示原谅。此外，还教会他洗手，修剪指甲，如果他没有穿干净的内衣，我会率直地对他讲，这并非为了讲究服饰，也并非为了什么艺术，因为清洁是医生这个职业必备的要素。我当时还向他论证了这一点。还有，卢克里娅也时常从厨房走到门口，站在那里听马卡尔·伊万诺维奇讲话。有一次韦尔西洛夫把她从门外唤进来，请她和我们同坐。我很高兴他这么做，但从那以后，她就再也没有走近房门口了。她有她自己的性格！

我把这些故事的其中一个记载下来，并没有经过挑选，仅仅是因为这个故事我记得比较完整而已。这是关于一个商人的故事。我想，只要稍微观察，就会发现这类故事在我们的小城里至少有几千个。如果有人愿意的话，可以跳过这篇故事不读，况且我是用他的语调来讲述的。

四

在一所名叫阿菲米耶夫的城市里出现了一个奇迹。城里有一个商人，姓斯科托博伊尼科夫，名唤马克西姆·伊万诺维奇。他的财富在全省是没有人能够与之匹敌的。他创办了一家印花布厂，雇用数百名工人，于是便自视极高。可以说，一切都照他的意思行事，官厅方面一点不为难他。修道院院长因为他捐献了巨款，也十分感谢他。他在心血来潮时深深地为自己的灵魂叹息，对于自己未来的命运十分操心。他的妻子已经亡故，也没有儿女。关于他的夫人，有人说他好像还在结婚的第一年时就作践她。他从年轻的时候起就喜欢动手打人，不过这都是很久以前的事了。他也不打算再用婚姻来束缚自己。他还有好喝酒的习惯，但他酒量不行，一喝多，他就会醉醺醺地光着身子满大街乱跑，大声呼喊。那座城市并不有名，可他尽出一些丢人现眼的事。等酒劲过去了，他又变得蛮横无理，凡是他提出的意见，全是好的；凡是他吩咐的事，全是对的。他给工人计算的工钱也十分刻薄，拿来算盘，戴上眼镜，问道："福玛，你应该领多少？""从圣诞节后我就没有领过，马克西姆·伊万诺维奇，一共有三十九卢布。""啊，这么许多钱呀！这太多了。你的整个身子都不值得这许多钱。你完全不配有这许多钱，得从算盘上扣掉十个卢布，给你二十九卢布吧。"那人没有吭声，也没有人敢说一个不字，大家都沉默着。

他说："我知道应该给他多少钱。对付这里的人是不能用别的办法的。这些人都十分荒唐，没有我，他们全会饿死，有多少死多少。我还可以说，这里的人全是小偷，看见什么，就拿什么，没有一点男人的气概。再说了，他们都是一些醉鬼，你把账给他一算清，他会把钱送到酒店里去；坐在那里把钱和衣服都喝光了——最后赤裸裸地走出来。他们又全是混蛋，坐在小酒店对面的石头上面，开始唠唠叨叨地说着：'我的亲娘啊，你为什么生我这个苦命的醉鬼到这个世界上来呀？你还不如把这醉鬼一生下来就捏死好了！'难道他们是人吗？他们是野兽，他们不是人。首先应该从头开始教育他们，然后再给他们钱。我知道什么时候给他们钱。"

这是马克西姆·伊万诺维奇所讲的关于阿菲米耶夫的人的话。他虽然说得不好，但总是事实：人们整天都糊里糊涂，一点也不坚忍。

在这城里还住着另一个商人，不过已经死了。这是一个年轻人，很轻浮的，办事不懂得分寸，结果破了产，把全部的财产都赔进去了。在他生命的最后一年，还在不断地折腾，活像沙滩上的鱼，但他生命的期限到了。他和马克西姆·伊万诺维奇一直不和，欠了他许多钱。在临终前的一小时，他还在诅咒马克西姆·伊万诺维奇。他身后留下一个年纪还很轻的寡妇，还加上五个儿女。一个孤单的小寡妇，在丈夫死后，就好像是一只找不到窝的小燕子，她所遭受的磨难是不小的，再加上五个嗷嗷待哺的小孩，就显得更加困难，眼看着就没法再活下去了。马克西姆·伊万诺维奇把她最后的财产——那所木房子也夺去抵债了。她叫孩子们按年龄大小并排站在教堂门前的台阶上：长子有八岁，其余的全是女孩，彼此只差一岁，大女孩有四岁，最小的还抱在怀里吃奶。午祷结束后，马克西姆·伊万诺维奇走了出来，几个孩子便一起跪在他面前（这是母亲预先教好的），一齐合手膜拜。她自己手里抱着第五个孩子，也跟着孩子们一块儿对他叩头："马克西姆·伊万诺维奇，你可怜可怜这些孤儿们吧，不要把最后的一块面包抢走，不要把他们从出生的窠巢内赶走！"当时在场的人们全都流眼泪了——瞧她把孩子们教得多好。她心想："他在大家面前会抹不开面子，一定会心软，把房屋还给孤儿们的。"但是，结果并非如此。马克西姆·伊万诺维奇站在那里，说道："年轻的寡妇，你需要一个丈夫，并不是为孤儿们痛哭。死者临死时在床上还诅咒我来着呢！"他说完便扬长而去，不肯把房屋交还。"我何必要模仿别人的傻劲（大发慈悲）呢？你要是做了好事，人家更加会来麻烦你，这一切并不能给人家多少帮助，只会惹来更多的流言蜚语。"但是，流言蜚语还是传开了，好像说他在十年以前就曾对这小寡妇有意思，当时她还是个姑娘，还花过许多钱（她当时长很漂亮），他忘了造这种罪孽和毁坏上帝的庙宇一样，但他当时并没有成功。但这种卑鄙的事，他在全城，甚至在整个省里干了不少，甚至超出了一切底线。

　　尽管母亲和孤儿们苦苦哀号，他还是把这些孤儿们从房子里赶了出去，并不仅仅只是出于记恨，还因为人有时不知出于什么原因，会这样的固执己见。起初大家帮忙，后来她就出外去找工作。不过在我们这里，除了工厂以外，还能有什么挣钱的地方呢！她只好一会儿替人家擦地板，一会儿在菜园里拔草，一会儿给澡堂生火，而且怀里还抱着婴孩，真是欲哭无泪。而其余的四个孩子则穿着单薄的衬衫在街上乱跑。当初她让他们跪在教堂门口台阶上的时候，大家还有鞋袜穿，还可以勉勉强强地对付过去，总还算是商人的子女，但到了后来只好光着脚，赤裸着身子，跑来跑去。大家都知道，孩子身上的衣服会很快就穿破的。然而，这些小孩却毫不在乎：只要出太阳，他们就会像鸟儿一样高兴，他们的嗓音好像铜铃一样清脆，一点儿也感觉不到危险的来临。寡妇心想："冬天一到，我不知道把你们安放到什么地方去，但愿上帝到那时候把你们收回去才好呢！"不过没有等到冬天，我们那个地方的小孩中间流行着一种咳嗽，叫百日咳，而是传染起来很快。起初那个吃奶的小女孩病死了，其余的孩子们也跟着生了病。就在那个秋天，四个女孩一个跟着一个夭折了。其中有一个是在街上被马车压死的。你猜她会怎样？她把她们埋葬以后，痛哭了一场。她起初诅咒过她们，但上帝真把她们收去了以后，她又觉得可惜了。做母亲的心肠哪！

她只有一个最大的男孩活在世上，她非常疼他，简直不敢对他吹一口气。他的身体非常柔弱，脸儿像小姑娘一样的可爱。她把他送到工厂里，他的教父那里去（他是工厂的总管），自己则到一位官员家里去充当保姆。有一次那男孩在院里跑着玩耍，突然马克西姆·伊万诺维奇坐着双套马车驶进来，恰巧又喝了点酒。他刚从马车上下来，就看见那男孩从楼梯上向他扑过来，其实是因为不小心摔了一跤，正好撞在他的身上，男孩的双手还重重地推了一下他的肚子。他一把揪住孩子的头发，喊道："这是谁的孩子？拿鞭子来！马上给我抽他，当着我的面抽。"男孩吓得要命，人家开始打他，他便大叫起来！"你还要喊呢？给我往死里抽，抽到他不再喊为止。"可是，不管抽得多还是抽得少，他仍旧叫喊不止，直到完全昏死过去。这一下，人家害怕了，马上停止了抽打，而男孩的呼吸也停止了，没有知觉地躺在那里。后来有人说，他并没有被抽得很严重，只是他的胆子太小，受不了惊吓。马克西姆·伊万诺维奇也害怕了！"这是谁的孩子？"他问道，人家告诉了他。"真是的！赶紧送还给他母亲，谁让他在工厂里荡来荡去？"发生了这事之后，他有两天没有说话，后来又问："那孩子现在怎样啦？"但是，孩子的情况并不好：他病了，在母亲屋内的角落里躺着。她为了这事把官员家里的那份活儿给辞了。他得了肺炎。"唉，真是的！这是怎么回事？要是把他打得很重，那倒还可以说，但当时只是吓唬一下他，轻轻地来了两下。我对其他人也是这样打的，并没有出什么乱子呀。"他于是等着男孩的母亲去告他，于是一声不吭地憋着劲儿，但男孩的母亲根本不敢去告他。于是他派人给她送去十五卢布，还打发医生前往诊视。并不是他有所惧怕，而是他反复思虑过的。接着，他的酒瘾又发了，于是一连喝了三个星期的酒。

冬天过去了，在基督复活节上，在那个最伟大的日子里，马克西姆·伊万诺维奇又问道："那个男孩怎么样啦？"他沉默了一冬，没有问。人家对他说："他的病好了，住在母亲那里。她老是出去做零工。"马克西姆·伊万诺维奇当天就上寡妇那里去，没有进屋，把她叫到大门外面。他自己坐在马车上，对她说："是这样的，诚实的寡妇，我很喜欢你的儿子，想做他的真正的恩人，对他表示无限的宠爱。我想带他到自己家里去。如果他能稍稍地依顺我，我可以给他一笔相当数目的财产。如果能完全博得我的欢心，我可以把他确定为我的全部财产的承继人，好比我亲生的儿子一般。不过您本人除了重大的节日以外，不能光临到我家里来。如果您觉得可以做到，明天早晨就把孩子领来，他不能只是玩耍的。"他说完后就走了，撇下的母亲简直处在疯狂的状态中。人们听说后，便对她说："小孩长大以后，会怪你耽误了他的前程的。"她对着他哭了一夜，第二天早晨就把孩子送去了。而孩子则吓得半死。

马克西姆·伊万诺维奇把他打扮得像个小少爷，还给他雇了一个教师，开始教他读书，甚至尽把他放在自己身边，由他亲自监督。只是孩子一打哈欠,他就喊:"赶紧看书!你要好好儿念书。我希望你成为一个有出息的人。"从那次挨抽以后,那孩子的身体就很衰弱,甚至咳嗽起来。"在我这里还过不下去吗?"马克西姆·伊万诺维奇感到奇怪了,"在你母亲那里光着脚跑来跑去,光啃面包壳,为什么现在比以前更衰弱了呢?"教师说:"每一个小孩都应该玩耍,不能只是读书,他需要运动。"马克西姆·伊万诺维奇想了一下,说:"你说得很对。"那个教师名叫彼得·斯捷潘诺维奇(现在已经在天国里了),好像是一个狂人,喝许多酒,甚至喝得太多,所以早就没有人愿意雇用他了,只是依靠人家的施舍生活下去,但是他本人却相当聪明,而且学问也很大。"我本不该在这里的,"他自言自语地说,"我应该到大学里去当教授,我在这里真是被糟蹋了,'连我的衣服都轻视我的'。"马克西姆·伊万诺维奇坐了下来,对男孩喊道:"你玩耍去吧!"但是,男孩在他面前连一口大气都不敢出。后来弄到那个孩子连他的声音都受不了——简直浑身哆嗦。马克西姆·伊万诺维奇更加奇怪了:"他是怎么回事?我把他从泥沼中救出来,给他穿呢子的衣服,绸面的皮靴,绣花的衬衫,把他打扮得像将军的儿子。他为什么还不相信我?为什么像狼崽子似的不知恩呢?"尽管大家对马克西姆·伊万诺维奇的行为早就见怪不怪了,但这回又觉得奇怪起来了:他竟重新换了一个人似的,死缠住这样一个小孩,不肯罢休。"我可以不活下去,却一定要把他的脾气改过来。他的父亲在临死时,在领受过圣餐以后,还要诅咒我,他的脾气是他父亲遗传给他的。"不过他再也没有用鞭子抽过他(从那次后他就怕了),其实他已经把他吓坏了,不用鞭子就已经把他吓坏了。

后来出了一件事情。有一天他刚走出去,男孩就丢下书本,跳到椅子上去。他想去拿刚才扔到写字桌上的皮球,不料衣袖碰到了桌子上的瓷灯,瓷灯一下子掉落到地板上,砸成粉碎,那响声整个屋子都能听到。这可是一件十分贵重的东西呀——萨克森的瓷器。马克西姆·伊万诺维奇当时正在相隔的另一间屋子里,突然听见响声,便大吼起来。小孩吓得没命地跑，跑到凉台上面，经过花园和后门，一直跑到河岸那里。沿着河岸有一条林荫道，两边都种着一些古柳，这是一个很好玩的地方。他跑到水边，人们看见他站在渡船停泊的地方，摇摆着手，大概看到了水，被吓了一大跳——于是一动不动地站在那里。这里的河面很宽，水流很急，有货船行驶着。河的对岸有许多店铺，还有一个广场，一座教堂。教堂的几个金顶闪闪发光。这时，有一位上校夫人领着女儿赶到渡船码头那里（有一个步兵营驻扎在这里）。那小姑娘也有八岁左右，穿着一身洁白的衣服，瞧着男孩发笑，手里握着一只小木篮，篮里放着一只小刺猬。她说："你瞧呀，母亲，这个男孩一直在那里看我的小刺猬。""不是的，"上校夫人说，"他被什么东西吓着了。是什么东西把你吓得这样，好小孩？"（这是后来人们讲出来的）"这孩子好漂亮呀，穿得多么讲究！喂，你是谁家的孩子？"他还从来没有看见过刺猬，因此走过去看了看，把刚才的事情完全忘记了——这和小孩的年龄有关系！他说："这个是什么东西？"小姑娘说："这是我们的刺猬，我们刚才从乡下人那里买来的：他在树林里把它捉到的。"小男孩说："刺猬怎么会这样的？"他一边说一边笑，开始用手指戳它，刺猬的针毛张开了。小女孩很喜欢男孩，说道："我们把它拿回家去，我们想把它养大。"男孩说："哦，你把这只刺猬送给我吧！"他的恳求是那么恳切，但刚把话说了出来，马克西姆·伊万诺维奇突然在后面说道："咦！你在这里！抓住他！"他生气得竟连帽子也不戴，亲自从屋内跑出来追他。男孩想起了刚才发生一切，便大叫一声，跑到水边，把小拳头压在胸脯前面，向天上望了一眼（大家都看见的，都看见的）——向水里扑通一声钻进去了！许多人喊叫起来，从渡船上跑过来，开始捞救，但还是被水冲走了，因为水流是很急。等到把他拖上来的时候——他已经喝了许多水——死去了。他的胸脯是很软弱的，受不住水的挤压，而且这样的孩子哪经得起这样的折腾？在人们的记忆里，这个地方还没有过小孩自杀过！——真是罪过呀！这样一个小小的灵魂，到了那个世界之后，还会有什么话对上帝说呢？

从那个时候起，马克西姆·伊万诺维奇一直在想着这件事。他整个人都变了，变得让人简直认不出来。当时他显得十分忧愁。他开始借酒浇愁，喝了许多酒，后来虽然不喝了，但也无济于事。他不再上工厂那里去，也不肯听任何人的话。不管人家对他说什么，他都一声也不响，要不就挥一挥手。他这样过了两个多月，后来又开始自言自语起来。他一边走路，一边自言自语。城郊有个叫瓦希卡的小村失火，烧去了九所房子，马克西姆·伊万诺维奇跑去看了看，遭灾的人们把他围住，号哭着，于是他答应接济他们，还派人去办，但后来又把总管叫去，把一切全取消了。"不必啦，"他说，"不必给什么钱。"也没有说出什么原因。"主既然将我当作一个坏人似的交给众人辱骂，那就随他去吧。我的名誉像一阵风似的消失得无影无踪了。"修道院院长自己跑来见他，他是一个很严厉的人，待在修道院里还管尘世的事。"你这是怎么回事？"他说，态度那样的严厉。"我就是这样。"马克西姆·伊万诺维奇当时打开了《圣经》，指给他看：

"凡使这信我的一个小子跌倒的，倒不如把大磨石拴在这人的颈项上，沉在深海里。"（引自《新约全书·马太福音》第十八章第六节。）

"是的，"院长说，"尽管这段话没有直接讲这件事情，但到底是有关系的。最糟糕的是，一个人如果丧失了分寸——那他就没得救了。而你自视太高了。"

马克西姆·伊万诺维奇坐在那里，好像呆了。院长瞧了他一会。

"你听着，"他说，"而且还要记住。《圣经》上说：'绝望的人所说的话会被风刮去的。'你还要记得，连主的天使们都是不完善的，完善而且无罪的只有我们的上帝耶稣基督一人，天使们也是侍候他的。而且你并不希望这孩子的死，只是做事过于轻率罢了。不过有一样，我甚至觉得奇怪：早先你干下的那些伤天害理勾当还少吗？被你弄得倾家荡产的人还少吗？被你诱坏的、被你害的人还少吗？——这不是就等于杀人一样吗？在这个男孩儿自杀之前，他的四个妹妹，不也是差不多一个个死在你的眼前吗？为什么唯独他一个人使你的心扰乱不安呢？对于之前死去的好几个孩子，我觉得你不但不怜惜，甚至连想都没想过，是不是？而这个男孩的自杀，你的过错并不大，为什么你却如此的恐慌呢？"

"我老是梦见他！"马克西姆·伊万诺维奇说。

"那又怎样呢？"

但是，他没有再说什么，只是沉默地坐在那里。院长觉得奇怪，带着满肚子的疑惑走了。简直拿他没办法。

马克西姆·伊万诺维奇打发人去把教师请来，就是那个彼得·斯捷潘诺维奇，他们从那次事件之后就没再见过面。

"你还记得那个男孩吗？"他问。

"我记得的。"教师答道。

"你曾经替这里的酒店画过油画，你还会从照片上摹画过人的肖像。你能不能给我画一幅油画？"

"我全能的，"教师说，"我多才多艺，无所不能。"

"你给我绘一幅最大的画，有整个墙壁那么大，先画一条河，还有斜坡，渡船码头。应该把所有当时在那里的人们全画上。还要画出上校夫人和小姑娘，还有那只刺猬。还要画出对岸的整个景致，让人有身临其境的感觉：教堂呀，广场呀，小店呀，马车停放的地方呀——全都逼真地画出来。在渡船码头旁边，站着那个男孩，就在水边，就在那个地方，一定要画他两只小拳头紧贴在胸前，这一点必须画出来。他的前面，对岸的教堂上面，你画一片天，许多天使在天上飞翔着迎接他。你能画吗？"

"我全能的。"

"我本来不想让你这样的外行来画的，我可以写信到莫斯科去请来第一流的画家，哪怕从伦敦去请来也可以，但你记得他的脸庞。如果画得不像，或者不大像，我一共给你五十卢布；但如果十分像，我可以给你两百卢布。你要记住，他的那双小眼睛是蔚蓝的……一定要画成一幅很大很大的图画。"

他们谈好了之后，彼得·斯捷潘诺维奇便开始画，后来他又突然跑来说：

"不行，不应该画成这样。"

"为什么？"

"因为自杀这种罪过是所有的罪过中最大的。在犯了这种罪过之后，怎么还会有天使们迎接他呢？"

"但他只是一个小孩子，不能让他负责。"

"不，他不是小孩，而是童子，出事的时候他已经有八岁了。他总归应该负点责任呀。"

马克西姆·伊万诺维奇更加恐慌了。

"我倒有个办法，"彼得·斯捷潘诺维奇说，"我们不必画出一片天来，也不必画天使。我要从天上画一道光线，一道明亮的光线，似乎在迎接他。这样总归可以表示出一点什么来的。"

当时就画下了一道光线。后来，过了些时候，我亲眼看到了这张画，这道光线，还有那条河——这幅画有整堵墙壁那么大，全是蓝色的。一个可爱的孩子两手压在胸前，还有一个小姑娘，一只刺猬全都画上了。不过马克西姆·伊万诺维奇当时不肯把这张画拿出来给任何人看，而是锁在书房里，不许任何人窥看。城里有许多人拼命跑来，想看到这幅画，他却把人家全赶出去了。这件事当时闹得满城风雨。彼得·斯捷潘诺维奇简直神气活现起来，他说："我现在全都会画了，我应该在圣彼得堡宫廷里供职才是。"他是一个很和气的人，不过爱吹牛罢了。于是他的劫数到了：他一拿到两百卢布，便立刻开始喝酒，把钱拿出来给大家看，还一面还夸耀着。和他一起喝酒的那个下市民，在夜里趁他喝醉的时候把他杀死，然后把他的钱抢走了。到了第二天早晨，这一切才被发现。

　　这个故事的结局，让那里的人们至今还念念不忘。马克西姆·伊万诺维奇突然跑到那个寡妇面前去。她住在一个下市民城边的一间农舍里。这一次他走进院里来，站在她面前，深深地对她鞠躬。自从孩子出了事之后，她就病了，现在才勉强能走动。"贞节的小寡妇，"他哀恳着，"嫁给我吧，嫁给我这坏蛋，让我在这世界上多活几天吧！"她瞧着他，吓得半死。他又说："我希望我们还能生一个孩子，如果生了下来，那么那个男孩就会饶恕我们俩了。那男孩吩咐我这样做。"她看见他已经失去了理智，似乎发了狂，但他还是忍不住开了口。

　　"这些都不管用，"她回答说，"这只是一种怯懦，由于这种怯懦，我把所有我的小鸟儿全弄丢失了。我连看也不能看到你，当然更不能接受这种永远的痛苦。"

　　马克西姆·伊万诺维奇走了，但还是不死心。这件怪事惊动了全城。马克西姆·伊万诺维奇打发了媒婆来提亲，又写信把两个姑姑从省里叫来，她们过的是下市民的生活。虽然不是亲姑姑，但毕竟还算亲戚，表明他办这事是讲究体面的。两个姑姑开始劝她，说了一些谄媚的话，赖在屋里不肯走。他还打发城里商人、教堂大司祭和官员的夫人前去，几乎全城的人都围着她转了。但她理也不理他们。她说："如果我的孤儿们还活着，那还可以有商量的余地，但现在图什么呢？而且我要对我的那些孤儿们犯多大的罪孽呀！"他请修道院院长前来相劝，院长对她耳语道："你可以唤醒他重新做人啊！"她听了大吃一惊。但是人们觉得她很奇怪："她怎么能拒绝这样的幸福呢？"最后，他用这样一番话把她的心打动了："他总归是自杀者，他已经不是婴孩，而是童子，从他的年龄上看来，他是不能直接领受临终前该领受的圣餐的，因此他总应该负一点责任。如果你我能结为夫妇，我答应建造一座新教堂，仅仅为了永恒地纪念他的灵魂。"对于这个承诺，她无法再坚持己见，也就答应了。于是他们结了婚。

　　结果使大家都感到惊异。从第一天起，他们就过得非常和睦，互敬互爱，从不违背夫妇之道，两个人好像只有一颗心似的。她就在那个冬天怀了孕。他们时常上教堂去祈祷，生怕上帝发怒。他们去过三个修道院，倾听神的启示。他造成了他答应造的教堂，还在城里造了一座医院和养老院，还捐款接济寡妇和孤儿。他想起了所有曾受过他侮辱的人们，决意偿还他们，于是他开始毫无节制地到处给钱，弄得他的夫人和修道院院长不得不劝他要适可而止，因为"这已经足够的了"——他们这样对他说。马克西姆·伊万诺维奇很听话。但他说："有一次我还扣了福玛的工钱。"于是又把钱还给福玛。福玛简直感动得哭了："我没有什么，"他说，"我已经很满足了，我是永远应该给上帝祈祷的。"可见，他所做的一切，已经深深地打动了所有人的心。这表明他做得很对。人是可以依赖好榜样而生活的。那地方的人都是很善良的。

　　他的夫人亲自管理工厂，管理得很好，到现在还有人想起她。他没有把酒戒掉，但每次喝多的时候，她都用心服侍他，之后又找人给他诊视。他的谈吐变得很庄重，连声音都变了。他显得特别仁慈，甚至对牲畜也是如此。有一次，他从窗内看见一个农夫朝一匹马的头部拼命地抽打，便立刻派人去用双倍的价钱把那匹马买了下来。他也会掉眼泪：不管谁跟他说话，他总是动不动就流泪。等到他的夫人临产时，上帝终于接受了他们的祈祷，给他们送来了一个儿子。从那时起，马克西姆·伊万诺维奇显得更加容光焕发。他布施了许多钱，免去人家所欠的债务，还邀请全城的人来参加孩子的洗礼。他让全城的人与他同乐。可是第二天时，他却变得很忧郁。夫人看出他有心事，便把新生的小孩抱到他面前，说道："那孩子已经饶恕了我们，接受了我们的眼泪和我们的祈祷。"已经有整整一年的时间，他们一次也没有提到过孩子托梦的事，只是各自放在自己的心里。马克西姆·伊万诺维奇看着她，阴郁地说道："你先别这么说，他已经整整一年没有来过，可是昨夜我又梦见他了。""我听了这两句奇怪的话之后，心里马上充满了恐怖。这还是我们结婚头一回呢！"——她后来这么回忆说。

他并不是无缘无故的梦见那个孩子。马克西姆·伊万诺维奇刚说出这话，可以说几乎就在同时，那个新生的婴儿立刻就出了这样的情形：他突然病了。那孩子一连病了八天。他们不断地祈祷，请了许多医生，把莫斯科最有名的医生用火车接了来。那医生一到，就大发脾气。他说："我是最有名的医生，全莫斯科人都在等着我给他们看病呢。"他开了一剂汤药的方子，便匆匆忙忙地走了，收取了八百卢布的出诊费。可那婴儿到了晚上就死了。

后来怎么样呢？后来马克西姆·伊万诺维奇把所有的财产全转到他夫人的名下，把全部的资产和文件交给她，用正式的法律手续办妥了这一切，便站在她面前，朝她深深地鞠了一躬，对她说："你让我走吧，我最珍爱的夫人，趁现在还有可能，让我去拯救我的灵魂。如果我不能顺利地使灵魂安静下去，我决不回来。以前我刚愎自用、冷酷无情，让大家受了许多苦，但我相信，上帝看到我吃苦受难，看到我即将开始流浪的生涯，是不会不给予回应，不会撇下我不管的，因为我现在放弃这一切，就是为了背上这个不小的十字架，就是在承受这不小的苦难。"夫人流着眼泪劝他："在这个世上，我现在只有你一个亲人了，以后我还能依靠谁呢？一年来我已在自己的心里种下了爱的苗子。"全城的人劝了他整整一个月，大家恳求他，还决定强求看住他。但他都没有听进去，还是趁着夜里偷偷地走了，从此再也没有回来。听说直到今天，他还在各处流浪着，甚至忍受许多的苦难，只是每年总会给他的夫人捎个信来……

第四章

一

现在我来着手记述最后的结局。但是，为了继续行文的便利起见，我应该预先交代，解释某些事情。这些事情在我插手做的时候，我根本一无所知，等我知道并完全弄清楚时却已经太晚，因为一切已经结束了。如果我不这样交代，我就说不清楚——所有的讲述会变得扑朔迷离。所以我只好牺牲所谓艺术性，只做直截了当，而且简明扼要的交代，同时我将排除自己个人的好恶，弄得好像不是我自己写的，而只是报纸上的一篇报道。

事情是这样的：我的总角之交兰伯特甚至很可以直接归入那类讨厌的、奸恶的小流氓团伙里，他们互相串通着，专干那套现在称为敲诈的勾当，这套勾当可以在现在的法律条文里找到定罪和量刑的依据。兰伯特参加的那个团伙，早在莫斯科就已经结成了，并在那里犯下了许多罪

456

行（这个团伙有一部分成员已经被抓获了）。后来我听说，他们在莫斯科时，曾有一个颇有经验，而且并不愚蠢的头目，他的岁数已经十分老迈。他们有时候是全体，有时候是一部分人参加行动。他们在那个头目的指挥之下，除了干一些极龌龊的、不法的事情以外，还干出一些极复杂的甚至很狡猾的勾当。有些事情是我后来打听到的，但我不愿详细讲出来。我只想提一点，他们作案手法的主要特点，就是先探听到人们的某种隐私，有时是极体面的、地位很高的人们的隐私，然后他们就去找这些人，以公布证据（这些证据他们有时完全没有）进行要挟。要想让他们不把这些隐私传扬出去，就得付给他们一笔钱。其实，有些隐私既没有什么过错，也不是犯法。然而，即使是正经的、坚强的人也害怕张扬出去。这伙人利用的多半是家庭隐私。为了说明他们的头头有时干得多么巧妙，我要简单地用两三行字把他们的一桩勾当讲出来。在一个极体面的家庭，确实发生了一桩罪过而且犯法的事情。那就是一个有名的、受到社会尊敬的人的太太和一个年轻有钱的军官发生了私通的事情。这件事被他们探听了出来，便开始行动。先通知那个年轻人，说他们要把这事报告给那个丈夫。他们手边并没有一点证据，年轻的军官清楚地知道这一点，而他们自己也不隐瞒。然而，在这种情况下，他们手段之巧妙、筹划之高明，全在于这样一种估算：他们料定那个丈夫一旦得知了这个情况，即使没有证据也会做出同样的行动，同样的步骤，就好像已经获得确凿的证据一样。在这件事上，他们策略的要点就在于他们了解这个人的性格，并且知道他的家庭情况。最重要的一点是，有一个在从贵族圈子里出身的年轻人也参加了这个团伙，他预先把消息弄到了。结果他们从那个情夫身上敲到了一笔很可观的钱，而且不担任何风险，因为被敲诈的人自己就渴望保守秘密。

兰伯特虽然也参加了行动，但并不完全属于莫斯科的那个团伙。他在尝到了甜头之后，就开始渐渐的试着单干。我要预先说明：他本来不大会做这种事的。他这人并不很傻，颇有心计，但是性情刚烈，而且十分直率，不如说是天真，也就是说他不了解人，也不了解社会。比如，他大概完全不了解那个莫斯科头目的重要性，认为领导和组织手下去干这种勾当是很容易的。还有，他几乎把所有的人都当作和他自己一样的小人。再比如说，他在想象某人惧怕或应该惧怕什么以后，就深信不疑，认为对方真的很害怕，这在他已经成为一个原理了。他的这个特点，我无法用几句话来确切的表达，以后我可以用实例进一步说清楚，但据我看来，他基本上没有什么教养，他不但不相信一些善良的、正直的感情，甚至也许连这些感情是什么也毫不了解。

他上彼得堡来，因为他早已想象彼得堡有比莫斯科更加广阔的竞技场，还因为他在莫斯科为了什么事情陷入艰难的境遇中，有人要跟他算账。他一到彼得堡，立刻和以前的一位同事进行联系，但活动的范围十分有限，而且只是小打小闹。后来虽然认识的人多了，但还是成不了什么气候。"这里的人全是没有价值的，尽是一些毫无经验的小孩子。"他后来自己对我说。于是在一个美好的早晨，黎明的时候，他突然发现我冻僵在围墙底下，并直接从我的口中获得了一件可以"发大财"的消息。

问题原来出在我的那些胡话上，这是当初我在他的寓所里转醒过来时说的。哦，我当时好像在发呓语！但是，从我的话语里到底明显地表露出来。我从那倒霉的一天里所受的一切耻辱中，最记得真切。而且放在心里的，只是从比奥林格和她那里所受到的耻辱，否则我不会在兰伯特那里单只从呓语中露出这一件事来。比方说，肯定还会提泽尔希科夫的事情，但实际上，我却只说出了第一件事，这是我后来从兰伯特那里打听出来的。而且我当时处于兴奋的状态中，在那个可怕的早晨，我把兰伯特和阿尔福西娜看成是我的恩人和救星。后来我的身体渐渐康复，还躺在床上的时候，我曾反复猜想：兰伯特从我的胡话里会打听出一点什么事来？我究竟对他乱说到什么样的程度？——但我万万没有想到他当时会知道得如此之多！哦，当然，仅凭从良心的谴责方面推断起来，我当时就已经猜到，我大概说了不少多余的话。但我还要重复一遍，我怎么也想不到会达到这种程度！我原来还抱着这样的希望：当初在他那里的时候，我没有力气说出清晰明显的话语来，对于这一点我确切的回忆起。但事实上我当时的说话吐字，远比后来估计和料想的要清楚。但关键在于，以上种种都是在事后过了很久才明白过来的，而我的倒霉也就在于此。

从我的呓语、胡话、喃语和兴奋等等，他至少得到了这些信息：第一，他确切地打听出了几乎所有人的姓名，甚至还有某些人的地址；第二，他对于这些人（比如老公爵、她、比奥林格、安娜·安德烈耶芙娜，甚至包括韦尔西洛夫）的重要性也有了相当切实的了解；第三，他知道我受到了侮辱，而且很想报仇；第四，这是最重要的，那就是他知道有一个秘密文件被人藏了起来，这是一封信，如果把它送给半疯的老公爵，他在读到这封信以后，知道他自己的女儿竟把他当作疯子，而且已经"和律师商量过"如何把他监禁起来，——老公爵读完信后，如果不是完全发疯，便会把她从家里赶出去，取消她的承继权，或者直接娶韦尔西洛娃小姐——他已经打算娶这位小姐为妻了，但不知道为什么人家不允许他娶。总之，兰伯特知道了很多事情，不过，毫无疑问，还有许多内情他并不清楚，但这个敲诈能手毕竟抓到了一条真实可靠的线索。后来，当我从阿尔福西娜那边逃走之后，他立刻找到了我的住址（采用最简单的方法——在住址调查局里找到的），然后立即进行调查，打听出我对他乱说出的那些人都是确实存在的。于是他便开始了第一步的行动。

最重要的也是最关键的问题，在于那个文件还存在着，而且在我手上，这个文件具有极大的价值。兰伯特对于这一点深信不疑。我在这里暂时把一个情况忽略过去，等到以后再说，现在我只提出一点，那就是这个情况使兰伯特深信文件确实存在，特别是确信了它的价值（我还是要预先声明，我真的无法想象会发生这种不幸的情况，不但在当时，甚至到整个的故事结束之前，在一切突然破灭、真相大白的时候，我也无法想象）。正因为他确信这是关键的一点，所以他行动的第一步就是去找安娜·安德烈耶芙娜。

然而，至今还让我百思不得其解的是：兰伯特怎么会钻到像安娜·安德烈耶芙娜那样高傲不可侵犯的贵族小姐那里去的呢？虽然他调查过，但是这又有什么呢？虽然他穿得很讲究，会说法语，还是法国的姓，但安娜·安德烈耶芙娜怎么可能没有一眼就看出他是个骗子？或者说，她当时所需要的就是骗子？但这难道真是的吗？

我始终打听不出他们见面时的详细情形，但后来我曾有许多次想象过这个场面。大概兰伯特跟她一见面，第一句话就表明自己是我的总角之交，并装出一副为他这个可爱的同学担心的样子。当然，在第一次见面时他就很明显地暗示，我身上有一个"文件"，这是一个秘密，只有他兰伯特一个人知道内情，而我正准备利用这个文件对阿赫马科娃将军夫人实施报复，等等。关键是，他会尽可能确切地向他阐明这个文件的价值和它的重要性。至于安娜·安德烈耶芙娜，以她当时的处境，是不能不抓住这类消息，不能不听得异常留神，而且……不可能不上钩，毕竟这是一种"生存竞争"嘛。恰巧在这之前不久，她的未婚夫被人看管起来，送到皇村去接受监视，连她自己也被人家监视。现在突然有了新的发现。这可不是女人们在交头接耳，也不是流泪和抱怨，更不是谗言和造谣，而是一封信，一纸笔据，一份确凿的证据，可以证明老公爵的女儿和那些想把他从她手中夺去的人在搞阴谋，因此应该冲破这个阴谋，哪怕让他逃出来，哪怕逃到安娜·安德烈耶芙娜那里去，哪怕在二十四小时之内和她结婚，否则他们会把他送进疯人院里去的。

也许兰伯特完全没有和这姑娘施展狡猾的手段，甚至一分钟也没有施展过，而是从第一句话就直接说出来："Nadeniusekke（法文，译为"小姐"），您要么当一辈子的老处女，要么成为拥有百万家财的公爵夫人。现在有一个文件，我可以从一个少年身上偷出来，转交给您——条件是您应该给我一张三万卢布的期票。"我甚至觉得，就是这样的。他把所有的人都看成是和他一样的小人。我要重复一句，他身上具有一种小人的坦白，小人的天真……是不是如此且不管，但也许安娜·安德烈耶芙娜即使在他这样的袭击下，也丝毫没有感到慌乱，她会不动声色地听完那个敲诈者的话——这完全是因为她"天性豁达"的缘故。当然，起初她会稍微脸红了一下，然后就沉住气，一直听下去。我现在可以想象出这位难以接近、骄傲而且确实高贵的姑娘，凭着她的智慧如何跟兰伯特联手的情景……她也是聪明的。俄国人的聪明真是捉摸不透，喜欢豁达不羁，更何况还是女人的聪明，而且处在这种情况之下！

现在我要做一个简单的归纳：直到我病愈后出门时，兰伯特的心里有两个策略（这一点我现在已经确知无疑）：第一个，就是想用文件做交换，向安娜·安德烈耶芙娜索取一张至少三万卢布的期票，以后帮她去恐吓公爵，把他偷偷带出来，立刻和她结婚，总之，就是这一类的办法。当时他甚至拟定了整个的计划，就等着我的帮助，也就是等着那个文件了。

第二个策略是，一旦发现有更大的利益，就背叛安娜·安德烈耶芙娜，把文件卖给阿赫马科娃将军夫人。同时他还想打比奥林格的主意。但他还没有去找过将军夫人，只是在暗中侦探她的行动。也同样在等我给他帮忙。

他需要我，其实需要的也不是我，而是那个文件！对于我，他也有两个计划。第一个计划是，如果没有其他的办法，那就只好跟我一起干，平分利益，但要先在精神和肉体上制服我。不过他更倾向于第二个计划，那就是把我当作小孩似的欺骗一下，从我身边把那文件偷去，或者甚至用强力夺取。这个计划是他最为喜欢，而且也是他日思夜想的。我再说一遍：当时曾经发生过这么一个情况，使他深信第二个计划会获得成功，但是前面已经说过，以后我才能把这个情况解释出来。不管怎么说，他是在焦躁不安、迫不及待中等着我，一切都取决于我，所有的步骤和怎样实施，全和我有关。

不过，也应该替他说句公道话：他的性情虽然急躁，但在时机还没有到来之前，他倒还能沉住气。他在我生病时，他几乎不上我家里来——只来过一次，跟韦尔西洛夫见了面。他从不惊扰我，也不吓唬我，一直到我病愈出门的时候，始终在我面前保持一副不求人的姿态。至于我会不会把文件的事说出来，或转交给什么人，或把文件销毁这一点，他倒很安心。从我在他那里胡言乱语中，他断定我自己十分珍惜这个秘密，很怕人家晓得这个文件。至于我在我病愈的第一天时，就会首先上他那里去，而不上别人那里去，这是他绝不置疑的。纳斯塔西娅·叶戈罗芙娜上我这里来，一部分也是出于他的指使，他也知道已经激起了我的好奇和恐惧感，他知道我是忍不住的……再说，他已经把一切都布置好了，他甚至会知道我哪一天出门，因此即使我想避开他，也是无法做到的。

但是，如果说兰伯特在等我的话，那么安娜·安德烈耶芙娜也许等我等得更加急切呢。我可以直接说：兰伯特准备对她叛变，一部分是有理的，错处还在她的方面。他们中间虽然无疑地已缔结了同盟（至于什么形式我不知道，但同盟的存在是我无可置疑的），但安娜·安德烈耶芙娜直到最后一分钟，对他也没有做到完全的开诚布公。她没有对他推心置腹。她向他暗示自己同意一切，答应他的要求——但仅仅只是暗示。也许她在听完了他的整个的详细计划之后，只用沉默表示赞成。我有确实的根据这样判断，而一切的原因就在于她在等着我。她宁愿和我谈，也不愿和那个混蛋兰伯特来往。对我来说，这是无可置疑的一个事实！我明白这一点，但她的失算就在于兰伯特也知道了这一点。如果她越过他而从我手里把文件骗去，还和我达成协议，那对他来说就太不利了。再说他在那时候已经深信这桩"买卖"的基础十分牢靠。换了别人，也许就会胆怯，也许还会犹豫不决，但兰伯特却是年轻胆大，想快快发财，又不怎么了解人，还认为所有的人都跟他一样卑鄙。他这类的人是不会疑惑不决的，更何况他已经从安娜·安德烈耶芙娜的口中套出了所有关键的事实。

最后还有一句话，而且是最重要的一句话：在那天之前，韦尔西洛夫是不是已经知道点什么，当时会否参与了兰伯特的这个计划？不，不，不，在那个时候还没有，虽然他也许已经说出了那句致命的话……但是打住吧，赶紧打住吧，我说得太早了。

但是，我呢？我是否已经知道了些什么？在我出门的那天之前，我知道些什么？我在开始写这个事件之前就已经声明，我在出门的那天之前毫无所知，到了以后才知道，甚至在一切已经结束之后才知道。这是实情，不过是不是完全如此？不，并非完全如此，我一定已经知道了一点什么，甚至知道得很多，但是怎么会知道的呢？请读者回忆一下那个梦吧！既然我能够做这样的梦，既然这个梦能够从我的心里冒出来，而且呈现出这样的情景，那就表明尽管许多情况我还不知道，但我实际上已经预感到了我刚才交代过、但事实却直到"一切都已经结束"的时候才知道的一切事实。我不是知道这些事，但我已经预感到了，所以我的心才感到不安，所以那些丑恶的幻影才充斥我的梦境。而我急于要去找一个人，虽然我明明知道他是什么样的人，甚至预感到了一切详情！但我为什么急于去找他呢？请你们想一想：现在，就在我记述这些事的时候，我觉得我当时就已经详细地知道了一切详情，并且知道我为什么要急于去找他，但我当时毕竟还一无所知呢。这种情形也许读者自己会了解。现在言归正传，让我把事情一一道来。

二

事情开始于我出门的前两天，丽萨晚上回家时，露出十分惊慌的样子。她受了极大的委屈，也确实碰到了一个忍无可忍的事情。

　我已经提起过她和瓦辛有交往。她上他那里去，并不单只是为了对我们表示她不需要我们，而是因为她确实很看重瓦辛。他们的相识是从卢加开始的，我总是觉得瓦辛对她很有好感。她当然希望能够从一个具有坚定沉着、头脑聪明、志趣高超的人那里获得一些主意。她认定瓦辛就是这样的人。再说女人们在评价男子的智力方面不大在行，如果她们喜欢他，她们就会把那些奇谈怪论当成是严谨的结论，只要这种奇谈怪论和她们自己的愿望相吻合就行。丽萨喜欢瓦辛，是因为他对于她处境的同情，还因为她在头几次接触之后就觉得他也同情公爵。既然她已经疑惑他对自己有情，因为他对自己情敌的同情，就不能不使她钦佩。至于公爵，听了她主动告诉他的这个消息，说她有时会上瓦辛那里去商量事情，头一次就显得很不安，开始吃醋。这使丽萨感到侮辱，也就故意继续和瓦辛来往。公爵沉默着，但是态度十分阴沉。后来（过了很久之后），丽萨自己对我说了实话，其实她当时很快就不喜欢瓦辛了，因为瓦辛很安静，正是这种一成不变、四平八稳的安静，起初让她十分喜欢，但后来就觉得很不顺眼了。从表面上看，他似乎十分干练，确实给予她几句表面上极好的主意，但好像故意似的，所有这些主意都不易实行。他有时十分高傲地判断事情，在她面前一点愧意也没有，而且和她交往的次数越多，就越是这样。她把这些归咎于他不自觉地越来越忽视她的处境。有一次，她向他表示感谢，说他一直对待我十分宽厚，他虽然在智力方面比我高，但和我说话时，像和智力相平等的人一般（她把我的话语转告给他了）。他却回答道：

　"这不对，不是为了这个原因，而是因为我看不见他和别人有任何区别。我不认为他比聪明人傻些，比好人坏些。我对大家全一样，因为在我的眼睛里大家都是一样的。"

　"怎么，难道您不看见区别吗？"

　"当然，大家彼此总有点区别，但是在我的眼睛里，并没有什么区别，因为人们的区别与我毫不相干。在我看来，一切都是平等的，都是一样的，因此我对大家一样的和善。"

"您这样不觉得乏味吗？"

"不，我对自己永远很满意。"

"您一点愿望也没有吗？"

"怎么会没有愿望？但是不太多。我差不多什么也不需要，多一个卢布也不要。我穿着金制的衣服，还是穿着我现在穿的这件衣服——都是一样的。金制的衣服不会给瓦辛增添什么。财产不会诱惑我。地位和荣誉难道能抵得上适合我的那个地位吗？"

丽萨用名誉向我担保，说他有一次的的确确说过这种话。其实，对于这种话是没有办法评论的，关键还是要看他是在什么情况下说的。

渐渐地，丽萨断定他之所以对公爵抱着宽厚的态度，也许只是因为在他看来，大家都是平等的，"没有区别的"，而并非由于对她的同情。但后来他似乎显得不那么心平气和，非但开始责备公爵，而且还带着一种轻蔑和嘲讽的意味。这使丽萨很恼火，但瓦辛却不肯罢休。关键是他在说这些话时，措辞总是那么温和，甚至在责备的时候都没有激愤的意思，只是用逻辑的方法证明她的英雄如何的没有价值，但正是这种逻辑以及合理的推论却包含着一种讽刺。最后，他几乎直截了当地推论出她爱情是"不合理"，她的爱情纯粹是出于固执的强迫自己。"您在感情的问题上迷失了，现在既然已经意识到，就应该迷途知返。"

这事恰巧发生在那天，丽萨激愤地从座位上站起来，准备走出去。但这个理智的人竟然做了些什么？他竟然摆出一副十分高尚的姿态，甚至带着感情，向她求婚。丽萨当时冲着他骂了一声傻子，就走出去了。

提议她抛弃一个倒霉的人，因为这个人"配不上"她，特别是向已经怀上这个倒霉者的孩子的女子提出来——这真是这类人的聪明之处！我称这为可怕的公式化以及对于人生的完全无知，这一切全是由于无限的自私而起的。再说丽萨已经很清楚地看出，他甚至为自己的行为感到自豪，那是因为他明明已经知道她怀孕了，仍然向她求婚的缘故。她带着激愤的眼泪急匆匆地上公爵那里去，但是那位——那位甚至比瓦辛有过之而无不及。按理说，他在听到那段故事以后，本来可以相信现在已经没有什么可以吃醋的了，但他当时就发疯了。不过，话说回来，好吃醋的人都是这样的！他跟她大闹了一场，对她进行侮辱，弄得她当时差点就决定立刻和他一刀两断。

不过她回家时还能勉强克制住自己的情绪，但不能不对母亲实说出来。在那天晚上，她们又完全像以前似的和好如初：坚冰已经消融了。两人自然痛哭了一场，照例拥抱在一起。丽萨显然安静了，虽然还露出很阴郁的样子。她在马卡尔·伊万诺维奇那里坐了一晚上，一句话不说，也不离开那间屋子。他所说的每句话，她都听得很仔细。自从出了那件椅子的事情之后，她对他似乎露出畏葸的恭敬，虽然仍旧不爱说话。

但是，这一次马卡尔·伊万诺维奇似乎有点出人意料，奇怪地改变了话题。我注意到，那天上午，韦尔西洛夫和医生在那里皱着眉头谈论他的病情。我还注意到，我们家里一连几天预备着给母亲过生日——再过五天就是她的生日了，还时常提起这件事情。不知为什么，马卡尔·伊万诺维奇突然回忆起往事来，他想起了母亲童年时的情景，想起她还"没有站直脚"的时候。"她简直离不开我的手，"老人回忆着，"我教她走路，把她放在角落里，在三步以外叫唤她，她就摇摇摆摆地隔着屋子走过来，并不惧怕，一直笑着，一跑到我面前，就抱住我的脖子。后来，我还经常给你讲故事，索菲娅·安德烈耶芙娜，你最喜欢听我讲故事啦，经常坐在我的膝盖上，一听就是两个小时。屋子里的人都奇怪：'瞧，她总是一直缠着马卡尔。'有时我把你带到树林里去，找到成片的马林果丛，把你放在马林果树旁，然后我切开木头，给你做一只笛子。玩够了，我就把你抱回家来——这小孩子竟睡着了。有一次你说害怕狼，向我扑过来，吓得浑身哆嗦，其实并没有什么狼。"

"这事我记得。"母亲说。

"真的记得吗?"

"我记得很多事情。从我记事的时候,就看出了您喜欢我,疼爱我。"她的声音充满了感情,脸突然一下子红了起来。

马卡尔·伊万诺维奇停顿了一会:

"对不起,孩子们,我要走了。今天是我生命期限。我的一生受尽了苦难,到老年时却得到了安慰,谢谢你们,亲爱的朋友们。"

"好了,马卡尔·伊万诺维奇,别这样说,"韦尔西洛夫有点惊慌地喊道,"大夫刚才对我说,您的病好得多了……"

母亲战战兢兢地听着。

"他知道什么,你的亚历山大·谢苗诺维奇?"马卡尔·伊万诺维奇淡淡一笑了。"他是一个可爱的人,别的没有什么。算了吧,朋友们,你们以为我怕死吗?我今天在早祷之后,心里就有一种感觉:我再也不能再从这里走出去了。这感觉已经显示了出来。这已经是注定了的事,但这又有什么关系呢?让我们为英明的上帝祝福吧!不过我还没有看够你们大家。那个受尽苦难的约伯,瞧着自己的新生的孩子们,觉得很安慰,但他会忘记以前的孩子吗?能不能忘记呢?——这是不可能的!随着岁月的流逝,忧愁似乎和快乐混杂在一起,变为一声光明的叹息罢了。世间的事情也是如此:每个灵魂都要经受考验,也能得到安慰的。孩子们,我想对你们说一句话,不多,"他露出安详而动人的微笑继续说,这微笑使我永生难忘,然后突然把脸转向我,"亲爱的,你应该为神圣的教堂而奋斗,如果有必要,还要为它死去。不过别着急,不要害怕,现在还没到时候呢。"他笑了笑说:"你现在也许不会想到这种情形,但以后总会想到的。不过还有一件事情:你想做什么好事,那么为了上帝去做,不要为了显示自己。你应该坚定自己的志向,做自己该做的事业,不要因为胆小怕事就半途而废。做事业要一步一步来,不要急于求成,只知道往前冲。这就是我要对你说的话。不过祷告你还是应该每天不间断地去做。我所说的这些话,你以后也许会记得的。我也想对您说几句话，安德烈·彼得罗维奇，不过即使我不说，上帝也会了解您的心意。而且从那件像利箭穿透我心的事发生之后，我们早就不再提它了。现在我要走了，我只想提醒您……关于您当时应允的那件事情……"

他垂下眼皮，几乎耳语般地说完了最后的话语。

"马卡尔·伊万诺维奇！"韦尔西洛夫惭愧地说着，从椅子上站了起来。

"您不要着急，老爷，我不过提醒您一句罢了……对于这件事情，上帝面前，我在比谁都有错，因为您虽然是我的主人，但我还是不应该纵容您的这种毛病。事到如今，索菲娅，你也不必过于责备自己的良心，因为你所有的罪过全是我的。我是这样想的，当时你未必懂事，而老爷，您大概也和她差不多，"他微笑着，由于某种痛苦嘴唇不住地哆嗦着，"我当时虽然可以教训你一下，我的太太，甚至使用棍子，我是应该这样做的，但你在我面前含泪下跪，一点也不隐瞒……吻着我的双脚，我的心就软了。我重提这件事，并不是责备你，亲爱的，却只是提醒安德烈·彼得罗维奇一声……因为，您自己应该记住您作为贵族所许下的承诺，而一切是可以用结婚来遮盖的……我当着孩子们的面说这些话，老爷……"

他显得十分激动，望着韦尔西洛夫，好像期待他一句确认的话语。我再说一遍，这一切来得那样的突然，听得我呆若木鸡。韦尔西洛夫的激动甚至不亚于马卡尔·伊万诺维奇。他默默地走到母亲跟前，紧紧地抱着她，随后，母亲又默默地走到马卡尔·伊万诺维奇跟前，也是一声不响，跪下来给他叩头。

总之，发生了一个使人震惊的场面。这一次，屋里只有我们自家人。塔季扬娜·帕夫洛芙娜都不在那里。丽萨似乎在座位上挺直了身体，默默地倾听着。突然，她站起来，用坚定的声音对马卡尔·伊万诺维奇说道：

"您也替我祝福吧，我就要去承受极大的磨难，马卡尔·伊万诺维奇。我的全部命运将在明天决定……请您今天为我祷告一下吧。"

她说完就走出去了。我知道马卡尔·伊万诺维奇已经从母亲那里了解了一切。但是，我在今天晚上，还是第一次看见韦尔西洛夫和母亲在一起。在这以前，我在他身边看见的只是他的女奴。在这已经由我严加谴责的人身上，我有太多的事情还不知道，还没看出来，因此我怀着忐忑不安的心情回到自己的屋里去。应该说，就在这时，所有我对他的疑惑才骤然加深。以前我从来没有像此时这样，觉得他是如此的神秘莫测。但是，要揭开这个谜底，就得让我写完整个故事，到时候一切自会见分晓。

"原来是这样，"我在已经躺下来睡觉的时候，自己寻思着，"原来他已经给马卡尔·伊万诺维奇'贵族的诺言'，在母亲守寡的时候和她结婚。他以前讲起马卡尔·伊万诺维奇的时候，并没有提到这件事。"

第二天，丽萨整天不在家，回来时已经很晚了，她径直去了马卡尔·伊万诺维奇那里。我本来不想进去，免得妨碍他们，但很快就发现母亲和韦尔西洛夫全在那里，便也走进去了。丽萨坐在老人旁边，在他的肩膀上哭泣，老人带着忧愁的脸色默默地抚摸她的头。

韦尔西洛夫对我解释（是后来在我的房间里说的），公爵坚持自己的主张，决定在法院判决以前，只要有可能就和丽萨结婚。丽萨觉得很难决定，虽然她几乎没有决定的权利。况且马卡尔·伊万诺维奇也主张结婚。当然，这事以后自然会这样解决，她自己无疑也会答应结婚，不必依从别人的主张，也用不着任何的迟疑，但现在她受了自己所爱的人的侮辱，甚至在自己的眼睛看来，也觉得这种爱情太委屈了自己，因此她实在难于下决定。但让我没有想到的是，除了侮辱以外，还夹杂了一些新的情况。

"你听说没有，住在彼得堡区的那批年轻人被捕了？"韦尔西洛夫突然问。

"怎么？杰尔加乔夫吗？"——我喊。

"是的，瓦辛也被捕了。"

我感到非常震惊，尤其在听到了瓦辛被捕的消息之后。

"难道他也参与什么事情吗？我的天呀，他们现在怎么办呢？好像故意似的，就在丽萨那样责备瓦辛的时候……您觉得他们会出什么事情？这是斯捷别利科夫干的！我可以发誓，这是斯捷别利科夫干的。"

"我们不要去管这些了，"韦尔西洛夫说，奇怪地看了我一眼（就像看着一个不明事理，且不会猜测的人似的），"谁知道他们有什么事情，又有谁能知道他出什么事情？我说的不是这个。我听说你明天想出门。你到谢尔盖·彼得罗维奇公爵那里去一趟，好不好？"

"我首先要去，尽管我承认，这件事让我心里很难受。怎么？您不要转达什么话吗？"

"不，没有什么。我会自己去看他的。我很可怜丽萨。马卡尔·伊万诺维奇能给她出什么主意？他自己一点也不明白，无论对人或对人生。还有一件事情，我的亲爱的（他早就不称我'我的亲爱的'了），这里还有……几个年轻人……其中还有你以前的同学，兰伯特……我觉得他们全是大坏蛋，我只是提醒你一下……不过，当然啦，这是你自己的事情，我也明白我没有权利……"

"安德烈·彼得罗维奇，"我不假思索地抓住他的手，几乎像得了灵感似的，这是我时常发生的事（当时几乎是在黑暗中），"安德烈·彼得罗维奇，我什么话都没说——这您是看见的，我直到现在还是沉默着，您知道为什么吗？就是为了想避开您的那些秘密。我决定永远不想知道这些秘密。我是一个怯懦的人，我怕这些秘密会把您从我的心里完全拔出来，我不愿意这样。既然如此，您何必要知道我的秘密呢？我去找谁，与您又有什么相干呢？是不是？"

"你说得对，但现在不必再说了，我求你了！"说完他就从我的屋里走出去了。就这样，我们无意中稍稍解释了一番。可我明天就要跨出人生中新的一步，他的话只能使我更加兴奋，因此我整夜没有睡好，不断地醒来。但我心里觉得很舒服。

三

　　第二天，我从家里出门时，虽然已经是上午十点钟，但我还是尽量悄悄地离开，不和人家告辞，也不打招呼，可以说是偷偷溜走的。我为什么要这样做——我自己也不知道，不过即使母亲看见我走出去，和我说话，我也不会有好言的。在我走到街上，呼吸着街上的冷空气时，一种十分强烈的感觉使我猝然一震——这几乎是一种动物的感觉，可以称之为肉食动物的感觉。我为什么要出门？往哪里去？这是完全不确定的，同时也带着肉食动物的意味。我觉得又害怕又高兴——两种感情交织在一起。

　　"我今天会不会玷污自己呢？"我精神抖擞地暗问自己，虽然很清楚地知道今天所走的那步路将成为决定性的一步，一辈子也无法挽回了。但是，给读者打哑谜倒是大可不必的。

　　我一直上公爵的监狱里去。三天以前，我就从塔季扬娜·帕夫洛芙娜那里取到了她给典狱长的信，所以他很客气地接见我。我不知道他是不是好人，我想这也用不着知道，但他允许我和公爵见面，见面地点就在他自己的屋内，他很客气地把它让给我们。这屋子就和普通的屋子一样，无非某种级别的官吏通常在公房里的那种房间——我觉得，描写这个也是多余的。就这样，我和公爵两人单独留在一间屋内。

　　他出来见我时，穿着一身军营中的便服，但衬衫十分清洁，领结非常漂亮，脸洗得干干净净，头发梳得整整齐齐，可面容十分消瘦，脸色发黄。我甚至发现他的眼白也发黄。总之，他的外表看上去变了很多，让我不由得站在那里，露出惊疑的神情。

"您怎么变成这样了？"我喊道。

"这没什么！您请坐呀，"他带着一点少爷的派头把一只安乐椅指给我，自己坐在对面，"我们这就来谈主要的问题。听我说，我的亲爱的阿列克谢·马卡罗维奇……"

"我叫阿尔卡季。"我更正着。

"什么？啊，是的。哦，那是一样的。啊，是的，"他一下子想起来了，"对不起，亲爱的。我们这就来谈主要的问题……"

总之，他十分匆忙地想要说什么事。他的整个身心都沉浸在某件事里，被某个极其重要的想法给困住了，他想表达出来，说给我听。他说了很多话，说得很快，带着兴奋和悲哀解释着，而且用各种手势比画着，但是在最初的几分钟内，我根本一点也不了解。

"简单地说来（在这之前，他已经把'简单地说来'那句话反复地说了十遍了），简单地说来，"他结束道，"阿尔卡季·马卡罗维奇，昨天我让丽萨非要请您来一趟，因为这事像救火一样紧急，又因为这个决定是非常重大的，而且是最终的，所以我们……"

"对不起，公爵，"我打断他的话，"您昨天叫我来了吗？丽萨什么也没有告诉我呀……"

"怎么？"他喊道，露出异常疑惑的样子，甚至几乎露出惊惧的表情。

"她什么也没有告诉我。她昨天晚上回去的时候那样的懊丧，甚至来不及和我说话。"

公爵惊得从椅上跳了起来。

"难道您说的是实话吗？阿尔卡季·马卡罗维奇？如果是这样，那……那……"

"这究竟是怎么回事？您为什么这样不安？她不过是忘记了，或是因为有别的什么事情……"

他坐下来，好像惊呆了。大概丽萨什么也没有告诉我这个消息简直把他压垮了。突然，他又迅速地说起话来，挥动着手，但仍然让你很难听得懂。

"等一等！"他停顿了一会，突然说，手指向上举着，"等一等，这个……这个……如果我没弄错……这是开玩笑！……"他喃声说，露出一种痴笑，"那意思就是说……"

"什么意思也没有！"我打断他，"我只是不明白，这么一件微不足道的小事会把您折磨得这样……唉，公爵，从那个时候起，就从那个一夜里起——您还记得吗？"

"从哪一个夜里起？什么事情？"他任性地大喊大叫起来，显然是因为我打断他的话而感到恼怒。

"在泽尔希科夫那里，我们最后一次见面，也就是在您那封信之前。您当时也是异常的惊慌，但当时和现在有很大的区别，您现在让我瞧着都感到吃惊……您真的不记得了吗？"

"啊，是的，"他似乎突然想起了什么，用上流人士的口吻答道，"啊，是的！那天晚上……我听见的……哦，您的身体怎么样？在那件事情之后，您现在觉得怎样，阿尔卡季·马卡罗维奇？……但是，我们现在谈主要的问题吧。您听我说，我现在追求三个目标，我面临三个难题，所以我……"

他很快又谈起自己的那个"主要的问题"来了。我终于明白，在我面前的这个人，如果不给他进行放血治疗，至少应该立刻把浸了醋的毛巾敷到他的头上去。他那一套不连贯的话，不用说，总是围绕着诉讼的程序，可能的结局，等等。他还谈到团长如何亲自来探望他，用很长时间劝他不要做某件事，但他没有听。他说他刚给一个什么部门发出一封信。说到检察官。还说他一旦被剥夺权利之后，很可能是流放到北方的边区上去。还说他可能殖民到塔什干去，在那里再图升迁。他说他要"在荒僻的地方，在阿尔汉格尔斯克，在霍尔莫戈雷"教导自己的儿子（也就是丽萨将来生下来的孩子），传授给他一些什么。"既然我想征求您的意见，阿尔卡季·马卡罗维奇，那么您要相信，我十分尊重情感……您要是知道，您要是知道，阿尔卡季·马卡罗维奇，我的亲爱的，我的兄弟，丽萨对于我是多么的重要，在这里，现在，在整个这段时间里，她对我是多么的重要！"他突然喊道，两手抱住头。

"谢尔盖·彼得罗维奇，您难道想毁了她，把她带走吗？……带着她到霍尔莫戈雷去！"我突然忍不住脱口说出。丽萨的命运将注定一辈子和这个疯疯癫癫的男人拴在一起——我似乎第一次突然意识到这一点。他看了我一眼，重又站起来，向前跨了一步，但又转过身坐下，还是用双手扶住头。

"我老是梦见蜘蛛（在陀思妥耶夫斯基的作品中，蜘蛛往往象征着淫欲，同时使人联想到灵魂的腐化）！"他突然说。

"您太烦躁了，公爵，我劝您躺下来，马上请医生来。"

"不，不行，这个以后再说。我请您来，主要的目的是为了向你说明举行婚礼的事。您要知道，婚礼就在这里的教堂内举行，我已经说过了一切都已经得到同意，他们甚至极鼓励这件事情……至于说到丽萨，那么……"

"公爵，您就体谅一下丽萨吧，亲爱的，"我喊道，"至少现在您不要去折磨她，不要总是犯醋劲。"

"什么！"他也喊叫，两眼几乎直瞪瞪地盯着我，整张脸歪曲着，久久地挂着茫然不解的笑容。显然，那句"不要总是犯醋劲"使他非常吃惊。

"对不起，公爵，我不是故意的。公爵，近来我认识一位老人，是我名义上的父亲……如果您能看到他，您可以安静些……丽萨也非常敬重他。"

"啊，是的，丽萨……啊，是的，他是您的父亲吗？或者……对不起。我的亲爱的，是这一类的……我记得……她告诉过我的……一个小老头儿……我相信，我相信。我也认识一个老头儿……但是不要讲这些，关键是要弄清楚事情的实质，应该……"

我站起来想走，因为我看着他这样觉得很难受。

"我真是不明白！"在看见我站起来想走，便傲慢地厉声说。

"我看着您这样觉得很难受。"我说。

"阿尔卡季·马卡罗维奇，有一句话，还有一句话！"他突然抓住我的肩膀，露出完全不同的态度和姿势，把我按在安乐椅上面，"您听过那些人的事情吗？您能理解吗？"他俯身问我。

"啊，是的，杰尔加乔夫出事了。这很可能就是斯捷别利科夫干的！"我忍不住喊起来。

"是的，斯捷别利科夫，还有……您不知道吗？"

他突然住了口，又用那种眼神直瞪瞪地盯着我，久久地挂着那种茫然不解的笑容。这笑容开始抽搐着，越来越展开着，脸色渐渐变得惨白。突然，似乎有一个什么念头让我猝然一震。我突然想起韦尔西洛夫昨天把瓦辛被捕的事情告诉我时的那种眼神。

"啊，那是真的吗？"我恐惧地叫了起来。

"听我说，阿尔卡季·马卡罗维奇，我叫您来就为了解释……我原本想……"他急切地悄声说。

"是您告发瓦辛的吗？"我喊道。

"不，是的。那是因为有一份稿件。瓦辛在最后的一天以前交给丽萨……代为保存。她把这稿件留给我看，可是后来，到了第二天，他们俩就吵了一架……"

"于是您就把这稿件送到官厅那里去了！"

"阿尔卡季·马卡罗维奇！阿尔卡季·马卡罗维奇！"

"那么，您竟，"我跳了起来，大声地向他喊道，"您竟然在没有任何别的动机，没有任何别的目的，仅仅因为不幸的瓦辛是您的情敌，仅仅只是由于吃醋，就把他交给丽萨保存的稿件交出去了吗？……而且交给谁？交给谁？交给了检察官吗？"

但是，他来不及回答，也不见得能回答出什么来，因为他此刻就像一尊雕塑似的站在我面前，还是带着那种病态的笑容，眼神呆滞。这时，门突然开了，丽萨走了进来。她看见我们在一块儿，几乎呆住了。

"你在这里？原来你在这里，"她喊了出来，脸色突然大变，还抓住我的手，"那么你……你已经知道了？"

但她早就从我的脸上读出我是"知道"的。我忍不住迅速地抱住她，紧紧地，紧紧地抱住她！此时此刻我才第一次充分意识到，一种毫无出路、永无穷尽的苦难已经笼罩在这个……自愿寻求磨难的女人的一生，永远无法摆脱了。

"难道现在还能够和他说话吗，"她突然从我怀里挣脱出来，"难道还可以和他在一起吗？你为什么在这里？你瞧一瞧他，瞧一瞧他！难道还可以，难道还可以责备他吗？"

她指着这个不幸的男人呼喊着的时候，脸上充满了无限的悲哀和怜悯。他坐在安乐椅上，双手捂住脸。她是对的：他正发作热病，失去了对自己行为负责的能力。当天上午他就被送进医院里去，到了晚上便并发了脑炎。

四

我当时就离开了公爵，让丽萨守在他身边。大约在下午一点钟的时候，我到了自己以前的寓所那里去。我忘了交代，那天的天气是潮湿的，阴沉的，刚开始融冰，吹着温暖的风，——这样的风是甚至会使大象也心神不安的。房东很快乐地接待我，显得手足无措，四处张罗，但这个时候我却觉得很讨厌。我的态度很冷淡，一直走到自己的屋里去，但他还是跟在我后面，虽然不敢细问，但目光中却充满了好奇，露出那种好像已经有了好奇的权利的样子。我本该客客气气地对待他，因为这对我是有利的，可是尽管我非常需要打听一些事（我也知道我会打听出来的），但主动去打听这种事，毕竟使我觉得很讨厌。我问起他太太的身体状况，然后去看了她一趟。她虽然很热情地接待我，却露出过分的正经，而且喜欢说话，这使我的心情稍微和缓了一些。总的来说，这一次我打听出了一些极奇怪的事情。

不用说，兰伯特已经来过这里了，后来他又来过两次，"把所有的房间看了一遍"，说他也许想租下来。纳斯塔西娅·叶戈罗芙娜也来过几次，天晓得为了什么事情。"也是露出很好奇的样子！"房东添了一句，但我没有满足他的心思，没有问她好奇些什么。总之，我没有打听，只有他一个人在说话，我做出在皮箱里掏东西的样子（其实里面几乎一点东西也没有）。最可恨的是，他也想跟我故弄玄虚起来。他看出我坚定不主动打听，也就认为自己有必要把话说得时断时续，几乎难以捉摸。

"小姐也来过几次呢！"他补充了一句，奇怪地看着我。

"哪个小姐？"

"安娜·安德烈耶芙娜，来了两次，还跟我的太太认识了。一位很可爱的小姐，很有趣的小姐。这样的结识是很珍贵的，阿尔卡季·马卡罗维奇……"话刚出口，他甚至朝我面前跨了一步。他很希望我能有点领悟。

"果真来了两次吗？"我惊奇地问道。

"第二次是跟一位小兄弟一块儿来的。"

"一定是跟兰伯特一块儿来的。"我突然不由地想到。

"不，不是跟兰伯特先生。"他竟一下子就猜到我在想什么，好像他的眼睛能够看透我的心思似的。"而是跟她的兄弟，真正的兄弟，年轻的韦尔西洛夫先生一块儿来的。大概是一位侍从武官吧？"

我感到很不安。他望着我，十分和蔼地微笑着。

"还有一个人来问过您的——就是那个小姐，法国女人，阿尔福西娜·特凡尔登。哦，她唱歌唱得真好，而且诗也朗诵得很美！她偷偷儿上尼古拉·伊万诺维奇公爵那里去过，上皇村去过，说是有一只小狗要卖给他，是一只罕见的小黑狗，只有小拳头那样大……"

我推说自己头痛，请他让我一个人待会儿。他立刻满足我的请求，连话都没有说完，不但不带一点的恼怒，而且几乎带着愉快，神秘地向我挥手，似乎在说："我明白，我明白。"虽然没有说出来，但他从屋内走出去时，却踮着脚尖，以此来表示自己体会到了这份快乐。这世上有些人真让人气恼。

我一个人坐在那里，筹划了一个半小时。其实并不是筹划，只是沉思。我虽然感觉不安，但一点也不感到惊异。我甚至期待过听到更多、更奇怪的事呢。"也许他们现在已经做出那些事了。"我心想。我还在家里时就深信，他们已经开始行动，而且全力以赴。"他们只是缺少我，这是最关键的。"我又想着，感到一种又刺激又愉快的自满。他们拼命等着我，预备在我的寓所里搞出什么把戏来——这是明摆着的。"是不是在那里准备给老公爵成婚？现在大家都把他给包围住了。不过，先生们，这要看我允许不允许，不是吗？"我又带着愉快的自满寻思着。

我一插手，立刻就会像碎片似的被卷进旋涡里去的。现在，此刻，我还有没有选择的自由，或许早已没有了？我在今天晚上回到母亲那里去的时候，还能不能像那段日子一样对自己说"我是独立自由的"呢？

这就是我的问题，或者不如说是让我在这一个半小时之内心怦怦直跳的原因。当时我一直坐在床上的角落里，胳膊肘支着膝盖，双手托着头。但我知道，我当时就已经知道，所有的这些问题是完全无聊的，而吸引我的只有她——是她，是她一个人！我终于直接说了出来，用笔写在纸上，因为即使是现在，在过了一年之后，在我写这些事情的时候，仍然不知道该怎样形容我当时的那份感情！

哦，我很可怜丽萨，我的心里充满了真诚的痛苦！按理说，这种为她而痛苦的感情，似乎可以抑制或消除，哪怕只是暂时消除我身上的这种肉食动物的性格（我又想起了这个字眼）。但是，吸引我的是无限的好奇，既有一种恐怖的心理，还有一种我无法形容的感情。但我知道，而且当时也已经知道，这是一种邪恶的感情。也许我当时想拜倒在她的脚下，也许我想把她出卖，让她遭受一切磨难，"尽快，尽快"向她证明什么。当时任何的痛苦和任何的对丽萨的哀怜已经不能阻止我。唔，但我能不能站起来，回家去……到马卡尔·伊万诺维奇那里去呢？

"难道我不能直接上他们那里去，从他们那里打听出一切的情形，然后突然永远离开他们，清清白白地避开那些怪事和怪物吗？"

三点钟的时候，我突然从沉思中惊醒过来，意识到几乎耽误了时间，于是我赶快出门，急忙跳上一辆出租马车，直奔到安娜·安德烈耶芙娜的住所。

第五章

一

　　安娜·安德烈耶芙娜在听到仆人通报说我来访后，便丢下手中的针线活，匆匆忙忙地来到外室迎接我——这是以前从来没有过的。她对我伸出双臂，脸一下子就红了。她默默地把我领进内室，又坐下来做针线活，让我坐在她旁边，但她已经不再做活，而是继续带着那种热切的关心打量着我，一句话也不说。

　　"您曾打发纳斯塔西娅·叶戈罗芙娜到我那里去过。"我开门见山地说。对她这种过分的关心简直受不了，虽说这让我感到高兴。

　　她不回答我的问题，突然说起话来：

　　"我全听见了，我全知道了。那个可怕的夜……您一定受了很多苦！人家发现您失去了知觉，躺在冰天雪地里，这是真的吗？这是真的吗？"

　　"这是……兰伯特对您……"我喃喃地说，脸红了起来。

"我当时从他那里全都打听出来了，但我还等候着您。他上我这里来，像受了惊吓的样子！在您的住处里……您生着病躺下来的地方，人家不愿意放他进去看您……却又奇怪地接待了他……我真是不知道这是怎么回事，但他把那天夜里的一切事情全都告诉我了。他说您甚至在刚醒过来的时候，就跟他提到了我，还提到……您对我如何的忠实。我竟感动得流泪，阿尔卡季·马卡罗维奇，我甚至不知道自己凭什么得到您对我如此热切的关心，特别是您当时自己还处于那种情况下！请问兰伯特先生是不是您儿时的朋友？"

"是的，不过出了这种事情……说实话，我太不谨慎，当时也许对他说了太多的话。"

"啊，关于这个肮脏的、可怕的阴谋，即使他没有告诉我，我也会知道的！我一直有一种预感，他们准会把您弄到这个地步的。告诉我，比奥林格竟敢对您动手，这是不是真的？"

她说得好像我就是因为比奥林格和她，才跌落在围墙底下的。我一想，其实她的话也对，但是我生气了：

"如果他对我动手，他不会不受到惩罚就轻易地离开那里，而我没有报复，就不会这样安闲地坐在您面前了。"我激动地回答。关键是，我觉得她为了某种目的，想惹我生气，挑拨我去跟什么人作对（至于去跟谁作对，那是明摆着的），可我还是上了她的钩。

"就算您说您预感到人家会把我弄到这种地步，那么卡捷琳娜·尼古拉耶芙娜那面显然也只是由于误会……虽然她把我对她的那种友善误会成这样，确实也太快了……"

"是啊，变得太快了！"安娜·安德烈耶芙娜抢上来说，甚至在同情中露出一种喜悦。"要是您知道他们现在搞什么阴谋就好啦！当然，阿尔卡季·马卡罗维奇，您现在很难了解我的地位有多微妙，"她说着脸红了，把头低垂下来，"自从那天上午我跟您最后一次见面之后，我采取了一个步骤，然而并不是每个人都能跟您一样了解和理会它，因为您的思想还没有受到腐蚀，您还有一颗纯洁而且完整无缺的爱心。请您相信，我的朋友，我是能够珍重您对我的忠实，而且会用永恒的感谢报答您的。当然，上流社会里会有人诽谤我，而且已经在诽谤了。但是，即使他们从自己卑鄙的眼光来看是有理的，他们当中又有谁能够站出来，敢于站出来公开责备我呢？我从小就被父亲所抛弃，我们韦尔西洛夫家庭，虽然也是俄罗斯最古老、最高贵的望族，但我们却是流浪者，我吃的是别人家恩赐的面包。那么，我是不是自然而然会去找那个从幼年时就替代我父亲，且给我受过许多年恩惠的人呢？我对他的感情只有上帝能看见，也只有上帝才能够评判，在我所按照做的那个步骤中，我是不允许世俗社会对我评判的！何况在这当儿还有一场十分狡诈、十分恶毒的阴谋，他亲生的女儿竟预谋坑害这位既轻信又大度的父亲，难道这还能加以容忍吗？不，我甚至愿意毁掉我的名誉，也要救他出来！我甘愿跟他一起生活，充当他的保姆，守着他、护着他，也决不让那种冷酷而世俗的卑鄙阴谋能够得逞！"

她说得特别的兴奋，这兴奋也许有一半是夸大其词，但到底是诚恳的，因为我看得出，她的整个身心已经被陷进这件事里去了。我感觉她在说谎（虽然是诚恳的，因为说谎也会诚恳的），而且感觉到她现在已经成了一个坏女人，但真的很奇怪，跟女人打交道往往竟会这样：她那副正派的样子，那种高贵的气度，那种高不可攀的优雅，那种骄傲的贞洁的样子——这一切把我弄得迷迷糊糊。我竟开始对她所说的话表示赞同，也就是在我坐在她那里的时候，至少不敢反对。唉，男人在精神上是根本受着女人奴役的，尤其当他具有宽宏的性格的时候！这样的女人会使宽宏的男子相信任何什么东西。"她和兰伯特——我的天呀！"我心想，惊疑地看着她。不过，我得说实话：我甚至至今还无法评判她。她的感情确实只有上帝才能看见。再说，人本来就是一种十分复杂的机器，在有些情况下你根本弄不清楚，更何况这个人还是一个女人呢！

"安娜·安德烈耶芙娜，您希望于我的究竟是什么？"我十分坚决地问。

"怎么？您问这话是什么意思，阿尔卡季·马卡罗维奇？"

"根据整个情况……还出于别的一些考虑……我以为……"我含含糊糊地解释着，"您打发人唤我来，对我有什么希望，究竟希望我做什么呢？"

她没有回答我的问题，又一下子滔滔不绝起来，而且还是说得又快又兴奋：

"但是，我这人太骄傲，我不能，也不可能跟像兰伯特先生那样陌生的人做解释、做交易！我等候的是您，而不是兰伯特先生。我的处境是很糟糕的、很尴尬的，阿尔卡季·马卡罗维奇！我被这个女人的阴谋给包围住，使得我不能不施展手段，便这又使我心里非常难受。我的身份竟降低到不能不耍阴谋的地步。所以我等候您，就像等候一个救星。不要因为我贪婪地向四围看望，以寻觅一个朋友而责备我，因此我不能不欢迎一个知己的朋友。在那个夜里，甚至在快要冻僵的时候还能想起我来，反复地只说出我一个人名字的人，当然是对我十分忠实的。我一直这样想着，因此也就在您身上寄托着极大的希望。"

她直视着我的眼睛，一副迫不及待的样子。于是我又缺少了去劝醒她的勇气，对她直说是兰伯特骗了她。我当时并没有对他说我如何忠实于她，我根本记不起"反复地只说出她一个人的名字"。但这样一来，我似乎用我的沉默证实了兰伯特的谎言。我相信，她自己也一定很明白，兰伯特的话是虚夸的，甚至简直对她说谎，仅仅是为了有可以上她那里去，和她打交道的一个冠冕堂皇的借口。于是说她直视我的眼睛，好像深信我的那些话和我那片忠诚是确有其事，那么当然是因为她知道，我出于礼貌和年轻的缘故，不敢加以否认。不过，我这样猜测到底对不对——我不知道。也许我堕落得太厉害了。

"我的兄弟会替我出力的。"她看见我不愿意回答，突然热烈地说着。

"有人对我说，您和他一块儿到我的寓所里去过。"我尴尬地喃语着。

"您要知道，不幸的尼古拉·伊万诺维奇公爵现在几乎没有地方去躲避所有的这些阴谋，或者不如说是躲避不开他的亲生的女儿，除非上您的寓所里去，也就是说，到一个朋友的寓所里去避难，至少他是有权将您视为他的朋友的！……那时候，如果您打算做点于他有益的事情，您就帮帮他吧——只要您能够，只要您有宽容和勇气……最后，只要您真的能够做出点什么的话。唉，这不是为了我，不是为了我，而是为了一个不幸的老人，只有他一人诚恳地爱您，从心灵里对您产生好感，像对待儿子似的对待您，甚至至今还想念您！至于我自己，我不指望任何人帮什么忙，甚至包括您。既然连我的亲生父亲都对我耍了那么狡诈、那么恶狠的手段！"

"我觉得安德烈·彼得罗维奇……"我想往下说。

"安德烈·彼得罗维奇，"她带着苦笑打断我的话头，"安德烈·彼得罗维奇当初面对我那个直率的问话，曾经信誓旦旦地回答说，他对卡捷琳娜·尼古拉耶芙娜从来没有打过什么主意。这句话使我十分相信，因此我就按照了我的步骤去做。但是，后来我发现，他只是在听到关于比奥林格先生的第一个消息之前，才显得那么放心的。"

"不是那么回事，"我喊道，"有一段时间，我也曾相信他爱这女人，但完全不是那么回事……而且即使是如此，那么现在他总能够完全放心了……因为这位先生已经退出了。"

"哪一位先生?"

"比奥林格。"

"谁跟您说他退出了? 也许这位先生还从来没有这样受宠过呢。"她刻薄地冷笑一声，我甚至觉得她带着嘲笑看了我一眼。

"纳斯塔西娅·叶戈罗芙娜对我说的。"我喃声说，露出惭愧的神情，这惭愧我无力去隐瞒，被她看出来了。

"纳斯塔西娅·叶戈罗芙娜是一位很可爱的女人。当然,我不能阻止她爱我,但这种与她无关的事情,她是根本打听不到的。"

我的心一阵疼痛。因为她本来就想把我的激愤点燃起来,因此激愤就在我的心里沸腾了,但这不是对那个女人的激愤,而是对安娜·安德烈耶芙娜本人的激愤。我从座位上站了起来。

"作为一个诚实的人,我应该提醒您,安娜·安德烈耶芙娜,您的那些期望……对我的期望……可能会完全落空……"

"我希望您能帮帮我,"她坚定地看着我,"帮助我这个被大家遗弃的人……帮助您的姊妹,如果您愿意我这样称呼,阿尔卡季·马卡罗维奇。"

眼看再过一会儿,她就会哭起来了。

"好了,您最好还是别有抱什么希望,因为'说不定'什么也不会有的。"我喃喃地说,心里难受得无法形容。

"我该怎样理解您的这句话?"她问,似乎显得过于提心吊胆。

"那就是我要离开你们大家——也就完了!"我几乎像发狂似的喊出来,"我要撕碎那文件。再见吧。"

我向她鞠了一躬,默默地走了出去,同时几乎不敢看她一眼。但我还没从楼梯上走下来,纳斯塔西娅·叶戈罗芙娜就追到我的身边,手里拿着叠成两折的半张信笺。纳斯塔西娅·叶戈罗芙娜从哪里出来的?我和安娜·安德烈耶芙娜说话的时候,她又坐在哪里?——这甚至是我无从了解的。她一句话也不说,只是把那张纸交给我,就跑回去了。我打开那张纸,里面清楚而且明白地写着兰伯特的地址,显然还是几天前预备好了的。我突然记起纳斯塔西娅·叶戈罗芙娜那次到我那里去的时候,我对她说我不知道兰伯特在哪里居住,不过意思只是说"我不知道,而且不愿意知道"。但是,现在我已经从丽萨那里知道了兰伯特的地址——那是我特地托她上住址调查局去打听来的。我觉得安娜·安德烈耶芙娜的这个举动做得太露骨,甚至有点不顾廉耻。尽管我已经拒绝帮她的忙，她却似乎一点也不相信，反而公然打发我到兰伯特那里去。我十分明白，她已经知道了关于文件的一切消息——她不是从兰伯特那里，还能从谁那里知道呢？她现在就是打发我上兰伯特那里去协商。

"他们这些人没有一个例外，简直都把我当成了没有主见和个性，可以由他们任意摆布的小孩！"我激愤地想着。

二

然而，我还是上兰伯特那里去了。我哪里能抑制得了我当时的好奇心呢？原来兰伯特住得很远，在夏花园附近的斜眼胡同里，不过还住在那家旅馆里。当初我从他那里逃走的时候，我并没有注意到是什么街，距离有多远，所以四天前我从丽萨那里得到他住址以后，甚至觉得很惊异，几乎不相信他住在那里。我还在上楼梯的时候，就看见两个年轻人在三楼房间的门口，心想他们准是比我先到，正在按铃，等候开门。等我一上楼，他们转过身来，背朝着门，仔细地打量我。"这里是旅馆，想必他们是来找别的房客的。"我皱紧眉头。走近他们跟前。在兰伯特那里碰见什么人，是我很不开心的事。我努力不看他们，伸出手去按门铃。

"等一等！"其中一个人对我喊道。

"请您等一等再按铃，"另一个年轻人用响亮的、温柔的声音说，把话语拉得很长，"我们弄完以后，再一块儿按铃好不好？"

我把手缩了回来。这两个人还都很年轻，也就有二十岁或二十二岁模样，他们在门前做的事情有些奇怪，让我觉得很惊异，想弄个明白。那位朝我喊"等一等"的小伙子个儿很高，但是很瘦，不过肌肉很发达，脑袋有点小，和身材很不配，脸上带点雀斑，但相貌并不愚蠢，甚至让人觉得很有趣，脸上露出奇怪的表情，阴郁得似乎有点滑稽。他的眼睛看起人来好像很专注，甚至带着完全没有必要的果敢。他穿得很差，上身是一件旧的棉大衣，窄小的浣熊皮领已经掉毛，而且短得跟身材完全不搭配——显然是别人穿旧了的，角上穿一双蹩脚的、几乎是庄稼汉穿的靴子，头上戴的那顶高礼帽已经褪成了红褐色，而且皱巴巴的，不成样子。从整体来看，可以看出他是一个不修边幅的人。双手没戴手套，显得很脏，长长的指甲里全是黑泥。相反地，他的同伴却穿得很漂亮，从那件轻松的皮大衣，美丽的帽子，纤细的手指上戴着那副光亮、鲜艳的手套上就可以看出来。他的身材和我差不多，但那张鲜嫩的娃娃脸上的表情却显得十分可爱。

只见那个高个子的年轻人从自己身上脱下领带——一条又旧又脏的带子，甚至可以说是一根破布条。那个面貌清秀的大男孩儿从口袋里掏出另一条新的、刚买来的黑色领带，拿来系在高个子的颈脖上面。高个子带着异常严肃的脸色，顺从地伸出很长的脖子，把皮大衣从肩膀上放下来。

"不，这是不行的，衬衫竟这样脏，"那个系领带的大男孩说，"不但没有什么效果，却显得更脏了。我对你说过，叫你戴上活领子。我打不好……您会不会打？"他突然转过脸来对我说。

"打什么？"我问。

"就是给他打领带呀。您瞧，应该弄得看不出他那件肮脏的衬衫来，否则不管怎样，会失去一切效果的。我刚才特地花一个卢布在菲利普理发店里为他买了一条领带。"

"你花掉的——就是那个卢布吗？"高个子喃声说。

"是的，就是那个卢布。现在我身上一个戈比也没有。您不会打吗？既然这样，那就只好去求阿尔福西娜了。"

"找兰伯特吗？"高个子突然厉声问我。

"是找兰伯特。"我回答，也果敢地直视他的眼睛。

"Dolgorowky（"多尔戈鲁基"的法语音译，但不确切）？"他用同样的语气追问。

"不，不是科罗夫金。"我也是厉声地回答，其实我听错了他的话。

"Dolgorowky?"高个子几乎吼叫着重复了一遍，几乎带着威吓地朝我逼过来。他的同伴哈哈大笑起来。

"他说的是 Dolgorowky，并不是科罗夫金，"他对我解释，"您知道，法国人在《Journal des Débats》（法文，译为《评论报》）上经常会把俄国人的姓名搞错的……"

"在《Indépendance》（法文，译为《独立报》）上。"高个子气呼呼地说。

"哦，是在《Indépendance》上，但也是一样的。譬如说，他们把多尔戈鲁基写成 Dolgorowky——这是我亲眼见到过的，还总是把沃罗诺夫写成 Comte Wallonieff（法文，译为"沃罗涅夫伯爵"）。"

"Doboyny!"高个子喊道。

"是的，还有把杜博沃伊先生写成 Doboyny 夫人的呢。这个我也亲眼在报上看到过，把我们俩都笑死了。有一个俄国女人在国外，姓 Doboyny……不过，你瞧，何必把每个人都列举出来呢？"他突然对高个子说。

"对不起，您是多尔戈鲁基先生吗？"

"是的，我是多尔戈鲁基，您怎么知道？"

高个子突然对面貌姣好的男孩耳语了一番，男孩皱着眉头做出否定的姿势，但是高个子突然对我说道：

"公爵先生，您有没有一个卢布借给我们，不是两个，而是一个，好不好？"

"唉，你真是太坏了。"大男孩喊道。

"我们会还给您的。"高个子说，他的法语说得既粗俗又不流畅。

"您知道，他是一个不要脸的人，"大男孩对我笑了笑，"您以为他不会说法语吗？他说得像巴黎人一样，他只是存心模仿那些滑稽的俄国人，这些人在大庭广众下拼命地想用法语进行交谈，但又说得不成样子……"

"在火车里。"高个子做了一下解释。

"是的，在火车里，唉，你这人真是无聊呀！何必去解释呢？他还喜欢装傻瓜呢。"

这时，我掏出一个卢布来，递给高个子。

"Nous vous rendons."他说着便把卢布收起来，突然转身到门前，带着完全呆板和严肃的脸色，开始用粗大皮靴的靴头去踢打那扇门，而且没有一点儿火气。

"唉，你又要和兰伯特打架了！"大男孩不安地说，"你还是好生地按铃吧！"

我按了铃，但是高个子仍旧继续用皮靴踢门。

"啊，这该死的……"突然从门里传出兰伯特的声音，接着他很快地打开了门。

"我的朋友，你是想让我砸碎你的脑袋吧。"他冲着高个子喊道。

"我的朋友，这是多尔戈鲁基，是我的另一个朋友。"高个子直盯着涨红了脸的兰伯特。郑重而且严肃地说。兰伯特一看到我，脸色立刻完全改变了。

"是你呀，阿尔卡季！你终于来了！你病好了，到底好了没有？"

他抓起我的手，紧紧地握住。总之，他露出由衷的喜悦，使我一下子感到十分开心，我甚至爱上了他。

"我首先就来看你啦！"

"Alphonsine!"兰伯特喊道。

那个女人立刻从屏风后面跳了出来。

"他来啦！"

"原来是他！"阿尔福西娜叫道，双手一拍，随后又张开双臂，跑过来想拥抱我，但兰伯特把我给挡住了。

"好啦！好啦！进去吧！"他朝她喊道，好像对着小狗喊叫一样。"你瞧，阿尔卡季，今天有几个朋友约好去鞑靼人的餐馆吃饭。你跟我们一块儿去，我不会让你走的。我们先吃饭，然后我立刻把这班人赶走——到时候我们再聊天。进来吧！进来吧！我马上就出去，只等一分钟……"

我走了进去，站在房间的中央，一面环顾，一面回忆。高个子和他的同伴没有介意兰伯特的话，也跟在我们后面走了进来。大家都站在那里。

"阿尔福西娜小姐，您愿意吻我吗？"高个子像牛叫似的说。

"Mademoiselle Alphonsine."那个比较年轻的同伴把领带指给她看，也想挨过去。但是，她却冲着他们两发起了脾气。

"Ah le petit vilain,"她对那个比较年轻的人喊道，"你这讨厌的小鬼，不要靠近我，不要把我弄脏了，还有你，你这大傻瓜，我要把你们两人全都轰到门外去！"

那个年轻大男孩不管她如何鄙夷而厌恶地挥手，似乎果真怕被他弄脏似的（这我一点也不明白，因为他的容貌很美丽，脱下皮大衣之后，里面的衣服也穿得很好），——仍旧固执地请求她给那位高个子的朋友系一系领带，请她先把兰伯特的一条干净领子借给他用一用。她在听到了这样的提议后，气得几乎跑过去打他们，可是兰伯特听到了，他立刻从屏风后面对她喊，叫她不要耽搁时间，照他们请求的去做。"否则他们是不会善罢甘休的。"他补充地说。阿尔福西娜很快找出一条领子，开始给高个子系领带，这时已经没有任何厌恶之感了。在她给他系领带的时候，高个子就像刚才在楼梯上一样，把脖子伸得长长的。

"阿尔福西娜小姐，您卖掉您的 bolognes 了吗？"——他问。

"什么叫作'我的 bologne'？"

年轻的人解释说"ma bologne"就是指哈巴狗。

"这是很土的土话?"

"我在学矿泉区的俄国太太那样说话呢。""大傻瓜"说,继续伸长着脖子。

"什么叫作在泉水区的俄国太太……兰伯特送给你的那块漂亮的表到哪里去啦?"她突然问大男孩。

"怎么,表又没了吗?"兰伯特从屏风后面气恼地问。

"卖掉了,吃光了!"le grand dadais 像牛叫似的说。

"我把它卖掉了,得了八个卢布:那只表是银质的,镀金的,你却说是金的。这样的表现在铺子里也不过卖十六卢布。"大男孩儿很不乐意地对兰伯特辩解道。

"这种事应该停止啦!"兰伯特更加气恼地接着说,"我的小朋友,我给你买衣服,送给你好东西,并不是为了叫你花在你的那位高个子朋友身上的……你还买了什么样的领带?"

"这个只花一个卢布,而且花的不是你的钱。他完全没有领带,他还要买一顶帽子才行。"

"胡说!"兰伯特果真生气了,"我给了他许多钱,够他买帽子的了,但他立刻又是吃蛤蜊又是喝香槟酒。他身上有一股味,他龌龊得很,去哪里也不能带着他。我怎样能带他去吃饭呢?"

"雇马车好啦,"dadais 瓮声瓮气地说,"我们有一个银卢布,我们刚向我们的新朋友借来的。"

"你一点也不要给他们,阿尔卡季!"兰伯特又喊道。

"听我说,兰伯特,我现在干脆直接让您立刻给我十个卢布。"大男孩突然生气了,甚至气得满脸通红,因此似乎显得更加可爱了。"以后永远不许你说傻话,像刚才对多尔戈鲁基所说的那样。我要求十个卢布,为的是立刻还给多尔戈鲁基一个卢布,其余的钱立刻给安德烈耶夫买帽子——就是这样。"

兰伯特从屏风后面走出来:

"这是三张黄钞票，合三个卢布，到礼拜二以前没有钱再给了，我决不允许……否则……"Le guand dadais 一把从他的手里将钱夺了过去。

"Dolgorowky，这是一个卢布，我们带着感激归还给您。彼佳，走吧！"他对同伴喊了一声，然后突然把两张钞票向上举起，挥动了一下，盯着兰伯特，声嘶力竭地吼道：

"喂，兰伯特！兰伯特在哪里？你看见兰伯特吗？"

"不许这样叫！不许这样叫！"兰伯特异常愤怒地叫嚷起来。我看出所有的这一切里面，有我完全不知道的先前发生的事情，因此惊异地瞧着。但是，高个子一点不惧怕兰伯特的愤怒，相反地，他把"喂，兰伯特"之类的话喊得更凶了。他就一边叫着，一边和他的同伴走到楼梯上去。兰伯特跑去追他们，但只追了几步又回来了。

"我很快就会把这班人赶走！他们出的力值不了那么……我们走吧，阿尔卡季！我已经耽误了时间。还有一个人在那里等我……一个有用的人……也是个畜生……他们全是畜生，混混儿，一群混混儿！"他几乎咬着牙喊嚷起来，但突然完全醒悟过来。

"我很高兴，你终于来了。Alphonsine，你一步也不许出去！我们走吧。"

一辆快马车在台阶前面等着他。我们上了车，但一路上他仍然无法平息对那两个年轻人的怒气，他甚至一路上都不能控制自己，不能安静下去。我很奇怪，他对这种事居然那么认真，更奇怪的是，他们对兰伯特明显很不恭，而兰伯特却几乎惧怕他们。由于我从小就留下的深刻印象，所以我总觉得大家都应该惧怕兰伯特，尽管我当时已经完全具有独立的性格了，但就在那时我自己大概还是惧怕他的。

"我跟你说，他们全是十足的混混儿，"兰伯特还是气愤难平地说，"你要相信，那个高个子，很可恶的人，三天前居然在很体面的一群朋友面前让我出丑。他站在我面前，喊道：'喂，兰伯特！'大家全笑了，他们也知道这是在逼我给钱——你能想象我当时有多难堪呀！我只好给他钱。他们真是混蛋！你信不信，他以前在营团里还是贵族士官呢，后来被开除了。你简直无法想象，他居然还有思想。他在一个良好的家庭中受到教育，你能想象得到吗？他有思想，他可以……真是见鬼！他力大无穷，就像赫耳库勒斯（Herkule 罗马神话中的大力神，即希腊神话中的赫拉克勒斯）一样。他有用，但用处不大。你可以看出来，他永远不洗手。我把他介绍给一位太太，一位有名望的老夫人，我跟她介绍说，他正在痛改前非，良心不安得快要自杀了。谁知道他上她家里去之后，竟坐在那里吹起口哨来了。另外那个美貌的小子，是一位将军的儿子，他的家里人都以他为耻，是我尽力让他避免了一场官司，是我救了他，可他竟如此报答我。他们都不是人！我要把他们赶走，赶走！"

"他们知道我的名字，你对他们提起过我吗？"

"是我一时糊涂，说了出来。待会吃饭时请你只管坐着，自己忍耐一下……还有一个可怕的恶徒要来。那个人真是一个可怕的恶徒，而且非常的奸猾，这里全是混蛋，没有一个诚实的人！等我们把事儿了结了——到时候……你喜欢吃什么？不过也无所谓，那边的菜很好。你放心，由我来付账。你穿得很好，这是应该如此的。我可以给你点钱。你常来玩儿。你知道，我尽供他们吃喝，每天都有鱼肉大馅饼。他卖掉了我给的那块表——这已经是第二次了。这小子姓特里沙托夫——你刚才已经看见了，阿尔福西娜甚至不屑于看他一眼，禁止他走近一步，——没想到他在饭店里突然当着一些军官的面嚷道：'我要吃田鹬！'我只好给他田鹬！不过我会报复的。"

"兰伯特，在莫斯科的时候，有一次我和你一起上小饭馆，你在酒店里用叉子猛扎我，当时你身上竟有五百卢布，你不记得吗？"

"是的，我记得的！唉，见鬼，我记得的！我喜欢你……这一点你应该相信。谁也不喜欢你，可我喜欢，就我一个人喜欢你，你要记得……一会儿要来的那个人，脸上有麻子，是一个最狡猾的坏蛋，如果他和你攀谈，你就什么也别告诉他，要是他问你问题，你就跟他胡扯，或者干脆不开腔……"

他由于十分激动，所以一路上至少也没有盘问我。他对我这么有把握，甚至根本不怀疑我会有二心，对此我甚至开始觉得受到了侮辱。我觉得他有个愚蠢的想法，以为自己还能够像以前一样对我下命令。"再说，他太没有教养了。"我走进饭店的时候，心里这样想着。

三

海洋街上的这家饭馆，我以前也常去，那是在我堕落和荒唐的时候，因此从这些房间，从这些仔细打量我、一眼就能看出我是熟客的堂倌们，以及从兰伯特这一伙神秘的朋友那里——使我一下子产生了强烈的印象，尤其产生了一种不祥的预感，觉得自己正在走向某条邪路，最终必定会干出坏事来。这一切似乎突然把我刺穿了。有那么一刹那，我几乎想逃走，但是这一刹那过去了，我留了下来。

那个"麻脸"（不知为什么兰伯特那么怕他）已经在等着我们了。此人一脸的蠢相，这种脸相我几乎从小就深恶痛绝。他的年纪有四十五岁左右，身材中等，头发花白，脸刮得十分难看，花白的连鬓胡修剪得又窄又齐，就跟两根灌肠似的，挂在两片极平坦的，恶狠狠的脸颊上面。他的态度很严肃，也很沉闷，不喜欢说话，甚至不知道为什么显得很傲慢，所有这类人基本上都是如此的。他很仔细地打量了我一番，但一句话也没说，而兰伯特竟愚蠢得请我们在一张桌子上吃饭时，认为无须给我们互相介绍一下，因此那个人很可能会把我看成是追随兰伯特诈骗的同谋者之一了。在吃饭的整个时间内，他和这两个年轻人（他们几乎是和我们同时到的）也不怎么说话，不过看得出来，他跟他们很熟。他只和兰伯特说点话，但也几乎是耳语，差不多只有兰伯特一个人在说话，而那个"麻脸"只是断断续续报以几句最后通牒式的气话。他摆出一副傲慢的姿态，显得既凶狠又刻薄，而兰伯特呢，却恰恰相反，显得十分兴奋，一直在那里劝他，大概是劝他做一件什么事情。有一次，我伸出手去拿红酒瓶时，没想到那个"麻脸"突然拿起一瓶核列斯酒（一种烈性的白葡萄酒）递给我，而在这之前他没有和我说过一句话。

"您尝尝这酒，"他把酒瓶递给我时这样说。这时，我突然想到他大概已经知道了关于我的一切——包括我的经历、我的姓名，也许还知道兰伯特所希望我做那件事情。一想到他会认为我是兰伯特的雇员，我又气恼了，而兰伯特看到这个"麻脸"开口跟我说话，脸上顿时露出极其强烈的、愚蠢的不安。那个"麻脸"看他这样，不禁笑了一下。"兰伯特竟会受到这伙人的拘束。"我在心里暗暗地想着，并在此刻从心底里憎恶他。就这样，我们虽然坐在一张桌子上吃饭，却始终一分为二："麻脸"和兰伯特靠近窗旁，面对面坐着，而我和邋遢的安德烈耶夫并排坐着，我的对面是特里沙托夫。兰伯特忙着吃菜，不时地催堂倌上菜。等香槟酒端上来的时候，他突然把酒杯伸到我面前来：

"祝你健康，干杯！"他中断了和"麻脸"的谈话，对我说。

"您肯和我碰一下杯吗？"漂亮的特里沙托夫也隔着桌子把酒杯向我伸过来。在香槟酒端上来之前，他似乎显得十分阴郁，一直沉默着。Dadais 完全不说一句话，只是默默地吃了许多东西。

"我很高兴！"我向特里沙托夫答道。我们碰了杯子，把酒喝干了。

"我不喜欢用干杯来祝您健康，"Dadais 突然转身朝我说话，"倒不是因为我希望您死，而是为了使您今天不要再喝酒了。"这话他说得很深沉，而且很有分量。

"您喝三杯酒就够了。我看出，您在那里一直看我的脏拳头，是不是？"他把拳头放在桌子上。他继续说，"我不洗它，就这样脏兮兮地把它租给兰伯特，好让它在兰伯特遇到麻烦的时候，用它来砸碎别人脑袋。"说罢他突然举起拳头狠狠地砸在桌子上，砸得那样的使劲，震得所有的杯盘都跳了起来。除了我们之外，在这间屋子还有四桌人在吃饭，全是军官和态度威严的一些老爷们。这是一家很时髦的饭馆，这时大家一下子中断了谈话，全都向我们这个角落张望，大概我们早就引起他们的好奇心。兰伯特顿时满脸通红。

"唉，他又开始闹了！尼古拉·谢苗诺维奇，我好像曾经请求过您，要安静些。"他压低了声音，愤怒地对安德烈耶夫说。但安德烈耶夫却用从容的眼神缓缓地把他上下打量了一番：

"我不愿意我的新朋友 Dolgorowky 今天在这里喝许多酒。"

兰伯特的脸更加红了。那个"麻脸"则默默地听着，一声不吭，但显然很高兴。不知为什么，他好像很喜欢安德烈耶夫这种出格的举动，只有我一人不明白，为什么我不能喝酒。

"他这样做，只是为了拿到钱罢了！您听着，吃饭以后您还可以拿到七个卢布——不过您得让我好好吃完这顿饭，不要再做出让我们丢脸的事来。"兰伯特咬牙切齿地对他说。

"嘿嘿！"Dadais 胜利似的哼了一声。这使"麻脸"十分高兴，竟幸灾乐祸地嘻笑了一声。

"你听着，你未免太……"特里沙托夫带着不安的、几乎悲哀的表情对自己的朋友说，显然想制止他。安德烈耶夫闭了嘴，但时间并不长。他并不符合他的心意。在距离我们五步远的地方，隔着一张桌子，有两位绅士在那里吃饭，活泼地谈着话。这两位绅士都是中年人，看上去气宇不凡。其中一个人身材很高、很胖，另一个人也很胖，但个子很小。他们用波兰话谈论巴黎的时局。Dadais 早就好奇地看着他们，侧耳倾听。显然，他觉得那个矮个子波兰人是一个滑稽的角色，于是马上就对他恼火起来，所有像他这样肝火很旺的人，甚至没有任何缘由就会发生这种情形的。那个矮个子波兰人突然提到了议员马迪埃·德·蒙日的名字，但是依照许多波兰人的习惯，用波兰话的方式说出来，应该把重音放在倒数第二的一个音节上，结果说出来时不是马迪埃·德·蒙日，而是说成了马迪埃·德·莫日。这恰巧是 Dadais 所需要的把柄。于是，他转身向那两个波兰人，神气地挺直了身体，突然用询问似的、一字一顿地大声说：

"马迪埃·德·莫日吗？"

那两位波兰人气愤地转身向他。

"您有什么事情？"那个又高又胖的波兰人用俄语威严地喊道。Dadais 终于等到了这个机会：

"马迪埃·德·莫日吗？"他突然又向整个大厅重复了这句话，就和刚才在兰伯特的门口时，一面挨到我身上来，一面愚蠢地反复说着"Dolgorowky 吗"的情形一样。此时，只见两个波兰人霍地站了起来，兰伯特赶紧从桌旁跳起来，先是扑到安德烈耶夫面前，阻止他，然后又奔到两个波兰人面前，低声下气地向他们赔礼道歉。

"这是小丑！这是小丑！"矮个子波兰人鄙夷地反复嚷道，由于激愤，脸涨得像胡萝卜一样红。"这个地方很快就不能来了！"大厅里的人们也开始骚动，也传出了一阵怨语，但多半是笑声。

"请……出去……跟我一块儿出去！"兰伯特低声说，露出十分慌乱的样子，努力想把安德烈耶夫从餐厅里撵出去。安德烈耶夫用锐利目光打量了兰伯特一眼，猜到他现在就会给钱，才答应跟他走出去。大概他已经不止一次用这种无耻的手段向兰伯特诈过钱了。特里沙托夫本来也想跟他们出去，但他看了我一眼之后，又留下来了。

"唉，这真是糟糕透了！"他说着，用纤柔的细指捂住了眼睛。

"很糟糕了。"那个"麻脸"低声说着，这一次他已经露出了十分气愤的样子。过了一会儿，兰伯特回来了，脸色几乎完全惨白，开始对"麻脸"耳语，同时还热烈地比画着。"麻脸"则吩咐堂倌快点上咖啡，他厌恶似的听着，显然很想尽快离开。然而，整个的情节只是简单的小学生淘气的行径。特里沙托夫端着一杯咖啡从自己的座位上转到我的身边，和我并坐在一起。

　　"我很喜欢他。"他用那种直率的态度开始对我说，好像他一直在和我谈论这件事情一般。

　　"您不会相信安德烈耶夫是多么的不幸。他把他妹妹的妆奁吃光喝光了，而且在军队服役的那一年，又把家里的一切都挥霍光了，我看出他现在非常的痛苦。至于他的不洗手——那是由于绝望而起的。他有些想法非常奇怪。他会突然对您说，小人和君子都是一样的，并没有任何区别。并且不应该做什么事情，不管是好事还是坏事，都不应该做；或者什么事都可以做，好事和坏事都可以做。反正都是一样的。不过最好还是躺在那里，整个月不脱衣服，只是吃喝、睡觉，就可以了。但是，您必须相信，他不过是这样说说而已。您知道，我甚至以为他现在之所以那样捣乱，是因为他想完全和平地跟兰伯特断绝关系。他昨天还说过。您相信不相信，他有时在夜里，或者一个人独处很久的时候，会开始哭泣。您知道，他在哭泣的时候，哭得似乎很特别，没有人这样哭的。他会号啕大哭，拼命地号啕大哭，哭得那样可怜……尤其是他的个子那么高大，那样的有力，突然放声号啕大哭。他多么可怜，不是吗？我很想挽救他，可我自己也是堕落的被遗弃的坏孩子，您简直不会相信的！如果我以后上您的府上去找您，您放不放我进去，多尔戈鲁基？"

　　"您来吧，我甚至很喜欢您。"

　　"为什么？唔，谢谢。喂，我们再喝一杯吧。不，我这是怎么啦？您最好不要喝了。他说您不能再喝酒，他说的是实话，"他突然意味深长地向我挤了挤眼，"但是，我还要喝一杯。我现在已经没什么了，您相信不相信，我现在一点自制力也没有了。如果您对我说，我以后不能上饭馆去吃饭，我还是会不顾一切，非得上饭馆去吃饭不可。哦，请您相信，我们真心实意想做正经的人，但我们却总是一直延搁下去。"

　　岁月匆匆——而且逝去的是美好的岁月！

　　"至于他，我很担心，他会去上吊的，他会的，而且不跟任何人说。他就是这样的人。现在上吊成风，谁知道呢，——也许像我们这样的人很多吧？比方说吧，如果我身上没有多余的银钱，我就根本活不下去。在我看来，多余的银钱比必需的银钱要重要得多。听我说，您喜欢音乐吗？我很喜欢。我上您府上去的时候，我要给您弹奏点什么。我钢琴弹得很好，学了很久时间。我正正经经地学过。如果让我编歌剧的话，您知道，我会选用《浮士德》作为素材的。我很喜欢这个主题。我一直在创作教堂里的那一场，不过只是在大脑里构思而已。一座哥特式的大教堂，教堂的内部装饰，唱诗班，圣歌四起，格蕾琴走了进来，您要知道，唱诗班是中世纪的，因此要显出十五世纪的格调。格蕾琴显得非常忧郁，开始是吟诵调，声音低沉，但包含着恐惧和痛苦，而唱诗班的歌声却震耳欲聋，充满着阴森、威严和无情。突然——响起了一个魔鬼的声音，魔鬼的歌曲。他是隐身的，只有歌声能听得见，和圣歌相伴，几乎和圣歌重合，但同时又迥然不同——必须做成这样。这歌声绵绵不绝——这是男中音，一定是男中音。轻轻地，温柔地开始唱：'曾记否，格蕾琴，你还在天真烂漫的时候，还在婴孩的时代，和你母亲上这教堂来过，用一本旧《圣经》呢喃地念出你的祷词？'但是，歌声越来越有力，越来越狂热，越来越迅急，音调升高：里面含着泪水，无休止，无出路的烦闷，最后是绝望：'没有宥恕，格蕾琴，这里对于你没有宥恕！'格蕾琴想祈祷，但从她胸中迸发出来的只是呼喊——您要知道，此时她已经被眼泪憋得胸口发紧。但是，魔鬼的歌声还是没有停止，还是深深地钻进她的灵魂里去，像刀锋似的，而且歌声越来越高亢——突然，一声呼喊将歌声截断了！'一切都结束了，可诅咒的女人！'格蕾琴跪下来，双手紧握在胸口——这时她开始祷告，很短，唱成近似于吟诵，但很质朴，没有一点修饰，绝对是中世纪的品格，四行诗，一共只是四行诗——斯特拉代拉（意大利作曲家、歌唱家和小提琴家，曾为宗教典礼作了两百多首清唱剧）就作过好几首这样的曲子。她唱完最后的一个音符之后就晕倒了！台上出现一阵骚动。人们把她扶起来，抬走——这时突然响起了一阵雷鸣般的合唱。各个声部仿佛汇合成一种冲击力，这是具有神灵的、胜利的、压倒一切的合唱，有点像我们的‘天使颂歌’，它把一切都震撼了，随后渐渐化作激越的欢呼：‘Hossanna’（“和撒那”希伯来语的音译）！后来成为赞美上帝的呼声。似乎是整个宇宙在呼喊，而她被人家抬着，抬着，这时幕就应该落下来了！不，您听说我，如果我能够，我会做点什么出来的！不过我现在一点也不能，只不过是幻想着。我尽幻想着，不停地幻想着，我的一生变为一个幻想，我在夜里也幻想着。唉，多尔戈鲁基，您读过狄更斯的《古董铺》吗？”

“读过的。怎么啦？”

“您记得……等一等，我还要喝一杯……您该记得那本书的末尾写道：他们——就是那个疯狂的老人和那个美丽的十三岁的女孩，他的孙女，——在经历了离奇的逃亡和流浪之后，终于来到英国边境的某个地方，在附近有一座哥特式的教堂，于是小姑娘找到了一个差使，就是引导人们参观教堂……有一次，在夕阳西下的时候，这个孩子站在教堂的门廊上，全身浸润在落日的余晖中，望着落日，在她那幼小的心灵里，在她那充满惊讶的心灵里，生出了静谧的假想，仿佛面对着一个什么谜，因为不管是太阳还是教堂，确实都是一个谜——太阳犹如上帝的思想，而教堂犹如人类的思想……不是吗？唉，我不善于表达这些，但上帝肯定喜欢孩子们这种还没有受到污染的思想……这时在她旁边的台阶上，那个疯老人，她的祖父用呆滞的眼神一动不动地瞧着她……您知道，在狄更斯的这个画面上，并没有什么特别之处，完全没有什么，可是却让您一辈子都忘不了，在全欧洲成为不朽之作——为什么呢？因为这是美！这是天真无邪！唉，我不知道究竟是因为什么，只是觉得好而已。我在中学时尽喜欢读小说。您知道吗？我有一个住在庄园里的姐姐，比我大一岁……哦，现在那里什么都已经卖掉，已经没有这个庄园了！当时我和她坐在露台上，在我们庄园的老菩提树底下，一块儿读这本小说。也是夕阳西下之时，我们突然停止了阅读，彼此说我们将来也要做好人。我当时正准备进大学，而且——唉，多尔戈鲁基，您知道，每个人都有他美好的回忆呀！……"

突然，他把自己那漂亮的小脑袋靠在我的肩上——哭起来了。我开始怜惜他，非常非常怜惜他。当然，他喝了许多酒，但他很诚恳地、很友善地和我说话，而且充满了感情……突然，就在这一刹那间，街上传来了呼喊声，有人用手指剧烈地叩击我们的窗户（那里的窗户用的是整片的大块玻璃，又是在楼下，所以在街上可以用手指叩击）。原来就是被撵出去的安德烈耶夫。

"喂，兰伯特！兰伯特在哪里？你看见兰伯特吗？"从街上传来他野蛮的喊声。

"啊，他原来在这里！他并没有走吗？"我的那个大男孩喊道，从座位上跳起来。

"结账！"兰伯特咬牙切齿地对堂倌说。他开始付账，气得连手都发抖了，但"麻脸"不许他替自己付账。

"为什么？不是我请您的吗？不是您接受我的邀请吗？"

"不，还是让我自己来付吧！"那个"麻脸"掏出钱包，算清自己的那一份，单独付了账。

"您这样使我很难堪，谢苗·西多罗维奇。"

"我愿意这样！"谢苗·西多罗维奇厉声说，拿起帽子，也不和任何人告别，一个人从大厅里走出去了。兰伯特把钱扔给堂倌，匆忙地跟着他出去，恼怒得甚至忘记了我。我和特里沙托夫最后出去。安德烈耶夫像一根黑柱似的站在大门旁边，等着特里沙托夫。

"混蛋！"兰伯特忍不住骂了一声。

"得啦！得啦！"安德烈耶夫向他呼喊，一挥手就打掉了他头上的礼帽，帽子掉到地上后，便滚到行人道上去。兰伯特忍气吞声地跑去捡起来。

"二十五卢布。"安德烈耶夫把手里的一张钞票指给特里沙托夫看，这是他刚才从兰伯特身上诈来的。

"闹够啦，"特里沙托夫对他喊道，"你为什么尽捣乱……你为什么向他硬要二十五卢布，应该向他要七个卢布就够了。"

"为什么向他硬要？他答应在雅座里吃饭，还有雅典女人，但是女人没有，倒来了一个'麻脸'，再说我还没有吃饱，就在寒冷的空气里挨冻，一定是值十八个卢布的。他欠我七个卢布——这样一共二十五卢布。"

"你们俩都给我滚吧！"兰伯特怒吼道，"我要把你们俩都赶走，我要制服你们……"

"兰伯特，是我要把你赶走，是我要制服你！"安德烈耶夫喊道，"再见吧，我的公爵！不要再喝酒了呀！彼佳，开步走！Oh é, Lambert! O ù est Lambert? As-tu vu-Lambert."他最后一次吼叫着，大踏步地走了。

"那么我会上您那里去的，可以吗？"特里沙托夫匆匆向我悄悄说了一句，忙着跟他的朋友走了。

只剩下我和兰伯特两人。

"唔……我们走吧！"他甚至好像气傻了，费劲地喘了口气，才说出这么一句。

"要我去哪里？我哪里也不跟你去！"我急忙挑衅似的嚷道。

"你怎么不去啦？"他吓得猝然一震，一下子回过神来，"我可是一直等着就剩我们两个在一起呢！"

"但往哪里去呢？"说实话，我喝下了三杯酒和两盅核列斯，头里已经有点儿嗡嗡作响了。

"去这里，就去这家店，你看见了吗？"

"但那边是吃鲜蛤蜊，你瞧，上面写着呢。那边气味不好闻……"

"这是因为你刚吃过饭的原因，这是米柳京的小店呢（指涅瓦大街上的米柳京商场），我们不吃蛤蜊，我请你喝香槟酒……"

　　"我不要！你想灌醉我。"

　　"这是他们对你说的，他们在取笑你呢。你何必相信那些混蛋的话呢！"

　　"不，特里沙托夫不是混蛋。再说我自己也会小心的——就是这样！"

　　"怎么，你有骨气吗？"

　　"是的，我有骨气，而且比你还硬，因为你见谁都低三下四，你丢尽了我们的脸，你像仆人似的向那两个波兰人请求饶恕。想必你经常在酒店里挨打吧？"

　　"但我们总得谈一谈吧，傻瓜！"他喊道，露出又鄙夷又不耐烦的神情。这神情几乎在说：你也要学他们耍手腕吗？"你是害怕了吧？你是不是我的朋友？"

　　"我不是你的朋友。你是一个骗子。去就去，但我只是想向你证明我并不怕你。唉，这里太难闻了，一股子奶酪干的气味！真是恶心极了！"

第六章

一

　　我还要请读者记住，当时我的脑袋里已经有点儿嗡嗡作响，如果不是因为这个，我会说出不同的话，做出不同的行为来的。在这店铺里，在后屋内确实可以吃到蛤蜊。我们坐在一张铺着又脏又难看的毯子的小桌旁，兰伯特叫了香槟酒，于是一只盛着清凉而泛着金光的酒杯搁在我面前，诱惑地望着我，但我感到恼火。

　　"听我说，兰伯特，关键是我心里不痛快，你以为你现在还可以像在图沙尔学校的时候一样，随便命令我，其实你自己却受着这里所有人的奴役。"

　　"傻瓜！来，我们碰一碰杯！"

　　"你在我面前甚至连装也不装一下，哪怕把想灌醉我的心思隐瞒一下也好。"

"你胡说。你喝醉了。应该再喝一点,你就会快乐起来的。把酒杯举起来,举起来呀!"

"你要干什么?我要走了,到此为止吧!"

我果真想站起身来。他十分生气:

"这是因为特里沙托夫在暗中跟你说了我的坏话。我看见你们在那里叽叽咕咕地说了半天。所以说,你简直是一个傻瓜。阿尔福西娜甚至都不让他走近到她的身边,看到他就觉得讨厌……他这人太讨厌了。我要对你说他是怎么样的人。"

"你已经说过啦。你的眼中只有一个阿尔福西娜。你这人太狭隘了。"

"我狭隘吗?"他没有听明白我的话,"他们现在倒向'麻脸'那边去了。问题就在这里!所以我才把他们赶走。他们是不诚实的。那个'麻脸'是一个恶徒,他带坏他们。我可是要求他们做人要永远高尚和正直的。"

我坐了下来,不知怎么回事,机械地拿起酒杯,喝了一口。

"我的智慧要远远比你高呢。"我说。他一看到我坐下来,十分高兴,立刻又给我斟了酒。

"你不是怕他们吗?"我继续逗他(当时我一定比他还讨厌),"安德烈耶夫把你的帽子打在地上,而你竟给他二十五卢布。"

"我是给了他,但他会付出代价的。他们造反,我要把他们镇压下去……"

"那个'麻脸'弄得你十分不安。你知道吗,我觉得现在也只剩下我一个人了。所有你现在的一切指望都落在我一个人的身上了,是不是?"

"是的,阿尔卡季,正是这样。我现在只剩下你这么一个朋友了,这句话你说得很好!"他拍了拍我的肩膀。

对这种粗蛮的人真没有办法,他的智力太低了,竟把嘲笑当成了恭维。

"如果你是我的朋友，阿尔卡季，你可以帮我摆脱那些倒霉的事。"他继续说着，充满亲热地望着我。

"那我怎么帮你呢？"

"你自己知道怎么帮。你缺了我，就会像傻瓜一样，肯定会干出傻事，我却可以给你三万卢布，咱俩对半分，你自己知道我会怎样弄到这笔钱。哦，你究竟是什么样的人，你自己看一看：你什么也没有——你连姓名都没有，但现在一下子可以得到一大堆钱。有了这笔钱，你就会有出路啦！"

我对于他的这种手段简直感到吃惊。我虽然猜到他会施展狡猾的手段，但他竟对我这样直截了当地说出来，像小孩似的口无遮拦。由于我心胸比较豁达……再加上比较好奇，所以我决定听他继续说下去。

"听我说，兰伯特：这事你是不会明白的，但我同意听你继续说下去，因为我心胸开阔。"我振振有词地说，又从酒杯里喝了一口酒。兰伯特立刻又斟满了。

"是这样的，阿尔卡季：如果像比奥林格这样的人敢当着我所崇拜的女人面辱骂我，打我，那我简直不知道会做出什么事情来的！但是你竟忍住了。所以我看不起你，因为你是个窝囊废！"

"你怎么敢说比奥林格打我！"我喊叫起来，涨红了脸，"可以说是我打他，不是他打我。"

"不，这是他打你，不是你打他。"

"你胡说，我还踩了他的脚呢！"

"但他用手推你，还吩咐仆人拖你……而她竟坐在那里，坐在马车里瞧热闹，笑你，她知道你没有父亲，可以欺侮你。"

"我不明白，兰伯特，我们之间怎么会像小孩子似的拌嘴，真让我觉得害臊。你这是为了刺激我，而且说得那样粗俗，那样公开，好像在要弄一个十六岁的孩子似的。你和安娜·安德烈耶芙娜串通一气！"我大声地喊着，气得浑身哆嗦，机械地一口接一口地喝酒。

"安娜·安德烈耶芙娜是一个狡猾的女人！她会骗你，骗我，骗整个世界的！我一直在等着你，是因为我相信你会和那个女人做个了断的。"

"和哪个女人？"

"和阿赫马科娃夫人。我都知道了。你自己亲口对我说，她很害怕你手头上的那封信……"

"什么信……你胡说……你看见她了吗？"我慌乱地喃语着。

"我看见她了。她长得很漂亮。Très belle（法文，译为"太美了"），你还挺有品位的。"

"我知道你见过她了，但你没有资格跟她说话，我也不准你谈论她。"

"你呀，还是很幼稚。她还在那里取笑你呢——就是这个样子！在莫斯科的时候，我们见过这样一位高贵的女人：她的鼻子翘得好高呀！可是当我们威胁她说，要把她的那些事都统统抖出来时，她就立刻吓得浑身发抖，乖乖地听我们的话了。我们呢，可谓是一举两得：即拿到了钱，而且还干了那事——你知道是什么事吗？现在她在社交界又变得那么高不可攀了——呸，真是见鬼，别看她飞得那样高，而且坐着豪华的马车，你可不知道，那事是在什么样的下屋里干的！你还没有住过那种下屋呢，可你要知道，什么样的下屋她们都不怕……"

"我想到这一层了。"我忍不住咕哝了一句。

"她们荒淫到了极点，你不知道，她们会做出什么样的行为来的！阿尔福西娜就在那样房子里住过，连她也看不上眼。"

"我想到这一层了。"我又加以证实。

"人家打你，你还要怜惜人家……"

"兰伯特，你真是个混蛋，你是可诅咒的人！"我喊道，好像突然醒悟过来，浑身发抖。"这一切我都梦见过，你站在那里，还有安娜·安德烈耶芙娜……唉，你是一个可诅咒的人！难道你以为我是那样的小人吗？我之所以梦见你，是因为我早就知道你会说出这种话来的。还有，这一切也不可能那么简单，决不像你说得那么简单，那么轻易！"

"你瞧瞧，又生气啦！呵——呵——呵！"兰伯特一面笑，一面说，露出得意的样子，"好吧，阿尔卡季老弟，现在我完全知道了我所需要的东西。我为了这个等候你。你听我说，你现在一定是爱她的，你想对比奥林格进行报复——这就是我所要知道的。我在等你的时候，就一直这么猜想的。这是很重要的，这会使问题发生变化。这更好办了，因为她自己也爱你。那么你就跟她结婚，一刻也不要迟延，这样最好不过了。而且你也不要走其他的路，你要停留在最准确的道路上面。另外，你要知道，阿尔卡季，你还有我这么一个朋友，可以供你差遣。这个朋友会帮助你，会让你娶到她。不管怎样，我都会帮你把她弄到手的，阿尔卡季！等事成之后，我就送给你这个老朋友三万卢布，作为酬劳，好不好？我一定可以帮助你，你不要怀疑。对于办这类事情的诀窍我都知道，而且全部的嫁妆都归于你的名下，这样你将成为一个飞黄腾达的富人！"

尽管我眼前的一切开始旋转着，但我仍然惊讶地望着兰伯特。他很严肃，其实也并不是严肃，但是我看得很清楚，他竟完全相信自己有把握帮我娶到她，甚至还十分高兴地想出这个主意。当然，我也能够看出来，他这是在引我上钩，把我当小孩一样耍（这一点我当时就已经看出了）。但是，和她结婚的那个意念竟一直钻到我的心里，使得我虽然对兰伯特感到惊讶，他何以会相信这种想入非非的事，但自己同时又对此深信不疑，不过我当时就已经意识到，这件事当然是无论如何也不会实现的。只是不知道怎么回事，这些思绪却交织在一起了。

"难道这是可能的吗？"我喃语着。

"为什么不可能？你把那文件给她看——她一害怕，为了不丧失财产的继承权，一定肯嫁给你的。"

我决定不制止兰伯特说出那一套卑鄙的话来，因为他竟那样坦白地在我面前和盘托出，甚至不疑惑我会突然发火，不过我还是含糊地表示，我不愿采用强迫的手段逼她嫁给我。

"我决不会用强迫的手段娶她，你何以会卑鄙得猜想我会用这种手段呢?"

"哪里的话! 她会自己嫁给你的。这不是你，这是她自己一害怕，嫁给你的。她肯嫁给你，还因为她爱你。"兰伯特赶紧改口道。

"你在胡说，你在笑话我。你凭什么知道她爱我?"

"这是千真万确的事。我知道的，连安娜·安德烈耶芙娜也这样想。我跟你说安娜·安德烈耶芙娜这样想，说的是正经的，实在的话。以后等你到我家里去的时候，我还要对你说一件事情，你会看出她爱你的。阿尔福西娜到过皇村，她也打听出来了……"

"她在那里能打听出什么来呢?"

"你现在跟我上我家去，她会自己对你讲，你会觉得愉快的。再说，你哪点不如人家? 你长得很英俊，你有教养……"

"是的，我有教养。"我喃喃地说，几乎透不出气来。我的心怦怦直跳，当然并不仅仅是因为喝酒的缘故。

"你相貌英俊，你穿得很漂亮。"

"是的，我穿得还好。"

"你还很善良……"

"是的，我很善良。"

"那她怎么会不答应呢? 没有财产，比奥林格总归不会娶她，而你会使她丧失财产——这是她最惧怕的，你娶了她，也就是对比奥林格的报复了。你自己在那天夜里对我说，在冻僵以后对我说，她爱上你了。"

"难道我对你说过这句话吗? 我一定不是这样说的。"

"是这样说的。"

"那是发吃语。我当时一定也对你说过关于文件的事情吧?"

"是的，你说过你有一封信，我心想：既然有这样一封信，那他为什么要错过自己的好事呢？"

"这全是想入非非，我根本不会蠢到这个地步，居然会相信这事能够实现，"我喃喃地说，"第一，我跟她在年龄上有差距；第二，我连像样的姓都没有。"

"但她还是会嫁给你的，她不可能不嫁，否则她就会丢掉那笔大财产，这事我来替你办。再说她也爱你。你知道，这位老公爵对你有好感，在他的庇护之下，你就会知道可以和什么样的人联络。至于说到你没有像样的姓这一点，现在根本没有关系。只要你把钱弄到手，那么一切就会很顺利，而且不断的发达，过了十年之后便会成为使全俄震动的富豪，到那时你还需要什么样的名姓呢？在奥地利就可以买到男爵的头衔。你一结婚之后，就应该把她控制住，管得严严的。女人如果有了爱情，就喜欢让人把她紧紧地捏在手心里，女人喜欢意志坚强的男人。你只要用那封信去吓唬她一下，就能够显示出你坚强的性格来。她会说：'他的年纪那样轻，却拥有如此坚强的意志。'"

我像着了魔似的坐在那里。我还从来没有下贱到跟任何人进行这样愚蠢的谈话，但此时却有一种甜蜜的渴望吸引我谈下去。再说，兰伯特是那样的愚蠢而且卑鄙，所以在他面前也不必害臊。

"听我说，兰伯特，"我突然说，"无论你怎么说都可以，但是这里面有许多胡说八道的话。我之所以和你说话，是因为我们是同学，我们不必彼此感觉羞愧。但是，我和别人却绝不会把身份降低到这个地步。关键的问题是，你凭什么这样肯定地说她爱我呢？关于财产这一层，你说得很对，但你可以瞧得出来，兰伯特，你不知道上流社会的人们，他们还处于宗族主义的，家族主义的关系上面，可以说，门第观念很深，现在她还没有知道我有什么能力，也不知道我在生活中能够得什么样的成就，——所以她现在还是会耻于嫁给我的。但是，我不瞒你，兰伯特，这件事确实有一点可以给你希望。那就是：她会由于感激而嫁给我的，因为我可以把一个人对她的仇恨消除掉。她怕他，怕这个人。"

"啊，你说的是你的父亲吗？怎么？他很爱她吗？"兰伯特突然精神一振，露出异乎寻常的好奇。

"不，"我喊道，"你是多么可怕，同时又是多么的愚蠢，兰伯特！我能不能娶她，如果他爱她？毕竟我们是父子，这是十分可耻的。他爱母亲，他爱母亲，我看见他是怎样的拥抱她，我自己以前也以为他爱卡捷琳娜·尼古拉耶芙娜，但现在才弄清楚，也许他曾经爱过她，可现在早就恨她了……而且想报复。她也很怕他，因为，我对你说，兰伯特，他在开始复仇的时候是非常可怕的。他几乎成了一个疯子。他一恨她，就会什么事都做出来的。这是老一代人出于崇高的原则而结下的怨恨。而在我们这个时代，应该抛弃这些普遍的原则。在我们的时代，没有普遍的原则，只有个别现象。唉，兰伯特，你什么都不懂。你愚蠢得像一根木头，我现在对你讲这些原则，但你大概一点也不懂。你的文化水平太低了。以前你经常打我，还记得吗？现在我比你有力——你知道这个吗？"

"阿尔卡季，你和我一块儿上我那里去！我们再喝一瓶，阿尔福西娜弹着吉他，唱歌给我们听。"

"不，我不去，你听着，兰伯特，我有我的'理想'。如果不成功，不能和她结婚，我就埋头去实现我的理想，而你却没有理想。"

"好，好，待会你可以给我讲一讲，我们走吧。"

"我不去，"我站起身来，"我不高兴去，就不去。我以后会上你那里去，但你是个小人。我可以给你三万卢布——可以的，但我比你纯洁，比你高尚……我看得很清楚，你什么事都想骗我。关于她，你连想一下我都不许。她比任何人都高尚，而你，兰伯特，你的计划实在太卑鄙了，甚至使我感到吃惊。我想娶她——这是另外一件事情，但是我不需要财产，我看不起财产。就算她跪着给我财产，我也不肯收……至于娶她，那是另一件事情。你知道，你说应该把她捏在手心里的话，说得很好。爱一个女人，疯狂地爱，用只有男人才会有，女人绝不可能有的那种大度去爱她，同时又对她使用专制的手段——这是很好的。因为你知道，兰伯特——女人是喜欢专制的。兰伯特，你很懂女人。但是，你在其他的一切方面却愚蠢得出奇。而且，我听你说，兰伯特，你并不像看上去那样可恶，你只是头脑过于简单而已。我喜欢你。唉，兰伯特，你何必当骗子呢？那时候我们会很快乐地生活下去！你知道，特里沙托夫太可爱了。"

最后的几句话，我说得含糊不清，前言不搭后语，这时我已经在街上了。这一切我记得很仔细，就是为了使读者看到，虽然我的精神十分振奋，而且发誓努力为善，寻觅好人品，可到时候我还是会如此轻易地堕落，而且堕落到如此龌龊的地步！我敢发誓，要不是我完全相信自己现在已经不是那样的人，我已经在实际的生活中磨炼出坚强的意志，那我是无论如何也不会把这一切对读者直说出来的。

我们从铺子里走出来，兰伯特用手轻轻地搂着我，扶我走。我突然看了他一下，看见他目光十分清醒，正在凝神地观察我。那眼神和表情完全跟我冻僵的那天早晨一模一样。当时他也是这样扶着我上马车，也是用手搂着我，竖起耳朵，睁大眼睛，仔细倾听我那颠三倒四的呓语。要在已经微醉，又尚未完全醉倒的时候，往往会突然出现一个极为清醒的瞬间。

"我无论如何不到你家里去！"我坚定地、清楚地说，嘲笑地望着他，用手把他推开。

"好啦，我叫阿尔福西娜煮茶给我们喝，你就别再闹了吧！"

他深信我已经逃不出他的手掌心，便搂着我，扶着我，而且满心欢喜，把我成为一只宝贵的猎物。当然，他很需要我，特别是在那天晚上，我又是那种样子！至于为什么，在下文中我全会解释清楚的。

"我不去！"我反复地说。"马车！"

这时，恰巧一辆马拉雪橇驶了过来，我就跳到雪橇上去。

"你往哪里去？你怎么啦？"兰伯特大喊，露出惊恐万分的神情，抓住我的皮大衣。

"不许你追我，"我喊道，"你不要追我。"在这时，雪橇正好滑动了，我的皮大衣从兰伯特的手里挣脱出来。

"一样的，反正你会来的！"他用恶狠狠的声音朝我的背后呼喊。

"我想来就来，——这是我的自由！"我在雪橇上转身看他。

二

他没有追赶我，当然，是因为他没有弄到一辆别的马车，于是我便来得及从他的眼皮底下消失了。我只坐到干草市场就跳下来，把雪橇打发走了。我很想徒步走一走。我并不觉得疲劳，也不觉得很醉，只觉得浑身充满了快感，精力旺盛，拥有异乎寻常的能力，脑子里还涌现出无数愉快的想法。

我的心猛烈的怦怦直跳，而且每一次心跳声我都能听得见。我觉得一切都是那样的可爱，那样的轻松。走过干草市场上拘留所的门前时，我真想跑到哨兵跟前，吻他几下。那天正在融冰，广场的地面发黑，发出难闻的气味，但我却很喜欢这片广场。

"我现在到奥布霍夫斯基大街上去，"我心想着，"然后向左拐就可以到达谢苗诺夫团的驻地了，兜一个圈子，这是很好的，这是很好的。我的皮大衣敞开着，为什么没有人剥去，贼到哪里去啦？听说干草市场上有贼，那就让他们走过来吧，我也许肯把皮大衣送给他们。皮大衣对我有什么用？皮大衣就是财产。La propriété, c'est le vol（法文，译为"所有权就是偷窃"）。然而，这是胡思乱想，一切是多么的美好。融冰的天气最好。为什么要冰冻呢？冰冻是完全用不着的。说说无聊的话本来不错。我怎么会对兰伯特说出关于原则的议论？我说没有普通的原则，只有个别的事件，这话我是胡说，完全是胡说！我是故意虚张声势罢了。真有点儿害臊，但是没什么，我会补救的，你不要害臊，不要折磨自己，阿尔卡季·马卡罗维奇。阿尔卡季·马卡罗维奇，我喜欢你。我甚至很喜欢你，我的年轻的朋友。可惜你——是个小骗子……而且……而且还………啊，是的……唉！"

我突然止步，整个心儿又陶醉得阵阵抽紧了。

"天呀！他说的是什么话？他说她——爱我。他是骗子，他撒了许多谎，目的就是为了让我上他家里去过夜。但也许不是谎话。他说安娜·安德烈耶芙娜也这样想……噢！本来纳斯塔西娅·叶戈罗芙娜也可以打听出什么来。她是四处钻来钻去的。我刚才为什么不上他那里去呢？我本可以了解到一切底细！唔！他有计谋，这一切我已经预感到了。我梦见过。你想得倒还很周到，兰伯特先生，不过你还是胡说，不会这样的。但也许会这样！他难道能帮助我娶到她吗？他能，也许能的。他很幼稚，但有信心。他愚蠢，但像所有的商人那样大胆。愚蠢和大胆一旦结合在一起，就会产生一股巨大的力量。你得承认，你是怕兰伯特的，阿尔卡季·马卡罗维奇。可是，他需要诚实人做什么？还那样正经的抱怨：说这里没有一个诚实的人！但你自己呢——你诚实吗？唉，瞧我这想法，难道小人不需要诚实的人吗？哈！哈！阿尔卡季·马卡罗维奇，只有你至今对这些还不知道呀，因为你是那样的天真。天呀！要是他真能帮我娶到她，那会怎样呢？"

我又停下了脚步。我应该在这里老老实实地供出一桩愚蠢的事来（因为这早已是过去的陈迹）。我应该直说，我早就想结婚了，要不是想过，这事是永远不会发生的（将来也不会发生，我可以发誓），但是我已经不止一次，且早已幻想结婚如何如何的好，也就是说，幻想了无数次，尤其在每天夜里临睡的时候。这种情形还在我十六岁时就开始了。我在中学里有一个同学，和我同岁，姓拉夫罗夫斯基，是一个可爱和漂亮的男孩儿，而且很文静，不过没有什么特别出众的地方。我几乎从来不和他交谈。有一天，不知怎么回事，碰巧我们俩并排坐在一起，他显出很沉郁的样子，突然对我说："唉，多尔戈鲁基，你觉得怎么样？现在娶亲才好呢。真是的，现在不娶亲要等到什么时候呢？现在是最好的时候，不过无论如何也不行！"他竟坦率地说出这种话。我突然从整个心坎里赞成他的话语，因为我自己也已经产生这个幻想。后来，我们俩连着好几天聚在一起，谈论这件事情，好像有什么秘密似的，其实只是谈这个问题。后来，也不知道怎么回事，我们俩不再来往了，也不再谈话了。自从那个时候起，我就开始幻想了。这件蠢事当然不值得回忆，但我只想指出，这类蠢事有时自有它的源头……

"这件事只有一点会遭到严厉的反对，"我一面继续走路，一面还在那里幻想，"噢，当然，我们在年龄方面的微小差别不会成为障碍，但有一点：她出身贵族，而我只是普通的多尔戈鲁基！这真是太糟糕了！唔！韦尔西洛夫和母亲结婚以后，难道不能请求政府准许他认我为儿子……这样，凭着他的功劳……他做过官，因此一定有过功劳，他还当过地方法院的仲裁委员……唉，真是见鬼，多么卑鄙的念头！"

我突然喊了出来，突然第三次止步，但这次却仿佛五雷轰顶一般怔在了原地。意识到我居然会想做这么可耻的事，竟然会希望用过继的方法改换姓名，我觉得这是对我的整个的童年的背叛，这种意识几乎在一刹那间使我的兴致一扫而光，所有的一切快乐也烟消云散了。"不，我决不把这个念头告诉任何人，"我这样想着，脸涨得通红，"我之所以那样屈辱，因为我……爱她，而且十分愚蠢……不，如果说兰伯特也有说对的地方，那就是现在根本不需要去做这些蠢事。在我们的时代，最主要的是人自己，然后才是他的金钱。不是他的金钱，而是他的财产。我有了这笔财产，再去实现我的'理想'，那么十年之后将会使全俄罗斯震动，我也在众人面前出口恶气了。对她根本不需要客气，这话兰伯特说得也对。她一害怕，便会嫁给我。会用极简单的、极庸俗的方式答应嫁给我的。'你不知道，你不知道，这事发生在什么样下屋里！'——我记得兰伯特刚才所说的话，这是对的。"我心里认可道，"兰伯特所说的话都对，他比我和韦尔西洛夫都对，比所有的理想派都对，对一千倍！他是现实派。他看出我有坚强的意志力，她会说：'啊，他有坚强的意志力！'兰伯特固然是小人，他只是从我身上敲到三万卢布，但他毕竟是我唯一的朋友。当今没有、也不可能有别的友谊，这是那些不切实际的人想出来的。我甚至不是在贬低她，难道我是在贬低她吗？一点也不。所有的女人都是如此的！也就因为这个原因，所以才需要一个男子去管束，所以她们生来就注定是附属品。女人是罪与诱惑，男子是正直与宽容。这是永远不变的真理。至于说我准备利用那个'文件'——这是无关紧要的。这与正直和宽容都没有妨碍。像席勒所提倡的那种纯粹的人（弗里德里希·席勒，德国著名的文学家、思想家、剧作家，在德国文学史上地位仅次于歌德。他曾在《审美教育书简》的第四封信中提到"纯粹的人"）是不会有的——那不过是假装出来罢了。只要目的正当，即使弄脏了手也不要紧，以后一切都会洗干净，并抹去一切痕迹的。这才叫秉性豁达，这才叫生活，这才叫生活的真谛——这就是当今的说法。"

我还要重复一遍：人家会饶恕我把所有这一段醉后的呓语原原本本地叙述出来。当然，这不过是当时的一些主要念头，不过我觉得，这就是我当时心里想说的话。我应该讲说出来，因为我坐下来写，乃是为了谴责自己。如果这种事不加以谴责，那还谴责什么呢？难道在生活里还能有比这严重的吗？这是无法用喝醉来辩解的。In vino veritas（拉丁文，译为"酒后吐真言"）。

我一面幻想着，完全陷入理想的境界中，一面不知不觉地终于走到家里，也就是母亲的寓所里。甚至没有注意到自己是怎么走进寓所里去的。但是，我刚跨进我们家那间低矮的前室，就立刻明白我们家里发生了一点不寻常的情形。屋内说话的声音十分响亮，还有呼喊的声音，还听见母亲在那里哭泣。卢克里娅急急忙忙地从马卡尔·伊万诺维奇的屋内跑到厨房里去，在门口那里几乎把我撞倒。我把皮大衣扔掉，走到马卡尔·伊万诺维奇那里去，因为大家全聚在那里。

只见韦尔西洛夫和母亲站在那里。母亲瘫在他的怀抱里，他紧紧地把她搂在心口那里。马卡尔·伊万诺维奇照例坐在自己的长椅上面，但似乎有点乏力，而丽萨尽量用手扶住他的肩膀，不让他倒下去，甚至可以看出来，他一直歪斜着要倒下去。我急忙地跨近一步，不由全身一震，因为我猜到：老人已经死了。

他刚刚死去，就在我进家门之前一分钟左右。在十分钟之前，他还觉得自己和以前一样。当时只有丽萨一个人和他在一起，她坐在他身边，把自己的忧愁讲给他听。他和昨天一样抚摸着她的头。突然，他全身颤抖（丽萨后来这样讲），想站起来，却站不起来；想喊出来，却喊不出来。于是就默默地向左侧倒下去。"心脏衰竭！"——韦尔西洛夫这么说。丽萨大喊了一声，于是大家全跑过来了——这就是我到家之前一分钟内发生的事。

"阿尔卡季！"韦尔西洛夫对我喊，"快跑去找塔季扬娜·帕夫洛芙娜。她肯定在家。立刻请她来。雇马车去。快点，求求你！"

他的眼睛闪耀着光芒——我记得很清楚。我没有在他的脸上看出一点类似于纯粹的怜惜的表情，也没有看到一滴眼泪——只有母亲、丽萨和卢克里娅在哭泣。相反地，他的脸上露出不寻常的兴奋，几乎是欢欣，这一点我也记得很清楚。我跑出去找塔季扬娜·帕夫洛芙娜。

从前面的叙述中可以知道，去那里的路并不远。我没有雇马车，却不停歇地一路跑着。我的大脑十分模糊，甚至几乎有点欢欣。我明白发生了一桩转折性的大事。在我拉响塔季扬娜·帕夫洛芙娜家的门铃时，我的醉意已经完全消失了，随之一起消失的，还有那些不正直的念头。

芬兰女人打开门："不在家！"——她说着就想立刻把门关上。

"怎么不在家,"我用强行闯进前室里去,"这是不可能的!马卡尔·伊万诺维奇死了!"

"什——么?"塔季扬娜·帕夫洛芙娜的呼声突然从关紧的门那里传出来。

"死了!马卡尔·伊万诺维奇死了!安德烈·彼得罗维奇请您立刻就去!"

"你胡说……"

门闩响了一声,但门只拉开一条缝:"什么事?快说!……"

"我自己也不知道,我刚回家,他就已经死了。安德烈·彼得罗维奇说是心脏衰竭!"

"我马上去!立刻就去!你快跑去说我就来。快去,快去,快去,哦!干吗还站着?"

这时我从微开的门缝里清楚地看见,有个人突然从塔季扬娜·帕夫洛芙娜卧室的门帘背后走出来,站在屋子的深处,也就是站在塔季扬娜·帕夫洛芙娜的身后。于是,我机械似的、本能地抓住了门锁,不让门关上。

"阿尔卡季·马卡罗维奇!难道他果真死了吗?"一个我所熟悉的细嗓子,平稳清脆地传了出来,我的心顿时不由得一阵哆嗦。从她的声音中,可以感觉到她的内心十分激动。

"既然这样,"塔季扬娜·帕夫洛芙娜突然把门摔开,"既然这样——那您想怎么着,就怎么着吧,这是您自找的!"

她急忙地从寓所里跑出,一边跑,一边披上头巾和皮大衣,顺着楼梯跑下去了。只剩下我们两人。我迅速脱去大衣,向前跨了一步,随后把门关上。她站在我前面,像那次约会时一样,容光焕发,眼睛发亮,也像上次一样,向我伸出两手。我好像站不稳似的,简直倒在她的脚下。

三

我开始哭泣，自己也不知道为什么。我不记得她怎样让我坐在她身边，在我那珍贵的回忆中，我只记得我们并排坐着，手拉着手，急切地交谈着：她盘问老人的情形和他死时的情况，我对她讲述关于他的一切——这样可以让她觉得，我是在哭马卡尔·伊万诺维奇，其实这是再荒唐不过的，而且我也知道，她不可能认为我会做出这种十足的孩子气的庸俗行为。我终于突然回过神来，开始觉得羞愧，现在我觉得，我当时的哭泣仅仅是因为高兴，我想这个原因她自己很明白，因此写这段回忆时我是心安理得的。

我突然觉得很奇怪，她为什么尽盘问马卡尔·伊万诺维奇的事情。

"难道您知道他吗？"我诧异地问。

"我早就听说了。我从来没有见过他，但是他在我的生活中也起过作用。曾经有一段时间，我惧怕的那个人有跟我讲过关于他的许多事情。您知道是什么人。"

"我现在才知道，'那个人'对您的贴心，比您以前告诉我的还要多些。"我说着，自己也不知道想用这话表达什么意思，但似乎带着责备的样子，而且眉头皱得紧紧地。

"您说他刚才吻您的母亲吗？拥抱她吗？您自己看见的吗？"她没有理会我，继续盘问着。

"是的，我看见的。您要相信，他做十分诚恳而且大度！"我看出她很高兴，急忙补充了一句。

"但愿他能如此，"她画着十字，"现在他解脱了。这个可爱的老人一直在束缚他的生活。老人一死，他的义务……和尊严重又复活，就像那次复活一样。哦，他首先是一个宽厚的人，他可以安慰您的母亲的心，因为他爱她甚于世界上的一切，最后自己也会安心的。愿上帝祝福他——也该是时候了。"

"您觉得他是宝贵的吗?"

"是的,很宝贵,虽说不是他自己所希望的那种意思,也不是您所问的那种意思。"

"您现在替他或替您自己担心吗?"我突然问。

"哦,这是很复杂的问题,我们不必去谈它。"

"当然,不必去谈它。不过我一点也不知道这个,也许不知道的事情太多,但是您的话是对的,现在一切重新开始。如果有人复活,那么首先是我。我的思想在您面前是卑鄙的。卡捷琳娜·尼古拉耶芙娜,在一小时以前,我也许就已经在行动对您做出卑劣事来,但是,您听我说,我现在坐在您身边并不感到任何良心上的不安。因为现在一切已经消失,一切重新做起,而那个在一小时之前谋划用卑鄙的手段来对付您的人,我现在不认他,也不想认他了。"

"您该醒醒啦,"她微微一笑了,"您好像有点在说呓语。"

"坐在您的身旁,难道还能理智地评判自己吗?"我继续说,"不管我是诚实也好,还是卑劣的也罢——您还是像太阳一样,高不可攀……您告诉,在发生那件事情之后,您怎么还肯出来见我?要是您知道在一个小时以前,仅仅在一个小时以前所发生的事,您还会见我吗?您知道应验的是一个什么梦啊?"

"我想,我大概全都知道,"她轻柔地笑了笑,"您刚才打算对我进行报复,发誓要毁了我,可是如果有人当着您的面说我一句坏话,您就一定会把他杀死,或是把他揍个半死。"

咦,她在笑,她在开玩笑,但这不过是由于她心肠太好,因为我随后就想到,此时此刻她正满腹忧愁,心情十分不安,所以她在和我交谈的时候,对于我那些空洞而带有刺激性的问题,只能像回答小孩子那种纠缠的幼稚问题那样,只是为了应付过去而已。我突然明白了这一点,开始觉得羞愧,但我却不能敷衍过去。

"不，"我叫了起来，不能控制自己，"不，我没有杀死那个说你坏话的人，我反而去支持他！"

"啊，看在上帝的分上，不要说了吧，不要说什么话。"她突然伸出手来，阻止我，脸上甚至露出一种悲悯，但我已经从座位上跳起来，准备宣布一切，如果宣布了，便不会发生以后发生的那件事情，因为我一定会供认一切，并且把文件交还给她。但是她突然笑了起来：

"不需要，一点不需要什么，我不需要任何的详情！您所有的罪我全知道：我敢打赌，您想娶我，要不就是有这类打算，您刚才还和您的助手，您以前的同学们在商量……啊，我大概猜到了！"她大声嚷起来，严肃地逼视我的脸。

"怎么……您怎么会猜到的？"我喃语着，吃惊得简直像傻子一样。

"哦，这还用问吗？但是够了，够了！我原谅您，只是请您不要讲这件事了，"她又摆了摆手，但已经露出明显的不耐烦，"我自己就是喜欢幻想的人，在我无法自制的时候，我就会幻想采取什么手段！够了，您尽打断我的话头。我很高兴塔季扬娜·帕夫洛芙娜走了，我很想见您，在她面前我不能像现在那样地说话。我觉得，我对于当时发生的那件事情，十分对您不住。不是吗？难道不是吗？"

"您对不住我？可当时是我背叛了您，把事情告诉了他，——您会怎么看我呢？这些日子我一直在想这个问题，从那时起我每分钟都在想，都意识到这个问题。"（我没有对她撒谎。）

"您何必这样折磨自己，其实我当时很明白，这一切是怎么发生的，您当时只是在快乐中对他说出您爱上了我，而我……而我还听信您的话。您只有二十岁呀，这么做并不奇怪。再说您爱他甚至胜过世上的一切，您把他当成了您的朋友，你的榜样。我很明白这个，但是已经晚了，啊，是的，我自己当时是有错的，我当时应该把您叫来，安慰您，但是我一时气恼，便吩咐下边不许放你进门，结果才发生了大门前的那一幕，接着是那一夜。您知道，我在所有这些日子里，和您一样，总是盼望着单独跟您见一次面，只是不知道怎样安排。您知道吗？我最担心的是什么？我最担心的是您会相信他诽谤我的那些话。"

"决不相信！"我喊道。

"我很珍惜我们以前的见面，我欣赏您身上那股年轻有为的朝气，甚至也许还包括那份真诚……我可是一个正经的女人，在所有现代的女人中我最正经，也最忧郁，您该知道这层……哈，哈，哈！我们还可以说许多话，但是现在我有点不舒服，我很激动……大概我在犯歇斯底症了。但是，最终，最终他总会给我一条活路的！"

她在无意中脱口喊出了这么一句，我当即悟出了其中的含义，我不想接口说下去，但是我全身震颤起来了。

"他知道我饶恕了他！"她突然又喊起来，好像在那里自言自语。

"难道您会饶恕他那封信吗？他怎么能知道您饶恕他呢？"我大声嚷道，再也忍不住了。

"他怎么知道的？咦，他是知道的。"她接着回答我，但那种神情好像忘记了我的存在，好像只是在那里自言自语一样。"他现在醒悟了。再说他既然能够看透我的心，他又怎么会不知道我饶恕了他呢？他知道我自己有点像他这类人。"

"您吗？"

"是的，他知道这一层。其实我并不是热情的，我是安静的；我也和他一样，希望大家都好……他爱上我总是有什么原因的啊。"

"那他怎么说您身上有种种恶习呢？"

"他不过说说罢了，他暗藏着别的心思。他那封信写得太可笑了，不是吗？"

"可笑吗？"我竭力想听懂她这话的意思，我觉得她确实好像发作了歇斯底里……而且她说的这些话，也许并不是说给我听的，但我还是忍不住要问个明白。

"是的，很可笑，我真想笑出来呢，如果……如果我不感到害怕的话。但我并不是那类胆小的女人，您不要这样想。但为了这封信，我竟一夜没有睡着，它似乎是用一种病态的真情……写了这封信之后，还会有什么好事呢？我热爱生命，我十分担心我的生命，在这方面我是太怯懦了……唉，听我说，"她突然全身一震，"您快上他那里去！眼下他会一个人待着，他不会老待在那里，他一定独自上什么地方去了。快去寻找他，越快越好，跑到他那里去，表示您是他的爱子，向他证明您是可爱而善良的孩子，我的学生，我对您……但愿上帝赐给您幸福！我任何人也不爱，这样更好些，但我希望大家都有幸福，希望大家，首先是他，让他了解这一点……甚至让他立刻知道，这对于我是很有意义的……"

她站了起来，一下子就躲到门帘后面了。就在这一刹那间，她的脸上闪烁着泪水（这是笑过之后歇斯底里的眼泪）。我独自留在那里，显得异常激动而且不安。我根本不知道，她为什么如此激动。我从来没有想到她会这样激动。似乎有什么东西在我的心里缩紧了一下。

我等了五分钟，又继续等了十分钟，始终寂静无声，我突然觉得很奇怪，于是我决定从门里窥视，又喊叫了一声。应着我的喊叫而出现的是玛丽亚。她用极平静的口气对我说，那位太太早已穿好了大衣，从后门出去了。

第七章

一

　　事情竟会以这样荒唐的方式结束。我抓起皮大衣，边跑边穿，心里想着："她吩咐我到他那里去，但是我到什么地方去找到他呢？"

　　别的一切且不管，使我感到震惊的是下面的问题："她凭什么认为现在出现了转机，认为他会让她安稳度日呢？当然，因为他将和母亲正式结婚，但她究竟怎样呢？她是不是因为他将和母亲结婚而显得快乐，或者反而感到不幸？是不是因为这个才发作了歇斯底里？为什么我无法解开这个谜？"

　　我把当时闪过的第二个念头，逐字记载下来，作为纪念：它是十分重要的。这天晚上是命中注定的。瞧，也许你不得不相信定数：我向母亲的寓所那里走去，还没走到一百步，突然就碰到我正要寻找的那个人。他抓住我的肩膀，把我拦住了。

"原来是你呀!"他快乐地喊了出来,同时又似乎非常吃惊。"真是想不到,我刚才到你那里去过,"他迅速地说着,"寻找你,打听你,现在全世界上我只需要你一个人!你的那个文官房东不知对我乱说些什么,但你没有在那里,我就走了,甚至忘记了请他转告你,让你赶快上我那里去。结果怎样呢?我一边走着,一边还坚信不疑:现在正是我最需要你的时候,命运不会不在这个时候把你送到我那里去,而现在我竟首先和你相遇了!我们现在就上我那里去吧:你还从来没有到我那里去过呢。"

总之,我们两人互相寻找,我们每个人都出现了一点类似的感受。我们就这样急匆匆地走着。

一路上他只说出了几句简短的话语,例如他让塔季扬娜·帕夫洛芙娜陪着母亲等等的话。他揽着我的手,引我走路。他住得离我们巧遇的地方不远,我们很快地到了。我确实从来还没有到他那里去过。那是一所不大的住所,一共有三间屋子,是他专门为那个"婴孩"租下来的(或者不如说是塔季扬娜·帕夫洛芙娜租下来的)。这住宅以前永远归塔季扬娜·帕夫洛芙娜管理,里面住着婴孩和奶妈(现在还住着纳斯塔西娅·叶戈罗芙娜),不过总是给韦尔西洛夫留一间屋子,也就是进门的第一间,屋子十分宽敞,家具布置得极好,而且十分柔软,有点像为读书和写字用的书房。桌上、柜子里和书架上确实有许多书籍(在母亲的寓所里几乎完全没有),还有写得密密麻麻的文稿,一封封捆好的信件——总之,一切的样子,好像有人久居似的,而我知道,早先韦尔西洛夫有时就完全搬到这里来住,甚至一住就是好几个星期(虽然这种情况很少)。首先引起我注意的是,在书桌的上方挂着一幅妈妈的照片,嵌在漂亮的、用贵重木料雕刻的镜框里——不用说,这照片肯定是在国外照的。照片的尺寸放得特别大,可见是他很心爱的东西。以前我不知道,也没有听说过这张照片,而特别使我吃惊的是,照片和妈妈本人特别的相像,我指的是气质上的相像。总之,这似乎是出自艺术家手笔的真正的肖像画，而不是机械的复印。我一进门，就不由得在这张照片前停住了脚步。

"是不是？是不是？"韦尔西洛夫突然反复地问我。

他是在问："是不是？是不是很像？"我回头望了他一眼，对他脸上的表情惊呆了。他的脸色有点灰白，但露出热烈的、兴奋的眼神，似乎充满了幸福与活力。这样的表情，我还没有在他脸上看见过。

"我不知道您这样爱母亲！"我突然喊了出来，自己也感到欢欣。

他幸福地微笑着，虽然他的微笑里似乎蕴涵着某种忧患的感受，或不如说，流露出某种仁慈与高尚的东西……我无法用笔墨表达出来。但我觉得，凡是修养高的人，都不会因为幸福而露出兴高采烈和洋洋得意的神情的。他没有回答我的话，只是用双手把照片从扣环上摘下来，凑近自己身边吻了它一下，然后又轻轻地挂回墙上了。

"你该注意到，"他说，"照片很少能照得像本人的，这不难理解，因为照片的原型，也就是我们当中的每个人，通常就很少露出真实的本我。只有在很难得的瞬间，人类的脸庞才会流露出自己的主要特点以及最个性化的思想。所以画家要研究人的脸，揣摩脸上的这种主要思想，即使在他落笔的时候脸上根本没有这种思想。至于照相嘛，那就不一样了，你的脸当时是什么样，就会照成什么样子。所以也很可能会把拿破仑照成一脸蠢相，而把俾斯麦照得满脸温情。但是，在这张照片上，太阳好像故意似的照到索菲娅的脸上，正好抓住了她最具本色的瞬间——羞涩而温顺的爱，有点儿腼腆的、胆怯的纯洁。而且当时她正感到非常的幸福，在她终于相信我很希望得到她的照片的时候！这照片虽然拍得还不是很久，但那时候她到底年轻些，漂亮些，然而即使那时她已经双颊内陷，额上出现了皱纹，还有眼神中的那种胆怯和畏葸，现在这一切似乎已经随着岁月而增长起来——年龄越大越强烈。你相信不相信，亲爱的？现在我几乎不能设想她具有另一个脸庞，但是她以前也曾经年轻而且漂亮过的！俄国女人会迅速地变得难看，她们的美貌只是昙花一现，其实不仅仅取决于民族的典型的特征，还因为她们往往会因为爱而忘记了自己。俄国的女人一爱上谁，就马上奉献出自己的一切——昙花般的美貌、她的整个命运、她的现在和未来。她们都不会去计较得失，不会留有余地，于是她们的美貌很快就会消耗到她们所爱的男人身上。这深陷的脸颊，也就是消耗到我身上，为了我短暂的快乐而耗尽了她的美貌。你因为我爱你的母亲而高兴，也许你以前根本就不相信我爱她吧？是的，我的朋友，我很爱她，但是除了不幸之外，我没有给予她什么……这里还有一张照片，你不妨也瞧瞧吧。"

他从桌上取起来，递给我。这也是一张照片，尺寸却小得多，放在一个极细的、椭圆形的木框里。那是一张少女的脸，瘦瘦的，害痨病的样子，却十分美丽；神情若有所思，可又很奇怪，好像没有思想。她五官端正，这是世代祖先养尊处优而留下的外貌特征，但却给人留下一种病态的印象，好像这个人突然被一种呆板的思想所控制，这思想是痛苦的，因为她无力承受这个思想。

"这个……这个姑娘，不就是您在国外时打算娶她，后来得了痨病死去的……她的继女吗？"我有点胆怯地说。

"是的，我打算娶她，后来得了痨病死去的，她的继女。我知道你听说过……所有这些谣言。但除去谣言以外，你什么也打听不出来。你把照片放下吧，我的朋友，她是一个可怜的疯子，如此而已。"

"完全是疯子吗？"

"或者说她是白痴，不过我认为是个疯子。她有一个孩子，是和谢尔盖·彼得罗维奇公爵所生的（由于发疯，而不是由于爱情，这是谢尔盖·彼得罗维奇公爵所干下的最卑鄙的行为之一）。这孩子现在就在这里的一间屋内，我早就打算抱给你看。谢尔盖·彼得罗维奇公爵不敢到这里来看望孩子，那还是我和他在国外时约好的。我经过你母亲的允许，把他带到自己身边。我当时打算娶这个……不幸的女人，也是经过你母亲的允许……"

"难道这种事她也会同意吗？"我激烈地问道。

"喔，是的！她同意了。对女人可以吃醋，但那一位并不是女人。"

"对于大家来说，可以不把她当作女人，但是母亲不算在内。我决不相信母亲不会忌妒！"我喊叫起来。

"你这话很对。我也猜到这层了，但当时一切已经结束，也就是说在她表示同意的时候。但我们不要再谈这件事情了。莉季娅一死，事情就没有办成，即使她仍旧活着，或许也不会办成。我连现在都不许你母亲来看这孩子。这只是一段插曲而已。我的亲爱的，我早就等你到这里来。我早就幻想，我们可以在这里和解，你知道不知道，我盼望了多久？——我已经盼了两年了。"

他诚恳地、真心实意地望着我，露出非常热烈的心情。我一把握住他的手：

"您为什么一直拖延，为什么早不叫我来？您要是知道已经发生了……要是您早叫我来的话，那就什么也不会发生了！……"

就在这时，茶炊端进来了。纳斯塔西娅·叶戈罗芙娜突然把睡着了的婴孩抱了进来。

"你瞧瞧他，"韦尔西洛夫说，"我爱他，我特地吩咐他们现在把他抱进来，让你也看一看他。好啦，纳斯塔西娅·叶戈罗芙娜，现在您把他抱回去吧。你坐到茶炊旁边来吧。我要想象我和你永远这样生活着，每天晚上聚在一处，不再分离。让他好好看看你：你这样坐着，好让我看清你的脸。我多么喜欢这张脸啊！还在等候你从莫斯科来的时候，我就一直在想象你的脸是什么模样！你问我：为什么我早不打发人来叫你，其中的原因，也许你等会就会明白的。"

"但是，难道非得等这老人一死，您现在才有了说话的自由吗？这真是奇怪……"

然而，即使我说出了这句话，但我还是带着爱意望着他。我们说着话，像两个要好的朋友一样——两个最高意义上的朋友。他把我带到这里来，目的就是为了向我解释什么，告诉我什么，并向我做辩解，然而在我们还没有说话之前，一切就已经得到了解释和谅解了。不管我现在从他那里听到什么，其实目的已经达到了，而且我们两个都怀着幸福知道了这个效果，所以就这样欢喜地望着对方。

"倒不是因为这老人的死，"他答道，"不仅仅是因为他死了，还有另一件事，现在正是时候……愿上帝保佑这个时刻，保佑我们的生活，永远的保佑！让我们好好谈一下，我的亲爱的。我老是思想不集中，经常分心，本来想讲一件事，结果却只是抓住了事件的枝节，总是这样，当一个人的心里充满了……但是，我们来谈一谈。时机到了，我早就爱上你了，我的孩子……"

他斜靠在沙发正面，又看了我一眼。

"这真是奇怪！这话听起来太奇怪了！"我反复地说，沉浸在欢快中。

就在这时，我至今还清楚地记得，他脸上突然闪过几道常见的皱纹，似乎是忧愁和嘲笑交织在一起——这是我极为熟悉的皱纹。他克制住自己，似乎带着几分勉强地开口说话了。

二

"是这样的，阿尔卡季，如果我早点儿唤你来，我要对你说什么呢？这个问题也就是我的全部答复。"

"您的意思是说，您现在成了我母亲的丈夫和我的父亲，而当时……关于我社会地位一层，您不知道怎么对我说，对不对？"

"也不仅仅是因为这个，亲爱的，我不知道要对你说什么，这里有许多事情我无法开口。这里面甚至有许多事情是可笑的，让我丢脸的，因为这些事像是变戏法一样，实在像是滑稽可笑的戏法。再说，我们以前又怎么可能彼此了解呢，我自己也只在今天下午五点钟，在马卡尔·伊万诺维奇死前的整整两小时内，方才了解了自己。你这么困惑不解地望着我，是不是不高兴了呢？你不要着急，我会把事实解释给你听，但是我刚才所说的一切可完全是真话。我漂泊了一辈子，困惑了一辈子，不料有这么一天，下午五点时，一切都结束了！简直令人遗憾，不是吗？要是早些时候，我也真的会感到遗憾的。"

我确实带着病态的困惑听着。韦尔西洛夫之前那几道具有独特意味的皱纹又出现在他的脸上了，可是在那天晚上，在说出了这一番话之后，我真的不愿意看到这些皱纹。突然，我大声喊道。

"我的天呀！您在今天五点钟……从她那里收到什么没有？"

他直愣愣地盯着我，显然被我的呼喊，也许被我那句"从她那里"的话给惊呆了。

"你会知道一切的。"他说着，露出沉思的笑容说。"当然啦，凡是你应该知道的，我决不瞒你，因为我就为了这个才把你带来的，不过我们现在暂时不谈这些。听我说，我的朋友，我早就知道我们有些孩子们从小时候起就在思考自己的家庭，由于父亲和自己环境的不体面而感到委屈。我还在学校里念书的时候，就注意到这些喜欢思考的孩子。当时我断定，这一切是因为他们过早妒忌别人的缘故。不过，我自己也是那些喜欢思考的孩子们中的一个，但是……对不起，我的亲爱的，我真是心神不安得很，所以思路比较凌乱。我只想表示，在所有这段时间里，我几乎时常为你担忧。我总是想象你是一个年少而感觉到自己的才能的孤独的人。我也和你一样，从来不喜欢同学。这类人的不幸在于不得不光靠自己的力量和幻想，几乎怀着复仇似的渴望——是的，正是怀着"复仇似的"渴望——过早热切地渴望好人品。但是够了，亲爱的，我又跑题了……我还在开始爱你之前，已经想象着你和你那孤独的奇思怪想……但是够了，我根本忘记我要说什么。然而，毕竟还是应该把这话说出来。要是在以前，在以前我能对你说什么呢？现在我看见你投到我身上来的眼神，我知道是我的儿子在望着我。然而，即使在昨天，我甚至还不能相信，有朝一日我会像今天似的坐在这里，和我的孩子畅谈呢。"

他果真显出心神十分不安的样子，但同时又似乎受到了某种感动。

"我现在不需要幻想和说梦话，我现在有您就够了！我要跟随您！"我说着，想把整个心灵全都交托给他。

"跟随我吗？但我的漂泊之路恰恰已经走完了，而且恰恰就在今天。你迟啦，我的亲爱的。今天是最后的一幕的终结，幕布很快就会落下了。这个最后的一幕拖得太长了。这场演出开始得很早——那是在我最后一次跑到国外去的时候。我当时抛弃了一切。你知道，我的亲爱的，当时我斩断了和你的母亲的关系，而且是我亲口对她说的，这是你应该知道的。我当时跟她说得很清楚，我要永远离开，她永远不会再见到我了。最糟糕的是，我当时甚至忘记给她留一笔钱。对于你的处境，我也没有想到，连一分钟都没有想到。我离开以后，打算留在欧洲，永远不再回来。我要侨居国外了。"

"去投奔赫尔岑（赫尔岑，俄国哲学家、作家、革命家。少年时代受十二月党人思想影响，立志走上反对沙皇专制制度的道路。1847年起侨居国外。1857—1867年期间出版《钟声报》，从事革命宣传）吗？参加国外的宣传吗？您决定一辈子参加那一种阴谋吗？"我按捺不住，叫嚷起来。

"不，我的亲爱的，我不参加任何阴谋。你的眼睛甚至闪耀起来了，我喜欢你这样叫嚷，我的亲爱的。不是的，我当时只是由于烦闷，由于突袭来的烦闷而出走的。这是一个俄国贵族的烦闷——我想不出比这个更贴切的词了。贵族的烦闷——如此而已。"

"是因为农奴制度……人民的解放吗？"我喃喃地问，喘不过气来。

"农奴制度吗？你以为，我为农奴制度烦闷吗？我看不惯人民的解放吗？哦，不是的，我的朋友，其实我们也就是解放者。我的漂泊并没有任何的恶意。我刚刚充当了地方法院的仲裁委员，我努力工作着，不带任何私心地工作着，我的出国甚至并不是因为我对于我的自由主义思想收效甚微。我们大家（我是指像我那样的人而言）当时白忙了一场。与其说我的出国是由于忏悔，还不如说是由于骄傲。请您相信，当时我更不会想到自己已经到了应该像卑微的皮鞋匠那样终其一生。我首先是贵族，而且死时也要像个贵族。但是，我到底感到忧愁。在俄国，我们这类人也许有一千左右，也许实际上并不多，但这完全可以使自由主义思想不至于熄灭，这也就够了。我们是自由主义思想的代表，我的亲爱的！……我的朋友，我在说这话时，怀着一种奇特的奢望，那就是希望你能懂得我的这些话。我固执地唤你来，就是因为我早就梦想过如何将这些心里话告诉你……告诉你，就是告诉你！然而……然而……"

"不要紧，您尽管说吧，"我嚷嚷道，"我又看到您脸上的诚恳样子了……怎么样？欧洲当时使你们复活了吗？您的'贵族的烦闷'究竟是什么意思？对不起，我还不明白。"

"欧洲使我复活了吗？但是我当时自己是去埋葬欧洲的！"

"埋葬？"我吃惊地反问。

他微微一笑。

"阿尔卡季，我的朋友，现在我的灵魂疲倦了，我的精神被搅乱了。我永远不会忘记我当时在欧洲的最初的时刻。我以前也在欧洲住过，但这一次正值非常时期。我以前去那里时，从来没有像这次一样怀着那种难耐的忧愁……同时怀着爱心。我告诉你我当时的最初的印象，我当时的一个梦，确实做过的梦。那还是在德国的时候。当时我刚坐火车离开德累斯顿，由于心不在焉，坐过了应该转车的那个车站，结果误入了一条岔道。他们立刻叫我下车。当时是下午三点钟，外面天气晴朗。那是一个德国的小镇。有人给我指点了一家旅馆。我必须等候一下。下一班火车晚上十一点才能到来。我甚至很高兴出了这个意外，因为我并不特别忙着要上什么地方去。我本来在漂泊着，我的朋友，我本来在漂泊着。旅馆不大好，太小了，但却掩映在万绿丛中，周围都是花坛，那里的旅馆大都是这样的。他们给我开了一间狭小的房间，因为我已经在旅途中颠簸了一整夜，所以我吃过饭后就睡着了，当时是下午四点钟。

"我做了一个完全出乎我意料的梦，因为我从来没有做过这种梦。在德累斯顿的美术馆里，有一幅克劳德·洛伦的画，目录册上的名称是《阿喀斯与伽兰忒亚》，但我总是称它为《黄金时代》，也不知道是什么原因。我以前已看见过这幅画，现在，在三天前又借着过路的机会看了一遍。我梦见的就是这幅画，但看到的并不是画，却好像是一种真实的情景。然而我不知道，我究竟梦见了什么，似乎跟画里一样。那是希腊群岛的一角，而且时间似乎已转移到三千年以前，蔚蓝的、柔和的海浪，岛屿和岩壁，鲜花缤纷的海岸，魔术般美丽的远景，迷人的落日——这种美是无法用言语来形容的。所有的欧洲人都记得这里是自己的摇篮。这个念头似乎以亲密的爱充满我的心灵。这里是人类在地上的乐园：神从天上下来，和人们结为亲属……喔，这里住着一些好人！他们起床和入睡时，心里只有幸福感，没有负罪感。草地和树林里，到处都是他们的歌声和快乐的呼喊，他们把过剩和无穷的精力都投入到爱情和天真无邪的乐事上。太阳赐给他们温暖和光明，为自己这些完全的儿女们而欣悦……这是人类奇怪的美梦，是人类崇高的迷途！黄金时代——是一切幻想中最离奇的一个。为了它，人们牺牲所有自己的生命和力量；为了它，先知们死去，且被杀死。没有它，民众们活着就感到无趣，甚至死也不甘心！所有这一切感觉，我仿佛在梦中体验到了：岩壁与海洋，还有落日的斜光——这一切我仿佛在我醒来、张开完全被泪水浸湿的眼睛的时候还看得到。我记得，当时我十分欢喜，一种我还不熟悉的幸福的感觉从我的心里通过，甚至感到隐隐发痛。这感觉便是对全人类的爱。此时已经是黄昏了，一缕斜光从安放在窗上的鲜花丛中闯进我的小屋里，把光明洒到我身上。于是，我的朋友，于是——我梦中所见的欧洲文明诞生之初的落日，在我从梦中醒来回到现实之际，对我而言，顿时变得了欧洲文明衰落之时的落日！特别在那时，似乎在欧洲的上空听得出丧钟的响声。我不仅是指战争和杜伊勒里宫（杜伊勒里宫，曾是法国的王宫，位于巴黎塞纳河右岸，于1871年被焚毁）事件，即使不发生这些，我也知道一切都会过去，欧洲旧世界的整个面貌迟早都会过去的。但是，我是俄罗斯的欧洲人，却无法容忍这样。是的，他们那时刚刚把杜伊勒里宫烧毁……喔，你不要着急，我知道这事'合乎逻辑'，而且我深深地知道当时的思想势不可挡。可是，我作为一个崇高的俄罗斯文化思想的代表，我不能容忍这样。因为崇高的俄罗斯的思想就是对各种思想的调和。可那时在全世界中又有谁能了解这样的思想呢？所以我孤独地漂泊。我指的不是我个人——我指的是俄国的思想。那里只有战争与逻辑。在那里，法国人仅仅只是法国人，德国人仅仅只是德国人，而且这种局面在两国历史上达到了空前紧张的程度。因此，法国人从未像这个时期那样损害法国，德国人也从未像这个时期那样损害德国！那时候全欧洲没有一个欧洲人！只有我一人可以对他们直说，他们焚毁杜伊勒里宫是一个错误；只有我一人在所有复仇的保守派中间可以对那些复仇的人们说，焚毁杜伊勒里宫虽然是犯罪，但毕竟还是合乎逻辑。我的孩子，这是因为只有我这个俄罗斯人当时在欧洲是唯一的欧洲人。我不是指自己——我指的是俄罗斯的思想。我到处漂泊着，我的朋友，我到处流浪着，深深地知道我应该沉默，应该漂泊。但我还是感到忧伤。我的孩子，我不能不尊重我的贵族的身份。你大概在笑我吧？"

"不，我没有笑，"我激动地嚷道，"我并没有笑，您那个关于黄金时代的梦震撼了我的心灵，请您相信，我开始了解您了。但是，让我最感到快乐的是，您非常尊重自己。我要告诉您这一点。我从来没有料到这个情形！"

"我已经对你说过，我喜欢你这样的叫嚷，亲爱的！"他听见我天真的叫嚷，又微微一笑。他从沙发上站起来，开始漫不经心地在屋内来回踱步。我也站了起来。他继续往下说，言词还是那样的古怪，却饱含着思想。

三

"是的，孩子，我要对你再说一遍，我不能不尊重我的贵族身份。我国经历了许多个世纪，才创造了最高的文化的典型，这是在任何地方都没有过的，在全世界绝无仅有——这种文化让我们心怀天下，关怀所有的人。这是俄国人的典型，由于它来自俄罗斯民族最高的文化阶层，所以我以自己属于这个阶层而感到荣幸。它关怀着俄罗斯的将来。我们也许只有一千个人——也许多些，也许少些，但整个俄罗斯生生不息、绵延至今，就是为了造就这一千个人。有人会说——这太少，有人会感到愤恨，这许多世纪和这几亿人的民族，竟耗费在这一千人个身上了。但据我看来，一千人并不见得少。"

我兴奋地倾听着，听出了他的信念和一生的目标。对于这"一千人"的议论，使他的内心世界十分清晰地显露出来了！我觉得他和我这样滔滔不绝的谈话，是由于经受了某种外在的震撼。他对我说这些热情的话，是由于爱我，但他为什么突然开始说话，为什么这样希望和我说话，其中的原因我还是不知晓。

"我在国外漂泊，"他继续说，"对于过去的一切丝毫也不感到惋惜。在我住在国内的时候，凡是我的力量所能及的一切，我当时已为俄罗斯尽到了。离开俄罗斯以后，我也继续为它尽力，只是把思想拓宽了而已。我这样地效劳，会比我仅仅是俄罗斯人时所效劳的要多，——好比法国人仅仅是法国人，德国人仅仅是德国人一样。欧洲创造出法国人、英国人、德国人的正直的典型，但是对于未来的欧洲人，它还几乎一点也不知道。大概也不愿意知道。这是明摆着的：他们不自由，而我却自由。在欧洲，当时只有我一个人是自由的，虽说带着俄罗斯式的烦闷……

"你要注意，我的朋友，下面这个奇怪的情形：每个法国人都可以不仅为法国效劳，甚至也可以为人类效劳，但必须有一个前提，那就是他始终是一个法国人。英国人和德国人也是如此。只有俄国人，甚至在我们这个时代，也就是世界大同还未到来之前，就已经获得了一种能力，那就是只有在他成为十足的欧洲人的时候，才能是十足的俄罗斯人。这就是我们和其他人之间最重要的民族差异，而我们在这方面是独一无二的。我在法国的时候是法国人，和德国人在一起时便是德国人，和希腊人在一起时便是希腊人，但同时又是地道的俄罗斯人。唯其如此，我才是真正的俄罗斯人，真正在为俄罗斯效劳，因为我在展示俄罗斯的主要思想。我是这种思想的先驱。当时我在国外漂泊，可是难道我离开俄罗斯了吗？不，我在继续为它效劳。即使我在欧洲一事无成，即使我只是四处漂泊（我也知道我在那里也只是漂泊），但是，只要我带着我的思想和我的意识出国也就够了。我把我的俄罗斯的烦闷带到国外去了。噢，使我感到惊吓的不仅仅是那场战争中所流的鲜血，甚至也不是杜伊勒里宫遭到焚毁，而是随之而来的一切。他们还要注定长期厮杀下去，因为他们还是地道的德国人和地道的法国人，双方都没有演完自己的角色。而在这之前，势必会发生一切令我心疼的毁坏。对俄国人来说，欧洲如同俄罗斯一样的尊贵：欧洲的每一块石头都是可爱而且可尊贵的。欧洲成为我们的发源地，正和俄罗斯一样。噢，更早的发源地！我爱俄罗斯爱得比谁都深，但我并责备自己把威尼斯、罗马、巴黎以及它们的科学与艺术的宝藏看得比俄罗斯更可爱些。喔，俄罗斯人十分珍惜这些古老的、异国的石头，这些旧世界的奇迹，这些神圣的奇迹的碎片，甚至比他们本国人更加珍惜。他们现在却有不同的思想和不同的感情。他们不再珍惜那些古老的石头了……在那边，保守派只是为了生存而奋斗，而纵火者则只是为面包的权利而上蹿下跳。只有俄罗斯并不为自己，而是为了思想而活着。我的朋友，你应该同意，有一个意义十分重大的事实——在差不多一百年来，俄罗斯根本不为自己，而只是为欧洲而活！可他们呢？哦，他们注定在达到上帝的天国之前，要经受一番可怕的磨难。”

说实话，我听着他的这番话时，感到很不安，连他的语调都使我担心，虽然我不能不被他的思想所震慑。我病态地惧怕这是假话。突然，我厉声问他：

“您刚才说到‘上帝的天国’。我听说，您在那里替上帝布道，还戴着锁链，是不是？”

“至于我的锁链你就不要提啦，”他微微一笑，“这完全是另一回事。我当时并没有布道，却怀念过他们的上帝，这倒是实情。当时他们中间的一堆人，在宣扬无神论……但实质上是一样的。他们只是首批冲在前面的人，但这是实施的第一个步骤［指巴黎公社，它是第一个由工人阶层组成的革命政权，曾于1871年3月18日（正式成立的日期为同年的3月28日）到5月28日这段期间统治巴黎］——这才是最重要的。这里又有他们的逻辑，但在逻辑中又包含着烦闷。我是另一种文化的人，我的心不承认这个。他们因为忘恩负义而抛弃了思想，向它吹口哨，扔泥块——这是我无从忍耐的。这个过程的简单化使我惊怕。诚然，现实总是受着这种简单化的影响，甚至最光明正大的追求理想时也是这样，我自然应该知道这一点，但我毕竟是另一种典型的人。我可以自由选择，而他们不能。所以我才哭，替他们哭，为古老的思想而哭，也许是真正流泪哭泣，而不是在说夸张的话。”

“您真的这样强烈地信仰上帝吗？”我不信任地问。

“我的朋友，这也许是一个多余的问题。就算我并不很信仰，但我还是无法不去怀念那古老的思想。有时我不能不设想，人没有上帝将怎样生活下去，将来能不能生活下去。我的心里总是认为那是不可能的，但是某一时期也许是可能的……我甚至毫不怀疑这个时期将会到来，但我总是想象，这个时期会是另一个画面……"

"哪一个画面呢？"

是的，他以前就说过他是幸福的，不用说，他的话语里充满了欢欣，所以他当时所说的话里有许多我是可以接受的。不过，出于对这个人的尊敬，毫无疑问，我现在还不能把我们当时所谈论的一切，在纸上全部写出来，但是有几个奇怪的画面，这种画面是我及时从他的口中诱导出来的。关键是，那件"戴锁链"的事之前一直在折磨着我，我想弄清这到底是怎么回事，所以我才坚持要他讲出来。至于他当时所说的某荒诞不经，极其古怪的思想，则永远埋在我的心里。

"我总是设想着，我的亲爱的，"他带着沉思的微笑开始说，"战斗已经结束，争斗平息了。在诅咒、口哨和泥块之后，出现了静寂，人们如其所愿，只留下孤独的自己。先前的伟大的理想离开了他们，至今养育他们、温暖他们的伟大的力量的源泉也退却了，像克劳德·洛伦的画中的那轮壮丽迷人的太阳，已经消失了，但这似乎已经成为人类的最日。于是人们突然明白，他们完全只剩下了自己，一下子感到彻底的孤单。我的亲爱的孩子，我永远不能想象人们会忘恩负义，而且变得很愚蠢。孤独无依的人们立刻会互相挨得紧些，变得亲密些，他们会互相拉起手来，因为他们明白，现在只有他们自己互相依存了。只要伟大的永恒的思想一旦消亡，就不得不以别的思想来代替它，于是大家便会把以前那种倾注于不朽的爱，转而投向大自然，投向世界，变为人类，投向一草一木。他们会情不自禁地爱上土地和生命，随着人们逐渐意识到自己人生的短暂和有限，爱的程度也会随之加深，而且这已经是一种特殊的爱，不再是以前的那种爱了。他们会在大自然中发现那些自己以前不能预料的现象与奥秘，因为他们会用新的目光，用情人之间的眼神观察大自然。他们一觉醒来，就会急于互相接吻，急急忙忙地相爱，因为他们意识到了人生的苦短，只有相爱才会使他们拥有一切。他们彼此为别人工作，每个人都将自己所有的财产献给大家，因此感到了幸福。每个婴孩会知道而且感到，世上每个人在他看来都和父母一样。'即使明天是我生命中的最后一天也不妨'，那时每个人望着落日时都会这样想，'都是一样的，虽然我死去了，但他们还在，他们死去了，还有他们的子女在'。而他们会留下来还是会一样的相爱，彼此关心，就不会再去想九泉之下相见的事了。哦，他们会忙着爱人，以消除自己心中巨大的哀伤。要是仅仅为了自己，他们会很勇敢，为自己勇敢，但他们互相为了对方，就变得胆怯了，每个人会为对方的生命与幸福而担忧。他们会互相露出温柔的情意，不像现在似的感觉惭愧，互相爱抚，像小孩一般。他们相遇的时候，会用深切而理解的眼神互相对视，在他们的眼神里将会饱含着爱意与忧愁……"

"我的亲爱的，"他停顿了一会儿，突然又微笑着继续说，"这一切全是幻想，甚至是极不可思议的幻想，但我时常自己想象着这样的景象，因为我这辈子缺了它就不能生活下去，所以我不能不想它。我指的不是我的信仰，我的信仰是伟大的，我是个自然神论者（自然神论是十七到十八世纪产生于英国和法国的一个哲学观点，这种观点承认上帝创造了宇宙，但在此之后上帝并不再对这个世界的发展产生任何的影响），哲学的自然神论者，和我们那一千人差不多，我是这样觉得的，但是……但是有趣的是，我所想象的那幅画面，结局总是幻现出如同海涅笔下的《波罗的海上的基督》一般。我没有基督不行，而且在那些孤单的人们中间不能不想象到他。他走向他们，伸出手，说道：'你们怎么能忘记我呢？'于是好像一层白膜从所有人的眼上落了下来，响起了伟大的、欢欣的、赞美新的、最后复活的颂歌……

"我们且不要管这个，我的朋友，至于我'戴锁链'也是胡闹的事，你别放在心上。还有一点你该知道，我说话一向拘谨和冷静，如果我现在开了口，那是……由于不同的感情，还因为和你在一起，对任何别人我是永远不会说的。我补充这一点，也是为了让你放心。"

我简直被深深地感动了。我所担心的假话是没有的，让我特别喜欢的是，我已经清楚地看出他确实处在烦闷和苦痛之中，毫无疑问，他确实有着宽广的爱心——这是我认为最可贵的。我怀着热诚把这意思对他表示出来。

"但是您要知道，"我突然补充地说，"我觉得，无论您如何烦闷，但您当时应该还是感觉到幸福的！"

他开心地笑了起来。

"你今天说话特别中肯，"他说，"唔，是的，我当时感到很幸福，我怀着这样的烦闷还能不幸福吗？在我们的一千人当中，再没有比在欧洲漂泊的俄国人更自由、更幸福的了。我不是在说笑，这是实在的，这里有许多严肃的问题。是的，而且我也决不愿用任何别的幸福来取代我的烦闷。在这意义上，我永远感到幸福，我的亲爱的，我一辈子感到幸福。我当时由于幸福才在平生中第一次爱上了你的母亲。"

"怎么是平生第一次呢？"

"是的，确实是平生第一次。我在漂泊和烦闷的时候，突然爱上她了，这是以前从来没有过的，而且我立刻派人去接她。"

"您把这件事也讲给我听吧，把母亲的事情讲给我听！"

"我就是为了这个缘故才叫你来的，你该知道，"他愉快地笑了笑，"我就怕你以为我投奔赫尔岑，或是在国外参加了什么阴谋，因为这才不原谅我把你的母亲抛下呢……"

第八章

一

因为当时我们谈了整整一个晚上，一直坐到夜深，所以我不能把所有的谈话全部写出来，而只是转述那足以解释他一生中一个疑团的那些事实。

我先从他爱我母亲开始说起，我觉得这是毋庸置疑的，即使他出国时抛下了她，和她"斩断关系"，不用说，那也是因为他太烦闷了，或者发生了类似的情形，这又是世界上任何人常有的事，不过问题难以说清而已。然而，在国外经过了很长时间以后，他突然又爱上了母亲，而且是在没有见面的时候，也就是说在心里爱上的。他当时打发人去接她。有人也许会说："他这人反复无常。"但是，我要说出不同的看法。据我看来，这里面含有人生中最严肃的一切，虽说可以从中看出他过分偏于感情，这也许是我应该承认一部分的。我敢发誓，我无疑地把他在欧洲的烦闷，不但可以跟修建铁路这种当代的实际工作相提并论，而且还远远高于这些。他认为他对人类的爱，是一种最诚恳和最深邃的感情，并没有一点耍把戏的意味，而他对母亲的爱，虽然也许有点荒诞，但我认为仍然无可争论，而且是值得肯定的事。他在国外，处于"烦闷与幸福"之中，还可以说是处于最严肃的、修士般的孤寂中（这个特别的消息是我以前从塔季扬娜·帕夫洛芙娜那里知道的）。突然想起了我母亲——也就是想起了她的"陷进去的脸颊"时，便立刻打发人去接她。

"我的朋友，"他脱口说了出来，"我突然感到，我为理想效劳，并不能使具有道德的、理性的、实质的我，免除我一生中责任。我有责任在我的后半生，至少做到让一个人获得实实在在的幸福。"

"难道这种书本上的思想会成为一切的原因吗？"我疑惑地问。

"这并不是书本上的思想。不过，也许是吧。可这件事上，各种原因是交织在一起的：要知道我爱你的母亲是出于诚恳，而不是书本上的思想。我要是不这么爱她，也就不会打发人去接她，即使冒出了这个想法，我也可以给予任何一个钻到我身边来的德国男人或德国女人以'幸福'。人在一生中必须想办法做到至少让一个人获得幸福，而且是实实在在的幸福，也就是具体的幸福。这个我认为是每个有头脑的人的准则。这就好比因为俄国森林砍伐殆尽，我主张设定一条法律或规定一种义务，让每一个农民一生栽一棵树，不过一棵树还少，应该下令每人每年栽一棵树。一个高尚而有修养的人，由于追求高尚的思想，有时完全和现实脱离，成为可笑、固执和冷淡的人，甚至可以说是愚蠢的人，而且不仅在实际的生活当中，最后甚至在自己的理论上也是愚蠢的。因此讲求实际问题，哪怕给予一个现实的人物以实在的幸福。这样的责任才会补救一切，使施善者本人的精神重新焕发出来。从理论方面来讲，这是很可笑的，但如果这已经成为实际问题，且变为习惯，那么就并不见得愚蠢了。我曾有切身的体会。我刚开始培养这个新准则的思想之

542

时——起初当然好像是闹着玩的，但我突然开始了解到，蕴藏在我身上的那种对你母亲的爱，竟是如此的深厚。而在这之前，我完全不知道我爱她。我和她同居的时候，只是趁着她尚有姿色，把她当作取乐的对象，之后我就耍起脾气来了。我到了德国才知道我爱她。那是从她那陷落的脸颊上开始的。我从来不曾想起这张脸颊，有时即使看见了，心里也不觉得痛苦——我是指真正意义上的痛苦，真正的生理上的痛苦。我的亲爱的，有些病态的回忆是会惹起真正的痛苦来的，差不多每人都有，不过人们会忘却它，但有时候会突然想起，甚至只想起一些什么线索，接着就欲罢不能了。我开始想起我和索菲娅在一起生活时，那无数的细节，后来，这些生活细节的回忆竟自己钻出来，几乎折磨着我。在我等候她的时候。有一种回忆把我折磨得最厉害，那就是她对我的那份永远卑屈的样子，她总是认为自己在一切方面比我低贱——甚至在长相方面，你想想看。她觉得害臊，而且脸红，在我有时看她的手和手指的时候（她的手指完全不是贵族式的）。而且，使她觉得害臊的还不只是手指——她对于身上的一切都自惭形秽，虽说她知道我十分爱她的美貌。她跟我在一起时总是腼腆得出奇。糟糕的是，这种腼腆的神态中似乎总露出某种恐惧。总之，她在我面前总是把自己看得很卑贱，或者甚至几乎是不体面的人。起初我有时心想，她还把我视为她的主人，因此怕我，其实并非如此。我敢发誓，她比任何人都能了解我的缺点，我一辈子没有遇见过具有这般柔细和懂事而有悟性的女人。噢，她是多么的不幸，起初当我向姿色还十分美丽的她要求多加打扮时，她竟感到那么伤心。这是出于自尊心，而且还出于某种委屈感。她明白自己永远不会成为贵族夫人，如果穿着与自己的身份不相称的服装，只是显得很可笑而已。作为女人，她不愿在穿戴上让人耻笑。她明白每个女人都应该有自己的服装。这是成千上万的女人们永远不会明白的——她们只求穿戴得时髦。她所怕的是我的嘲笑的眼神——就是这样，但是在想起她的深深的惊异的眼神来的时候，我感到特别的忧愁——在我们相处的时候，这眼神时常会落到我的身上。它表明她完全清楚自己的遭遇以及未来的归宿，以至于连我自己也会被这种眼神弄得十分痛苦的。虽然说实话，我当时并没有和她有过交心的谈话，而且似乎用傲慢的态度对待这一切。你知道，她并不永远像现在似的那样畏葸和拘谨，就是现在，她也会突然快乐起来，做出像二十岁的少女那种娇媚的样子，而当初她还年轻，也有很多时候喜欢说说笑笑，当然是在自己的伙伴里——和那些女仆们和女食客们在一起的时候。有时我突然遇到她在那里发笑，她会哆嗦起来，迅速地脸红，畏葸地望着我！有一次，在我出国前不久的时候，几乎在我和她斩断关系的前夜，我走进她的房间，看到她一个人坐在小桌旁边，没做任何针线活，手靠在桌上，陷入沉思中。她几乎从来不会有坐在那里，不做任何工作的时候。那时候我已经有一阵子没有和她亲热了。我蹑着脚，轻轻地走到她面前，突然地拥抱她，吻她……她跳了起来——我永远不会忘记她脸上的那种欢欣，那种幸福，突然这一切迅速地转为满脸通红。她的眼睛闪耀了一下。你知道，我在这闪耀的眼神里读到什么？'你这是给我施恩呢——就是这个意思！'她借口说我把她吓着了，便歇斯底里地痛哭起来了。我就在当时也陷入了沉思。总而言之，所有这些回忆是极难受的东西，我的朋友。这好比在伟大的艺术家的史诗里有时会有那种痛苦的场面，会使你以后一辈子想起来都会有余痛的——例如，在莎士比亚的作品里，奥瑟罗最后的一段对白，跪倒在塔季扬娜脚下的叶甫盖尼（指普希金的长诗《叶甫盖尼·奥涅金》第八章的结尾），还有维克多·雨果那部《Miserables》（法文，译为《悲惨世界》）中逃亡的苦役犯在寒夜中，在井旁和小女孩相遇的那个场面。这些场面一旦刺中你的心，以后就会永远留下创伤。哦，我当时多么希望索菲娅快点到来，多么希望尽早地拥抱她！我怀着急不可耐的心情，幻想整个的、新的生活的计划，我幻想通过有步骤的努力，逐渐消除她心里那种对我的恐惧的心思，还把她自身的价值，和她甚至比我还高尚的一切详细解释给她听。我当时也很清楚地知道，我和你母亲只要一分开，便永远开始爱她，但是在重又相见的时候，总是会突然对她冷淡的。但那一次并不是如此，当时并不是如此。"

我很纳闷："但是她呢？"我心里闪出了这个疑问。

"唔，那一次您是怎样和母亲相聚的呢？"我小心翼翼地问。

"那一次吗？我当时并没有和她见面。当时她刚走到柯尼斯堡，就在那里留下了，而我那时住在莱茵河畔。我没有上她那里去，而是吩咐她留在那里等候我。我们过了许多时候才见面，喔，过了太多的时候，在我上她那里去，请求她允许我结婚的时候……"

二

我只能在这里讲事情的要点，也就是只讲我自己能够理解的一切，而且他的谈话也开始颠三倒四起来。一讲到这个地方，他的言语便突然变得毫不连贯，十倍地杂乱无章了。

就在他等候母亲，等候得极不耐烦的时候，他突然遇见了卡捷琳娜·尼古拉耶芙娜。当时，她全家都来到莱茵河畔的矿泉疗养区，在那里治病。卡捷琳娜·尼古拉耶芙娜的丈夫几乎已经命在旦夕，至少已经被医生们判了死刑。从第一次相遇的时候起，她就使他倾倒，似乎用什么魔法把他给迷住了。这是天意，值得注意的是，当我现在一边回忆和一边记述的时候，却想不起当时他在叙述中哪怕有一次用过"爱情"这两个字，和他曾"爱上她"的话。但"天意"这两个字我却记得的。这当然是天意。他并不想顺从天意，"并不想爱"。我不知道我能不能明白地传达出来。但是，他偏偏又遭遇了这种事，所以他内心充满愤慨。据他说，这次相遇后，他身上所有的自由在这次晤面后一下子完全消灭了，从此他永远盯住这个跟他毫不相干的女人。他并不希望这种奴性的情欲。我现在可以直说出来：卡捷琳娜·尼古拉耶芙娜是上流社会十分罕见的女子——这种女子在这圈子内绝无仅有。她是一个十分淳朴，而且很直爽的女人。我听说，也就是说我确实知道，也正是如此，每当她出现到社交圈里的时候（她时常从那社交圈里完全退出），便会凭着这种气质令人倾倒。韦尔西洛夫当时在和她第一次相遇的时候，当然不相信她是这样的人，恰恰相反，他相信她是一个表里不一的、伪善的女人。在这里，我要先绕到前面去，引述一下她个人对他的看法：她断定他不可能对她有不同的看法，"因为一个理想主义者一旦在现实面前碰壁之后，永远会在别人前面首先倾向于猜度一切卑鄙的行为的。"我不知道这对于一般的理想主义者来说，是否说得对，但对于他而言，是说得很对的。我还要写下我自己的意见，就是我在当时听他说话的时候，我的大脑里闪出来的那个意见：我以为他爱母亲，多半是出于所谓的人道主义、人类间普遍的爱，而不是普通的男女之爱。因此，在他刚遇见了那个女人，可以用普通的男女之爱去爱她的时候，于是马上就不想要这种爱了——大概是由于不习惯的缘故。当然，这个看法也许并不正确。不过，我并没有对他表示出来，因为这会显得有点不礼貌，而且我敢发誓，他又处于那种实在应该几乎得到怜惜的状态中。他显得异常的激动，他讲话时，有些地方有时简直是突然中断了，沉默了几分钟，绷紧着脸，在屋内踱步。

当时她很快就知道了他内心的秘密。哦，她也许还故意和他调情。在这种情形之下，甚至最正经的女人也会显得卑鄙的，这是她们无法克制的本能。他们的结局是，残忍的决裂了，而且他大概还想杀死她，或许是吓唬说要杀了她。但是，"这一切突然变成仇恨了。"随后，出现了一个奇怪的时期：他突然冒出一个奇怪的念头——用戒律来折磨自己，"就是修道士们所用的那种戒律。你通过有计划的实践，逐渐克服自己的愿望，直到最后完全战胜自己的愿望，并彻底成为自由的人。"他补充地说，对于修道士们来说，这是一件很严肃的事情，因为这种做法已经积累了千百年的经验，已经成为一门学问了。然而，最值得注意的是，他当时冒出关于"戒律"这个念头的时候，并非为了想摆脱卡捷琳娜·尼古拉耶芙娜，正好相反，他当时已经完全深信自己不但已经不爱她，而且甚至十分对她充满了仇恨。他相信自己对她恨之入骨，以至于突然有意爱上了她那位受过公爵欺骗的继女，并打算跟她结婚。他使自己完全相信他的这份新的爱情，且使那个可怜的白痴姑娘无可抗拒地爱上他。在她生命的最后几个月内，这份爱情给予她无上的幸福。为什么他当时没有想到一直在柯尼斯堡等候他的母亲——其中的原因我现在也没弄明白……正好相反，他突然完全忘记了母亲，甚至连生活费用都不寄给她，幸好塔季扬娜·帕夫洛芙娜当时救助了她。但是，过了一阵之后，他突然又跑到母亲那里去，用"这种新娘不是女人"的话为借口，请求母亲允许自己娶那个少女。哦，也许正如卡捷琳娜·尼古拉耶芙娜事后对他的说法那样，这一切只不过活脱脱地刻画出了他的"书生"像。但是，为什么这类"书生"（如果他果真是书生的话），会用如此真正的方式自行折磨，且弄到悲剧的地步呢？不过当时，在那天晚上，我另有一种想法，有一个念头使我震惊。

"您的整个修养，您的整个灵魂，是您用毕生的受苦和奋斗换来的，而她的完美却得来不费什么工夫。这里有不平等的地方……女人的讨厌就在于此。"我说这话，并非为了奉承他，而是热血沸腾，甚至露出激愤的态度。

"完美吗？她的完美吗？她身上并不完美！"他突然说，几乎惊讶地看着我的眼睛，"这是一位极普通的女人……但她应该完美！"

"为什么应该呢？"

"因为她既然有如此的魅力，便应该完美！"他恶狠狠地嚷道。

"最可悲的是，您现在竟这样地受着折磨！"我突然脱口说了出来。

"现在吗？受折磨吗？"他又重复看我的话，站立在我的面前，似乎显得惊疑不定似的。突然，他悠悠地露出安详而沉思的笑容，脸上有了光彩。他竖起手指，似乎在那里思考似的。随之完全醒悟过来，从桌上抓起一封已经拆开的信，扔到我面前。

"喏，你看吧！你应该知道一切……你为什么让我在这里去翻那些陈年旧账呢？……这只能玷污我的心，而且弄得龌龊罢了……"

我无法形容出我的震惊。这封信是她写给他的，他在今天下午五点钟左右收到。我一面读，一面几乎激动得哆嗦起来。那封信并不长，但是写得十分直率而且诚恳。我读的时候，仿佛看见她在我面前，仿佛听见她的话语。她十分老实地（因此几乎是感人地），对他直陈她的恐惧，然后简直哀求他"让她安稳度日"。最后她告诉他说，现在她决定嫁给比奥林格。在这之前，她从来没有给他写过信。

以下就是我当从他的解释中所明白的：

他刚才一读完这封信，就突然感觉到自己身上发生了十分出乎意料的现象。在这命定的两年之内，他第一次丝毫没有恨她的感觉，丝毫也不为此激动，不像前不久那样，刚听到关于比奥林格的消息，就激动得"发狂"。"正好相反，我竟从自己的心坎里给她寄送我的祝福。"——他对我说，露出深刻的感情。我带着愉快的心情倾听这些话语。也就是说，他心里所有的情欲和痛苦一下子消失了，中了两年的魔法，此刻犹如梦一般自然而然地消失了。他还不相信自己会这样，刚才便忙着去找母亲——结果是：在他走进去的那一刻，正好她成了自由的人。昨天留言把她遗交给他的老人故世了。正是这两件巧合的事，震撼了她的灵魂。过了一会，他就跑出来寻找我——他如此迅速地想到我，这一点我是永远不会忘记的。

我也不会忘记那个晚上的结局。这个人突然整个儿又变了样。我们一直坐到深夜。关于那晚的这一切"消息"对我有何影响，我以后再讲，现在只说几句关于他的最后的话语。我现在反复思量，我明白当时最能打动我的，似乎是他对我的谦逊态度，是他在我这么一个孩子面前如此真诚地说了实话！"这本来是一场迷雾，但要感谢这场迷雾！"他喊道，"如果没有这样的糊涂，我也许永远不会这样整个地、永恒地在我

548

的心里找到我的唯一的女皇，我的受难者——你的母亲。"他忍不住说出这番热情洋溢的话，我专记于此，以供下文对照。但当时他使我倾倒，征服了我的心。

我记得最后我们都变得异常开心。他吩咐把香槟酒端来，我们喝着酒，为母亲和"未来"祝福。喔，他是这样充满了生命力，那么渴望生活下去！不过，我们之所以突然显得那么快乐，并非由于酒。我们一共只喝了两杯。我不知道为什么，最后我们俩都笑得几乎无法控制。我们开始讲完全不相干的事情，他竟讲起笑话来，我也给他讲笑话。我们的笑声和笑话完全没有恶意，也不带有任何嘲笑的意味，但是我们都很快乐。他老是不肯放我走："坐一会，再坐一会！"他反复地说，我就留下了。后来他甚至走出来送我。那天晚上是美好的，街上夜色迷人，稍微有点霜冻。

"告诉我：您已经给她回信了吗？"在十字路口最后一次握手和他道别时，我突然完全不经意地问。

"不，还没有，但这是一样的。你明天再来，来得早些……还有一桩事情，你不要搭理兰伯特，把那'文件'撕碎了吧，越快越好。再见吧！"

他说了这句话以后，就立刻走了。我还留在那里，站在原来的地方，显得那样的惊慌，竟不敢唤他回来。关于"文件"的那句话使我特别震惊。他的语气如此肯定，他是从什么人那里知道的呢，除了从兰伯特，还能有谁会告诉他呢？我怀着极大的不安回到家里，心中突然闪过一个念头：这两年来，他所中的那个"魔法"，怎么可能像一场梦、像一场迷雾、像一场幻影似的消失了呢？

第九章

一

　　但是第二天早晨，我睡醒来的时候，人显得爽快些，也平和些了。我甚至责备自己，身不由己地，诚恳地责备自己，为了我昨天带着一点轻松和傲慢的态度倾听他的那几段"自白"。如果这自白有些地方是杂乱无章的，就算某些心里话说得似乎有点儿令人迷糊，甚至语无伦次，但是，难道他昨天唤我去他那里，是准备发表演说吗？他在这种时刻来找我，把我当作唯一的朋友，这是我永远不会忘记的。相反地，他的自白是"十分感人的"，不管人家怎么笑话我，我还是要这么说，就算他有时会露出一些玩世不恭的表情，甚至做出可笑的事，我也是可以接受的，不会不明白和承认现实主义的活法，同时又不将理想一概抹杀。关键是，我终于了解了这个人，我甚至有点遗憾，而且似乎还有点沮丧，因为这一切原来竟这么简单。在我的心里，一向把这个人放在最高的位置，放在云端里，一定要给他的遭遇披上一件神秘的外衣，因此至今总是希望那些事情的真相要复杂些。不过，话说回来，在他和她的相遇之后，在他两年来的痛苦里，还是有许多复杂的东西："他不想顺从人生中的命运，他需要的是自由，而不是听天由命。由于听天由命，他不得不去侮辱在柯尼斯堡苦苦等着他的母亲……"再说，无论如何，我总觉得他是一个布道者：他的心里怀着黄金时代，知道无神主义的未来景象。但是，他和她相遇了之后，一切都被摧折了，全都颠倒了！我并不是对她变心，但我还是站在他这边。例如，我觉得，母亲是决不会妨碍他的人生的，甚至他和母亲结婚也是如此。这一点我很明白，但是和她相遇之后，结果便完全不同了。诚然，母亲一样也不会让他安于现状，但这样甚至更好些。对这样的人应该加以不同的判断，这并没有什么不好，相反地，如果他们安于现状，甚至和所有那些庸俗的人一样，那才是不好呢。他对贵族阶级的颂赞，还有他那句："Je mourrai gentilhomme.（法文，译为"我死也要像个贵族"。）"这丝毫也不使我感觉不安，因为我理解他所指的是怎样的一个贵族。这种贵族愿意奉献一切，并立志成为世界大同观念和"对各种思想的调和"这一核心思想的鼓吹者。虽然这种所谓"对各种思想的调和"甚至是胡闹的话（当然也是无意义的话），但到底有一点是好的，那就是他一生崇拜的是理想，而不是愚蠢的金钱。哦，我的天呀！我在构造我的"理想"的时候，我，我自己难道还会崇拜金钱，难道我当时还需要钱吗？我敢发誓，我只需要理想！我敢发誓，我要是有了亿万财产，我也不会把一张椅子、一张沙发蒙上天鹅绒，我还是会喝和现在一样的牛肉汤的！

我一边穿上衣服，一边身不由己地急着去找他。我要补充的是：对于昨天他在提到那句"文件"的话时所做出的举动，我现在也比昨天心平气和多了。第一，我希望能和他解释一下；第二，兰伯特竟钻到他身边去，究竟是怎么回事？他们谈了些什么话？但是，最使我高兴的是，我有一种非同寻常的感觉：那就是关于"他已经不爱她"的那个念头，我十分深信这个念头。一想到这里，我就感觉好像有人一下子把压在我心里的那块石头拿走了。我记得当时甚至还闪过一个猜测：上次他在听到比奥林格要娶她的消息后大为光火，而且还寄出了那封侮辱的信，那是如何的丑恶而且毫无意义，也就是这个极端的行为，恰恰可能就是他感情的根本转变、即将恢复理智的征兆。我想这大概和生病的过程差不多，他应该回到发病前的状态——这是一场病，如此而已！这意念使我成为幸福的人。

"算了，让她随她自己的意思安排自己的命运，让她去嫁比奥林格吧，她想怎样就怎样好了，只要他，我的父亲，我的朋友，不再爱她就行了。"——我在心里欢呼着。其实，这其中还夹杂着我自己感情的一些秘密，但我不愿在我的这篇札记里过于渲染这种感情。

这些议论也差不多了。现在，我要把全部笔墨用来记述紧接着发生的一件可怕的事件以及整个阴谋的真相，不再穿插任何议论。

二

九点钟，我刚要出门——当然是上他那里去，纳斯塔西娅·叶戈罗芙娜就来了。我快乐地问她："是不是他打发来的？"但她的回答却让我很懊恼，因为并不是他打发来的，而是安娜·安德烈耶芙娜打发来的。她——纳斯塔西娅·叶戈罗芙娜，"在天刚亮的时候，就从寓所里走出来了。"

"从哪一个寓所里？"

"就是从昨天您去过的那个寓所里，要知道，您昨天去过的那个寓所，就是安置婴孩的那个，现在是用我的名义租了下来的，但房租由塔季扬娜·帕夫洛芙娜付……"

"好了，这对于我来说是一样的！"我恼恨地打断她的话，"他至少还在家吧？我能遇到他吗？"

使我吃惊的是，我听她说，他还在她之前出门了，也就是说，她"天刚亮"就出来，而他则更早些。

"那么，现在已经回来了吗？"

"没有，肯定没有回来，而且也许不会再回来了。"她说着，用那双锐利的、贼溜溜地眼睛盯着我，而且竟一刻也不肯放松，像我卧病时她来看我的那个时候一样（关于这一点我已经在前面描写过了）。最使我气恼的是，她又愚蠢地使出了故弄玄虚的那一套。显然，这类人要是不故弄玄虚，不耍点花招，是活不下去的。

"为什么您说他一定不会回来了呢？您这话是什么意思？他去找母亲了——就是这样的！"

"这我可不知道。"

"您光临这里有什么事吗？"

她对我说，她是从安娜·安德烈耶芙娜那里来的，她叫我过去，希望我立刻就去，要不然"就晚啦"。这句故弄玄虚的话，又使我发火了：

"为什么晚了呢？我不想去。我不去！我不再让人家来支配我！让兰伯特见鬼去吧——您就去对她说，如果她要打发兰伯特上我这里来，我就把他赶出去——您就对她这样说！"

纳斯塔西娅·叶戈罗芙娜被吓坏了。

"那不行的呀，"她朝我跨了一步，合起双掌，似乎在哀求我，"您最好不要这样忙着作决定。这是一件很重要的事，对于您自己很重要，对于他们也是的，对于安德烈·彼得罗维奇，对于您的母亲，对所有的人……您还是马上去见安娜·安德烈耶芙娜吧，因为她无论如何不能再等下去了……我可以用名誉向您担保……见面后您再作决定吧。"

我又吃惊又厌恶地看着她。

"胡说，什么事也没有，我不去！"我固执地，带着幸灾乐祸的神情喊道，"现在一切都不同啦！不过，这一点您怎么会明白呢？再见吧，纳斯塔西娅·叶戈罗芙娜，我故意不去，也故意不问您。您只会把我弄糊涂的，我可不想弄清您的哑谜。"

但是，她还是赖在那里不肯走，于是我抓起皮大衣和帽子，自己走了出去，把她留在屋子里。我的屋子什么信件和纸张都没有，以前我出去的时候，也几乎从来不关房门。但是，我还没有来得及走到大门那里，我的房东彼得·伊波利托维奇，就从楼梯上跑下来追我，连帽子都没有戴，只穿着文官的制服。

"阿尔卡季·马卡罗维奇！"

"您还有什么事情？"

"您临走的时候，什么话也不吩咐吗？"

"没有什么可吩咐的。"

他用刺探的目光望着我，显然很不放心：

"譬如说，关于您的住宅？"

"关于住宅有什么问题？我不是按期付给您租金吗？"

"不，我不是说钱。"他突然悠悠一笑，继续用眼神刺探我。

"咦，你们这些人到底怎么回事？"我终于喊道，几乎完全狂怒了，"您还有什么事情？"

他又等候了几秒钟，似乎在期待我吩咐什么。

"好吧，那么您以后再吩咐……既然您现在的情绪这样，"他喃喃地说，笑得更长了，"您走吧，我自己也要上衙门去啦。"

他顺着楼梯跑回自己屋里去了。当然，这一切会引起人们的思索。我故意不把所有当时那些浅薄无聊的事情当中的任何一条小小的线索忽略过去，因为每一条线索以后都会变成一束完美的鲜花，都在其中占有一席之地，以后读者自会明白的。至于说他们当时确实把我弄得糊里糊涂，那也是实情。正因为我从他们的话里听出了让我讨厌的花招和哑谜，让我想起了往事，我才这样激动和恼怒的。且容我继续讲下去。

韦尔西洛夫不在家，确实在天刚亮的时候走的。"当然是找母亲去了"，我固执地维持自己的想法。保姆是一个极愚蠢的农妇，所以我不愿向她打听，但除了她之外，寓所内什么人也没有。我跑到母亲那里去，说实话，心里一直忐忑不安，所以在半路上雇了一辆马车。他从昨天晚上起没有上母亲那里去过。只有塔季扬娜·帕夫洛芙娜和丽萨跟母亲在一块儿。我刚走进去的时候，丽萨正准备走出去。

他们全坐在楼上，在我的那间"棺材"里。马卡尔·伊万诺维奇的遗体停放在楼下的客厅中间，有一位老人正在抑扬顿挫地诵读圣诗。我现在不再描写与正题没有直接关系的事情，但我只想指出，客厅里停放的那具已经做好的棺材非同一般，虽然也是黑色，却用丝绒蒙着，死者的被服也是贵重的料子——这样的讲究和老人的身份与信仰并不相称，但这是母亲和塔季扬娜·帕夫洛芙娜两人共同坚决的愿望。

当然，我并不希望遇见他们如何的快乐，但我却从她们的眼神里读出一种特殊的压抑与苦恼，而且交织着担心和慌张。这立刻使我十分吃惊，于是我断定，"想必除了死者之外，这里面肯定还有其他的原因。"我再说一遍，这一切我记得很清楚。

尽管这样，我还是温柔地把母亲抱住，随即问起他的情况。母亲的眼神里立刻闪耀出惊惶的好奇。我匆匆地讲，说昨天我和他在一块儿度过了一晚上，一直到深夜才散，但是今天，他在天还没亮的时候就不在家了，而昨天他和我分手时，还亲口叫我今天早些到他家里去。母亲什么话也没有，不过塔季扬娜·帕夫洛芙娜却趁机用手指对我威吓了一下。

"再见吧，哥哥。"丽萨突然说了一声，迅速地从屋内走出去了。我当然追到她身边，她在大门旁停住了。

"我早已想到你会走出来的。"她用急切的微语说着。

"丽萨，什么事情？"

"连我自己也不知道，不过有很多消息。一定又是'老一套'的结局。他自己不来，但她们好像得到了关于他的一些消息。她们不会告诉你，你不要着急，你如果聪明，就不要向她们盘问。母亲显得十分忧愁。我也什么都没有问。再见吧。"

她打开了门。

"丽萨，但是你自己没有什么事要告诉我吗？"我迅速跟着她走到门外。她那伤心欲绝的样子刺痛了我的心。她看了我一眼，那目光不仅充满了幽怨，甚至还几乎带着几分冷酷。她恨恨地苦笑了一下，挥了挥手。

"要是他死了——倒也是谢天谢地！"她从楼梯上给我扔下这么一句就走了。她这话说的是谢尔盖·彼得罗维奇公爵。他当时正发着热病，躺在那里，失去了知觉。"老一套！这能算老一套吗？"我带着挑战的神气思忖着。突然我不由地想到，一定得把我昨夜听了他的自白之后的感想，哪怕只是一部分感想，甚至还有自白的内容讲给她们听。"现在她们尽从坏的方面想去他——那么就让她们全都知道了吧！"——这个念头在我的脑海里闪过。

我记得，我的开头讲得似乎很巧妙。她们的脸上立刻露出十分好奇的神色。这一次连塔季扬娜·帕夫洛芙娜也用眼睛盯在我身上，但是母亲却显得冷淡些，她的态度十分严肃，但她的脸上还是露出一种尽管是绝望却非常动人的坦然的笑容。在我叙述的时候，这笑容一直没有消失过。当然，我讲得很好，我所讲的内容对她们来说几乎是无法理解的。使我惊异的是，在我开始讲话的时候，塔季扬娜·帕夫洛芙娜并不吹毛求疵，并不坚持地要求准确，并不像往常似的照例玩花样，只是偶尔咬紧嘴唇，眯细眼睛，似乎在那里用力理解。有时我甚至觉得她们全都了解，但这几乎是不可能的。例如，我讲他的信仰，主要是讲他昨天的欢欣，对母亲的欢欣，对母亲的爱，讲他吻她的照片……她们一面听，一面迅速而且沉默地对视着，母亲满脸通红，虽说两人还继续沉默着……后来……后来我当然不能当着母亲面前讲到主要的问题，那就是关于和她相遇，还有其他的一切情形，主要是关于她昨天写给他的信，和在接到信后他在精神上的"复活"。然而这却是关键。这样一来，我本来想让母亲开心才讲出来的他昨天的那种感情，自然没有得到了解，固然这不是我的错处，因为凡是能够讲的一切，我全都讲得很好。我讲完之后，心里显得十分茫然，她们还是继续沉默着。我突然开始觉得和她们待下去，是很不自在的。

"他现在一定已经回来了，也许坐在我那里等候我。"我说着，就要站起来走出去。

"你去吧！去一趟吧！"塔季扬娜·帕夫洛芙娜坚定地附和着说。

"你去过楼下没有？"我和母亲告别的时候，她低声地问我。

"我去过了，叩拜过，祈祷过的。他的面容多么安详，多么端庄呀，母亲！谢谢您，母亲，您不惜花重金给他买这样好的棺材。我起初觉得很奇怪，但立刻想到我自己也会这样做的。"

"你明天上教堂去参加葬礼吗？"她问，嘴唇开始颤抖了。

"您怎么啦，母亲？"我惊讶起来，"我今天还要来参加祭祷的，我还会来的。再说……再说明天是您的生日！我的亲爱的母亲！可惜他少活了三天！"

我走出去的时候，心里又痛苦又惊讶：怎么会提出这类问题——问我到不到教堂里去参加葬礼的问题呢？如此说来，既然她们把我想成这样，那么她们当时会把他想成怎样呢？

我知道塔季扬娜·帕夫洛芙娜曾追上来，因此故意停留在大门里面，但她追上来之后，用手把我推到楼梯上，自己紧跟着走出来，随手把门悄悄带上。

"塔季扬娜·帕夫洛芙娜，这么说，你们甚至今明两天都不指望安德烈·彼得罗维奇会来吗？我很吃惊……"

"闭嘴。你吃惊有什么用。你跟我说：刚才你在讲昨天那一套胡话的时候，还有什么话没有说出来？"

我认为没有隐瞒的必要，再加上我对韦尔西洛夫几乎也很生气，所以就把昨天卡捷琳娜·尼古拉耶芙娜寄给他的信，以及那封信的效果——就是他复活了，渴望过新的生活，全讲了出来。使我觉得奇怪的是，关于那封信的事并没有引起她丝毫的惊讶，于是我猜到她已经知道这事了。

"你没有撒谎？"

"不，我不是撒谎。"

"你听听！"她恶毒地笑了一下，似乎在那里沉思着，"复活了！他会有这种事吗？他吻照片是真的吗？"

"是真的，塔季扬娜·帕夫洛芙娜。"

"是带着感情吻的吗？不会是假装的吗？"

"假装？难道他什么时候假装过吗？您真是不害臊，您真是缺心眼，妇人之见……"

这句话我说得慷慨激昂，但她似乎没有听见，虽然楼梯上很冷，但她似乎又在那里思考什么。当时我穿着皮大衣，而她只穿着单衣呢。

"我想委托你办一件事，可惜你太笨，"她轻蔑地说，还似乎很烦恼，"你听着，你到安娜·安德烈耶芙娜那里去，看她在那里做什么事情……不，你不必去，笨蛋终究还是笨蛋！去你的吧，快走呀，还傻愣着干吗？"

"我偏不上安娜·安德烈耶芙娜那里去！安娜·安德烈耶芙娜打发人来叫过我的。"

"她自己？打发纳斯塔西娅·叶戈罗芙娜吗？"她本来想走，甚至已经开了门，但是又把它关上了，迅速地转身看我。

"我决不上安娜·安德烈耶芙娜那里去！"我带着又恶狠又痛快的态度重复了一遍。"我不去，因为您刚才叫我为笨蛋，其实我还从来没有像今天似的聪明。你们的那些破事我了如指掌，但我还是不上安娜·安德烈耶芙娜那里去！"

"我早就料到会这样！"她喊道，但并不是回答我，而是继续想自己的心事。"现在他们会让她整个儿掉进圈套里去，然后把那套子打上死结，拉得紧紧的！"

"您是指安娜·安德烈耶芙娜吗？"

"傻瓜！"

"那么您到底指谁？总不会是卡捷琳娜·尼古拉耶芙娜吧？什么死结？"我简直吓坏了。一种模糊的却极可怕的念头从我的脑海里掠过。塔季扬娜·帕夫洛芙娜目光锐利地望着我。

"你在那边搞了些什么？"她突然问，"你在那边参加什么事情？你的事我也听说过了——喂，你要留神些！"

"听我说，塔季扬娜·帕夫洛芙娜：我要告诉您一个可怕的秘密，不过不是现在，现在没有工夫，明天我们俩单独谈，但现在请您告诉我全部的实情，那个死结是什么意思……因为我全身发抖……"

"我才不管你发抖不发抖呢！"她喊了出来，"你明天还想讲什么秘密？不会是你真的还知道什么吧？"她用试探的眼神盯着我。"你当时对她赌过咒，说克拉夫特已经把那信件烧掉了。"

"塔季扬娜·帕夫洛芙娜，我再求您一次，请您不要折磨我了。"我继续说自己的，并不理睬她的问话，因为此时我已经无法自控。"您瞧，塔季扬娜·帕夫洛芙娜，由于您瞒着我，会发生更糟糕的事情……要知道他昨天完全，已经完全复活了！"

"滚你的吧，你这小丑！看来你这小子也爱上了——父子俩同时爱上一样东西！呸，两个都不要脸的人！"

她一转眼就消失了，砰的一声把门狠狠地关上。她最后那傲慢无耻的话把我气疯了——只有这种无耻的女人才会说出这种话来。这让我觉得受到深刻的侮辱，于是我在这种状态之下跑了出去。但我现在不想描述我当时模糊的感受，这一点我已经许诺过，我要继续写事实，这些事实马上会解答一切。当然，我又迅速跑到他家里去，又听到保姆说他根本没有回来。

"他再也不会回来了吗?"

"谁知道呢。"

三

写事实! 写事实! ……但读者能不能有所理解呢? 我记得, 当时正是这些事实捆住了我, 使我什么也理解不了, 以至于直到那天结束的时候, 我的头脑完全搞糊涂了。因此我要用两三句话来做一个提前交代。

我的一切的苦恼就在于: 如果他昨天复活了, 不再爱她了, 那么今天他究竟到哪里去了呢? 答案是最先应该到我那里去, 昨天他曾和我拥抱过的, 然后立刻到母亲那里去, 昨天他曾吻过她的照片的。但是, 他没有按照这两个自然的步骤去做, 突然在 "天刚亮" 就出去, 不知道上什么地方去了。纳斯塔西娅·叶戈罗芙娜莫名其妙地胡诌说: "他也许不会再回来了。" 还有丽萨口口声声说什么 "老一套" 的结局, 又说母亲已经知道关于他的一些消息, 而且是最新的消息。虽然她们很注意地倾听我的话, 而且无疑地也已经知道了卡捷琳娜·尼古拉耶芙娜写信的事 (这是我自己看出来的), 但到底不相信他 "复活" 了。母亲十分悲痛, 塔季扬娜·帕夫洛芙娜恶毒地嘲笑 "复活" 这两个字。然而, 如果一切都是这样的话, 那么他的心在一夜之间又发生了变化, 又发生了危机, 而这是在昨天的欢欣、感动和悲愤以后。如此说来, 所有的这些 "复活", 竟像吹出来的泡沫似的爆裂了, 他现在也许又狂怒得像当初接到比奥林格的消息时那样! 请问, 这对于我, 对于我们一切人来说, 该怎么办? ……对于她来说, 又该怎么办? 塔季扬娜叫我到安娜·安德烈耶芙娜那里去的时候, 讲的是什么样的 "死结"? 原来那 "死结" 在安娜·安德烈耶芙娜那里! 为什么在安娜·安德烈耶芙娜那里? 当然, 我会跑到安娜·安德烈耶芙娜那里去, 我这是故意地只是由于赌气而说我不去，我得立刻就去找她。可是塔季扬娜重提"文件"这件事又是什么意思？他昨天凭什么对我说"你把文件烧掉"？

这就是我当时的思绪，这同样也是致命的死结，勒得我喘不过气来。但关键是，我要找到他。见了他，我就能马上解决一切——我有这种预感，我们只需要两句话便可以完全彼此了解！我会抓住他的手，紧紧地握着，我会掏出藏在我心里的热情的话语——我无法抵拒地幻想着。哦，我会平息他的疯劲！……但是，他在哪儿？他在哪儿？恰巧在这样的时候，那个兰伯特又钻了出来，在我十分兴奋的时候！在离我家里没有几步路的地方，我突然遇见了兰伯特。他一看见我，就快乐地呼喊起来，一把抓住我的手：

"我已经上你家里来三次了……好容易碰上了！我们去吃早饭！"

"你等等！你到我那里去过没有？安德烈·彼得罗维奇在那里吗？"

"那边什么人也没有。你不要管他们！你这傻瓜，你昨天生了气，你喝醉了酒，我有要紧的话对你说。我今天听到一个好消息，关于我们昨天所说的那件事情……"

"兰伯特，"我喘着气，匆忙地打断他，不由自主地用朗读的口气对他说，"如果我现在肯停下来搭理你，那仅仅是为了从此以后和你一刀两断。昨天我已经跟你说过了，但你还是不了解。兰伯特，你真是幼稚无知，像法国佬那样愚蠢。你总是以为还会像在图沙尔学校里那样，总是以为我还像图沙学校里那样愚蠢……但是我，我已经不像在图沙学校里那样愚蠢了……我昨天喝醉了，但并不由于酒醉，而且因为我不喝酒就已经很兴奋，如果我随声应和你的那套乱七八糟的话，那是因为我施展手段，为了探出你的意图。我骗你，你一高兴，就相信了，于是信口乱嚼起来。——你要明白，和她结婚这种事情，简直就是无稽之谈，连初中生都不会相信的一套胡话。你以为我会相信吗？而你居然相信了！你相信了，因为你没有进入过上流社会，你对上流社会里如何处理这种事情根本就是一无所知。在上流社会里不是这样简单的，不能这样简单地一下子就出嫁了……我现在对你明明白白地说出，你所要的是什么：你想引我去，灌醉我，让我把文件交给你，和你一块儿做欺诈卡捷琳娜·尼古拉耶芙娜！你这是打错了算盘！我永远不会跟你去，我还要告诉你，如果不是明天，那么肯定是后天，这个文件就会归还到她本人手里，因为文件是属于她的，因为这是她写的，我要亲自交给她，要是你想知道她在哪里的话，那么你听着：我会通过她的朋友塔季扬娜·帕夫洛芙娜的安排，在塔季扬娜·帕夫洛芙娜的家里，当着塔季扬娜·帕夫洛芙娜面交还给她，而且不向她要求什么……现在你离开我——永远离开我，否则……否则，兰伯特，我会对你不客气的……"

我说完了这些话以后，全身微微颤抖。人生中最致命的创伤，最坏的习惯，能败坏每一件事情的习惯，那就是……装腔作势。我真是鬼迷心窍，竟然在他面前慷慨激昂到如此地步，以至说到最后时竟愉快地把一个一个字咬得十分响亮，嗓门也越来越高，一下子兴奋过了头，竟毫无必要的抖出一个细节：那就是通过塔季扬娜·帕夫洛芙娜的安排，且在她寓所里转交文件！但是，我当时只是心血来潮，想突然让他大吃一惊！当我贸然公开关于处理文件的打算时，我猛地看见了他那副害怕的蠢相，于是我突然想用确切的细节进一步把他给镇住。而这种女人气的、夸耀的唠叨，成为以后一连串可怕的不幸的原因，因为关于塔季扬娜·帕夫洛芙娜和她寓所的那个细节，立刻深深印入他的脑海里，印入这个骗子、这个善于利用小事的人的脑海里。对于那些重要的、高尚的大事，他一窍不通，根本无法理解，但对于这种细节他毕竟嗅觉灵敏。要是我不提起塔季扬娜·帕夫洛芙娜这个细节，便不会惹出这么大的灾祸来了。但是，他听完我的这番话之后，在一分钟内却显得十分惊慌。

"你听我说，"他喃声说，"阿尔福西娜……阿尔福西娜会唱歌……阿尔福西娜到她那里去过，你听着：我有一封信，可以说是一封信，在这封信里，阿赫马科娃提起你。那个'麻脸'给我弄来的，你应该还记得那个'麻脸'——你会看到这封信的，你会看到的，我们走吧!"

"你胡说，把信拿来给我看!"

"在家里，在阿尔福西娜那里，我们走!"

当然，他是在胡扯，而他之所以胡乱编造，是因为害怕我从他身边逃走。但我一下子把他撇在大街上，掉头就走，在他想跟我走的时候，我止了步，用拳头朝他威吓一下。这时他却站着不动，而且想起心事来——竟让我走开了：说不定这时他的心里已经闪出新的计划。但是对于我来说，这种意外的事情和偶然的相遇并没有完结……现在我一想起这个不幸的日子，老是觉得所有这些意外和偶然的事件，当时好像凑在一起，一下子从某一个可诅咒的"万宝囊"里撒到我的头上来了。我刚开门走进寓所里去，就在门口那里和一个高大的年轻人相遇。他长着一张苍白的长方脸，外表庄重而"优雅"，穿着漂亮的皮大衣。他架着一副夹鼻的眼镜，但一看见我，便立刻把眼镜从鼻子上摘了下来（显然为了礼貌起见），还客客气气地把大礼帽微微地抬起，但是没有停留下来，露出优雅的笑容，对我说了声："Bonsoir!（法文，译为"晚上好"!）"就从我的身旁走过，到楼梯上去了。我们俩马上认出了对方，虽说我只是匆匆地见过他一次，那还是在莫斯科的时候。他是安娜·安德烈耶芙娜的哥哥，宫廷侍从小韦尔西洛夫，韦尔西洛夫的儿子，因此，也几乎算是我的兄长。送他出来的是女房东（男房东还没有从衙门里回来）。等他一走出去，我就盘问起她来了：

"他在这里做什么呢? 他到我的屋子里去过吗?"

"完全没上您的屋子里去。他是来找我的……"她匆忙而冷冷地说了一句，就转身朝自己的屋子走去了。

"不，这不可能!"我喊道，"请您回答我：他为什么来的?"

"唉，我的天呀! 人家上我们这里来，我应该全都对您讲吗? 我们也可以有自己的事情。这年轻人也许想借钱，向我打听什么人的地址。也许我还在上次就答应他了……"

"什么还在上次?"

"唉，我的天呀！他可不是头一回来了呀！"

她走了。关键是我已经明白，这儿的气氛变了：他们开始和我粗暴地说话。显然这又是一个谜。谜团在一步一步地，一小时一小时地，越积越多。小韦尔西洛夫第一次来我的住处，是和他的妹妹安娜·安德烈耶芙娜一起来的。当时我正在母亲家里养病，但这事我记得很清楚。还记得安娜·安德烈耶芙娜昨天已经对我说出一句奇怪的话，说是老公爵也许会住到我的寓所里来……但这一切弄得那样的古怪，那样的荒唐，使我几乎一点也理不出关于这件事情的头绪来。我拍了拍自己的额头，甚至没有坐下来休息，就跑到安娜·安德烈耶芙娜那里去了。她不在家，看门人告诉我："她到皇村去了，明天这个时候也许会回家的。"

"她上皇村去，一定上老公爵那里去，而她的哥哥竟跑来侦察我的寓所！不，决不能让这事发生。"我气得咬牙切齿，"要是这里面果真有什么死结的话，我要起来保护这个'可怜的女人'！"

我没有从安娜·安德烈耶芙娜那里回到自己的寓所，因为在我的发热的头脑里突然闪出一个回忆，我想起了运河边上的那家小饭馆——安德烈·彼得罗维奇在闷闷不乐的时候，通常会上那个地方去。我为自己冒出这个猜想而感到高兴，于是立刻跑到那里去。时间已经是下午三点多了，天色渐渐转暗。饭馆里的人告诉我：他来过的，"坐了一会儿，就走了，也许还会来的"。我突然决定在这里等着他，便点了一份饭菜。至少有了一点见到他的希望。

我吃完了饭，甚至吃完了多余的菜，为了有理由可以在饭馆里待得久些。我甚至又点了一些吃的，因此我估计在那里坐了有四小时之久。我不想描述我当时的愁闷和焦躁，我内心的一切好像都在震荡。这风琴声，这些顾客——啊，所有这烦闷印在我的心灵里，也许一辈子也抹不去！我也不想描述我当时那些飞扬的、像旋风中的秋叶一般的思绪。说实话，我觉得自己有时已经被折磨得失去了理性。

但折磨得我十分痛苦的，却是往昔留下的一个印象（当时，这是偶然地、从旁边冒出来的折磨，并不是主要的折磨），这是一个无法摆脱的恶毒的印象，就像一只有毒的秋蝇，纠缠不休，即使你并不去想它，它也会在你的周围旋转，骚扰你，冷不防咬你一口。这只是一个回忆，一件我还没有对世上任何人讲过的事。这件事本来也应该在什么地方讲出来：事情是这样的。

四

当我在莫斯科已经决定动身上彼得堡的时候，尼古拉·谢苗诺维奇受人之托通知我，叫我等待寄路费来。至于钱从谁那里寄来——我没有去打听。我知道应该是从韦尔西洛夫那里寄来的，因为我当时日日夜夜梦想着与韦尔西洛夫见面，想得心里发紧，而且怀着傲慢的计划，所以完全停止去谈论他，甚至在玛丽亚·伊万诺芙娜面前也是如此。我还要提醒一下读者，其实我自己当时也有路费，但我还是决定等待。顺便说一下，我料想钱会从邮局里汇来。

突然有一天，尼古拉·谢苗诺维奇回家时告诉我（按他的惯例，说话简单，而且不加修饰），让我明天上午十一点钟上米亚斯尼茨基街的一幢房子，V公爵的寓所里去一趟。说是从彼得堡来到了一位侍从官韦尔西洛夫，是安德烈·彼得罗维奇的儿子，住在V公爵家里。V公爵是他在政法学校时的同学。那笔路费由他带给我。显然事情是极简单的：安德烈·彼得罗维奇本来可以把这笔钱交儿子带来，不必由邮局汇寄。但这消息却有点反常，使我感到为难和惊慌。毫无疑问，韦而西洛夫是想让我跟他的儿子，我的哥哥见个面。从中可以看出我幻想着的那个人的用意和感情。但是，这对我来说，却是一个难题：我在这次完全出乎意料的会面中，应该抱着什么态度，才不至于丧失我自己的尊严呢？

第二天，整十一点钟时候，我上V公爵寓所里去——那是一个独身居住的寓所，便正如我所料，家具陈设得十分讲究，有穿制服的仆人们侍候着。我停留在前厅那里。内屋传来响亮的谈话声和笑声：公爵府上除那个做客的侍从官以外，还有几个访客。我吩咐仆人给我通报，而且措辞大概有点傲慢：至少那个仆人在进去通报的时候，很奇怪地看了我一眼。我觉得，他的态度甚至不像应有的那么恭敬。使我奇怪的是，他进去通报了很长时间，有五分钟之久，同时内屋照样还是笑谈不绝。

我当然只能站在那里等候。我很清楚，自己"同样身为少爷"，如果坐在前厅里，坐在仆役起坐的地方，是不体面而且不可能的。而不经人家特别的邀请，我自己也决不踏进大厅里去的，这是出于自尊，也许我的自尊有点过分了，但照例是应该如此的。使我惊异的，是留下来的仆役们（有两个人）竟敢当着我面前坐了下来。我别转身去，假装没有看见，可是却气得全身发抖。突然我又回转身来，走到一个仆人面前，吩咐他"立刻"再去通报一次。尽管我目光严厉，显得非常气愤，那仆人却只是懒洋洋地看了我一下，并没有站起来，另外一个替他回答道：

"已经通报过了，您不必着急呀。"

我决定再等一分钟，或者，甚至尽可能不到一分钟，到时我一定掉头就走。需要说明的是，我当时穿得很讲究：外套和大衣全是新的，衬衫也是全新的，那是玛丽亚·伊万诺芙娜特地为了这桩事情亲自打点的。但是，关于这些仆人如此对待我的原因，我在以后过了很长时间，已经在彼得堡的时候，才确切地打听出来。他们还在头天晚上就从跟韦尔西洛夫同来的听差那里听到，说是"有一个上学的弟弟要来，是一个私生子"。关于这件事，我现在知道得很确凿。

一分钟过去了。在我要下决定的时候，突然感到一种奇怪的感觉。"走还是不走？"——我几乎打着寒战，每秒钟都在反复问自己。突然，那个进去通报的仆人出来了。他的手里，在指头中间，摇晃着四张红色的钞票，四十卢布。

"喏，请您收下四十卢布！"

　　我顿时火冒三丈。这是一种极大的耻辱！昨天一夜，我幻想着韦尔西洛夫安排下的两弟兄相见的情景：我整夜在狂热中幻想着，我应该保持怎样的态度，才不会丧失——不会丧失我在孤独中培养出来，甚至在无论什么环境里都可引为骄傲的整个思想。我幻想着我将如何显出高贵的气度，也许要显得自尊又带点儿忧郁，即使在和 V 公爵交往时也一样，如此这般我就会被引到上流社会里去——哦，我绝不顾惜自己，读者爱怎么样就怎么样吧：这些细节就应该原原本本地记载下来！现在，人家突然派一个仆人拿了四十卢布，送到前厅里来，而且还是在等候了十分钟以后，甚至还想让我从仆人的手里，从仆人的指头间去取，而不是装在盘子里，也不装在信封里！

　　我大声地对那个仆人喊嚷，使得他哆嗦了一下，顿时把身体倒退了一步。我立刻吩咐他把钱拿回去，"让你老爷亲自拿来"，——总之，我的要求当时有点前后矛盾，仆人当然无法弄明白。但我叫得那样凶，使他不能不走进去了。再说，客厅里好像也听到了我的叫喊，于是谈笑声突然停止了。

　　我几乎立刻听到了一阵脚步声，步履庄重、从容和轻盈，接着在前厅的门口，出现了一个漂亮而傲慢的年轻人的高大身影（我觉得他当时的模样比今天遇见时更加苍白、更瘦削些），出现在前厅的门口那里——甚至离门口不到一俄尺。他穿着华贵的红绸长袍，脚上穿着拖鞋，鼻上架着眼镜。他一言不发，只是整了整夹鼻眼镜，开始打量我。我像野兽一般朝他身边跨进了一步，带着挑衅的姿势立在那里，盯着他。但是，他只打量了我一刹那，一共有十秒钟，他的嘴唇间突然露出一种不易察觉的冷笑，但却十分恶毒，正因为不易察觉，所以才显得恶毒。他默默地转过身，又走进屋里去，还是像刚出来一样，那样不慌不忙，那样的庄重轻盈。哦，这些欺侮人的家伙，还在幼年的时候，还在自己的家里的时候，就被他们的母亲们教会了欺侮人！不用说，我当时显得慌乱了……唉，我当时为什么要慌乱呢！

几乎就在这刹那间，又出现了那个仆人，手里还是拿着那几张钞票："请您收下来，这是从彼得堡寄来的，但是他自己不能接见您，'改天等少爷有空时，再想办法吧'。"我觉得这后一句话是他根据自己的意思添上的。但是，我的慌乱的神情还继续着。我收了钱，走到门外去。正是由于慌乱，我才收下这钱的，因为我本不该接的。但那仆人显然还想气我一下，竟然做出了奴才们最狂妄的举动：他突然在我面前把门拉开，手握住门，在我走过的时候，还神气活现地，带着着重的语气说：

"请吧！"

"混蛋，"我朝他怒吼着，突然挥起手来，但没有打下去，"你的主人也是混蛋！你立刻去对他说。"我添了一句，迅速地走到楼梯口。

"您还敢骂人！如果我现在去禀报主人，只需要一张便条就可以把您送到警察局去。你还敢挥手……"

我从楼梯上走下去。那座楼梯是通向正门的，所以光线很亮，从上面就可以看见我的整个身子。在我顺着红地毯走下去的时候，三个仆人全都走了出来，站在上面的栏杆旁边。当然，我决定不再吭声：和仆人们吵嘴是很不体面的。我走下楼梯时，没有加快脚步，甚至大概还把脚步放慢。

世界上也许有些哲学家（他们是可耻的）会说，所有这些都是鸡毛蒜皮的小事，不过是一些乳臭未干的小孩在耍脾气，随他们说去吧。但对于我，这是创伤，是至今还没有愈合的创伤，哪怕直到此刻我记述这事的时候，哪怕现在一切已经结束，甚至一切已经得到了报复，这伤口还是没有愈合。我可以发誓！我是不记仇，而且不好报复。毫无疑问，在人们欺负我的时候，我永远想报复，甚至到了病态的地步，但是我敢发誓——我只是想用宽宏大度作为回敬。不过，即使我用宽宏大度去回敬他，也必须使他感觉到这一点，使他明白这一点——这就是我的报复！我要顺便修正一下：我并不好报复，但我还是会记仇，虽然我很宽厚。别人会不会也是这样呢？而这一次，当时我是怀着宽厚的态度的，

568

也许这很可笑，但随它去吧。我宁愿怀着可笑而宽厚的态度，也不愿怀着可笑而卑鄙的态度，更不会抱着庸俗的妥协态度！关于这次和"哥哥"见面的情景，我对任何人也没有泄露，甚至对玛丽亚·伊万诺芙娜也没有说，甚至在彼得堡也没有对丽萨说。谁知今天在我最没有思想准备的情况下，却突然遇见了这位先生。他对我微笑，除下帽子，完全友善地说："bonsoir!"当然，这是耐人寻味的……但是，我的伤口却裂开了！

五

我在小饭馆里坐了四个多小时，突然跑出去，像着了魔似的。当然又上韦尔西洛夫家里去，当然又没有遇到他，他根本没有回来。保姆显得很沉闷，突然请求我去叫纳斯塔西娅·叶戈罗芙娜来一趟。我还管得着这些吗？我还跑到母亲那里去，但没有进屋里去，而且唤卢克里娅到外面来。我从她那里得知，他没有去过，丽萨也不在家。我看见卢克里娅也想问什么话，也许也打算委托我做什么事情，但我哪里能管上这些呢？只剩了最后的希望，就是他会自己上我家里去，不过我不相信会这样。

我已经预先讲过，我几乎丧失了理智。突然，我竟在自己的房间里撞见了阿尔福西娜和我的房东。诚然，他们正从里面走出来，彼得·伊波利托维奇手里还举着一根蜡烛。

"这是什么名堂？"我几乎毫无理智地朝房东大喊，"您怎么敢领这骗子到我的屋子里来？"

"Tiens!"阿尔福西娜叫道。"Et les annis?"（法文，译为"啊，原来是您！您的朋友们呢？"）

"滚！"我怒吼一声。

"Mais c'est un ours!"（法文，译为"真是一头粗暴的熊"!）她窜到走廊里，装出很害怕的样子，一下子躲到女房东的屋里去了。彼得·伊波利托维奇手里还拿着蜡烛，用严肃的神情走到我面前来：

"恕我提醒您，阿尔卡季·马卡罗维奇，您太暴躁了，虽说我们很尊重您，但阿尔福西娜绝不是骗子，甚至完全相反，她是这里的客人，不是您的，而是我太太的客人，她和我太太已经认识好些时候了。"

"但是，您怎么能领她到我的屋里来？"我又重问了一句，捧住自己的头。我的头几乎突然痛了起来。

"这是无意的。刚才我到您的屋子里去，准备关上那扇气窗，那是我先前为了让房里透透新鲜空气而开的。因为我和阿尔福西娜·卡尔洛夫纳继续着以前的谈话，她一面谈，一面走到您的屋子里来，纯粹是为了陪我进来。"

"不对，阿尔福西娜是奸细，兰伯特是奸细！也许您自己也是奸细！阿尔福西娜上我屋里来是为了偷什么东西。"

"随您的便吧，您爱怎么说就怎么说！今天您这么说，明天您又会改口的。我已经把我的房间临时租出去了，我自己和太太搬到一间小屋里去。阿尔福西娜·卡尔洛夫纳现在几乎是和您一样的，也是这儿的房客。"

"您把房子租给兰伯特了吗？"我惊叫起来。

"不，不是租给兰伯特。"他又像上午那样悠悠一笑，不过这笑容里已经显现出坚决的样子，而不是上午时的那种犹豫。"我想您已经知道租给谁了，只不过故意装出不知道的样子，单只为了面子起见，因此您才这样生气。再见吧！"

"行了，行了，您走吧，别来烦我！"我挥着手，差点哭了出来。以至于他突然吃惊地瞧了我一眼，但还是走出去了。我用钩子把门关好，倒到床上，把脸埋在枕头里。在结束我的记载之前，我要写厄运当头的最后三天，这是其中的一天。

第十章

一

　　我又认为必须超越事件的进程，而提前向读者做一番解释，因为有许多偶然的事件夹杂到这个故事的逻辑发展中，如果不提前解释，读者是无法弄清楚的。问题就在于塔季扬娜·帕夫洛芙娜所说的那个"死结"上面。这个死结是指安娜·安德烈耶芙娜最后冒险采取了一个极大胆的步骤。这步骤只有在她那种处境下才想得出来。真是一个刚强的女人！虽然对方以老公爵的健康为借口，及时把老公爵软禁在皇村里，以至于关于他准备和安娜·安德烈耶芙娜结婚的消息没有在社交圈里传播开来，可以说，在刚露萌芽的时候，就被压制下去了。但是，老头儿虽说软弱可欺，任人摆布，却无论如何也不肯放弃自己的主意，辜负向他求婚的安娜·安德烈耶芙娜。在这种事上，他具有骑士的精神，所以他迟早会突然站起来，用势不可挡的力量着手去实现自己的意愿。这是经常会发生的，尤其对于那些性格软弱的人来说更是如此。因为他们的软弱是有一个限度的，你不应该逼迫他们越过这个限度。再说，他完全感觉到他所尊敬的安娜·安德烈耶芙娜目前处境的微妙，意识到社交界里可能会产生谣言，嘲笑她，诋毁她。他之所以暂时忍耐和克制，仅仅是因为卡捷琳娜·尼古拉耶芙娜一次也没有在他面前提起一句关于安娜·安德烈耶芙娜的坏话，或做过类似的暗示，也没有流露出反对他和她结婚的意图。相反地，她露出对于她父亲的未婚妻特别喜欢和关心的样子。因此安娜·安德烈耶芙娜反倒陷入了尴尬的处境。她凭着女人的直觉，精明地意识到，眼下如果她稍稍地说出几句关于卡捷琳娜·尼古拉耶芙娜的坏话，哪怕只是稍微说一点儿，就必定会侮辱他对女儿的一切温情，引起他对自己的不信任，甚至也许是激愤。因为老公爵向来对卡捷琳娜·尼古拉耶芙娜很钦佩，现在正由于她如此宽厚和大度地同意他续弦，所以也就更加钦佩了。于是，目前双方就在这战场上暗中进行较量。两个女人似乎在彼此较劲，看谁更有礼貌，更能忍让，斗到最后连老公爵也不知道到底谁更值得钦佩了。结果，他就像所有性格软弱和满腹柔肠的人那样，照例把一切都归咎于自己，并开始自我折磨。据说，他的烦闷已经达到了病态的地步。他的精神失常了。他本来想在皇村里恢复健康的，但据说反而眼看着要躺到病床上去了。

我还要在这里附带说一件我很长时间之后才听到的事。据说比奥林格曾直接向卡捷琳娜·尼古拉耶芙娜提议把老人送到国外去，先想办法把他哄过去，与此同时，暗中在上流社会宣布他已经完全丧失了理智，等到了国外以后，再去弄到一份医生的证明。但是，卡捷琳娜·尼古拉耶芙娜无论如何不肯这样做，至少事后有人肯定了这一点。据说气愤地拒绝了这个计划。这一切其实只是不着边际的传闻，但我相信它的真实性。

在事情已经即将陷入绝境的时候，安娜·安德烈耶芙娜突然从兰伯特那里得知，有这么一封信，在这封信里，做女儿的居然跟一位律师商量关于如何宣布她父亲为疯子的方法。于是，这个好报复的傲慢女人一下子兴奋到了极点。她想起以前和我谈话的情形，把许多琐碎的情节琢磨一番之后，对于这消息的正确就没有任何疑惑了。这时，在这个坚定而刚强的女人心里，一个攻击的计划便不可抵拒地成熟了。这个计划就是不用任何的绕弯，也不用在暗地里进什么谗言，突然一下子对公爵公开一切，使他惊吓、震撼，指出疯人院正在等候他，在他开始抵拒、激愤，不相信的时候——就把他女儿的那封信给他看，对他说："既然已经有一次生出了宣布您为疯子的意思，那么现在为了阻止婚姻，也就更有可能会这么做了。"然后趁着老人惊吓、伤心之时，立刻把他带到彼得堡——直接搬进我的寓所里。

这是一个可怕的冒险举动，但她确信自己有这个能耐。写到这里，我要暂时打断一下叙述的顺序，超越到前面去，先向读者交代几句：她对于攻击的效果并没有算错，不但如此，效果竟超出了她的一切期望。这封信对老公爵的影响，也许比她自己和我们大家所预料的还要严重几倍。在这之前，我从来不知道公爵对这封信已经听说过，但正如所有软弱和胆小的人那样，他不相信这些传闻，为了安静起见，他竭力不去想它。不但如此，他还因为自己将信将疑而责备自己不够正派。我还要补充的是，信件还存在，这个事实对卡捷琳娜·尼古拉耶芙娜所产生的严重影响，也同样远远超出我本人当时的估计……总之，虽然我的口袋里藏着这个文件，但从来没有预料到它竟这么至关紧要。不过，我已经超越得太远了。

人们不禁会问，为什么要上我的寓所里去？为什么把公爵送到我们这种可怜的小屋里来，为什么要用我们这种简陋得可怜的陈设吓唬他？既然不能送他回家（因为在那里，计划就会无法实施），那么为什么不按照兰伯特的提议，送到一个特别的"豪华"的寓所里去呢？然而，安娜·安德烈耶芙娜这一非常步骤的整个的冒险性，也就在这里。

主要的目的就是，等公爵一到，马上就把文件交给他。但是我却无论如何不肯把它交出来。因为时间不能再拖延，安娜·安德烈耶芙娜只好寄希望于自己的能耐，决定在没有文件的情况下，就开始行动。但她要把公爵一直送到我那里来——到底为什么呢？就为了用这个步骤，突然袭击我，就是俗语所说的"一箭双雕"。她希望用出其不意的、震撼性的冲击来影响我。她估计我一看见老人在自己的屋子里，看到他那种惊恐与无助的样子，一听见他们的恳求，我就会屈服下来，把文件交给他们！说实话，她的这个计划真是既狡猾又聪明，是一种心理战术，而且——她差点儿就成功了……至于老人方面，安娜·安德烈耶芙娜当时就是靠向他直言相告，说是带他来找我，这才说动了他，使他不得不相信了她，至少相信她的话。这一切我是后来才打听出来的，甚至只是文件在我手里的这个消息，就已经彻底打消了藏在他畏葸心里的怀疑，对事情是否确实的怀疑，——可见他爱我、尊敬我到如此的程度。

我还要说，安娜·安德烈耶芙娜自己一分钟也不怀疑文件在我手里，我还没有放手交出去。关键是，她误解了我的个性，只是卑劣地指望我天真幼稚，甚至指望我重感情。再说，她觉得，即使我决定将那封信交给卡捷琳娜·尼古拉耶芙娜，那么总要在某种特殊的情况下，所以她急于用出其不意的突袭，抢先赶在这种情况发生之前。

最后兰伯特也使她相信这一切。我已经说过，当时兰伯特的立场发生了急骤的变化：这个出卖朋友的小人，曾背着安娜·安德烈耶芙娜引诱我，叫我跟他合伙，把文件卖给阿赫马科娃，不知为什么，他因为这样做获利会更大些。但是，由于我到最后的一分钟也坚决不肯把文件交出来，没有办法，他才决定给安娜·安德烈耶芙娜帮忙，免得到头来什么好处也捞不着。因此，在决定性的那个时刻到来之前，他努力钻到她面前去献殷勤。我知道，他当然甚至提议说，在必要的时候可以请个牧师来……但是，安娜·安德烈耶芙娜只是鄙夷地笑了笑，请求他不要提起这件事情。她觉得兰伯特这个人很粗暴，使她十分厌恶；但出于谨慎，她还是接受了他的效劳。比方说，刺探消息之类的工作，就是由他效劳的。我顺便说一下，我甚至直到今天也不能确切地知道，他们是否把我的房东彼得·伊波利托维奇给买通了，当时他是否因为出过力而收到过好处费，或者是他自己主动加入到他们那一伙里，只是为了体验一下耍弄阴谋的乐趣。他和他的妻子在那里刺探我——这是我确实知道的。

读者现在肯定会明白，我虽然多少知道了一点儿迹象，但我还是怎么也不能猜到，就在明天或后天，就会在自己的寓所里，在那样的情势之下见到了老公爵。而且我也真的没有想到，安娜·安德烈耶芙娜会采取这样大胆的行动！在嘴上随便怎么说都可以，随便怎么暗示也行，但是下决心去行动，真的着手去做，就是另一回事了。我可以对你们说，这是性格坚强的原因！

二

我继续讲下去。

次日早上我很晚才醒来。那天晚上我睡得特别沉，而且没有做梦，现在想起来都觉得很奇怪，所以我一醒过来之后，便又觉得自己精神十分振作，好像昨天根本没有发生什么事一样。我决定不上母亲那里去，而是到墓地附设教堂里去，为的是参加葬礼以后，再回到母亲的寓所里，然后一整天守在她身边。我深信，无论如何，我今天会在母亲那里遇见他，不管早些，还是晚些——但一定会遇见的。

阿尔福西娜和房东早已不在家了。我一点也不想去向女房东打听，而且我已经决定和他们完全断绝来往，甚至尽快从寓所里搬出去。因此在咖啡端上来之后，我又用钩子把门关上了，但突然有人敲我的门。使我吃惊的是，特里沙托夫来了。

我立刻给他开门，很高兴地请他进来，但是他不想进来。

　　"我就在门口这里说两句话……要不，进去也可以，因为在这里说话大概应该小声点儿，但我决不在你的屋子里坐下。您在看我这件肮脏的大衣，这是因为我的皮大衣被兰伯特抢回去了。"

　　他果真穿着不值钱的、破旧的、很不合身的大衣。他站在我面前，露出阴郁和忧愁的表情，手放在口袋里，连帽子也没有脱。

　　"我不坐，我决不坐下。您听我说，多尔戈鲁基，我不知道一点详细的情形，但是我知道，兰伯特打算对您做一件背信弃义的事，这事很快就会发生，避免不了的，这消息也绝对可靠。所以您千万要小心。这是'麻脸'对我说的，您还记得那个'麻脸'吗？但他并没有说出是怎么回事，所以我也不能说出什么来。我只想提醒你一下——再见吧。"

　　"坐下来吧，亲爱的特里沙托夫！我虽然很忙，但我很欢迎您……"我叫了起来。

　　"我不坐，我不坐。至于您欢迎我，我会记住的。唉，多尔戈鲁基，您何必欺骗别人：我是自觉自愿答应去干各种坏事的，这种事卑鄙得让我简直没脸在您面前说出来。我们现在在'麻脸'那里……再见吧。我不配坐在您的屋里。"

　　"别这么说，特里沙托夫，亲爱的……"

　　"不是的，多尔戈鲁基，我对大家都显得无礼，不管谁劝说都不管用，我现在又开始纵酒作乐了，他们很快就会给我做一件更好的皮大衣，出门时我还会有轻快的马车。但我会记住，我到底没有在您这里坐下来，因为我深感内疚，因为我在您面前显得太卑鄙。将来我回想起来到底会感到愉快，在我无耻地纵酒作乐的时候。再见吧，唔，再见吧。我不想把手递给您，连阿尔福西娜都不屑于跟我握手呢。好了，请您不要出来追我，不要上我那里去，因为我们那里有这个规矩。"

　　这个奇怪的小伙子转身就走出去了。偏偏此时我没有工夫，但是我决定把我的事情办完之后，就去找他。

　　我不打算描写这天上午接着发生的事，尽管有许多事情是可以想起来的。韦尔西洛夫没有到教堂去参加葬礼，但从他们的脸色上看来，在出殡前我似乎就可以断定，她们根本就没有指望他会到教堂里来。母亲虔诚地祷告着，显然把全部精神都寄托在祷告上面。只有塔季扬娜·帕夫洛芙娜和丽萨在棺材旁边。不过，我不想去描写。安葬完毕之后，大家回家坐下吃饭，这里我又从他们的脸色上断定，她们大概也并不指望他会来吃饭。饭后大家从桌旁站起来时，我走到母亲身旁，热烈地抱住她，祝贺她的生日。紧接着丽萨也跟我做了同样的举动。

"听我说，哥哥，"丽萨偷偷地对我耳语，"她们在等着他呢。"

"我猜到了，丽萨，我看出来了。"

"他一定会来的。"

"这么说来，她们已经接到确实的消息。"我心里这么想着，但没有去追问。尽管我并不描写我的感情，尽管我当时的精神如何振作，但这整个哑谜突然又像一块石头似的压到我的心上。我们大家在客厅的圆桌旁坐下，围在母亲的身边。喔，我当时真喜欢和她在一块儿，望着她！母亲突然请我念几段福音书。我读了《新约全书·路加福音》里的一章。她没有哭，甚至不是很悲伤，但从她脸上的神情来看，我觉得她显出了从来没有过的对宗教的深刻领悟。她平静的目光中闪耀着思想，但我怎么也不能觉察到，她会惊慌地等候着什么。大家不停地谈话，开始回忆关于死者的许多事情。塔季扬娜·帕夫洛芙娜讲了很多他的以前我完全不知道的事。总之，要是我加以记载，那么就会发现许多有趣的事情。连塔季扬娜·帕夫洛芙娜都似乎完全改变了平常的态度，显得很温和、很和蔼，关键是很安宁。另外是她虽然为了给母亲解闷而说了许多话，自己却仍然沉着冷静。不过，有一个细节我至今记得很清楚：母亲坐在沙发上面，在沙发左面的一张特别的圆桌上，放着准备做什么用场的一帧神像。这是一帧古老的神像，上面画着两位圣徒，没有任何装饰，只是在圣徒的头上围着花圈。我知道，这神像本来是马卡尔·伊万诺维奇的，而且我也知道死者一直把这神像带在身边，认为它可以创造奇迹。此时，塔季扬娜·帕夫洛芙娜朝它看了好几次。

"听我说，索菲娅，"她突然改变了话题，"干吗将神像平放着，为什么不把它靠墙竖放在桌上，然后在它前面点上长明灯呢?"

"不，不如让它像它现在那样放着。"母亲说。

"这倒也是。否则会显得过于庄严……"

我当时一点也没听懂。其实，事情是这样的：这神像早已由马卡尔·伊万诺维奇口头遗赠给安德烈·彼得罗维奇，母亲现在准备转交给他。

这时已经是下午五点钟。我们的谈话还在继续。我突然看见母亲的脸上似乎抖动了一下，她迅速地挺直身体，开始倾听，而正在说话的塔季扬娜·帕夫洛芙娜还继续说着话，一点也没有觉察出来。我立刻转身朝着门口，只眨眼的工夫，就看见安德烈·彼得罗维奇在门里出现了。他没有从台阶上进来，而是从后门的楼梯，经过厨房和走廊进来的。我们所有的人当中，只有母亲一人听见他的脚步声。现在我就来描述紧接着发生的疯狂的场面，不漏掉每一个举动，甚至每一句话。这场面持续的时间是很短的。

首先，至少我在头一眼看去时，并没有在他的脸上看出一丝一毫异常的表情。他的穿着和往常一样，也就是几乎是很漂亮的。他的手里握着一束不大的，但极贵重的鲜花。他走近前来，带着微笑，把那束花递给母亲。她露出畏葸的神色，惊疑地看了他一眼，把那束花收了下来。突然一阵红晕微微地使她那苍白的脸颊显得生动起来，眼神里闪耀着喜悦之光。"我早就知道，你会接受的，索菲娅。"他说。由于他走进来的时候，我们大家都站起身来，所以他走到桌旁之后，就拉过放在母亲左边的丽萨的软椅，坐了下去，没有注意到他占了别人的位置。这样一来，他就恰好坐在放神像的那张小桌旁边。

"大家都好呀！索菲娅，今天是你的生日，我一定要送一束花给你，因此我才没有参加殡葬，免得带着鲜花去见死者。再说你自己也不指望我会来参加殡葬，这我是知道的。老人大概不会为了这鲜花而生气，因为他自己把快乐遗给我们了，对不对？我觉得他就在这屋内的什么地方。"

母亲奇特地看了他一眼。塔季扬娜·帕夫洛芙娜的脸上抽动了一下。

"谁还在这屋里？"她问。

"死者吗！我们不要去谈这个。您该知道，对这些奇迹不相信的人，却往往最喜欢相信预兆……但是，我最好还是谈谈这束花吧：我不明白——我怎么会拿到这里来的。我在路上时，有三次想把它扔到雪地里，用脚把它踩烂。"

母亲哆嗦了一下。

"我真想这样做。索菲娅，请你怜惜我和我这可怜的头脑吧。我想这样做，因为它太美了。世界上难道还有比花更美的东西吗？我拿着花，但是路上全是雪和冰冻。我们的严寒和鲜花——那是多么的矛盾呀！不过我并不讲这个：我不过想把它揉碎，因为它太好了。索菲娅，我虽然现在又要失踪，但是我很快就会回来，因为我大概会害怕起来的。我一害怕，那么谁会治疗我的恐惧，到哪里去找像索菲娅那样的天使呢？……你们这个神像是怎么回事？啊，是死者的，我记得。他这个神像是祖传的，是他的祖先传下来的神像。他一辈子都没有让它离开过他和身边。我知道，我记得，他把它遗赠给我。我记得很清楚……好像还是分裂派教徒的神像呢……让我看看……"

他将神像拿在手上，放在蜡烛旁边，仔细地打量它，但不过是几秒钟的工夫，就把它放在自己前面的那张大桌子上。我觉得很吃惊，但他的这番古怪的话却说得非常突兀，简直弄得我莫名其妙起来。我只记得，当然有一种病态的恐惧透进我的心里。母亲由惧怕转为疑惑和同情。她首先把他看作一个不幸的人。以前也出现过这种情况，有时他说话几乎跟现在一样古怪。不知为什么，丽萨的脸色突然变得惨白。她奇怪地朝他那么歪着脑袋，向我点头。但是，塔季扬娜·帕夫洛芙娜所受到的惊吓比谁都厉害。

"您怎么啦，安德烈·彼得罗维奇?"她小心翼翼地说了一句。

"我也不知道，亲爱的塔季扬娜·帕夫洛芙娜，我也不知道自己怎么啦。您放心，我还记得您是塔季扬娜·帕夫洛芙娜，您是一个可爱的人。我不过在这里坐一会，我想对索菲娅说几句赞美的话，我正在寻思这样的话，虽然我的心里装满了话，可我还是说不出口，确实尽是那些奇怪的话。你们要知道，我觉得我整个人好像分裂成两个。"他看了我们大家一眼，露出异常严肃的脸色，语气显得诚恳和感人。"真的，我在精神上分裂为两个人，而且很怕这个情形。好像您（以下的几个"您"字，实际上都是指韦尔西洛夫自己）的身边站着您的另外一个我，您自己是聪明而且有理性的，但是另一个却要在您的身边做出一些荒唐的事情，有时还做出极滑稽的事情，接着您会发现，这是您自己想干这种滑稽的事，也不知道为了什么，似乎带着不乐意的态度想去做，也就是说，一面想要去做，一面用全力抵抗。我曾经认识一个医生，他在教堂内参加自己父亲的葬礼时突然吹起口哨来了。我今天真害怕去参加葬礼，因为不知为什么缘故，我的头脑里生出了一个确定的信念，就是我会突然吹起口哨或哈哈大笑，像那个不幸的医生一样，结果弄得十分不好……我真是不知道我今天为什么尽想起那个医生来，而且甚至想摆脱也摆脱不了。你瞧，索菲娅，我现在又把这神像拿了起来（他拿起了神像，在手里旋转着），告诉你，我现在正想把它往壁炉上一扔，往这个角落里一扔。我相信它会一下子裂成两半的——不多也不少。"

关键是，他说出这一切时，一点也不装腔作势，甚至也没有某种粗暴的行径。他完全很自然地说话，但这样却显得更可怕，而且他似乎真的非常害怕自己身上的变化。我突然发现他的手微微地发抖。

"安德烈·彼得罗维奇!"母亲双手一拍，大叫起来。

580

"把神像放下来，把它放下来，安德烈·彼得罗维奇，放下来，放下来，"塔季扬娜·帕夫洛芙娜跳了起来，"脱下衣服，躺下来！阿尔卡季，快去请医生来！"

"但是……但是，你们干吗这样忙乱起来？"他轻轻地说着，用专注的眼神扫射着我们大家。然后突然把两只胳膊肘放在桌上，用手支住头：

"我使你们害怕，但是，我的朋友们，请你们安慰我一下吧，请你们再坐下来，大家安静一点——只要有一分钟的工夫！索菲娅，我并不是跑来讲这件事情：我来告诉你点儿什么，便根本不是刚才说的那些。我要说，再见吧，索菲娅，我又要出去流浪，就像前几次从你那里动身出去的情形一样……唔，当然了，将来我还会回到你身边来——就这个意义上来说，我离不开你，等到一切都完结以后，我还能上谁那里去呢？索菲娅，你要相信，我现在来见你，好比见天使，并不是见仇人。你哪里是我的仇人呢，你哪里是我的仇人呢？你不要以为我会砸碎这个神像，不过，索菲娅，你知道，我总归是想砸碎的……"

塔季扬娜·帕夫洛芙娜刚才喊着"把神像放下来"的时候，曾把那尊神像从他手里夺下来，握在自己手里。他在说完了最后的那句话的时候，突然跳起来，立刻把神像从塔季扬娜·帕夫洛芙娜手里夺下，凶狠地把手一抢，用全力把它朝壁炉的瓷砖角上砸去，神像顿时裂成了两块……他突然转身向我们。他的惨白的脸突然完全转红，几乎红得发紫。他脸上的每根线条都在抖动着，抽搐着：

"你不要以为这有什么寓意，索菲娅，我并不是砸碎马卡尔的遗物，只不过是想砸东西罢了……我到底会回到你身边来的，回到最后的天使那里来的……不过，即使你认为这有寓意也可能，因为这是难免的！……"

他突然急匆匆地从屋内走了出去，仍旧从厨房里走出去的（他的皮大衣和帽子留在那里）。我不想详细描写母亲的感受：她失魂落魄地站在那里，双手交叉在胸前，突然朝他后面喊道：

"安德烈·彼得罗维奇，你哪怕回来告别一下啊，亲爱的！"

"他会来的，索菲娅，他会来的！你放心吧！"塔季扬娜·帕夫洛芙娜喊道，她气得浑身发抖，怒气冲天，像一头发怒的野兽，"我听见了，他自己答应回来的！你让这脾气古怪的人最后去游玩一次吧。等到老了，——那时候，果真的，除了你这个老保姆以外，谁还会服侍一个走不动的人呢？他自己居然公开这么说，真不害臊……"

至于说到我们兄妹，丽萨已经晕了过去。我想跑出去追他，但我奔到母亲那里。我抱住她，把她拥在怀里。卢克里娅跑了来，手里拿着一杯水，给丽萨喝。母亲很快回过神来，她瘫坐在沙发上，双手捂住脸，哭了起来。

"但是……但是……但是你去追他啊！"塔季扬娜·帕夫洛芙娜似乎醒悟过来，突然大声嚷道，"你快去……你快去……快去追他，不要离开他一步，快去，快去！"她用力把我从母亲身旁拉开，"唉，我该自己跑去追！"

"阿尔卡季，快去追他！"母亲也突然喊了出来。

我低着头跑出去，也从厨房和院子里跑出去，但他早已没了踪影。只见远处昏暗的人行道上，晃动着路人的黑影。我追了上去，等追上他们时，一面超过他们，一面转头打量每个人的脸。我这样一直跑到了十字街头。

"人们对于疯子是不会生气的，"我的脑海里突然闪过一个念头，"塔季扬娜·帕夫洛芙娜既然如此恨他，可见他并不是疯子……"我觉得这其中必有什么寓意，他一定想了结什么事情，就像断送这个神像一样，而且把这表明给我们，给母亲、给大家看。但是，他身边必定还有"另一个我"，这是毫无疑问的……

三

　　四处都没有看到他，而且也不必跑到他的寓所里去：他会这样随随便便地回家去，那是极难想象的。突然，一个念头在我的心里闪耀着，于是我一口气跑到安娜·安德烈耶芙娜那里去。

　　安娜·安德烈耶芙娜已经回来了，我被立刻请了进去。我走进去时，尽可能地克制自己。我没有坐下来，直截了当地把刚才发生的那个场面告诉她，也就是那个关于"另一个我"的情况。她也没有坐下，一直站在那里听我讲。但让我永远不会忘记，而且永远不会原谅她的是：她居然听得津津有味，没有表示出丝毫的同情，而且始终很冷静、自信，并充满了好奇。

　　"他在哪里？也许您知道吧，"最后我坚持地问她，"塔季扬娜·帕夫洛芙娜昨天打发我到您这里来……"

　　"我昨天就唤您来。昨天他在皇村，也到我这里来过。现在（她看了看表），现在是七点钟……这样看来，他一定在自己的家里。"

　　"我看您全都知道，——那么您就说呀，您就说呀！"我喊道。

　　"我知道很多，但也不是全都知道。当然，对您没有必要隐瞒……"她用一种古怪的目光打量着我，微笑着，似乎在考虑着什么。"昨天早晨他在回复卡捷琳娜·尼古拉耶芙娜的信时，曾向她求婚。"

　　"不可能，这不是真的！"我吃惊得瞪大了眼睛。

　　"回信是经我的手转交的，而且是我亲自封好并给她送过去的。这一次他'按照骑士的风度'去做，一点也没有瞒我。"

　　"安娜·安德烈耶芙娜，我一点也不明白！"

　　"当然是很难明白的，但这等于一个赌徒，把最后的一块金币扔到桌上，口袋里放着已经准备好了的手枪，——这就是他的求婚的意义。十成中有九成，她不会接受他的求婚的，但他还存有十分之一的希望。

说实话，据我看来，这是很有趣的，不过……不过……这里也许是疯狂，也就是所谓'另一个我'，您刚才说得很对。"

"您在开玩笑吗？难道我能够相信那封信会从您手里转出去的？您不是她父亲的未婚妻吗？您就饶了我吧，安娜·安德烈耶芙娜！"

"他求我为了他的幸福，牺牲自己的命运，但并不是真正的请求。这一切都在不言之中，我是从他的眼里读出来。唉，我的天呀，还有什么可说的呢？要知道，早先他不是跑到柯尼斯堡去找您的母亲，请她允许自己娶阿赫马科娃夫人的继女吗？昨天他选中我做他的代表和心腹。这举动很合他的性格。"

她的脸色有点苍白。但她的冷静只是更加反衬出她的嘲讽。哦，此时我才逐渐了解事情的原委，对她也原谅了很多。我寻思了半天，她在沉默中等候着。

"您知不知道，"我突然冷冷一笑，"您之所以肯把信转出去，因为对于您没有一点危险，因为这门婚事根本不可能，但是他会怎么样呢？还有，她又怎么样呢？她当然会拒绝他的求婚，那时候……那时候会发生什么事情呢？他现在在哪里，安娜·安德烈耶芙娜？"我喊道，"现在每分钟都是宝贵的，每拖延一分钟都有可能会发生悲剧呀！"

"他坐在自己家里，我对您说过。在他那封由我转交过去的给卡捷琳娜·尼古拉耶芙娜的信里，他请求她无论如何在今天晚上七点钟的时候，到他的寓所里来见面。她答应下了。"

"她到他的寓所里去吗？那怎么能够呢？"

"为什么不可能？这寓所是纳斯塔西娅·叶戈罗芙娜名下的：他们俩完全可以作为客人在她那里见面……"

"但是她怕他……他可能会杀死她！"

安娜·安德烈耶芙娜只是微笑了一下。

"卡捷琳娜·尼古拉耶芙娜不管多么害怕——这害怕是我自己在她身上看出来的，但还在很早以前，她就一直相当钦佩和惊叹他那高尚的做人原则和高超的智慧。这一次她信任了他，为了和他永远解决一下。他在自己的信里给予她最庄严的、最合骑士风度的承诺，所以她没有什么可担心的……总之，我不记得信上的措辞，但她信任了他……为了最后一次……也可以说，是以英雄式的气魄给予回答。这也许是两个同样具有骑士风度的人的较量。"

"可是还有另一个我，还有另一个我呀！"我喊道，"他发疯了！"

"昨天卡捷琳娜·尼古拉耶芙娜答应前去会面的时候，大概并没有料到会发生这种事情的。"

我突然转身跑了出去……当然了，我要上他那儿去，去找他们俩！但刚跑到大厅我又回来了。

"您也许希望他杀死她！"我吼完了这一句才跑出屋子。

虽然我全身哆嗦，像中风一样，但我还是悄悄地，从厨房里走进寓所里去，压低嗓门叫仆人把纳斯塔西娅·叶戈罗芙娜请出来，但她当时自己走出来了，默默地用疑问的眼神盯着我。

"他……他不在家。"

可我向她急促低语，直率而且确实地告诉她，我已经从安娜·安德烈耶芙娜那里知道了一切，而且我自己也刚从安娜·安德烈耶芙娜那里来。

"纳斯塔西娅·叶戈罗芙娜，他们在哪儿？"

"他们在大厅里，就是您前天坐着的那个地方，坐在桌子旁边……"

"纳斯塔西娅·叶戈罗芙娜，放我进去吧！"

"那怎么行呢？"

"不是到那里去，而是到旁边的那间屋子里去。纳斯塔西娅·叶戈罗芙娜，也许安娜·安德烈耶芙娜本人就希望我这样做。如果她不是这么想，也就不会告诉我他们在这里了。他们绝不会觉察出我的动静……她本人想叫我这么……"

"要是她不是这么想呢？"纳斯塔西娅·叶戈罗芙娜依然用锐利的眼

神盯着我的脸。

"纳斯塔西娅·叶戈罗芙娜，我至今还怀念您的女儿奥莉娅……您放我进去吧。"

她的嘴唇和下颚突然开始发抖。

"那好吧，我只是看在奥莉娅的分上……念你一片情意……但你不能背弃安娜·安德烈耶芙娜！你不会背弃她吧？不会的吧？"

"我决不背弃！"

"你对我发誓，如果我把你放到那里去，你不会跑到他们那里去，不会喊出来？"

"我可以用我的人格发誓，纳斯塔西娅·叶戈罗芙娜！"

她牵着我的上衣，把我带到一间黑暗的屋子里去。这房间跟他们坐在里面的那间相通，门口用厚厚的门帘隔开。她领着我悄然无声地走过柔软的地毯，一直走到门帘跟前，举起门帘的一小角，把他们俩指给我看。

我留在那里，她走了。我当然要留下来。我知道我这是偷听，在偷听别人的秘密，但我还是留了下来。我怎么能不留下来呢？因为那"另一个我"在吸引着我。当着我们的面把神像砸碎的，不正是这"另一个我"吗？

四

他们面对面地坐着，就坐在那张桌子旁边，就是昨天我和他并坐着喝酒、祝贺他"复活"的那张桌子。他们的脸庞我看得很清楚。她穿着普通的、黑色的衣服，显得很漂亮，看上去跟往常一样镇静。他说着话，她很用心地听着。从神态上看，也许还能看出她有几分胆怯。他却异常兴奋。我来时，他们的谈话已经开始，因此一时半刻我还听不明白。我记得，她突然问道：

"那么，原因在我身上吗？"

"不，原因在我身上，"他答道，"而您是没有错却受到惩罚的人。您知道，世上有许多没有错却受到惩罚的人。这是极不可饶恕的过错，差不多永远受到惩罚。"他补充了一句，古怪地笑了。"有过一段时间，我还真的以为我已经完全把您给忘了，还自行嘲笑我的痴情……这是您知道的。但是，您想嫁的那个人与我有什么相干？我昨天向您求婚，对不起得很，这是荒诞的行径，但这是没有办法的……我除了这荒诞的行为以外，还能做什么事情呢？我不知道……"

他说到最后一句时，迷茫地笑了起来，突然抬眼看着她。在这之前，他说话时似乎往旁边看着。要是我处在她的位置上，我会惧怕这笑的，我有这种感觉。突然，他从椅上站了起来：

"请问，您怎么会答应到这里来的？"他好像突然想起了主要的问题，"我的邀请和我的信——那全是荒诞的事情……您等一等，我还可以猜到，您怎么会答应上这里来的，但是——您到这里来做什么？——这真是一个问题。难道您仅仅是因为害怕才来的吗？"

"我是来见您的……"她说，带着畏葸的神情，谨慎地打量他。两人都沉默了半分钟。韦尔西洛夫又坐了下来，用一种温和动人却几乎哆嗦的声音开始说道：

"我有很长时间没有看见您了，卡捷琳娜·尼古拉耶芙娜，太久了，几乎认为不能像现在似的坐在您旁边，看着您的脸，听着您的声音……我们有两年没有见面，两年没有说话。我永远不想和您在一块儿说话。但是，过去的一切让它过去吧，现在所有的一切，到了明天就会像云烟似的消散了，随它去吧！我赞成这样，因为这又是没有办法的，您现在不要就这样离开这里，"他突然补充说，几乎像哀求似的，"既然您已经发了慈悲——跑到这里来，那么您不要就这样离开我：回答我一个问题吧！"

"什么问题?"

"我们以后永远不会再相见了,您还有什么顾虑呢?请您说一句实话,一辈子就说一句,回答一个聪明的人们永远不会提出来的问题:您哪怕有一段时间曾经爱过我吗?或者是我……弄错了呢?"

她顿时脸红了。

"爱过的!"她说。

我就料到她会说这句话的,哦,她是多么的朴实,多么的真诚和正派呀!

"现在呢?"他继续问。

"现在不爱了。"

"您在笑我吗?"

"不,刚才我无意中笑了一下,因为我早知道您会问'现在呢'这句话的。我因此笑了一下……因为一个人在猜中什么的时候,总是会笑一下……"

我甚至感到奇怪:我还从来没有看见她这样谨慎,甚至几乎是畏葸,而且惶恐。他目不转睛地盯着她。

"我知道您现在不爱我……那么,一点也不爱了吗?"

"也许一点也不爱了。我不爱您,"她坚定地补充了一句,已经不再笑,也不脸红了,"是的,我爱过您,但并不久。当时很快就不爱您了……"

"我知道,我知道您发现我不是您想要的那种人,但是……您究竟想要什么样的人呢?请您再跟我解释一下……"

"难道我已经跟您解释过吗?我想要什么样的人?我自己是一个很普通的女子,我是一个喜欢安静的女子,我爱……我爱快乐的人。"

"快乐的人吗?"

"您瞧,我甚至不知道该怎么跟您说。我觉得,要是您当时能少爱我一点,我就会爱上您了。"她又怯生生地笑了一下。她的回答里流露出十二分的诚恳。她当然不会不明白，她的这个回答是他们关系的最后总结，足以说明一切，解决一切的啊！他是应该了解这一点的！但是他却看着她，露出奇怪地笑容。

"比奥林格是快乐的人吗？"他继续问。

"您完全不必因为他而感到不平，"她有点儿仓促地回答，"我打算嫁给他，是因为我嫁给他之后会感到最大的安宁。而我的心还完全属于我自己。"

"听说，您又喜欢社交、喜欢上流社会了？"

"不是喜欢社交。我知道，我们的社交跟其他的任何地方一样，十分混乱，但在表面和形式上，却还是冠冕堂皇，所以如果生活只是为了表面的好看，那么待在那里比在其他的任何地方都好些。"

"我经常听见'混乱'这个字眼，当时您是不是也对我那'十分混乱'的行为、我的那些锁链以及我的各种思想和愚蠢的行为感到害怕？"

"不，这完全不是那么回事……"

"那到底是怎样的？看在上帝的分上，请您全都直说出来吧。"

"好吧，我要对您直说出来，因为我认您是绝顶聪明的人……我永远觉得您的身上有点可笑的什么东西。"

她说出这句话时，脸突然红了。似乎感到她做了特别不谨慎的行为。

"就凭您告诉我这一点，我可以饶恕您许多事情。"他奇怪地说。

"我还没有说完，"她急忙说，满脸通红，"我是一个很可笑的女人……就因为我和您说话，像傻瓜一样。"

"不，您并不可笑，您只是一个堕落的世俗女人！"他脸色变得煞白，"刚才我问您为什么答应到这里来的时候，也没有说完呢。您要不要我把话说完？现在这儿有一封信，一个文件，您很害怕这个文件，因为这封信一旦落到您父亲的手里，他活着就会诅咒您，会用合法的手段取消您在遗嘱上的承继权。您害怕这封信，您就是为了这封信才跑来的。"他一口气说了出来，几乎全身哆嗦，甚至牙齿也在打战。她听完了他的这番话，露出忧伤而痛苦的脸色。

"我知道您可以给我做出许多不愉快的事情，"她说着，似乎并不理会那些话，"但我跑到这里来的目的，并不是为了劝您不要再追求我，而是为了看一看您本人。其实，我渴望见您已经很久了，我自己……可我见到您，却还是和以前一样。"她突然补充了一句，似乎被一个特别的、坚决的意念所吸引，甚至沉浸在一种奇怪的、突如其来的感情中。

"那么，您是希望见到另一个我吗？在收到了那封骂你放荡的信之后？请问，您在来这里的路上，真的一点也不感到害怕吗？"

"我到这里来，是因为我以前爱过您，但是，我请求您，请您不要用什么话来威胁我，在我们还坐在一起的时候，不要提我当初的坏思想和坏念头。如果您能和我谈点别的什么事情，我是很高兴的。至于威胁的话，请以后再说吧，现在且讲别的事情……我到这里来，真是为了见您一下，听您说说话。如果您不能够这样做，那么干脆杀了我，只是不要威胁我，不要在我面前自己折磨自己。"她说着，带着奇怪的神情望着他，似乎果真料到他会杀死她。他又从椅上站起来，用热烈的眼神看着她，坚决地说：

"您肯定会不受一点点的侮辱地离开这里。"

"啊，是的，您发过誓的！"她微微一笑。

"不，并不仅仅是因为我在信里发过誓，而是我本来就想这样，而且会整夜地想您……"

"折磨自己吗？"

"在我一个人的时候，我永远会想着您。我只做一件事，就是和您谈话。每当我走到陋室和洞穴里去，您的相貌就会立刻浮现在我眼前，形成鲜明的对比。但您总是嘲笑我，像现在似的……"他好像无法控制自己似的说出了这些话。

"我从来没有，从来没有嘲笑您呀！"她用充满感情的声音喊道，脸上似乎露出极大的悲悯。"我既然来到这里，那我要努力做到不使您感到难受，"她突然说，"我到这里来，是为了想告诉您，我几乎是爱您的……对不起，我也许说得不对。"她急忙又补充了一句。

他笑了起来：

"您为什么不会假装呢？您为什么这样实诚，您为什么不和大家一样……怎么能对一个要赶走的人说'我几乎爱你'呢？"

"我只是不会表达罢了，"她忙乱起来，"我说得不大对，这是因为我在您面前永远害臊，不会说话，从我们最初遇见的时候起。如果我所说的那句'我几乎爱您'的话说得不对，那是因为我的心里几乎是这样想的，所以就这么说了，其实我对您说的那种爱……对，那是一种普通的爱，就是用来爱一切人，而且承认出来永远不会感到羞愧的那种爱……"

他默默地倾听着，用热烈的眼神盯着她。

"当然，我得罪您了，"他继续说，似乎不能控制自己，"实际上这大概就是人家称为情欲的东西……我知道我完了，见您是完，不见您也是完。不管是见您还是不见您，也不管您在什么地方，我眼前总是浮现出您的身影。我也知道，我能十分恨你，比爱还厉害。不过我早就什么也不考虑，什么也不管了。我只是可惜自己爱上了您这样的女人……"

他的声音中断了一下，随后又继续说下去，仿佛气都喘不过来似的。

"您怎么啦？我这样说，您觉得害怕吗？"他笑了笑，脸色变得十分惨白，"我想，只要这些话能够使您感觉舒服，我可以在什么地方用一只脚站立三十年……我看出您很怜惜我，您的表情在说着：'如果能够，我可以爱您，但是我不能够……'是吗？没有什么，我没有骄傲。我准备像乞丐似的接受您一切的施舍——您听清啦，是一切的施舍……乞丐还有什么骄傲呢？"

她站起来走到他身边。

"我的朋友!"她说着,把一只手搭在他的肩膀上,脸上流露出无从形容的感情。"我不能听这样的话! 我会一辈子想念您,像想念一个最宝贵的人,想念您这颗最伟大的心,这是我所珍爱的一个神圣的怀念。安德烈·彼得罗维奇,您该听得懂我这话的意思。要知道,我今天到这里来并不容易,亲爱的,不管是以前还是现在,您都是我亲爱的人! 我永远不忘记,在我们初次相遇的时候,您如何震撼我的心智。让我们就像朋友似的离别吧,我将终生很严肃很亲切的怀念您!"

"我们必须离别,这样我才能爱您,我会爱您——不过让我们离别了吧。听我说,"他说着,脸色显得完全惨白,"求您再给我一点布施吧:您不要爱我,不要和我住在一起,我们将永远不相见;如果您召唤我,我会成为您的奴隶,如果您不想看到我,也不想听到我的话,我将立刻隐去,不过……不过您不要嫁给任何人!"

这番话听得我的心紧缩得痛楚起来。这个又天真又卑劣的请求,之所以显得那样可怜,那样强烈地刺痛我的心,就因为它太裸露了,而且是太不可能的。他当然在那里求乞! 难道他真的以为她会答应吗? 而他竟卑屈得想尝试一下:他试着行乞! 看到他的意志颓丧到如此的程度,是一件极难忍耐的事。她脸上所有的线条似乎突然痛楚得变了样。但她还没有来得及开口,他就突然醒悟过来了:

"我要把您毁掉!"他突然用奇怪的,变得不像是他自己的声音说。

但她的回答也很奇怪,也完全用一种不是自己的,同样出乎意料的声音。

"如果我给予您布施,"她突然坚决地说,"以后您就会以此来报复我,比现在您威胁我的还厉害,因为您永远不会忘记,您曾经在我面前像一个乞丐……我无法承受您的威胁!"她几乎带着愤恨的语气说着,用挑战的姿态望着他。

"所谓'您的威胁',也就是一个乞丐的威胁啦! 我只是说着玩罢了,"他轻轻地说,微笑起来,"我不会对您做出什么事情,您不要害怕，您走吧……那个文件我会想办法寄还给您，您尽管走吧，尽管走吧！我给您写了一封愚蠢的信，您为了这封愚蠢的信跑到我这里来，我们一笔勾销。您从这里走。"他指着房门（她本想走到我站在门帘后面的那间屋子里去）。

"如果能够，请您饶恕我吧！"她在门口停下说。

"如果有一天我们完全像朋友似的相见，开朗地笑着回忆今天的情景，那该多好呀！"他突然说，但他脸上的所有的线条却开始哆嗦着，像中风似的。

"那才好呢！"她大声说着，双手交叉在胸前，但是畏葸地审视着他的脸，似乎猜测他想说什么话。

"您去吧。我们俩都很聪明，但是您……噢，您和我是同类型的人！我写了一封疯狂的信，您竟答应上我这里来，就为了对我说一声'我几乎爱您'。不，您和我两人全是一样的疯狂的人！您永远这样疯狂下去吧，不要改变，以后我们以朋友的身份见面。我可以给您这个预言，我可以对您起誓！"

"到那时我一定会爱您，因为我现在就有这种感觉！"她克制不住自己身上那种女人的天性，从门口上给他丢下最后这么一句。

她走出去了。我急忙不声不响地走进厨房里去，几乎看也不看等候着我的纳斯塔西娅·叶戈罗芙娜一眼，就从后门下了楼梯，穿过院子，跑到街上去了。但我只来得及看见她坐上在台阶旁边等候她的马车里去。我沿街跑去。

第十一章

一

　　我跑到兰伯特那里去。哦，不管我多么想把那天晚上和整个夜里的行为写得符合逻辑，哪怕找出一丁点儿合乎常理的地方，但甚至直到现在，当我已经能够理解一切的时候，我还是想不出我的行为之间有什么明确的必然联系。当时起作用的是感情，或者不如说是各种感情的混杂交错，而我则处于各种混杂的感情之中，这样自然会迷失了方向。诚然，这里有一个极主要的感情压倒了我，支配着一切，但是……有必要承认这种感情吗？况且我自己也并不确认……

　　我当然带着无法控制自己的情绪，跑到兰伯特家里去的。我甚至使他和阿尔福西娜大吃一惊。我出来就注意到，即使是最荒唐、最放荡的法国人，在居家时也会倾向于布尔乔亚（即资产阶级）的某种秩序，拘泥于某种单调乏味、一成不变的生活方式。不过兰伯特很快就明白一定出了什么事情。他喜出望外，因为终于看到我到他家里来了。这些日子里，他朝思暮想的就是这件事！哦，他是多么需要我呀！在他已经失去了所有希望的时候，我突然自己出现，而且还显出那种疯狂的样子，恰巧就是他所需要的那种样子。

"兰伯特，拿酒来，"我大声嚷道，"让我喝酒！让我们来喝个痛快！阿尔福西娜，您的吉他在哪里？"

我不想描写那幅场面——那是多余的。我们喝酒，我把所有的话都对他讲了，全都讲了出来。他贪婪地倾听着。我主动地向他公开献计，而且还煽风点火。第一，我们应该写信把卡捷琳娜·尼古拉耶芙娜叫到这里来……

"这是可以的。"兰伯特一面随声附和，一面记牢我的每一个字。

第二，为了使她相信，在寄给她的信中，把她的"文件"抄录一份，一块寄去，这样她就可以看出人家并没有骗她。

"这是应该的，而且是很有必要的！"兰伯特随声附和，一边不断地和阿尔福西娜交换眼色。

第三，应该由兰伯特出面约她出来，用自己的名义，装作一个刚从莫斯科来的不相识的人，然后由我去把韦尔西洛夫叫来。

"韦尔西洛夫也可以去叫来的。"兰伯特又附和着。

"是应该，而不是可以！"我喊道。"这是必须的！这么做全是为了他！"我一面解释，一面一口接一口地喝着酒杯里的酒（我们三个人全喝酒，我大概一个人喝了一瓶香槟酒，他们不过是装装样子罢了）。"我将和韦尔西洛夫坐在另一间屋内（兰伯特必须弄到另一间屋子），等她一下子答应了所有的条件——答应用银钱赎那个文件，还答应另外一种回报。因为她们全是卑鄙的。在那时候，我和韦尔西洛夫走了出去，说穿她是如何卑鄙的女人。韦尔西洛夫一看见她那样的卑鄙，他的病根就会不治而愈，把她一脚踢出去。不过还应该把比奥林格叫来，让他也看一看她的丑态！"我愤怒地说。

"不，不要叫比奥林格来。"兰伯特说。

"要的，要的!"我又吼叫起来，"你一点也不明白，兰伯特，因为你这人太愚蠢! 就是让他来，就是要让这件丑事在上流社会里曝光，我们就用这个对上流社会进行报复，同时也对她进行报复，让她去受惩罚! 兰伯特，她会给你一张期票……我不需要金钱——我对于钱不在乎，你可以俯下身去，把钱捡到自己的口袋里去，但是我要把她毁掉!"

"是的，是的，"兰伯特连声附和着，"你说得很对……"他一直和阿尔福西娜交换眼色。

"兰伯特! 她十分崇拜韦尔西洛夫，刚才我得到了证实。"我对他喃声说。

"你干得很好，你全都偷看到了: 我从来没有想到你是一个出色的密探，你很聪明!"他这么说是为了恭维我。

"胡说，法国佬，我不是密探，但我很聪明! 告诉你，兰伯特，她明明很爱他!"我继续说，努力表达出我的意思，"但她不会嫁给他，因为比奥林格是近卫军的军官，而韦尔西洛夫不过是一个大度的、全人类的朋友，在她看来，只不过是一个滑稽角色而已! 哦，她明白这种爱，并以这种爱取乐，和他调调情，诱惑他，但不会嫁给他的，这就是女人，这就是毒蛇! 所有的女人都是毒蛇，所有的毒蛇都是女人! 应该治疗他的心病，应该除去他的眼障: 让他看清她是什么样的人，便可以治愈他的心病了。我要带他到你那里来，兰伯特!"

"应该这样。"兰伯特承认我说得很对，不停地给我斟酒。

关键是他很怕自己因为说话不当而惹恼我，所以不敢反对我，而且唯恐我不喝很多酒。他的这种做法太明显，也太笨拙，即使是在当时，我也不可能看不出来。但我自己怎么也不能走开。我不停地喝酒，不停地说话，我很想把自己的想法全都表示出来。兰伯特去取另一瓶酒的时候，阿尔福西娜弹着吉他，奏起西班牙的乐调来了。我差点儿放声大哭起来。

"兰伯特，你知不知道这一切有多重要！"我深情地喊道，"必须救救这个人，因为他的周围……全是妖怪。如果她嫁给他，他会在初夜一过，第二天早晨就一脚把她踢出去的……因为这是常有的事。因为这种勉强的、古怪的爱，就像一场神经发作，好比死结，好比疾病，只要一得到满足，这层眼障立刻就会掉落下来，于是出现了相反的感情——厌恶和怨恨，产生要消灭对方和毁掉对方的愿望。你知道亚比煞的故事吗？兰伯特？你读过这故事吗？"

"不，我不记得了。是一部长篇小说吗？"兰伯特喃喃地说。

"你一点也不知道，兰伯特！你太不学无术了，太不学无术了……但我不在乎，反正都一样。他很爱母亲，他吻她的照片。第二天早晨他会把那女人赶走，自己又跑到母亲那里去。可到那时就太晚了，应该现在救救他……"

后来，我开始痛苦地哭起来，但还是继续说话，拼命喝酒。当时有个细节非常特别：整个晚上，兰伯特一次也没有问起关于"文件"的话，也就是它在哪里等等的话，也就是他没有要求我把文件掏出来，放在桌上。在互相商议行动的时候，问起这些话来，岂不是最自然的吗？还有一个细节：我们只是说应该做这桩事情，我们一定要做"这桩事情"，但是关于在什么地方，怎样做和什么时候做等等的问题，我们也同样一句话都不提！他只是附和我，和阿尔福西娜交换眼色，如此而已。当然，我当时一点也不能理解，但我到底记住了。

结果是我没有脱下外套，就在他的沙发上睡着了。我睡得很长时间，很晚才醒过来。我醒来时，好像惊呆了，在沙发上躺了一段时间，竭力思索和回忆所发生的一切，装作还没睡醒。兰伯特已经不在屋里：他出去了。这时已经九点多钟，生好的火炉在噼里啪啦地响，正和那夜我冻醒以后第一次在兰伯特家里醒来时的情景一模一样。只是这一次阿尔福西娜正在屏风后面监视我。这一点我马上察觉到了，因为她两次向里面张望，不过我每次总闭上眼睛，做出还在睡觉的样子。我这样做，是因为我受到了钳制，我必须思考我的处境。我非常恐惧地意识到，我在昨天夜里对兰伯特的推心置腹，跟他密谋，我因为跑到他那里去而犯下了很大的错误——这是多么荒唐，多少丑恶呀！但是，谢天谢地，那个文件还在我身边，还缝在我旁边的口袋里面。我刚用手摸了摸它——还在那里！如此说来，只要我现在跳起来，逃走，以后也不必对兰伯特感到不好意思。对兰伯特这种人根本不需要考虑这些。

但是，我却愧对自己！我是我自己的裁判官。唉，天呀，我的内心里，存在着什么样的心思呀！但是，我不想描写这个地狱般的煎熬和感受，这种意识到肮脏与卑鄙后的痛苦。但我还是应该老实地坦白，因为已经到了应该坦白的时候了。这一点应该在本书里大书特书一下。让人们知道我想糟蹋她，且几乎准备充当证人，以便看她如何给兰伯特赎金（真是卑鄙之极）——并不是为了挽救疯狂的韦尔西洛夫，把他还给母亲，而是为了……也许我自己爱上了她，因爱而吃醋！但我为了谁吃醋：为了比奥林格吗？为了韦尔西洛夫吗？还是为了那些能在舞会上见到她，且和她交谈的人？就因为在这种场合下，我只能坐在角落里，自惭形秽而吃醋吗？……啊，那真是丑恶极了！

总之，我不知道我对谁吃醋，我只是感觉到，并在昨天晚上，像一加一等于二那么确信，我已经失去了她，这个女人将会踢开我，嘲笑我的虚伪和荒唐！她是正直的，诚实的，而我是密探，我怀着一个文件！

从那之后，我把这一切一直藏在心里，但现在已经到了该坦白的时候了，因为我的这个故事已经临近大结局。不过，我还有最后一句话要说：我也许有一半或甚至百分之七十五在那里对自己说谎！在那天夜里我恨她，像发了狂似的恨她，以后又像个发酒疯的醉鬼。我已经说过，这是感情和感觉的混乱，对于这些，我自己是一点也弄不清楚的。但不管怎样，我还是应该把这些和盘托出，因为其中至少有部分感情是肯定有过的。

我怀着对自己无法克制的厌恶，以及一种迫不及待地想改变一切的意愿，突然地从沙发上跳了起来。可我刚跳起来，阿尔福西娜也马上跳了起来。我抓起皮大衣和帽子，吩咐她告诉兰伯特，我昨天说的是胡话，我诬蔑一个女人，我故意开玩笑，我要兰伯特永远不再到我那里去……所有这些话，我勉强地说出来，说得结结巴巴，而且匆匆忙忙地，是用法语说的，当然十分不清楚。使我奇怪的是，阿尔福西娜居然全听明白了。而最让我奇怪的是，她甚至好像还在为什么事而高兴呢。

"Qui Qui，"她附和着我，"是的，是的……这么做太可耻了！把一位夫人……啊，您真高尚！您放心好了，我会开导兰伯特的……"

我看得出来，她对事情的态度发生了十分意外的变化，也许兰伯特的态度也变了。按理说，我应该在那个时候就觉得惊疑。但是，我还是默默地走了出去。当时我的心里很乱，所以缺少判断力。后来我判明了一切，但那时已经晚了。原来这是一条恶毒之极的诡计！我且在这里停顿一下，预先把这诡计全都解释出来。因为不如此，读者是不能明白的。

事情是这样的：还在我初次和兰伯特相遇的时候，也就是我在他的寓所里取暖的时候，我就像傻瓜似的，喃喃地对他说过那个文件就缝在我的衣袋里面。当时我很快就在他屋子角落里的沙发上睡着了一会儿。兰伯特那时候一定立刻摸过我的口袋，因此相信里面确实缝着一个文件。后来他又好几次借机触摸过，以证实那个文件还在衣袋里面。譬如说，在我们上鞑靼人饭馆里吃饭的时候，我记得他故意有好几次抱着我的腰。他终于明白这文件如何的重要，便拟好了一个十分特别的计划。我绝对想不到他会有这样的计划的。我像傻瓜似的尽幻想他那样固执地让我到他家里去，仅仅只是为了劝我跟他合作。但是，可叹呀！他叫我去，完全为了别的原因。他叫我去，是为了灌醉我，在我失了知觉，躺倒下来，呼呼地睡着的时候，把我的口袋割破，然后取走那个文件。在那天夜里，他和阿尔福西娜就是这样做的：由阿尔福西娜把我的口袋拆开了。他们取走了那封信，取走了她的信——我从莫斯科带来的那个文件，然后把一张大小相同的普通的信纸放在我口袋里，在被拆开的地方，重新缝好，缝得毫无破绽，使我一点也看不出来。是阿尔福西娜缝的口袋。而我呢，却在整整过了一天半之后，几乎直到结局之前，居然还一直以为这份密件还在我身上，还以为卡捷琳娜·尼古拉耶芙娜的命运掌握在我的手中呢。

在这里我要说一句关键性的话：这次文件的被窃，成为后来一切灾祸以及各种不幸的起因。

二

我这篇札记里所记载的最后一个昼夜已经来临，我要写到大结局了！

当我带着兴奋的心情回到自己的寓所时，我觉得大概有十点半左右，我还记得当时我有点儿莫名其妙的烦躁，但心里已经拿定了主意。我并不慌忙，我已经知道应该怎样办了。但让我想不到的是，在我刚走进我的走廊里面的时候，我立刻就明白发生了新的灾难，事态变得复杂起来了：老公爵刚被人家从皇村里带进城内，正待在我们的寓所里面，安娜·安德烈耶芙娜也在他的身边。

他们并不把他安置在我的房间里，而是放在和我紧邻着的、房东居住的两间屋内。后来才知道，还在头天晚上，他们就已经在这两间屋子里进行了一些变动和装饰，不过变化很小。房东和他的太太搬到那个好闹脾气的麻脸的房客的小屋里去。关于这个房客，我在上文已经提到过，在那时候他已经搬出去，至于搬到哪里，我就不知道了。

房东立刻溜进我的房间里。他的态度并不像昨天似的坚决，但是处于特别兴奋的状态之中，因为事态的发展已经达到了高潮。我什么话也没有对他说，只是退到屋角面，手捧住头，站立了一分钟。起初他以为

我是在"装腔作势",但后来他忍耐不住,感到害怕了:

"难道这样安排不对吗?"他喃喃地说,"我可是一直等您回来商量的,"他看见我不回答,便补充着说,"要不要把这扇门也打开?这样就可以一直通到公爵的房间里……省得从走廊里绕弯了。"他指着我房间里那扇一直关闭着的门。这门通到房东的屋子里,也就是和现在公爵的住处相通。

"是这样的,彼得·伊波利托维奇,"我用严厉的神情对他说,"请您立刻去请安娜·安德烈耶芙娜到我这里来商量。他们早就在这里了吗?"

"差不多有一个小时了。"

"那您去叫她吧。"

他去了一趟,带回来一个奇怪的答复,就是安娜·安德烈耶芙娜和尼古拉·伊万诺维奇公爵急切盼望我到那边去。如此说来,安娜·安德烈耶芙娜并不想光临到我的屋子里来。我把我在一夜里弄皱了的上衣整理了一下,刷干净,把头发梳好,不慌不忙地做着这一切,心里明白我该如何谨慎行事,然后才上老人的屋里去了。

公爵坐在圆桌旁边的沙发上面,安娜·安德烈耶芙娜在另一个角落里,另一只铺着毯子的桌子旁边准备了茶水,桌上那只房东的茶炊已经烧开。我走了进去,脸上还是露出严肃的神色。老人一下子就觉察到这点,竟哆嗦了一下,脸上的微笑立刻转为十足的恐惧。但是,我当时突然忍不住,笑了出来,向他伸出手,可怜的老人竟扑到我的怀抱里来了。

毫无疑问,我一下子就明白他成了怎样的人。首先,我像一加一等于二那样清楚地知道,尽管老人几乎还有精神,几乎还多少有点理性,几乎还有几分刚毅,但在我和他分开的那些日子里,他们简直把他弄得像一个木乃伊,像一个畏葸而又多疑的孩子。我要补充一句:他完全知道人家为什么把他带到这里来,整个过程就像我在前面预先交代的那样。人家突然地用他的女儿如何背叛他，如何想把他送进疯人院里去的消息向他袭击，把他吓坏了，他害怕得几乎不知道自己在干什么，就稀里糊涂地同意让人家把他带离皇村。他们对他说我手里有一份密件，我身上有一把能够打开最后谜底的钥匙。我可以预先说说：最让他害怕的，就是这个最后的谜底、这把钥匙。他在等我去见他的时候，还在想我会拿着文件，带着一脸宣判的神情去找他，所以此时看见我居然带着微笑，而且只谈别的事情，便喜出望外了。我们拥抱的时候，他哭了。说实话，我也流了一点眼泪。我突然开始很可怜他……阿尔福西娜的那只小狗发出像小铃般尖细的叫声，从沙发上奔到我这边来。他自从得到了这只小狗之后，就一直让它陪伴在自己的身边，甚至睡觉时也是这样。

"喔，我说过，他是一个宽厚的小伙子。"他指着我，大声对安娜·安德烈耶芙娜说。

"您可健壮多啦，公爵，您的气色很好，神清气爽，看上去很健康！"我说。唉，其实一切正好相反：他是一具木乃伊，而我之所以这么说，只不过是为了鼓励他而已。

"是吗，是吗，"他快乐地重复着，"我的健康恢复得真快。"

"您喝您的茶，如果您赏我一杯，我可以跟您一块儿喝。"

"那好极了！'让我们来饮酒取乐吧……'好像有这样一首诗。安娜·安德烈耶芙娜，给他一杯茶……给我们茶，亲爱的。"

安娜·安德烈耶芙娜把茶递过来，突然转身向我用特别庄严的态度开始说话。

"阿尔卡季·马卡罗维奇，我们俩，我和我的恩人尼古拉·伊万诺维奇公爵，到您这里来避难了。我想我们这是在投奔您，投奔您一个人，我们俩请求您收留我们。请您想想，这个圣徒，这个极高尚却备受欺压的人，他的整个命运已经掌握在您的手里……我们等候您那颗正直的心做出决定！"

但她还没说完，公爵就惊恐万状，几乎吓得直打哆嗦了：

"以后再说，以后再说，好不好？亲爱的！"他反复地说，朝她抬起双手。

我无法形容出她的举动，同时使我产生多大的不痛快。我一句话也不回答，只向她做了一个冷淡的、郑重的鞠躬，然后便坐回桌旁，甚至故意谈起别的事情，讲一些愚蠢的话，开始笑，还说俏皮话……老人显然很感激我，显得很开心，甚至很有兴致。然而，尽管他兴致勃勃，但那种开心的神态却不稳定。立刻就会变为完全的颓丧，这是乍看一眼就能明白的。

"Cher enfant，我听说你大病了一场……哦，对不起！我听说你一直在研究降神术（当时的一种迷信活动，曾在俄国风行一时），是不是？"

"我并没有想研究呀！"我微微一笑。

"没有吗？但是谁对我说过降神术的呢？"

"这是这里的官员彼得·伊波利托维奇刚才说的，"安娜·安德烈耶芙娜解释，"他是一个很快乐的人，他知道许多故事。要不要我去把他叫来？"

"是的，是的，他很招人喜欢……他知道很多故事，不过最好以后再叫他进来。我们一叫他，他会给我们讲的。不过以后再说吧。你简直想不到，刚才他在给我们摆饭桌时，居然说：'你们放心，这桌子不会飞走的，我们可不是开降神会啦。'在开降神术会的时候，难道桌子会飞吗？"

"我真是不知道，不过听说会连着桌腿升起来的。"

"但是你所说的真是可怕。"他恐惧地看了我一眼。

"喔，您不要怕，这是胡说八道。"

"我自己也是这样说的。纳斯塔西娅·斯捷潘诺芙娜·萨洛梅耶娃……你是知道她的……啊，是的，你不知道她……你想不到吧，她也相信降神术，你想不到吧，Chere enfant，"他转身朝着安娜·安德烈耶芙娜，"我就这么跟她说的：在政府各个部里也放着桌子，桌上放着八双官员的手，全在那里写字——为什么那里的桌子不会跳舞呢？你想一想，要是这些桌子突然跳起舞来，那才好看呢！财政部或教育部里的桌子造了反——那才够瞧呢！"

"您说话仍旧那么风趣呢，公爵。"我赞叹道，努力发出真诚的大笑。

"是吗？我说得不多，但我说得很风趣。"

"我这就去把彼得·伊波利托维奇来叫来。"安娜·安德烈耶芙娜站起身来，快乐在她的脸上闪烁着：看到我对老人那么亲热，她感到高兴了。但她刚走出去，老人的整个神情突然立刻变了样。他匆匆朝门外看了一眼，又朝四围环顾了一下，便从沙发上俯身凑近我，用恐惧的声音低声对我说道：

"亲爱的朋友！要是我能看到她们俩一起在这儿才好呢！唉，Cher enfant！"

"公爵，您放心吧……"

"是的，是的，但是……我们想法使她们和解，不是吗？这里不过是两个有身份的女人无谓的争吵，不是吗？我现在全指望你一个人……我们要在这里把一切整理出头绪来。这里的寓所真是奇怪得很，"他几乎畏惧地环顾了一下四周，"你知道，这个房东……他的脸是那样的……你说！他是不是一个危险的人物？"

"房东吗？不，他怎么会是危险的人物呢？"

"对，当然。那更好。他大概很笨，这位绅士。Cher enfant，看在基督的分上，不要告诉安娜·安德烈耶芙娜，说这里的一切让我害怕。我可是一跨进来，就夸这里的一切，还把房东也恭维了一番。听我说，你知道关于冯·索恩的事件（指 1869 年底官员冯·索恩在妓院被谋杀这件事）吗？你还记得吗？"

"那又怎样?"

"不要紧,不要紧……我在这里是很自由的,不是吗?你觉得呢,我在这儿不出什么事情……出那类的事情?"

"我可以向您保证,不会的……"

"我的朋友!我的孩子!"他突然大声喊道,将双手交叉在胸前,完全不掩饰内心的恐惧。"如果你果真有什么……文件……总之,如果你有什么话要对我说,那么请你不要说。看上帝的分上,什么也不要说……拖得越长越好……"

他泪流满面,想扑过来拥抱我。我无法形容,当时我是多么的揪心:可怜的老人像一个被吉卜赛人拐走的小孩,被迫离开自己的家,带到一群陌生人中间,脆弱的内心充满了恐惧。但人家不让我们拥抱:门开了,安娜·安德烈耶芙娜走了进来,但带进来的不是房东,可是她自己的哥哥,那个宫廷侍从官。这个变化使我大为吃惊。我站起身来,朝门口走去。

"阿尔卡季·马卡罗维奇,让我给你们介绍一下。"安娜·安德烈耶芙娜大声说,使我不由得只好止住步。

"我和令兄早就认识了。"我响亮地说,把"早"字说得特别重。

"唉,这是一个可怕的错误!我真是对不起,亲爱的安得……安德烈·马卡罗维奇,"年轻人开始喃语,用特别潇洒的态度走到我面前来,抓住我的手,使我不能脱身离去。"一切全是我那个的斯捷潘的错,他当时那样愚蠢地对我通报,我认为您是另一个人——这是在莫斯科的事。"他对他的妹妹解释了一下,"后来我努力想寻找您,解释一下,但我病了,您可以问她。亲爱的公爵,就算是为了亲属关系,我们也应该成为朋友……"

这个胆大的年轻人竟敢用一只手搂住我的肩膀,做出亲密到极点的样子。我往旁边躲开,感到不好意思,当下连忙走出那间屋子,没说一句话。我回到自己房间,坐在床上,左思右想,惶恐不安。这场阴谋使我感到窒息，但我又不能那样直接地为难安娜·安德烈耶芙娜，让她绝望。我突然觉得，我也很珍惜她，她的处境太糟糕了。

三

果然不出我所料，她让自己哥哥和公爵坐在那里聊天，由他开始把上流社会的那些最新的谣言讲给公爵听，一下子就把这个善感的老人给吸引住了，逗乐了。而她自己则来到我的房间里。我默默地从床上站起来，露出满脸的疑问。

"我对您说出了一切，阿尔卡季·马卡罗维奇，"她直截了当地说，"我们的命运掌握在您的手中。"

"但是，我已经预先告诉过您，我不能……出于最神圣的责任感，我不便去干您所希望的事情……"

"是吗？这是您的答复吗？我失败了不要紧，但是老人呢？您以为怎么样：到不了晚上他准会发疯的！"

"不，要是我把女儿的信拿给他看，让他知道自己的女儿在这封信里面和律师商量如何宣布父亲为疯人！他才会发疯呢！"我激动地嚷道，"最让他受不了的是这种事。您要知道，他不相信有这样一封信，他已经跟我说过了！"

我说他对我说过，这是我在撒谎，但说得很巧。

"已经说过了吗？我料到会是这样的！这么说来，我是完了，难怪直到现在他还哭着要回家。"

"请您告诉我，您的计划究竟是什么？"我坚决地问。

她脸红了，那是由于傲气受挫而起的，但她克制住了自己：

"我们有了他女儿的信在手里，就可以向上流社会证实我们有理。我会立刻派人去请他小时候的朋友 V 公爵和鲍里斯·米哈伊洛维奇来。

这两个人都是上流社会受人尊敬、颇有影响力的人物，而且我还知道，早在两年以前，他们就对他那个贪婪、残忍的女儿的某些行为十分激愤。当然，他们会依照我的请求，使他和女儿和解，我自己也这样主张。那样，情势就完全不同了。而且，我还估计到那时，我的亲戚们，法纳里奥托夫家族，也会出面维护我的权利。但对于我来说，最重要的是他的幸福。让他终于明白，并且珍视：谁才是真正的忠实于他？毫无疑问，我最大的希望就是您的帮忙：您十分地爱他……究竟谁还爱他，除了我和您以外？最近的几天里，他尽讲起您。他想念您，您是'他的忘年之交……'当然，事后我会一辈子无穷无尽地感激您的……"

她这是许诺给我报酬了——也许是银钱吧。

我坚决地打断她的话头。

"无论您怎么说，我都办不到，"我用无可动摇的决定的态度说，"我只能用同样的诚恳报答您，把我的最后的意思解释给您听：我在不久的将来就要把这封惹祸的信亲手交给卡捷琳娜·尼古拉耶芙娜，但须附带一个条件，就是不要在现在所发生的一切事情里弄出乱子来，由她预先发誓不妨碍您的幸福。这就是我要做的事情。"

"这么办不行的！"她说，满脸通红。她一想到由卡捷琳娜·尼古拉耶芙娜来饶恕她，不由得激愤起来了。

"我不会改变决心，安娜·安德烈耶芙娜。"

"您也许可以改变一下吧。"

"您去找兰伯特好了。"

"阿尔卡季·马卡罗维奇，您不知道，由于您的固执会生出多么不幸的事情。"她声色俱厉地狠狠说道。

"要说会发生不幸——那是肯定的……现在我觉得头晕。我不管您了：我决心已下，绝不改变。只是看上帝的分上，请不要让您的哥哥上我这里来。"

"但是他很想赎一赎……"

"一点也不用赎！我不需要，我不要，我不要！"我捧住头嚷道（唉，我当时对她的态度也许太傲慢了）！"请问，今天公爵在哪儿过夜？"

"他要在这里过夜，在您的房子里，和您在一块儿。"

"晚上我就要搬到另一个寓所里去了。"

我说完这几句不客气的话之后，便抓起帽子，开始穿皮大衣。安娜·安德烈耶芙娜默默地，冷冷地看着我。我不禁开始可怜她，——我很可怜这个高傲的姑娘！然而，我从寓所里跑出来，不给她留下一句带有希望的话。

四

我尽量长话短说。我下的决心是不会改变的，我一直上塔季扬娜·帕夫洛芙娜家里去。唉！如果我当时遇到她在家，也许不至于发生极大的不幸，但是好像故意似的，这一天我尽碰到不如意的事情。我当然也拐到母亲那里去过，首先是为了看望可怜的母亲，其次是希望在那里遇见塔季扬娜·帕夫洛芙娜：但是她也不在，她刚走出去。母亲生病了，躺在床上，只有丽萨一人留在她身边。丽萨请求我不要走进去惊醒母亲："整夜没有睡，伤心极了；谢天谢地，现在总算睡着了。"我抱了丽萨一下，只对她说了两句话，说我作出了一个至关紧要的重大决定，我现在要去实现它。她倾听着，并没有露出特别的惊异，好像听极平常的话语一般。他们大家当时已经听惯了我不断地作"最后决定"，然后又怯懦地自行取消。但是现在——现在是另一件事情了！我上运河旁的那家小饭馆里去，坐在那里打发一下时间，以便再去找塔季扬娜·帕夫洛芙娜。我要解释一下，为什么我突然需要这个女人。事情是这样的：因为我想打发她立刻到卡捷琳娜·尼古拉耶芙娜那里去，请她到塔季扬娜·帕夫洛芙娜的寓所里来，以便当着塔季扬娜·帕夫洛芙娜的面在一劳永逸地把一切事情解释清楚以后，就把文件还给卡捷琳娜·尼古拉耶芙娜……总之，我只想做我该做的。我想一劳永逸地为自己辩解。在这个问题解决了以后，我一定要坚持当场说出几句对于安娜·安德烈耶芙娜有利的话，如果可能的话，就带上卡捷琳娜·尼古拉耶芙娜和塔季扬娜·帕夫洛芙娜（作为证人）到我的寓所里去，就是到公爵那里去，在那儿使这两个敌对的女人和解，使公爵复活，而且……而且……总之，至少在这群人中间，我要让每个人都幸福。这么一来，就只剩下韦尔西洛夫和母亲两个人了。这个办法会取得成效，我是深信不疑的：卡捷琳娜·尼古拉耶芙娜因为我把信还给她，并不向她有所要求，心里会感激我，因为不会拒绝我这种请求。唉！我还在想象我身边藏着这个文件。唉！我自己在不知不觉中，竟陷入那样愚蠢和可耻境地。

天色已经黑得厉害，已经到四点钟左右，我又去访问塔季扬娜·帕夫洛芙娜。玛丽亚粗暴地回答说"她还没有回来"。我现在还清楚地记得玛丽亚那种不友好的奇怪的眼神。但是，不用说，我当时还根本没有意识到什么。相反地，另一个念头突然刺痛了我：我在恼恨和忧愁中从塔季扬娜·帕夫洛芙娜家的楼梯上走下来的时候，想起了公爵刚才向我张开双臂的那个可怜的情景来。我突然痛责自己：也许只是出于个人恼恨的缘故，我就丢下他不管了。我开始不安地设想，当我不在家的时候，他们甚至会发生什么极不好的事情。因此就匆匆忙忙地走回家去。但是，家里只发生了下面的情形。

安娜·安德烈耶芙娜刚才从我的屋内愤然离开之后，并没有失去最后的希望。还要补叙的是，她从早晨起就打发人去找兰伯特，后来又叫人去找一次，因为兰伯特老不在家，便派她的哥哥去找。这可怜的女人看见我这样抗拒，便把自己最后的希望放在兰伯特和他对我的影响上面。她迫不及待地等候着兰伯特，同时感到奇怪：在这之前，他都不离开她一步，一直在她身旁旋转着的，现在怎么会突然完全把她抛弃，就此失踪了呢？唉！她做梦也想不到，兰伯特现在已经把文件抢到手里，而且已经作出了完全不同的决定，现在当然要藏躲起来，甚至故意躲避她。

这样一来，安娜·安德烈耶芙娜由于心里十分不安，由于越来越惊慌，也就几乎无力给公爵解闷；而与此同时，公爵的不安程度也发展到了危险的程度。他提出一些胆怯而奇怪的问题，甚至开始怀疑地看着她，有几次竟哭了。小韦尔西洛夫当时坐的时间并不长。他走后，安娜·安德烈耶芙娜终于把彼得·伊波利托维奇带了进来。她对他抱有很大的希望。但公爵完全不喜欢他，甚至引起他的厌恶。总之，不知为什么，公爵对彼得·伊波利托维奇越来越不信任，越来越怀疑了。那个房东好像故意似的，又开始讲起降神术，还讲什么魔术，讲那些据说是他亲眼看见的戏法：说是有一个从外省来的一个江湖术士，当着众人面前把人头割下来，血流得很多，大家都看见了，后来又把它装在颈脖上面，居然又愈合如初了，这也是当着众人的面表演的。这一件事情好像发生在1859年。公爵听了非常害怕，便不知什么又非常光火，弄得安娜·安德烈耶芙娜只好立刻请那个讲故事的人退出去。幸好饭送来了，这饭是在头天晚上特托兰伯特和阿尔福西娜在附近不远的地方，向一个有名的法国厨子订好的。这厨子现在没有事，正在寻觅贵族家里或俱乐部里的职位。饭菜和香槟酒使老人特别的快乐。他吃得很多，还说了许多玩笑的话。饭后他自然感觉有些困，因为很想睡觉。因为他总是在饭后睡觉。所以安娜·安德烈耶芙娜给他准备好了床铺。他临睡时一个劲地吻她的手，说她是他的天堂，他的"金花"——总之，开始说出那一套最东方式的词语。他终于睡着了，就在那个时候我回来了。

安娜·安德烈耶芙娜急忙地走到我的屋内，在我面前合着手说，并非为了她，而是为了公爵，她求我不要走开，等他一醒，就上他屋里去。"没有您，他会出事的，他的神经会崩溃。我怕他在入夜之前就挺不住……"她说，她自己一定要离开一会，也许甚至离开两小时，她要把公爵交给我一个人照顾。我热情地对她说，到傍晚之前我会留在那儿，等他睡醒，就努力给他解闷。

"我要去尽自己的责任！"她坚决地说。

她走了。我要提前补充几句话：她这回是亲自跑去找兰伯特，这是她最后的一线希望。此外，她还到她哥哥和法纳里奥托夫家里去过。可想而知，她回来的时候，应该处于怎样的心神状态之下。

公爵大概在她走后一小时醒来。我隔着墙听见他的呻吟，立刻跑到他那里去，正好看见他坐在床上，穿着睡衣。但他发现自己孤单单地待在一间陌生的房间里，前面只有摇曳的烛光，顿时吓坏了，竟哆嗦了一下，跳起来，大声喊嚷着。我奔到他面前去，等他看清是我的时候，便带着快乐的眼泪，开始拥抱我。

"人家对我说，你搬到另一个寓所里去了，你害怕得逃走了。"

"谁跟您这么说的？"

"谁说的？你瞧，也许是我自己瞎想，但也许有人说说。你瞧，我刚才做了一个梦：一个白须老人走进来，手里拿着一个神像，砸成两橛的神像，突然说道：'你的生命就是这样弄碎的！'"

"唉，我的天，您一定已经从什么人的嘴里听到韦尔西洛夫昨天把神像砸碎的事情了吧？"

"N'est-ce pas（法文，译为"怎么不是呢"）？我听说了，听说了！我今天早晨从纳斯塔西娅·叶戈罗芙娜那里听到的。她把我的皮箱和小狗送来了。"

"瞧，所以您就做了这个梦。"

"是呀，差不多是这样，但你不会想到，这老人尽用手指吓唬我。安娜·安德烈耶芙娜在哪里？"

"她马上就回来了。"

"从什么地方回来。她也走了吗？"他痛苦地嚷道。

"不，不，她一会儿就来，请我代她在您这里坐一会。"

"Oui（法文，译为"是的"）。她会回来的。我们的安德烈·彼得罗维奇竟发疯了：'多么意外又多么迅速！'我一直对他预言，说他最终的下场会是这样的。我的朋友，你别忙说……"

他突然伸出手抓住我的衣服，把我拉到自己身边。

"房东刚才突然取来了一些照片，"他低声说，"一些下流女人的照片，全是裸体的女人，都是摆出各种各样的姿势，他还突然开始放在玻璃里让我看……我只违心地恭维了几句，但这个情形就像人家把这些下流的女人带到那个不幸的文官身边，以便把他灌醉……"

"您还在讲那个冯·索恩的事，别瞎想了，公爵！房东是一个傻瓜，如此而已！"

"他只是一个傻瓜而已！C'est mon opinion（法文，译为"我也这么认为"）！我的朋友，如果能够，请你救救我，让我离开这里！"他突然在我面前合起双手。

"公爵，凡我能做到的一切我都可以做！我完全听您的……亲爱的公爵，只要您再等一会，也许我会把一切处理好的！"

"是的。我们马上逃走，把皮箱留在这里，做做样子，让他以为我们还会回来的。"

"往哪里跑呢？还有安娜·安德烈耶芙娜怎么办？"

"不，不，和安娜·安德烈耶芙娜一块儿走……喔！我的亲爱的！我的大脑里像一锅稀粥似的弄得糊里糊涂了。等一等，在右边的那只皮包里有一张卡佳（卡捷琳娜的小名）的照片，是我刚才偷偷儿塞进去的，为了不让安娜·安德烈耶芙娜，特别是纳斯塔西娅·叶戈罗芙娜看见。看在上帝的分上，你快给我掏出来，你要留神，不要让人家看见……能不能用钩子把门关上？"

我果真在那个皮包里找到了卡捷琳娜·尼古拉耶芙娜的照片，这照片装在椭圆形的相框里。他把它拿起来，放在光亮的地方，眼泪突然流到他那黄瘦的脸颊上：

　　"她是天使，天上的天使，"他长叹道，"我一辈子对不起她……现在也是的！Chere enfant，我什么都不信，我什么都不信！我的朋友，你告诉我：有人打算把我送到疯人院里去，你能想象得到吗？突然要把我这样的人送进疯人院里去？"

　　"永远不会有这样的事！"我喊道，"这是一个误会。我了解她的感情。"

　　"你也了解她的感情吗？那好极了！我的朋友，你使我复活了。他们干吗要在我面前中伤你呢？我的朋友，你去把卡佳叫来，让她们俩当着我的面亲吻，我要带着她们回家，我们要甩掉这个房东！"

　　他站起来，在我面前合起双手，突然扑通一声朝我跪了下来：

　　"亲爱的。"他低声说，恐惧得似乎已经失去了理智，浑身颤抖，好像风中的落叶似的。"我的朋友，你对我说实话吧：现在他们要把我弄到哪里去？"

　　"天呀！"我喊着，把他扶起来，让他坐在椅子上。"您连我都不相信了，您以为我也参与了阴谋吗？有我在这里，就决不允许任何人动您一根毫毛！"

　　"这是对的，决不允许他们，"他喃语着，两只手紧紧地抓住我的胳膊，仍然抖个不停，"不要把我交给任何人！你自己也不要对我撒一点点的谎……说真的，他们会把我带走吗？你告诉我，这个房东，伊波利特，或者叫什么，他……他不是医生吗？"

　　"什么医生？"

　　"这里……这里是不是疯人院？就在这里，就在这间屋子里？"

　　但是，就在这一刹那间，门突然开了，安娜·安德烈耶芙娜走了进来。大概她一直在门外偷听，忍不住，突然地把门打开了。而此时的公爵，只要听到每一个轻微的声音都会瑟瑟发抖，所以不由尖叫一声，顿时倒在枕头上面。结果，他似乎大发神经，号啕大哭起来。

　　"您瞧，这就是您干的好事。"我指着老人对她说。

"不，这是您干的好事，"她提高了嗓门说，"我最后一次对您说，阿尔卡季·马卡罗维奇：您肯不肯把坑害这位孤立无助的老人的卑鄙阴谋揭露出来，肯不肯牺牲'您那种疯狂幼稚的爱情幻想'，拯救一下您的亲姐姐呢?"

"我可以救你们大家，但只按照我刚才对您说的那个样子！我再跑出去一趟，也许一个钟头之后卡捷琳娜·尼古拉耶芙娜自己会到这里来！我给大家和解，让大家都得到幸福！"我几乎兴奋地喊道。

"带她来，带她到这里来吧，"公爵精神一振，"你们带我到她那里去吧！我要见卡佳，我要祝福她。"他大声喊着，抬起双手挣扎着要从床上起来。

"您瞧，"我指着他，对安娜·安德烈耶芙娜说，"您听他说什么话，现在是任何的'文件'都帮不了您了。"

"我知道。但文件至少可以在上流社会中证明我为人比较正派，而现在——我受尽了耻辱！够了，我的良心是清白的。我被大家遗弃，甚至连我的亲哥哥也因为害怕失败也把我遗弃了……但是，我会尽自己的责任，留在这个不幸的人身边，做他的保姆，他的看护人!"

时机已经不容再错过，于是我从屋内跑了出去：

"我过一小时后再回来，而且不仅仅是我一个人回来!"我在门口上喊道。

第十二章

一

我终于遇到了塔季扬娜·帕夫洛芙娜！我一下子把所有的一切都告诉她——关于文件和现在我的寓所里所发生的一切事情。虽然她自己很明白这些事件，从两句话里就能了解一切，但是，我讲的时间，估计花去了十分钟。只有我一个人说话，说出了全部的真相，而且一点也不觉得不好意思。她默不作声，一动也不动，身子挺得笔直：像一根针似的，咬着嘴唇，眼睛一刻也不离开我的身上，努力倾听着。但是，等我说完的时候，她突然从椅上跳起来，而且跳得那样骤急，竟使我也跳了起来。

"好哇，你这小东西！这封信果真缝在你身上，而且是那个傻瓜玛丽亚·伊万诺芙娜给缝的！唉，你们这些好捣乱的、可恶的家伙！你上这里来，原来是为了征服女人的心，征服上流社会，想对某个鬼家伙进行报复，就因为你是个私生子，是不是?"

"塔季扬娜·帕夫洛芙娜，"我喊道，"不许您骂人！也许就是因为您，因为您的谩骂，所以我才一到彼得堡，心肠就开始硬起来了。是的，我是私生子，也许果真为了我是私生子而想报复，也许想对那一个鬼家伙报复，因为在这件事上，连魔鬼自己也找不出有罪之人呢。但是，您要记得我拒绝和那些混蛋们合作，我把自己的感情征服了。我要默默地把文件放在她面前，就此走开，甚至不等候她说什么话，您将亲自做见证人！"

"把那封信拿来，立刻拿出来，立刻放在桌上！说不定你在撒谎呢?"

"它就缝在我的口袋里，当初玛丽亚·伊万诺芙娜亲手缝的；但我到了这里之后重新做了一套常礼服，所以把信从旧衣服里掏出来，亲自缝到这身新衣服里。信就在这里，您摸一摸，我不会撒谎的！"

"你把它拿出来！掏出来！"塔季扬娜·帕夫洛芙娜大声喊道。

"无论如何不行，我对您说。我要当着您的面把文件亲手交给她，然后就走开，不说一句话。但是必须使她知道，使她亲眼看见，那是我，我自己交给她，出于自己的自愿，没有强迫，也不用什么回报。"

"又要装腔作势一番吗? 你爱上她了吧?"

"随您怎么糟蹋我吧，您尽管说好了。我不在乎，我活该，但我没有感到委屈。哦，即使在她看来我是一个卑鄙的坏孩子，曾经对她不怀好意，策划过阴谋，但她应该承认，我已经战胜了自己，将她的幸福放得高于一切！不要紧的，塔季扬娜·帕夫洛芙娜，不要紧的！我对自己呼喊：鼓起勇气来，充满希望！就算这是我初涉人世的第一步，但它有一个好的结局，极高尚的结局！至于说我爱她，那又怎样?"我精神亢奋，两眼闪光地接着说，"我并不觉得害臊：母亲是天上的天使，而她是地上的女皇！韦尔西洛夫会回到母亲那里去，我对她也不必感到羞愧，因为我已经听见她和韦尔西洛夫所讲的话，当时我就站在门帘背

616

后……唉，我们三个人'都是疯子'！您知不知道，这句'都是疯子'是谁说的？这是他说的，是安德烈·彼得罗维奇说的！您知不知道，我们这里也许不仅只三个人发疯。我敢打赌，您就是第四个这样的疯子！要不要我说出来：我敢打赌，您自己就一辈子爱着安德烈·彼得罗维奇，现在还继续爱着……"

我再次说明，当时我精神亢奋，而且沉浸在某种幸福之中，但我没能把话说完：突然她的动作似乎有点儿反常，伸手迅速抓住我的头发，使劲把我往下拽了两下……随即又突然闪到角落里去，脸朝着墙，用手帕捂住脸：

"小东西！以后永远不许你说这种话！"她哭着说。

这一切来得那样的突然，不用说，我一下子惊呆了。我站在那里望着她，不知道该怎么办才好。

"呸，小傻瓜！你过来呀，吻我，吻我这个老傻瓜吧！"她突然又哭又笑地说，"以后不许你，永远不许你说这种话……不过，我爱你，而且一辈子爱……你这小傻瓜。"

我吻了吻她。我要顺便说一句：自从这个时候起，我和塔季扬娜·帕夫洛芙娜便成为朋友了。

"啊，对了！我是怎么啦？"她突然一拍脑门叫了起来，"你刚才说什么来着：老公爵在你们寓所里吗？这是真的吗？"

"我敢保证，是真的！"

"哎哟，我的天，哎哟，我真是难过！"她急得在屋内团团转，不停地来回走着，"不知道他们怎样摆弄他！唉，这些傻瓜也不怕天打雷劈！从今天早晨起就在那里吗？瞧这安娜·安德烈耶芙娜！瞧这小修女！而她，那位天上的仙女竟一点也不知道啊！"

"哪个天上的仙女？"

"就是地上的女皇，你理想中的女人呗！唉，现在该怎么办呢？"

"塔季扬娜·帕夫洛芙娜！"我顿时醒悟过来，大声喊道，"刚才我们尽讲一些傻话，而忘记了主要的问题：我就是跑来请卡捷琳娜·尼古拉耶芙娜去的，大家全在等着我。"

我解释我必须在卡捷琳娜·尼古拉耶芙娜肯立刻和安娜·安德烈耶芙娜言归于好，甚至赞成她的婚事的时候，才把文件交出来……

"那好极了，"塔季扬娜·帕夫洛芙娜打断我，"我也曾对她说过一百遍。因为等不到结婚的那天他就会死去的——这门婚事反正成不了。至于在遗嘱内留财产给安娜的这一点，其实她的名字也早已写在里面，她总归会得到一份财产的……"

"难道卡捷琳娜·尼古拉耶芙娜只是为了舍不得财产的缘故吗？"

"不是的，她一直害怕这文件落在安娜手里，我也是的。因此我们一直提防着她。做女儿的怕老头儿的神经经不起这种刺激，至于那个德国人，比奥林格，倒真是舍不得这笔钱呢。"

"既然这样，她还能嫁给比奥林格吗？"

"你拿这种傻女人有什么办法？说她是傻瓜，也真是一辈子成为傻瓜。你瞧着吧，他能带给她什么样安宁。她说'如果我必须嫁人，那么嫁给他是最为合适的'，那我们就等着瞧，看她是怎么个合适法。以后人家把她的手脚缚住，那就晚了。"

"您怎么能容许她这样做呢？您不是爱她，而且还当面对她说您爱她的吗？"

"我是爱她，而且我对她的爱，比对你们大家加在一起的爱还要深，但她到底是一个不明事理的傻瓜呀！"

"您现在就跑去找她，我们把一切办妥之后，再带她到她父亲那里去。"

"不行，不行，小傻瓜！真是的！唉，有什么办法呢？唉，我真是难过死了！"她又急得团团转起来，不过还是伸手抓起了一条厚毛披巾。"唉，如果你四点钟前来就好了，现在已经七点多钟，她刚才先到佩利谢夫家里去吃饭，然后和他们去看歌剧。"

618

"天呀，那能不能上剧院里去找她……不行，那是办不到的！现在老头儿怎么办呢？他也许到夜里就会死去的！"

"你听我说，你不要到那里去了，你到你母亲家里去住一夜，明天早晨……"

"不，我无论如何，无论出什么事情，也决不撇下老人。"

"那么你就不要离开他，你这样做是对的。而我，你知道，我要跑到她那里去一趟，留下一张字条……你知道，我要用我们的暗语（她会明白的）告诉她，说文件在这儿，让她明天上午十点整上我家里来——要准时！你不要着急，她到这里来以后，会听我的话，我们一下子就办妥了。你快跑到那里去，尽量哄哄老头儿，让他睡觉，也许能够挨到明天早晨的！你也不要吓唬安娜，要知道，我也很爱她呢。你对她不很公平，因为在这件事上你无法了解底细：她受过委屈，从小就受过委屈。唉，你们大家一个个都让我操心！你不要忘记，你去告诉她，就说是我叫你说的，告诉她这件事我会管的，而且是主动去管，真心诚意的，让她放心，她的自尊心决不会受到伤害……你知道，我和她最近刚吵了一架，闹翻了——破口大骂了一顿！唔，你快去吧……哦，等一等，再把口袋给我看一看……真的在里面吗？真的在里面吗？哦，到底是不是真的在里面呢？你把这封信交给我，哪怕交给我一夜也好！你留下吧，我不会吃掉。也许过了一夜，你又不肯交出来……会改变主意呢？"

"决不会的！"我喊道，"喏，你摸一摸，你瞧。但是，我无论如何不能留给您！"

"我看出里面有一张纸，"她用手指摸了摸，"唔，好吧，你去吧。我也许会赶到剧院里去，你说得很对！你快去吧！快去吧！"

"塔季扬娜·帕夫洛芙娜，您等一下，母亲怎么样啦？"

"活着。"

"安德烈·彼得罗维奇呢？"

她挥了挥手。

"会醒悟过来的!"

我跑了回去,虽说并没有做得像我所想象的样子,但我还是充满了希望。然而,命运却做了另外的安排,等待我的却是另一种情况——这世上真是有命运这回事的呀!

二

我还在楼梯上时,就已经听见我们的寓所里喧闹的声音,门也开着。一位陌生的、穿金边制服的仆人站在走廊里。彼得·伊波利托维奇和他的妻子,两人都显得很害怕,也站在走廊里,等候着什么。公爵住的房间的门开了,里面传出像响雷般的声音,我立刻认清是比奥林格的声音。我还来不及走上两步,突然看见比奥林格和他的同伴P男爵正扶着泪流满面、浑身发抖的公爵走到走廊上——这个P男爵就是上回到韦尔西洛夫那里去谈判的那个人。安娜·安德烈耶芙娜也跟着公爵到走廊上了,比奥林格大声地呵斥她、威吓她,大概还冲她跺脚——总之,他不顾自己是"上流社会的绅士",变成一个粗暴的德国兵。后来我才发现,不知为什么,他当时认为安娜·安德烈耶芙娜简直是触犯了什么刑罚,甚至她的行为现在无疑应该在法庭上接受法律的制裁。由于不了解事情的真相,他把事情夸大了,这是许多人常犯的毛病,因此他认为自己有权可以肆无忌惮。关键是,他还没有来得及细细琢磨。事后我才知道,有人写匿名信通知他(关于这一点我以后再讲),于是他便跑过来,带着狂怒的心情。在这种状态之下,即使最机智和最诙谐的人,有时也会像鞋匠一样打起架来。安娜·安德烈耶芙娜带着十分威严的态度面对这场袭击,但是我没有赶上那个场面。我只看见比奥林格把老人搀到走廊上,突然让P男爵扶住,自己迅速地朝着安娜·安德烈耶芙娜转过身去,大概是回敬她的什么话:

"您是一个阴谋家！您图谋他的钱财！从现在这个时候起，您已经在上流社会里丢尽了脸，您会受到法律的制裁……"

"是您在利用这个不幸的病人图谋钱财，是您把他弄到疯狂的地步……您对我大喊大叫，就因为我是一个女子，没有人保护我……"

"啊，是的！您是他的未婚妻，未婚妻！"比奥林格恶毒地哈哈大笑起来。

"男爵，男爵……亲爱的孩子，我爱你。"公爵哭了，向着安娜·安德烈耶芙娜伸出双臂。

"走吧，公爵，快走吧，有人搞阴谋陷害您，也许还要您的命呢！"比奥林格喊道。

"是的，是的，我明白，我一开始就明白……"

"公爵，"安娜·安德烈耶芙娜拉高了嗓门，"您这是在侮辱我，您还允许人家侮辱我！"

"滚！"比奥林格突然冲着她大喝一声。

这让我再也忍不住了：

"混蛋！"我朝他吼道，"安娜·安德烈耶芙娜，我来保护您。"

写到这里，我不再，也不能详细描写下去。因为这里发生了既可怕又卑劣的一幕情景，我似乎突然丧失了理智。我大概扑了过去，打了他一下，至少用力撞了他。他也用力打我的脑袋，我当时跌倒在地上。等我回过神来，我立刻跑下楼去追他们。我记得，我的鼻子流着血。一辆马车候在门前，在他们扶公爵上车的时候，我跑到马车旁边，不管仆人如何推我，又跑上去打比奥林格。我不记得这时怎么会冒出一个警察。比奥林格抓住我的衣领，厉声吩咐警察把我送到分局去。我喊着，说他也应该一块儿去，一块儿做笔录。我又说，把我从我自己的寓所里抓走是不行的。但是，因为事情发生在大街上，并不是在寓所里，又因为我喊嚷，辱骂而且像醉汉似的打架，又因为比奥林格穿着制服，所以警察就要把我带走。但是，我当时完全狂怒起来，在努力抵抗的同时，把警察也给打了。后来，我记得突然冒出了两个警察，把我带走了。我模糊地记得，他们把我带到一间抽烟抽得烟雾弥漫的屋子里，里面有各种各样的人，有的站着，有的坐着，有的在等，有的在写。我到了这里之后，还继续喊个不停，我要求做笔录。但事情已经不是做个笔录就能解决的了，由于我对警察蛮横无理，而且还对抗他们，所以使事情变得更复杂了。何况我当时的架势也太不像话了。突然，有人向我厉声呵斥。此时警察开始指控我打架，还讲出那个中尉来……

"姓什么？"有人喝问我。

"多尔戈鲁基。"我怒吼着。

"多尔戈鲁基公爵吗？"

我完全不能控制自己，当下用极下流的粗话回答他。后来……记得后来我就被推进一间黑乎乎的"醒酒"的小屋里去。我并不反抗。读者们在新近的报纸上读到一位先生的控诉，说他被绑着手脚，被拘留在为醉鬼特设的屋内。这位先生大概甚至没有犯什么过错，我可是有过失的。我倒卧在木板上面，和两个昏睡着的人为邻。我的头很痛，太阳穴在跳，心也在剧烈地跳着。我大概失去了知觉，大概说着呓语。我只记得，我在深夜里醒来，坐在铺板上面。我一下子想起了一切，明白了一切，于是我用胳膊肘支膝盖，双手托着头，陷入了沉思中。

我不想描写我的感受，再说也无暇描述，我只想指出一点：就在我被关押的深夜里，在我坐在铺板上陷入沉思的时候，我的心里体验到了也许从来没有经历过比较快乐的瞬间。这也许会使读者感到奇怪，觉得我是在乱写，只是想标新立异，但事实确实像我所说的那个样子。这种时刻也许每个人都会碰到，但一辈子只有一次。在这种时刻中，人们会决定自己的命运，确定他们的观点，并说出自己终生的追求："真理就在那儿，应该到那个地方去寻找真理。"是的，那个快乐的瞬间照亮了我的灵魂。那个傲慢的比奥林格羞辱了我，而明天想必还要受到那个上流社会的女子的侮辱。我很清楚地知道，我可以狠狠地报复他们，但我决定不去报复。我决定不管受到什么样的诱惑，都不把文件暴露出来，不让整个上流社会知道这件事（我曾动过相反的念头）。我反复地对自己说，明天就把这封信放在她的面前，在必要时甚至可以忍受她不但不感激我，反而嘲笑我，还会一句话也不说地永远离开她……不过，没必要多说了。至于明天我在这里将会遇到什么，怎样面对长官的审问，他们又会怎样处置我——我几乎忘记想了。我满怀爱地画了个十字，躺到铺板上面，立刻睡着了，并做了一个明朗的，小孩般的梦。

我醒得很晚，天色已经发亮。小屋里只剩下我一个人。我坐了起来，开始默默地等候，等了很长时间，大约有一小时。大概在九点钟左右，突然有人进来叫我。我本来可以描述得详细些，但不值得这样做，因为现在看来，这一切都离题太远了。我只想把主要的事情补叙一下就行。我只讲一个细节，那就是他们突然对我非常的客气，这使我感到很惊讶。他们问了我几句话，我回答了几句，立刻就把我放出去了。我默默地走了出去，很高兴地看到了他们某种惊奇的眼神：他们感到很惊奇，因为我落到如此境地，仍然不失尊严。如果我没有觉察到这一点，我也是不会写下来的。塔季扬娜·帕夫洛芙娜在门外等着我。下面我就用两三句话解释一下，当时我如此轻易被释放的原因。

一大清晨，也许还在八点钟的时候，塔季扬娜·帕夫洛芙娜就赶到我的寓所里去，也就是到彼得·伊波利托维奇那里去，希望在那里遇见公爵，结果探听出了昨天那桩可怕的事情，关键是，关于我被抓的消息。她立刻跑到卡捷琳娜·尼古拉耶芙娜那里去（她昨天从剧院里回来时，就已经和被人家送回来的父亲见过面了），把她唤醒，吓唬着要她马上想办法把我救出来。接着，塔季扬娜·帕夫洛芙娜拿着她的信，立刻跑到比奥林格那里去，立刻要求他写一封给"某要人"的信，由比奥林格自己恳切地请求把"误抓"的我从速释放。她持着这封信来到警察分区。他信上的请求获准了。

三

　　我接着继续写主要事件。

　　塔季扬娜·帕夫洛芙娜拉住我，让我坐在马车上面，把我带到她的家去，立刻吩咐生茶炊，自己则亲自在厨房里替我梳洗一番，刷净了衣服。就在厨房里，她大声对我说，十一点半钟的时候，卡捷琳娜·尼古拉耶芙娜会到这里来和我见面，这是刚才她俩约好了的。这句话当时被玛丽亚听见了。过了几分钟以后，她端来了茶炊，又过了两分钟，塔季扬娜·帕夫洛芙娜突然喊她的时候，她没有答应：原来她出去办什么事去了。我想请读者注意这个细节，我估计当时是九点四十五分。塔季扬娜·帕夫洛芙娜虽然因为她没有向自己打招呼就出去而感到生气，但她只是以为她是上店铺里去了，因此暂时把这件事情给忘了。我们也没有工夫管这件事。我们当时谈个没完，因为有许多事要谈，因此我对于玛丽亚的失踪几乎完全没有注意。这一点也要请读者记住。

　　不用说，我有点飘飘然。我大讲自己的感受，但我们主要还是在等卡捷琳娜·尼古拉耶芙娜。我一想到在一小时之后我就会和她相见，而且还是我一生中如此具有决定性的时刻，我不由激动得有些发抖。在我喝完了两杯茶以后，塔季扬娜·帕夫洛芙娜突然站起来，从桌上拿起剪刀，说道：

　　"把口袋翻转来，应该把那封信掏出来了，总不能当着她的面拆吧！"

　　"好吧！"我大声应道，解开了上衣的扣子。

　　"你这口袋怎么缝得这样乱七八糟？谁缝的？"

　　"我自己，我自己，塔季扬娜·帕夫洛芙娜。"

　　"一看就知道是你自己缝的。喏，就是这个……"

　　我们把信掏了出来：那个旧信封还是原来的样子，但里面却放着一张白纸。

"这——这是什么意思?"塔季扬娜·帕夫洛芙娜喊道,把那张纸翻来翻去……"你怎么啦?"

但是,我站在那里已经说不出话,脸色惨白……突然软软地瘫坐在椅子上。说实话,我真是几乎晕过去了。

"这到底是怎么回事?"塔季扬娜·帕夫洛芙娜怒吼着,"你说那信究竟在哪里?"

"兰伯特!"我突然跳了起来,猛拍自己的脑门,猜到是怎么回事了。

我喘着气,急匆匆地向她解释了一切——就是我怎样在兰伯特那里过夜,我们当时如何密谋,不过这个密谋我昨天就对她坦白了。

"被偷走了,被偷走了!"我抓住自己的头发,顿足大叫。

"坏了!"塔季扬娜·帕夫洛芙娜弄清了事情的原委之后,突然作出决定。她问:"现在几点了?"

十一点左右。

"唉,玛丽亚不在家! ……玛丽亚! 玛丽亚!"

"有什么事情,太太?"玛丽亚突然从厨房里答应着。

"你在家吗? 现在可怎么办呢? 我得赶紧上她家里去……唉,你这人呀,你这笨蛋! 你这笨蛋!"

"我去找兰伯特!"我怒喊着,"在必要的时候,把他掐死!"

"太太!"玛丽亚突然从厨房里尖叫着,"有一个女人要见您……"

她还没有说完,"那个女人"就已经大哭大叫着自己从厨房里冲了出来。她就是阿尔福西娜。我不想把这个场面写得十分详细,因为这是一个骗局,是一幕假戏,但应该指出阿尔福西娜演得特别的出色。她一边悔恨地哭泣,发狂地打着手势,一边叽叽喳喳地说(当然是法语),是她自己当时把这封信取了出来,它现在落在兰伯特手里,兰伯特和"那个强盗"、"这个恶人"想引诱"将军夫人"出来,然后开枪把她打死，这事马上就会发生，在一小时之后……并说这一切是她亲耳听到他们说的，她顿时害怕极了，因为她看见他们手里有手枪，一支手枪。所以现在她跑到我们这里来，叫我们去救她，赶在"这个恶人"的前面……

总之，所有这一切都好像是真的，连阿尔福西娜的某些荒唐的解释，也反倒越发像真的。

"这个 hommenoir 是谁？"塔季扬娜·帕夫洛芙娜喝问道。

"唔，我忘记了他的名字……一个可怕的人……唔，韦尔西洛夫。"

"韦尔西洛夫，这不可能！"我喊道。

"哦，不，有这个可能，"塔季扬娜·帕夫洛芙娜尖叫了一下，"你倒是快说呀，老母亲，别老跳着脚，也别打手势了。他们在那儿打算做什么？请你讲清楚呀，老母亲：我不会相信，他们会对她开枪。"

"老母亲"于是开始解释起来（这全是谎话，我还要预先声明）：韦尔西洛夫躲在门后，她一进来兰伯特就把这封信给她看，此时 Versiloff 便跳出来，他们把她……啊！他要报复！她又说，她（阿尔福西娜）害怕惹祸，因为她自己也参与了此事，至于那个夫人，将军夫人一定会去的，"很快就会去的，很快就会去的"，因为他们把那封信抄了一份寄给她，她一看见那封信确实在他们手里，一定会跑到他们那里去。给她写信的只是兰伯特出面，她并不知道韦尔西洛夫。而在信里，兰伯特自称是从莫斯科来的，是莫斯科的一位太太打发来的（是指玛丽亚·伊万诺芙娜）。

"唉，真让我心烦！唉，真让我心烦！"塔季扬娜·帕夫洛芙娜大声叹道。

"救救她吧，救救她吧！"阿尔福西娜喊着。

其实，在这个疯狂的消息里，只要乍看一眼，就会看出有不合情理的地方，但当时没有时间去加以思考，因为就实质而言，这一切都非常像是真的。本来可以推断出，而且十拿九稳地推断出，卡捷琳娜·尼古拉耶芙娜在接到兰伯特的信之后，会先上我们这里来，先上塔季扬娜·帕夫洛芙娜这里来，把事情解释一下。但她也有可能不这么做，而是直接上他们那里去。这样一来——她就完了！另外，令人难以置信的是，她会这么随随便便就跑去见那个自己都不知道底细的兰伯特，而且是一叫就去？但是这种事情也会发生，譬如，在一看见那份抄件，证实那封信确在他们那里以后，她也可能会这么做，这么一来——她也同样会完了！关键是，我们甚至连一点思考的时间都没有。

"韦尔西洛夫会把她弄死的！如果她把自己的身份低降到甚至和兰伯特为伍，那么他会弄死她的！他是双重人！"我叫了起来。

"唉，这个'双重人'呀，"塔季扬娜·帕夫洛芙娜绞着手说，"唔，不必再迟疑了，"她突然地决定说，"你去取帽子，穿上大衣，我们一块儿出发！你一直带我们到他们那里去，老母亲！唉，路很远呢！玛丽亚，玛丽亚，如果卡捷琳娜·尼古拉耶芙娜来，你就对她说，我立刻就回来，让她坐着等我一下，如果不愿意等，你就关上门，强制把她留下来。你就说是我这样吩咐的！玛丽亚，如果你办好这件事，我会赏你一百卢布。"

我们跑着下了楼。毫无疑问，再也想不出比这更好的主意了，因为不管怎么说，大祸将在兰伯特的寓所里发生，要是卡捷琳娜·尼古拉耶芙娜果真先上塔季扬娜·帕夫洛芙娜家里来，那么玛丽亚总能留住她。但塔季扬娜·帕夫洛芙娜在唤了马车来之后，突然又改变了主意。

"你和她一块儿去吧！"她吩咐我，决定离开我和阿尔福西娜，"如果有必要，你可以拼命，你明白吗？我随后就到，便我得先到她家里去一趟，说不定能碰见她，因为无论怎样？总觉得可疑！"

于是她跑到卡捷琳娜·尼古拉耶芙娜那里去。我和阿尔福西娜上兰伯特家里去。我催马车夫快赶，路上继续盘问阿尔福西娜，但她尽用惊叫来应付我，而且还哭哭啼啼起来。就是这千钧一发之际，上帝保佑，我们得救了。我们还没有走完四分之一的路程，突然听见身后有呼喊的声音：有人叫我的名字。我回头一看，便看到特里沙托夫正坐在马车上追赶我们。

"您要往哪儿去？"他惊恐地叫喊，"居然还和她，和阿尔福西娜在一块儿！"

"特里沙托夫！"我对他喊，"上回您说得很对，出了祸事了！我要到兰伯特这个混蛋那里去！我们一块儿去吧，这样人更多些！"

"快回去，立刻回去！"特里沙托夫喊道，"兰伯特骗您，阿尔福西娜也在骗您。'麻脸'打发我来的。他们并不在家。我刚才遇见韦尔西洛夫和兰伯特。他们到塔季扬娜·帕夫洛芙娜家里去……他们现在就在那里……"

我喝住了马车，转而跳到特里沙托夫的马车上去。我至今还不明白，我怎么会突然一下子作出这样的决定，但是我立刻相信了，立刻决定了。阿尔福西娜可怕地大叫起来，但是我们把她扔弃，我不知道她是不是回来追我们，或者自己回家去，但我再也没有看见她了。

特里沙托夫在马车上一面喘气，一面告诉我，说这里面有阴谋诡计，兰伯特本来和'麻脸'是同谋，但'麻脸'在最后一刻背弃了他。刚才亲自派特里沙托夫到塔季扬娜·帕夫洛芙娜那里去通知她，叫她不要相信兰伯特和阿尔福西娜。特里沙托夫补充说，除此之外，其他的事情，他就一无所知了，因为'麻脸'没有全告诉他，因为他已经来不及告诉了，他自己忙着上什么地方去，一切都十分匆忙。"我看见您坐在马车上，"特里沙托夫继续说，"便追赶过来。"不用说，这个'麻脸'显然也知道了一切内情，因为他打发特里沙托夫直接去找塔季扬娜·帕夫洛芙娜，但这已经是另一个谜了。

然而，为了不让读者看糊涂，我在描写大结局之前，且将所有的真相说明一下，这是我最后一次提前交代了。

四

　　兰伯特当时把那封信偷去之后，就立刻和韦尔西洛夫联结在一起。至于韦尔西洛夫怎么会和兰伯特联结，我暂时不谈，以后再说，关键在于这个"双重人"！兰伯特和韦尔西洛夫联盟之后，打算用最狡猾的手段诱引卡捷琳娜·尼古拉耶芙娜上钩。韦尔西洛夫直率地对他说，她不会来。但是，自从那一次，也就是前天晚上，我在街上遇见兰伯特，并且卖弄地向他宣称，我要在塔季扬娜·帕夫洛芙娜的寓所里，当着塔季扬娜·帕夫洛芙娜的面，把信将还给她之后，就从那个时候起，兰伯特就对塔季扬娜·帕夫洛芙娜的寓所进行了类似监视的安排，那就是把玛丽亚买通了。他送给玛丽亚二十卢布，过了一天之后，也就是在偷窃文件成功之后，他第二次去见玛丽亚，和她约定，答应事成后给她二百卢布酬金。

　　就为了这个原因，刚才玛丽亚一听说卡捷琳娜·尼古拉耶芙娜将在十一点半到塔季扬娜·帕夫洛芙娜家里去，而我也将在那儿时，她立刻从家里跑出去，雇了马车跑去报告兰伯特。她就应该把这桩事情报告给兰伯特——这就是布置给她的任务。当时，韦尔西洛夫恰巧在兰伯特那里。于是，韦尔西洛夫一下子就想出了这个恶毒的计策。据说疯人有些时候是诡计多端的。

　　他们的计划是无论如何把我们两人——也就是塔季扬娜·帕夫洛芙娜和我，从寓所里骗出来，哪怕只骗出一刻钟的工夫，但必须在卡捷琳娜·尼古拉耶芙娜来到之前。他们就守在外边，等到我和塔季扬娜·帕夫洛芙娜一走出去，就立刻跑进寓所里去，由玛丽亚开门放他们进去，等候卡捷琳娜·尼古拉耶芙娜。而这个时候，阿尔福西娜必须竭力拖住我们，随便在哪里，随便用什么方法都可以。卡捷琳娜·尼古拉耶芙娜应该会如约在十一点半的时候到来，而我们一去一回，至少需要两个一刻钟，因此她必定会在我们能赶回来之前就已经到了（不用说，卡捷琳娜·尼古拉耶芙娜根本没有收到兰伯特的信，这是阿尔福西娜在说谎，连这场戏也是韦尔西洛夫想出来的，阿尔福西娜不过扮演了一个受惊吓的叛徒角色而已）。当然，他们在冒险，但他们的判断十分正确："成功了固然好，不成功也毫无损失，因为那个文件总归已经到手了。"但居然成功了，再说也不可能不成功，因为我们无论如何不会不跟着阿尔福西娜走，仅仅只是由于一个猜测也会跟她走，那就是："唔，毕竟这一切像是真的！"我们就肯定会跟着阿尔福西娜跑出去。我再说一遍，我们当时没有工夫加以判断。

五

我和特里沙托夫跑进厨房，碰见玛丽亚正胆战心惊地站在那里。让她感到吃惊的是，她放兰伯特和和韦尔西洛夫进去的时候，突然看见兰伯特手里拿着一把手枪。她虽然收受了贿赂，但根本没有料到他会带着枪支来。她正感到惶惑，所以一看见我，就奔到我跟前来：

"将军夫人来了，可他们手里有手枪！"

"特里沙托夫，你在这厨房里等一会，"我吩咐道，"等我一喊，你就赶快起来帮忙。"

玛丽亚给我打开了通往走廊的门，我溜进塔季扬娜·帕夫洛芙娜的卧室里去——就是只能容下塔季扬娜·帕夫洛芙娜一张床，我有一次偶然在那里偷听过的那间小屋。这次我坐在床上，马上在门帘上找到了一个隙缝。

屋内已经传出喧闹的声音，有人在那里大声说话。我要声明的是：卡捷琳娜·尼古拉耶芙娜在他们进屋之后一分钟就到了。我还在厨房里就听见那些吵嚷的说话声，那是兰伯特在吵嚷。她坐在沙发上面，他则站在她面前，像傻瓜似的呼喊着。现在我才知道，他为什么这样愚蠢地慌张失措：因为他当时很着急，生怕被人撞见。至于他怕的到底是谁，我以后再解释。他手里握着那封信。但韦尔西洛夫不在屋内，我准备在发生危险的时候立刻冲出去。我下面只传述他们对话的大意，也许有些话我记得不大准确，但当时我实在太激动了，所以无法记得很详细。

"这封信要价三万卢布，而您居然还表示惊讶！它实际上值十万，而我只要求您付三万！"兰伯特大声而且异常兴奋地说。

卡捷琳娜·尼古拉耶芙娜显然很害怕，但却用一种鄙夷的眼神看着他。

"我觉得这里设置着一个陷阱，我一点也不明白，"她说，"但如果这封信果真在您手里……"

"就是这封信，您自己瞧呀！难道不是那封吗？三万卢布的期票，一个戈比也不能少！"兰伯特打断她的话。

"我没有钱。"

"您可以写一张期票，这里有纸。然后您就出去弄钱，我可以等候，但是只能等候一星期，不能多等。您把钱拿来，我便把期票还给您，而且还把那封信一同交给您。"

"您用这种奇怪的口气和我说话。您错了。如果我跑去告发的话，今天就有人来把您的文件没收。"

"向谁告发？哈，哈，哈！这可是丑闻啊，我们会把信拿给公爵看的！哪里能够没收？我不把文件放在家里。我要托第三个人把信拿给公爵看。您不要再固执了吧，太太，我并不向您多要，您还应该感谢我，换了别人，除了要钱，还要您服侍呢……您知道是哪种服侍……就是任何一个漂亮的女人在走投无路时，都不会拒绝的那种服侍，就是这种服侍……哈，哈，哈！您可是一位漂亮的女人呢！"

卡捷琳娜·尼古拉耶芙娜急忙从座位上站起来，满脸通红，唾他的脸。然后迅速地跑到门外去。这时，那个愚蠢的兰伯特竟掏出手枪来了。他本来是一个迟钝的傻瓜，盲目地相信文件的效力，关键是，他没有弄清楚自己是在和什么样的人在打交道，就因为正如我在前面所说过的那样，他认为所有的人都跟他自己一样，都充满着同样卑鄙和邪恶的感情。他一开口就粗鲁不堪，结果惹恼了她，否则她也许不会拒绝这笔金钱交易的。

"不许动!"他怒吼道，因为被唾了一口而勃然大怒，他抓住她的肩膀，用手枪指着——当然，只是想吓唬她一下。她尖叫了一声，倒在沙发上面。我冲进屋内，但就在这刹那间，韦尔西洛夫也从通走廊的门外跑了进来（他一直在那里等候着）。我来不及眨一下眼，他就从兰伯特的手里抢下手枪，然后用那支枪狠狠的敲击他的脑袋。兰伯特摇晃了一下，倒在地下，失去了知觉，血从他的头里涌到地毯上去。

她一看见韦尔西洛夫，突然脸色惨白得像一块白布，呆呆地望着他有几秒钟。露出无法形容的恐怖，突然晕倒了。他向她扑过去。这一切我现在还历历在目。我记得，当时我恐怖地看到他的脸红得几乎发紫，两眼充血。我想，当时即使他看见我也在屋内，似乎也不认识我。他一把抓住这个已经失去知觉的女人，用出极大的力量把她抱起来，像抱一个鸭绒枕头似的，然后开始在屋子里漫无目的地走动，就像抱着一个孩子似的。房间很小，但他还是不停地走来走去，显然不明白为什么这样做。在一个刹那间，他当时丧失了理性。他一直看着她，看着她的脸。我在他后面跑着，主要是担心那支手枪，他忘了自己右手上还握着枪，而且竟把它贴近她的头部。但他几次想推开我，一次用胳膊肘撞我，另一次又用脚踢我。我想叫特里沙托夫进来，但是怕刺激这个疯子。最后，我拉起门帘，求他把她放在床上去。他走过去，把她放下了，自己则俯身对着她的脸凝视了一分钟，突然弯下腰，吻了两下她那苍白的嘴唇。我终于明白了，这个人已经完全失去了自控。突然，他抢起手枪想砸她，便似乎又若有所悟，把手枪翻转来，用枪口对准她的脸。我闪电般用全力抓他的手，拼命喊特里沙托夫。我记得：我们两个跟他搏斗，但他及时挣开手臂，朝自己开了一枪。他本想先开枪打死她，然后再自杀。但是，在我们不让他打杀死她的时候，他就把手枪对准自己的心口，但我及时把他的手向上一推，子弹便击中了他的肩膀。就在这刹那间，塔季扬娜·帕夫洛芙娜喊叫着冲了进来，但他已经不省人事地倒下了，躺在地毯上，躺在兰伯特的身旁。

第十三章

尾声

一

这个场面距今差不多已经有半年了。从那个时候起，许多事情已经成为过去，许多事也彻底变了样，而我呢，也早就开始了新的生活……但我也要向读者交代清楚。

在那时以及之后很长的一段时间里，对于我来说，至少首先要面对一个疑问：那就是韦尔西洛夫怎么会和兰伯特这样的人联手，他当时究竟抱着什么样的目的？渐渐地我有点明白了：据我看来，韦尔西洛夫在那些时刻，也就是在最后的一天和前一天，还不会有任何坚定的目的，甚至我觉得完全没有加以思考，而是受到某种狂乱感情的支配。我并不认为他真正地发疯，况且他到现在还不是疯子。不过他是一个"双重人"，这一点是毫无疑问的。究竟什么是双重人？双重人至少是，根据一位专家所写的一本医书的说法（这本书我以后特地读了一下），——

双重人无非是某种严重的精神失常的第一阶段，而这种精神失常会导致很坏的后果。韦尔西洛夫在母亲那里闹事时，自己就十分诚恳地对我们解释过，当时他的感情与意志"分裂"了。但是我还要重复一遍：在母亲那里的一幕，那个被他砸碎的神像，虽然毫无疑问是在另一个我的影响之下发生的，但是我从那个时候起，我有些隐约觉得，其中多少也夹杂着他的某种幸灾乐祸的寓意，他对这些女人的期待似乎怀有一点仇恨的意思，有点恨她们的权利和评判，所以一半是他，一半是"另一个我"，两者合在一起，才使他砸碎了那个神像！似乎在表明："你们的期待也会这样被砸碎的！"总之，如果有另一个我的影响的话，那么也有纯粹想闹事的因素……但是，所有这一切也只是我的猜测，要确凿的判断是十分困难的。

诚然，不管他如何崇拜卡捷琳娜·尼古拉耶芙娜，他心里永远根深蒂固地在心里埋着某种对于她的道德方面的特质极端的不信任。我可以肯定地认为，他当时在门外等候的就是她在兰伯特面前低声下气。但是，虽然他是在等着，他是否希望如此呢？我还要重复一遍：我深信他当时一点也不希望，甚至不加以思考。他不过想留在那里，然后再跳出来，对她说几句话，也许——也许侮辱她一下，也许杀死她……当时是什么事情都有可能发生的，但他和兰伯特一块儿来的时候，绝不知道会发生这种事情的。我要补充的是，那支手枪是兰伯特的，他自己并没有携带武器。当他看到她那种骄傲而自尊的表态，特别是不忍心受到兰伯特这个混蛋威吓她，便跳了出来——接着就失去了理性。在那一瞬间，他是不是打算杀死她？据我看来，他自己并不知道，但如果我们不推开他的手，他是一定会杀死她的。

他的伤不是致命的，已经恢复了，但是他在床上躺了很久——当然是在母亲那里。现在，我写这段结尾的时候，外边正是春色满园，时值五月中旬，而一个明媚的日子，我们屋子里的窗户全都打开着。母亲坐在他身边，他用手摸她的脸颊和头发，和悦地打量她的眼睛。唉，这只是半个从前的韦尔西洛夫，他已经不再离开母亲，而且永远也不会离开了。他甚至有了"掉眼泪的本事"，像令人难忘的马卡尔·伊万诺维奇在讲商人的故事的时候所形容的那个样子。我觉得韦尔西洛夫会活得很长久的。他现在和我们完全诚恳、坦白，像小孩一样，但既稳重又不丧失分寸，不说多余的话。他身上所拥有的全部智慧和整个精神气质依旧未变，虽说以前所有理想主义更加强烈地显露出来。坦率地说，我从来没有像现在这样，那么深地爱他，我可惜我没有时间和篇幅多讲他的事了。不过我要讲出最近的一段故事（这些故事是很多的）：他在大斋期时已经痊愈，到了斋期第六周，他宣布说他将要斋戒。我想，他大概有三十年甚至更久没有斋戒过了。母亲十分高兴：开始准备素菜，不过用料十分讲究，做得也非常精美。我从隔壁听见他在礼拜一和礼拜二的时候自己唱着《新郎即将来临》——无论是曲调还是歌词都让他十分陶醉。在这几天里，他好几次谈论宗教，谈得非常好。但到了礼拜三，他突然开戒了。突然有什么东西刺激他，他笑着解释说，是由于一种"有趣的矛盾"。在神甫的外貌和教堂的氛围中，有某种东西使他觉得很反感；不过他从教堂回来后，突然又带着安详的笑容说："我的朋友们，我很爱上帝，但我没有能力做这个事情。"就当天吃饭的时候，他就吃起牛排来了。我知道，母亲现在时常坐在他身旁，用轻柔的声音，安静的微笑，有时开始和他谈论极抽象的事情。现在她在他面前突然好像胆大起来了，但这种情况是怎样发生的，我不知道。她坐在他身旁，对他说话，多半是悄声细语。他带着微笑倾听着，抚摸她的头发，吻她的手，于是最完满的幸福在他的脸上闪耀出来了。他有时会发点儿神经，几乎是歇斯底里性的。这时他会拿起她的照片，就是他在那天晚上吻过的那张照片，含泪看她，吻着，回忆着，叫我们大家到他的屋里去，但这种时刻他的话并不多……关于卡捷琳娜·尼古拉耶芙娜，他似乎完全忘记了，他似乎一次也没有提起过她的名字。关于和母亲结婚这一层，也同样是只字未提。本来打算夏天时送他到外国去，但塔季扬娜·帕夫

636

洛芙娜坚持主张不要去，而他自己也不想去。今年夏天他们将在彼得堡郊区的一座乡间别墅里度过。顺便说一句，我们大家暂时全靠塔季扬娜·帕夫洛芙娜的钱生活下去。我还要补充一点：让我感到十分难过的是，在写这部札记的过程中，我居然对这个人抱着不恭敬而且傲慢的态度。但我在写作的时候，恰恰是把自己想象成当初身临其境的样子。就在结束这篇札记，并写完上面这些话之后，我突然意识到，正是通过回忆和叙述的过程，我才重新进行了自我教育。现在我对于自己所写下的许多话表示否定态度，特别是对于某些句子和某些篇章的语气，但我一个字也不想删改。

我说过，他只字不提卡捷琳娜·尼古拉耶芙娜，其实我甚至认为，也许他的心病已经痊愈了。只有我和塔季扬娜·帕夫洛芙娜有时还谈起卡捷琳娜·尼古拉耶芙娜，但也只是私下里谈一谈。现在卡捷琳娜·尼古拉耶芙娜在国外，我在她动身以前曾和她见过面，到她家里去了几次。我已经接到两封她从国外寄来的信，并且写了回信。但关于我们的通信的内容以及在她动身出国时，也就是我们在临别时谈了些什么，我不想在这里写出来：这是另一个故事，完全新的故事，甚至也许还是将来的故事。这些事情即使对塔季扬娜·帕夫洛芙娜我也是不说的。但是，够了，就此打住吧。我只想补充一点：那就是卡捷琳娜·尼古拉耶芙娜并没有出嫁，正和佩利谢夫一家人一起出去旅行。她的父亲已经故世，所以她成为一个富有的寡妇。她近来在巴黎。她和比奥林格的关系很快就破裂了，而且似乎是自然而然地来的，让我来讲一讲这件事情吧。

在发生那个可怕场面的那一天的早晨，麻脸，就是特里沙托夫和他的朋友去投靠的那个人，及时把这个罪恶的预谋通知了比奥林格。事情的经过是这样的：兰伯特曾劝麻脸一起干，因此在弄到文件以后，就把他们所预谋的详细情节都告诉了他，包括他们策划的最后一招，也就是韦尔西洛夫想出如何骗塔季扬娜·帕夫洛芙娜出门的计划，全都告诉了他。但是，麻脸比他们明智，他预见了他们的策划可能会构成刑事犯罪，所以在关键的时刻，他背叛了兰伯特。但主要的原因还是在于：他认为兰伯特性情异常急躁，而且很无能。韦尔西洛夫则是因为痴情而鬼迷心窍，所以他们那个不切实际的计划远没有比奥林格的酬谢可靠。这些都是事后特里沙托夫告诉我的。顺便提一下，我不知道，也不明白兰伯特与麻脸之间的关系，为什么兰伯特缺了他就不行。但下面的这个问题让我更加好奇得多：为什么兰伯特还需要韦尔西洛夫，其实兰伯特手里既然握有那个文件，即使没有他的帮助，不也是完全能够应付得了吗？现在我看来，答案其实也很明显：他需要韦尔西洛夫，首先是因为他知道一切的情节，但最主要的原因是，他之所以需要韦尔西洛夫，为的是一旦出事或者闹出什么乱子时，可以把全部的责任推到他的身上去。再加上韦尔西洛夫并不需要钱，所以兰伯特更是认为他的帮助是必不可少的。不过，当时比奥林格没有及时赶到。等他赶到时，已经是枪声响过后的一个小时了。此时，塔季扬娜·帕夫洛芙娜的寓所已经全然不同。具体的变化是：就在韦尔西洛夫流血倒在地毯上之后，过了四五分钟的样子，我们都以为已经死去的兰伯特竟然站了起来。他诧异地环顾了一下四周，突然迅速醒悟过来，于是一声不吭地进了厨房，穿上皮大衣走掉了，再也没有回来。那份"文件"他留在了桌上。我听说，他甚至没有生病，只是稍微不舒服了几天而已。他被我用手枪砸了一下，受了点惊吓，流了点儿血，但并没有什么大碍。与此同时，特里沙托夫已经跑出去请医生，但韦尔西洛夫在医生来到之前就醒了过来，而在韦尔西洛夫醒过来之前，塔季扬娜·帕夫洛芙娜先把卡捷琳娜·尼古拉耶芙娜弄醒过来，送她回家去了。因此在比奥林格跑进来的时候，塔季扬娜·帕夫洛芙娜的寓所里只剩我、医生和受伤的韦尔西洛夫，还有母亲几个人。母亲也是特里沙托夫跑去接来的，她虽然有病，但仍然不顾一切地来到了韦尔西洛夫的身边。比奥林格见了这个情景，觉得莫名其妙，一听说卡捷琳娜·尼古拉耶芙娜已经走了，便一声不吭地立刻上她那里去了。

　　他感到惶惶不安。他已经清楚地意识到，事到如今，这个丑闻已经不可避免地公开了，而且还会闹得沸沸扬扬的。其实，并没有发生什么丑闻，只是传出一些谣言而已。诚然，枪声并没有被隐瞒住，这是没有办法的。但整个的主要事件，却几乎无人知晓。外界刺探的结果也只是认为，有一个姓 V 的人，年近五十，已有家室，却坠入了情网，因为过于痴情，居然对一位非常可敬的高贵女人求爱，在遭到对方的拒绝后，一时失去理智，竟朝自己开了一枪。除此之外，别的情节再也没有暴露出来。这消息就这样作为未经证实的传闻而刊登在报纸上，并没有指名道姓，只用了姓名的第一个字母。至少我知道，人家并没有找兰伯特的麻烦。但是，了解真相的比奥林格却恐惧起来。偏偏这时他又打听到，就在这场惨剧发生的两天之前，卡捷琳娜·尼古拉耶芙娜和爱着她的韦尔西洛夫曾经单独幽会过。这使他非常生气，他极不谨慎地对卡捷琳娜·尼古拉耶芙娜说，既然如此，那他对她会出这种匪夷所思的事也就不感到奇怪了。卡捷琳娜·尼古拉耶芙娜当时就取消了跟他的婚约，既没有发火，也没有犹豫。她也许早已看出他的为人，也许在受到了震撼以后，她的眼光和感情突然发生了变化。但对于这些，我只好又保持沉默了。我只想补充一个情况：兰伯特逃到莫斯科去，我听说他在那里犯了什么事，最终落入了法网。至于特里沙托夫，我几乎从那个时候起就不知道他的下落，不管我如何千方百计地寻找他，也始终没有见到他的影子。自从他的朋友"傻大个儿"死后，他就失踪了，而他的朋友则是开枪自杀的。

二

　　我提到了老公爵尼古拉·伊万诺维奇的死。这位善良可爱的老人在出事之后不久就死了，不过是在过了整整的一个月之后：有一天夜里，睡觉时死于中风。而我自从那次在自己的寓所里和他相遇之后，就再也没有见过他。据人家讲，他在这个月内变得非常有理智，甚至严肃得多，再也不惧怕，也不哭了，在整个这段时间里，甚至绝口不提安娜·安德烈耶芙娜。他把全部的爱都投注到女儿身上了。有一次，卡捷琳娜·尼古拉耶芙娜建议他是否叫我过去替他解闷，但他甚至皱起了眉头。我现在写下这个事实，而且不加任何的解释。事后发现，他的田产管理得井然有序，此外还留下一笔可观的资金。根据老人的遗嘱，这笔资金的三分之一分给他那些无数的养女们。但让大家觉得奇怪的是，在这份遗嘱中并没有提起安娜·安德烈耶芙娜——没有她的名字。但是，我却知道一桩极可信靠的事实：那就是在老人临死前的几天，曾经把女儿和他的朋友佩利谢夫和Ｖ公爵叫来，吩咐卡捷琳娜·尼古拉耶芙娜，在他死后，一定要从这笔资金内提出六万卢布给安娜·安德烈耶芙娜。他准确地，明显地，简单地表示出了自己的意愿，没有一点感慨，也未做任何说明。待到他死后，遗嘱一经揭开，卡捷琳娜·尼古拉耶芙娜就委托律师通知安娜·安德烈耶芙娜。她随便在什么时候都可以领取这六万卢布，但安娜·安德烈耶芙娜二话没说就冷冷地谢绝了这个建议：尽管代理人反复强调说这确实是公爵的意思，她还是拒不接受这笔钱。这笔钱现在还放在那里，等她去领取，卡捷琳娜·尼古拉耶芙娜到现在也还希望她会改变决定。但这是不可能的，而且对此我确知无疑，因为我现在是安娜·安德烈耶芙娜最亲近的朋友。她的拒绝引起了某种轰动，人们对此议论纷纷。她的姑母法纳里奥托娃起初为了她和老公爵之间的事，对她很生气，后来又突然改变了看法，在她拒绝这笔钱后，便郑重其事地对她深表敬意。但是，她的哥哥却为此彻底跟她闹翻了。虽然我时常到安娜·安德烈耶芙娜那里去，但我不能说我们亲密无间。我们绝口不提那些过去的事。她很乐意在家里接待我，但和我说话时尽讲一些抽象的问题。顺便说一句，她曾坚决地向我宣称，她一定要进修道院里去当修女。这句话是不久之前说的，但我不信，觉得这只不过是她一时伤心才说出来的。

然而伤心的话，真正伤心的话，还是由我来说，尤其是一想到我的妹妹丽萨的事。她才是真正的不幸，跟她的悲苦命运比起来，我的那些失意的事情真是算不了什么！她的真正的不幸始于谢尔盖·彼得罗维奇公爵的死亡：他一病不起，没有等候到审判就死在医院里。他还死在尼古拉·伊万诺维奇公爵之前。只剩下丽萨一个人了，肚子里还怀着一个孩子。她没有哭，从外表上看甚至显得很安静。她变得很温顺、平和，但是她以前的那种热烈的性格却好像一下子全埋葬到什么地方去了。她温顺地帮助母亲，照料生病的安德烈·彼得罗维奇，但非常不爱说话，甚至不看望任何人，任何东西，仿佛对一切都满不在乎，仿佛她只是一个过客。当韦尔西洛夫的病逐渐好转之后，她便开始经常睡大觉。我有时送给她书，但她不看。她开始一天天消瘦下去。不知为什么，我有点不敢去安慰她，虽然时常怀着这个意思去找她，但在她面前，我似乎又不敢接近她了，而且我也找不出那种可以和她谈这个事情的话来。就这样一直到发生了一桩可怕的意外事件：她从我们家的楼梯上摔了一跤，虽然不是从高处摔下来，只是三个台阶，但她流产了，之后病了几乎整整的一冬天。现在她已经能够起床，但她的健康受到了很大的损伤。她照旧和我们沉默着，凝思着，但开始和母亲说几句话。最近这些天里，春意盎然，阳光明媚，我总是回想起那个晴朗的早晨。那是去年秋天，我和她在街上走着，两人心里非常的快乐，带着希望，而且彼此相亲相爱。唉，现在成了什么样子了呢？我并不是抱怨，对于我来说，新的生活已经开始了。但是她呢？她的未来还是一片渺茫，现在我连看她一眼，都不能不感到心痛。

不过，三个星期以前，我把瓦辛的消息告诉给她听，立刻使她产生了极大的兴趣。他终于被释放，完全恢复了自由。据说，这个富有理智的人做出了最精确的辩解，提供了很有意义的情况，使得那些掌握他的命运的人们认为他完全无罪。再说，他那篇曾经轰动一时的手稿，也只不过是从法文翻译过来，可以说，仅仅是他自己收集的一份材料，准备以后利用它给杂志写一篇有益的文章而已。他现在动身到 N 省去了。他的继父斯捷别利科夫至今还坐在监狱里，据说，他所犯的那桩案件牵连越来越多，越来越复杂了。而丽萨听完了瓦辛的消息后，露出了奇怪的笑容，甚至还说了一句：他的事这样子处理完全在情理之中。不过，她显得觉得十分满意，当然，这是因为已故的谢尔盖·彼得罗维奇公爵的告发并没有对瓦辛造成伤害的缘故。而关于杰尔加乔夫和其他人的情况，我在这里没有什么可报告的了。

我写完了。也许有的读者很想知道：我的"理想"到哪里去了呢？我相当神秘地说过我的新生活已经开始，这到底指的是什么呢？其实，这种新的生活，这条展现在我前面的新的人生路，就是我的"理想"，也就是先前的那个"理想"，只是形式有所不同，所以让人认不出而已。但这一切已经不能再写进我的这篇"札记"里了，因为这完全另一回事。旧的生活已经成为过去，而新的生活才刚刚开始。不过，我得做一个必要的补充：塔季扬娜·帕夫洛芙娜，我那可爱的挚友，几乎每天缠着我，老是劝我赶紧到大学里读书："等你毕业之后，再去想东想西吧，现在先去求学。"说实话，她的提议我也想过，不过我完全不知道如何决定。但是，我反驳了她，我现在甚至没有再求学的权利，因为我应该工作，供养母亲和丽萨。她说她可以把她的钱拿出来，她的钱可以足够供我念完大学。最后，我决定找个人咨询一下。我反复考虑过我周围的人，通过仔细分析选定了一个人。他就是尼古拉·谢苗诺维奇，我的以前在莫斯科时的收养人，玛丽亚·伊万诺芙娜的丈夫。这倒不是我非常需要有人给我出主意，我只是有一个强烈的愿望，那就是听听这个人的看法，因为他完全是个局外人，甚至还是一个有点儿冷血的利己主义者，却是一个十分聪明的人。我把我的手稿寄给他，请他保密，因为我还没有给任何人看过，甚至包括塔季扬娜·帕夫洛芙娜也没有看过。寄

642

去的手稿在两星期以后寄了回来，还附了一封极长的信。我只从这封信里摘录几段下来，因为我认为这几段文字反映出了某种普遍的看法，似乎是某种解释。下面就是我摘录出来的那几段文字。

……令人难忘的阿尔卡季，马卡罗维奇，我拜读了您所写的"札记"，觉得您真是很有效地利用了您的业余时间！您对于您初涉人世时这段汹涌的冒险的经历，可以说有了自觉的认识。我坚信，正如您自己所说，您通过这种叙述，确实能够在许多方面达到"自我教育"的目的。当然，批评的话我一点也不敢写：虽然每一页书都耐人寻思……譬如，您如此长久而且如此固执地藏着"文件"，这个情节就极有特色……但这只是我敢说的批评的话的百分之一而已。您决定把您所说的"您的理想的秘密"告诉我——而且依照您自己的说法，只告诉我一个人，这一点我也十分珍视。但是，对于您请求，也就是让我说出我对于这种"理想"的看法，我应该坚决地加以拒绝：因为，第一，在一封信里没有这么多的篇幅；第二，我自己还没有回答的准备，我还得对此反复思考。我只想指出，您的"理想"是极有独创性的，而当代年轻人所追求的理想都是现成的，不是通过自己的思考和感悟出来的，而现在的理想极其有限，而且时常是危险的。譬如说，杰尔加乔夫等人的理想，就不像您的"理想"那些有独创性，而且您的"理想"还保护了您自己，至少暂时使您免受他们的影响。另外，我很赞成可尊敬的塔季扬娜·帕夫洛芙娜的意见，我虽然和她认识，但至今还未能给她应有的重视。她主张您应该进入大学，这个建议对您是十分有益的。在大学里，三四年的学习与生活，无疑会使您的思想境界得到提升，使您的志向更加坚定，即使您大学毕业之后，仍然重新致力于实现您的"理想"，那也毫无妨碍。

现在，请允许我自己（并非依从您的请求）向您坦陈几点想法和感受，这还是在我阅读您这篇如此坦率的"札记"时，出现在我的脑海和心灵里的。是的，我很同意安德烈·彼得罗维奇的看法，他说他为您，为您的孤寂的青春担忧。像您这样的年轻人并不少，他们的才能确实随时可能向坏的方面发展的危险：或变为卑躬屈节，或变为暗中破坏秩序的期望。但是，这种对混乱的期望，也许多半是因为暗中渴望秩序与"好人品"而产生的吧？年轻人之所以纯洁，是因为这是年轻人。也许在他们这些早年的疯狂冲动里，就包含着对于秩序的渴念和真理的寻觅，至于有些现代的年轻人把十分愚蠢和可笑的事物当成是真理和秩序，甚至使你不能明白，他们怎么会对这些愚蠢而可笑的事物深信不疑！这又是谁的过错呢？我还要顺便指出，以前，在不很久前的那个时代，至多就是上一代，对这种引人注目的年轻人根本不必加以怜惜，因为那时候他们几乎永远得到一个结果，那就是顺利地归附到我们的最高的文化的阶层里，并与之融为一体。譬如说，在初涉人世时，就意识到全部的混乱和自己的偶然性，意识到哪怕连他们的家庭环境中也缺乏高尚的精神，缺乏名门望族的传统和完美的模式，那么这甚至更加好些，因为他们以后自己会有意识地取得这一切，且学会加以尊重。现在的情形却有点不同，就是因为几乎已经没有可以归附的阶层了。

我想通过对比，或者说是通过譬喻来解释。如果我是俄国的小说家，而且很有才华，那我一定要从俄国的世袭贵族中先取我的主人公，因为只是在这类有文化的俄国人中间，才有可能哪怕只是从表面上发现完美的秩序和印象——而这是小说为了给读者带来美好的印象必要的东西。我这样说，并不是开玩笑，虽然我自己完全不是贵族，这您也是知道的。普希金曾在《俄国家族的传说》中预定下自己未来小说的题材，您必须相信，在这种传说里确实有我们至今拥有过的一切美好的东西。我这样说，并不是因为我无条件地赞成这种美是和谐的，是真实的；但是，这里有名誉与责任的完整形式，而在俄国，除贵族以外，在任何地方，不但没有完整的东西，而且甚至尚未开始。我是作为一个安于本分的人和寻求安定的人而这么说的。

至于这种名誉好不好，这种责任对不对，那是次要的问题；但对于我来说，更重要的恰恰是这种完美的模式，这好歹是一种秩序，而且不是命令规定的，而是人们自己从生活里总结出来的。天呀，我们认为最重要的也就是能有一些秩序，一些自己的秩序就够了！这就是希望所在，也就是能使人歇一口气——因为总算有所建树，而不是永远的破坏，不是到处乱飞的碎木片，不是折腾了两百年，却始终只弄出一些垃圾和糟粕。指的是彼得大帝的改革。陀思妥耶夫斯基对于彼得大帝的改革向来抱着否定的态度。

您不要责备我是斯拉夫派，我这只是由于愤世而发，因为我的心里很沉重！现在，就从前不久时开始，我们国家正在出现某种与上面我所描写的完全相反的现象。并不是那些垃圾去依附于最高的阶层，相反地，是从美的阶层里高兴而匆忙地自行剥落出碎块和泥团，跟那些制造混乱和心怀忌妒的垃圾挤在一起。而过去的那些文明的家族里，要是还有子辈们还想坚持什么信仰，那么父辈和族长们甚至会加以嘲笑，而这一点绝非只是个别现象。不但如此，他们甚至并不对孩子们掩饰自己的贪婪，为自己突然有某种理由可以完全不顾全名誉而欣喜若狂，而这种理由是他们从某种大量事实中一下子推论出来的。我所讲的并不是指那些进步的人士，亲爱的阿尔卡季·马卡罗维奇，我是指那些无数的败类，这类人是：'外貌上颇似俄国人，而实际上却是鞑靼人。'您要知道，真正的自由派，真正宽厚的人类之友，根本没有像我们猛然感觉到的那么多。

然而，这全是空谈。让我们回到想象中的小说家那里去。我们的小说家的地位，在这种情形之下是完全确定了的：他将无法写别的种类的小说，而只能写历史小说之类的作品，因为我们这个时代已经没有美丽的典型，即使遗留了一点，而根据现在流行的舆论来看，已经不能保持原来的美了。哦，在历史类型的题材里，却还可以描写出许多极有趣的、令人赏心悦目的细节！甚至可以把读者弄得神魂颠倒，以至于把历史的画面当成现在还可以重现的情景。这类的作品，如果出自天才的大手笔，那么它将不仅属于俄国文学，而且还属于俄国历史。这是艺术上完美的画面，是俄国幻景的画面，而这种幻景还没有被读者看破之前，确实存在过。这样的画面描写了俄国中上等文化阶层的家族，接连写了三代，写出了他们与俄国历史的联系。暗指列夫·托尔斯泰的小说《战争与和平》。可是写到这些主人公的子孙时，也就是写到这些祖先的后代时，因为是当代人物，就不能不写成一个有点儿厌世、孤僻，而且无疑是有点忧郁的形象了。暗指列夫·托尔斯泰的小说《安娜·卡列尼娜》中的主要人物列文。他甚至应该成为一个无足轻重的怪人，使读者初看一眼，会把他当作一个即将退场的人物，并且确信人生舞台已经不再给他留下任何位置了。再过下去，连这种厌世的子孙也会消失，将会出现一些目前还不知道的新人物，出现新的幻景。但那是什么样的人物呢？如果不是美丽的脸庞，那么以后的俄国小说就会令人十分难堪了。可是，唉！到那时候令人难堪的难道仅仅是小说吗？

何必走得这么远，我现在且回到您的手稿上来。譬如说，您且看一看韦尔西洛夫先生的两个家庭（这一次请让我坦率直言）。首先，对于安德烈·彼得罗维奇，我并不想多说，但他毕竟出身名门。他既是极古老的贵族的后人，同时又是巴黎公社的社员。他是真正的诗人，他爱俄国，但又完全否认它。他没有任何的宗教信仰，可又随时准备为某种尚不明确的东西而献身，他甚至连这种尚不明确的东西的名称也叫不出来，但却狂热地信奉它，就像俄国历史上的彼得堡时期，指彼得大帝改革的初期。那些传播欧洲文明的俄国人一样。但是，关于他本人，只谈这些也就够了。倒是可以谈谈他的那个贵族家庭：对于他的那个儿子，我也不想谈，而且根本不值得谈。凡是明眼人早就看出，这类胡闹的孩子会闹到什么地步，而且还会把别人引到什么样的地步。再看他的女儿，安娜·安德烈耶芙娜，还不是一个性格刚强的女子吗？她是个女修道院长米特罗法尼式的人物，女修道院长米特罗法尼曾为了自己修道院的利益，从事伪造文件活动，结果于1873年初案发后受到审讯。当然，我绝对不是预言她将来会犯下什么刑事罪，这是有失公道的。阿尔卡季·马卡罗维奇，如果您对我说，这个家庭是一个偶然的现象，那么我就会振作起精神来的。然而，恰恰相反，下面的结论也许更符合实际：已经有许多这样的俄国家庭，正在无可拦阻的成群地变为偶然的家庭，并在普遍的无序和混乱之中，跟正统的贵族家庭融为一体。是的，阿尔卡季·马卡罗维奇，您——就是偶然的家庭中成员，您跟我们前不久时出现的贵族的典型不一样，他们的童年和少年跟您有着天壤之别。

说实话，我不愿成为描写偶然家庭的主人公的小说家！

那是一种吃力不讨好，而且完全没有形式美的写作。况且不管怎么说，这些典型还只是眼前的事，因此在艺术的处理上不可以做到完美无缺。可能会出现一些重大的失误，也可能会夸大其词或者有所疏忽。总之，必须做许多的猜测。但是，作为一个作家，却不愿只写历史性质的东西，而是非要写眼前的事，叫他有什么办法呢？只能去猜测……而且出错了。

但是，像您这样的"札记"，我觉得可以成为未来的艺术作品的材料，为未来的画面——描绘那个无秩序的，但已经成为过去的时代的画面——提供素材。哦，当眼前的一切已经过去以后，未来已经到来之后，到那时，未来的艺术家即使要描绘这已经逝去的一片混乱，也能找到美的形式。那时候便需要像您这样的"札记"——它会给予相当的材料——极诚恳的材料，不管它是如何的凌乱和偶然……至少它会保留某些真实的特点，可以让人们从中领悟到，在那个混乱的时代里，某一个少年的心灵里会隐藏着什么。这种领悟并不是毫无意义，因为任何一代人都是从少年成长起来的……

"俄苏文学经典译著·长篇小说"书目